Le Coran

TRADUIT DE L'ARABE PAR MALEK CHEBEL

Traduction fondée sur les textes anciens,
validée par les érudits arabes d'aujourd'hui,
moderne et compréhensible par tous

FAYARD

Pour l'islam et les musulmans, le Coran (Al-qor'an) est la Parole d'Allah révélée au prophète Mohammed entre 610 et 632.

Le présent livre est la traduction scrupuleuse de cette Parole.

© Librairie Arthème Fayard, 2009.
ISBN : 978-2-253-08917-9 – 1re publication LGF

INTRODUCTION

Réflexions préliminaires
pour une nouvelle traduction du Coran

Tous ceux qui maîtrisent la langue arabe savent qu'il est extrêmement difficile de comprendre le Coran et que sa traduction passe pour être une vraie gageure. D'ailleurs, on ne traduit pas le Coran comme une œuvre profane, on en interprète seulement les idées, on cherche à les comprendre et, si besoin est, à les restituer aux lecteurs d'une autre langue. C'est pourquoi toute nouvelle interprétation du Coran doit pouvoir s'appuyer sur une traduction qui tienne compte des recherches les plus récentes menées dans les domaines apparentés à l'analyse des textes : étymologie des mots de l'arabe ancien, parfaite connaissance des traditions linguistiques au temps de la Révélation et compréhension avancée des idées en matière d'interprétation [1]. On comprend ainsi que l'interprétation des idées du Coran est une entreprise jalonnée de pièges sémantiques qu'il faut savoir éviter ou circonscrire.

Parfois, il ne s'agit que de difficultés mineures liées à la compréhension d'un mot, d'un concept ou d'une pensée.

---

1. Les notions coraniques étant extrêmement complexes, il nous a paru utile d'en préciser parfois le contour (figurent alors entre crochets les mots sous-entendus pour assurer une continuité dans la compréhension).

À d'autres endroits, c'est bien le contexte de la Révélation qui demeure flou et imprécis. Un mot comme *al-'Alamin*, littéralement « les Mondes » (que les traducteurs donnent tantôt comme « l'Univers », « Tous », « Tout le monde », « les Deux mondes », dans son acception duelle, *al-'alamayn*), ne se comprend réellement que par rapport au contexte dans lequel il est employé. Et comme son usage est fréquent, le traducteur est obligé de le préciser chaque fois différemment, au risque de lui faire perdre sa couleur sémantique.

Autre exemple : la structure de certains versets en langue arabe permet de passer du pluriel au singulier, et du singulier au pluriel, ce qui pose de lourds problèmes de traduction. Comment rendre le sens d'un verset où Dieu s'adresse d'abord à un infidèle, et où ensuite au milieu de la phrase, ce sont tous les incroyants qui sont concernés : « Celui qui désire la vie future et y va résolument, avec force, tout en étant croyant... Ceux-là seront reconnus par cet effort » (XVII, 19). Autre exemple dans la sourate XXVIII, au verset 84 : « Celui qui accomplit une bonne action obtiendra bien mieux que celle-ci ; celui qui commet une mauvaise action, celui-là aura [comme tous ses semblables] la rétribution pour le mal qu'ils auront fait. » Dès lors que le saut de style est manifeste, la question principale est de savoir s'il faut privilégier le collectif (et accorder au singulier) ou bien le pluriel nominal (et transformer la phrase en conséquence). Pour respecter l'esprit du Coran, j'ai accordé au singulier les débuts de phrase et j'ai ajouté un élément explicatif – ici : « comme tous ses semblables » – pour donner du sens à la phrase. Une autre particularité du vocabulaire coranique consiste à réunir les différentes qualités du bon croyant dans une même phrase : sincérité, sacrifice, vertu et bonté.

La nouvelle traduction du Coran que je donne ici offre une lecture saine du Livre sacré de l'islam ; elle respecte parfaitement l'esprit du Coran et la mentalité de ses lecteurs naturels, à savoir les musulmans. Mon but est de montrer que le Coran peut soutenir la marche du progrès scientifique, tant du point de vue éthique que, plus directement, sur les plans politique et social. D'ailleurs, certaines traductions étaient techniquement très bonnes en leur temps, mais, ayant vieilli prématurément, elles sont désormais privées d'impulsions nouvelles et demeurent obscures au plus grand nombre.

Une nouveauté importante accompagne cette nouvelle traduction du texte sacré. Il s'agit d'un outil d'évaluation performant et indispensable : un *Dictionnaire encyclopédique du Coran*. Ce Dictionnaire est le complément interactif de la présente traduction. Il embrasse tous les aspects de la matière coranique dans ses trois dimensions doctrinale, historique et herméneutique. De fait, c'est une mine d'or pour toutes les autres nuances comprises dans le Coran, aussi bien les métaphores, les expressions anciennes, les concepts les plus importants que le contenu large des sourates.

L'islam cherche sa place dans le cadre d'une mondialisation des échanges humains et d'une circulation rapide des idées. Faut-il le préserver de cette dynamique ? Qui peut d'ailleurs croire qu'il en serait prémuni pour autant ? Aussi, pour ne pas pratiquer une politique d'omission volontaire et d'autisme, j'ai cherché les voies possibles d'une cohérence de la compréhension du monde d'aujourd'hui avec les préceptes coraniques, sans dénaturer l'esprit de la Révélation ni méconnaître les réalités complexes qui influencent la présence au monde des musulmans. Et c'est avec la plus grande bonne foi que j'ai agi, un peu dans l'esprit de ce que Goethe disait lorsqu'il écrivit ces mots – peut-être pensait-il au Coran : « Ce livre sacré qui, chaque fois que nous le prenons, nous rebute de nouveau, puis nous attire, nous plonge dans l'étonnement et finit par exiger le respect. »

MALEK CHEBEL
23 février 2009.

Contexte de la Révélation

Ces éléments historiques sont importants pour comprendre l'arrière-plan de la Révélation. Certains versets y font directement référence.

570 ou 571 – Naissance à La Mecque de Mohammed le Qoraychite, fils d'Abdallah, qui mourut peu de temps avant sa naissance. Selon les Arabes, cette année-là, dite « année de l'Éléphant », Abraha, vice-roi du Yémen, a voulu envahir La Mecque.

577 – Décès d'Amina bint Wahb, mère du futur Prophète. L'enfant est pris en charge par son grand-père, Abd al-Muttalib, puis par son oncle Abu Talib, le père d'Ali. Celui-ci sera le quatrième calife de l'islam.

591 ou 592 – Le jeune Mohammed est employé par Khadidja, une riche héritière de La Mecque, qui sera aussi sa première épouse (à partir de 596).

610 – Début à La Mecque de la Révélation coranique, dictée par l'ange Gabriel au Prophète, et apprise par cœur par les premiers musulmans. Le Coran débute ainsi : « Lis au nom de ton Seigneur qui a créé. Il a créé l'homme d'un grumeau de sang. Lis, ton Seigneur est le plus généreux. Il t'a permis de tout savoir, grâce à la plume, ayant enseigné à l'homme ce qu'il ignorait » (XCVI, 1-5).

612 ou 613 – Début probable de la prédication publique.

615 – Se sentant en danger, une délégation de 83 croyants musulmans de la première heure part pour l'Abyssinie, actuelle Éthiopie, où elle trouve refuge auprès du négus régnant. Certains ne reviendront qu'en 629, au moment où le premier pèlerinage à La Mecque sera discuté par le Prophète et les Mecquois.

619 – Mort de Khadidja, épouse de Mohammed et première musulmane de l'histoire ; décès d'Abu Talib, tuteur du Prophète durant sa jeunesse.

620 – Date présumée du voyage céleste du Prophète. Les premières conversions médinoises datent de cette période.

621 – Conversion à l'islam de plusieurs tribus du Hedjaz.

622 – Fuite et exode à Yathrib, une oasis du nord du Hedjaz qui prendra le nom de Médine (en arabe *Al-Madinat al-Munawara*). Début du calendrier musulman ou hégire (an 1 de la *hijra*).

623 – Mohammed est désormais à Médine, qu'il ne quittera plus jusqu'à sa mort. Il célèbre son mariage avec Aïcha, troisième épouse après Khadidja et Sawda.

624-628 – Cité-État de Médine. Début de la mise en place d'une « constitution » dite de Médine (vers 624). De nombreux traités sont passés entre le Prophète et ses adversaires. C'est aussi le moment des guerres éclairs, des conquêtes et des conversions collectives. La tribu juive des Banu Qaynûqa' est expulsée de Médine.

624 – Institution de la Qibla vers La Mecque, après avoir été pendant deux ans vers Jérusalem. Bataille de Badr : première grande victoire de la jeune armée du Prophète sur ses adversaires de La Mecque.

625 – Bataille d'Ohoud (ou Uhûd). En mars, les Mecquois sont sur le point de s'emparer de Médine, mais ils doivent rebrousser chemin, non sans avoir semé la désolation dans les rangs musulmans. Expulsion de la tribu juive des Banu an-Nadhir.

627 – Bataille du Fossé (*khandaq*). Pendant plusieurs semaines, les Mecquois assiègent Médine et réclament la reddition de l'armée du Prophète.

628 – Expédition de Tabûk.

628-629 – Traité de Hûdaybiyya (XLVIII, 27) par lequel le Prophète obtient des seigneurs de La Mecque une trêve de dix années. Premier pèlerinage à La Mecque. L'islam voit affluer vers lui maintes personnalités importantes de Qorayche, ainsi que plusieurs tribus.

630 – Retour triomphal de Mohammed à La Mecque et destruction des 360 idoles que renfermait le temple sacré de la Kaaba. Institution du monothéisme musulman, avec sa capitale, La Mecque. À Hunayn (IX, 25), bataille victorieuse de Mohammed contre les tribus bédouines récalcitrantes.

631 – Dernier pèlerinage, dit aussi « pèlerinage de l'Adieu » : « Aujourd'hui, j'ai parachevé pour vous votre religion » (V, 3).

632 – Le 6 juin (certains disent le 8), mort de Mohammed à Médine ; il avait soixante-deux ans. Début du califat d'Abu Bakr As-Saddiq (le Véridique), qui mourra de mort naturelle en 634, soit douze ans après l'hégire. Zayd Ibn Thabit, secrétaire du Prophète, est chargé par le calife de réunir les fragments épars du Coran.

633 – L'islam se répand en Mésopotamie.

634-644 – Califat d'Omar. Il reçoit des mains de Zayd la première recension des versets coraniques. Première grande victoire musulmane en Palestine. 635 : l'islam fait une percée en Syrie. 636 : victoire musulmane à Qadisiyah, en Perse occidentale. 644 : le général 'Amr ibn Al-'As occupe l'Égypte ; il y fonde Le Caire, *Al-Qâhira*, « la Victorieuse ».

644-656 – Vers l'an 30 de l'hégire, 'Othman ou 'Uthman ibn 'Affan, troisième calife « bien guidé » de l'islam, doit choisir l'une des diverses recensions coraniques. Celle qui est retenue (vers 650) répond aux exigences de la communauté des premiers savants coranistes, qui la récitaient déjà par cœur.

656 – La « bataille du Chameau » oppose le clan de 'Aïcha, femme du Prophète, à Ali. Ce dernier remporte la bataille et s'impose momentanément comme quatrième calife « bien guidé » de l'islam. Ali était le cousin du Prophète, son compagnon de toujours et son gendre, en raison de son mariage avec Fatima qui est, depuis, une sainte aux yeux des chi'ites.

656-661 – Califat d'Ali ibn Abi Taleb. 658 : Mou'awiya, souverain de Damas, affiche ses prétentions au califat et fonde la dynastie des Umayyades. 657 : bataille de Siffin et négociations qui mettent fin à la division. Les Kharidjites n'acceptent pas les termes de la trêve et font sécession. 661 (an 40 de l'hégire) : assassinat à Kûfa, sa capitale, d'Ali ibn Abi Taleb.

667 – Les premiers musulmans s'installent en Asie centrale.

670 – 'Oqba ibn Nafi' en Tunisie. Il y fonde Kairouan avant d'être mis à mort en 683 par Kûsayla, le chef berbère.

671 – Exécution du chef des « Récitateurs du Coran », *al-qûrra*.

680 – Mort violente, lors de la bataille de Kerbala, de Hussaïn, fils du calife Ali (lui-même assassiné en 661). Cette mort donne encore lieu, aujourd'hui, à des scènes de mortification très spectaculaires.

684-692 – Révoltes kharidjites en Iran et en Irak.

SOURATE I

LA LIMINAIRE (AL-FATIHA)

Révélée à La Mecque, 7 versets

1 - Au nom d'Allah, le Clément, le Miséricordieux

2 - Louange à Allah[1], le Seigneur des mondes[2].

3 - Le Clément, le Miséricordieux,

4 - Maître du Jour de la rétribution,

5 - C'est Toi que nous adorons, et Toi dont nous implorons l'assistance.

6 - Conduis-nous sur le droit chemin,

7 - Le chemin de ceux que Tu as comblés de Tes bienfaits, et non pas de ceux qui ont suscité Ta colère, ni le chemin des égarés.

NOTES

1. Sauf exception dictée par la langue ou par le contexte, j'ai choisi de suivre la version arabe : je mets Allah lorsque le Coran utilise le nom d'Allah, et Maître, Dieu ou Seigneur-Dieu lorsque le Coran utilise le nom générique de *Rabb*, comme dans l'expression *Rabb al-'alamin*, Seigneur des mondes. Cela étant, Allah est utilisé pour désigner non pas seulement le Dieu « national » des Arabes, mais aussi le Dieu du monothéisme. À ce moment-là, le contexte m'impose de mettre Dieu chaque fois que le nom d'Allah renvoie à une situation préislamique. 2. Il pourrait s'agir du monde des humains et de celui, invisible, des djinns.

LA VACHE (AL-BAQARA)

Révélée à Médine, 286 versets

Au nom d'Allah, le Clément, le Miséricordieux

1 - Alif. Lam. Mim [1].

2 - Voici le Livre sur lequel aucun doute n'est permis, guide pour ceux qui craignent Dieu.

3 - Qui croient à l'invisible, qui prient et qui dépensent honorablement les biens que Nous leur avons octroyés.

4 - Et qui croient à ce qui t'a été révélé et à ce qui a été révélé précédemment, à ceux enfin qui ont l'intime conviction de la vie future.

5 - Ceux-là suivent la voie tracée par le Seigneur ; ils sont ceux qui réussissent.

6 - Mais les incrédules, qu'ils soient avertis ou non, ils ne croiront pas.

7 - Allah a placé un voile sur leurs cœurs, leurs oreilles et leurs yeux. Un châtiment terrible les attend.

8 - Il y a parmi les gens ceux qui prétendent croire en Dieu et au Jour dernier, alors qu'ils sont des incrédules.

9 - Ils essaient de tromper Allah, et les autres croyants, alors qu'au fond ils n'abusent qu'eux-mêmes sans en être conscients.

10 - Une maladie ronge leur cœur, Allah a renforcé cette

maladie. Un châtiment cruel sera la sanction de ce dont ils ont douté.

11 - Lorsqu'on leur dit : Ne commettez pas de méfaits sur terre, ils disent : Nous sommes au contraire en train de l'améliorer !

12 - Ce sont en fait des malfaisants, mais ils n'ont pas conscience de cela.

13 - Quand on leur dit : Croyez donc comme ont cru les êtres humains, ils rétorquent : Allons-nous croire comme le font les stupides [2] ? Ce sont eux les stupides, mais ils ne le savent pas.

14 - Lorsqu'ils croisent les vrais croyants, ils disent : Nous croyons. Mais, sitôt rendus seuls devant leurs semblables, des démons comme eux, ils tiennent d'autres propos : Nous sommes avec vous. Nous les avons induits en erreur, par moquerie.

15 - Allah Se moquera d'eux et les laissera végéter dans leur erreur.

16 - Ceux qui ont troqué la vérité contre l'erreur verront leurs affaires [3] échouer et ne seront plus orientés dans le bon chemin.

17 - Ils ressemblent à celui qui a allumé un feu. Lorsque ce feu a éclairé les alentours, Allah les a privés de leur lumière en les abandonnant, aveugles, dans les plus grandes ténèbres.

18 - Dès lors, sourds, muets, aveugles [4], ils ne reviendront pas [de leurs erreurs].

19 - Comme lorsqu'un gros nuage chargé de ténèbres, d'éclairs et de tonnerre éclate soudain, ils se bouchent les oreilles par peur de la foudre et de la mort, mais de toute part Allah cerne les incroyants.

20 - Peu s'en faut que l'éclair ne les prive de la vue. Dès lors qu'il brille, ils avancent, mais, sitôt l'obscurité revenue, ils s'arrêtent. Or, s'Il le voulait, Allah les priverait de leur vue et de leur audition, car Allah est puissant en toute chose.

21 - Ô vous les hommes, adorez le Dieu qui vous a créés, ainsi que ceux qui vous ont précédés. Peut-être Le craindrez-vous.

22 - Qui a fait pour vous de la terre une couche et du ciel un toit ? Du ciel, Il a fait descendre une eau, grâce à laquelle Il a fait éclore des fruits. Ne mettez pas Allah en rivalité, alors que vous êtes informés.

23 - Si vous doutez de la véracité du message que Nous avons révélé à Notre serviteur, donnez-en une sourate semblable et faites venir vos témoins autres qu'Allah si vous êtes véridiques.

24 - Si vous ne le faites pas et ne pouvez le faire, redoutez le feu qui se fournit en êtres humains et en pierres (les idoles), préparé spécialement pour les incrédules.

25 - Annonce la bonne nouvelle aux croyants, ceux qui ont réalisé des actions louables, qu'au paradis ils auront des jardins irrigués de fleuves souterrains. Chaque fois qu'ils cueilleront un fruit, ils diront : Voilà bien un fruit qui nous a été offert auparavant, mais il n'est semblable à celui qu'il y a sur terre que dans la forme. Aussi, ils auront des épouses purifiées qui demeureront pour l'éternité au paradis.

26 - Allah n'hésite pas à donner en parabole un moucheron[5] ou quelque chose de supérieur. Ceux qui croient savent bien qu'il s'agit là d'une preuve venant de leur Dieu, tandis que ceux qui ont abandonné toute croyance, ils se demanderont ce qu'Allah a voulu dire en recourant à ce symbole. En fait, grâce à cela, Dieu désoriente beaucoup de gens et en met beaucoup d'autres sur le bon chemin.

Quant à ceux qui sont désorientés, ce ne sont que des pervers incrédules.

27 - Ceux qui rompent le pacte conclu avec Allah après avoir pris un engagement à Son égard et empêchent l'avènement de Son ordre, tout en semant le désordre sur terre, ceux-là sont les perdants.

28 - Comment pouvez-vous abjurer Allah alors que vous étiez morts et qu'Il vous a donné la vie, qu'Il vous fera ensuite mourir et de nouveau vous ressuscitera, pour qu'enfin vous soyez ramenés à Lui ?

29 - Il a tout créé pour vous sur terre, puis s'est tourné vers le ciel et en a fait sept. Il est l'Omniscient.

30 - Et lorsque votre Seigneur dit aux anges : Je vais établir sur terre un vicaire[6], ils rétorquèrent : Vas-Tu créer quelqu'un qui sème la discorde et répande le sang d'autrui, alors que nous célébrons Tes louanges et nous Te glorifions ? Dieu dit alors : Je sais ce que vous ne savez pas !

31 - Il enseigna à Adam tous les noms[7]. Ensuite, pour les éprouver, Il demanda aux anges de les Lui réciter en leur disant : Informez-Moi des noms de ceux-là si vous êtes véridiques.

32 - Les anges dirent : Gloire à Toi, nous n'avons de savoir que celui que Tu nous as enseigné. Tu es le Maître des connaissances, le Maître de la sagesse.

33 - Dieu dit à Adam : Révèle-leur les noms des êtres. Quand ce dernier les instruisit des noms qu'ils ignoraient, Dieu leur dit : Ne vous ai-Je pas dit que Je connaissais l'insondable des cieux et de la terre, et que Je sais aussi ce que vous montrez et ce que vous dissimulez ?

34 - Et c'est là que Nous dîmes aux anges de se prosterner devant Adam, ce qu'ils firent, à l'exception d'Iblis, qui

refusa de le faire et s'enfla d'orgueil. Il se trouva alors du côté des mécréants.

35 - Et Nous dîmes à Adam : Séjourne avec ton épouse au paradis ; mangez librement de tout ce que vous y trouverez comme fruits, mais ne vous approchez pas de cet arbre-ci, car vous serez tous les deux du nombre des iniques [8].

36 - Mais Satan les fit déchoir de leur séjour et les fit sortir du paradis. Et Nous dîmes : Descendez en ennemis les uns des autres, vous aurez sur terre un séjour et une jouissance temporaires.

37 - Adam reçut de son Dieu des paroles qui en firent un repentant, Dieu est Celui qui pardonne, le Miséricordieux.

38 - Nous dîmes : Descendez tous du paradis. Dès lors que vous recevrez de Ma part une orientation, ceux qui l'observeront n'auront rien à craindre et ne seront point affligés.

39 - Tandis que ceux qui ne croient pas et qui traitent Nos signes de mensonges, ceux-là séjourneront éternellement en enfer.

40 - Ô fils d'Israël, souvenez-vous de Mes bienfaits, soyez fidèles à Mon alliance, comme Je serai fidèle à la vôtre. Redoutez-Moi.

41 - Croyez à ce que J'ai révélé en confirmation de ce que vous avez déjà reçu. Ne soyez pas les premiers à ne pas y croire ; ne troquez pas Mes signes à vil prix. Craignez-Moi.

42 - N'habillez pas la vérité de mensonge. Ne dissimulez pas la vérité, alors que vous savez.

43 - Accomplissez vos prières, donnez l'aumône et inclinez-vous avec ceux qui s'inclinent.

44 - Demandez-vous aux gens une bonté que vous oubliez

d'observer, alors même que vous lisez le Livre ? N'allez-vous pas revenir à la raison ?

45 - Entourez-vous de patience et de prière, celles-ci sont certes lourdes à porter, hormis pour les humbles,

46 - ... ceux qui ont la conviction de rencontrer leur Dieu, car c'est vers Lui qu'ils retourneront.

47 - Ô fils d'Israël, souvenez-vous des bienfaits dont Je vous ai comblés, car Je vous ai préférés à tous les peuples.

48 - Croyez à l'avènement d'un jour où nulle âme n'intercédera pour une autre, et où aucune pitié ne lui sera accordée, nulle compensation non plus, tandis que personne ne sera secouru.

49 - C'est alors que Nous vous sauvâmes des gens de Pharaon, dont vous n'aurez vu que violence. Ils égorgeaient vos fils et épargnaient vos filles[9]. C'était en cela une terrible épreuve venue de votre Dieu.

50 - Souvenez-vous, lorsque Nous ouvrîmes la mer pour vous sauver, tandis que Nous faisions périr Pharaon et les siens pendant que vous les regardiez !

51 - Alors que durant quarante nuits, nous avions promis à Moïse une rencontre, vous avez préféré en son absence adorer le Veau[10]. Vous avez été injustes.

52 - Ensuite, Nous vous avons pardonné, dans l'espoir que vous soyez reconnaissants.

53 - Souvenez-vous, lorsque Nous avons donné le Livre à Moïse et le sens du discernement, afin que vous soyez bien guidés.

54 - Moïse dit à son peuple : Ô mon peuple, vous vous êtes lésés vous-mêmes en privilégiant l'adoration du Veau. Revenez à votre Dieu et supprimez votre âme pécheresse[11], ce sera la meilleure chose pour vous auprès de votre Créa-

teur. Il vous pardonnera, car Il est Celui qui pardonne et qui est miséricordieux.

55 - Vous dîtes : Ô Moïse, nous ne croirons pas en toi tant que nous ne verrons pas *de visu* Dieu, mais la foudre vous a éblouis alors que vous regardiez.

56 - Après votre mort, Nous vous avons ressuscités, dans l'espoir que vous soyez reconnaissants.

57 - Nous vous avons protégés grâce à un nuage, et Nous avons fait amener la manne et les cailles [12]. Mangez de tous ces biens ce qui vous plaît. Ils ne peuvent Nous nuire, mais ils se faisaient du tort à eux-mêmes.

58 - C'est alors que Nous dîmes : Entrez dans cette cité [13] et mangez ce qui vous plaît en termes de nourriture, mais entrez par la porte en vous prosternant et en demandant la rémission [de vos péchés]. Vos fautes vous seront pardonnées et Nous comblerons ceux qui ont fait le bien.

59 - Mais ceux qui étaient injustes substituèrent à la parole qui leur avait été donnée une autre parole. Nous avons fait descendre du ciel sur eux une colère [14] pour les punir de leurs méfaits.

60 - Et quand Moïse demanda de l'eau pour désaltérer son peuple, Nous lui dîmes : Frappe le rocher avec ton bâton. D'un coup jaillirent puissamment douze sources, et chaque tribu put ainsi boire à volonté ! Mangez et buvez des bienfaits d'Allah ; et ne soyez pas sur terre des semeurs de troubles, des corrupteurs.

61 - Et quand vous dites : Ô Moïse, nous ne sommes pas satisfaits d'une seule sorte de nourriture. Demande à ton Dieu de nous donner ce que la terre produit, en légumes, en concombres, en ail, en lentilles, en oignons. Il dit : Échangez-vous ce qui est bon contre ce qui ne l'est pas ? Descendez donc en Égypte, vous y trouverez ce que vous

désirez. Ils furent atteints par la honte et la pauvreté, tandis que la colère de Dieu les mit à rude épreuve, n'ayant pas cru aux signes de Dieu et tuant sans raison les prophètes. Ainsi furent-ils traités pour avoir été des transgresseurs, des désobéissants.

62 - Car ceux qui ont cru, ceux qui sont revenus vers le judaïsme, les chrétiens, les sabéens, tout être ayant cru en Dieu et au Jour dernier et qui font le bien, tous auront une récompense auprès de Dieu. Pas de raison pour eux d'éprouver de la crainte ou de la tristesse.

63 - C'est alors que Nous prîmes votre pacte et que Nous élevâmes au-dessus de vos têtes le mont Thaur [15] : Prenez ce que Nous vous avons octroyé avec force [16] et remémorez-vous son contenu. Peut-être craindrez-vous [Dieu].

64 - Après quoi, vous vous en êtes écartés. Or, sans la grâce de Dieu à votre égard, et Sa bénédiction, vous seriez parmi les perdants.

65 - Vous le savez bien : ceux qui ont transgressé le sabbat, Nous leur avons dit : Soyez des singes misérables !

66 - Et Nous en fîmes une illustration pour l'immédiat et pour l'avenir, et un avertissement pour ceux qui craignent Dieu.

67 - Et Moïse dit à son peuple : Dieu vous ordonne d'immoler une vache. Ils rétorquèrent : Te moques-tu de nous ? Il dit : Que Dieu me protège de faire partie des ignorants.

68 - Ils dirent alors : Appelle ton Dieu pour qu'Il nous montre quelle vache il faut immoler. Moïse ajoute : Dieu dit : Une vache. Ni trop vieille ni trop jeune, tout juste la moyenne. Faites donc ce qui vous est demandé.

69 - Prie encore ton Dieu de nous dire de quelle couleur elle doit être. Il dit : Dieu dit qu'elle est une vache d'un

jaune roux [17], une couleur qui devrait plaire à ceux qui la regardent.

70 - Demande encore à ton Dieu de nous préciser de quel type de vache il s'agit – si Dieu le veut –, car toutes se ressemblent. Grâce à cela, nous serons bien orientés.

71 - Moïse dit : Dieu dit qu'elle est une vache sans défauts liés au travail de la terre ou à l'arrosage, qu'elle est sans aucune marque. Ils disent : Voilà que tu dis la vérité. Ils immolèrent alors la vache, mais peu s'en fallut qu'ils ne le fissent point.

72 - Souvenez-vous du meurtre de l'un des vôtres. Vous vous êtes renvoyé la chose les uns les autres, mais Dieu a dévoilé ce que vous cachiez.

73 - Nous avons dit : Frappez le mort avec une partie de la vache, car c'est ainsi que Dieu ressuscite les morts. Et déploie Ses signes de puissance, pour autant que vous en soyez conscients.

74 - Depuis, vos cœurs se sont endurcis, devenant comme des pierres ou plus durs encore. De certaines pierres jaillissent des rivières [18], tandis que d'autres – lorsqu'elles se fissurent – libèrent de l'eau et d'autres encore tombent par crainte d'Allah [19]. Allah ne demeure pas inattentif à ce que vous faites.

75 - Vous attendez-vous à ce que certains d'entre eux croient pour vous, lorsqu'une partie a entendu la parole d'Allah, puis l'a altérée sciemment, alors qu'ils viennent de La reconnaître ? Ils savaient.

76 - S'ils rencontrent ceux qui ont cru, ils disent : Nous avons cru. Mais dès l'instant où ils se retrouvent entre eux, à l'écart, ils disent le contraire : Allez-vous leur raconter ce que Dieu a révélé pour qu'ils vous disputent auprès de Dieu ? N'êtes-vous donc pas raisonnables ?

77 - Ne savent-ils pas que Dieu connaît autant ce qu'ils cachent que ce qu'ils dévoilent ?

78 - Il y a parmi eux des ignorants qui ne connaissent pas le Livre, mais seulement des légendes, bien qu'ils ne fassent que conjecturer.

79 - Malheur à ceux qui rédigent le Livre de leurs propres mains et qui prétendent par la suite le tenir de Dieu, en vue de retirer un bénéfice médiocre. Malheur à ceux qui recourent à ces manœuvres en écrivant eux-mêmes de faux Livres, et malheur au profit qu'ils en retireront.

80 - Ils prétendent que le feu ne les touchera qu'un petit nombre de jours. Dis-leur : Auriez-vous conclu un pacte avec Dieu ? Dieu ne trahira pas Son pacte. À moins que vous ne disiez sur Allah des choses dont vous ignorez jusqu'au contenu.

81 - Bien au contraire, ceux qui ont commis des fautes et des péchés seront les hôtes du feu où ils demeureront éternellement.

82 - Quant à ceux qui ont cru et qui ont fait du bien, ils seront reçus au paradis où ils demeureront éternellement.

83 - Voici donc le pacte que Nous avons établi avec les fils d'Israël : Ne vénérez que Dieu, soyez bienveillants à l'égard de vos géniteurs et vos proches, les orphelins, les pauvres, et ne tenez aux gens que de bonnes paroles. Priez et faites l'aumône. Hélas, vous vous êtes détournés, exception faite de quelques-uns parmi vous ; vous vous êtes éloignés.

84 - Nous avons reçu de vous l'engagement que vous ne verseriez pas mutuellement votre sang, de même qu'aucune contrainte ne serait exercée sur vos demeures respectives. Vous l'avez accepté et vous en êtes témoins.

85 - Et pourtant, vous vous entre-tuez comme des gens ordinaires, et vous expulsez une partie d'entre vous, non

sans leur avoir manifesté animosité et hostilité. Prisonniers, vous les chargez encore plus, alors qu'il vous est interdit de les chasser. Croyez-vous donc à une partie du Livre révélé et refusez-vous l'autre partie ? Quelle rétribution doit recevoir celui qui commet cela, sinon l'ignominie dans ce monde et au jour de la résurrection où ils seront soumis à un cruel châtiment. Dieu est loin d'être inattentif à ce que vous faites.

86 - Ceux qui ont acheté la vie de ce bas monde au prix de la vie dernière ne verront pas leur châtiment se réduire ; ils ne seront pas secourus.

87 - Car Moïse est venu avec le Livre. D'autres prophètes le suivirent : Jésus, fils de Marie, porteur de signes clairs et de l'Esprit saint [20], mais chaque fois qu'un prophète est venu vers vous avec un message qui ne vous convenait pas, vous vous êtes montrés bien orgueilleux. Certains d'entre eux furent traités de menteurs, tandis que d'autres se firent tuer.

88 - Ils soutiennent : Nos cœurs sont impénétrables [21]. Mais que Dieu les maudisse pour leur impiété, car leur croyance est si ténue.

89 - Lorsqu'un Livre de Dieu leur parvint, confirmant ce qu'ils avaient déjà comme message – alors qu'ils aspiraient à prendre l'avantage sur les mécréants –, lorsqu'ils reçurent, donc, ce qu'ils savaient déjà, ils refusèrent de croire. Malédiction de Dieu sur les incroyants.

90 - Médiocre est le prix de l'achat de leur âme s'ils doivent pour cela ne pas croire dans la révélation de Dieu. Ils refusent l'idée que Dieu gratifie celles de Ses créatures qu'Il souhaite privilégier. Ils subiront colère sur colère, car les incrédules auront un châtiment avilissant.

91 - Et lorsqu'on leur demande de croire à ce que Dieu a révélé, ils rétorquent : Nous croyons ce qui nous a été révélé

à nous, refusant d'entendre ce qui est venu après eux, alors même que cette vérité-là confirme la leur. Dis-leur : Pourquoi donc avez-vous tué par le passé les prophètes, si vous étiez des croyants ?

92 - Moïse s'est présenté à vous avec des preuves éclatantes ; mais, après son départ, vous avez pris le Veau. Vous avez été injustes.

93 - Et lorsque Nous avons accepté votre alliance et élevé au-dessus de vous le mont Thaur, c'est pour que vous preniez avec force ce que Nous vous avions donné, et que vous écoutiez. Nous avons écouté, dirent-ils, mais nous avons désobéi ! Leurs cœurs furent abreuvés du Veau de l'incroyance. Dis-leur : Combien est mauvaise l'inclination de votre foi, si toutefois vous êtes de [vrais] croyants !

94 - Dis-leur : Si la dernière demeure auprès de Dieu vous est réservée, à l'exclusion de toute autre personne, espérez la mort si vous êtes sincères !

95 - Mais ils ne l'espèrent en aucun cas, compte tenu de ce qu'ils ont fait. Allah connaît les injustes.

96 - Et tu ne trouveras aucun homme plus soucieux qu'eux de vouloir vivre. Mais à supposer que, parmi les idolâtres, il en soit un qui puisse vivre mille ans, cela ne le dédouanerait pas du châtiment qui l'attend, Dieu étant Celui qui voit ce qu'ils font.

97 - Dis : Quel est l'ennemi de Gabriel ? Alors que c'est bien lui qui, autorisé par Dieu, t'a révélé le Livre qui corrobore[22] ce qui existait déjà. Ce Livre est une direction[23] et une bonne nouvelle[24] pour tous ceux qui croient.

98 - Celui qui est ennemi de Dieu, de Ses anges, de Ses prophètes, de Gabriel et de Mikaïl... Allah ne peut être que l'ennemi des incrédules.

99 - Nous t'avons révélé des versets parfaitement explicites, que seuls les pervers peuvent nier.

100 - Ainsi, chaque fois qu'ils prennent un engagement, un autre clan le récuse, car la plupart sont des mécréants.

101 - Et lorsqu'un prophète s'est présenté à eux de la part de Dieu, bien que confirmant ce qu'ils avaient déjà reçu, un clan parmi eux a rejeté derrière lui le Livre de Dieu, en faisant semblant de ne rien savoir.

102 - Ils ont suivi ce que racontaient les démons au sujet du règne de Salomon, mais Salomon ne s'est pas rétracté, tandis que les démons, devenus incrédules, sont tombés dans l'infidélité. Ils apprennent la magie aux hommes et tout ce qui a été révélé, à Babylone, aux deux anges Harout et Marout. Ceux-ci disaient à ceux qui les écoutaient qu'ils cherchaient à les séduire et qu'il ne fallait point les suivre. Cependant, ils apprennent d'eux les savoirs qui séparent et qui divisent les couples. Ils ne nuisent à personne, sans l'accord de Dieu. Toutefois, les gens apprennent des choses qui leur sont nuisibles et qui ne leur servent à rien. Ils ont su que ce qu'ils avaient troqué en matière de conduite ou de vêtements ne leur serait d'aucune valeur dans la vie future. Si au moins ils savaient.

103 - S'ils avaient cru et s'ils avaient été pieux, la récompense de Dieu aurait été plus satisfaisante. Le savaient-ils ?

104 - Ô vous les croyants, ne dites pas : Aie de la considération pour nous, dites : Regarde-nous tels que nous sommes [25]. Écoutez ! Les mécréants subiront un châtiment terrible.

105 - Ceux qui, parmi les adeptes du Livre, sont des incroyants ou des polythéistes [26] ne veulent aucunement que Dieu déverse sur vous Ses biens. Mais Allah réserve Sa grâce à qui Il veut, car Il détient la plus grande des faveurs.

106 - Nous n'abrogeons certains de Nos versets – ou les faisons oublier – que si Nous leur substituons des versets meilleurs ou identiques. Ne sais-tu pas qu'Allah est tout-puissant en tout ?

107 - Ne sais-tu pas qu'Allah dispose de la royauté du ciel et de la terre, et que vous n'avez en dehors de Lui ni maître ni défenseur[27] ?

108 - Souhaitez-vous interroger votre prophète de la manière dont Moïse a été interrogé auparavant ? Celui qui échange la foi contre l'incroyance, celui-là quitte le droit chemin.

109 - Nombreux sont ceux des gens du Livre qui, jaloux et envieux, aimeraient te renvoyer dans l'incroyance, quand bien même la vérité t'est apparue. Il faut être indulgent et patienter jusqu'à ce que survienne l'injonction d'Allah, car Allah est puissant en toute chose.

110 - Observez vos prières, donnez une part d'aumône et, quelque bien que vous fassiez en cette vie, vous le retrouverez auprès de Dieu. Certes, Dieu est au courant de tout ce que vous faites.

111 - Ils disent : N'entre au paradis que celui qui est juif ou chrétien. Tel est leur vœu le plus cher. Dis-leur : Apportez donc une preuve éclatante, si vous êtes véridiques.

112 - Bien au contraire, celui qui se soumet totalement à Dieu[28] et qui aura été bon, celui-là aura une récompense auprès de son Seigneur. Ils n'ont à éprouver ni crainte, ni tristesse.

113 - Les juifs ont dit : Les chrétiens n'ont rien qui soit tangible, et les chrétiens ont dit : Les juifs n'ont rien qui soit tangible, tout en continuant à réciter le Livre. Il en est de même de ceux qui ne savent rien de tout cela et qui ont

tenu des paroles semblables. Allah saura les juger au jour de la résurrection sur tous leurs points de divergence.

114 - Y a-t-il plus injustes que ceux qui empêchent que le nom d'Allah soit proclamé dans les mosquées et qui se plaisent à tout détruire, alors qu'ils sont censés y entrer en tremblant de peur ? Honte à eux ici-bas et terribles souffrances dans la vie future.

115 - À Allah appartiennent l'Orient[29] et l'Occident[30]. Dans quelque direction que vous vous orientiez, il y a la face d'Allah. Car Allah est vaste et omniscient.

116 - Ils ont dit : En Sa grandeur, Dieu S'est donné un fils. Or tout, au ciel comme sur terre, Lui appartient. Et tout ce règne Lui est soumis.

117 - Créateur[31] des cieux et de la terre. Et quand Il décide de donner un ordre, Il dit seulement : Sois, et l'ordre est !

118 - Tous ceux qui ne savent rien ont dit : S'il en était autrement, Allah aurait fait en sorte que cela se produise et qu'un signe nous parvienne. Ainsi, ceux qui les ont précédés ont tenu des paroles semblables, leurs cœurs ayant connu le même sort. Mais Nous avons révélé ces signes à un peuple fermement convaincu de sa croyance.

119 - Nous t'avons envoyé comme annonciateur de vérité et porteur de bonne nouvelle. Tu ne seras pas interrogé pour ceux qui séviront dans la fournaise.

120 - Mais les juifs et les chrétiens ne t'approuveront que lorsque tu auras embrassé leur religion. Dis, au contraire, que la direction d'Allah est la bonne direction[32]. Ne te soumets pas à leurs passions après ce que tu as reçu comme révélation, sinon tu n'auras en Allah ni protecteur ni défenseur.

121 - Ceux à qui Nous avons transmis le Livre le récitent

de la meilleure façon, ceux-là y croient ; ceux qui n'y croient pas sont les perdants.

122 - Ô fils d'Israël, souvenez-vous de la grâce dont Je vous ai gratifiés, Je vous ai placés au-dessus de tous les mondes.

123 - Craignez le jour où aucune âme ne sera comptable d'une autre, où aucune n'acceptera de compensation pour l'autre et ne lui sera pas utile. Ils ne seront point secourus.

124 - Lorsque Abraham a été mis à l'épreuve par Dieu en vertu de certaines paroles et que celui-ci les a satisfaites, Dieu lui dit : Je te désigne directeur[33] des hommes, leur guide. – Qu'en est-il de ma descendance ? dit Abraham. – Mon pacte ne concerne pas les injustes.

125 - Nous avons fait de la demeure de Dieu un point de ralliement des hommes, un lieu sûr. Faites de la station d'Abraham un lieu de prière, car un pacte liant Abraham et Ismaël établit que Ma maison soit pure pour ceux qui font leurs circumambulations[34], ceux qui méditent pieusement[35], ceux qui s'inclinent et ceux qui se prosternent.

126 - Abraham dit : Ô mon Dieu, fais en sorte que cette terre soit sûre et que ses habitants soient nantis de tous les fruits, surtout ceux qui croient en Dieu et au Jour dernier. À celui qui ne croit pas, donne-lui peu et prépare-le aux tourments du feu. Quel funeste destin !

127 - C'est alors qu'Abraham éleva les fondations du sanctuaire, aidé d'Ismaël. Ô notre Dieu, accepte de nous ceci ! Tu es Celui qui écoute et qui sait.

128 - Seigneur, fais que nous Te soyons soumis ; fais en sorte que notre descendance Te soit une communauté soumise ; montre-nous nos rites et sois indulgent à notre égard, car Tu es l'Indulgent, le Compatissant.

129 - Ô notre Dieu ! Envoie parmi eux un prophète qui

récitera Tes versets et leur apprendra le Livre et la Sagesse qui les rendront purs. Tu es le plus puissant et le plus sage.

130 - Celui qui veut quitter la voie d'Abraham n'est qu'un insensé qui met en péril son âme. [Abraham] Nous l'avons élu dans la vie terrestre, et il sera parmi les saints dans l'autre vie.

131 - Lorsque son Dieu lui dit : Soumets-toi, Abraham répondit : Je me soumets au Maître des mondes.

132 - Abraham a conseillé à ses enfants, comme le fit Jacob pour les siens : Ô mes enfants, Dieu vous a prescrit la religion de façon à mourir en état de soumission.

133 - Étiez-vous témoins lorsque Jacob reçut la mort et dit à ses enfants : Quelle adoration allez-vous avoir après moi ? – Celle de ton Dieu et celle de ton père, Abraham, d'Ismaël, d'Isaac. Il n'y a qu'un seul Dieu et nous Lui sommes soumis.

134 - Cette communauté révolue a laissé un héritage qui lui revient en propre et vous a laissé votre héritage. Vous ne serez point interrogés sur leurs agissements.

135 - Ils soutiennent qu'il faut être juif ou chrétien pour être bien orienté. Réponds : Bien au contraire, la tradition d'Abraham est celle de la vraie voie, car elle n'a rien associé à Dieu.

136 - Dites : Nous croyons en Dieu et à tout ce qui nous a été révélé à nous, à Abraham, à Ismaël, à Isaac, à Jacob et aux tribus, ainsi qu'à tout ce qui a été donné à Moïse, à Jésus et aux prophètes. Nous ne distinguons aucun d'entre eux et nous sommes tous soumis à Lui.

137 - S'ils croient au même credo que vous, les voilà bien orientés. S'ils se détournent, les voilà dans la division. Dieu s'occupera d'eux, Il est Celui qui entend et qui sait.

138 - L'imprégnation de Dieu, rien ne vaut l'imprégnation de Dieu. Nous Lui sommes tous acquis, en adoration [36].

139 - Dis : Allez-vous spéculer sur Allah, alors qu'Il est notre Dieu et votre Dieu ? À nous nos œuvres, à vous vos œuvres. Quant à nous, nous Lui sommes sincèrement fidèles.

140 - S'ils [te] demandent si Abraham, Ismaël, Isaac, Jacob ainsi que les tribus étaient juifs ou chrétiens, réponds : Êtes-vous mieux informés que Dieu ? Y a-t-il plus injuste que celui qui dissimule un témoignage venu de Dieu ? Dieu n'est pas indifférent à ce que vous faites.

141 - Cette communauté révolue a laissé un héritage qui lui revient en propre et vous a laissé votre héritage. Vous ne serez point interrogés sur leurs agissements.

142 - Les plus insensés diront : Qui les a détournés de la qibla vers laquelle ils s'orientaient [37] ? Dis : À Allah appartiennent autant l'Orient que l'Occident. Il inspire qui Il veut dans le droit chemin.

143 - Ainsi, nous avons fait de vous une communauté du juste milieu, afin que vous soyez témoins à l'endroit des hommes et que le Prophète soit témoin à votre endroit. Si nous avons établi la qibla [direction de La Mecque], c'est pour isoler ceux qui suivent le Prophète de ceux qui reviennent sur leurs pas [38]. Voilà un grand désagrément, hormis pour ceux qui sont inspirés par Allah. Allah ne peut vous désorienter. Allah est compatissant et miséricordieux.

144 - Nous te voyons chercher en direction du ciel, mais nous t'orientons vers une direction que tu accepteras : il s'agit de la Mosquée sacrée [39]. Où que vous soyez, tournez votre face en direction de cette mosquée. Quant à ceux qui ont reçu le Livre, ils savent qu'il s'agit bien de la vérité de leur Seigneur. Dieu est loin d'être négligent sur ce qu'ils font.

145 - Quels que soient les versets que tu leur apportes, ceux qui ont déjà un Livre ne suivront pas ta direction, pas plus que tu ne suivras leur qibla. Même entre eux, ils ne suivent pas la qibla des uns des autres. Si tu suis leurs passions après avoir reçu la science, tu seras assurément parmi les injustes.

146 - Ceux qui ont reçu le Livre le connaissent, comme ils connaissent leurs propres enfants. Mais il est un clan des leurs qui masque la vérité alors qu'il la connaît.

147 - La vérité vient de ton Seigneur, ne sois pas parmi ceux qui en doutent[40].

148 - À chacun[41] une voie à suivre. Surpassez-vous en matière de bonnes actions, car là où vous vous trouvez, Dieu sera parmi vous. Il est puissant en toute chose.

149 - De quelque endroit que tu sortes, oriente ton visage en direction de la Mosquée sacrée, car la vérité viendra de ton Seigneur. Dieu ne peut être distrait quant à vos agissements.

150 - De quelque endroit que tu sortes, tourne ton visage en direction de la Mosquée sacrée. Où que vous soyez, tournez vos visages dans cette direction. De la sorte, nul ne vous fera de reproche, à l'exception de ceux qui se sont mépris. Ne les craignez point ; craignez-Moi plutôt, afin que Je vous comble de Mes bienfaits. Peut-être seriez-vous bien orientés.

151 - De même, Nous vous avons envoyé un messager issu de vos rangs ; il vous récite Nos versets, vous purifie, vous enseigne le Livre et la sagesse. Il vous enseignera ce que vous ne saviez point.

152 - Souvenez-vous de Moi, Je me souviendrai de vous. Soyez reconnaissants et non ingrats.

153 - Ô vous qui croyez, armez-vous de patience et aidez-

vous de beaucoup de prières. Allah est solidaire avec ceux qui patientent.

154 - Ne dites pas que ceux qui meurent au service de Dieu sont des morts, mais des vivants. Mais vous n'en avez pas conscience.

155 - Nous vous éprouvons par la peur, par la faim, par une diminution de biens ou de personnes, et moins de récoltes. Mais annonce la bonne nouvelle à ceux qui persévèrent.

156 - Ceux [notamment] qui, lorsqu'ils sont atteints de quelque mal, disent : Nous sommes à Allah, et nous finissons tous par Lui revenir.

157 - Ceux-là bénéficient d'une bénédiction de leur Seigneur et d'une miséricorde, car ce sont les bien guidés.

158 - As-Safa et al-Marwa [42] font partie des emblèmes sacrés d'Allah. Dès lors que vous visiterez la maison de Dieu [43], ou effectuerez un petit pèlerinage [44], il vous est permis de les parcourir, car celui qui donne de lui-même en matière de bien sera récompensé, Allah est reconnaissant et Il sait.

159 - Ceux qui dissimulent par-devers eux ce que Nous avons révélé en matière de signes évidents [45], en guise de bonne orientation, depuis qu'ils furent révélés aux hommes au sein du Livre, ceux-là seront maudits par Dieu et ils le seront davantage par ceux qui maudissent.

160 - À moins qu'ils ne reviennent sur le bon chemin, ne fassent du bien et ne le manifestent clairement. Ceux-là auront Ma grâce, étant Celui qui gracie et qui est miséricordieux.

161 - Ceux qui, en revanche, meurent alors qu'ils sont incroyants, seront maudits par Allah, par les anges et par tout le genre humain.

162 - Ils demeureront éternellement en enfer, sans rémission de peine, et n'auront aucun répit.

163 - Votre Dieu est un seul Dieu, il n'y a pas d'autres dieux que Lui, le Clément, le Miséricordieux.

164 - Dans la création des cieux et de la terre, dans l'opposition de la nuit et du jour, dans le vaisseau voguant sur la mer pour le profit des gens, dans l'eau qu'Allah a fait descendre du ciel et par laquelle Il a fait revivre la terre après sa mort, dans les bêtes de toute sorte qu'Il a fait pulluler, dans les variations des vents et des nuages soumis entre ciel et terre, n'y a-t-il pas des signes pour un peuple qui raisonne ?

165 - Il est des hommes qui prennent en dehors de Dieu des idoles qu'ils aiment comme on aime Dieu. Mais l'amour de ceux qui croient est supérieur au leur. Si les mécréants voyaient le châtiment qui les attend, ils comprendraient que toute la puissance appartient à Dieu, Celui dont le châtiment est terrible.

166 - Lorsque les uns seront désavoués par les autres et que ceux-là verront le châtiment qui les attend, les raisons qui les unissent seront suspendues.

167 - Et ceux qui auront suivi diront : Est-il possible de revenir sur terre, afin de désavouer ceux que nous avons suivis comme ils viennent de nous désavouer ? C'est ainsi qu'Allah leur montre leurs œuvres. Malheur à eux, ils ne sortiront pas du feu.

168 - Ô vous les hommes, mangez de ce que vous trouvez sur terre, qui soit licite et bon, et ne suivez pas la voie du démon, c'est votre ennemi déclaré.

169 - Il vous ordonne de faire du mal et de dire des choses insensées, des paroles sur Allah dont vous ne connaissez pas la portée.

170 - Et lorsqu'on leur dit : Prenez le chemin de Dieu, ils rétorquent : Celui que nous avons connu grâce à nos pères. Et si leurs pères étaient dans l'ignorance ou n'étaient pas sur la bonne voie ?

171 - Ceux qui ont refusé de croire sont semblables à un bétail sur lequel on crie, mais qui ne perçoit que des appels confus et des exhortations. Dès lors, sourds, muets et aveugles[46], ils ne peuvent comprendre.

172 - Ô vous les croyants, mangez des biens dont Nous vous avons gratifiés et remerciez Allah si vraiment vous Le vénérez.

173 - Il vous a été interdit la bête morte, le sang, la viande de porc[47] et tout ce qui a été immolé à un autre dieu que Dieu. Cependant, il n'est fait aucun reproche à celui qui est contraint d'en consommer, en étant par ailleurs sincère, car Dieu est Celui qui pardonne et qui est miséricordieux.

174 - Ceux qui cachent la révélation d'Allah dans le Livre, qui en font un troc misérable[48], se rempliront les entrailles de feu. Allah ne leur adressera pas la parole au jour de la résurrection et ne les purifiera point. Ils subiront un châtiment terrible.

175 - Ce sont les mêmes qui ont troqué[49] la bonne direction contre l'égarement, le pardon contre le châtiment : pourront-ils supporter le feu [de la géhenne] ?

176 - C'est pour cela qu'Allah a révélé le Livre de la vérité. Quant à ceux qui s'opposent au Livre, ils seront dans une voie profondément divergente.

177 - La piété ne consiste pas à vous tourner vers l'Orient ou vers l'Occident ; la piété consiste à croire en Allah, au Jour dernier, aux anges, au Livre et aux prophètes. Elle consiste aussi à partager son bien, en dépit même de l'attachement que l'on éprouve pour lui, avec les proches, les

orphelins, les nécessiteux, ceux de la route [50], les « voyageurs », les quémandeurs [51], et pour l'affranchissement des esclaves [52]. La piété consiste [enfin] en un respect de la prière et en une dépense effective de l'aumône légale [53]. Dès lors, ceux qui honorent ces usages, quand ils auront tenu leurs engagements, et qui demeurent patients face à l'hostilité ou aux moments difficiles ou douloureux, ceux-là sont ceux qui auront raison et qui auront été les plus pieux [54].

178 - Ô vous qui croyez ! Il vous est prescrit, selon l'usage, la loi du talion en cas de meurtre : l'homme libre pour l'homme libre [55], l'esclave pour l'esclave [56], la femme pour la femme [57]. Si quelqu'un se voit pardonner une peine quelconque par son frère, il est recommandé de lui témoigner de l'indulgence en sachant que celui-ci s'acquittera de sa dette selon les usages en vigueur. Tout cela en guise d'allégement et de miséricorde [58] de la part de votre Seigneur, à charge d'être plus strict avec le récidiviste.

179 - Vous avez dans le talion une vie à préserver, ô vous les êtres doués d'esprit. Peut-être craindrez-vous Dieu.

180 - Il vous est prescrit que, devant la mort, celui qui a laissé un bien doit le transmettre à ses parents et à ses proches selon ce qui est convenable. C'est un devoir pour ceux qui craignent Dieu.

181 - Celui qui transforme le testament après l'avoir recueilli, son malheur sera celui qui s'abat sur les gens de peu de foi. Allah entend et sait tout.

182 - À l'inverse, celui qui tente de régler un litige lié à une transmission aux héritiers afin d'éviter quelque tromperie ne commettra aucun mal, Dieu étant celui qui pardonne ; il est le Miséricordieux.

183 - Ô vous les croyants, le jeûne [59] vous a été prescrit comme il a été prescrit à ceux qui vous ont précédés. Puissiez-vous craindre Dieu.

184 - Un nombre compté de jours, sauf si quelqu'un parmi vous est malade ou en voyage, il pourra rattraper le même nombre de jours ultérieurement. Ceux qui devraient jeûner mais ne le font pas doivent se racheter en nourrissant un pauvre. Celui qui concède un tel bien, cela sera compté pour lui, mais jeûner est encore mieux pour vous pour autant que vous compreniez cela.

185 - Le mois de ramadhan durant lequel le Coran a été révélé comme une voie droite pour le genre humain et une preuve explicite pour la bonne guidance et le discernement. Celui qui, parmi vous, est présent en ce mois, qu'il le jeûne ! Le malade et le voyageur rattraperont leurs jours ultérieurement. Allah veut vous soulager de vos peines et ne pas chercher à en rajouter. Tout cela afin que vous acheviez votre jeûne et que vous glorifiiez Allah pour la bonne orientation. Peut-être serez-vous reconnaissants !

186 - Et si Mes serviteurs t'interrogent à Mon sujet, Je suis proche. Je réponds au vœu de celui qui M'aura invoqué. Pour autant qu'ils Me répondent et qu'ils croient en Moi, ils seront bien orientés[60].

187 - Il vous est permis au cours des nuits de jeûne de vous tourner[61] vers vos femmes, lesquelles sont un vêtement pour vous comme vous êtes un vêtement pour elles, car Dieu a su que vous vous limitiez[62]. Il vous a pardonné et vous a graciés, vous pouvez maintenant les entreprendre et assouvir ce que Dieu vous a autorisé. Mangez et buvez jusqu'à ce que vous distinguiez à l'aube le fil blanc du fil noir. Ensuite, vous accomplirez le jeûne jusqu'à la tombée de la nuit. N'approchez pas vos femmes tout le temps que durera votre retraite[63] à la mosquée. Telles sont les prescriptions d'Allah[64]. Ne vous en approchez pas, car c'est ainsi qu'Allah expose Ses signes aux gens, dans l'espoir qu'ils Le craignent.

188 - Ne prétextez aucune fausse raison pour dévorer vos

biens mutuels. Et ne les marchandez pas auprès de quelques juges afin de vous donner des raisons de le faire de manière vénale, alors même que vous en êtes conscients.

189 - Ils t'interrogeront au sujet des lunaisons. Dis : Ce sont des repères dans le temps pour les hommes et pour le pèlerinage. Quant à la piété, elle n'est pas liée au fait de rentrer chez soi par-derrière[65], elle consiste à craindre Dieu et à rentrer chez soi par les portes ordinaires. Craignez Dieu, puissiez-vous être heureux[66].

190 - Combattez dans la voie de Dieu ceux qui vous combattent, mais ne soyez pas des provocateurs[67], car Allah n'aime pas les transgresseurs.

191 - Tuez-les partout où vous les rencontrerez ; chassez-les des endroits d'où ils vous ont chassés, car la subversion est plus grave que le meurtre. En revanche, il ne faut pas les combattre au sein de la Mosquée sacrée jusqu'à ce qu'ils engagent les hostilités. Mais dès lors qu'ils vous combattent, tuez-les, car tel est le traitement des incroyants.

192 - S'ils interrompent leur agression, [vous en ferez de même] Allah est Celui qui pardonne et qui fait miséricorde.

193 - Quant au combat, il doit aller jusqu'à ce que la discorde[68] cesse et que la religion de Dieu s'impose. Sitôt l'agression finie, l'hostilité ne sera plus dirigée que vers les injustes.

194 - Le mois sacré contre le mois sacré[69]. Les interdits sont soumis au talion. Celui qui vous agresse, agressez-le à la manière dont il a agi. Pour le reste, craignez Dieu, car Allah aime ceux qui Le craignent.

195 - Dépensez dans la voie d'Allah ce que vous pouvez, mais ne vous mettez pas en situation de péril. Faites le bien, Dieu aime ceux qui font le bien.

196 - Accomplissez pour Allah le pèlerinage et la 'umra[70].

Si vous êtes empêchés ou contraints, consentez une offrande en compensation et ne vous rasez pas la tête jusqu'à ce que cette offrande atteigne son but. Si l'un d'entre vous est malade ou que cette maladie touche la tête, il lui est recommandé de se racheter moyennant des jeûnes, des aumônes ou tout autre sacrifice[71]. Lorsque vous serez en sécurité[72], vous pourrez entreprendre d'effectuer la 'umra en sacrifiant aux rituels ordinaires jusqu'au pèlerinage. Quant à celui qui ne peut s'en acquitter, qu'il jeûne trois jours durant le pèlerinage et sept jours à son retour, ce qui fait dix jours en tout. Cela est valable seulement pour celui qui n'a personne auprès de la Mosquée sacrée. Craignez Allah, car Il est terrible dans Son châtiment.

197 - Les mois du pèlerinage sont prescrits d'avance. À Celui qui décide de l'accomplir, il est interdit de se livrer à la séduction, au vice[73] et à la controverse stérile. Allah connaît parfaitement les biens que vous faites. Ayez votre viatique avec vous, en sachant que le seul viatique qui vaille est la crainte de Dieu. Craignez-Moi donc, ô vous qui êtes dotés d'esprit.

198 - Aucun reproche ne vous sera fait si vous demandez un bienfait quelconque à votre Dieu. Lorsque vous redescendez du mont 'Arafa, invoquez Allah aux abords du Sanctuaire sacré. Invoquez-Le pour vous avoir orientés, alors qu'auparavant vous étiez parmi les égarés.

199 - Dès lors, vous déferlerez par le même chemin que prennent les gens et demanderez pardon à Allah, car Allah est Celui qui pardonne et qui accorde Sa miséricorde.

200 - Une fois vos rites accomplis, vous invoquerez Allah comme vous l'aurez fait pour vos pères, et même plus. Certains disent : Ô Dieu, accorde-nous de Tes bienfaits immédiatement, mais ils n'auront rien dans la vie future.

201 - D'autres disent : Ô notre Dieu, donne-nous ici-bas

de Tes bienfaits ainsi que dans l'au-delà et préserve-nous des tourments de l'enfer.

202 - Ceux-là auront une partie du bien qu'ils auront acquis, Allah étant Celui qui fait rendre des comptes.

203 - Invoquez Allah en un nombre de jours restreint. Celui qui L'invoque en deux jours ne commet aucun péché ; celui qui prend du temps ne commet aucun péché, surtout s'il est pieux. Craignez Allah, et sachez que devant Lui vous serez rassemblés.

204 - Il est des hommes en cette terre qui savent se rendre agréables, et prennent à témoin Allah de ce que contiennent leurs cœurs. Pourtant, ce sont des querelleurs impénitents.

205 - Mais ce genre-là, dès qu'il a le dos tourné, il parcourt la terre pour y commettre des méfaits, détruire les labours et le bétail[74]. Dieu n'aime pas le désordre.

206 - Et si on lui dit : Crains Dieu, l'orgueil du mal le saisit, mais son compte sera la géhenne. Il n'y a pas d'endroit plus horrible.

207 - Il est des hommes qui rachètent leur âme dans l'espoir d'attirer la bienveillance divine, mais Allah est bon vis-à-vis de Ses serviteurs.

208 - Ô vous qui croyez, rentrez massivement dans la paix et ne suivez pas la voie de Satan, car il est un ennemi déclaré.

209 - Et si vous faiblissez après avoir reçu des preuves évidentes, sachez aussi que Dieu est puissant et sage[75].

210 - Attendent-ils qu'Allah leur vienne sur une nuée, ainsi que les anges, alors que l'ordre de Dieu s'est imposé, puisque à Allah reviennent les choses ?

211 - Demande aux fils d'Israël combien Nous leur avons donné de Nos signes évidents. Que celui qui change Nos

bienfaits après ce qu'il a reçu de Nous connaisse un terrible châtiment.

212 - À ceux qui ne croient pas, la vie ici-bas se présente sous ses meilleurs atours, ce qui leur permet de tourner en dérision ceux qui croient et ceux qui sont pieux. Mais ils seront placés bien au-dessus d'eux le jour de la résurrection, car Allah est Celui qui octroie Ses bienfaits à qui Il veut, sans limite.

213 - Les hommes formaient une seule communauté. C'est alors que Dieu leur envoya des prophètes pour les avertir et pour les orienter. Il les a dotés de livres de vérité afin de juger sagement leurs différends. Mais ceux qui, par ostentation, s'opposent à la vérité après qu'ils l'ont reçue ne seront pas guidés, Allah étant Celui qui guide ceux qui croient, y compris lorsqu'ils s'opposent entre eux, car Allah oriente qui Il veut dans le droit chemin[76].

214 - Pensez-vous gagner le paradis, sans subir les épreuves de ceux qui vous ont précédés ? Ils furent atteints de tristesse et de malheur au point d'être déstabilisés, jusqu'au moment où le messager et ceux qui ont cru avec lui dirent : À quand le secours d'Allah ? Mais le secours d'Allah est imminent.

215 - Les croyants te demanderont la part de ce qu'ils doivent donner comme aumône. Dis : Ce que vous dépensez de profitable doit l'être prioritairement pour vos parents et vos proches, pour les orphelins, les pauvres et les enfants de la route[77] ; sachez que tout ce que vous dépensez en bien, Allah en est le témoin.

216 - On vous a prescrit le combat, bien qu'il vous répugne, car il arrive que vous détestiez une chose qui vous est utile, de même qu'il vous arrive d'aimer une chose alors qu'elle est néfaste pour vous. Allah sait, et vous ne savez point.

217 - Ils t'interrogeront au sujet de la guerre qu'il faut mener pendant le mois sacré[78]. Dis : Mener la guerre durant ce mois est un grand péché. Mais plus grave encore est le fait de se détourner de la voie d'Allah, de ne pas croire en Lui et à la Mosquée sacrée, ou encore de chasser ses occupants. La subversion est plus néfaste que la guerre, car ils vous combattront jusqu'au jour où vous abandonnerez votre religion, pour autant qu'ils y parviennent. L'apostat[79] qui meurt dans son incroyance et qui trépasse tout en étant impie, celui-là verra ses bonnes actions devenir inutiles sur terre comme dans l'au-delà. Il fait partie de ceux qui fourniront l'aliment du feu où ils demeureront éternellement.

218 - Quant à ceux qui ont cru, ceux qui ont fait le voyage d'exil[80] et ceux qui ont combattu dans la voie d'Allah, ceux-là peuvent espérer la miséricorde d'Allah sur eux, car Allah est Celui qui pardonne et qui fait miséricorde.

219 - Ils t'interrogent sur le vin et les jeux de hasard ; réponds-leur qu'ils comportent tous deux une grande souillure[81], mais aussi des bienfaits pour les hommes. Cependant, leurs méfaits sont supérieurs à leurs bienfaits. Ils t'interrogent au sujet de ce qu'ils dépensent[82] ; dis : Donnez ce que vous pouvez. Ainsi Dieu explique Ses signes, peut-être saurez-vous les méditer...

220 – ... en ce bas monde et dans la vie dernière. Ils t'interrogent au sujet des orphelins. Réponds : Leur faire du bien[83] est une bonne action. Et si vous les fréquentez, ils sont vos frères. Allah distingue le corrupteur de l'homme sain. Si Allah voulait, Il vous accablerait. Mais Allah est puissant et sage.

221 - N'épousez les femmes polythéistes que si elles décident de croire. Une esclave croyante vaut mieux que la polythéiste, quand bien même elle vous plaît. De même, ne mariez pas vos filles à des incroyants tant qu'ils n'ont

pas cru, car l'esclave croyant est meilleur que le polythéiste, même si ce dernier vous séduit. Ceux-là appellent à l'enfer tandis que Dieu vous invite sur le bon chemin, celui du paradis, le pardon Lui incombe. Allah livre Ses signes aux hommes, peut-être réfléchiront-ils !

222 - Ils t'interrogent à propos des menstrues[84] ; dis qu'il s'agit d'un mal. Éloignez-vous des femmes durant leurs règles[85] et ne les approchez que lorsqu'elles se purifient. Si elles se purifient, joignez-vous à elles par là où Allah vous a ordonné. Allah aime ceux qui se repentent ; Il aime les purs.

223 - Vos femmes sont un champ de labour pour vous : cultivez votre champ de la manière qui vous convient, et œuvrez pour vous-mêmes préalablement. Craignez Allah et sachez que vous allez Le rencontrer. Apporte [ô Prophète] la bonne nouvelle aux croyants.

224 - Ne prenez pas Allah comme obstacle à vos serments, à moins que vous ne soyez croyants et pieux, et que vous n'établissiez la concorde entre les gens. Allah est Celui qui entend et qui sait.

225 - Allah ne vous reprendra guère pour vos vaines spéculations, mais Il vous demandera des comptes sur ce que vos cœurs auront nourri. Allah est Celui qui pardonne, Il est magnanime.

226 - À ceux qui répudient leurs femmes[86] est prescrite une attente de quatre mois, à moins qu'ils ne reviennent sur leurs serments. Allah est Celui qui pardonne, Il est le Miséricordieux.

227 - S'ils maintiennent quand même la répudiation, Allah est Celui qui entend, Celui qui sait.

228 - Les femmes répudiées observent trois périodes menstruelles avant de se remarier. Il leur est interdit de cacher

ce que Dieu a déposé en leur sein, si toutefois elles croient en Dieu et au Jour dernier. Il est plus juste que leurs époux les reprennent durant cette période s'ils désirent se réconcilier avec elles. Aux femmes, les droits équivalents à leurs devoirs et selon l'usage ; aux hommes, des droits prééminents. Allah est puissant et sage[87].

229 - La répudiation coutumière est permise deux fois. Mais si vous voulez reprendre votre épouse, faites-le de manière convenable, à moins que vous ne la libériez tout aussi dignement. Vous ne reprendrez aucune chose de ce que vous lui avez donné, sauf si vous craignez tous les deux de dépasser les limites prescrites par Dieu. À cette condition, il n'est aucun tort pour les deux que la femme reprenne sa liberté moyennant compensation. Telles sont les prescriptions d'Allah. Il ne faut pas les transgresser, car ceux qui transgressent les lois de Dieu sont injustes.

230 - Si un homme répudie sa femme [pour la troisième fois], elle n'est plus licite pour lui jusqu'au moment où elle se marie avec un autre homme[88]. Si le second mari la répudie, elle n'est plus illicite pour une vie commune avec le premier, si toutefois ils ne transgressent plus les prescriptions établies par Allah. Ces prescriptions, Allah les montre à un peuple qui comprend.

231 - Lorsque vous répudiez vos femmes et qu'elles auront atteint le délai de viduité, reprenez-les décemment ou libérez-les décemment. Ne les forcez pas au risque d'être transgresseurs, car alors vous vous feriez du tort. Ne pensez pas que les signes d'Allah ont peu de valeur ; souvenez-vous des bienfaits qu'Allah a déversés sur vous, du Livre qu'Il vous a révélé, ainsi que de la sagesse qui Lui est assortie et qui vous oblige. Craignez Allah, en sachant qu'Allah est informé de tout.

232 - Si vous avez répudié vos femmes et qu'elles atteignent

la période prescrite, ne les empêchez pas de prendre un éventuel époux qui se présenterait à elles en vertu des bonnes mœurs établies. Aussi, celui qui croit en Dieu et au Jour dernier est appelé à cet usage. Cela est mieux pour vous[89] et plus sain, Allah sait ce que vous ignorez.

233 - Les mères allaiteront leurs enfants deux années pleines, [pour celles] qui veulent aller jusqu'au bout de l'allaitement. Le père assure nourriture et vêtement, selon l'usage et dans les limites de ses moyens. Ni la mère, ni le père ne doivent souffrir de l'arrivée de leur enfant. Il en va de même du tuteur héritier. Si [au bout d'un certain nombre de mois] les parents décident de sevrer l'enfant, il ne leur sera fait aucun reproche. Pas de tort non plus pour les parents qui, moyennant une rétribution convenable, désirent placer leur enfant chez une nourrice. Craignez Allah, et sachez qu'Allah regarde de très près ce que vous faites.

234 - Lorsque certains d'entre vous décèdent en laissant des épouses, celles-ci doivent observer une période de viduité de quatre mois et dix jours. Passé ce délai, personne ne trouverait à redire si elles disposaient d'elles-mêmes, pour autant qu'elles respectent les formes prescrites. Allah est très informé de ce que vous faites.

235 - Il n'y a aucun grief à vous faire si vous décidez de demander en mariage telle femme durant son délai de viduité ou si, à l'inverse, vous gardez pour vous un tel désir. Allah sait que vous y pensez dans votre for intérieur. Toutefois, il ne faut rien leur promettre en secret, hormis des engagements ordinaires. Ne vous engagez avec elle dans le mariage que lorsque le délai est atteint. Sachez qu'Allah sait ce que vous tramez. Tenez-en compte, Il est Celui qui pardonne et qui est plein de Sa mansuétude[90].

236 - Il ne vous sera fait aucun grief si vous répudiez des

femmes que vous n'avez pas touchées et avec qui vous vous êtes engagés sans aller au-delà. Cependant, celles à qui vous avez promis une dot recevront une partie de celle-ci. L'homme fortuné donnera selon ses moyens et celui qui est dans le besoin donnera selon ses moyens en vertu des usages établis. Telle est l'obligation des hommes de bien.

237 - Si, en revanche, vous les avez répudiées avant de les avoir touchées, mais que vous vous êtes engagés envers elles au versement d'un douaire, vous leur en verserez la moitié, à moins qu'elles ne se désistent ou que ne se désiste celui qui détient le contrat de mariage. Se désister est plus proche de la piété. N'oubliez pas d'être compatissants l'un envers l'autre. Allah observe tout ce que vous faites.

238 - Observez scrupuleusement les prières, particulièrement la prière médiane, et tenez-vous debout et avec ferveur devant Allah.

239 - Si vous avez peur [de quelque danger], priez en marchant ou à cheval, mais dès que vous vous sentez en sécurité, invoquez Allah comme il vous a été appris, alors que vous ne saviez point.

240 - Ceux qui parmi vous décèdent et laissent des épouses, qu'ils consentent en leur faveur un legs de la valeur d'une année et qu'elles ne puissent être expulsées de chez elles. Si toutefois elles désirent quitter, il ne vous est fait aucun grief (posthume) de la manière dont elles disposent convenablement d'elles-mêmes. Allah est le plus puissant, le plus sage.

241 - Les femmes répudiées obtiennent un droit matériel établi selon les usages en vigueur et imputable aux personnes qui craignent Dieu.

242 - C'est ainsi qu'Allah vous montre Ses signes, peut-être cela vous poussera-t-il à raisonner.

243 - N'as-tu pas vu ceux qui, par milliers, sont sortis de

leurs maisons pour avoir pris peur de la mort ? Allah leur a dit : Mourez, avant de les ramener à la vie. À Allah un ascendant favorable[91] par rapport aux hommes, mais la plupart d'entre eux ne sont pas reconnaissants.

244 - Combattez dans le chemin d'Allah et sachez qu'Allah sait et entend tout.

245 - Celui qui confie à Allah un crédit sincère, Allah le lui fera fructifier très sensiblement. Allah retient ou libère ses avantages comme Il veut et c'est vers Lui que vous reviendrez.

246 - N'as-tu pas vu le Conseil des fils d'Israël qui, après Moïse, disent à l'un de leurs prophètes : Envoie-nous un roi de façon à combattre dans la voie de Dieu. Il leur dit : Si cette clause était écrite dans le Livre, auriez-vous combattu ? Ceux-ci répondirent : Il ne nous reste qu'à combattre dans la voie de Dieu, puisque nous avons été chassés de nos demeures, nous et nos enfants. Dès lors que le combat leur a été prescrit, ils le refusèrent[92], hormis quelques-uns parmi eux. Dieu est bien informé quant aux coupables.

247 - Leur prophète leur dit alors : Dieu vous a envoyé Saül[93] comme roi. Ils dirent : Pourquoi serait-il roi, alors que nous avons la priorité sur lui ? De plus, il n'est même pas riche ! Leur prophète leur dit : Dieu l'a privilégié sur vous, et l'a doté de grandeur de par l'esprit[94] et le corps. Allah fait bénéficier de Sa puissance qui Il veut, Il est vaste et savant.

248 - Leur prophète leur dit encore : Le signe de sa royauté sera de ramener vers vous l'Arche. Elle sera habitée par la quiétude divine[95] et une partie du legs de la famille de Moïse et de la famille d'Aaron. Portée par les anges, elle sera un gage pour vous, si vous êtes croyants.

249 - Lorsque Saül se mit en branle avec son armée, il dit : Dieu vous mettra à l'épreuve d'un fleuve : celui qui y boira

ne sera pas des miens et celui qui résistera à l'envie d'y goûter sera des miens, sauf celui qui prendra un peu d'eau dans ses mains. Tous y burent, à l'exception d'un petit nombre parmi eux. Lorsqu'il dépassa le fleuve avec sa petite troupe qui avait cru, ils s'exclamèrent : Nous n'avons plus de force[96] aujourd'hui face à Goliath et à ses soldats ! Ceux qui espéraient rencontrer Dieu dirent alors : Combien de fois un petit groupe de personnes a réussi à vaincre un groupe imposant avec la volonté de Dieu ? Dieu est avec ceux qui persévèrent.

250 - Lorsqu'ils furent face à Goliath et à son armée, ils demandèrent à Dieu de renforcer leur détermination, de consolider leurs pas et de leur donner la victoire sur ce peuple de mécréants.

251 - Ils le vainquirent avec la permission de Dieu. Goliath fut terrassé par David, lequel fut investi par Dieu de la royauté et de la sagesse. Il lui apprit tout ce qu'Il voulut, car, si Dieu ne neutralisait pas un peuple par un autre, la terre entière serait pervertie[97]. Mais le Seigneur dispose d'une grâce pour les mondes.

252 - Telles sont les prescriptions d'Allah que Nous te transmettons en toute vérité. N'es-tu pas parmi les envoyés ?

253 - Nous avons privilégié certains prophètes par rapport à d'autres. Dieu a parlé à quelques-uns, élevant d'autres à des degrés supérieurs. Nous avons transmis à Jésus, fils de Marie, des preuves éclatantes et nous l'avons doté de l'Esprit saint[98]. Si Allah l'avait voulu, les gens qui lui succédèrent ne se seraient pas entre-tués alors que des preuves leur ont été révélées, mais se seraient seulement opposés. Il en est parmi eux qui ont cru, d'autres ont été infidèles. Si Allah l'avait voulu, Il ne les aurait pas laissés s'entre-tuer, mais Allah fait ce qu'Il veut.

254 - Vous qui croyez, cédez sous forme d'aumône une partie des biens que Nous vous avons donnés avant l'échéance du Jour où rien ne sera mis en vente, pas d'amitié non plus, ni recours ou compassion [99]. Les mécréants sont les [seuls] injustes.

255 - Allah, il n'y a pas d'autre dieu que Lui, le Vivant, l'Éternel [100]. Rien ne L'atteint, ni assoupissement ni sommeil. À Lui appartient ce qu'il y a aux cieux et sur terre. Qui peut intercéder auprès de Lui sans Sa permission ? Il sait ce qu'ils tiennent entre leurs mains et ce qu'ils cachent, et ils ne peuvent maîtriser de Sa science que ce qu'Il a voulu concéder. Son trône s'étend [101] aux cieux et à la terre. Les préserver ne Lui demande aucune difficulté, car Il est le Très-Haut, l'Immense.

256 - Il n'y a pas de contrainte en religion [102], car la vérité s'est distinguée de l'erreur. Quant à celui qui rejette les [idoles] Taghout et croit en Allah, celui-là aura pris l'anse la plus solide, celle qui ne faiblit point. Allah est Celui qui entend tout, Celui qui sait.

257 - Allah est le protecteur [103] des croyants. Il les sort des ténèbres pour les amener vers la lumière. Quant à ceux qui ont refusé de croire, ils auront les Taghout pour protecteurs, ils les sortiront de la lumière pour les jeter dans les ténèbres. Ce sont les compagnons du feu ; ils y séjourneront pour l'éternité.

258 - N'as-tu pas vu celui qui ratiocina à propos de la royauté avec Abraham ? Quand Abraham dit : Mon Dieu est celui qui fait vivre et mourir, celui-ci lui rétorqua : Moi, je fais vivre et mourir. Abraham renchérit : Mais Dieu est Celui qui impulse le mouvement du soleil à partir de l'Orient ; peux-tu impulser le mouvement inverse, à partir de l'Occident ? L'impie est dérouté, mais Dieu ne guide pas les injustes.

259 - Comme celui qui traversa une cité vide de ses habitants et s'écria : Comment Dieu peut-Il faire revivre cette cité après sa mort ? Dieu le fit mourir pendant cent ans avant de le ressusciter. Il lui dit : Combien de temps es-tu demeuré ainsi ? – Un jour, ou peu s'en faut. Dieu lui dit : Non, cent ans ! Regarde ta nourriture et ta boisson, elles ne sont pas détériorées. Regarde aussi ton âne. Nous allons faire de toi un signe pour les gens. Regarde les os, comment nous les reconstituons et recouvrons de chair. Lorsque tout cela lui parut évident, il dit : Dieu est puissant sur toute chose.

260 - Abraham dit : Seigneur, montre-moi comment tu redonnes la vie aux morts. Dieu lui répondit : Douterais-tu ? Abraham dit : Non pas, mais je voulais tranquilliser mon âme [104]. – Prends quatre volatiles, découpe-les en morceaux, place chacun des morceaux sur une montagne à part, puis appelle-les. Ils viendront à tire-d'aile. Sache qu'Allah est puissant et sage.

261 - Ceux qui dépensent leurs biens au bénéfice d'Allah sont semblables à un grain qui donne sept épis, et chaque épi donne à son tour cent grains, car Allah multiplie les biens de qui Il veut. Allah est vaste et sage.

262 - Ceux qui dépensent leurs biens au bénéfice d'Allah et qui n'associent à leurs dépenses aucun tort ont un grand mérite auprès de Dieu. Ni crainte ni tristesse ne doivent les assaillir.

263 - Une parole convenable et de l'indulgence valent autrement plus qu'une aumône qui serait suivie d'un tort. Allah se suffit à lui-même ; Il est magnanime.

264 - Ô croyants, n'invalidez pas vos aumônes par une mauvaise pensée [105] ou par des torts. Cela rejoint celui qui fait grande dépense de son argent au vu des hommes, alors qu'il ne croit pas à Allah et au Jour dernier. Il est pareil à

une grande roche [106] recouverte d'une pellicule de terre : sitôt qu'une forte pluie l'atteint, elle la laisse dénudée. Ces gens ne peuvent rien sur ce qu'ils possèdent et Allah n'oriente pas le peuple impie.

265 - À l'image de ceux qui dépensent leurs biens pour gagner la bénédiction d'Allah [107], consolidant ainsi leur âme, ils sont semblables à un jardin haut placé qu'arrose une pluie diluvienne. Ce jardin produit alors deux fois plus de fruits. Il se peut que la forte pluie ne l'atteigne pas, il y a seulement la rosée. Allah est au courant de ce que vous faites.

266 - Y a-t-il quelqu'un pour ne pas désirer un jardin planté de palmiers et de vignes où couleraient des ruisseaux et qui produirait toutes sortes de fruits ? Admettons que celui-ci vieillisse et laisse derrière lui des enfants encore faibles, tandis que son jardin est fouetté par un vent de folie et qu'un incendie l'a ravagé. C'est ainsi qu'Allah vous expose Ses versets [108], peut-être réfléchirez-vous !

267 - Ô vous qui croyez, dépensez en aumône une partie de vos biens, et des produits de la terre. Ne donnez pas ce qui est avarié, à moins de le faire sans intention maligne pour autant que vous fermiez les yeux à ce sujet. Sachez qu'Allah est autosuffisant, Il est digne de louanges.

268 - Satan vous prépare [un lit] de misère et vous ordonne la turpitude ; Allah, au contraire, promet de vous pardonner et de vous bénir, Il est immense et savant.

269 - Il gratifie de sagesse qui Il veut. Celui qui en est le récipiendaire sera couvert d'un grand bien, ce dont seuls les êtres doués d'esprit se souviennent.

270 - Quelque offrande que vous fassiez, quelque intention que vous nourrissiez, Allah le sait. Les injustes n'auront pas de partisans pour les défendre.

271 - Si vous faites une aumône, cela est une action louable ; mais la donner aux pauvres discrètement, c'est encore meilleur pour vous, car une partie de vos mauvaises actions sera alors éloignée de vous[109]. Allah est informé du bien que vous faites.

272 - Il n'est pas prescrit que tu orientes les infidèles ; mais Allah, Lui, oriente qui Il veut. Toute aumône dépensée est comptée comme une bénédiction à votre actif car tout ce que vous dépensez n'est [au fond] qu'une recherche de la face d'Allah. Toute dépense consentie dans le but de faire le bien vous sera entièrement restituée. Vous ne serez pas lésés.

273 - Ces aumônes faites à l'avantage des pauvres qui ont été contraints à cela par leur engagement auprès de Dieu et qui, de ce fait, ne peuvent courir le pays[110] – l'ignorant les croit riches en raison de leur abstinence[111] ; ils sont reconnaissables à leurs visages sémillants et au fait qu'ils ne demandent aucune aumône de manière ostentatoire. À cet égard, tout bien que vous leur consentirez, Allah le connaît parfaitement.

274 - Ceux qui, de nuit comme de jour, discrètement ou publiquement, consacrent leurs biens en aumônes ont un grand mérite auprès de leur Seigneur. Nulle crainte pour eux et nulle tristesse.

275 - Ceux qui se nourrissent de l'usure se retrouveront au dernier jour comme ceux que le démon a frappés au point de les désorienter. Tout cela parce qu'ils ont dit : La vente est semblable à l'usure !, alors qu'Allah a permis la vente et a interdit l'usure. Celui que Dieu a exhorté et qui cesse de pratiquer l'usure préservera ses bénéfices. Son sort appartient à Allah. Quant aux récidivistes, leur destin est le feu. Ils y demeureront éternellement.

276 - Dieu ne fera pas triompher l'usure et fera gagner l'aumône. Allah n'aime pas le mécréant et le pécheur impie.

277 - Ceux qui croient, qui font le bien, qui prient et qui s'acquittent de leur aumône ont un grand mérite auprès de leur Seigneur. Nulle crainte pour eux et nulle tristesse.

278 - Ô vous qui croyez, craignez Allah. Abandonnez la plus-value de l'usure, si toutefois vous êtes croyants.

279 - Si vous omettez de le faire, attendez-vous à une guerre sans merci de la part d'Allah et de Son prophète. Si, en revanche, vous revenez sur le chemin, vous aurez vos capitaux[112]. Vous ne lésez personne et vous ne serez point lésés.

280 - Si votre débiteur est dans la gêne[113], cherchez une voie de sortie, mais si vous faites de cette dette une aumône, ce sera préférable pour vous, si vous le saviez.

281 - Craignez le jour où vous reviendrez devant Allah, où toute âme recevra ce qui lui est dû et où personne ne sera lésé.

282 - Ô vous les croyants, si vous êtes débiteurs de quelque créance, pour une durée donnée, notez-la. Que celui qui parmi vous peut l'écrire le fasse en restant juste. Qu'aucun scribe[114] ne déroge à la règle enseignée par Allah, à savoir écrire sous la dictée du débiteur, tout en craignant Allah, son Seigneur. Qu'il ne retranche rien de ce qui lui a été dicté. Si le débiteur est débile ou faible et qu'il ne peut lui-même dicter, que son tuteur le fasse pour lui avec honnê-teté. Faites mander deux témoins crédibles parmi vos hommes pour qu'ils témoignent. Si vous ne trouvez pas deux hommes, prenez-en comme témoins un seul et deux femmes parmi les plus crédibles. L'une de ces deux femmes peut se trouver dans l'erreur, l'autre femme la corrigera[115]. S'ils sont désignés, les témoins ne doivent pas refuser de témoigner. Ne manquez pas d'écrire les dettes, qu'elles soient petites ou grandes, jusqu'au terme qui leur est fixé.

Tout cela est plus équitable aux yeux d'Allah, plus conforme à un éventuel témoignage et bien plus apte à vous conforter. À moins que ce ne soit un négoce immédiat que vous entreprenez en commun. Dans cette situation, il ne sera pas retenu contre vous de ne point l'écrire, à l'exception de témoins que vous prendrez en cas de vente. Aucun scribe ni aucun témoin ne sera pénalisé, car alors vous seriez couverts de réprobation. Craignez Allah, Il est Celui qui vous apprend tant de choses. Allah est omniscient [116].

283 - Si vous êtes en voyage et que vous ne trouviez pas d'écrivain public, laissez donc quelques gages [117]. Si vous laissez des gages, que ceux qui les ont reçus les restituent. Qu'ils craignent Allah, le Seigneur. Ne cachez point de témoignage reçu, celui qui ne témoigne pas est pécheur [118]. Allah est au courant de tout ce que vous faites.

284 - À Allah appartient ce qu'il y a sur terre comme au ciel. Que vous montriez ce qu'il y a dans vos âmes ou que vous le cachiez, Allah vous en réclamera des comptes. Il pardonne à qui Il veut et punit qui Il veut, car Il est omnipotent sur toute chose.

285 - Le messager a cru au message qui lui a été révélé par le Seigneur. Tous les croyants ont cru en Dieu, à Ses anges, à Ses Livres et à Ses envoyés. Nous ne faisons aucune distinction entre aucun de Ses prophètes. Ils ont dit : Nous avons entendu et nous avons obéi. Ton pardon [119], Seigneur, vers Toi l'ultime demeure.

286 - Allah ne charge pas une âme [120] sans qu'Il lui trouve des issues favorables [121]. Elle aura ce qu'elle a engrangé et sera débitrice de ce qu'elle aura fait. Seigneur, ne nous afflige pas de nos oublis ou de nos erreurs. Seigneur, ne nous charge pas des peines dont Tu as chargé ceux qui nous ont précédés. Seigneur, ne nous charge pas de ce que nous

ne pouvons porter. Sois indulgent à notre égard, pardonne-nous et accorde-nous Ta miséricorde, Tu es notre Seigneur et Maître. Fais-nous vaincre le peuple des incroyants.

NOTES

1. Ces lettres liminaires de l'alphabet arabe introduisent une série de sourates coraniques, mais leur sens demeure mystérieux. Encore aujourd'hui, les exégètes sont réduits à de pures conjectures. Cf. *Dictionnaire encyclopédique du Coran*. **2.** *Sûfaha* peut également signifier les va-nu-pieds, les misérables. **3.** *Tijâratuhûm*. **4.** *Sûmmûm, bûkmûn, 'ûmyûn* : une expression qui reviendra en II, 171 et en XVII, 97. **5.** Dieu étant capable de tout, Il est aussi en mesure de transformer le moucheron en une entité plus noble : cf. « Paraboles coraniques », in *Dictionnaire encyclopédique du Coran*. **6.** *Khalifa*. **7.** Adam a, en effet, reçu le pouvoir de nommer les choses. **8.** Autre version : « Ô Adam ! séjourne avec ton épouse dans le paradis. Mangez librement ce qui vous échoit de ses fruits et de ce qu'il produit (*raghdan*), et allez où bon vous semble, mais ne vous approchez pas de cet arbre-là, afin de ne pas commettre de torts. » **9.** « Ils laissaient vivre vos filles » (Masson) ; « Épargnant vos femmes » (Berque) ; « Couvraient de honte vos femmes » (Blachère). **10.** *'Ijl*. **11.** *Uqtûlû anfûssakûm*. **12.** *Al-manna wa salwa*. **13.** *Qaryat* : village, cité. **14.** Un courroux, *rijz*. **15.** Kasimirski, Boubakeur, Hafiane et Blachère mettent Sinaï. **16.** *Qûwa*. **17.** *Fâqi'n*. Hamidullah traduit par « jaune », Montet par « d'un jaune très foncé », Chouraqui par « safran vif ». **18.** *Anhar* : ruisseaux, torrents. **19.** Ce verset a une vocation géologique. Il laisse entendre que la pierre et les strates géologiques renferment des liquides abondants, et qu'il suffisait de creuser pour les faire jaillir et les amener à la surface. **20.** *Rûh al-qûds*. **21.** *Ghulfûn*. **22.** *Mûsaddiqan*. **23.** *Hûda*. **24.** *Boûchra*. **25.** *Ra'ina* et *anzûrna* : deux verbes qu'il faut nuancer. Blachère propose : « Considère-nous » et « Donne-nous d'attendre ». Berque traduit : « Aie pour nous des égards » et « Aie de nous sollicitude ». Masson donne : « Favorise-nous » et « Regarde-nous ». **26.** *Mûshriqin*. **27.** *Naçir*. Le mot reviendra très souvent dans le Coran. **28.** Littéralement : « celui dont le visage est devenu musulman ». **29.** *Al-Machriq*. **30.** *Al-Maghrib*. **31.** *Badi'*. **32.** *Inna hûda Allah hûwa al-hûda*. **33.** *Imam*, dans sa fonction littérale qui consiste à se mettre devant. **34.** Autour de la Kaaba. **35.** *Ya'kifûn*.

36. *'Abidûn.* **37.** Entre 622 et 624, les musulmans priaient vers Jérusalem, appelée depuis lors « première *qibla* » par rapport à La Mecque, « seconde *qibla* ». **38.** Mot à mot : « ceux qui s'en retournent sur leurs talons ». **39.** *Masjid al-haram.* **40.** *Al-mûmtarin* : « ceux qui doutent de tout », des pyrrhoniens. **41.** Mot à mot : à chaque visage. **42.** Safa et Marwa sont des lieux-dits dans les environs de La Mecque. Ils forment les points de repère de la course folle que Hajar (Agar de la Bible) aurait faite pour chercher de l'eau à Ismaël, son fils, en proie à une soif qui a failli lui être fatale. Mais, ayant frappé des pieds, la source Zemzem jaillit soudain de terre. **43.** *Hajj* : pèlerinage. **44.** *'Omra.* **45.** *Bayïnati.* **46.** Cf. *supra*, note 4. **47.** *Khinzir*, à moins que ce ne soit le sanglier. **48.** L'idée de vendre les versets du Coran à vil prix est l'un des signes de l'infidélité. **49.** *Achtarû* : acheté. **50.** L'expression arabe : *Ibn as-sabil*. **51.** *Sâ'ilin* : les mendiants, les quémandeurs. **52.** *Raqba*, pl. *riqab*. **53.** *Zakat.* **54.** *Al-mûttaqûn.* **55.** En arabe : *Al-hûrrû bil-hûrri*. **56.** *Al-'abdû bil-'abdi*. **57.** *Al-ûnta bil-ûnta*. **58.** *Rahma.* **59.** *Siyam.* **60.** *Yarchûdûn.* **61.** *Arrafithû.* **62.** *Takhtanûn* : littéralement, « vous circoncisez vos désirs ». **63.** *'Akifûn.* Cf. *supra*, verset 125. **64.** Littéralement : « les limites d'Allah », *hûdûd Allah*. **65.** Littéralement : « dans le dos », *min dubûriha*. **66.** *Tûflihûn.* **67.** Ou transgresseurs. **68.** *Fitna*, que toutes les traductions rendent par sédition, rébellion, discorde, parfois même désordre et, en politique, anarchie. **69.** *Wal-hûrûmatû qiçaçûn.* **70.** Petit pèlerinage. **71.** *Nûsuk/nûskin.* **72.** En sécurité : *amintûm*. **73.** *Fusûq.* **74.** *An-nasla.* **75.** *Allah 'aziz hakim.* **76.** *Sirat al-mûstaqim.* **77.** *Ibn as-sabil.* **78.** *Chahr al-haram.* **79.** *Yartadid*, de *mûrtadd*. **80.** Les compagnons qui ont suivi le Prophète de La Mecque à Médine. **81.** *Ithm kabir.* **82.** *Nafaqa* : aumône, dépense. **83.** *Islahû lahûm.* **84.** *Al-mahydh.* La croyance ancienne tenait ce sang corrompu pour un sang dangereux. **85.** *Al-mahydh*, c'est aussi anciennement la « Maison des règles ». **86.** *Yûlûna.* **87.** *Allah 'aziz hakim.* **88.** On appelle cela un « mariage de déliaison ». Il était très en vogue dans toute l'Arabie ancienne, avant et pendant l'islam. **89.** *Azkä lakûm.* **90.** *Halim* : longanime, plein de mansuétude. **91.** *Fadl* : faveur ou grâce. **92.** Ils tournèrent le dos : *tawallû*. L'expression revient plusieurs centaines de fois dans le Coran. **93.** *Talût.* **94.** Littéralement : « la science », *al-'ilm*. **95.** *Sakina.* **96.** *Taqa* : puissance, énergie ; j'ai traduit par « force ». **97.** Ou corrompue : *fassadat*. **98.** *Rûh al-qûdûsi.* **99.** *Chafa'tûn* : Blachère traduit « intercession ». Je ne vois pas ce sens. **100.** *Al-qayûm.* Littéralement : « Celui qui se tient debout », le Persévérant, le Subsistant. **101.** *Wasi'a kûrsiyûhû.* **102.** *La ikraha fid-din.* **103.** *Wali* : tuteur. **104.** *Qalbi* : littéralement « cœur ». **105.** En les rappelant à ceux à qui l'on a fait ce don ou en faisant le reproche à ceux qui en bénéficient. **106.** *Safouan* : une pierre ponce ? **107.** *Mûrdat Allah* : pour faire plaisir à Allah, avoir Son agrément. **108.** *Aya*, pl. *ayat* : signes, enseignement coranique. Parfois tout le Coran. **109.** *Yûkaffirû 'ankûm*. **110.** Littéralement : « ceux qui ne peuvent frapper le sol de leurs pieds », devenu ici la terre, *al-ard*. **111.** *Ta'affûfi* : chasteté. **112.** *Ru's amwalikûm*. **113.** *'Ûsratin*. **114.** *Katib* : écrivain public. **115.** Au sens d'amender un texte. **116.** Ce verset est le plus long du Coran, étant, aussi, le plus long de la plus longue des sourates. **117.** *Rihn, rahana* : mettre en gage quelque chose, laisser une caution. **118.** *Athimûn qalbûhû* : dans son for intérieur. **119.** *Ghûfran*. **120.** Une personne, un être humain. **121.** *Wûs'aha*.

SOURATE III

LA FAMILLE D'IMRAN (AI-'IMRAN)

Révélée à Médine, 200 versets

Au nom d'Allah, le Clément, le Miséricordieux

1 - Alif. Lam. Mim.

2 - Allah, il n'est d'autre Dieu que Lui, le Vivant, l'Auto-subsistant.

3 - Il a fait descendre sur toi le Livre de la vérité, confirmant ce qui a déjà été révélé[1]. Il a fait descendre la Torah et l'Évangile...

4 - ... qui furent une direction pour les hommes, avant que ne soit révélée la distinction salvatrice[2]. Mais ceux qui n'auront pas cru aux versets d'Allah subiront un châtiment terrible. Allah est puissant, Il est vengeur.

5 - Rien n'échappe à Allah, ni sur terre ni au ciel.

6 - C'est Lui qui vous définit dans l'utérus[3] comme Il le désire. Il n'est d'autre Dieu qu'Allah, le Puissant, le Très-Sage.

7 - C'est Lui qui t'a révélé le Livre qui contient des versets éloquents – Mère des livres –, et d'autres plus complexes, propices à l'interprétation[4]. Quant à ceux dont les cœurs sont déviants, ils s'attachent à la partie obscure du Coran, recherchant la dispute et la discorde. Ils font excès d'interprétations, mais seul Allah connaît toutes les interprétations. En revanche, ceux qui s'attachent fermement à la

science, diront : Nous croyons en Lui, car tout vient de notre Seigneur. Ne s'en souviennent que ceux qui sont doués d'intelligence.

8 - Seigneur, ne désoriente pas nos cœurs après nous avoir excellemment orientés. Donne-nous au contraire de Ta miséricorde, car Tu es le Grand Donateur.

9 - Seigneur, Tu es Celui qui rassemblera les hommes pour le Jour fatidique sur lequel il n'y a aucun doute. Allah ne manque pas à Ses promesses.

10 - Les incroyants ne seront protégés en rien face à Allah, ni par leurs biens, ni par leurs enfants. Ils seront la nourriture du feu.

11 - À l'instar de la famille de Pharaon et de ceux qui l'ont précédée : ils ont traité nos signes de mensonges. Allah leur a réservé un traitement spécial. Il est terrible dans Son châtiment.

12 - Dis à ceux qui n'auront pas cru qu'ils seront vaincus et qu'ils seront massés dans la Géhenne. Quel sinistre endroit !

13 - Vous avez reçu des signes encourageants lorsque deux clans se sont rencontrés. L'un d'entre eux combattait dans la voie d'Allah, tandis que l'autre, qui était incrédule, voyait le clan qui combattait dans la voie d'Allah deux fois plus important que le sien. Mais Allah secourt qui Il veut. En cela, Il est une manifestation pour ceux qui savent observer.

14 - L'amour des réjouissances a été présenté aux hommes de manière trompeuse : il en est ainsi des femmes, des enfants, des quintaux d'or et d'argent, des chevaux de race, du bétail et des terres de labour. Tout cela est un plaisir éphémère, mais c'est auprès d'Allah que se trouve le lieu du retour bénéfique.

15 - Dis : Dois-je vous informer qu'il y a mieux que tout ce qui existe sur terre. Les croyants trouveront auprès de

leur Seigneur des jardins traversés de rivières où ils séjourneront éternellement, des épouses pures et le contentement de Dieu. Allah observe Ses serviteurs.

16 - Pour ceux qui disent : Ô Seigneur, nous avons cru ! Pardonne-nous nos péchés et préserve-nous des affres de l'enfer !

17 - Ceux qui patientent, ceux qui sont sincères, ceux qui sont pieux[5], ceux qui font des aumônes, ceux qui, dès l'aube, implorent le pardon de Dieu.

18 - Allah en fait le témoignage : il n'y a d'autre Dieu que Lui, les anges et les détenteurs de savoir. Il est Celui qui répartit avec justice. Il n'y a pas d'autre Dieu que Lui, le Puissant, le Sage.

19 - La religion pour Allah est l'islam. Ceux qui ont reçu des Livres ne se sont opposés qu'après avoir reçu la « connaissance[6] », et par jalousie entre eux. Celui qui renie les signes d'Allah verra que Dieu est prompt à demander des comptes.

20 - S'ils te tournent en dérision, dis : Je me suis soumis à Allah[7], moi et ceux qui m'ont suivi. Et dis à ceux qui ont reçu le Livre et aux ignorants[8] : Avez-vous embrassé l'islam ? Si c'est le cas, ils auront bien choisi. Mais s'ils se détournent, à toi de les instruire. Allah est Celui qui regarde Ses serviteurs[9].

21 - Ceux qui renient les signes d'Allah et qui tuent les prophètes sans raison et qui tuent ceux des hommes qui ordonnent l'équité[10], informe-les qu'un tourment terrible les attend.

22 - Ceux-là sont ceux qui verront leurs actes se dévaluer ici-bas et dans l'au-delà, où ils n'auront aucun secours.

23 - Ne vois-tu pas que ceux qui reçurent une part de l'Écriture recourent au Livre d'Allah[11] de façon à les

départager ? Après quoi, une partie d'entre eux, empêchée, se détourne et s'en va[12].

24 - Tout cela en raison de leurs paroles : Le feu ne nous touchera qu'un nombre de jours très limité. Dès lors, ils ont été trompés sur leur religion en lui inventant de nouvelles clauses.

25 - Dans quel état seront-ils le jour où Nous les réunirons pour l'heure fatidique[13] et où chaque âme recevra son dû, sans qu'aucune en soit lésée ?

26 - Dis : Ô Seigneur-Dieu[14], détenteur de la souveraineté, Toi qui donnes la puissance à qui Tu veux, Toi qui enlèves la puissance à qui Tu veux, Toi qui élèves qui Tu veux, Toi qui rabaisses qui Tu veux. Entre Tes mains se trouve le bien, Toi qui es puissant en toute chose...

27 - ... Tu fais pénétrer[15] la nuit dans le jour et Tu fais entrer le jour dans la nuit ; Tu fais sortir le vivant du mort et le mort du vivant. Tu favorises celui que Tu veux, sans aucune limite.

28 - Que les croyants ne se donnent pas pour amis les incroyants en délaissant les autres croyants. Celui qui se conduit ainsi ne trouvera aucune récompense auprès d'Allah, à moins que vous ne preniez des risques en vous conduisant autrement. Allah vous met en garde de manière anticipée, car c'est à Lui que vous reviendrez.

29 - Dis : Que vous cachiez ce qui est dans vos cœurs[16] ou que vous l'exposiez, Allah le connaît, de même qu'Il sait ce qu'il y a dans les cieux et sur la terre. En toute chose, Allah est omnipotent.

30 - Le jour où chaque âme sera confrontée avec le bien et le mal qu'elle a fait, elle souhaitera que la durée qui la sépare de ce jour soit la plus longue possible. Dieu vous

prévient par Lui-même, car Il est prévenant envers Ses serviteurs [17].

31 - Dis : Si vraiment vous aimez Allah, suivez ma voie. Allah vous aimera et vous pardonnera vos péchés. Allah est Celui qui pardonne et qui est miséricordieux.

32 - Dis : Obéissez à Allah et à Son prophète. Car, si vous vous détournez d'eux [vous serez des incrédules] et Allah n'aime pas les incrédules.

33 - Dieu a préféré parmi tout le monde [18] Adam, Noé, la famille d'Abraham et la famille d'Imran.

34 - Les uns sont la descendance [19] des autres, pour autant Dieu est Celui qui entend et Celui qui sait.

35 - Tandis que la femme d'Imran interpella Dieu et dit : Je Te fais don de ce qui est en mon sein, consacré [20], accepte-le de moi, car Tu es Celui qui entend et qui sait.

36 - Lorsqu'elle accoucha, elle dit : Ô mon Dieu, j'ai mis au monde une fille. Mais Dieu savait ce qu'elle avait mis au monde. Le garçon n'est pas la fille ! Je l'ai appelée Marie et la mets tout de suite sous Ta bénédiction, elle et sa descendance, de façon à la prémunir contre Satan, le lapidé.

37 - Son Seigneur lui fit bel accueil, l'aida à croître harmonieusement et chargea Zacharie de s'occuper d'elle. Chaque fois que Zacharie la rejoignait au sanctuaire [21], il trouvait chez elle une subsistance suffisante [22]. Il lui disait : Ô Marie, de qui tiens-tu cela ? – Tout cela vient du Seigneur, répondait-elle, car le Seigneur pourvoit qui Il veut de Ses bienfaits, et cela sans limite.

38 - C'est alors que Zacharie invoqua son Seigneur : Ô mon Dieu, accorde-moi une bonne et saine descendance, Tu es Celui qui exauce les prières.

39 - Les anges l'appelèrent alors qu'il se tenait debout en prière dans le sanctuaire : Dieu t'annonce la naissance de

Jean en confirmation de la parole de Dieu. Il sera un chef, un homme chaste et un prophète parmi les plus accomplis.

40 - Zacharie dit : Mon Dieu, comment avoir un enfant[23] alors que l'âge m'atteint et que ma femme est stérile ? – C'est ainsi ! Dieu fait ce qu'Il veut.

41 - Zacharie renchérit : Mon Dieu, donne-moi un signe. – Voilà ton signe : c'est de ne pas adresser la parole aux gens pendant trois jours autrement que par des signes. Invoque Dieu intensément, prie-Le nuit et jour[24].

42 - Lorsque les anges dirent : Ô Marie, Allah t'a élue et t'a purifiée. Allah t'a choisie parmi toutes les femmes de l'univers.

43 - Ô Marie, soumets-toi à Dieu[25], prosterne-toi et incline-toi à l'instar de ceux qui s'inclinent.

44 - Tel est le sens du mystère que Nous te délivrons, dès l'instant où tu n'étais pas des leurs lorsqu'ils jetaient leurs roseaux[26] pour savoir qui s'occuperait de Marie et deviendrait ainsi son tuteur. Tu n'étais pas là lorsqu'ils se disputèrent à ce sujet.

45 - C'est alors que les anges dirent à Marie : Dieu t'annonce un Verbe[27] procédant de Lui. Il a pour nom le Messie, Jésus, fils de Marie, illustre en ce monde et dans l'autre. Il fait partie des plus proches de Dieu[28].

46 - Il fera entendre sa parole aux hommes depuis le berceau jusqu'à la vieillesse. Il sera parmi les justes.

47 - Seigneur, répondit Marie, comment aurais-je un fils alors qu'aucun homme ne m'a touchée ? [Les anges dirent :] Il en sera ainsi. Dieu crée ce qu'Il veut. S'Il veut que quelque chose se produise, Il dit : Sois, et la chose advient.

48 - Il lui enseignera l'Écriture, la Sagesse, la Torah et l'Évangile.

49 - Il sera l'Envoyé aux fils d'Israël et leur dira : Je suis porteur de versets de votre Dieu attestant ma mission. Je formerai de boue l'effigie d'un oiseau ; je soufflerai dedans. Elle s'animera avec la volonté de Dieu. Je guérirai les aveugles et les lépreux ; je ressusciterai les morts avec la permission de Dieu et je vous dirai ce que vous mangez et ce que vous conservez dans vos demeures. En cela sont des signes éloquents, si toutefois vous êtes croyants.

50 - Je viens confirmer ce qui existait avant moi de la Torah et pour vous rendre licite une partie des choses qui vous ont été interdites. Je suis venu avec des versets de votre Seigneur. Craignez Dieu et obéissez-moi.

51 - Dieu est mon Seigneur comme Il est le vôtre : adorez-Le, Il est le chemin droit.

52 - Lorsque Jésus sentit en eux l'incroyance, il demanda : Qui sont mes alliés [29] dans la voie de Dieu ? Les apôtres [30] répondirent : Nous sommes les partisans de Dieu. Nous croyons en Lui. Témoigne pour nous du fait que nous Lui sommes soumis [31].

53 - Seigneur, nous avons cru à ce que Tu as révélé et nous avons suivi le prophète. Inscris-nous parmi ceux qui ont témoigné.

54 - Mais ils fomentèrent des ruses [à l'encontre de Jésus]. Dieu est Celui qui tient la ruse ; Il est le meilleur parmi ceux qui rusent [32].

55 - C'est alors que Dieu dit : Ô Jésus, Je te rappellerai à Moi et t'élèverai ; Je te purifierai des incrédules. Je placerai jusqu'au jour de la résurrection ceux qui t'ont suivi au-dessus de ceux qui se sont opposés. À votre retour vers Moi, Je déciderai parmi vous de ce qui vous opposait.

56 - Quant aux incrédules, Je les tourmenterai de manière

cruelle[33] tant sur terre que dans l'au-delà. Ils n'auront pas de défenseurs.

57 - Ceux, au contraire, qui auront cru et qui auront accompli des œuvres pieuses, Je les satisferai à la hauteur de ce qu'ils méritent, car Allah n'aime pas les injustes.

58 - Tels sont nos signes et nos sages délibérations que Nous te dictons.

59 - Pour Dieu, Jésus est à l'image d'Adam : Il l'a conçu de terre et lui a dit : Sois !, et il fut.

60 - La vérité est celle de ton Seigneur, ne sois pas de ceux qui en doutent[34].

61 - À ceux qui [à propos de Jésus] viennent avec d'autres arguments après la science que tu as reçue, dis-leur : Appelons nos fils et vos fils, nos femmes et vos femmes, nous-mêmes et vous-mêmes[35], nous procéderons alors mutuellement à une exécration[36], de façon à maudire[37] les menteurs.

62 - Tel est le récit véridique : il n'y a pas d'autre Dieu qu'Allah. Allah est le Puissant, le Sage.

63 - S'ils abandonnent, Allah est au courant des semeurs de désordre.

64 - Dis : Ô vous, les gens du Livre, venez-en à une parole médiane qui nous réunit, vous et nous. N'adorons-nous pas le même Dieu, Allah ? S'ils se récusent, dites au Seigneur : Soyez témoin que nous sommes des musulmans.

65 - Ô vous, gens du Livre ! que dites-vous à propos d'Abraham, alors que la Torah et l'Évangile n'ont été révélés que bien après lui ? Ne raisonnez-vous donc pas ?

66 - Ainsi vous êtes ! Vous vous disputez sur des choses que vous connaissez, pourquoi ne le feriez-vous pas sur celles

que vous ne connaissez pas ? Sachez qu'Allah est le plus savant, et que vous ne savez pas.

67 - Abraham n'était ni juif ni chrétien, il était un croyant sincère[38], monothéiste soumis à son Dieu et sans aucun lien avec les mécréants.

68 - Ceux qui le suivirent étaient ses plus proches, ses adeptes, ceux qui crurent en lui tel le Prophète. Allah est le Maître des croyants.

69 - Une partie des gens du Livre avait voulu t'égarer, mais ils n'égareront qu'eux-mêmes. En sont-ils conscients ?

70 - Ô vous, gens du Livre, comment pouvez-vous récuser les signes de Dieu, alors même que vous en êtes les témoins ?

71 - Ô vous, les gens du Livre, pourquoi habillez-vous la vérité avec le mensonge et masquez-vous la vérité, alors même que vous la connaissez ?

72 - Un clan des gens du Livre a dit : Croyez à tout ce qui a été révélé aux croyants le matin[39] puis n'y croyez plus en fin de journée ! Peut-être reviendraient-ils sur leurs erreurs.

73 - Ne croyez que ceux qui suivent votre religion. Dites-leur : Le vrai chemin est celui d'Allah. À supposer que quelqu'un d'autre ait été inspiré de la même manière que vous, ou que vous soyez interpellés au sujet de votre Dieu, il faut leur dire que la grâce d'Allah est donnée à qui Il veut, car Allah est vaste et savant.

74 - Allah réserve de manière distincte Sa miséricorde, car Il est Celui qui dispose de la plus grande bénédiction.

75 - Parmi les gens du Livre, certains sont fiables et te restituent le quintar[40] que tu leur as confié ; d'autres ne te rendent même pas un dinar, à moins de les harceler. Tout cela en raison de ce qu'ils prétendent : Nous ne sommes

tenus à rien envers des ignorants. Ils profèrent leurs mensonges au sujet d'Allah, alors qu'ils savent.

76 - En revanche, ceux qui tiennent leurs engagements et qui sont sincères, Allah les aime. Allah aime ceux qui Le craignent.

77 - Ceux qui troquent à vil prix le pacte d'Allah et leur croyance n'auront aucune compensation dans la vie dernière. Allah ne leur adressera pas la parole et ne les regardera pas au jour de la résurrection, pas plus qu'Il ne les purifiera. Ils auront un châtiment terrible.

78 - Il est parmi eux un groupe qui transforme [41] oralement le Livre au point de vous laisser douter qu'il s'agisse vraiment du Livre. Ils prétendent que cela vient d'Allah, alors que cela ne vient pas d'Allah. Ils profèrent des mensonges à l'encontre d'Allah, alors qu'ils savent.

79 - Il est inconcevable qu'un être humain recevant le Livre d'Allah, Sa sagesse et Sa prophétie, puisse dire aux hommes : Soyez mes serviteurs et non ceux d'Allah. Au contraire, il devra dire : Soyez maîtres en vertu de ce que vous savez des Écritures et de ce que vous avez étudié.

80 - [Dieu] ne vous ordonne pas de prendre les anges et les prophètes comme divinités. Vous ordonne-t-Il l'infidélité après avoir embrassé l'islam [42] ?

81 - Et quand Allah a fait alliance avec les prophètes en les dotant d'un Livre et d'une sagesse, après quoi un prophète est venu confirmer ce que vous déteniez afin que vous croyiez en Lui et Le souteniez. Il dit : Êtes-vous résolus à considérer Mon apport ? Ils dirent : Nous le sommes. Il dit à son tour : Soyez-en donc témoins, Je suis Moi-même un témoin parmi vous.

82 - Ceux qui, par la suite, tournent le dos à cet accord sont les vrais pervers.

83 - Désirent-ils une autre religion que celle d'Allah, alors que tout ce qui est dans les cieux et sur terre Lui obéit, bon gré, mal gré et que vers Lui, ils reviendront ?

84 - Dis : Nous croyons en Allah, en ce qui nous a été révélé et en ce qui a été révélé à Abraham, à Ismaël, à Isaac, à Jacob et aux Tribus[43], ainsi qu'en ce qui est parvenu de la part de Dieu à Moïse, à Jésus et aux prophètes. Nous ne distinguons aucun d'entre eux, et nous Lui sommes tous soumis.

85 - Celui qui désire adopter une autre religion que l'islam ne verra pas son choix agréé, et dans la vie dernière il sera parmi les perdants.

86 - Comment Allah pourrait-Il orienter dans le bon chemin ceux qui sont devenus mécréants après qu'ils ont cru et constaté que le Prophète était porteur de preuves et de vérité ? Allah ne remet pas dans le droit chemin le peuple des injustes.

87 - Leur récompense[44] sera la malédiction d'Allah, celle des anges et celle des hommes réunis.

88 - Ils l'endosseront à tout jamais, sans qu'il y ait pour eux de rémission de peine, ni de répit.

89 - Hormis ceux qui se repentent, par la suite, et œuvrent pour le bien, Allah étant Celui qui pardonne et qui est miséricordieux.

90 - Ceux qui ont cru et qui, par la suite, sont retombés dans une infidélité plus grande, leur repentir ne sera pas accepté. Ceux-là seront les vrais égarés.

91 - Les incrédules qui meurent mécréants ne pourront racheter leur incrédulité même en sacrifiant tout le pesant d'or de la terre. Ils auront un châtiment terrible et aucun auxiliaire.

92 - Vous n'atteindrez la vraie piété que lorsque vous aurez

fait aumône de ce que vous chérissez le plus. Allah est au courant de tout ce que vous dépensez.

93 - Toute nourriture était licite aux fils d'Israël, à l'exception de ce qu'Israël avait lui-même interdit bien avant que la Torah n'ait été révélée. Dis : Apportez-donc la Torah et lisez-la, si vous êtes véridiques.

94 - Ceux qui, après cela, propagent des mensonges au sujet d'Allah sont les vrais injustes.

95 - Dis : Allah a dit la vérité. Suivez la religion d'Abraham [45], un croyant sincère qui n'a pas été polythéiste [46].

96 - Car la première maison qui ait été édifiée pour les hommes est Bakka [47], bénédiction et direction pour les mondes [48].

97 - On trouve des signes évidents dans la station d'Abraham. Celui qui y pénètre est en sécurité. Allah indique aux hommes la nécessité de visiter la Maison [49], s'ils sont en mesure de le faire sans contrepartie [50]. Mais ceux qui sont incrédules... Allah est au-dessus des mondes [51].

98 - Dis : Ô gens du Livre, pourquoi êtes-vous incrédules quant aux versets d'Allah, alors qu'Allah est témoin de ce que vous faites ?

99 - Dis : Ô gens du Livre, pourquoi éloignez-vous de la voie d'Allah ceux qui croient ? Voulez-vous être complices d'un chemin tortueux ? Mais Allah n'est pas inattentif à ce que vous faites.

100 - Ô vous les croyants, si vous obéissez [52] à un groupe parmi ceux qui ont reçu le Livre, ils voudront faire de vous des infidèles après que vous avez cru.

101 - Comment pouvez-vous ne pas croire, alors que les versets d'Allah vous sont récités et que le Prophète est parmi vous ? Celui qui se tient dans le sillage d'Allah [53] sera mis dans le droit chemin.

102 - Ô vous les croyants, craignez Allah comme Il doit être craint et ne mourez qu'en étant musulmans[54].

103 - Tenez tous fermement la corde d'Allah[55] et ne vous divisez pas. Rappelez-vous les bienfaits qu'Allah vous a accordés. Vous étiez des ennemis, Il a établi la concorde entre vos cœurs au point que, par Sa grâce, vous deveniez des frères. Vous étiez sur le bord d'un gouffre de feu et Il vous a sauvés. C'est de cette façon qu'Allah vous expose Ses signes : peut-être serez-vous bien orientés.

104 - Que sorte de vos rangs une communauté dont les membres appellent au bien, insistant sur le convenable et interdisant le mal. Ceux-ci sont les bienheureux.

105 - Ne soyez pas divisés et opposés les uns aux autres comme ceux qui l'ont été après avoir reçu des enseignements clairs, ceux-là subiront un châtiment terrible.

106 - Le jour où des visages s'éclaireront et où d'autres visages s'assombriront, ceux dont les visages s'assombriront se verront dire : Vous avez été infidèles après avoir cru, goûtez donc aux tourments que vous reniez.

107 - Ceux, au contraire, dont les visages se seront illuminés recevront une grâce divine dans laquelle ils demeureront éternellement.

108 - Tels sont les versets d'Allah que Nous te récitons en vérité, Allah ne souhaitant pas être injuste auprès de l'univers[56].

109 - Tout ce qui se trouve au ciel comme sur la terre appartient à Allah, car tout pouvoir Lui revient.

110 - Vous formez la meilleure communauté qu'on ait fait surgir auprès des hommes, vous appelez au bien et vous refusez le mal. Vous croyez en Dieu. Si les gens du Livre voulaient croire, cela serait mieux pour eux. Certains sont croyants, mais la plupart sont des pervers[57].

111 - Leur agression sera sans grand effet et, s'ils vous combattent, ils vous tourneront le dos et ne seront pas vainqueurs.

112 - L'humiliation les a atteints là où ils se trouvaient, exception faite pour ceux qui tenaient la corde d'Allah et la corde des hommes. Ayant suscité la colère d'Allah, la misère totale les a atteints dès lors qu'ils récusèrent les signes manifestes de Dieu et parce qu'ils tuèrent les prophètes sans raison. En outre, ils se rebellèrent et se montrèrent transgresseurs.

113 - Les gens du Livre ne sont pas identiques : il en est qui veillent, lisent les versets d'Allah durant la nuit et se prosternent.

114 - Ils croient en Allah et au Jour dernier, recommandent le bien, interdisent le mal et s'empressent d'accomplir des œuvres pieuses. Ce sont des gens vertueux.

115 - Quelque bien qu'ils fassent, il ne sera pas nié. Car Allah est au courant de ceux qui Le craignent.

116 - Ceux qui auront été infidèles ne pourront se servir ni de leurs enfants ni de leurs biens pour se protéger du châtiment d'Allah. Ils iront en enfer et y demeureront éternellement.

117 - Tout ce qu'ils dépensent en cette vie terrestre ne sera qu'un vent chargé de grêle qui aurait détruit la culture d'un peuple qui s'est fait du tort. Allah ne les a pas lésés, mais ils se sont lésés eux-mêmes.

118 - Ô vous qui croyez : ne prenez pas d'autres confidents que vous autres, sans quoi ils [les autres] vous porteront tort et chercheront votre perte. Leur haine sortira de leur bouche, tandis que ce que leur poitrine cache est pis encore. Nous vous avons exposé Nos signes, à supposer que vous raisonniez.

119 - Vous voilà donc ! Vous les aimez et eux ne vous aiment pas. Vous croyez au Livre dans son intégralité au moment où, lorsqu'ils vous croisent, ils disent : Nous croyons. Or, dès qu'ils se trouvent seuls, ils s'en mordent les doigts, fous de rage de s'être compromis. Dis-leur : Mourez donc de votre colère, Allah a ceci de plus que vous, c'est de connaître le contenu de vos cœurs.

120 - Si un bien vous touche, cela leur fait de la peine. En revanche, si un mal vous atteint, ils en sont ravis. Grâce à votre constance et à votre piété, leur haine ne vous atteindra pas, Allah est largement informé de ce qu'ils font.

121 - Si bien que tu as dû partir [ô Mohammed], quittant les tiens, afin de placer les croyants dans leurs positions de combat. Allah est Celui qui entend et qui sait.

122 - C'est alors que deux fractions de vos troupes ont songé à fléchir[58], alors même qu'Allah est leur maître. C'est à Allah que les croyants doivent s'abandonner.

123 - N'est-ce pas qu'Allah vous a secourus à Badr[59], alors que vous étiez dans une posture lamentable[60] ? Craignez Allah, peut-être serez-vous reconnaissants.

124 - Lorsque tu disais aux croyants : Ne vous suffit-il pas qu'Allah vous envoie trois mille de Ses anges pour vous aider ?

125 - Certes oui ! Si vous êtes patients et pieux, et que vos ennemis vous surprennent, votre Seigneur dépêchera à votre secours cinq mille de Ses anges portant des marques distinctives.

126 - Telle est Sa bonne nouvelle. Que vos cœurs soient apaisés, car aucune victoire n'est possible sans le secours d'Allah, le Puissant, le Sage.

127 - Lui seul est en mesure de tailler en pièces une partie

des infidèles ou de les réduire au point de les disperser honteusement.

128 - À cela, tu ne peux rien : ou Dieu éprouvera de la pitié pour eux ou Il les châtiera sévèrement, ils se révélèrent injustes.

129 - À Allah ce qui est aux cieux et sur terre. Il pardonne à qui Il veut et Il châtie qui Il veut. Il est Celui qui pardonne ; Il est le Miséricordieux.

130 - Ô vous qui croyez, ne touchez pas au fruit de l'usure que vous multipliez. Craignez Allah, peut-être serez-vous parmi les bienheureux.

131 - Et craignez le feu qui a été préparé pour les incroyants.

132 - Obéissez à Allah et à Son prophète, peut-être jouirez-vous de Sa miséricorde.

133 - Pressez-vous vers le pardon de votre Seigneur et vers un paradis aussi vaste que les cieux et la terre, tel qu'il est préparé pour les croyants qui craignent Dieu.

134 - Ceux-là mêmes qui dépensent leurs biens que ce soit dans l'aisance ou lorsqu'ils sont dans le besoin, ceux qui maîtrisent leur colère, qui s'attendrissent sur les gens[61]. Allah aime les hommes de bien.

135 - Ceux aussi qui, après avoir fait une mauvaise action ou s'être fait tort à eux-mêmes, invoquent Allah et Lui demandent pardon pour leurs péchés. Allah est Celui qui pardonne les péchés, surtout de ceux qui ne s'obstinent pas dans leur erreur, alors même qu'ils savent.

136 - Leur récompense sera un pardon de leur Seigneur et des jardins où coulent beaucoup de ruisseaux. Ils y seront immortels. Bénie soit la récompense de ceux qui savent.

137 - Bien des choses[62] se sont passées avant vous : allez

de par le monde et voyez comment ont fini ceux qui criaient au mensonge.

138 - C'est bien là une démonstration claire faite aux hommes, une bonne direction et une exhortation pour les personnes pieuses.

139 - Ne vous découragez pas, ne soyez pas tristes, vous serez les plus hauts si vous êtes croyants.

140 - Si un mal [63] vous atteint, un mal semblable atteint le peuple impie. Nous alternerons les jours parmi les hommes, afin qu'Allah distingue ceux qui croient et qu'Il prenne parmi vous des témoins. Allah n'aime pas les injustes.

141 - De façon aussi à valoriser ceux qui croient et à anéantir les incrédules.

142 - À moins que vous ne pensiez rejoindre le paradis sans qu'Allah sache qui, parmi vous, a combattu et sans qu'Il sache qui a fait preuve de constance.

143 - Car vous espériez la mort avant de la voir, mais vous l'avez vue avec acuité.

144 - Mohammed n'est qu'un prophète que d'autres prophètes ont précédé. S'il venait à mourir ou s'il était tué, retourneriez-vous sur vos pas [64] ? Celui qui retourne sur ses pas ne fera pas de tort à Allah, loin de là. Allah récompensera les croyants reconnaissants.

145 - Il n'appartient à aucune âme de s'éteindre sans la permission d'Allah et sans que cela soit consigné sur un registre. Celui qui désire les jouissances terrestres, Nous lui en prodiguerons une part, mais celui qui désire les jouissances dans la vie dernière, Nous lui en réserverons une part. Et Nous récompenserons les reconnaissants.

146 - Combien de prophètes et leurs disciples ont combattu sans faiblir au vu des difficultés rencontrées sur le chemin

de Dieu et sans être réduits ! Allah aime les croyants qui sont patients.

147 - Et leurs paroles furent : Ô Seigneur, pardonne-nous nos péchés et notre mauvais comportement. Affermis nos pas et assure notre victoire face aux incroyants.

148 - Allah leur octroya la récompense dans cette vie [65] et une belle récompense dans la vie future. Allah aime les bienfaiteurs.

149 - Ô vous les croyants, si vous obéissez aux incroyants, ils vous ramèneront à vos anciennes erreurs, et vous serez parmi les perdants.

150 - Mais Allah est votre maître. Il est le meilleur des défenseurs.

151 - Nous jetterons dans le cœur des incroyants une terreur à la mesure de ce qu'ils ont associé à Allah [des divinités] auxquelles nul pouvoir n'a été octroyé [66]. Leur refuge sera le feu. Sinistre est le séjour des injustes.

152 - Allah a tenu Sa promesse : Il vous a permis de le faire sentir aux infidèles. Après quoi, Allah vous a secourus alors que vous étiez en peine et que vous vous êtes opposés au sujet de cette affaire [67]. Vous étiez désobéissants après que Dieu vous a montré ce que vous aimez le plus. Il en est parmi vous qui aiment la vie terrestre, il en est d'autres qui préfèrent la vie future. Pour vous éprouver, Dieu vous a fait marquer le pas devant vos ennemis, mais Il vous a pardonné. Allah dispose d'une faveur à l'égard des croyants.

153 - Tandis que vous remontiez sans regarder personne doublement affligés, et que le Prophète vous appelait du dernier rang de la troupe afin que vous ne soyez pas tristes de votre échec et de ce que vous aviez enduré. Allah est au courant de ce que vous faites.

154 - Après cette affliction, Il a fait descendre sur vous une

certaine quiétude et un sommeil qui atteignit un groupe parmi vous, tandis que d'autres, induits en erreur, se gonflèrent. Ils pensaient d'Allah ce qui n'était point vrai, la même croyance de l'époque de l'ignorance[68]. Ils demandaient : Sommes-nous concernés par quoi que ce soit ? Réponds : Tout est entre les mains d'Allah. Ils cachent en eux-mêmes ce qu'ils ne peuvent dévoiler. Et ajoutent : Si nous étions concernés par quoi que ce soit, nous n'aurions pas été tués ici. Dis-leur : Si vous étiez restés dans vos maisons, ceux qui devaient mourir seraient morts dans leurs lits, de façon qu'Allah puisse éprouver ce qu'il y a dans vos cœurs et qu'Il le mette en évidence. Allah connaît ce que les cœurs renferment[69].

155 - Ceux qui se sont ravisés le jour où les deux troupes se sont rencontrées, le démon les a fait trébucher, en raison même d'une partie de ce qu'ils avaient acquis. Mais Allah leur a pardonné, car Allah est Celui qui pardonne, Il est longanime.

156 - Ô vous les croyants, ne ressemblez pas aux incroyants qui ont dit de leurs frères partis au combat[70] : S'ils étaient restés parmi nous, ils ne seraient pas morts ou n'auraient pas été tués. Allah saura leur infliger une angoisse au ventre[71]. Allah fait vivre et fait mourir. Allah est au courant de ce que vous faites.

157 - Si vous êtes tués dans la voie d'Allah[72] ou si vous décédez [de mort naturelle], vous récolterez un pardon venu d'Allah et une miséricorde qui valent bien plus que ce qu'ils amassent.

158 - Morts ou tués, vers Dieu vous serez rassemblés.

159 - Grâce à une faveur d'Allah, tu as pu éprouver de la douceur à leur égard. Mais si tu as été rude et insensible, ils t'auront quitté. Pardonne-leur, demande-Lui pitié pour eux, consulte-les sur la décision à prendre, mais si tu as

décidé, place ta confiance en Allah, car Allah aime ceux qui placent leur confiance en Lui.

160 - Si Allah vous donne la victoire, personne ne peut vous vaincre ; mais s'Il vous abandonne, personne en dehors de Lui ne peut vous secourir. C'est en Allah que les croyants placent leur confiance.

161 - Il n'est pas convenable qu'un prophète puisse frauder[73], car celui qui fraude sciemment sera amené avec son péché le jour de la résurrection. Tout être recevra alors le prix de ce qu'il aura commis. Nul ne sera lésé.

162 - Celui qui suit le désir d'Allah sera-t-il semblable à celui qui encourt Sa colère, le courroux d'Allah, et dont le séjour sera la géhenne ? Quel triste sort !

163 - Ils sont placés à des degrés différents auprès d'Allah. Allah observe ce qu'ils font.

164 - En effet, Allah a été délicat à l'égard des croyants lorsqu'Il leur envoya un prophète, issu de leurs rangs, qui leur annonce Ses versets, qui les purifie, qui leur apprend le Livre et la sagesse, bien qu'ils aient été auparavant dans un égarement évident.

165 - Lorsqu'une grande peine vous a affligés après avoir infligé une peine supérieure à vos ennemis, vous avez dit : D'où cela provient-il ? Dis : Cela vient de vous-mêmes. Allah est puissant sur toute chose.

166 - Ce qui vous a atteints le jour où les deux groupes se sont affrontés procède de la volonté d'Allah, de façon à ce qu'[Il] connaisse les croyants.

167 - Et qu'[Il] connaisse les hypocrites aussi. On leur dit : Venez combattre dans la voie d'Allah ou défendez-vous ! Ils répondent : Si nous savions combattre, nous vous aurions suivis. Ils étaient alors plus proches de l'incroyance que de

la foi. Leurs bouches annoncent ce qui n'existe pas en leurs cœurs, Allah sait parfaitement ce qu'ils cachent.

168 - Ceux qui disent à leurs frères, alors qu'ils étaient bien vautrés : S'ils nous avaient obéi, ils n'auraient pas été tués, dis-leur : Échappez à la mort si vous êtes véridiques.

169 - Ne crois pas que ceux qui ont combattu dans la voie d'Allah sont morts. Non, ils sont vivants auprès de leur Seigneur. Ils seront gratifiés.

170 - Et heureux de ce qu'Allah leur a prodigué de Ses faveurs[74]. Leur bonheur tient aussi au fait que ceux qui ne les ont pas encore rejoints[75] n'auront aucune crainte et ne seront pas attristés.

171 - Ils se réjouissent de la grâce d'Allah et de Sa faveur[76], car Allah n'abandonne pas la rétribution des croyants.

172 - Ceux qui ont répondu à l'appel d'Allah et au Prophète, après que la blessure les eut atteints[77], ceux d'entre eux qui ont fait du bien, ceux-là recevront une récompense sans limite.

173 - Ceux qui ont entendu les gens leur dire : On a réuni contre vous des forces importantes, craignez-les. Leur foi s'étant accrue, ils rétorquèrent : Allah est notre protecteur, la meilleure des protections.

174 - Ils s'en retournèrent [chez eux] avec la bénédiction d'Allah et une faveur particulière, aucun mal ne les ayant atteints. Ils ont suivi la volonté du Seigneur, Allah dispose d'une grâce immense.

175 - Tel est Satan : il vous fait peur avec ses suppôts. Ne les craignez pas, craignez-Moi plutôt, à supposer que vous soyez des croyants.

176 - Que ceux qui se lancent dans l'incrédulité ne t'attristent point, ils ne portent aucun tort à Allah. Allah ne leur

réservera aucun accueil dans la vie dernière où ils auront un châtiment terrible.

177 - Ceux qui auront troqué la foi pour l'incrédulité ne nuisent en rien à Dieu, mais ils auront un châtiment terrible.

178 - Que ceux qui sont incrédules ne croient pas que le délai que Nous leur avons accordé soit un bien pour eux. Bien au contraire, ce délai est susceptible d'augmenter leurs péchés. Leur châtiment sera avilissant.

179 - Si Allah laisse les croyants dans l'état où ils sont, c'est pour distinguer le mauvais[78] du bon[79]. Allah n'est pas disposé à vous faire connaître l'inconnaissable[80], mais Allah choisit qui Il veut parmi Ses messagers. Croyez en Allah et à Ses prophètes. Si vous croyez, et si vous craignez Dieu, vous aurez une grande récompense dans la vie future.

180 - Que ceux qui sont avares de la bénédiction dont Allah les a dotés ne croient pas que cela soit un bien pour eux, mais un mal. Ils le porteront autour du cou le jour de la résurrection. Allah dispose en héritage des cieux et de la terre ; Il est au courant de tout ce que vous faites.

181 - Allah a entendu les paroles de ceux qui ont dit : Dieu est démuni[81], alors qu'ils sont riches. Nous enregistrons ce qu'ils ont proféré, de même qu'ils ont injustement tué les prophètes. Nous leur dirons : Goûtez donc le châtiment de la fournaise.

182 - Telle est l'œuvre que vos mains ont commise, Allah n'étant pas injuste envers Ses serviteurs.

183 - Ceux qui ont dit : Allah nous a enjoint de ne pas croire de messager, à moins qu'il ne nous présente une oblation qui sera consumée par le feu. Dis-leur : Des prophètes vous ont été envoyés auparavant avec des preuves explicites

et avec ce dont vous parlez, pourquoi les avez-vous tués si vous êtes véridiques ?

184 - S'ils te traitent de menteur, sache qu'ils ont déjà traité de menteurs des prophètes avant toi, avec des preuves éclatantes, des Écritures[82] et le Livre qui illumine[83].

185 - Chaque âme goûtera à la mort. Et chacun aura sa rétribution au jour de la résurrection. Ainsi, celui qui sera préservé du feu et qui pénétrera dans le paradis aura réussi. Car la vie immédiate n'est qu'un plaisir illusoire.

186 - Vous serez touchés dans vos biens et dans vos êtres. En outre, vous entendrez beaucoup de propos désobligeants de la part de ceux qui, avant vous, ont reçu le Livre et de ceux qui associent d'autres divinités à Allah. Si vous montrez de la patience et si vous craignez Dieu, telle sera la bonne résolution.

187 - Lorsque Allah a contracté une alliance avec ceux qui ont reçu le Livre, afin qu'ils l'expliquent aux hommes et non pas qu'ils le cachent, ils l'ont placé derrière leur dos et l'ont troqué à vil prix. Quoi de plus détestable que ce qu'ils achètent !

188 - Ne crois pas que tous ceux qui se réjouissent du peu qu'ils aient fait et qui adorent être loués de ce qu'ils n'ont même pas fait, [ne crois pas] qu'ils soient épargnés par le châtiment. Bien au contraire, un châtiment douloureux les attend.

189 - À Allah le royaume des cieux et de la terre, Lui qui est omnipotent en tout.

190 - Car il y a dans la création des cieux et de la terre, de même que dans l'alternance de la nuit et du jour, des éléments d'appréciation pour ceux qui sont épris de sens[84].

191 - Pour ceux qui invoquent leur Seigneur en diverses positions, debout, assis, et sur le côté, et qui se souviennent

de la création des cieux et de la terre, se peut-il que Ton invention soit vaine ? Toi qui es le Glorieux, préserve-nous du châtiment du feu.

192 - Seigneur, Tu couvres d'opprobre[85] celui que Tu pousses dans le feu. Aux injustes, aucune aide ni soutien.

193 - Seigneur, nous avons entendu quelqu'un qui nous appelait à la foi en nous disant de croire en Dieu, et nous avons cru aussitôt. Seigneur, pardonne-nous nos péchés et éloigne de nous[86] nos mauvaises actions. Établis-nous parmi les valeureux.

194 - Seigneur, donne-nous ce que Tu nous as promis par le biais de Tes prophètes. Ne jette pas l'opprobre sur nous le jour de la résurrection, Toi qui ne manques aucun engagement.

195 - Ils reçurent l'assentiment de leur Seigneur : Je ne permets pas à l'action d'un quelconque « ouvrier » parmi vous, qu'il soit homme ou femme, d'aller à vau-l'eau. Vous dépendez les uns des autres. Ceux qui ont émigré et qui ont été chassés de leurs demeures et qui, de plus, ont œuvré à Mon avantage, ceux qui ont combattu et en sont morts, J'abolirai leurs péchés et Je les ferai entrer dans des jardins où coulent des ruisseaux en récompense d'Allah. Allah est Celui qui détient la belle récompense.

196 - Que les changements des incroyants de ce pays ne t'impressionnent pas.

197 - Plaisir fugace. Ils finiront en enfer[87], lieu de la contrition.

198 - Ceux qui auront craint leur Seigneur auront des jardins traversés par des ruisseaux, où ils demeureront éternellement, en hôtes d'Allah, où il n'est rien qui soit meilleur pour les bienheureux que ce que l'on trouve auprès de Lui.

199 - Il y a parmi les gens du Livre ceux qui croient en

Allah, ainsi qu'à ce qui a été révélé à vous comme à eux. Ils sont humbles devant Allah, ne troquent pas à bas prix les signes d'Allah. À ceux-là, une grande récompense auprès de leur Dieu, Allah est prompt dans Ses comptes.

200 - Ô vous qui avez cru, patientez et soyez solidaires et craignez Allah. Peut-être serez-vous heureux.

NOTES

1. Littéralement : « ce qui est déjà entre ses mains ». 2. *Al-fûrqan* : distinction. Cela pourrait être le Coran, qui sépare le bien du mal, le vrai du faux. 3. *Al-arham*. Le mot *rahm*, « matrice », « utérus », est polysémique. On le retrouve dans nombre d'occurrences, y compris dans l'appellation du Seigneur, en tant qu'il est à la fois *Rahman* et *Rahim*. 4. *Mûtachabbihat* : équivoques, susceptibles d'être interprétés. 5. *Qânit, qûnût* : oraison. 6. *'Ilm* : littéralement « science », mais aussi « connaissance ». Souvent, le mot symbolise le Coran, et plus généralement les Livres révélés. 7. *Aslamtû wajhi* : littéralement, « j'ai soumis ma face ». 8. *Ümmiyin* : les Gentils. 9. *'Ibad* : serviteurs. 10. *Qist* : l'équité. 11. *Kitab Allah*. 12. *Mû'arradûn* : Ibn Naçir As-Sa'di explique que la phrase devait être comprise comme suit : « ceux qui ont été empêchés de suivre la vérité ». 13. *Yawm la raïba fîhi* : le jour sur lequel il n'est aucun doute. 14. *Allahûmma*. Je traduis par Seigneur-Dieu en raison de la majesté intrinsèque du mot arabe, de son ampleur. 15. *Tû'lijû*. 16. *Sûdûrikûm* : vos poitrines. 17. *'Ibad* : serviteurs, cf. note 9. 18. Littéralement : tous les mondes, *'Âla al-'alamin*. 19. *Dhûriyatûn*. 20. *Mûharrar*. 21. *Mihrab* : la petite niche qui polarise la mosquée et où l'imam se tient pour conduire la prière. 22. *Rizq*. 23. *Ghûlam* : enfant, fils. 24. *Bil-'achiya wal-ibkar* : au crépuscule et à l'aube. 25. *Aqnûti* : sois pieuse (même racine que *qûnût*, cf. note 5). 26. *Yalqûna aqlamahûm* : sans doute une technique divinatoire, une sorte de tirage au sort. C'est finalement Zacharie qui réussit son pari. 27. *Kalimat Allah*. 28. Certains traducteurs préfèrent le sens figuré de *mûqarrab* (pluriel : *mûqarrabîn*), soit « familiers de Dieu ». 29. *Ançar* : partisans. 30. *Hawariyyûn*. 31. *Mûslimin* : soumis avec ferveur à Dieu. 32. *Makarû* : ils ont machiné, imaginé des artifices. 33. *Chadid* : fort,

violent, terrible, cruel. 34. *Mûmtarin* : ceux qui doutent, les sceptiques.
35. Littéralement : nos âmes et vos âmes. 36. *Nabtahilû*. Il s'agit d'une
pratique ancienne qui tient autant de la magie que de la divination.
37. *La'anatû Allah* : « démasquer » ou « maudire » les menteurs.
38. *Hanif* : voir *Dictionnaire encyclopédique du Coran*. 39. *Wajh an-
nahar* : littéralement, à la face du jour. 40. Kasimirski et Montet traduisent le mot *quintar* par « talent » (du latin *talentum*, grec *talenton*, une
unité de mesure assez variable), sans doute pour donner une couleur
médiévale à la phrase. Blachère garde « quintar » et rappelle que le quintar
représente une « certaine somme évaluée par pesée et équivaudrait à 1 000
dinars ». Enfin, *quintar* aurait donné, au XIIIe siècle, *quintalis*, en latin
médiéval, d'où notre quintal. 41. *Yûl'na alsinatahûm* : littéralement, « qui
enroulent leur langue ». 42. Après que vous êtes soumis : *id antûm mûsli-
mûn*. 43. *Al-asbat*. 44. *Jaza'hum*. 45. *Millat Ibrahim* : la doctrine d'Abraham. 46. *Mûshrik*. 47. Ancien nom de La Mecque. 48. *'Alamin* : pour
le monde, ou les mondes, l'univers. *Al-'Alamayn* : mondes, les deux
mondes, celui-ci et celui-là, celui des djinns et celui des humains, peut-
être le monde d'ici-bas et le monde de l'au-delà. 49. *Al-bayt* : le temple
sacré de La Mecque où se tient un pèlerinage annuel depuis le début de
l'islam. 50. *Sabil*. 51. *Al-'alamin* : l'univers. Cf. *supra*. 52. *Tûti'*. 53. *Ya'-
taçimû bi-Allah*. 54. À quel moment les croyants qui suivent l'islam et
qui respectent ses règles sont appelés musulmans ? Cette question est
épineuse, car le Coran utilise l'expression *mouslim* essentiellement dans
sa connotation passive. Ce qui équivaut approximativement au français
« soumis ». 55. *Habl Allah*. Le mot revient *infra*, verset 112. 56. *'Alamin*.
Cf. *supra*, notes 48 et 51. 57. *Fasiq* : pervers. 58. Le Coran évoque la
défection lors de la bataille d'Ohod de deux tribus, celle des Banû-Salama
et celle des Banû Harita. 59. Bataille qui a vu le succès des troupes
musulmanes. 60. *Adhilla* : humiliés. 61. *An-Nass*. 62. *Sûnan*. 63. *Qarh*.
64. Expression pour dire : « Allez-vous abandonner votre religion ? »
65. *Tawab*. 66. *Sûltan* : en souveraineté. On suppose que cela désigne
les autres « dieux », ceux qui n'ont aucun pouvoir réel et qui suscitent
l'admiration des infidèles. 67. Une décision terrible puisque les troupes
musulmanes viennent de subir la grande défaite d'Uhûd, an 3 de l'hégire,
en mars 625. Cf. Coran, III, 165-166 et 172. 68. Au temps de la Jahi-
liyya, période préislamique : gentilité. 69. *Çûdûr* : poitrines. La notion
revient plusieurs fois dans le Coran. Il faut toujours la comprendre en
fonction du contexte : cœur, âme, être, etc. 70. *Ghazw*. Le mot a donné
« razzia » en français, c'est-à-dire une technique de guerre fondée sur la
rapidité de l'attaque et sur la surprise. 71. *Hasratan fi-qûlûbihim* :
angoisse au cœur. 72. *Fi sabil Allah*. 73. *Yaghûlla*. 74. *Fadl*. 75. Ou
croyants martyrs. 76. Deux expressions voisines : *ni'mati Allah* (la grâce

d'Allah) et *fadlihi* (Sa faveur). Cf. *supra*, note 74. **77.** Au moment de la bataille d'Uhûd. Cf. *supra*, note 67. **78.** *Al-khabit* : le traître. **79.** *At-tayyib.* **80.** *Al-ghayb* : le mystère. **81.** *Faqir* : pauvre. **82.** *Zubûr.* **83.** *Al-Mûnir* : qui éclaire. S'agit-il de l'Évangile ? **84.** *Ûlû al-albab.* **85.** *Akhzay-tuhû.* **86.** *Kaffir* : au sens de « mettre au loin », « éloigner ». **87.** *Jahan-nam* : l'un des noms de l'enfer. Cf. « Géhenne » ou « Enfer », in *Dictionnaire encyclopédique du Coran.*

SOURATE IV

LES FEMMES (AN-NISSA)

Révélée à La Mecque, 176 versets

Au nom d'Allah, le Clément, le Miséricordieux

1 - Ô vous les hommes, craignez votre Seigneur, Celui qui vous a créés d'un seul être[1]. Et de cet être initial, Il a sorti son épouse[2]. Du couple, il a fait foisonner une profusion d'hommes et de femmes. Craignez Allah que vous invoquez, ainsi que ces liens du sang, Allah est Celui qui vous observe.

2 - Donnez leurs biens aux orphelins et ne leur substituez pas de mauvais biens et ne les mélangez pas aux vôtres au risque de les consommer ensemble, car cela serait un grand péché.

3 - Si vous craignez de ne pas être équitables vis-à-vis des orphelins... Prenez pour épouses deux, trois ou quatre femmes, sauf si vous craignez de ne pas être équitables avec elles, n'en prenez alors qu'une seule ou vos captives de guerre. C'est encore la meilleure limite au risque de ne pouvoir subvenir à un plus grand nombre.

4 - Donnez aux femmes la part du douaire[3] qui leur revient. Si elles consentent à vous le laisser, utilisez-le adroitement et en toute quiétude.

5 - Ne donnez pas aux vauriens[4] les biens qu'Allah a mis entre vos mains pour votre subsistance. Donnez-leur le strict nécessaire, avec des paroles convenables.

6 - Éprouvez[5] les orphelins jusqu'au moment où ils deviennent mûrs pour le mariage. Dès lors qu'ils auront acquis une aptitude que vous jugerez suffisante, remettez-leur leurs biens. Ne consommez pas leur héritage dans vos vétilles avant qu'ils n'en disposent au moment où ils grandissent. Si le parrain est riche, qu'il soit économe de ces biens ; s'il est nécessiteux, qu'il les utilise avec modération. Mais lorsque vous leur remettez leurs biens, entourez-vous de témoins, car Allah Se suffit pour les comptes.

7 - Aux hommes revient une part de ce que les parents ont légué, de même que l'héritage des proches. Aux femmes revient une part de ce que les parents et les proches ont légué, que ce soit en plus ou en moins, pourvu que cela soit obligatoire[6].

8 - Si d'autres parents ou ayants droit assistent au partage, ou encore des orphelins, des pauvres, donnez-leur une part de cet héritage en l'accompagnant de paroles convenables.

9 - Ceux qui peuvent éprouver une crainte semblable de laisser eux-mêmes une progéniture faible et qui nourrit leur inquiétude, qu'ils craignent Allah en tenant des propos pertinents[7].

10 - Ceux qui mangent les biens des orphelins de manière injuste ne mangent qu'un feu dévorant dans lequel ils échoueront.

11 - Pour vos enfants, Allah vous recommande le partage suivant : pour le garçon, une part égale à celles de deux filles. Si le nombre des filles dépasse deux, elles héritent des deux tiers de ce qui a été légué. Mais s'il n'y a qu'une seule fille, elle hérite de la moitié. Ses parents, père et mère, héritent du sixième de l'héritage, dès lors que le défunt a laissé un enfant. Mais si le défunt n'a pas laissé d'enfants, et que ses parents héritent de lui, il faut savoir que la mère hérite du tiers. Mais s'il y a des frères, la mère n'hérite

que du sixième. Il faut d'abord rembourser toutes les dettes contractées, ainsi que les engagements oraux[8]. Vous ne savez pas qui sera le plus proche de vous et le plus utile parmi vos pères et vos enfants. Telles sont les directives d'Allah. Allah est le plus savant et le plus sage[9].

12 - Vous hériterez de la moitié de ce que vous laissent vos épouses, à supposer qu'elles n'aient pas d'enfants. Car, si elles ont laissé un enfant, vous n'hériteriez que du quart, mais après avoir épuisé toutes les dettes et promesses engagées de leur vivant. Quant à elles, elles hériteront du quart de ce que vous laisseriez, si vous n'avez aucun enfant ; mais si vous avez un enfant, elles hériteront du huitième, non sans solder toutes les dettes et tenu tous les engagements pris de votre vivant. Si un homme ou une femme meurt sans laisser d'héritier et ayant perdu ses géniteurs, cependant qu'il laisse un frère ou une sœur, il reviendra à chacun le sixième de ce bien. Mais si la fratrie est plus importante, l'héritage passera en indivis pour un tiers après que les dettes et les promesses laissées par le défunt ont été honorées. Telles sont les recommandations d'Allah. Il est le plus savant, le plus magnanime[10].

13 - Telles sont les règles d'Allah. Celui qui respecte Allah et Son prophète ira au paradis, un jardin où coulent les rivières, de sorte qu'ils y demeureront éternellement, car telle est la meilleure victoire.

14 - Celui qui désobéit à Allah[11] et à Son prophète et qui transgresse Ses limites[12], Allah le fera entrer dans un feu où il demeurera pour l'éternité, tandis qu'un châtiment avilissant l'attend.

15 - Quant à celles de vos femmes qui se rendent coupables d'actes immoraux[13], demandez à quatre témoins crédibles parmi vous d'accepter de témoigner contre elles. Si ces témoins acceptent de témoigner contre elles, vous les enfermerez dans

des demeures jusqu'à ce que mort s'ensuive ou que Dieu leur trouve une meilleure issue.

16 - Si certains parmi vous commettent un acte immoral, réprimandez-les fermement. S'ils reviennent à de meilleurs sentiments, laissez-les tranquilles, car Allah est Celui qui pardonne, il est le Miséricordieux.

17 - Allah pardonne à ceux qui, par ignorance, commettent des actes répréhensibles, mais qui aussitôt s'amendent et reviennent au droit chemin. Ceux-là, Allah les prend en Sa miséricorde et leur pardonne, car Il est le Savant et le Sage.

18 - En revanche, pas de pardon pour ceux qui commettent de mauvaises actions et qui, arrivés devant la mort, disent : Je viens de me repentir à l'instant. Ce pardon n'existe pas non plus pour ceux qui meurent sans s'être repentis, pour lesquels Nous avons préparé un pénible châtiment.

19 - Ô vous qui croyez, il ne vous est pas permis d'hériter de vos femmes contre leur gré, ni de les empêcher de se remarier afin de leur dérober le bien que vous avez déjà cédé, excepté celles qui commettent une turpitude indiscutable. Sinon, cohabitez avec elles en paix. Il arrive cependant que vous les détestiez. Hélas, l'aversion est possible même pour les choses qu'Allah a rendues bénéfiques !

20 - Si vous voulez remplacer [14] une épouse par une autre, et que vous avez donné à l'une d'elles un quintal de biens, vous n'en récupérez rien. Le reprendriez-vous, cela constituerait une réelle infamie.

21 - Et comment du reste le feriez-vous, lorsque vous vous êtes donnés l'un à l'autre mutuellement [15] et que celles-ci ont reçu de vous une si grande alliance [16] ?

22 - Vous sont interdites les femmes que vos pères ont eues pour épouses, à moins que ce ne soit dans le passé [17], ce

serait vraiment une abomination sans nom et une mauvaise conduite.

23 - Il vous a été interdit d'épouser vos mères, vos filles, vos sœurs, vos tantes maternelles et paternelles, vos nièces des deux côtés, vos nourrices, vos sœurs de lait, vos belles-mères, les filles des femmes que vous avez épousées, il n'y a en revanche aucun problème si vous n'avez pas épousé les femmes en question. Il vous est interdit d'épouser les femmes de vos fils qui sont issus de vos reins, il vous est interdit d'épouser deux sœurs en même temps, sauf si cela s'est déjà produit, car Allah est Celui qui pardonne et qui est miséricordieux.

24 - Il en est de même pour les femmes mariées[18], à l'exception des captives de guerre. Le Livre d'Allah a prescrit cela pour vous. En dehors de ces cas, il vous rend licite toute autre femme que vous aurez épousée avec vos moyens, pourvu qu'elle soit chaste et non une débauchée. Aussi, à toutes celles dont vous jouirez, donnez leur dot réglementaire. Il ne vous est fait aucun grief si vous arrivez à vous entendre, au-delà de l'obligation légale, car Allah est Celui qui sait et qui est juste.

25 - Celui qui parmi vous ne peut valablement épouser de femmes chastes et croyantes[19], qu'il prenne des captives de guerre parmi celles qui sont croyantes, en sachant que Dieu est informé de la sincérité de la foi. Vous êtes issus les uns des autres. Si tel est le cas, épousez-les donc avec l'accord de leur famille et donnez-leur une dot identique à celle que l'on octroie aux femmes croyantes et libres, et non à des débauchées ou à des séductrices. Mais dès lors qu'elles ont atteint la condition requise socialement, si elles commettent une inconduite, qu'elles subissent la moitié seulement du châtiment qui est appliqué aux femmes libres. Cela afin que vous évitiez toute mauvaise conduite. Il est cependant

préférable de se montrer patient, Allah étant Celui qui pardonne et qui est miséricordieux.

26 - Allah souhaite vous montrer et vous orienter dans le droit chemin, celui des coutumes de ceux qui vous ont précédés. Il veut être compatissant à votre égard. Allah est le Savant, le Sage.

27 - Allah veut être compatissant à votre égard, tandis que les débauchés, eux, veulent que vous sortiez dangereusement du droit chemin.

28 - Allah veut alléger vos peines, car l'homme a été créé faible [20].

29 - Ô vous les croyants, ne mangez pas vos biens respectifs de manière inepte, à moins que ce ne soit un troc accepté de part et d'autre. Ne vous tuez pas [21], Allah est Celui qui vous accorde Sa miséricorde.

30 - Quant à celui qui commet de tels outrages, il sera la proie du feu de l'enfer, chose qui est parfaitement aisée pour Dieu.

31 - Dès lors que vous éviterez les grands péchés qui vous ont été défendus, Nous abolirons vos autres fautes et Nous vous accueillerons dignement dans un lieu honorable.

32 - Ne convoitez pas ce que Dieu a préféré donner aux uns par rapport aux autres. Aux hommes, une part de ce qu'ils ont acquis et, aux femmes, une part de ce qu'elles ont acquis. Demandez à Allah un peu de Sa prodigalité ; Il est au courant de toute chose, Il sait.

33 - À chacun, Nous avons associé un tuteur qui héritera des parents, des proches et toute personne asservie : donnez-leur leur part, Allah est de toute chose le meilleur témoin.

34 - Les hommes ont autorité sur les femmes en raison des privilèges que Dieu accorde à certains par rapport à d'autres

et en raison des biens qu'ils dépensent pour elles. En l'absence de leurs conjoints, les femmes vertueuses sont chastes. Elles préservent ce que Dieu a considéré devoir l'être. En revanche, celles dont vous craignez la sédition, ne vous mettez pas au lit avec elles, vous les reléguerez et vous les battrez, à moins qu'elles ne vous obéissent à nouveau, auquel cas vous les laisserez tranquilles[22], Allah étant au-dessus, Il est le plus grand.

35 - Si vous redoutez une rupture entre les époux[23], faites venir un homme sage du côté du mari et un autre homme sage du côté de la femme. S'ils désirent se réconcilier, Allah bénira l'action, car Il est l'Omniscient, le Bien Informé.

36 - Vénérez Allah et ne Lui associez rien d'autre. Respectez vos parents et comportez-vous convenablement envers eux, comme envers vos proches, les orphelins, les pauvres, vos clients directs ou plus éloignés, vos proches compagnons, les voyageurs, vos esclaves, car Allah n'aime pas les orgueilleux et les arrogants.

37 - Quant à ceux qui sont avares et qui ordonnent aux gens d'être avares[24] et à ceux qui cachent les biens que Dieu leur a donnés, Nous leur avons préparé une peine humiliante.

38 - De même, ceux qui dépensent leurs biens dans le seul but d'être vus par les hommes et qui ne croient ni en Allah ni au Jour dernier, ceux-là, le démon sera leur ami. Et quel triste ami[25] !

39 - Qu'auraient-ils à se reprocher s'ils avaient seulement cru en Dieu et au Jour dernier, s'ils avaient consenti quelque aumône de ce que Nous leur avons donné en sachant qu'Allah est au courant de tout ce qu'ils font ?

40 - Allah ne fait de tort à qui que ce soit, fût-ce du poids d'un atome[26]. S'il s'agit d'une bonne action, Il la récom-

pensera du double et Il donnera une gratification importante.

41 - Quelle sera l'attitude des incroyants si Nous réunissons contre eux des témoins de toutes les nations, et si Nous te faisons venir comme témoin à leur encontre ?

42 - Ce jour-là, ceux qui n'ont pas cru en Allah et qui ont désobéi au Prophète souhaiteraient que la terre les fasse disparaître. Ils n'auront rien à cacher à Allah !

43 - Ô vous les croyants ! N'approchez pas de la prière en étant ivres, jusqu'au moment où vous saurez quoi dire. Il en est de même si vous n'êtes pas purs, à moins que vous ne soyez sur la route ou de passage et que vous ne vous purifiiez. Si vous êtes malades ou en voyage ou que vous sortiez d'un lieu d'aisances ou encore d'un lit où vous aurez eu un contact charnel avec vos femmes et que vous ne trouviez point d'eau, recourez à l'ablution pulvérale [27] grâce à du sable propre. Passez-le sur votre visage et vos mains. Allah, l'Indulgent, est Celui qui pardonne.

44 - N'as-tu pas vu ceux qui disposent d'une partie du Livre et qui, se fondant là-dessus, vendent l'incohérence [28] et veulent vous faire quitter le droit chemin ?

45 - Mais Allah est parfaitement au fait de vos ennemis. Il vous suffit de L'avoir pour protecteur et pour défenseur [29].

46 - Parmi ceux qui ont adopté le judaïsme, il en est qui détournent les mots de leur sujet, disant : Nous avons entendu et nous avons désobéi, ou encore : Écoute sans que tu sois entendu. Examine comment [30] ils déforment les mots avec leur accent [31] et se vengent sur la vraie religion. Alors que s'ils avaient dit : Nous avons entendu et nous avons obéi, regarde et vois par toi-même, tout cela leur profiterait largement. Mais Allah les maudit en raison de leur infidélité, car leur foi est très faible.

47 - Ô vous peuple du Livre[32], ayez foi en ce qui vous a été révélé en confirmation de ce que vous possédiez, au risque de voir vos visages s'estomper et que Nous les retournions à leur état initial. Ils risquent d'être maudits comme Nous avons maudit les adeptes du sabbat. L'ordre de Dieu a été exécuté.

48 - Allah ne pardonne pas qu'on Lui associe d'autres dieux, mais Il pardonne à qui Il veut tout autre péché véniel, car celui qui donne un associé à Allah commet un immense tort.

49 - N'as-tu pas vu ceux qui cherchent la sauvegarde de leur âme[33] ? Mais Allah purifie qui Il veut, et nul ne sera lésé de la moindre rétribution[34].

50 - Regarde comment ils fabriquent des mensonges au sujet d'Allah. Cela suffit amplement pour un péché manifeste.

51 - N'as-tu pas vu ceux qui, ayant reçu une partie du Livre, ont cru à Jibt[35] et aux Taghout[36], et entretiennent les mécréants dans l'illusion d'une voie supposée meilleure que celle des croyants sincères ?

52 - Ceux-là ont été maudits par Allah. Et celui qu'Allah a maudit, tu ne lui trouveras aucun défenseur.

53 - Posséderaient-ils une part du royaume, ils ne donneraient pas aux hommes la moindre pellicule de datte[37].

54 - Ne jalousent-ils pas ces mêmes personnes de ce qu'Allah les a dotées ? Nous avons donné le Livre et la sagesse à la famille d'Abraham, ainsi qu'un immense royaume[38].

55 - Certains ont cru en ce message, d'autres s'en sont éloignés. Que la géhenne soit leur brasier !

56 - Car ceux qui n'auront pas cru à Nos signes seront accueillis dans un feu brûlant et, chaque fois que leur peau aura été bien cuite, Nous leur donnerons une autre peau

de façon à leur faire sentir le dur châtiment. Allah est puissant et sage.

57 - Quant à ceux qui auront cru et fait de bonnes actions, Nous les accueillerons dans un jardin traversé de rivières où ils demeureront éternellement. Ils y trouveront des épouses pures avec lesquelles Nous les ferons entrer dans des lieux très ombragés.

58 - Allah vous recommande de restituer les dépôts qui sont en votre possession à leurs ayants droit. Il vous recommande aussi d'être justes lorsque vous aurez à juger entre les gens. Allah vous invite à accomplir de belles actions, car Il est Celui qui entend et qui est clairvoyant.

59 - Ô vous les croyants, obéissez à Allah, obéissez au Prophète, obéissez à ceux qui parmi vous détiennent l'autorité. S'il vous arrive de vous disputer à quelque sujet, remettez l'affaire entre les mains d'Allah et de Son prophète, si toutefois vous croyez en Dieu et au Jour dernier. C'est véritablement le meilleur choix que vous puissiez faire.

60 - N'as-tu pas vu ceux qui prétendent croire en ton message et au message des prophètes qui sont venus avant toi et, en même temps, dont le désir est d'avoir pour juge le Taghout, alors même qu'on leur a défendu de le faire ? Mais Satan veut les compromettre gravement[39].

61 - Et lorsqu'on leur dit : Venez à la Parole descendue du ciel sur Son messager, tu verras ces hypocrites s'écarter prestement de toi et s'éloigner.

62 - Quel comportement adopter envers eux si, subissant les conséquences d'un acte grave, ils viennent à toi et jurent leur attachement à Allah en disant n'avoir voulu que le bien et la concorde ?

63 - Ceux-là, Allah sait ce que leur cœur contient. Éloigne-

toi d'eux, non sans avoir prononcé à leur intention des paroles pénétrantes.

64 - Car Nous n'envoyons de prophète que pour qu'il soit obéi et respecté avec la volonté d'Allah. Pourtant, si ces mêmes gens après s'être lésés eux-mêmes reviennent vers toi et demandent pardon à Dieu et que le prophète puisse demander le pardon d'Allah pour eux, ils trouveront un Dieu compatissant et miséricordieux.

65 - Hélas, par ton Seigneur ! Ils ne croiront que s'ils te faisaient juge de leurs mésalliances. Mais lorsqu'ils ne trouveront plus d'empêchement à croire à ce que tu as ordonné, ils se soumettront clairement.

66 - Si Nous leur avions prescrit de s'anéantir mutuellement ou de quitter leurs demeures, seule une petite partie l'aurait fait. Or, s'ils avaient exécuté nos ordres, cela aurait été mieux pour eux, en affirmation explicite de leur foi.

67 - Nous leur aurions octroyé une part immense de Nos biens.

68 - Et nous les aurions mis sur le droit chemin.

69 - Car ceux qui obéissent à Allah et à Son messager font partie des bienheureux que Dieu aura gratifiés, tels les prophètes, les croyants sincères, les martyrs et les hommes vertueux[40]. Quelle belle compagnie !

70 - Ainsi se mesure la grâce d'Allah. Il suffit qu'Allah soit omniscient.

71 - Ô vous qui croyez, prenez bien garde en temps de guerre : attaquez l'adversaire en petits groupes, ou en masse compacte.

72 - Il en est un qui cherchera à vous ralentir et, lorsqu'une calamité vous atteindra, il prétendra que Dieu l'a prémuni contre la défaite et qu'il lui a évité d'en être témoin.

73 - Mais si une faveur particulière d'Allah vous a comblés, il agira comme s'il n'y avait l'ombre d'une amitié entre vous en disant : Que ne suis-je avec eux pour pouvoir bénéficier de l'avantage immense qu'ils viennent d'enregistrer !

74 - Que ceux qui troquent la vie d'ici-bas contre la vie dernière combattent dans la voie d'Allah, car celui qui se bat au nom d'Allah, vainqueur ou vaincu, recevra de Nous une récompense immense.

75 - Qu'avez-vous à ne pas combattre dans le chemin d'Allah, alors que les plus faibles des hommes, les femmes et les enfants disent : Ô Dieu, sors-nous de cette cité impie et donne-nous un meilleur tuteur et un meilleur libérateur !

76 - Les croyants combattent au service d'Allah, alors que ceux qui ne croient pas combattent au service des Taghout. Aussi, n'hésitez pas à combattre les partisans de Satan car la ruse de Satan est si faible.

77 - N'as-tu pas vu ceux à qui on a dit : Cessez de guerroyer et vaquez à vos prières ou donnez l'aumône ! Mais lorsqu'on leur prescrivit le combat, une partie d'entre eux, craignant autant les hommes que Dieu, n'hésitent pas à rétorquer : Ô Seigneur, pourquoi nous as-Tu prescrit le combat, et pourquoi ne pas nous laisser ainsi jusqu'à notre terme prochain ? Dis-leur : Les biens de ce monde sont peu de chose face aux biens de l'autre vie. Cette dernière est bien meilleure pour ceux qui croient en Dieu. Vous ne serez lésés en rien, pas même d'une pellicule de datte [41].

78 - Car, où que vous soyez, la mort peut vous atteindre, même si vous vous enfermez dans des tours inexpugnables. En revanche, lorsqu'ils obtiennent un quelconque bien, ils disent : Cela vient d'Allah. Mais lorsqu'ils sont atteints de quelque malheur, ils disent : Cela vient de toi [42]. Dis-leur : Tout vient de Dieu. Qu'ont-ils donc, ces gens, à ne pas être en mesure d'interpréter le moindre récit ?

79 - Tout bien[43] qui t'arrive provient d'Allah, tout mal[44] qui t'arrive t'incombe à toi seul. Nous t'avons envoyé[45] aux hommes comme apôtre. Allah Se suffit d'être témoin.

80 - Celui qui obéit au Prophète obéit à Allah. Mais celui qui s'en éloigne, laisse-le, Nous ne t'avons pas envoyé pour en être le chaperon.

81 - Ils te disent : Nous obéissons ! Mais, une fois partis, une partie d'entre eux forge la nuit un autre son de cloche. Mais Allah enregistre leurs conciliabules. Éloigne-toi d'eux et fortifie-toi de Dieu, car Il Se suffit comme soutien.

82 - N'ont-ils pas examiné le Coran ? S'il provenait d'un autre Dieu qu'Allah, ils lui auraient certes trouvé maintes contradictions.

83 - Dès qu'il arrive une nouvelle touchant à la sécurité ou, au contraire, une nouvelle plus alarmante, ils la propagent [rapidement]. S'ils la rapportaient d'abord au prophète ou aux détenteurs du pouvoir, ceux qui le veulent pourraient l'apprendre de leur bouche. N'eût été la grâce d'Allah, et Sa miséricorde, vous auriez pour la plupart pris le chemin de Satan.

84 - Combats dans la voie d'Allah, tu n'es responsable que de toi-même. Galvanise les croyants, en espérant que Dieu puisse stopper la violence des infidèles, Allah étant le plus fort dans Sa violence et Son châtiment est le plus sévère[46].

85 - Celui dont la participation rend possible une bonne action acquiert une part de celle-ci[47] ; celui qui participe à une mauvaise action sera en partie responsable[48]. Quant à Dieu, Il est la mesure de toute chose.

86 - Et si quelqu'un vous salue, rendez-lui son salut de manière plus éclatante ou au moins de manière égale. Allah a droit de regard sur toute chose.

87 - Allah, il n'y a pas d'autre Dieu que Lui. De fait, Lui

vous réunira le jour de la résurrection. À ce sujet, il ne peut y avoir aucun doute, les dires d'Allah étant les plus crédibles de tous.

88 - Pourquoi êtes-vous donc divisés en deux clans au sujet des hypocrites, alors qu'Allah les a punis pour ce qu'ils ont commis ? Voulez-vous conduire ceux qu'Allah a fait perdre ? Car, celui que Dieu égare, tu ne lui trouveras aucune issue.

89 - Ils aimeraient que vous abjuriez comme ils ont abjuré de façon à être semblables à eux. Ne prenez parmi eux comme compagnons que ceux qui se sont déjà mis en route vers le Seigneur. S'ils font marche arrière, saisissez-vous d'eux où qu'ils soient et tuez-les. Ne prenez parmi eux ni protecteur[49] ni aide[50].

90 - Sauf ceux qui sont liés à un clan avec lequel vous avez établi un pacte[51] et qui éprouvent beaucoup de peine[52] à vous combattre ou à combattre leur propre clan. Car, si Allah l'avait voulu, Il aurait pu les avantager sur vous et ils vous auraient combattus et vaincus. Si désormais ils ne vous combattent point et se tiennent à l'écart, et si de plus ils vous proposent la paix, Allah ne vous donne aucune raison supplémentaire de les combattre.

91 - À l'inverse, il est des gens qui désirent la paix et la sécurité pour vous autant que pour leur peuple, mais qui, à chaque occasion, reviennent en masse à la sédition. Si d'aventure ils ne s'éloignent pas du conflit ou s'ils ne s'en remettent pas à vous[53] et ne cessent de se battre, appréhendez-les et tuez-les où que vous les trouviez. Allah vous donne sur eux une autorité pleine et entière.

92 - Il n'est pas donné à un croyant de tuer un autre croyant en dehors d'une méprise. Celui qui tue un croyant par erreur peut s'amender en affranchissant un esclave croyant[54] et en remettant à sa famille son équivalent sous

forme de prix du sang, mais sa famille peut à son tour transformer cette somme en aumône. Si la victime appartient à un clan ennemi, qui est croyant, il est recommandé de libérer un esclave croyant. Si, en revanche, elle appartient à un clan avec lequel vous avez établi un pacte[55], une certaine somme[56] sera remise à sa famille, ainsi qu'une libération d'esclave. Que celui qui ne peut s'acquitter de tout cela jeûne deux mois de suite en témoignage de son humilité devant Allah. Allah est omniscient et sage.

93 - Celui qui tue volontairement un croyant, sa punition[57] sera la géhenne où il demeurera éternellement. Allah sera très irrité contre lui et le maudira[58]. C'est pourquoi Il lui préparera un châtiment cruel.

94 - Ô vous qui croyez, soyez perspicaces lorsque vous partez au combat dans la voie de Dieu. Ne traitez pas d'infidèle celui qui vous dit : Paix. Vous recherchez de la sorte les biens qui se trouvent ici-bas, alors que les richesses auprès de Dieu sont illimitées. Ainsi vous conduisiez-vous auparavant. Depuis, Allah vous a comblés de Ses bienfaits. Prenez donc conscience, Allah est instruit de tout ce que vous faites.

95 - Ne sont pas égaux les croyants qui sont passifs[59] – hormis les infirmes – et ceux qui en martyrs paient de leurs personnes et de leurs biens dans la voie de Dieu. Allah préfère les martyrs dans la voie de Dieu[60] à ceux qui sont passifs. Certes, Dieu a promis des récompenses à tous les croyants, mais Il met les combattants au-dessus des non-combattants en leur octroyant une belle récompense.

96 - Non seulement des degrés plus élevés en termes de préférence, mais aussi pardon et miséricorde, Allah étant précisément Celui qui pardonne et qui est miséricordieux.

97 - À ceux qui décèdent et qui se sont fait tort à eux-mêmes, les anges diront : Quel était votre credo sur terre ?

Nous étions des démunis sur terre, des misérables. La terre du Seigneur n'était pas suffisamment vaste pour émigrer ? À ceux-là – quelle sinistre fin ! –, seule la géhenne sera le point d'arrivée.

98 - Une exception cependant : les hommes et les femmes faibles, ainsi que les enfants qui ne peuvent user de malice et qui n'ont pas été orientés dans le bon chemin.

99 - Espérons qu'Allah leur pardonne, car Il est Celui qui absout et qui pardonne.

100 - Celui qui émigre dans la voie d'Allah trouvera sur terre un espace suffisant et des biens en abondance. Celui qui quitte sa demeure en quête de la voie d'Allah et de Son prophète et qui décède chemin faisant, sa rétribution[61] incombe à Allah, car Allah est Celui qui pardonne et qui est miséricordieux.

101 - Si vous parcourez la terre[62] et si vous craignez que les infidèles ne vous prennent par surprise, il ne vous sera pas tenu rigueur si vous raccourcissez vos prières, car les infidèles sont pour vous un ennemi notoire.

102 - Si tu te trouves parmi les croyants et si tu conduis la prière, qu'une fraction de fidèles se tienne debout pour l'office de la prière, tandis que l'autre, armée, se tienne à l'arrière pour vous protéger. Lorsque le premier groupe a accompli sa prière, c'est au second de le faire. Les infidèles guettent une inattention de votre part pour fondre sur vos affaires et vos armes. Toutefois, il ne vous sera tenu aucune rigueur si vous déposez vos armes en cas de forte pluie ou en cas de maladie. Prenez garde, Allah a préparé aux incroyants un terrible châtiment.

103 - Après avoir prié, pensez à Allah de toutes les manières possibles, debout, assis ou sur le côté. Mais si vous avez le sentiment d'être de nouveau en sécurité, observez le rite

en vous tenant debout, car la prière est une prescription déterminée pour tous les croyants.

104 - Ne faiblissez pas dans la poursuite de ces gens, car ils souffrent autant que vous souffrez, mais vous, vous espérez quelque secours d'Allah alors qu'ils n'espèrent plus rien. Allah est toujours Celui qui sait et qui est sage.

105 - Nous t'avons envoyé le Livre avec une vérité intrinsèque afin que tu puisses juger les gens d'après ce qu'Allah t'avait inspiré, mais ne sois pas le défenseur[63] des traîtres.

106 - Demande pardon à Allah, car Il est Celui qui pardonne et qui est miséricordieux.

107 - Et ne plaide point en faveur de ceux qui sont ingrats vis-à-vis d'eux-mêmes, car Allah n'aime pas celui qui est traître et malfaisant[64].

108 - Ils se cachent des hommes, mais ne se cachent pas d'Allah, alors qu'Il est auprès d'eux lorsqu'ils ressassent de mauvaises paroles. Mais Allah est prévenu de tout ce qu'ils font.

109 - Vous voilà donc en train de les défendre ici-bas, mais qui les défendra le jour de la résurrection face à Allah ? Qui viendra à leur secours ?

110 - Celui qui commet un acte répréhensible ou se fait du tort, et qui revient de son erreur en demandant à Allah de lui pardonner, il trouvera pardon et miséricorde auprès du Seigneur.

111 - Car celui qui commet une mauvaise action[65] la commet contre lui-même. Allah est Celui qui sait, Il est sage.

112 - De même, celui qui commet un péché grave et le rejette sur un innocent, celui-là aura accumulé une infamie et une grande abjection.

113 - N'eussent été sur toi, ô Prophète, la grâce et la miséri-corde d'Allah, une fraction d'infidèles t'aurait fait perdre ton chemin. Mais ils se perdent eux-mêmes et ne peuvent te nuire en rien. Allah a fait descendre sur toi le Livre et la sagesse. Il t'a appris ce que tu ne savais pas. Envers toi, la grâce d'Allah a été très grande.

114 - Peu de bonnes choses procèdent de leurs conciliabules, à l'exception de celui qui ordonne une aumône ou toute autre action louable, voire une médiation pacifique entre les gens. Or, celui qui s'acquitte de tout cela en recherchant le contentement d'Allah, celui-là aura une immense rétribution.

115 - Celui qui, ayant connu le chemin de la foi, se sépare ensuite du Prophète en suivant une autre direction que celle que Nous avons indiquée pour les croyants, sera abandonné à son sort et sera brûlé vif dans la géhenne. Quel affreux destin !

116 - Certes, Allah ne pardonne à aucun de Lui avoir asso-cié [quelque Dieu], mais Il est clément avec tout le reste pour autant qu'Il le veuille. De fait, celui qui associe d'autres dieux à Allah est dans l'erreur la plus totale.

117 - Ils n'invoquent en dehors de Lui que des divinités féminines [66] et ils n'invoquent qu'un démon rebelle.

118 - Allah l'a maudit pour avoir dit : Je prendrai avec moi une partie appréciable de Tes fidèles.

119 - Je les égarerai, je les revêtirai de leurs illusions et je leur ordonnerai ensuite de fendre les oreilles des bêtes [67]. Ce en quoi je changerai la forme des créatures d'Allah. Mais quiconque prendra Satan comme tuteur en délaissant Allah, celui-là aura perdu et subira un déficit manifeste.

120 - [Satan] leur fait des promesses, il les illusionne, mais il ne promet rien qui ne soit une pure folie [68].

121 - Ceux-là, la géhenne les attend comme demeure ; ils n'y trouveront aucune issue possible.

122 - Quant à ceux qui ont cru et qui ont accompli de bonnes actions, ils seront admis dans les jardins où couleront des fleuves, ils y demeureront éternellement, en guise de promesse tenue d'Allah. Et qui, plus qu'Allah, est véridique en Sa parole ?

123 - Cela ne relève pas de votre fantaisie propre ou de celle des détenteurs du Livre, car celui qui commet un mal trouvera sa récompense et il n'est guère, en dehors d'Allah, de protecteur ou de défenseur.

124 - Quant à ceux qui en termes d'actions en commettent de très bonnes, qu'ils soient hommes ou femmes mais croyants, ceux-là entreront directement au paradis sans être lésés ne serait-ce que d'une pellicule de datte [69].

125 - Celui qui se soumet à Allah et qui pratique de la meilleure façon possible sa religion, Allah l'orientera dans la direction suivie par Abraham, le Hanif [70], lui qu'Allah a considéré comme un ami proche.

126 - À Allah revient tout ce qui se trouve ici-bas et dans les cieux. Allah embrasse toute chose.

127 - On viendra te consulter au sujet des femmes. Réponds-leur : Allah vous instruit en cette matière ainsi qu'Il vous l'a révélé [71] dans le Livre. Telles les orphelines que vous voulez épouser et auxquelles vous ne désirez pas octroyer ce qui leur a été prescrit, comme c'est le cas avec les enfants reconnus faibles et abaissés. Il vous est demandé de vous comporter équitablement avec les orphelins, car Allah connaît toutes les bonnes actions que vous faites.

128 - Si une femme redoute un désamour profond de son mari ou un éloignement, il n'y a pas de mal pour eux à chercher un arrangement, car la réconciliation est un bien.

Les êtres[72] sont enclins à être avares[73], mais si vous faites le bien et si vous craignez [Dieu], sachez qu'Allah est bien informé de ce que vous faites.

129 - Il vous est impossible d'être équitables envers vos femmes, même si vous vous préoccupez de cela. Ne soyez pas du côté de l'une d'elles en laissant l'autre en suspens. Mais si vous cherchez la concorde et si vous craignez [Dieu], Allah est disposé à pardonner et à être miséricordieux.

130 - Si en revanche ils se séparent, Allah est Celui qui dote tout un chacun de Sa faveur, car Il est vaste et sage.

131 - À Allah appartient tout ce qui est ici-bas et dans les cieux. Nous avons recommandé à ceux qui, avant vous, avaient reçu le Livre et à vous-mêmes de craindre Allah et d'être pieux. Si vous ne l'êtes pas, sachez que Dieu est Celui qui possède tout ce qui se trouve ici-bas et tout ce qui se trouve dans les cieux. Il est riche et digne de louanges.

132 - À Allah appartient ce qui est ici-bas et dans les cieux. Certes, Allah Se suffit à Lui-même.

133 - Car, s'Il le voulait, Il pourrait vous faire disparaître en tant que genre humain et amener un autre peuple à la place. Allah est assez puissant pour le faire.

134 - Que celui qui désire recevoir la récompense d'ici-bas sache que toute récompense, celle d'ici-bas et celle de la vie future, se trouve auprès de Dieu. Allah est Celui qui entend et qui voit tout.

135 - Ô vous les croyants, soyez justes dans vos partages, équitables au nom d'Allah dans vos témoignages, fût-ce à vos dépens, aux dépens de vos parents et de vos proches, du riche comme du pauvre, Allah étant le meilleur défenseur. Ne préférez pas la voie de la passion à celle de l'équité,

ni l'atermoiement ou le refus de témoigner, car Allah est au courant de tout ce que vous faites.

136 - Ô vous les croyants, croyez en Allah et à Son messager et au Livre qui a été révélé à Son prophète. Croyez aussi au Livre qui a été envoyé auparavant, car celui qui ne croit pas en Allah, à Ses anges, à Son Livre, à Son messager et au Jour dernier, celui-là s'est gravement fourvoyé.

137 - Ceux qui croient, renient leur croyance, puis croient de nouveau et renient de nouveau leur croyance, et dont les méfaits s'accroissent visiblement, ceux-là ne trouveront auprès d'Allah aucun pardon. Il ne pourra pas non plus les diriger dans la voie droite.

138 - Annonce aux incrédules qu'un châtiment cruel les attend.

139 - Ceux qui cherchent des soutiens auprès des incrédules et qui délaissent les croyants vont-ils trouver auprès d'eux quelque puissance, lorsque toute forme de puissance est un attribut d'Allah ?

140 - Il vous a été révélé dans le Coran que, lorsque vous entendrez des personnes proférer des propos insultants à l'égard des versets d'Allah et les tourner en dérision, vous ne pourrez plus rester avec ceux-là jusqu'à ce qu'ils se décident à parler d'autre chose, car, si vous demeurez à leurs côtés, vous serez comme eux. Allah réunira les hypocrites et les infidèles dans le même carré de l'enfer.

141 - Ils attendent que te vienne un franc succès d'Allah, avant de dire : N'étions-nous pas des tiens ? Si, en revanche, ce sont les infidèles qui ont l'avantage, ils sont prompts à leur dire : N'aviez-vous pas constaté que nous vous avons défendus contre les fidèles ? Mais Allah vous départagera au jour de la résurrection, de sorte que les incroyants n'aient aucune possibilité de prendre l'avantage sur les croyants.

142 - Les hypocrites cherchent à tromper Allah, mais c'est Allah qui les trompe. Lorsqu'ils se lèvent pour prier Dieu, ils le font sans précipitation[74], ils s'occupent de ce que pensent les gens tout autour et n'invoquent Dieu que modérément.

143 - Désorientés, ils oscillent entre ceux-ci et ceux-là, mais celui qui perd le chemin d'Allah, tu ne lui trouveras aucun chemin de salut.

144 - Ô vous les croyants, ne prenez pas de tuteurs parmi les infidèles en laissant de côté des tuteurs parmi les fidèles. Voudriez-vous qu'ils donnent à Dieu des preuves explicites à votre encontre[75] ?

145 - Les incroyants seront parqués dans la sphère la plus basse de l'enfer[76] et nul ne leur trouvera d'issue.

146 - À l'inverse, ceux qui reviennent à Dieu, qui font du bien et qui tiennent fermement [la corde] d'Allah, notamment en honorant Son culte, ceux-là seront réintégrés parmi les croyants. Ceux-ci recevront d'Allah une grande récompense.

147 - Pourquoi Allah vous infligerait-Il un quelconque tourment dès lors que vous êtes reconnaissants et que vous êtes croyants pieux ? Allah est reconnaissant et omniscient.

148 - Allah n'aime pas que l'on divulgue de mauvaises paroles, à moins que celui qui les énonce en ait été très affecté. Allah est Celui qui entend et qui sait tout.

149 - Que vous masquiez le bien ou que vous le montriez et que par ailleurs vous pardonniez le mal, Allah est Celui qui absout [les péchés] et qui est tout-puissant.

150 - Ceux qui réfutent Allah et Son messager et qui cherchent à les diviser en prétendant croire en une partie du message et ne pas croire en l'autre partie et qui veulent adopter une attitude de louvoiement entre les deux,

151 - ceux-là sont vraiment les impies. Nous leur avons préparé un châtiment humiliant.

152 - Quant à ceux qui ont cru en Allah et à Ses messagers et qui ne cherchent pas à les dissocier, ils auront de grandes récompenses, Allah, le Miséricordieux, étant Celui qui pardonne.

153 - Les gens du Livre te demanderont de faire descendre sur eux un Livre du ciel comme ils l'ont fait auparavant pour Moïse, et de manière encore plus péremptoire. Ils lui ont demandé de leur montrer Dieu de manière claire et évidente, mais la foudre[77] les a frappés pour leur méchanceté. Après quoi, ils se sont donné le Veau comme idole[78], en dépit des preuves éclatantes qu'ils avaient reçues. Mais Nous avons été indulgent et Nous leur avons pardonné, tandis que Moïse recevait un pouvoir évident.

154 - Nous élevâmes alors autour d'eux le mont Sinaï sous forme de pacte et nous les incitâmes à franchir la porte en se prosternant. Et nous leur dîmes aussi de ne pas transgresser le sabbat[79]. Nous avons reçu d'eux une alliance[80] très ferme.

155 - Maudits soient leur refus du pacte, leur réfutation des signes d'Allah et la mise à mort des prophètes qu'ils ont injustement décidée. Ainsi peuvent-ils dire que leurs cœurs sont enveloppés, mais c'est Dieu qui étouffe les cœurs des incroyants, car ils ont une foi très sommaire, excepté quelques-uns.

156 - Leur médisance quant à Marie et leur incroyance sont d'une impudence sans nom.

157 - Ainsi lorsqu'ils disent avoir tué le Messie, fils de Marie, l'Apôtre de Dieu, alors qu'il n'en est rien. Ils ne l'ont ni tué ni crucifié, mais ils ont seulement cru avoir affaire à lui alors que c'était « son sosie[81] ». Quant à ceux qui ratiocinent à ce sujet, ils sont eux-mêmes dans le doute.

Ils n'en savent pas plus que ceux qui se livrent à des conjectures incertaines. Ils ne l'ont certainement pas tué,

158 - car c'est Dieu qui l'a élevé vers Lui, Dieu le Puissant, le Sage.

159 - Il n'est personne parmi ceux qui ont reçu le Livre à ne pas croire en lui avant sa mort [82], d'autant qu'il sera leur témoin le jour de la résurrection.

160 - Pour avoir été iniques, nous avons interdit aux juifs les nourritures excellentes qui leur étaient destinées, car ils se sont éloignés dangereusement du chemin de Dieu.

161 - Pour leur pratique de l'usure, qui leur avait été pourtant défendue, et pour avoir mangé injustement les biens des gens, nous avons préparé aux incroyants parmi eux un châtiment terrible.

162 - Mais ceux qui parmi eux sont très impliqués dans la science [83], les croyants qui croient sincèrement ce qui t'a été révélé et ce qui a été révélé à ceux qui t'ont précédé, ceux enfin qui observent la prière, qui s'acquittent de l'aumône et qui croient en Dieu et au Jour dernier, tous ceux-là recevront un bien immense.

163 - Nous t'avons fait une Révélation [84] comme Nous avions fait une Révélation à Noé et aux différents prophètes qui lui ont succédé. Et Nous avons inspiré Abraham, Ismaël, Isaac, Jacob ainsi que les tribus [85], Jésus, Job, Jonas, Aaron, Salomon, tandis que Nous avons transmis les Psaumes [86] à David.

164 - Nous t'avons conté les histoires de certains prophètes, mais celles d'autres prophètes Nous les avons tues. Dieu a parlé distinctement à Moïse.

165 - [Ils sont] messagers, informateurs et propagateurs d'avertissements envoyés aux hommes de façon qu'aucune

excuse ne soit avancée pour ne pas connaître Dieu, car Il est puissant et sage.

166 - Allah est le meilleur témoin de ce qu'Il t'a révélé, cela s'est fait en pleine conscience, les anges en témoignent. Mais Allah est autosuffisant quant à Son témoignage.

167 - Ceux qui ont réfuté le message et qui se sont éloignés de la voie d'Allah, ceux-là sont dans une grande perdition.

168 - Ceux qui n'ont pas cru et qui ont été injustement méchants, Allah ne leur pardonnera pas et ne les conduira pas plus dans le chemin droit.

169 - Bien au contraire, ils seront orientés vers le chemin de l'enfer où ils demeureront éternellement. Tout cela est chose aisée pour Allah.

170 - Ô vous les hommes, le Prophète vous a été envoyé porteur d'une vérité de votre Seigneur. Croyez-le, cela est préférable au fait de ne pas croire. À Allah appartient ce qui est dans les cieux et sur terre ; Allah est l'Omniscient, le Sage.

171 - Ô vous gens du Livre, ne faites pas de surenchère quant à votre religion et ne dites sur Dieu que des vérités. Le Messie Jésus, fils de Marie, n'est que l'envoyé de Dieu. Son Verbe a été appliqué à Marie et un souffle émane de Lui. Croyez donc en Dieu et en Son messager et ne dites pas « Trinité [87] ». Finissez avec cela, c'est préférable pour vous. Dieu n'est qu'un, à Lui les louanges. Il ne peut avoir un fils, à Lui en réalité appartient tout ce qui se trouve dans les cieux et sur terre. Dieu est Celui qui Se suffit à Lui-même.

172 - Ni le Messie ni les anges qui se trouvent auprès de Dieu n'ont dédaigné de se mettre au service d'Allah, car ceux qui dédaignent [88] cela et qui s'enflent [89] d'orgueil, Allah les réunira tous [au Jour dernier] devant Lui.

173 - Mais ceux qui ont cru et qui ont réalisé de belles choses, ils seront récompensés et généreusement gratifiés. En revanche, ceux qui se sont comportés avec suffisance et qui se sont enflés d'orgueil, un terrible châtiment leur est destiné. Ils ne trouveront en dehors d'Allah ni allié ni défenseur.

174 - Ô vous les hommes, vous avez reçu une preuve évidente de votre Dieu, tandis qu'une lumière éclatante vous a été révélée.

175 - Ceux qui auront cru en Allah et se seront attachés à Lui, ils seront admis en Sa miséricorde et en Sa générosité. Il les conduira vers Lui selon un chemin rectiligne.

176 - Ils viendront te demander des éclaircissements quant aux successions[90]. Dis : Dieu vous instruit quant à la parenté. Si un homme périt sans laisser de progéniture, mais s'il a seulement une sœur, il revient à celle-ci la moitié de ce qu'il a laissé. Si sa sœur meurt sans laisser de fils, il héritera en totalité. Si le défunt laisse deux sœurs, elles hériteront des deux tiers de ce qu'il a laissé, mais s'il y a des frères et sœurs, les enfants mâles auront la part de deux filles. Tels sont les éclaircissements qu'Allah vous donne au cas où vous vous égareriez. Allah est au courant de toute chose.

NOTES

1. *Nafs* : « âme », en arabe, est un concept complexe et polysémique.
2. *Zawjaha* : son pair, son double. 3. *Sadûqatihinna* : usage antique qui voulait que la femme reçoive une dot assez conséquente. Lorsque l'union est rompue, il est très fréquent qu'elle reprenne ses biens, à commencer par le douaire, ce que le Coran lui reconnaît tout à fait. 4. *Sûfaha* : pervers. 5. *Abtalû* : éprouvez. 6. *Mafrûdan*. 7. *Qawl sadid*. 8. Promesses : *waçiyatin yûssä biha*. 9. *'Alim hakim*. 10. *'Alim halim*. 11. *Yâ'çi*. 12. *Hûdûd* (Allah). 13. *Fûhcha* : « turpitude » (Blachère). 14. *Istibdal*. 15. *Afdha ba'dûkumû ila ba'din*. 16. *Mithaq ghalid*. 17. Antéislam. 18. *Al-mûhçanat*. 19. *Muhçanat wa mu'minat*. 20. *Dha'if*. 21. *La taqtûlu* : Ne vous entre-tuez pas, peut-être : Ne vous suicidez-pas. 22. Toute la morale sexuelle concernant les femmes est contenue dans ce verset. L'attente des familles bédouines du VIIᵉ siècle y est clairement définie : les épouses doivent être chastes (*qanitat*) et vertueuses (*salihat*), respecter leur époux et en aucun cas se rebeller contre lui (*nûchuz*). Lorsqu'elles commettaient de tels écarts, l'un des moyens auxquels on pouvait alors recourir était de les éloigner de leur espace privatif. Tel est le sens de « reléguez-les » (*ahjûruhûnna*, littéralement : « exilez-vous d'elles dans le lit ; mettez-les à part »). Le fait de les frapper montre qu'on est encore en Arabie, au VIIᵉ siècle, et cela ne peut être tenu comme un impératif catégorique. 23. *Chiqaq baynihima*. 24. *Bûkhl*. 25. *Sa'a qarinan*. 26. *Dharratin*. Cette unité de mesure est répétée plusieurs fois. 27. *Tayammoûm*. 28. *Dhalala* : la perdition. 29. Protecteur (*walî*) et guide (*naçîr*) : l'expression revient de nombreuses fois dans le Coran. 30. *Ra'ina* : cf. II, 98. 31. *Bi-alsinatihûm*. 32. *Al-Kitaba*. 33. *Yûzakkûna anfûsahum*. 34. *Fatil* : une pellicule de datte. 35. *Jibt* : que l'on associe aux sciences occultes et à la magie. 36. Terme imprécis et plutôt global que l'on traduit habituellement par « fausses divinités ». 37. *Naqiran*. Cf. IV, 49. Vocabulaire coranique typique, avec des terminaisons en *-an* : *fatilan, naçiran, naqiran*. 38. *Mûlk 'azim*. 39. Satan veut les détourner le plus loin possible de la bonne voie. 40. *Salihin*. 41. *Fatil(an)*. Cf. *supra*, notes 34 et 37. 42. Il s'agit du Prophète. 43. *Hassana*. 44. *Sayi'a*. 45. Il s'agit toujours du prophète Mohammed. 46. *Achaddû tankilan*. 47. *Naçib, naçibûn minha*. 48. *Kiflûn minha*. Il y a là une opposition entre *naçib* et *kifl*, signalée déjà par Al-Qasimi, puis par Berque. 49. *Wali*. 50. *Naçir*. 51. *Mithaq*. 52. *Hassira sûdûruhum* : le cœur serré, la poitrine à l'étroit. 53. Littéralement : « vous donnent le salut de la paix ». 54. *Raqbatin mu'mina*. 55. *Mithaq*. 56. Le « prix du sang ». 57. Littéralement : « son salaire ».

58. *Ghadab* : irritation, courroux. **59.** *Qa'idûn*. **60.** *Al-mûjahidûn*. **61.** *Ajrûhû* : « son salaire », note Kasimirski. **62.** *Wa ida dharabtûm*. **63.** *Khasiman*. **64.** *Khawanan athiman*. **65.** *Yaksibû ithman*. **66.** *Inathan* : sans doute les trois divinités femelles Al-Lat, Manat et Al-'Uzza, que les anciens Arabes adoraient. **67.** *Adana al-an'am*. **68.** *Ghûrûran* : une tromperie. **69.** *Naqiran*. Kasimirski traduit : « de ce que peut contenir la fossette d'un noyau de datte ». Cf. « Images et expressions coraniques » in *Dictionnaire encyclopédique du Coran*. **70.** Est *hanif* celui qui croit au monothéisme, ou qui se comporte comme tel, bien avant l'avènement du monothéisme. Abraham l'est plus que tous les autres prophètes, car il est aussi le *khalil*, l'« ami de Dieu ». De là vient l'expression arabe *Ibrahim al-Khalil*. **71.** *Yûtla 'alaykûm* : dicté. **72.** *Arwahû* : littéralement, les âmes. **73.** *Ach-chûhha*. **74.** *Kûssala*. **75.** *Sûltanan*, dans le sens de « preuves irréfragables », ce que Blachère rend par « probation évidente » et Berque par « argument explicite ». La notion de souveraineté divine reste donc ouverte et requiert une certaine exégèse. **76.** *Ad-darki al-asfali*. **77.** *As-sa'iqa*. **78.** *Al-'ijl* : le Veau d'or. **79.** *Sabt*. **80.** *Mithaq*. **81.** *Chûbbiha lahûm*. **82.** Serait-ce Jésus ? **83.** *Rakhissina fil-'ilm*. **84.** *Awhayna* : nous avons révélé ou inspiré. **85.** *Asbat, wal al-asbat* : les douze tribus. **86.** *Zabûr*. **87.** *Talata*. **88.** *Yastankifa* (sing.). J'ai accordé le verbe au pluriel, car l'idée est reprise dans le verset suivant où le verbe devient *yastankifû*. **89.** *Idem* pour *yastakbira* qui, en arabe, est accordé au singulier dans ce verset, puis au pluriel (*yastakbirû*) dans le verset qui suit. **90.** *Al-kalalat*.

LA TABLE SERVIE (AL-MA'IDA)

Révélée à Médine, 120 versets

Au nom d'Allah, le Clément, le Miséricordieux

1 - Ô vous qui croyez, respectez les engagements que vous avez pris. Les bêtes des troupeaux vous sont permises, à l'exception de celles qui vous ont été interdites. La chasse vous est proscrite tout le temps que vous serez en état de sacralisation. Allah décide ce qu'Il veut.

2 - Ô vous qui croyez, évitez de profaner les rituels de Dieu, ni le mois sacré[1], ni les offrandes, ni les guirlandes[2], ni ceux qui se dirigent vers la Maison sacrée, recherchant une grâce particulière de leur Seigneur, ainsi que Son contentement. Si, après votre sacralisation, vous êtes revenus à l'état ordinaire, vous pouvez alors chasser, sans que la haine de ceux qui vous ont empêchés de visiter la Maison sacrée vous abuse. Entraidez-vous plutôt dans le bien et dans la piété, et ne vous associez pas dans le péché et la transgression. Craignez Allah, car terrible est Son châtiment.

3 - Sont illicites la bête morte, le sang, la viande porcine, et ce qui a été sacrifié au nom d'un autre dieu qu'Allah, la bête étouffée, la bête assommée, la bête morte à la suite d'une chute, celle morte d'un coup de corne, celle qu'un fauve a dévorée exception faite de celle que vous avez réussi à égorger avant sa mort. Vous sont interdites aussi les bêtes immolées devant les bétyles païens[3], ainsi que celles que

vous vous partagez en les désignant au sort. Aujourd'hui, les incroyants désespèrent de vous détourner de votre religion ; ne les craignez pas, mais craignez-Moi. Aujourd'hui, j'ai parachevé pour vous votre religion. Je vous ai comblés de Mes faveurs et de Ma grâce. J'agrée pour vous l'islam comme religion. Quiconque sera amené durant une famine à en manger [4], mais sans le faire par ostentation, pourra le faire, car Allah est clément et miséricordieux.

4 - Ils t'interrogeront sur ce qui leur est permis de manger. Dis : Il vous est permis toutes les nourritures bénéfiques et ce que vous rapportent les rapaces que vous avez dressés comme des chiens de chasse. Vous leur apprenez ce qu'Allah vous a appris par ailleurs. Mangez les proies que ceux-ci ont capturées, en ayant prononcé dessus le nom d'Allah. Craignez Allah, car Allah est prompt dans Ses comptes.

5 - Il vous est permis aujourd'hui les nourritures purifiées. La nourriture de ceux qui ont reçu le Livre vous est permise autant que la vôtre leur est permise. Il vous est permis d'épouser les femmes vertueuses parmi les croyantes, de même que les femmes vertueuses de ceux qui ont reçu le Livre avant vous. La condition cependant est de leur donner leur dot de manière régulière, et non pas en vils séducteurs [5] ou en amateurs de concubines [6]. Celui qui rejette la foi verra le bénéfice de ses actions s'anéantir. Il sera dans la vie future parmi les perdants.

6 - Ô vous qui croyez, si vous vous engagez dans la prière, lavez vos visages, vos avant-bras jusqu'aux coudes, passez-vous la main sur la tête et sur les pieds, et cela jusqu'aux chevilles. Si vous êtes en état d'impureté légale [7], purifiez-vous ! Si, en revanche, vous êtes malades, ou en voyage, ou si l'un de vous sortait des lieux d'aisances, ou encore si vous avez eu un commerce avec vos femmes [8] et que l'eau vienne à manquer, vous pouvez alors utiliser un galet ou une poi-

gnée de sable que vous passerez sur vos visages et vos mains[9]. Allah ne veut pas vous compliquer la vie[10], Il veut seulement vous purifier en parachevant Son bienfait à votre égard. Peut-être serez-vous reconnaissants.

7 - Souvenez-vous des bienfaits qu'Allah a déversés sur vous, ainsi que du pacte qu'Il a passé avec vous, dès lors que vous aurez prononcé ces mots : Nous avons entendu, nous avons obéi ! Craignez Allah, car Allah sait ce que cachent les cœurs[11].

8 - Ô vous qui croyez, soyez sincères dans vos positions, et cela à l'égard d'Allah, témoins de Son équité. Que la haine éprouvée pour un peuple ne vous porte pas à être injustes à son égard. Soyez justes, car c'est là une posture très proche de la piété[12]. Craignez Allah, Allah sait ce que vous faites.

9 - La promesse d'Allah pour ceux qui ont cru et qui ont accompli de bonnes œuvres est de leur pardonner tout en leur réservant une grande récompense.

10 - Quant à ceux qui n'ont pas cru et qui ont traité Nos signes de mensonges, ils seront les hôtes de la fournaise.

11 - Ô vous qui croyez, rappelez constamment les bienfaits qu'Allah[13] a déversés sur vous, notamment lorsqu'un clan s'est avisé de porter la main sur vous et qu'Il a repoussé son geste. Craignez Allah, car c'est à Allah que s'en remettent les croyants.

12 - Dieu a reçu le pacte des fils d'Israël. Après quoi, Nous avons envoyé parmi eux douze représentants[14]. Et Dieu dit : Je suis avec vous tant que vous observerez le rite des prières, que vous vous acquitterez de l'aumône, que vous croirez à Mes envoyés, que vous assisterez[15] et que vous ferez un bon prêt à l'avantage de Dieu. Ainsi, J'éloignerai de vous vos péchés et Je vous introduirai dans des jardins où couleront des ruisseaux. Quant à celui qui, après cela, aura cessé de croire, il aura perdu son droit chemin.

13 - Or, pour avoir rompu leur pacte, Nous les avons maudits et Nous avons endurci leurs cœurs. Ils transforment les paroles en les sortant de leur contexte ; ils oublient une partie de la Révélation qu'ils ont reçue. Tu ne cesseras de découvrir leur trahison, à l'exception de quelques-uns d'entre eux. Pardonne-leur et efface leurs fautes, Dieu aime les gens de bien.

14 - Et parmi ceux qui déclarent être chrétiens, Nous avons pris acte de l'alliance qui est la leur, mais beaucoup ont oublié une partie de la Révélation qu'ils ont reçue. Dès lors, Nous avons créé entre eux une rivalité et une haine, et cela jusqu'au jour de la résurrection. Bientôt, Allah les informera de ce qu'ils avaient fait auparavant.

15 - Ô gens du Livre, Notre prophète est venu à vous pour vous montrer les nombreuses choses que vous masquiez du Livre révélé. Il en pardonnera certaines, mais c'est d'Allah que vous viennent la lumière et un Livre révélé, parfaitement explicite.

16 - Allah conduira dans le chemin du salut ceux qui recherchent Sa satisfaction. Avec Sa permission, Il les sortira du monde des ténèbres vers celui de la lumière. Il les remettra dans le droit chemin.

17 - Ceux qui disent : Dieu est Jésus, fils de Marie, commettent un péché. Dis, au contraire : Qui peut disposer de Dieu en quoi que ce soit, s'Il veut anéantir le Messie, fils de Marie, et sa mère, et même tout ce que la terre contient ? À Allah revient la souveraineté de ce qui se trouve dans les cieux, sur terre et dans l'espace intermédiaire. Il crée ce qu'Il veut. Allah est puissant en toute chose.

18 - Les juifs et les chrétiens ont dit : Nous sommes les fils de Dieu, Ses préférés. Dis-leur : Pourquoi donc vous punit-Il pour vos péchés ? En réalité, vous êtes des êtres humains créés par Dieu. Il pardonne à qui Il veut et Il tourmente

qui Il veut. À Allah appartiennent les cieux et la terre et tout ce qui se trouve dans leur espace intermédiaire. C'est à Lui que revient le destin final.

19 - Ô vous gens du Livre, Notre Envoyé vous est venu pour vous instruire après une interruption de la prophétie. Vous ne pourrez pas dire qu'aucun annonciateur de bonne nouvelle ni informateur n'est venu vers vous. Ainsi, vous avez bien reçu un avertisseur et un annonciateur, Allah étant puissant sur toute chose.

20 - Et lorsque Moïse a dit à son peuple : Souvenez-vous des bienfaits que Dieu vous a prodigués. Il vous a dépêché des prophètes issus de vous-mêmes ; Il a fait de vous des rois et vous a dotés de biens qu'aucun autre peuple dans l'univers n'a reçus.

21 - Ô mon peuple, pénétrez dans la Terre sainte qui vous a été prescrite par Allah et ne vous retournez pas sur vos pas, vous serez parmi les perdants.

22 - Ils dirent : Ô Moïse, il y a dans cette terre un peuple de géants trop puissants. Nous n'y pénétrerons que lorsqu'ils en seront partis. Et nous y entrerons dès qu'ils auront quitté les lieux.

23 - Deux hommes de ceux qui craignent Dieu et qu'Il a pourvus de Ses bienfaits dirent ceci : Entrez par cette porte, vous serez sûrement vainqueurs. Remettez-vous à Dieu si vous êtes croyants.

24 - Ils dirent alors : Ô Moïse, nous n'y entrerons jamais tant que ces créatures y seront. Allez-y, toi et ton Seigneur, et combattez-les. Nous vous attendrons sans bouger.

25 - Il dit : Mon Dieu, je n'ai de pouvoir que sur moi-même et sur mon frère. Éloigne-nous de ce peuple de pervers.

26 - L'entrée leur est interdite, Lui dit-il, durant quarante

années. Ils erreront sur terre. Ne sois pas affligé pour ce peuple de pervers.

27 - Raconte-leur en vérité l'histoire des fils d'Adam, lorsqu'ils firent tous deux une offrande à leur Seigneur. L'une des deux offrandes fut acceptée, l'autre non. Le fils éconduit dit à son frère : Je te tuerai ! Son frère lui répondit : Allah n'accepte que les offrandes [16] de ceux qui Le craignent !

28 - Si tu portes la main sur moi pour me tuer, je ne porterai pas la mienne sur toi pour te tuer. Je crains Dieu, le Seigneur des mondes.

29 - Je voudrais que tu endosses mes péchés et les tiens de façon à être parmi les hôtes du feu, car telle est la rétribution des injustes.

30 - Mais son âme mauvaise lui intima l'ordre de tuer son frère. Ce qu'il fit, ainsi se trouva-t-il parmi les perdants.

31 - Dieu lui envoya un corbeau. Celui-ci gratta la terre pour lui montrer comment ensevelir un cadavre [17]. Malheur à moi, suis-je donc incapable même de ressembler à ce corbeau pour ensevelir la dépouille de mon frère ? Il devint du nombre de ceux que ronge le remords.

32 - Pour cette raison, Nous avons établi à l'égard des fils d'Israël que celui qui a tué un homme qui n'a commis aucune violence [18] sur terre, ni tué, est considéré comme ayant tué tous les hommes. Celui qui sauve un seul homme est considéré comme ayant sauvé tous les hommes. Nos prophètes leur ont été dépêchés munis d'arguments décisifs, mais beaucoup parmi eux ont commis des excès sur terre [19].

33 - Telle est la rétribution de ceux qui mènent la guerre à Allah et à Son prophète, et de ceux qui sèment le désordre [20] sur terre. Ils seront tués ou suppliciés [21], tandis que leurs mains et leurs pieds seront amputés, à moins qu'ils ne

soient bannis de terre[22]. Telle est leur rétribution : une honte ici-bas[23] et un châtiment sévère dans la vie future.

34 - Exception faite de ceux qui seront revenus à Dieu avant d'être vaincus. Sachez qu'Allah est Celui qui pardonne, Il est le Miséricordieux.

35 - Ô vous les croyants, craignez Allah et suivez le chemin qui vous mène à Lui. Combattez en Son nom, peut-être serez-vous parmi les bienheureux.

36 - Si ceux qui n'avaient pas cru étaient en possession de ce qui se trouvait sur terre, et même de son double, afin de se racheter des tourments qui les attendent le jour de la résurrection, cela ne sera point accepté, tandis qu'un tourment pénible sera leur lot.

37 - Ils voudront tant sortir du feu, mais ils ne pourront en sortir. Ils subiront un châtiment permanent.

38 - Au voleur et à la voleuse, il faut couper la main en guise de punition pour leur forfait. Ce châtiment vient d'Allah, Allah étant le Puissant, le Sage.

39 - Celui qui se repent après avoir commis une injustice, et qui recommence à faire le bien, Allah reviendra à lui et lui pardonnera, car Allah est Celui qui pardonne et qui est miséricordieux.

40 - Ne sais-tu pas que les domaines des cieux et de la terre appartiennent à Allah ? Il met au supplice qui Il veut, Il pardonne à qui Il veut, car Allah est puissant sur toute chose.

41 - Ô Prophète, ne sois pas attristé par ceux qui courent vers l'infidélité, notamment ceux qui prétendent avoir cru par les mots, tandis que leurs cœurs restent inaccessibles à la foi. Et, parmi les juifs, ceux qui feignent d'écouter et tendent leurs oreilles aux mensonges en transmettant à d'autres comparses qui ne sont pas devant toi et qui altèrent

les mots en les sortant de leur contexte. Ils disent : S'il vous vient avec ceci, acceptez-le ; si, en revanche, il vous vient avec cela, méfiez-vous de lui. Mais ceux qu'Allah veut perdre ou détourner de leur voie, tu ne pourras rien pour eux. Ceux, précisément, dont Allah ne veut pas purifier les cœurs, ceux-là seront punis ici-bas et recevront un terrible châtiment dans la vie future.

42 - Ils sont complaisants face au mensonge, voraces pour les gains illicites. S'ils viennent à toi, juge-les ou éloigne-toi d'eux. Si tu t'en abstiens, ils ne pourront rien contre toi, mais si tu les juges, fais-le avec équité[24], car Allah aime ceux qui sont équitables.

43 - Pourquoi te demanderaient-ils d'être leur arbitre, alors qu'ils disposent de la Torah dans laquelle se trouvent consignées les sentences de Dieu ? C'est qu'ils se sont éloignés d'elle après qu'elle eut été leur guide, mais ils ne sont pas très croyants.

44 - Nous avons révélé la Torah, tant Direction bénéfique que Lumière. Les prophètes qui se sont soumis à Dieu l'utilisent pour juger ceux qui suivent le judaïsme, ainsi que les prêtres[25] et les maîtres spirituels[26] dont la vocation est de préserver le Livre de Dieu et d'en être les témoins. Ne craignez pas les hommes, mais craignez-Moi d'abord. Ne troquez pas Mes signes à vil prix, et tous ceux qui ne jugent pas en vertu de ce que Dieu a révélé, ceux-là sont les vrais infidèles.

45 - Nous avons écrit à leur intention dans la Torah : Âme pour âme, œil pour œil, nez pour nez, oreille pour oreille, dent pour dent, tandis que les blessures sont réglées par la loi du talion. Si la victime pardonne à son agresseur[27], il verra ses péchés pardonnés. Mais ceux qui ne jugent pas selon les règles indiquées par Dieu, ceux-là sont les vrais injustes.

46 - Nous avons établi à leur suite Jésus, fils de Marie, confirmant ce qui existait avant lui de la Torah. Nous lui avons révélé l'Évangile, tant Direction bénéfique que Lumière, et en même temps une confirmation de la Torah qu'il tenait entre ses mains en tant qu'elle est un appel et une exhortation pour les personnes qui craignent Dieu.

47 - Que ceux qui disposent de l'Évangile arbitrent en se fondant sur les révélations que Dieu y a consignées. Quant à ceux qui jugent sans en référer aux préceptes annoncés par Dieu, ceux-là sont les corrompus [28].

48 - Nous t'avons révélé le Livre, en sa vérité, pour attester ce qui se trouve comme autres Écritures avant lui et qui, ce faisant, les valorise [29]. Juge-les [30] sur la base de la révélation d'Allah et ne poursuis pas leurs mauvais penchants, surtout en ce qui concerne la Vérité qui t'a été annoncée. À chacun, Nous avons octroyé une législation et un plan à suivre [31]. Car, si Allah l'avait voulu, Il aurait fait de vous une seule communauté. Mais pour vous mettre à l'épreuve, au sujet de Sa révélation, il vous faut vous surpasser pour acquérir les bonnes actions qui vous rapprochent d'Allah, à Lui le dernier retour. C'est alors qu'Il vous annoncera ce sur quoi vous étiez en désaccord !

49 - Établis la justice parmi eux en fonction de la révélation d'Allah. Ne suis pas leurs divagations. Mets-les en garde sur toute tentative de détournement concernant une partie de la révélation qu'Allah t'a faite. S'ils s'éloignent de toi, c'est qu'Allah veut les atteindre au motif de quelque péché, car beaucoup sont pervers.

50 - Préfèrent-ils peut-être les jugements rendus au temps de l'ignorance [32], alors que le jugement d'Allah est bien meilleur pour un peuple qui croit profondément ?

51 - Ô vous qui croyez, ne prenez pas les juifs et les chrétiens comme alliés, ils sont alliés les uns pour les autres.

Celui qui, des vôtres, en fera des alliés sera des leurs. Allah ne guide pas un peuple d'injustes.

52 - Tu verras ceux qui portent en leur cœur une maladie se précipiter vers eux pour leur dire : Nous redoutons que le sort ne se retourne contre nous ! Espérons qu'Allah nous apporte la délivrance ou quelque autre événement de Sa part. Ils regretteront ainsi ce qu'ils ont fomenté en leur for intérieur.

53 - Ceux qui auront cru diront : Étaient-ce là ceux qui ont juré au nom d'Allah, et cela de toute la puissance de leur foi, qu'ils étaient avec vous ? Mais, leurs actions ayant échoué, ils se trouvaient être des perdants.

54 - Ô vous qui croyez, celui qui parmi vous abhorre sa religion au point de la rejeter verra qu'un jour Allah amènera un peuple qu'Il aimera et qui, à son tour, aimera son Dieu. Un peuple respectueux des croyants et strict envers les infidèles qui combattra dans la voie d'Allah et ne craindra pas la remontrance de ceux qui sont prompts à blâmer. Telle est la faveur d'Allah, accordée à qui Il veut, car Allah est très vaste et savant.

55 - Car vos tuteurs et protecteurs sont Allah et Son prophète, ainsi que ceux qui ont cru, qui s'acquittent de leurs prières, qui concèdent leur aumône et qui s'inclinent devant Dieu.

56 - Quiconque prendra pour Maître Allah, Son prophète et ceux qui ont cru pour protecteurs saura être parmi les partisans d'Allah, les vainqueurs.

57 - Ô vous qui croyez, ne prenez pas comme associés ceux qui, parmi les peuples ayant reçu le Livre avant vous et parmi les incrédules, tournent en dérision votre religion et en font un motif de distraction. Craignez Allah si vous êtes croyants.

58 - Et quand vous appelez à la prière, voilà qu'ils se gaussent de vous et en jouent. Décidément, ce n'est pas là un peuple qui réfléchit.

59 - Dis : Ô vous qui avez un Livre sacré, que nous reprochez-vous si sévèrement ? Le fait que nous croyions en Allah et à ce qui nous a été révélé à nous et avant nous ? Mais la plupart d'entre vous sont des pervers !

60 - Dis : Voulez-vous que je vous annonce la situation de ceux dont la rétribution sera pire que celle qui est la leur ? Ceux qu'Allah a maudits et contre lesquels Il S'est courroucé en les transformant en singes ou en porcs pour avoir adoré l'idole[33], ils seront mis à la pire des places et seront les plus égarés quant à la voie droite !

61 - Et quand ils viennent à vous, ils disent : Nous croyons ! Pourtant, ils entrent avec l'impiété et sortent avec l'impiété. Mais Allah est plus savant eu égard à ce qu'ils cachent.

62 - Et tu verras beaucoup d'entre eux se précipiter pour commettre péché, méchanceté et corruption. Exécrables sont les actes qu'ils commettent !

63 - Pourquoi donc leurs rabbins et leurs prêtres ne les incitent-ils pas à modérer leurs vaines paroles et leur impure consommation ? Que leurs œuvres sont détestables !

64 - Les juifs ont dit : La main d'Allah est entravée. Mais ce sont leurs mains qui sont entravées. Qu'ils soient maudits pour ce qu'ils ont dit, car les deux mains d'Allah sont ouvertes et détendues. Il accorde les dons qu'Il veut, tandis que la révélation qu'Il t'a donnée s'exprime par une plus grande impiété et une plus grande incrédulité. Nous avons instauré entre eux l'hostilité, la haine, et cela jusqu'au jour de la résurrection. Chaque fois qu'ils allument un feu pour la guerre, Allah l'éteint. Ils répandent sur terre la corruption, mais Allah n'aime pas les corrupteurs.

65 - Et si les détenteurs du Livre avaient cru et manifesté de la crainte, Nous aurions aboli leurs méfaits et les aurions fait entrer dans le jardin du délice.

66 - Et même s'ils avaient appliqué la Torah et l'Évangile, et tout ce qui leur a été révélé de la part de leur Seigneur, ils auraient mangé ce qui se trouvait au-dessus d'eux[34] et sous leurs pas[35]. Il est une communauté en leur sein qui se tient dans la modération, mais beaucoup d'entre eux agissent mal.

67 - Ô toi, Prophète, transmets ce qui t'a été révélé de la part de ton Dieu, car si tu ne le fais pas, comment Son message sera-t-il transmis ? Allah te préservera[36] des hommes, car Allah ne conduit pas le peuple des impies.

68 - Dis : Ô vous, gens du Livre, vous n'êtes sur aucun chemin solide tant que vous n'aurez pas honoré la Torah, les Évangiles et tout ce qui vous a été révélé de la part de votre Seigneur. Ce qui t'a été révélé de la part de ton Seigneur accentue chez nombre d'entre eux l'injustice et la tyrannie. Ne sois pas attristé par le sort des mécréants !

69 - Ceux qui ont cru, les juifs, les sabéens et les chrétiens, et tous ceux qui croient en Dieu, au Jour dernier et qui ont accompli le bien, tous ceux-là ne craignent rien et ils ne seront pas attristés.

70 - Nous avons établi un pacte avec les fils d'Israël et leur avons dépêché des prophètes. Chaque fois qu'un prophète leur parvient avec un message qui ne convient pas à leurs penchants, un clan le traite de menteur, un autre clan l'assassine.

71 - Ils comptaient sur une absence de discorde, mais ils furent aveugles et sourds. Allah est revenu sur Sa décision en leur pardonnant. De nouveau, beaucoup d'entre eux se sont montrés aveugles et sourds, mais Allah voit ce qu'ils font.

72 - De fait, ceux qui ont dit que Dieu était le Messie, fils de Marie, ont commis un péché. Le Messie a dit : Ô fils d'Israël, adorez Dieu, mon Seigneur et le vôtre, car celui qui Lui donne des associés, Dieu lui interdira l'accès au paradis et le destinera à l'enfer. Il n'y aura aucun soutien pour les injustes.

73 - Sont considérés comme incrédules ceux qui disent ceci : Dieu est la troisième partie d'une trinité, car il n'est d'autre Dieu que le Dieu unique. S'ils ne cessent de telles affirmations, ceux qui auront été incrédules subiront un cruel châtiment.

74 - Pourquoi donc ne reviendraient-ils pas vers Dieu en Lui demandant de leur pardonner ? Dieu est Celui qui pardonne, Il est le Miséricordieux.

75 - Le Messie, fils de Marie, n'est autre qu'un prophète, lequel a été précédé par d'autres prophètes. Sa mère était une femme véridique[37]. Ils s'alimentent et se nourrissent. Vois comment Nous leur montrons Nos signes et observe comment ils s'en détournent.

76 - Dis-leur : Allez-vous adorer en dehors de Dieu un dieu qui ne vous serait d'aucune utilité ? Dieu est Celui qui entend et qui sait.

77 - Dis : Ô vous les détenteurs du Livre, ne surenchérissez point sur votre religion et ne l'associez à rien d'autre que la Vérité. Ne suivez point l'orientation d'un peuple précédent qui s'est égaré et qui a entraîné à sa suite beaucoup de gens, lesquels ont perdu le droit chemin.

78 - Maudits soient ceux, parmi les fils d'Israël, qui ont été incrédules, et cela de la bouche même de David[38] et de Jésus, fils de Marie, en raison de leur impiété et de leur transgression.

79 - Ils n'arrêtent pas d'entretenir le mal, quelle exécrable attitude que celle-là.

80 - Tu verras beaucoup d'entre eux se mettre sous la coupe des impies. Nées de leurs mauvaises âmes, les actions qu'ils commettent sont condamnables, au point qu'Allah S'irrite et Se courrouce contre eux. Ils demeureront éternellement dans le tourment.

81 - Car, s'ils avaient cru en Dieu et en Son prophète, et en ce qui lui a été révélé, ils ne les auraient pas choisis pour protecteurs, mais beaucoup d'entre eux étaient des mécréants.

82 - Tu trouveras les juifs et ceux qui associent d'autres dieux à Dieu parmi les ennemis les plus acharnés des croyants. Tu trouveras chez ceux qui se disent chrétiens les plus proches des croyants et ceux qui leur manifestent le plus d'affection. Ces derniers comptent dans leurs rangs des officiants[39] et des moines[40] qui sont dépourvus d'orgueil.

83 - Et lorsqu'ils entendent ce qui a été révélé au Prophète, tu vois leurs larmes couler abondamment de leurs yeux, la Vérité qu'ils apprennent étant si forte. Ils s'écrient alors : Ô Seigneur, nous croyons ! Inscris-nous parmi les témoins !

84 - Pourquoi ne croirions-nous pas en Allah et dans la Vérité qu'Il nous a révélée, alors que nous espérons qu'Il nous fera rejoindre le peuple des vertueux ?

85 - Allah les récompensera pour ce qu'ils auront dit par des jardins arrosés de ruisseaux où ils demeureront éternellement, car telle est la récompense de ceux qui font le bien.

86 - Quant à ceux qui sont restés infidèles et qui ont traité de mensonges Nos signes, ceux-là seront les hôtes de la fournaise.

87 - Ô vous qui croyez, ne tenez pas pour illicites les bonnes nourritures qui vous ont été permises par Allah et

ne commettez pas de tort à cet égard. Allah n'aime pas ceux qui commettent des torts.

88 - Mangez de tout ce qu'Allah vous a permis et craignez Allah en qui vous croyez.

89 - Dieu ne vous punira pas pour la légèreté de vos serments, mais pour avoir été parjures en les rompant délibérément. Pour votre expiation, il vous sera demandé de nourrir dix pauvres de la manière habituelle dont vous nourrissez votre propre famille, ou de les vêtir, ou encore de libérer un esclave [41]. Mais celui qui n'a pas les moyens de faire cela, il jeûnera trois jours. Tel est le prix d'un serment rompu lorsque vous vous êtes engagés et que vous l'avez rompu. Mais tenez vos serments car c'est ainsi qu'Allah vous montre Ses signes en espérant que vous serez reconnaissants.

90 - Ô vous qui croyez, sachez que le vin [42], les jeux de hasard [43], les pierres dressées [44] et les flèches divinatoires [45] sont une abomination [46] et une œuvre du démon. Évitez-les. Peut-être serez-vous des bienheureux.

91 - Satan ne veut que provoquer l'inimitié et la haine entre vous en vous encourageant à consommer le vin et à vous adonner aux jeux de hasard, ce qui vous éloigne d'autant de l'invocation d'Allah et de la prière. Allez-vous donc y mettre un terme ?

92 - Obéissez à Allah ! Obéissez au Prophète et faites attention à ne pas vous détourner de cela. Sachez toutefois que l'annonce explicite incombe au Prophète.

93 - Aucun tort ne sera imputé à ceux qui ont cru et qui ont fait le bien pour ce qu'ils auraient mangé antérieurement, dès lors qu'ils ont craint le Seigneur, qu'ils ont cru en Lui et qu'ils ont accompli de bonnes choses. Et puis, de nouveau, ils ont craint et accompli des œuvres pies, Allah aimant ceux qui réalisent de bonnes œuvres.

94 - Ô vous qui croyez, Allah vous mettra sûrement à l'épreuve d'un gibier qui sera à la portée de vos mains et de vos lances, cela afin qu'Allah sache qui Le craint vraiment dans son for intérieur. Mais celui qui commettra quelque péché après cela aura un terrible châtiment.

95 - Ô vous qui croyez, ne tuez pas vos bêtes alors que vous êtes dans un état de pureté sacrale. Celui qui aura tué un gibier intentionnellement devra s'acquitter en offrant à la Kaaba une bête du troupeau de valeur égale à celle qui a été tuée. Deux hommes parmi les plus sincères établiront ce jugement. L'offrande expiatoire[47] pourra se faire au bénéfice des pauvres, ou encore sous forme de jeûne exceptionnel qui fera goûter à l'auteur l'amertume ayant découlé de son geste. Allah pardonne cependant toute action antérieure. Mais celui qui récidive, Allah Se vengera de lui, car Allah est puissant et, à ce titre, prompt à la vengeance.

96 - Il vous est permis de consommer tout produit de la pêche et toute nourriture venue de la mer, jouissance pour vous et pour les voyageurs. Illicite, en revanche, est pour vous la chasse[48] tout le temps que vous serez en état de sacralisation. Craignez Allah autour duquel vous serez rassemblés.

97 - Allah a institué le temple de la Kaaba comme la Maison sacrée édifiée au bénéfice des hommes. Il a institué le mois sacré, en même temps que les offrandes et les guirlandes. Afin que vous le sachiez, Allah sait ce qu'il y a dans les cieux et ce qu'il y a sur terre, car Allah est au courant de toute chose.

98 - Sachez qu'Allah est sévère dans Son châtiment, mais Allah est Celui qui pardonne et est miséricordieux.

99 - Seule la transmission du message incombe au Prophète ; pour le reste, Allah sait ce que vous déclarez et ce que vous cachez.

100 - Dis : Le bon et le mauvais ne peuvent être d'égale valeur, même si l'abondance du mauvais te plaît davantage. Craignez Allah, ô vous qui êtes pourvus d'un cœur, peut-être serez-vous des bienheureux.

101 - Ô vous qui croyez, ne posez pas de questions sur des choses qui pourraient vous porter préjudice si elles étaient révélées. Si vous posez des questions à leur sujet au cours de la révélation du Coran, elles vous seront exposées. Allah vous pardonnera à ce sujet, Allah est prompt en Son pardon, magnanime.

102 - De telles questions ont été posées par un peuple avant vous et il s'est montré totalement mécréant.

103 - Allah n'a établi ni Bahira[49], ni Sa'iba[50], ni Waçila[51], ni Ham[52]. Mais ceux qui ne croient pas attribuent à Allah des paroles non fondées. La plupart d'entre eux n'en sont pas conscients.

104 - Et lorsqu'il leur est dit : Venez à ce qu'Allah a révélé et venez au Prophète, ils rétorquent : Nous nous suffisons de ce que nous avons trouvé en matière de croyance auprès de nos pères. Et si leurs pères ne savaient rien de tout cela et s'ils n'étaient pas dans la bonne direction ?

105 - Ô vous qui croyez, il vous incombe de vous occuper de vous-mêmes[53]. Ceux qui se sont égarés ne peuvent vous nuire, pour autant que vous suiviez le droit chemin vous-mêmes. C'est vers Allah que votre retour à tous a lieu ; Il vous dira ce que vous avez fait par le passé.

106 - Ô vous qui croyez, lorsque l'un d'entre vous sent que la mort est proche, et qu'il éprouve le besoin de noter quelques recommandations, qu'il établisse un testament en bonne et due forme : deux témoins crédibles des vôtres, ou d'ailleurs si un accident fatal vous atteint en voyage, en déplacement. Prenez vos témoins à l'issue de la prière. Qu'ils prêtent serment au nom d'Allah, si vous les suspectez

de quelque vice : Ce témoignage ne sera pas échangé contre argent, ni négocié, même s'il s'agit d'un proche. Nous ne dissimulerons pas le témoignage d'Allah, au risque d'être des pécheurs.

107 - Si, d'aventure, ces deux témoins se sont révélés des mécréants, deux autres témoins plus sincères et plus véridiques que les premiers les remplaceront. Ils prêteront serment sur le nom d'Allah en disant : Notre témoignage sera plus véridique et plus sincère que celui des précédents et nous ne sommes pas des transgresseurs. Car, sans cela, nous serions de fait parmi les injustes.

108 - C'est là le moyen le plus conforme pour obtenir des témoignages véridiques, car ils craignent la contradiction qui peut annuler leur serment. Craignez Allah, écoutez Allah : Il ne conduit pas le peuple des corrupteurs.

109 - Le jour où Allah réunira les envoyés, Il leur dira : Qu'avez-vous obtenu[54] ? Ils diront : Nous n'en savons rien par nous-mêmes, Tu es Celui qui connaît l'inconnaissable !

110 - Et lorsque Dieu a dit : Ô Jésus, fils de Marie, souviens-toi des bienfaits que Je t'ai accordés, à toi et à ta mère, lorsque Je te dotais de l'Esprit saint au point de parler aux gens dès le berceau[55] et, plus tard, à l'âge mûr[56]. Je t'ai révélé le Livre et appris la sagesse, la Torah et l'Évangile. Et lorsque tu insufflais dans la boue une forme d'oiseau[57] pour lui donner vie par Ma volonté ! Et lorsque avec Ma permission tu guérissais les aveugles[58], les lépreux, et que tu ressuscitais les morts ! Et lorsque les fils d'Israël furent écartés de toi, alors que tu t'apprêtais à leur annoncer Nos preuves éclatantes. Ceux qui étaient les plus incrédules parmi eux ont dit : Il ne s'agit que d'un magicien. C'est évident !

111 - Et quand j'ai révélé aux apôtres de croire en Moi et

en Mon prophète, ils M'ont répondu : Nous y croyons, et témoigne pour nous que nous sommes soumis[59].

112 - C'est alors que les apôtres dirent : Ô Jésus, fils de Marie, ton Dieu peut-Il nous faire descendre une table garnie du ciel ? Il leur dit : Craignez Dieu si vous êtes croyants !

113 - Ils dirent : Nous voulons manger à cette table de façon que nos âmes soient apaisées et nous saurons si tu nous as dit la vérité. Nous en témoignerons !

114 - Jésus, fils de Marie, dit : Ô Seigneur, fais descendre sur nous une table garnie du ciel, de telle sorte qu'elle nous réjouisse du premier au dernier. Un signe manifeste de Toi ! Répands sur nous Ta gratitude, Tu es le meilleur de ceux qui gratifient.

115 - Dieu dit : Je vais la faire descendre sur vous. Celui qui, après cela, sera un incroyant, je le châtierai d'une façon qui n'a jamais été utilisée à l'encontre d'un humain dans tout l'univers.

116 - Dieu dit à Jésus, fils de Marie : Est-ce donc toi qui as dit aux hommes : Considérez-moi, ainsi que ma mère, comme deux divinités en dehors de Dieu ? – Gloire à Toi, rétorqua Jésus, il ne m'appartient pas de tenir des propos sans fondement. Si je les avais tenus, Tu l'aurais su. Tu sais ce qui se loge dans mon âme et je ne sais pas ce qui se loge dans la Tienne. Tu es Celui qui connaît l'inconnaissable.

117 - Je ne leur ai dit que ce que Tu m'as ordonné de dire. Soit : Adorez Dieu, mon Seigneur et le vôtre. J'ai été leur témoin tout le temps que je suis resté des leurs, mais lorsque Tu m'as rappelé à Toi[60], Tu avais l'œil sur eux. Mais Tu es le témoin sur toute chose !

118 - Si Tu veux les châtier, ils sont Tes serviteurs. Si Tu

veux leur pardonner, Tu es le plus puissant, Celui qui est sage.

119 - Allah dit : En ce jour, les croyants véridiques recevront le fruit de leur sincérité. Ils disposeront de jardins arrosés de ruisseaux où ils séjourneront éternellement. Allah sera content d'eux et eux seront contents de Lui. C'est là le plus gratifiant des succès !

120 - C'est à Allah que revient la royauté des cieux et de la terre et tout ce qui se trouve dans l'espace intermédiaire. Il est puissant en toute chose.

NOTES

1. *Rajab*. 2. *Qala'id* : ornements. 3. *'Ala an-nusûb* : pierres dressées, pierres de sacrifice au temps des Cananéens. 4. C'est-à-dire en enfreignant ces règles. 5. *Mûssafihin* : débauchés. 6. *Mûttakhidin akhdanin*. 7. *Janaba*. 8. *Lamastûm an-nissa* : littéralement, « caressé les femmes, touché les femmes ». 9. *Tayammûm* : une ablution sèche, sans eau, qui équivaut à une ablution ordinaire, mais qui n'est valable que lorsque l'eau vient à manquer. 10. *Haraj* : outre mesure. 11. *Sûdûr*. 12. *Taqwa*. 13. *Ni'mat Allah* : la bénédiction d'Allah, Sa grâce. 14. *Naqib*. 15. *'Azzartûmûhum*. 16. *Qûrban* : sacrifice, oblation. 17. Littéralement : « pour cacher la nudité de son frère ». 18. *Fassad*. 19. *Lamûsrifûn*. 20. *Fitux*. 21. *Yusallabu* : crucifiés. 22. *Al-Ard* : du pays. 23. *Khizyûn*. 24. *Bil-qisti*. 25. *Ar-rabbaniyûn* : les ermites. 26. *Al-ahbarû* : les moines. 27. *Tasaddaqa bihi* : faire don de sa vengeance. 28. *Al-fasikûn* : les pervers, les corrompus. 29. *Muhayminan 'alyahi* : terme incompréhensible dans ce contexte, mais dont le sens pourrait être « authentifier un fait, garantir sa continuité, le corroborer ». 30. Juifs et chrétiens. 31. *Minhaj* : une méthodologie. 32. *Al-Jahiliah* : la période antéislamique, vue comme un temps primordial, vierge, mais païen, et à la limite sans foi ni loi. 33. *Taghout*. Hamidullah traduit par « le Rebelle ». 34. Est-ce le fruit des arbres ? 35. *Arjilahûm* : pieds. 36. *Ya'simûka* : te protégera. 37. *Siddiqatûn*. 38. *Dawûd*. 39. *Quiçissin* : prêtres ? 40. *Rûhbanan*. 41. *Tahrir raqbat*. 42. *Al-khamr*. 43. *Al-maysir*. 44. *Al-ansab*. 45. *Al-azlâm*. 46. *Rijz*. 47. *Kaffarat*. 48. Littéralement : « gibier de la terre », par opposition au « gibier de la mer ». 49. Chamelle touchée par le tabou et qui, pour cette raison, a l'oreille fendue. On pense que cet interdit l'affecte à partir du moment où elle a mis bas cinq fois de suite, et où, désormais, elle peut paître partout. 50. Chamelle également sacrée et idolâtrée, souvent après avoir donné beaucoup de chamelons. 51. Brebis interdite à la consommation, d'autant qu'elle a donné naissance à des jumeaux. 52. Un chameau étalon. Et pas n'importe quel étalon ! Il faut qu'il ait sailli dix fois une ou plusieurs chamelles et qu'il les ait fécondées à chaque fois. 53. *Anfûsakum* : littéralement, « votre âme ». 54. En termes de nouveaux adeptes. 55. *Al-mahdy* : cf. Coran, III, 46. 56. *Kahlan* : l'homme fort âgé, le vieillard. 57. *Kahyatû at-tayr*. 58. *Al-akmaha*. 59. *Mûslimin* : au sens de « soumis avec ferveur à Dieu ». 60. *Tawaffa*.

LES TROUPEAUX (AL-AN'AM)

Révélée à La Mecque, 165 versets

Au nom d'Allah, le Clément, le Miséricordieux

1 - Louange à Allah qui a créé les cieux et la terre et qui a établi les ténèbres et la lumière[1]. Mais les ignorants donnent des rivaux à Dieu.

2 - C'est Lui qui vous a créés d'argile. Il a déterminé pour chacun de vous un destin, qu'Il garde auprès de Lui, mais vous continuez à entretenir un grand doute à ce sujet.

3 - Il est Allah, dans les cieux ou sur terre. Il connaît autant vos secrets que ce que vous formulez. Il sait aussi ce que vous engrangez [grâce à vos actes][2].

4 - Il n'est aucun des signes qu'Allah leur envoie dont ils ne se détournent et qu'ils ne récusent.

5 - Et lorsque la Vérité s'est présentée à eux, ils l'ont traitée de mensonge. Mais, bientôt, des nouvelles dont ils se moquaient leur parviendront.

6 - Ne voient-ils pas combien de générations Nous avons anéanties avant eux ? Des générations auxquelles Nous avons donné un pouvoir sur terre, bien plus que ce que Nous vous avions donné, auxquelles Nous avons envoyé des pluies abondantes et pour lesquelles Nous avons fait couler autant de fleuves qui bruissent par-dessous. Nous les avons anéanties en raison de leurs péchés et Nous avons créé après d'autres peuples[3].

7 - Et même si Nous t'avions révélé un Livre transcrit dans un parchemin sacré[4] et s'ils l'avaient touché de leurs propres mains, les incroyants auraient dit : Voilà une magie éclatante !

8 - Ils disent alors : Si au moins un ange était descendu du ciel vers lui ! Et si précisément Nous avions fait descendre un ange, le décret serait accompli, mais aucun délai supplémentaire ne leur sera accordé.

9 - Et quand bien même cela aurait été un ange, Nous lui aurions donné l'apparence d'un homme et Nous les aurions laissés dans la confusion qu'ils affectent.

10 - Ils ont tourné en dérision des prophètes bien avant toi, mais, à la fin, ceux-là mêmes qui s'en moquaient se sont ridiculisés par l'objet même de leur raillerie.

11 - Dis : Allez voir partout sur terre et observez quel est le sort de ceux qui ont traité de mensonge [Notre message].

12 - Dis : À qui appartient ce qui se trouve dans les cieux et sur terre ? Dis : À Allah ! Il S'était prescrit une conduite de grande miséricorde afin de vous réunir autour de Lui au jour de la résurrection, un jour sur lequel il n'y a aucun doute. Ceux qui se sont perdus sont ceux qui ne croient pas.

13 - À Lui appartient tout ce qui vit[5] la nuit et le jour, Il est Celui qui entend, Celui qui sait.

14 - Dis : Vais-je prendre un autre protecteur en dehors d'Allah, Créateur des cieux et de la terre, Celui qui donne à manger et qui, Lui-même, n'est nourri par personne ? Dis : J'ai reçu l'ordre d'être le premier à me soumettre, et garde-toi d'adorer d'autres dieux.

15 - Dis : J'ai peur que, ayant désobéi à mon Seigneur, je n'aie à affronter le châtiment du Grand Jour.

16 - Celui qui en ce jour échappera à ce châtiment, [Dieu]

l'aura pris en Sa miséricorde. Tel est le plus éclatant des succès.

17 - Et si Allah veut t'atteindre de quelque mal, nul ne pourra L'en détourner. Et s'Il veut te combler de quelque bien, Il est tout-puissant en toute chose.

18 - Il est l'Invincible, bien au-dessus de Ses serviteurs ; Il est le Très-Sage, le Très-Informé.

19 - Dis : Quel est le plus grand des témoignages ? Dis : Allah est témoin entre vous et moi, Il m'a révélé ce Coran afin que je vous avertisse, ainsi que ceux auxquels il parviendra. Témoignez-vous qu'il y a d'autres dieux avec Allah ? Moi, je ne témoignerai pas. Dis : Il est un seul Dieu et je suis innocent de ce que vous Lui associez.

20 - Ceux à qui Nous envoyâmes le Livre le savent autant qu'ils connaissent leurs enfants, ceux-là mêmes qui se sont fourvoyés dès lors qu'ils n'étaient pas croyants.

21 - Y a-t-il plus inique que celui qui profère des mensonges à l'égard d'Allah ou qui nie Ses signes ? Mais les injustes ne seront pas les plus heureux.

22 - Et le jour où Nous les rassemblerons tous, et où Nous dirons à ceux qui ont associé à Dieu d'autres dieux : Où sont les dieux que vous avez associés [à Dieu] et dont vous vous glorifiez ?

23 - Ils diront au cours de cette mise à l'épreuve : Par Allah, notre Seigneur, nous n'étions pas de ceux qui Vous associent d'autres dieux !

24 - Regarde comment ils se sont menti à eux-mêmes et comment les ont abandonnés [les dieux] auxquels ils se référaient.

25 - Parmi eux, il en est qui t'écoutent, mais Nous avons enveloppé leurs cœurs de façon à les empêcher de comprendre et posé une profonde surdité[6] sur leurs oreilles.

Et, s'ils voient un signe, ils le tiennent en suspicion, même lorsqu'ils viennent t'interroger. Ceux qui ne croient pas diront : Ce ne sont là que des légendes d'anciens !

26 - Ils cherchent à persuader les autres de ne pas y croire, s'en écartent eux-mêmes, mais ne savent pas qu'ils se portent tort à eux-mêmes.

27 - Et si tu voyais le jour où ils seront placés sur le feu et qu'ils diront : Si au moins nous revenions à l'endroit où nous étions, nous ne démentirions plus les signes de notre Dieu et nous serions au nombre des croyants.

28 - Mais ce qu'ils cachaient auparavant leur apparaîtra. À supposer qu'ils fussent ramenés sur terre, ils récidiveraient, car ce sont de fieffés menteurs.

29 - Ils maintiennent : seule cette vie compte, et nous ne serons pas ressuscités.

30 - Et si tu les voyais lorsqu'ils seront devant leur Seigneur, qui leur dira : N'est-ce pas la Vérité elle-même ? Ils diront : Certes oui ! Notre Seigneur dira alors : Goûtez le tourment de ce à quoi vous ne croyiez guère !

31 - Ceux qui ont traité de mensonge la rencontre d'Allah sont à coup sûr des perdants. Car, lorsque l'Heure les saisira subitement, ils diront : Triste sort que le nôtre, nous n'avons pas fait grand cas de notre vie terrestre. Ils porteront leur fardeau sur le dos. Mais quel triste fardeau !

32 - Qu'est-ce donc que la vie ici-bas, sinon jeu et divertissement, mais l'ultime demeure sera bien meilleure pour ceux qui craignent Dieu. Ne le comprenez-vous pas ?

33 - Nous savons que ce qu'ils disent t'attriste. Certes, ils ne te traitent pas de menteur, mais ces injustes spéculent beaucoup[7] quant aux signes d'Allah.

34 - Bien des prophètes ont été traités de menteurs avant toi, mais ils se montrèrent patients face à la calomnie et aux

atteintes jusqu'au moment où Notre secours leur parvint. Aucune alternative possible à la parole d'Allah. Car tu as reçu déjà quelques histoires des envoyés.

35 - Et même si leur indifférence t'afflige et si tu avais la possibilité de creuser un tunnel sous terre ou de dresser une échelle dans le ciel, tu le ferais pour leur apporter quelques nouvelles. Ne sois pas parmi les ignorants, car, si Allah l'avait voulu, Il les aurait réunis dans le droit chemin.

36 - Les seuls qui répondent à ton appel sont ceux qui entendent. Quant aux morts, ils seront ressuscités par Allah et c'est vers Lui qu'ils seront ramenés.

37 - Ils ont dit : Si au moins quelques signes lui avaient été annoncés de la part de son Seigneur ! Dis : Allah est en mesure de révéler un signe, mais la plupart d'entre eux sont ignorants.

38 - Et il n'est pas un seul animal, ni un seul oiseau volant de ses ailes, qui ne constitue des communautés semblables à la vôtre. Nous n'avons rien omis dans le Livre. De toute façon, c'est auprès de leur Seigneur qu'ils seront ramenés.

39 - Ceux qui ont tenu pour mensongers Nos signes sont sourds et muets, autant que dans des ténèbres. Allah égare qui Il veut et met qui Il veut sur le droit chemin.

40 - Dis : À supposer que le tourment d'Allah ou que l'Heure fatidique a sonné pour vous, allez-vous invoquer un autre dieu qu'Allah, si vous êtes vraiment véridiques ?

41 - Bien sûr que non ! C'est Lui que vous invoquerez. Il dévoilera, s'Il le veut, ce sur quoi vous comptiez et vous fera ainsi oublier ce que vous Lui associiez.

42 - De fait, Nous avons envoyé des messagers[8] aux autres communautés, avant toi. Nous les atteignîmes de malheur et de souffrance, peut-être allaient-elles manifester de la contrition.

43 - Pourquoi ne manifestèrent-ils pas de la contrition face à ce malheur ? Leurs cœurs se sont endurcis, Satan ayant embelli pour eux leurs mauvaises actions.

44 - Et quand ils oublièrent ce pour quoi ils furent prévenus, Nous ouvrîmes pour eux les portes sur toutes choses jusqu'au moment où ils furent fort aises de ce qu'ils avaient reçu. C'est alors que Nous les emportâmes subitement au point qu'ils furent désespérés.

45 - Quant au peuple qui s'est révélé injuste, il fut anéanti. Louange à Allah, le Maître des mondes[9].

46 - Dis : Qu'en pensez-vous ? Si Allah vous privait de votre ouïe et de votre vue et s'Il scellait vos cœurs, quel autre dieu qu'Allah vous les rendrait ? Observe comment Nous disposons Nos signes, mais ils s'en détournent.

47 - Dis : Qu'en pensez-vous ? Si le tourment d'Allah vous saisissait, de manière prévisible ou imprévisible, qui serait anéanti sinon le peuple des injustes ?

48 - Nous n'envoyons les messagers que pour annoncer et mettre en garde. Ceux qui croient et qui ont fait du bien ne doivent rien craindre et n'auront pas à s'attrister.

49 - Tandis que ceux qui traitèrent Nos signes de mensonges, ils seront atteints par le tourment même qu'en débauchés ils récusaient.

50 - Dis : Je ne prétends pas disposer des trésors d'Allah, et je ne connais point l'insondable divin, pas plus que je ne suis un ange. Je ne fais que suivre la révélation qui m'a été faite. Pour autant, l'aveugle et le clairvoyant sont-ils dans une situation équivalente ? Mais ne réfléchissez-vous pas ?

51 - Avertis du message ceux qui craignent d'être ramenés à la fin à leur Dieu. Ils ne disposent, en dehors de Lui, d'aucun protecteur ou intercesseur. Peut-être Le craindront-ils !

52 - N'expulse pas[10] ceux qui, matin et soir, prient leur Seigneur, car ils sont à la recherche de Sa face. Il ne t'incombe pas de leur demander quelque compte que ce soit, et ils ne sont pas plus habilités à t'en demander non plus. Si tu les chassais, tu serais à coup sûr parmi les injustes.

53 - C'est ainsi que Nous les dressâmes les uns contre les autres, de façon que les uns disent aux autres : Allah n'a-t-Il pas choisi ceux-ci pour mieux les combler ? Allah n'est-Il pas le plus savant à propos de ceux qui sont reconnaissants ?

54 - Si ceux qui croient en Nos signes viennent te voir, dis-leur : Salut sur vous ! Votre Seigneur a prescrit pour Lui-même la miséricorde. Celui qui a commis un péché sans le vouloir, puis revient de son erreur et s'amende[11], Allah est Celui qui pardonne, Il est le Miséricordieux.

55 - C'est pour cette raison que Nous explicitons Nos signes afin que le mauvais chemin puisse apparaître clairement[12] aux coupables.

56 - Dis : On m'a recommandé fortement[13] de ne pas adorer les dieux que vous adorez en dehors d'Allah. Dis : Je ne suivrai pas vos mauvais penchants, car alors je serais en perdition et je ne serais plus parmi les bien guidés.

57 - Dis : Je suis convaincu de la preuve venue de mon Seigneur, mais vous l'avez traitée de mensonge. Je ne dispose pas de ce pour quoi vous marquez tant d'empressement. Le jugement est entre les mains d'Allah : Il est Celui qui édicte la Vérité, étant aussi le meilleur des juges.

58 - Dis : Si j'avais ce pour quoi vous marquez tant d'empressement, la chose aurait été réglée entre vous et moi. Allah connaît mieux les injustes.

59 - Il détient les clés de l'Inconnaissable divin[14] et Lui seul les connaît. Il connaît aussi tout ce qui se trouve sur terre et dans la mer, et il n'est pas une seule feuille qui

tombe d'un arbre sans qu'Il le sache. Il n'y a pas une graine dans les entrailles de la terre, ni quoi que ce soit de vert ou de sec, qui ne soit consigné dans un registre explicite.

60 - Il est Celui qui prend vos âmes de nuit et qui sait ce que vous avez fait le jour. Après quoi, Il vous fait renaître à nouveau afin que votre sort prédéterminé[15] se réalise. Puis, c'est à Lui que vous reviendrez. Il vous informera ensuite de ce que vous faisiez auparavant.

61 - Il est au-dessus de Ses serviteurs, l'Invincible. Il dépêche des anges gardiens[16], de sorte que si l'un d'entre vous vient à mourir, Nos émissaires sont là pour le rappeler à Lui. Ils ne montrent à cet égard aucune négligence.

62 - Ensuite, c'est à Allah qu'ils seront rendus, leur vrai Maître. N'est-ce pas à Lui que revient le jugement ? N'est-Il pas le plus prompt en matière de comptes ?

63 - Dis : Qui vous sauve des ténèbres de la terre et de la mer, et qui invoquez-vous, humblement et en secret, en disant : S'Il nous sauve de ce péril, nous serons parmi les reconnaissants ?

64 - Dis : Allah vous sauvera de là et de tout autre péril[17] ; après quoi, vous Lui associerez d'autres dieux.

65 - Dis : Il est Celui qui peut vous envoyer un grand tourment qui vous vient du dessus ou sous vos pieds, ou encore vous opposer en sectes les unes contre les autres, avant de vous faire goûter une mutuelle tristesse. Observe comment Nous organisons Nos signes, peut-être sauront-ils les comprendre.

66 - Mais ton peuple a traité de mensonge un tel message, bien que ce soit la Vérité. Dis : Je ne suis pas votre garant !

67 - Chaque nouvelle est annoncée en son temps.

68 - Et quand tu verras ceux qui soliloquent au sujet de Nos signes, éloigne-toi d'eux jusqu'à ce que leurs diatribes

changent de sujet. Si Satan te fait l'oublier, alors, dès que tu t'en souviens, ne reste pas avec le peuple des injustes.

69 - Ce n'est pas à ceux qui craignent Dieu de leur demander des comptes en aucune manière, mais seulement de le leur rappeler. Peut-être craindront-ils [Allah] !

70 - Laisse ceux qui tiennent leur religion pour un divertissement, une forme de distraction, et que la vie immédiate a séduits particulièrement. Avertis-les, ce faisant, du risque de voir leur âme dériver vers le mal. Il n'y a pour elle, en dehors d'Allah, aucune protection ni intercession. Et quand bien même elle chercherait une compensation, il n'en sera point tenu compte au jour du jugement, ceux qui auront mal agi recevront une boisson brûlante et un tourment exécrable pour prix de leur incrédulité.

71 - Dis : Allons-nous invoquer en dehors d'Allah ce qui ne nous apporte aucun bien, ni aucun mal non plus ? Reviendrons-nous sur nos pas après qu'Allah nous aura bien orientés, à l'instar de celui qui a été séduit par les démons et qui erre perplexe sur terre, alors même que ses compagnons lui criaient : Viens par là ! Dis : La voie d'Allah est la vraie direction. Il nous a été ordonné de nous soumettre au Seigneur des mondes.

72 - Priez donc et craignez-Le, car c'est vers Lui que vous serez rassemblés.

73 - Il est Celui qui a créé les cieux et la terre en toute Vérité. Et le jour où Il dira : Sois !, la chose adviendra aussitôt. Sa parole est Vérité. À Lui appartient la royauté, et le jour où Il soufflera dans le cor, dès lors qu'Il est au fait de l'inconnaissable et du manifeste, Il est le Sage, le plus informé.

74 - Et lorsque Abraham dit à son père Azar : Prends-tu des idoles pour dieux ? Je vois que tu es dans une grande erreur, toi et ton peuple.

75 - Nous faisons voir à Abraham le Domaine des cieux [18] et de la terre de façon à affirmer sa foi.

76 - Et lorsque la nuit l'enveloppa entièrement, Abraham vit un astre. Il dit : C'est là mon Dieu ! Mais lorsque l'astre disparut, il s'exclama : Je ne peux aimer les choses qui disparaissent.

77 - Lorsqu'il vit la lune poindre, il dit : C'est là mon Dieu ! Mais lorsqu'elle disparut, il s'exclama : Si mon Dieu ne me guide pas, je serai sûrement parmi les perdants.

78 - Lorsqu'il vit le soleil s'illuminer, il dit : C'est là mon Dieu, car c'est bien plus grand. Mais lorsque le soleil disparut, il s'exclama : Ô mon peuple, sachez que je suis indemne et pur [quant aux dieux] que vous associez à Dieu.

79 - Je tourne mon visage en parfait croyant [19] vers Celui qui créa les cieux et la terre. Je ne suis pas de ceux qui Lui associent d'autres dieux.

80 - Son peuple commença à discuter avec lui. Abraham dit : Allez-vous polémiquer avec moi à propos de Dieu, alors qu'Il m'a bien guidé ? Je ne crains pas ce que vous Lui associez, à moins que mon Dieu ne désire quelque chose, mon Dieu est vaste en Sa science. Ne réfléchissez-vous donc pas ?

81 - Dois-je craindre ce que vous associez à Dieu, alors que vous ne craignez pas d'associer à Dieu ce qu'Il n'a pas descendu sur vous avec quelque souveraineté [20] ? Lequel des deux groupes a plus droit à la sécurité ? Si au moins vous le saviez !

82 - Ceux qui croient et qui ne travestissent pas leur foi d'injustice auront la sécurité et seront bien guidés.

83 - Tel est l'argument que Nous avons inspiré à Abraham contre son peuple. Nous élevons d'un degré qui Nous voulons, car ton Seigneur est plus sage et plus savant.

84 - Nous lui avons donné Isaac et Jacob, tous deux bien guidés, et Noé, que Nous avons préalablement guidé, ainsi que sa descendance, David, Salomon, Job, Joseph, Moïse, Aaron. Voici comment Nous gratifions ceux qui font le bien.

85 - Ainsi que Zacharie, Jean, Jésus, Élie, autant de prophètes qui furent des saints.

86 - Et Ismaël, Élisée, Jonas et Loth, Nous les avons privilégiés et mis au-dessus des mondes.

87 - Comme ce fut le cas pour leurs pères, leurs enfants, leurs frères, que Nous avons choisis et mis sur le droit chemin.

88 - Telle est la bonne direction d'Allah. Il dirige qui Il veut parmi Ses serviteurs. S'ils avaient associé d'autres dieux à Dieu, leurs actions auraient été frappées de nullité.

89 - Voilà ceux à qui Nous avons révélé le Livre, la sagesse et la prophétie. Si ceux-là n'y croient pas, Nous avons confié ces choses à des gens qui ne les nient pas.

90 - Ceux-là ont été dirigés par Allah. Grâce à cela, tu te dirigeras toi-même, Prophète. Dis : Je n'exige aucun salaire pour cela, ce n'est là qu'un rappel pour les mondes.

91 - Ils n'apprécient pas Dieu à Sa juste importance lorsqu'ils affirment : Dieu n'a rien fait descendre sur un humain. Dis : Qui donc a descendu le Livre que Moïse a apporté en guise de lumière et de direction aux hommes ? Vous le mettez en rouleaux que vous exposez, mais vous en cachez une grande partie. Il vous a été enseigné ce que vous ne saviez point, ni vous ni vos parents. Dis : C'est le Seigneur. Puis laisse-les se divertir dans leurs discussions.

92 - Ce Livre, Nous l'avons fait descendre sous forme de bénédiction et comme une confirmation des livres antérieurs, afin que tu avertisses la Mère des villes et les villes

avoisinantes. Tous ceux qui croient en la Vie dernière croient en lui, étant ceux qui sont assidus à leurs prières.

93 - Qu'y a-t-il de plus injuste que celui qui attribue à Allah de fausses allégations ? Ou celui qui prétend que quelque chose lui a été révélé, alors qu'il n'en est rien. Ou encore celui qui dit : Je vais faire descendre ce qu'Allah a fait descendre. Si tu les voyais, ces injustes, dans la tourmente de la mort, tandis que les anges ouvriront leurs mains, afin que les injustes puissent expulser leurs âmes. Aujourd'hui, leur diront-ils, vous serez payés d'un tourment avilissant en réponse à ce que vous répandiez naguère comme mensonges au sujet d'Allah et pour l'orgueil que vous éprouviez à l'égard de Ses signes.

94 - Vous vous êtes présentés à Nous individuellement, comme Nous vous avons créés une première fois. Vous avez laissé derrière vous ce que Nous vous avons accordé, mais Nous ne voyons pas les protecteurs que vous vous donniez et qui étaient supposés être vos associés. Il y a eu rupture entre vous, et tout ce à quoi vous croyiez vous a abandonnés.

95 - Allah fend le grain et le noyau. Il fait sortir le vivant du mort, et le mort du vivant. Tel est Allah. Comment vous en êtes-vous détournés ?

96 - Il fend le ciel pour laisser passer l'aurore. Il a fait de la nuit un moment propice au repos, tandis que le soleil et la lune servent d'étalon pour le temps. Telle est la détermination induite par le Puissant, l'Omniscient.

97 - C'est Lui qui a disposé les étoiles afin que vous puissiez vous orienter au cœur de l'obscurité de la nuit, sur terre comme sur mer. Nous avons conçu les signes pour un peuple en mesure de savoir.

98 - C'est Lui qui vous a créés d'un seul être, lieu d'accueil

et terrain d'expansion. Nous avons conçu les versets pour un peuple qui comprend.

99 - Il est Celui qui a fait descendre du ciel une eau dont Il a fécondé toutes les plantes et toute forme de végétation, des graines bien disposées, ainsi que des spathes de palmiers chargées de régimes de dattes qui sont à portée de main. Des jardins de vignes, d'oliviers, de grenadiers, semblables ou différents les uns des autres. Observez bien leurs fruits lorsqu'ils les produisent et qu'ils les amènent à maturité, vous y verrez des signes pour un peuple qui croit.

100 - Et ils donnèrent à Allah des associés parmi les djinns, Ses créatures. Ils lui donnèrent des fils et des filles sans savoir. Gloire en Sa grandeur, Il est au-dessus de tout ce qu'ils peuvent dire.

101 - Lui, le Créateur des cieux et de la terre, comment aurait-Il pu avoir un fils, alors même qu'Il n'a pas de compagne ? Il est Celui qui a tout créé, et de ce tout Il en est informé.

102 - Tel est Allah, votre Seigneur. Il n'est pas d'autre que Lui. Il est le Créateur de toute chose. Adorez-Le, de toute chose Il est le tuteur[21].

103 - Les regards ne peuvent L'atteindre, mais Lui peut atteindre tous les regards. Il est le Subtil, le plus informé.

104 - Beaucoup de clairvoyance vous a été donnée par votre Seigneur : celui qui, désormais, observe avec clairvoyance, il le fait pour lui-même ; celui qui s'est aveuglé, c'est contre lui-même. Je ne suis point à cet égard votre chaperon[22].

105 - C'est ainsi que Nous disposons les versets pour qu'ils admettent que tu les as étudiés, afin de les rendre évidents à un peuple qui sait.

106 - Suis ce qui t'a été révélé de la part de ton Seigneur :

Il n'y a de Dieu que Lui. Éloigne-toi des incroyants qui Lui préfèrent d'autres dieux.

107 - Et si Allah l'avait voulu, ils n'auraient rien pu Lui associer. Nous ne t'avons pas fait leur gardien, pas plus que leur tuteur.

108 - N'insultez pas les dieux qu'ils adorent en dehors d'Allah, car dans leur ignorance ils insulteraient à leur tour Allah. C'est ainsi que Nous avons embelli les actes de chaque communauté, puis leur retour se fera auprès de leur Dieu qui les informera alors de ce qu'ils faisaient auparavant.

109 - Ils jurent au nom d'Allah avec la force de leur croyance que, si des signes leur venaient, ils y croiraient. Dis-leur : Les signes sont auprès d'Allah. Mais qui dit que, lorsque ces signes viendront, ils n'y croiront pas ?

110 - Nous détournerons leurs cœurs et leurs regards comme ce fut le cas pour eux la première fois et Nous les laisserons divaguer sans fin dans cet état de confusion.

111 - À supposer même que Nous fassions descendre sur eux les anges, que les morts leur adressent la parole et que toute chose soit rassemblée autour d'eux, ils ne croiront pas encore tant que Dieu ne l'a pas voulu. Mais beaucoup d'entre eux ne le savent pas.

112 - Aussi, pour chaque prophète, Nous avons dressé des ennemis : des hommes diaboliques et des djinns qui se font mutuellement de belles déclarations, toutes ornées et fallacieuses. Si ton Seigneur l'avait voulu, Il ne l'aurait pas fait. Abandonne-les, eux et leurs inventions.

113 - Que les cœurs impies de ceux qui ne croient pas à la vie future inclinent à cela, soit ! À eux de cultiver le mensonge et de s'y vautrer : Ils reconduisent ce qu'il faut reconduire.

114 - Vais-je souhaiter un autre arbitre qu'Allah, alors qu'Il vous a révélé le Livre extrêmement détaillé ? Car ceux à qui Nous avons révélé le Livre savent qu'il a été révélé en toute vérité par ton Seigneur. Ne te range donc pas parmi les sceptiques.

115 - La parole de ton Seigneur s'est accomplie dans la sincérité et l'équité. Personne n'est en mesure de changer Ses paroles. Il est Celui qui entend, Celui qui sait.

116 - Si tu obéis à tous ceux qui sont sur terre, ils te feront perdre le chemin d'Allah. Ils ne suivent que suppositions et conjectures.

117 - Ton Seigneur est plus savant que celui qu'Il égare loin de Son chemin ; Il connaît ceux qui, au contraire, restent dans le droit chemin.

118 - Mangez ce qui a été immolé au nom d'Allah si vous croyez en Ses signes.

119 - Pourquoi ne mangez-vous pas ce sur quoi le nom d'Allah a été prononcé, alors même qu'Il vous a décrit par le menu les interdits qui vous incombent, exception faite pour les situations de contrainte ? Mais beaucoup de gens sont induits en erreur par leurs passions et par leur ignorance. Mais ton Seigneur connaît mieux que quiconque les transgresseurs.

120 - Détournez-vous de tout péché, visible ou invisible, car ceux qui commettent des péchés seront rétribués à la hauteur de leurs méfaits.

121 - Ne mangez pas la viande qui n'a pas été immolée au nom d'Allah. C'est là une souillure[23]. Les démons inspirent à ceux qui les écoutent des controverses malsaines. Si vous leur obéissez, vous ferez partie de ceux qui associent d'autres dieux à Allah.

122 - Celui qui était mort, Nous l'avons ressuscité et Nous

l'avons doté d'une lumière grâce à laquelle il peut se mouvoir parmi les hommes. Est-il semblable à celui qui gît dans
les ténèbres, d'où il ne peut sortir ? C'est ainsi que les infidèles voient leurs actions embellir.

123 - Dans chaque cité, Nous avons établi ses grands
pécheurs pour qu'ils puissent fomenter leurs crimes. Mais
ils ne fomentent de crimes que contre eux-mêmes, sans le
savoir.

124 - Lorsqu'un signe leur parvient, ils disent : Nous ne
croirons que lorsque nous recevrons [des versets] semblables
à ceux qu'Allah a révélés aux prophètes. Allah sait où déposer Son message. Ceux qui ont commis des méfaits seront
humiliés auprès d'Allah et subiront un tourment immense,
pour prix de leurs manigances.

125 - Celui qu'Allah désire mettre sur la bonne voie, Il lui
ouvre la poitrine à l'islam. Celui qu'Il veut égarer, Il lui
rétrécit la poitrine, en y ajoutant une oppression semblable
à celle de celui qui grimpe vers le ciel. C'est ainsi qu'Allah
inflige le mal à ceux qui ne croient pas.

126 - Tel est le chemin de ton Seigneur, un chemin droit,
dès lors que Nous conçûmes Nos signes pour un peuple
qui s'en souvient.

127 - Ils auront la maison de la paix auprès de leur Seigneur, Il sera leur protecteur [24] pour ce qu'ils ont fait auparavant.

128 - Lorsqu'Il les rassemblera tous, Il dira : Ô vous
l'assemblée des djinns, vous avez suffisamment abusé les
hommes. Leurs hommes liges [25] diront : Ô notre Dieu,
nous avons profité amplement les uns des autres. Nous
voilà au terme que tu nous as fixé. Il dira : Le feu est votre
lieu d'accueil, vous y serez éternellement, à moins d'une
volonté inverse d'Allah. Car ton Dieu est sage et omniscient.

129 - Aussi, Nous transférons l'autorité de certains coupables sur d'autres, en raison de leurs actes.

130 - Ô vous l'assemblée des djinns et celle des hommes, n'avez-vous pas reçu des prophètes issus de vos rangs qui vous racontaient Mes versets et qui vous mettaient en garde contre la rencontre d'aujourd'hui ? Ils répondront : Nous témoignons contre nous-mêmes. Voilà que la vie les a perdus au point qu'ils témoignent contre eux-mêmes qu'ils étaient des mécréants.

131 - C'est dire que ton Seigneur ne détruit pas les cités injustement, alors même que leurs occupants étaient si distraits.

132 - Mais la peine est proportionnée aux actes, d'autant que ton Seigneur n'est pas indifférent à ce qu'ils font.

133 - Si ton Seigneur le Fortuné, Dispensateur de miséricorde, le voulait, Il vous ferait disparaître, vous remplacerait par tout ce qu'Il veut, ainsi qu'Il le fit en vous créant d'une autre progéniture, d'un autre peuple.

134 - Car ce qui vous est promis se produira. Et vous n'y pouvez rien [26].

135 - Dis : Ô gens de mon peuple, agissez selon la place que vous occuperez. De mon côté, je fais aussi le nécessaire et vous saurez bientôt à qui reviendra la Demeure [éternelle]. Il ne fait pas prospérer les injustes.

136 - Ils mettent de côté pour Allah une part de la récolte qui croît dans leurs champs et de leurs animaux en disant, avec désinvolture : Ceci est pour Allah, et cela est pour les divinités que nous Lui associons. Mais ce qui était pour leurs associés ne parvient pas à Allah et ce qui était pour Allah aboutit chez leurs divinités. Quelle erreur dans leur jugement !

137 - Et c'est ainsi que ces divinités ont embelli le meurtre

d'enfants aux yeux de beaucoup de polythéistes, de façon à dénaturer leurs croyances et à détruire leurs convictions. Mais, si Dieu voulait, ils ne le feraient pas ! Laisse-les donc à ce qu'ils manigancent.

138 - Ils disent : Voici des bêtes et des labours frappés d'interdiction. Ne s'en approchent que ceux que nous voulons. Telle est leur prétention ! Et des bêtes dont on a interdit la montée [27] et d'autres animaux sur lesquels le nom d'Allah n'a pas été prononcé... Inventions contre Lui ! Mais ils seront payés en retour pour tout ce qu'ils inventent.

139 - Ils disent aussi : Ce qui se trouve dans les entrailles des animaux est permis à nos hommes, mais interdit à nos épouses. Exception faite pour une bête morte, qu'ils partagent tous ensemble. Dieu leur fera payer leurs élucubrations, car Il est sage et omniscient.

140 - Ils sont perdants, ceux qui, dans leur folle ignorance, ont tué leurs enfants en interdisant ce qu'Allah leur accorde comme subsistance, et cela au nom d'une vaine spéculation. Les voilà bien égarés, et ils ne sont plus de ceux qui sont bien orientés.

141 - Il est Celui qui a créé des jardins, en treilles et sans treilles [28], les palmiers, les différents types de céréales, avec leurs différentes préparations, les oliviers, les grenadiers, dont certains se ressemblent et d'autres non. Mangez de leurs fruits lorsqu'ils les produisent, et dégagez le jour de la récolte les droits qui leur sont liés. Mais ne soyez pas excessifs, car Allah n'aime pas les excessifs.

142 - Des bêtes qu'Il a créées, celles qui vous portent et celles [dont les peaux] vous donnent des lits. Mangez de tout ce dont vous avez été pourvus par Allah, et ne suivez pas les pas de Satan, car il est pour vous un ennemi déclaré.

143 - Il a créé huit couples d'animaux. Un couple d'ovins et un couple de caprins. Dis : Est-ce les mâles qui sont

interdits, ou les femelles, ou encore ce que portent celles-ci dans leur ventre ? Tenez-moi au courant, en connaissance de cause, pour autant que vous soyez véridiques.

144 - Un couple de camélidés et un couple de bovins. Dis : Est-ce les mâles qui sont interdits, ou les femelles, ou encore ce que portent les deux femelles dans leur ventre ? Étiez-vous présents lorsque Dieu vous a recommandé cela ? Y a-t-il plus coupable que celui qui invente des mensonges contre Allah en vue de désorienter les gens sans disposer de la science nécessaire ? Allah ne met pas sur le droit chemin le peuple des impies.

145 - Dis : Je ne trouve dans ce qui m'a été révélé aucun interdit pour celui qui veut manger de la nourriture, hormis la bête morte, le sang qui a coulé, la viande de porc – qui est une souillure – ou encore ce qui par perversité a été consacré à un autre Dieu qu'Allah. Mais si quelqu'un est contraint d'en manger, et sans impudence ni outrance, ton Seigneur est Celui qui pardonne et qui est miséricordieux.

146 - Pour ceux qui suivent le judaïsme, Nous avons interdit toute bête à ongles, la graisse des bovins et des ovins, à l'exception de celle du dos, des entrailles et de celle qui est collée aux os. Tel est le prix de leur rébellion. Nous sommes parfaitement véridique !

147 - S'ils te traitent de menteur, réponds : Votre Seigneur est détenteur d'une immense miséricorde, mais Sa colère ne saurait être déviée du peuple des criminels [29].

148 - Les polythéistes diront : Si Allah l'avait voulu, nous n'aurions pas pu Lui associer d'autres dieux, pas plus que nos pères, et nous n'aurions rien interdit. C'est ainsi que ceux qui les ont précédés ont crié au mensonge jusqu'au moment où ils goûtèrent au fruit de Notre rigueur. Dis : Avez-vous quelque science à nous exposer ou n'est-ce que fabulation et conjecture de votre part ?

149 - Dis : À Allah appartient la preuve décisive. Et s'Il l'avait voulu, Il vous aurait tous conduits dans une bonne direction.

150 - Dis : Amenez donc vos témoins pour attester qu'Allah a interdit cela. Et s'ils témoignent, ne témoigne pas avec eux. Ne suis pas les vaines passions de ceux qui ont traité Nos signes de mensonges et de ceux qui ne croient pas à la vie future, dès lors qu'ils donnent des entités semblables à leur Dieu.

151 - Dis : Venez que je vous récite la liste des interdits que votre Seigneur vous a prescrite : ne rien Lui associer, être bienveillants à l'égard de vos père et mère, ne pas assassiner vos enfants parce que vous êtes dans le dénuement – Nous sommes leurs pourvoyeurs, et les vôtres. Ne vous mêlez pas de turpitude et de fornication, qu'elles soient visibles ou cachées. Ne tuez aucun être humain, c'est là chose sacrée, à l'exception de ce qui tombe sous l'arrêt de la loi [30]. Il vous recommande tout cela, peut-être réfléchirez-vous.

152 - Ne vous approchez des biens de l'orphelin qu'en ayant de bonnes intentions, et cela jusqu'à ce qu'il atteigne la majorité nécessaire. Soyez justes dans vos mesures et votre balance quand vous êtes amenés à partager. Nous ne chargeons une âme que du poids qu'elle peut porter. Quand vous dites quelque chose, soyez mesurés, même si vous le dites à un proche. Soyez fiables quant à la promesse que vous faites à Allah, c'est de cela qu'Il vous a chargés. Peut-être vous souviendrez-vous !

153 - Telle est la voie droite, suivez-la et ne suivez pas les chemins divergents, car ils vous éloigneront de Son chemin. Voilà les recommandations qu'Il vous a faites, peut-être serez-vous parmi ceux qui Le craignent.

154 - Ensuite, Nous donnâmes à Moïse le Livre en confir-

mation pour ce qui a été fait de bien et en guise d'explication détaillée de toute chose. Direction et bénédiction pour ceux qui, peut-être, croiront en la rencontre avec leur Seigneur.

155 - Ce Livre, Nous l'avons révélé comme une bénédiction. Suivez-le et craignez Dieu, peut-être vous accordera-t-Il Sa miséricorde.

156 - De sorte que vous ne puissiez dire : Ce Livre a été révélé à deux peuples [31] avant nous, même si nous étions fort négligents à l'égard de leur enseignement.

157 - Vous n'objecterez pas que, si le Livre vous avait été révélé, vous auriez été mieux guidés qu'eux. Il vous est parvenu une preuve de votre Seigneur, une guidance et une miséricorde. Quoi de plus injuste que celui qui traite Nos signes de mensonges et qui s'en éloigne ? Nous rétribuerons par un châtiment exemplaire ceux qui se détournent de Nos signes, du fait même de cet éloignement.

158 - Qu'attendent-ils vraiment ? Que les anges viennent à eux ou que ton Seigneur se manifeste, ou seulement quelques signes de ton Dieu ? Mais le jour où une partie des signes de ton Seigneur leur parviendra, il ne servira à aucun être [32] de croire si sa foi n'est pas antérieure ou si sa foi n'a rien engrangé. Dis-leur : Attendez toujours, Nous aussi Nous attendons.

159 - De ceux qui ont contribué à diviser leur religion et ont constitué des sectes, tu n'es pas tenu pour responsable. Leur sort sera réglé par Allah, qui leur dira le moment venu ce qu'ils faisaient auparavant.

160 - Celui qui se sera acquitté d'un bien donné recevra dix fois sa valeur ; celui qui commet un mal ne sera payé que pour ce mal : ils ne seront pas lésés.

161 - Dis : J'ai été bien orienté dans le droit chemin par

mon Seigneur, la religion immuable, tradition d'Abraham[33], lui le croyant sincère[34] qui ne faisait pas partie de ceux qui associaient quoi que ce soit à Dieu.

162 - Dis : Ma prière, mes actes dévotionnels[35], et, tant la vie que la mort, appartiennent à Allah, le Maître des mondes.

163 - Il n'a aucun associé : c'est ce qu'il m'a été ordonné, à moi qui suis le premier à me soumettre à Lui[36].

164 - Dis : Y a-t-il un autre dieu qu'Allah que je désirerais comme Seigneur, alors qu'Allah est le Maître de toute chose ? Chaque âme portera son propre fardeau et ne sera pas chargée du poids d'une autre. Ensuite, c'est auprès de votre Seigneur qu'aura lieu le grand retour : Il vous dira alors ce sur quoi vous vous opposiez.

165 - Il a fait de vous les héritiers de la terre. Il a élevé les uns au-dessus des autres afin de vous éprouver quant aux biens qu'Il vous a donnés. Car ton Seigneur est prompt dans le châtiment, mais Il pardonne facilement et Il est miséricordieux.

NOTES

1. *Ad-dhûlûmat* : les ténèbres. Elles sont l'antithèse de la lumière, avec laquelle elles forment un couple indissociable. Rarement, en effet, la lumière est présentée indépendamment de ce qu'elle combat. Voir, par exemple, en V, 16 ; XIII, 16 ; XXXV, 19. 2. *Ma taksibûn*. 3. *Qarnan* : une autre nation, une autre génération. 4. *Qirtass* : rouleau de parchemin. 5. *Sakana* : littéralement, « habiter », « occuper ». 6. *Waqaran* : de la cire. 7. *Yajhadûn*. 8. Nos messages, nos messagers. 9. Cf. sourate I, verset 2. 10. De la mosquée ? 11. *Aslaha* : se réformer. 12. *Li tastabin*. 13. *Nûhaytû*. 14. *Al-ghayb* : mystère, l'insondable. 15. *Ajlûn musamma*. 16. *Hafdatan*. 17. *Karb*. 18. *Malakût as-samawat*. 19. *Hanif*. 20. *Sûltan*. 21. *Wakil*. 22. *Hafid* : gardien ou garant. Dans ce contexte, la notion morale est évidente. 23. *Fisq* : perversité (Grosjean, Blachère), scélératesse (Berque). 24. *Waliyahûm*. 25. *Awliya* : leurs suppôts. 26. *Mu'djizin* : littéralement, « impuissants à le stopper ». 27. Sans doute pour la monte. 28. *Ma'rûchatin wa ghayr ma'rûchatin*. 29. *Mujrimin* : criminels. 30. *Bil-haqq* : en vertu du droit. 31. *Ta'ifatayn* : deux collectivités, deux factions. 32. *La yanfa' nafsan* : littéralement, « il ne sera d'aucune utilité pour personne ». 33. *Millat Ibrahim* : religion, doctrine ou culte d'Abraham. 34. *Hanif*, que Grosjean traduit par « orthodoxe ». 35. *Nûsûk* : actes rituels. Le mot est surtout utilisé pour le grand pèlerinage à La Mecque. 36. *Mûslim*.

LES MURAILLES (AL-A'RAF)

Révélée à La Mecque, 206 versets

Au nom d'Allah, le Clément, le Miséricordieux

1 - Alif. Lam. Mim. Çad[1].

2 - Un Livre t'a été révélé. Nulle gêne[2] ne doit comprimer ta poitrine, du fait de l'annoncer aux croyants pour lesquels il est un rappel.

3 - Suivez ce qui vous a été révélé par votre Seigneur et ne suivez aucun autre maître. Pourquoi donc réfléchissez-vous si peu ?

4 - Combien de cités Nous avons détruites, lorsque Notre colère s'est abattue sur elles la nuit et au milieu du jour !

5 - Et lorsque Notre rigueur s'est abattue sur elles, leurs habitants n'ont rien trouvé à dire : Oui, nous étions parmi les injustes !

6 - Nous interrogerons ceux à qui on a envoyé des messagers, et Nous interrogerons les messagers eux-mêmes.

7 - Nous leur raconterons des histoires en toute connaissance de cause, en sachant que Nous ne sommes pas absent[3].

8 - La pesée [des âmes], ce jour-là, sera une épreuve de vérité. Ceux dont la balance sera lourdement chargée de bienfaits seront les bienheureux.

9 - Tandis que ceux qui auront une balance légère se seront eux-mêmes perdus du fait de leur iniquité envers Nos signes.

10 - Nous vous avons établis sur terre et Nous l'avons dotée de biens pour votre subsistance. Comme vous êtes peu reconnaissants !

11 - Nous vous avons créés, puis Nous vous avons formés, puis Nous avons dit aux anges : Prosternez-vous devant Adam ! Et ils se sont prosternés, à l'exception d'Iblis, qui ne fut pas de ceux qui se prosternèrent.

12 - [Dieu] lui dit : Qu'est-ce qui t'a empêché de te prosterner alors que Je te l'ai ordonné ? Il dit : Je suis meilleur qu'Adam ; Tu m'as créé de feu alors que Tu l'as créé d'argile.

13 - [Dieu] lui dit alors : Descends de là[4], tu n'auras pas à t'y montrer orgueilleux. Sors donc, te voilà parmi les rabaissés.

14 - Il répondit : Laisse-moi voir le jour où ils seront ressuscités !

15 - [Dieu] dit : Soit, tu peux attendre.

16 - [Iblis] dit : Puisque Tu m'as désorienté, je vais rester à les guetter sur Ton droit chemin.

17 - Après quoi, je les harcèlerai de toute part, par-devant, par-derrière, sur le côté droit puis sur le côté gauche. Peu d'entre eux Te manifesteront de la gratitude.

18 - [Dieu] dit : Sors d'ici en réprouvé, et banni. Que ceux qui te suivent parmi eux... Nous remplirons la géhenne de toute votre espèce.

19 - Ô Adam, habite ce paradis avec ton épouse et mangez de tout ce que vous désirez, mais n'approchez pas cet arbre, car vous seriez parmi les injustes.

20 - Mais le démon leur susurra de mauvaises pensées en mettant en évidence leur nudité qui avait été masquée : Si votre Seigneur vous recommande de ne pas toucher à cet arbre, c'est uniquement pour vous empêcher d'être des anges, et de devenir des immortels.

21 - Il jura devant eux : Je suis pour vous d'un excellent conseil.

22 - Il les induisit en erreur ! Et lorsqu'ils eurent goûté à l'arbre et que leur nudité leur apparut, ils se mirent à se couvrir au moyen de feuilles venues du paradis. Leur Seigneur les interpella : Ne vous avais-je pas mis en garde contre cet arbre ? Ne vous avais-je pas dit que Satan était pour vous un ennemi déclaré ?

23 - Ils dirent : Ô notre Seigneur, nous nous fîmes un grand tort, car, si Tu ne nous pardonnes pas en nous manifestant Ta miséricorde, nous serons parmi les perdants.

24 - Dieu dit : Descendez [sur terre], vous serez des ennemis les uns pour les autres et la terre sera pour vous un séjour et un lieu de réjouissance pour un certain temps.

25 - Dieu continua : Vous y trouverez la vie, et la mort, et c'est de là que vous serez expulsés.

26 - Ô fils d'Adam, Nous avons fait descendre pour vous des vêtements et des parures[5] afin que vous cachiez votre nudité. Mais le vêtement de la piété est préférable pour vous. C'est là l'un des signes d'Allah, peut-être les fils d'Adam que vous êtes s'en souviendront-ils.

27 - Ô fils d'Adam, que le démon ne vous tente pas comme il l'a fait pour vos père et mère en les faisant sortir du paradis. Il leur a enlevé leurs vêtements de façon à exhiber leur nudité. Il vous voit, ainsi que sa cohorte de démons, par là même où vous ne le voyez point. Nous avons fait des démons les patrons de ceux qui ne croient pas.

28 - Et lorsqu'ils commettent telle turpitude, ils se réclament de leurs ancêtres et prétendent qu'Allah l'avait décrétée. Dis-leur : Allah n'ordonne aucune turpitude. Allez-vous dire au sujet d'Allah ce que vous ne savez point ?

29 - Dis : Mon Seigneur a ordonné l'équité. Acquittez-vous de la prière en toute mosquée que vous trouverez. Vouez-Lui un culte sincère, car, de même qu'Il vous a créés, vous reviendrez à Lui.

30 - L'un des groupes a été bien orienté, l'autre a été mis sur la mauvaise voie. De fait, il a pris les démons pour maîtres en lieu et place de Dieu. Pensent-ils être de la sorte bien guidés ?

31 - Ô fils d'Adam ! Prenez votre parure chaque fois que vous irez aux oratoires, mangez-y et buvez-y, mais n'abusez pas, car Il n'aime pas ceux qui abusent.

32 - Dis : Qui interdit de telles parures d'Allah, conçues pour Ses serviteurs, ainsi que toutes les bonnes nourritures ? Toutes ces excellentes choses sont réservées à ceux qui ont cru ici-bas et qui seront tout aussi bénéfiques au jour de la résurrection. Et c'est ainsi que les signes sont exposés à un peuple qui sait.

33 - Dis : Mon Seigneur a interdit les turpitudes visibles et invisibles, le péché, la convoitise indue, le fait d'associer à Allah ce qui ne se réclame pas de Sa puissance[6] et que, enfin, vous disiez au sujet d'Allah ce que vous ne savez pas.

34 - Chaque peuple a un terme fixé d'avance : lorsque ce terme est devenu imminent, les membres de ce peuple ne peuvent ni le retarder d'une heure, ni l'avancer.

35 - Ô fils d'Adam ! Il viendra à vous des messagers issus de vous-mêmes. Ils vous apporteront Mes versets. Ceux qui auront cru et fait du bien n'éprouveront ni crainte, ni tristesse.

36 - Ceux qui ont traité Nos signes de mensonges et qui se sont montrés hautains, ceux-là seront les hôtes de l'enfer, où ils demeureront éternellement.

37 - Y a-t-il plus injuste que celui qui a forgé des mensonges à l'égard d'Allah, ou qui a démenti Ses signes ? Ceux-là auront une part de ce qui est prévu dans le Livre, jusqu'au jour où, recevant Nos messagers, ils seront rappelés à Nous : Où sont donc les dieux que vous invoquiez en dehors d'Allah ? leur diront-ils. – Ils sont partis au loin et nous ont abandonnés. Les incroyants auront ainsi témoigné contre eux-mêmes de leur propre incroyance.

38 - [Dieu] dira : Entrez donc dans le feu, là où des communautés de djinns et d'êtres humains vous ont précédés. Et chaque fois qu'une communauté entre dans le feu, elle ne cesse de maudire sa consœur jusqu'au jour où elles y seront toutes admises. La dernière arrivée dira au sujet de la première : Notre Seigneur, ceux-là nous ont égarés, multiplie leur tourment de feu ! Dieu dira : Chacun recevra son double, mais vous ne le savez pas !

39 - La première des communautés arrivées en enfer dira à la dernière : Vous n'avez pas plus de privilège que nous. Goûtez donc au tourment des actes que vous avez commis.

40 - Ceux qui ont nié Nos signes et qui ont manifesté orgueil et prétention, les portes du ciel ne leur seront pas ouvertes et ils n'entreront au paradis que le jour où le chameau pénétrera le chas d'une aiguille[7]. C'est ainsi que Nous rétribuons les criminels[8].

41 - Ils auront la géhenne comme couche et une chape de feu au-dessus d'eux, car c'est ainsi que Nous rétribuons les injustes.

42 - Tandis que ceux qui ont cru et qui ont fait du bien, Nous ne chargerons leur âme que de ce qu'elle porte et ils

seront admis dans le paradis où ils demeureront éternellement.

43 - Nous débarrasserons leurs poitrines des vestiges de la
haine. Par ailleurs, des ruisseaux couleront sous leurs pieds.
Ils diront : Louange à Allah qui nous a conduits ici, alors
que nous n'aurions pas été en mesure de le faire si Allah
n'avait pas consenti à nous y mener. De fait, les messagers
de notre Seigneur ont été porteurs de vérité. Ils seront interpellés : Voici le jardin dont vous héritez pour vos actes.

44 - Les occupants du paradis appelleront les occupants de
l'enfer : Nous avons en effet trouvé ce que notre Seigneur
nous avait promis. Qu'en est-il pour vous : avez-vous trouvé
ce que votre Dieu vous avait promis ? – Oui ! répondront
ces derniers. Un crieur [9] se dressera et lancera : La malédiction d'Allah s'abattra sur les infidèles.

45 - Ceux, précisément, qui s'éloignent du chemin d'Allah
et qui le souhaitent tortueux, d'autant qu'ils ne croient pas
à l'existence de la vie future.

46 - Il y aura une tenture qui, tel un voile, séparera les
deux parties. Au-dessus des limbes se tiendront des hommes
qui reconnaîtront chacun aux marques distinctives qu'il a
sur le visage. Ils [10] diront aux gens du paradis : Salut sur
vous !, mais, bien qu'ils le souhaitent ardemment, ils n'y
entreront pas.

47 - Et lorsque leurs regards se poseront sur les occupants
de l'enfer, ils s'exclameront : Seigneur, ne nous mets pas
avec un peuple d'injustes !

48 - Tandis que les occupants des limbes crieront aux
hommes qu'ils reconnaîtront grâce à leurs signes distinctifs :
Ce que vous avez amassé ne vous a servi à rien, pas plus
que votre orgueil.

49 - Est-ce donc ceux-là à propos desquels vous juriez que

la miséricorde d'Allah ne les toucherait pas ? Mais voilà : Entrez au paradis, leur a-t-Il dit, aucune crainte sur vous, ni aucune tristesse.

50 - Les occupants de l'enfer appelleront les occupants du paradis : Versez sur nous de l'eau, ou bien de ce qu'Allah vous a accordé ! Ils diront : Mais Allah les interdit aux incroyants.

51 - Ceux, précisément, qui ont considéré leur religion comme un moment de distraction et de jeu, et que la vie immédiate a trompés, sont aujourd'hui eux-mêmes oubliés comme ils ont oublié ce jour-ci, ayant par ailleurs récusé Nos signes.

52 - Car Nous leur avons apporté un Livre conçu de manière extrêmement rigoureuse, à la fois guide et miséricorde pour un peuple qui croit.

53 - Cherchent-ils son interprétation ? Mais le jour où son interprétation sera réalisée, ceux qui l'ont oubliée diront : Les messagers de notre Dieu sont venus à nous avec la Vérité. Qui a aujourd'hui la possibilité d'intercéder pour nous peut le faire. Si nous étions ramenés sur terre, nous agirions autrement. Mais leurs âmes se sont fourvoyées, tandis que les faux dieux qu'ils inventaient les ont quittés.

54 - Votre Dieu est Allah, qui a créé les cieux et la terre en six jours et qui S'est installé sur le Trône. Tout se passe comme si la nuit qui poursuivait le jour désirait le couvrir avec insistance[11]. Le soleil, la lune et les étoiles obéissent à Son ordre. Ne dispose-t-Il pas de la Création et de l'Ordre ? Béni soit Allah, le Maître des mondes.

55 - Invoquez humblement votre Seigneur, en toute discrétion, de crainte de Lui, car Il n'aime pas les transgresseurs.

56 - Ne provoquez pas de désordre sur terre, alors que tout

y a été bien conçu. Invoquez-Le avec crainte et désir, car la grâce d'Allah est proche de ceux qui font le bien.

57 - Il est Celui qui envoie les vents pour annoncer la bonne nouvelle, en hérauts de la grâce qui va se produire[12]. Et lorsque de gros nuages se sont formés, Nous les conduisons vers une terre stérile que Nous arrosons de cette eau et d'où Nous sortirons tous les fruits. C'est ainsi que Nous ressuscitons les morts, peut-être réfléchirez-vous.

58 - La terre féconde produit ses plantes avec la permission du Seigneur, tandis que la terre inféconde ne produit qu'une végétation rachitique, des vestiges. C'est ainsi que Nous répartissons Nos signes sur un peuple qui est reconnaissant.

59 - Nous avons envoyé Noé vers son peuple, auquel il dit : Ô mon peuple, adorez Dieu, vous n'avez pas d'autres dieux que Lui. Car je crains pour vous les tourments d'un jour terrible.

60 - Le conseil de son peuple lui dit : Nous voyons en toi quelqu'un en pleine perdition.

61 - Mon peuple, dit Noé, je ne suis pas en perdition. Je suis un envoyé de mon Dieu, Maître des mondes.

62 - Je vous transmets les messages de mon Seigneur, je vous donne un bon conseil, car je sais de Dieu ce que vous ne savez point.

63 - Êtes-vous étonnés que le rappel de votre Seigneur vous parvienne par le truchement d'un homme issu de vous-mêmes, de façon à vous prévenir et pour que vous éprouviez la crainte de Dieu ? Peut-être bénéficierez-vous de Sa miséricorde.

64 - Ils l'ont traité de menteur, mais Nous le sauvâmes et tous ceux qui l'accompagnaient sur l'arche. Ceux en

revanche qui ont traité Nos signes de mensonges furent noyés, car ils formaient un peuple d'aveugles.

65 - Aux 'Ad[13], nous avons envoyé leur frère, Houd : Ô mon peuple, adorez Dieu, vous n'avez pas d'autre dieu que Lui. N'allez-vous pas revenir respectueusement à Dieu ?

66 - Le conseil de son peuple, qui était incrédule, dit : Nous pressentons un grand désordre moral chez toi[14], nous te tenons même pour un imposteur.

67 - Ô mon peuple, dit-il, je ne suis pas fou, je suis un envoyé du Seigneur des mondes.

68 - Je vous transmets les messages de mon Seigneur et je suis pour vous un conseiller sincère et sûr.

69 - Êtes-vous étonnés que le rappel de votre Seigneur vous parvienne par le truchement d'un homme issu de vous-mêmes, de façon à vous prévenir et pour que vous éprouviez la crainte de Dieu ? Souvenez-vous lorsqu'Il fit de vous des héritiers après le peuple de Noé et augmenta vos privilèges[15] au sein de la Création. Souvenez-vous seulement des bienfaits d'Allah, peut-être serez-vous heureux.

70 - Son peuple dit : Es-tu venu à nous pour que nous adorions un seul Dieu, et que nous abandonnions les divinités que nos pères adoraient ? Apporte-nous la preuve de ce que tu avances, si au moins tu es véridique.

71 - Il dit : Le mal[16] et la colère de votre Dieu se sont déjà abattus sur vous. Allez-vous maintenant disputailler avec moi des noms que vous avez donnés à vos divinités par vous-mêmes et vos parents, alors que Dieu ne les a dotées d'aucun pouvoir ? Prenez patience, je suis avec ceux qui s'entourent de patience.

72 - Nous le sauvâmes, lui et ses compagnons, en vertu de Notre miséricorde propre. Nous anéantîmes ceux qui

avaient traité Nos signes de mensonges, car ils n'étaient pas des croyants.

73 - Aux Thamoud, Nous avons envoyé leur frère, Salih, qui dit : Ô mon peuple, adorez Dieu, vous n'avez pas d'autre dieu que Lui. Des preuves évidentes vous sont parvenues de votre Dieu. Voici la chamelle de Dieu en guise de signe manifeste, laissez-la brouter sur la terre de Dieu et ne lui portez aucun préjudice, car un grand tourment vous saisira.

74 - Souvenez-vous lorsqu'Il fit de vous des héritiers après les 'Ad et vous établit sur terre, construisant des palais dans les plaines et vous sculptant des demeures dans les montagnes. Souvenez-vous seulement des bienfaits de Dieu et ne soyez pas parmi les destructeurs sur terre.

75 - Le grand conseil s'enfla d'orgueil et dit aux opprimés, ceux qui étaient enclins à croire : Savez-vous vraiment que Salih est un envoyé de son Dieu ? – Nous croyons, dirent-ils, à son message.

76 - Mais ceux qui s'enflèrent d'orgueil dirent : Nous ne croyons pas à ce que vous croyez.

77 - De fait, ils sacrifièrent la chamelle, allant ainsi à l'encontre de l'ordre de leur Dieu, et dirent : Ô Salih ! Apportenous ce que tu nous annonces, si tu es parmi les envoyés !

78 - Mais le cataclysme les emporta et, au matin, ils étaient gisants et inertes dans leurs demeures.

79 - Il s'éloigna quelque peu d'eux et dit : Ô mon peuple, je vous ai transmis le message de mon Seigneur, et donné de bons conseils, mais vous n'aimez pas ceux qui vous délivrent des conseils.

80 - Et lorsque Loth dit à son peuple : Vous livrez-vous à cette turpitude que nul au monde n'a commise avant vous ?

81 - Vous allez davantage pour votre désir charnel vers les

hommes que vers les femmes. En cela, vous êtes un peuple impie [17].

82 - Quelle fut la réponse de son peuple : Expulsez-les, dirent-ils, de leur cité, ce sont des gens qui prétendent à la chasteté.

83 - Nous les sauvâmes, lui et sa famille, à l'exception de sa femme qui était en compagnie de ceux qui demeuraient en retrait.

84 - Et Nous déclenchâmes sur eux une pluie torrentielle... Vois quel est le sort des criminels.

85 - Au peuple de Madian, leur frère Chou'aïb dit : Ô mon peuple, adorez Dieu, vous n'avez aucun autre dieu que Lui. Une preuve évidente vous a été délivrée de la part de votre Dieu : soyez précis dans votre balance et dans vos mesures. Ne trompez pas les gens dans leurs biens, ne détruisez rien sur terre après qu'elle eut atteint son équilibre parfait. Tout cela est préférable pour vous, si vous êtes croyants.

86 - Ne vous mettez pas sur tous les chemins, en refoulant de la voie de Dieu ceux qui croient en Lui. Vous souhaitez que ce chemin soit tortueux, mais souvenez-vous lorsque vous étiez peu nombreux et qu'Il multiplia votre nombre. Observez surtout quel est le sort des corrupteurs [18].

87 - Et si une faction parmi vous a cru à ce qui m'a été révélé et si une autre faction n'a pas cru, patientez jusqu'au moment où Dieu tranchera entre nous [19], car Il est le meilleur des juges !

88 - Le conseil – soit ceux-là mêmes qui s'enorgueillissaient parmi son peuple – dit : Chou'aïb, nous allons t'expulser de notre cité, avec ceux qui ont cru avec toi, à moins que vous ne reveniez à notre culte. Il dit : Même si nous éprouvons de l'aversion pour lui ?

89 - Nous créerions un précédent fallacieux auprès de Dieu,

et mensonger, si nous devions revenir à votre religion après que Dieu nous a sauvés d'elle. D'ailleurs, nous ne pourrions y revenir que si notre Seigneur le désirait, car notre Seigneur embrasse toute science. Nous nous sommes remis entièrement à Dieu. Ô Seigneur, que Ta justice tranche par Sa vérité entre nous et notre peuple, Tu es le meilleur des juges [20].

90 - Le conseil, qui ne croyait pas, dit : Si vous suivez Chou'aïb, vous serez certainement parmi les perdants.

91 - Le cataclysme les emporta au point qu'ils se trouvèrent, au petit matin, gisants et inertes dans leurs demeures.

92 - Ceux qui avaient traité Chou'aïb de menteur n'avaient jamais été là. En effet, ceux qui l'avaient traité de menteur étaient les perdants.

93 - En se détournant d'eux, Chou'aïb leur dit : Ô mon peuple, je vous ai transmis le message de mon Dieu et je vous ai bien conseillés. Comment m'attrister sur un peuple d'incroyants ?

94 - Nous n'envoyâmes de prophète dans aucune cité sans accabler sa population de malheurs et d'autres calamités dans l'espoir qu'elle puisse manifester de l'humilité.

95 - Ensuite, Nous changeâmes le mal en bien jusqu'à ce qu'ils oublient. Ils disent : Nos pères ont été atteints par la souffrance et le bonheur. Nous les saisîmes au moment où ils s'y attendaient le moins.

96 - Si au moins les habitants de ces cités avaient cru et avaient craint leur Seigneur, Nous les aurions comblés de bienfaits venus du ciel et de la terre. Mais, comme ils avaient traité Nos signes de mensonges, Nous les saisîmes à cause de leurs actes.

97 - Les habitants de ces cités sont-ils à ce point sûrs de ne

pas subir Notre colère, de nuit, alors qu'ils sont en train de dormir ?

98 - Les habitants de ces cités sont-ils sûrs de ne pas subir Notre colère, le matin, alors qu'ils s'amusent ?

99 - Les habitants de ces cités sont-ils prémunis contre les ruses d'Allah[21] ? Seul le peuple des perdants se croit à l'abri de la ruse d'Allah.

100 - N'a-t-Il pas conduit dans le bon chemin ceux qui héritent de la terre après ses occupants en les informant que, si Nous l'avions voulu, Nous les aurions frappés durement pour leurs péchés ? Nous aurions scellé leurs cœurs, mais de cela ils n'avaient cure.

101 - Ces mêmes cités dont Nous te racontons les histoires : quand leurs envoyés arrivèrent devant eux, munis de preuves évidentes, ils ne purent croire ce qu'ils avaient renié par le passé. C'est ainsi qu'Allah scelle les cœurs des infidèles.

102 - Nous n'avons trouvé aucun respect de l'engagement chez la plupart, nous avons trouvé qu'ils étaient pour la plupart des pervers.

103 - Ensuite, Nous envoyâmes Moïse, muni de Nos signes, à Pharaon et à son conseil. Ils se montrèrent injustes à l'égard de Nos signes. Regarde comment se règle le sort de ceux qui sèment le désordre.

104 - Moïse dit : Ô Pharaon, je suis envoyé de la part de mon Seigneur, Maître des mondes.

105 - De fait, je ne dis que la vérité sur Dieu. Je suis venu avec des preuves éclatantes de votre Seigneur : renvoie avec moi les fils d'Israël.

106 - Si tu as un signe de Dieu, dit Pharaon, produis-le si tu es véridique.

107 - Moïse jeta son bâton, et voilà qu'il se transforma en un énorme serpent.

108 - Il exhiba sa main, elle apparut blanche aux yeux de ceux qui regardaient.

109 - Le conseil autour de Pharaon dit : C'est là un immense magicien !

110 - Il cherche à vous expulser de votre terre. Que décidez-vous ?

111 - Ils répondirent : Faites-le patienter, lui et son frère. En même temps, il faut envoyer des agents...

112 - ... qui amèneront tous les grands magiciens.

113 - Les magiciens du royaume se présentèrent en disant : Si nous sommes les vainqueurs, nous aurons réellement une belle récompense ?

114 - En effet, dit Pharaon, et vous deviendrez mes proches !

115 - Ils dirent à Moïse : Ou tu jettes, ou c'est nous qui jetons !

116 - Il leur dit : Jetez ! Lorsqu'ils jetèrent leurs bâtons, ils captivèrent les regards des gens, les emplirent d'épouvante et produisirent une superbe magie.

117 - C'est alors que Nous révélâmes à Moïse de jeter son bâton. Celui-ci ne tarda pas à avaler les créatures inventées par les magiciens.

118 - Le Vrai s'imposa au détriment du faux qu'ils avaient fabriqué.

119 - Ils furent donc vaincus, défaits, ils repartirent humiliés.

120 - Les magiciens se prosternèrent...

121 - ... en disant : Nous croyons en notre Seigneur, Maître des mondes.

122 - Le Dieu de Moïse et d'Aaron.

123 - Pharaon dit : Vous croyez en Lui avant de recevoir de ma part une autorisation explicite. Voilà bien une ruse que vous avez fomentée en ville afin de faire fuir sa population. Bientôt, vous saurez !

124 - Je vous ferai couper la main et le pied opposé à celle-ci, et je vous ferai tous crucifier.

125 - Ils dirent : Nous, nous retournons vers notre Seigneur.

126 - Tu te venges de nous uniquement parce que nous avons cru aux signes de notre Seigneur, quand ils nous arrivèrent. Seigneur, déverse sur nous [de la] patience et ramène-nous vers Toi soumis à Ta volonté [22].

127 - Le conseil représentant le peuple de Pharaon dit : Vas-tu permettre à Moïse et à son peuple de semer le désordre sur terre et de s'affranchir de toi et de tes dieux ? Pharaon dit : Nous tuerons leurs enfants et épargnerons leurs femmes. Nous nous tenons au-dessus d'eux, sans faiblir [23].

128 - Moïse dit à son peuple : Demandez secours à Dieu et armez-vous de patience. La terre appartient à Dieu, seul habilité à la faire hériter aux serviteurs qu'Il désire. La fin heureuse est réservée à ceux qui Le craignent.

129 - Ils dirent : Nous avons été persécutés avant que tu n'arrives et après que tu fus venu vers nous. Il dit : Peut-être votre Seigneur détruira-t-il votre ennemi et vous fera-t-il hériter de la terre de façon à voir comment vous agirez ?

130 - Nous avons frappé de disette les gens de Pharaon et réduit les récoltes de manière drastique, dans l'espoir qu'ils réfléchissent.

131 - Si la prospérité revenait, ils s'écriaient : Cela est notre dû ! Mais si la disette reprenait, ils accablaient Moïse et les siens. En fait, leur mauvais sort était décidé par Dieu, mais la plupart d'entre eux ne le savaient pas.

132 - Ils affirmèrent : Quelle que soit la nature de ce que tu nous apportes en termes de magie pour nous ensorceler, nous ne te croirons pas.

133 - Nous leur envoyâmes un déluge [24], une nuée de sauterelles, de poux, de grenouilles et du sang en guise de signes manifestes, mais ils enflèrent d'orgueil et se révélèrent un peuple d'impies.

134 - Quand le malheur [25] s'abattit sur eux, ils dirent à Moïse : Prie pour nous ton Dieu selon le pacte qu'Il a passé avec toi. Si tu arrives à écarter de nous Sa colère, nous te croirons et nous renverrons avec toi les fils d'Israël.

135 - Mais lorsque Nous écartâmes d'eux le courroux [de Dieu] pour un certain temps, qu'ils étaient en train d'atteindre, voilà qu'ils se parjurèrent [26].

136 - Nous Nous vengeâmes d'eux en les noyant dans l'abîme pour prix de leur mensonge et de leur incrédulité en Nos versets. Ils s'étaient montrés indifférents [27].

137 - Nous donnâmes en héritage au peuple des humbles [28] tant l'orient que l'occident de la terre que Nous avons bénie. La belle parole de ton Seigneur s'est accomplie au bénéfice des fils d'Israël en raison de leur patience, et Nous détruisîmes ce que Pharaon et son peuple avaient bâti et édifié [29].

138 - Nous fîmes traverser la mer aux fils d'Israël. Ils arrivèrent auprès d'un peuple qui s'affairait pieusement autour de ses idoles. Ils dirent à Moïse : Peux-tu nous faire des divinités comme les leurs ? Moïse dit : Vous êtes un peuple d'ignorants.

139 - Ceux-là sont voués à leur perte[30] et leurs actions sont bien vaines.

140 - Il dit : Voulez-vous un autre que Dieu comme dieu, alors qu'Il vous a préférés aux mondes ?

141 - Nous vous avons délivrés des partisans de Pharaon qui vous infligeaient les pires tourments, tuaient vos enfants et épargnaient vos femmes. Il y a en cela une épreuve extrême de votre Seigneur.

142 - Nous promîmes à Moïse un rendez-vous de trente nuits, que Nous complétâmes de dix autres afin que s'accomplisse le compte de son Seigneur, soit quarante nuits. Moïse dit à son frère Aaron : Remplace-moi auprès de mon peuple, sois juste et ne suis pas le chemin des semeurs de désordre.

143 - Et lorsque Moïse se présenta à son rendez-vous et que son Seigneur lui adressa la parole, il dit : Ô Seigneur, montre-Toi à moi que je Te voie. Dieu lui dit : Tu ne Me verras pas directement, mais observe bien la montagne. Si elle reste immobile là où elle est, Tu me verras. Mais sitôt que son Seigneur apparut sur la montagne, elle se transforma en poudre. Bouleversé, Moïse tomba foudroyé. Lorsqu'il se réveilla, il s'écria : Gloire à Toi, me voici en adoration devant Toi[31], moi le premier des croyants.

144 - Dieu dit : Ô Moïse, Je t'ai choisi parmi les hommes afin de te charger de Mon message et de Mes mots. Prends donc ce que Je t'ai apporté et sois parmi les reconnaissants.

145 - Et nous rédigeâmes sur des tables[32] des recommandations sur toute chose et des explications détaillées. Prends-les avec fermeté et ordonne à ton peuple de s'en emparer pour le meilleur. [Car, pour le pire,] Je vous montrerai le séjour des pervers.

146 - J'éloignerai de Mes signes ceux qui, ici-bas, s'enflent

d'orgueil sans raison. S'ils voient tel ou tel signe, ils n'y croient pas. S'ils voient le chemin de la rectitude, ils n'en font pas leur chemin ; s'ils voient le chemin de l'erreur, ils en font leur chemin. Tout cela parce qu'ils démentirent Nos signes et se montrèrent négligents à leur égard.

147 - Et tous ceux qui ont traité Nos signes de mensonges, de même que la rencontre ultime de la vie dernière, verront leurs actes amoindris. Vont-ils être rétribués en dehors de ce qu'ils ont fait ?

148 - Après le départ de Moïse, ses gens firent de leurs parures un veau à l'effigie mugissante. Ne virent-ils pas qu'il ne leur parlait pas et qu'il ne les guidait pas plus sur le bon chemin ? Ils l'adoptèrent et se révélèrent parmi les injustes.

149 - Quand, à leur grande frustration, ils constatèrent leur erreur, ils dirent : Fasse que notre Dieu nous prenne en Sa pitié et nous pardonne, car nous sommes parmi les perdants.

150 - Et lorsque Moïse retourna à son peuple, très en colère et consterné de voir ce spectacle, il dit : Vous avez très mal agi après mon départ ! Étiez-vous si pressés de voir se réaliser l'ordre divin ? Il jeta les Tables et s'empara de son frère en le tirant vers lui par la tête. Celui-ci dit : Fils de ma mère, ce peuple m'a humilié et a failli me tuer. Ne donne pas l'occasion aux ennemis de tirer satisfaction de ma peine et ne me mets pas du côté des injustes.

151 - Il dit : Ô Seigneur, pardonne-moi ainsi qu'à mon frère. Fais-nous entrer en Ta miséricorde, Tu es le plus miséricordieux des miséricordieux.

152 - Ceux qui se sont donné le Veau comme idole subiront la colère de leur Dieu. Ils seront rabaissés dans cette vie immédiate, et c'est ainsi que Nous rétribuons les fabulateurs.

153 - Quant à ceux qui ont commis beaucoup de mal et qui se sont repentis et qui ont sincèrement cru : après cela, ton Seigneur ne peut que leur pardonner, Il est le Miséricordieux.

154 - Et lorsque la colère de Moïse se fut apaisée, il prit les Tables sur lesquelles étaient écrites une orientation et une miséricorde pour ceux qui redoutent tant leur Seigneur [33].

155 - Moïse choisit soixante-dix hommes de son peuple pour s'assurer de la rencontre avec Nous, mais dès lors que le cataclysme les saisit, il s'écria : Ô mon Seigneur, si Tu l'avais voulu, Tu les aurais anéantis plus tôt, et moi avec eux. Mais vas-Tu nous anéantir pour les actes des insensés parmi nous ? Ce n'est là que Ta mise à l'épreuve : Tu fais perdre qui Tu veux et Tu guides dans le bon chemin qui Tu veux. Tu es notre tuteur et maître. Pardonne-nous, accorde-nous Ta miséricorde. Tu es le meilleur de ceux qui pardonnent.

156 - Inscris pour nous dans cette vie terrestre et dans la vie future une bonne action. Nous voilà revenus vers Toi, repentis. Dieu dit : Mon tourment, Je l'applique à qui Je veux, tandis que Ma miséricorde, qui est très vaste, concerne toute chose. Je la mettrai au compte des fidèles qui s'acquittent de leurs aumônes et qui croient en Nos signes...

157 - ... qui suivent le messager, le Prophète des illettrés [34] qu'ils trouveront mentionné chez eux, dans la Torah et dans l'Évangile. Celui-ci leur ordonne de faire le bien et leur interdit le mal. Il rend licites les nourritures qui conviennent et interdit les mauvaises nourritures. Il les affranchit des liens et des entraves qui pesaient sur eux. Ceux qui ont cru en lui, l'ont soutenu et l'ont suivi, y compris dans la lumière qui l'entourait, ceux-là seront à coup sûr les bienheureux.

158 - Dis : Ô vous les hommes ! Je suis pour vous tous l'envoyé de Dieu, Celui qui est en charge du royaume des cieux et de la terre. Il n'y a pas d'autre Dieu que Lui. Il fait vivre et mourir. Croyez en Dieu et en Son envoyé, le Prophète des gentils qui lui-même croit en Dieu et en Sa parole. Suivez son chemin, peut-être serez-vous bien guidés.

159 - Et, du peuple de Moïse, il est une communauté qui se conduit selon la Vérité et qui, grâce à cela, s'en tient à la justice.

160 - Nous la divisâmes en douze tribus, chacune étant séparée de l'autre, et Nous révélâmes à Moïse, lorsque son peuple voulut boire, de frapper le rocher de son bâton. Aussitôt, douze sources jaillirent du rocher au point que chacun sut où il pouvait se désaltérer. Nous installâmes au-dessus d'eux les nuages pour leur ombre, avant de faire descendre sur eux la manne et les cailles [35] : Mangez de ce que Nous vous avons octroyé, leur dit-on. Ils ne Nous ont pas lésé, mais ils se sont lésés eux-mêmes.

161 - Et lorsqu'on leur dit : Habitez cette cité et mangez-y ce que vous voulez, mais demandez seulement : Pardon [36]. Après quoi, entrez par la porte en vous prosternant, vos péchés vous seront pardonnés. Nous donnerons davantage à ceux qui font le bien.

162 - Les injustes parmi eux transformèrent la parole qui leur était dite en une autre. Nous envoyâmes sur eux une malédiction céleste du fait de leur injustice.

163 - Interroge-les au sujet de la ville qui se trouvait au bord de la mer. Ses habitants transgressaient le sabbat dès l'instant où le poisson venait à la surface de l'eau, mais ce même poisson ne venait plus les autres jours. Aussi les mettions-Nous à l'épreuve pour leur perversité.

164 - Et lorsqu'une communauté parmi eux dit : Pourquoi exhortez-vous [dans la bonne voie] un peuple que Dieu va

détruire ou châtier d'un châtiment particulièrement cruel ?, ils dirent : Pour que votre Seigneur ne nous tienne pas rigueur, si toutefois ils craignent [de nouveau] Dieu.

165 - Quand ils eurent oublié ce qui leur avait été rappelé, Nous sauvâmes ceux qui interdisaient le mal, mais ceux qui avaient été injustes, Nous leur fîmes subir un triste tourment pour prix de leur perversité.

166 - Et lorsqu'ils se rebellèrent contre ce qui leur avait été interdit, Nous leur dîmes : Soyez des singes abjects [37] !

167 - C'est alors que ton Seigneur leur envoya quelqu'un pour les tourmenter de manière particulièrement dure jusqu'au jour de la résurrection. Certes, ton Seigneur est prompt dans Son châtiment, mais Il est aussi Celui qui pardonne, le Miséricordieux.

168 - Nous les divisâmes ainsi en communautés réparties sur la terre ; certaines sont bonnes et justes, d'autres non. Nous les mîmes à l'épreuve du bien et du mal, peut-être reviendraient-ils [de leurs erreurs] !

169 - Après eux, leurs successeurs directs ont hérité du Livre et n'ont pris de ce qu'offre la vie immédiate que les avantages en disant : Soit, il nous sera pardonné ! Si des occurrences semblables se présentent à eux, ils en profitent encore, quand bien même l'alliance du Livre leur impose de ne dire que le vrai sur Allah. Pourtant, ils ont étudié son contenu. Mais la dernière demeure sera meilleure à ceux qui craignent Dieu. Ne réfléchissez-vous pas ?

170 - Quant à ceux qui s'en tiennent au Livre et qui s'acquittent consciencieusement de leurs prières, Nous ne perdrons pas la récompense de ceux qui font le bien.

171 - Quand Nous établîmes la montagne au-dessus [38] et qu'elle semblait être une nuée qui allait s'effondrer sur

eux... Prenez donc avec vigueur ce que Nous vous offrons et souvenez-vous-en, peut-être craindrez-vous Dieu.

172 - Et lorsque ton Seigneur tira une descendance des fils d'Adam qu'Il fit témoigner sur eux-mêmes : Ne suis-Je pas votre Dieu ?, ils dirent : Oui, en effet, nous en témoignons. Ainsi, vous ne direz point au jour de la résurrection que vous n'étiez pas attentifs à cela.

173 - Et vous ne direz pas non plus : Nos ancêtres associaient d'autres dieux à Dieu, alors que nous sommes seulement leur descendance. Vas-Tu nous faire payer durement le prix de ce que ces imposteurs ont fait [en leur temps] ?

174 - C'est pourquoi Nous explicitons Nos signes dans l'espoir qu'ils reviennent [de leurs errements].

175 - Rapporte-leur le cas de celui à qui Nous avons donné de Nos signes et qui s'en est dépouillé[39]. Satan l'a poursuivi et il s'est trouvé parmi les errants.

176 - Si Nous avions voulu, Nous l'aurions élevé grâce à cela, mais il s'éternisa sur terre et poursuivit sa mauvaise passion. Il est tel un chien qui halète lorsque tu le charges et qui halète aussi lorsque tu le laisses en paix. Tel est le peuple qui a démenti Nos signes et dont tu peux narrer l'histoire, peut-être réfléchiront-ils.

177 - Quelle mauvaise idée donne le peuple qui dément Nos signes et qui s'est fait du tort à lui-même !

178 - Celui qu'Allah oriente sera le « bien guidé », mais ceux qu'Il ne guide pas sont véritablement les perdants.

179 - Nous avons destiné à la géhenne beaucoup de djinns et d'humains[40] qui ont un cœur mais qui ne comprennent pas, qui ont des yeux mais qui ne voient pas, qui ont des oreilles mais qui n'entendent pas. Voilà bien des bêtes, et plus éperdus encore. Ce sont des égarés, des insouciants.

180 - À Allah les noms sublimes[41], invoquez-Le par ces

noms et éloignez-vous de ceux qui blasphèment[42] en méconnaissant Ses noms. Ils seront rétribués du prix de leur impiété.

181 - En leur sein, Nous avons créé une communauté qui se dirige grâce à la Vérité et qui rend justice en son nom.

182 - Tandis que ceux qui traitent Nos signes de mensonges, Nous les conduirons selon des étapes progressives à leur perte par des chemins qu'ils ignorent.

183 - Je leur donnerai un délai, mais Mon stratagème est solide[43].

184 - Ne réfléchissent-ils donc pas ! Leur compagnon n'est pas possédé par un djinn. Il n'est là que pour avertir de manière explicite.

185 - N'ont-ils pas observé le royaume des cieux et de la terre, et toute chose qu'Allah a créée ? Peut-être leur terme est-il déjà très proche. Après cela, quel récit peuvent-ils croire ?

186 - Celui qu'Allah égare ne peut plus avoir de guide pour l'orienter. Il les laissera végéter dans leur aveugle injustice[44].

187 - Ils t'interrogeront à propos de l'Heure et de sa venue. Tu diras : La connaissance de l'Heure est une prérogative de mon Seigneur. Lui seul en a connaissance, quelque pesante qu'elle soit au ciel ou sur terre. Elle surviendra subitement. Mais ils t'interrogeront comme si tu en étais familier. Tu diras : Sa connaissance appartient à Allah. Seulement, la plupart des gens ne le savent pas.

188 - Dis aussi : Je ne m'attribue personnellement ni bien ni mal autre que ce qu'Allah décide pour moi. Et si j'avais quelque connaissance de l'insondable, j'aurais pléthore de biens et aucun mal ne m'aurait atteint. Je ne suis là que pour avertir et pour annoncer le message divin à un peuple qui croit.

189 - C'est Lui qui vous a créés d'un être unique[45], dont Il a conçu une épouse, afin que celui-ci trouve la paix auprès d'elle. Lorsqu'il eut cohabité avec elle, son ventre s'arrondit légèrement d'une grossesse facile. Et lorsqu'elle s'alourdit vraiment, ils invoquèrent leur Seigneur en disant : Si Tu nous gratifies d'un fils sain, nous Te serons reconnaissants !

190 - Et lorsqu'Il leur donna un fils sain, ils associèrent à ce don d'autres divinités. Qu'Allah soit honoré et mis au-dessus de tout ce qu'on Lui associe !

191 - Vont-ils Lui associer des dieux qui ne créent rien et qui sont eux-mêmes créés ?

192 - Et qui ne peuvent ni les aider, ni s'aider eux-mêmes ?

193 - Et si vous leur demandez de suivre la bonne direction, ils ne vous suivront pas. Peu leur chaut que vous les interpelliez ou que vous n'en fassiez rien.

194 - Car ceux que vous appelez en dehors d'Allah sont des êtres comme vous. Appelez-les donc pour voir s'ils vous répondent, pour autant que vous soyez véridiques !

195 - Ont-ils des pieds pour marcher, des mains pour tenir fermement, des yeux pour regarder et des oreilles pour entendre ? Dis-leur : Priez donc vos associés et fomentez vos pièges à mon endroit, mais ne me faites pas attendre.

196 - Mon maître est Allah. Il est Celui qui a révélé le Livre et qui protège fort bien les hommes de bien[46].

197 - Et ceux que vous adorez en dehors de Lui ne peuvent ni vous aider ni s'aider eux-mêmes.

198 - Tu as beau les inviter dans la bonne direction, ils ne t'entendent pas et te regardent avec un regard vide.

199 - Prends la voie du pardon, ordonne selon les règles de la convenance[47] et éloigne-toi des ignorants.

200 - Si tu es la proie d'une insinuation maligne du démon, cherche refuge auprès d'Allah, Il est Celui qui entend, Celui qui sait.

201 - Et lorsque ceux qui craignent Dieu sont attaqués par une cohorte de démons[48], ils se souviennent de leur Seigneur et se trouvent parmi les clairvoyants.

202 - Tandis que leurs compagnons, possédés par ces derniers, se complaisent dans l'erreur et cherchent à les y pousser.

203 - Et quand tu ne leur apportes pas de miracle, ils disent : Pourquoi ne l'inventes-tu pas ? Tu dis : Je ne fais que suivre la Révélation qui m'a été donnée de la part de mon Seigneur. C'est là un appel à la clairvoyance venu de votre Seigneur, une bonne direction et une miséricorde pour un peuple qui croit.

204 - Et si le Coran vient à être récité, écoutez-le attentivement, observez le silence. La miséricorde vous sera peut-être accordée.

205 - Invoque ton Seigneur en ton for intérieur, matin et soir, avec humilité, avec crainte, et sans jamais élever la voix pour être entendu. Il ne faut pas être parmi les inattentifs.

206 - Ceux qui sont auprès de ton Seigneur ne se sentent pas trop grands pour ne pas L'adorer. Ils Le glorifient et se prosternent devant Lui.

NOTES

1. Les lettres énigmatiques du Coran. 2. *Haraj* : contrainte. 3. Est-ce au sens moral d'abandon ? 4. On suppose du paradis. 5. *Richan*. 6. *Sûltan*. 7. Image biblique : « Il est plus aisé qu'un chameau passe par le trou d'une aiguille qu'il ne l'est à un riche d'entrer dans le royaume de Dieu » (Matthieu XIX, 24). 8. *Mûdjrimin* : coupables, pécheurs, criminels. 9. *Mu'ezzin* : la même fonction est occupée par celui qui, du haut de son minaret, appelle à la prière. 10. Les gens de l'enfer ? 11. *Hatitan* : avec avidité. 12. La pluie est souvent vue comme une bénédiction du ciel. Je me range volontiers à la pensée d'Édouard Montet, in *Coran*, Paris, Payot, 2001, t. 1, p. 361. 13. Nom d'un peuple d'impies, ayant vécu dans l'Arabie septentrionale. Cf. *Dictionnaire encyclopédique du Coran*. 14. *Safaha*. 15. *Bassata*. 16. *Rijz* (*ûn*) : courroux, opprobre. 17. *Mûsrifin* : « effrénés » (Grosjean), « peuple impie » (Blachère), « peuple de démesure » (Berque). 18. *Mufsidin*. 19. Nous départagera. 20. *Al-Fatihin*. 21. *Makrû Allah*. 22. *Mûslimin*. 23. *Qahirin* : invincibles, puissants, tyranniques. 24. *Tûfan*. 25. Cf. *supra*, note 16. 26. *Yankûtun* : se parjurèrent. 27. *Ghafilin* : ceux qui manquent d'attention, les indifférents, les insoucieux. 28. *Yustad'afûn*. 29. *Ya'richûn*. 30. *Mutabarrûn* : caducité, ruine. 31. *Tubtû ilayka* : j'ai amplifié le terme arabe de « Je reviens à toi ». En fait, Moïse est métamorphosé, en adoration extatique, et ne peut agir comme si de rien n'était. 32. Les Tables de la Loi. 33. *Yarhabûn* : de *rûhban*, ermite ou moine. 34. Peut-être faudrait-il dire des « gentils », pour être en conformité avec l'esprit des autres textes sacrés. 35. *Almanna wa salwa*. 36. *Hittatûn*. 37. Cf. sourate II, verset 65. 38. Le Sinaï. 39. *Insalakha* : s'en défit, « s'en dépiauta » (Berque). 40. *Al-djinni walinsi*. 41. Cf. *Dictionnaire encyclopédique du Coran*. 42. *Yûlhidûn*. 43. *Matin* : ferme, solide. 44. *Tûghyanihim* : leur divagation, leur rébellion, leur révolte. 45. Exactement *rûh*, âme, esprit. 46. *Salihin* : « les Saints » (Blachère), plutôt les Justes, ceux qui font le bien (de *sûlh*). 47. *Bil-'ûrfi*. 48. *Tayfûn min ach-chayatin*.

LES PRISES DE GUERRE (AL-ANFAL)

Révélée à Médine, 75 versets

Au nom d'Allah, le Clément, le Miséricordieux

1 - Ils t'interrogeront sur le butin[1], dis : Le butin revient à Allah et à Son prophète. Craignez Allah, établissez la concorde entre vous et obéissez à Allah et à Son prophète, pour autant que vous soyez croyants.

2 - Les vrais croyants sont ceux dont le cœur est submergé d'émotion[2] lorsqu'ils entendent le nom d'Allah – leur foi augmente aussi lorsqu'ils entendent la récitation des versets – et qui pour tout s'en remettent à Dieu, leur Seigneur.

3 - Ceux qui observent les prières et qui dépensent en aumône une partie des biens que Nous leur avons octroyés.

4 - Ceux-là sont de véritables croyants. Ils seront placés à des degrés élevés auprès du Seigneur et recevront de Lui pardon et une grande attribution.

5 - De même qu'en vérité ton Seigneur t'a fait sortir de ta maison, tandis qu'une fraction des croyants ne le souhaitait pas.

6 - Ils ratiocinent avec toi en matière d'Évidence, alors qu'elle leur est apparue, comme s'ils étaient emmenés à la mort en étant leurs propres spectateurs.

7 - Ainsi, lorsque Allah vous promettait que l'une des troupes se rendrait à vous, vous aviez établi que seuls les

moins braves le feraient. Mais Allah a voulu que la vérité triomphe en imposant Son verbe et en éradiquant les mécréants.

8 - Que la vérité s'impose et que cède le faux, quand bien même les criminels ne l'accepteraient pas.

9 - Quand vous aviez demandé l'aide de votre Seigneur, Il vous a dit en retour : Je mets à votre disposition, les uns après les autres, mille anges[3].

10 - Cette bonne nouvelle[4] est censée vous apaiser, car la victoire vient d'Allah et seul Allah est le Puissant, le Sage.

11 - Et quand Il vous enveloppait de sommeil, gage de sécurité venu de Lui, Il fit descendre une eau du ciel pour vous purifier et vous laver de la souillure de Satan, pour affermir vos cœurs et renforcer vos pas.

12 - Quand ton Seigneur révélait aux anges : Je suis solidaire avec vous. Renforcez ceux qui ont cru, quant à Moi je jetterai l'effroi dans le cœur de ceux qui n'ont pas cru. Frappez-les au-dessus du cou ; frappez aussi chaque doigt.

13 - Tout cela parce qu'ils se séparèrent d'Allah et de Son prophète. Or, quiconque se sépare d'Allah[5] et de Son prophète, Allah sera pour lui d'un tourment extrême.

14 - Goûtez-le donc et, pour les incroyants, le châtiment du feu les attend.

15 - Ô vous les croyants, si vous rencontrez les incroyants marchant en rangs serrés en vue de vous attaquer, ne leur tournez pas le dos.

16 - Celui qui, ce jour-là, battra en retraite – hormis pour ceux qui se préparent à un autre combat ou qui rejoignent un autre corps d'armée –, celui-là subira la colère d'Allah. Son séjour sera la géhenne et le sort avilissant qui l'accompagne.

17 - Vous ne les aurez pas tués, car Allah les a tués. Tu n'as pas décoché de flèches lorsque tu en décochais : c'est Allah qui a décoché, cela pour mettre à l'épreuve, et de manière favorable, les croyants. Allah est Celui qui entend et qui sait.

18 - Telle est votre situation. Sachez cependant qu'Allah anéantit la ruse des infidèles.

19 - Si vous voulez la conquête, [ô incrédules] elle vous est due. Si vous cessez de combattre, cela est mieux pour vous. Mais si vous recommencez, Nous recommencerons. Votre nombre ne vous sera d'aucun secours, car Allah est d'abord avec les croyants.

20 - Ô vous les croyants, obéissez à Allah et à Son prophète, et ne vous en détournez pas, puisque vous entendez.

21 - Et ne soyez pas comme ceux qui prétendent avoir entendu et qui en fait n'entendent rien.

22 - Les pires des bêtes[6] aux yeux d'Allah sont celles qui n'entendent pas et ne disent rien ; celles qui ne sont pas douées de raisonnement.

23 - Si Allah leur avait trouvé quelques mérites, Il les aurait fait entendre [Ses paroles] ; mais, même s'ils avaient entendu, ils se seraient sûrement détournés et écartés de Lui.

24 - Ô vous les croyants, répondez à l'appel d'Allah et de Son prophète, lorsqu'Il vous invite à la vie. Sachez qu'Allah s'immisce entre l'homme et son cœur, et c'est encore autour de Lui que vous serez rassemblés.

25 - Craignez la tentation, car elle n'atteint pas seulement ceux qui, parmi vous, ont été injustes. Sachez qu'Allah est terrible dans Son châtiment.

26 - Rappelez-vous lorsque vous étiez en petit nombre, affaiblis sur terre et craignant d'être mis en captivité par les

gens, et qu'Il vous a donné refuge, aidés, secourus et attribué d'excellentes victuailles, afin que vous soyez reconnaissants.

27 - Ô vous les croyants ! Ne trahissez pas Allah et Son prophète : trahirez-vous vos propres promesses, alors que vous en êtes informés ?

28 - Sachez que vos biens et vos enfants sont une mise à l'épreuve, alors qu'auprès d'Allah vous attend une récompense magnifique !

29 - À ceux qui croient : en craignant Allah, Il saura vous aider à distinguer le bien du mal[7], Il abolira vos mauvaises actions et vous pardonnera. Dieu est le plus grand dispensateur de grâce.

30 - Et quand ceux qui, incroyants, établissaient leurs stratagèmes pour t'arrêter, te tuer ou t'exiler. Ils complotèrent à l'égard d'Allah, mais Allah est bien meilleur en matière de stratagèmes.

31 - Lorsque Nos versets leur sont récités, ils s'écrièrent : Nous avons entendu et si nous voulions, nous pourrions dire aussi bien ! Ce ne sont là que fables anciennes.

32 - Et quand ils disaient : Dieu ! Si c'est cela Ta vérité, fais pleuvoir sur nous du ciel une flopée de pierres ou prépare-nous un châtiment terrible !

33 - Mais Allah n'a pas vocation à les châtier, alors que tu es parmi eux, Allah n'a pas à tourmenter ceux qui demandent à être pardonnés.

34 - Pourquoi Allah ne les châtierait-Il pas, alors qu'ils se détournent de la Mosquée sacrée en éloignant les adeptes ? Ils n'étaient pas ses gardiens, car ses gardiens sont ceux qui craignent Dieu, mais la plupart l'ignorent.

35 - Leur prière au sein de la Maison n'est que charivari et bruits divers. Goûtez au châtiment de votre incroyance.

36 - Car les incroyants dépensent leurs biens pour éloigner les bons fidèles du chemin d'Allah. Ils feront ces dépenses, mais ils seront contraints et vaincus. Les infidèles seront finalement rassemblés dans la géhenne...

37 - ... de façon qu'Allah distingue le traître[8] du sincère[9] et qu'Il mette en tas le traître avec le traître. Après quoi, Il les mettra dans la géhenne, car tous seront les perdants.

38 - Dis à ceux qui sont infidèles que, s'ils cessent, toute leur infidélité passée leur sera pardonnée. Mais, s'ils recommencent, ils seront châtiés à l'image de ceux qui les ont devancés.

39 - Combattez-les jusqu'à ce que la dissension soit anéantie et que le culte soit entièrement consacré à Allah. Mais, s'ils s'arrêtent, Allah voit parfaitement ce qu'ils font.

40 - S'ils rebroussent chemin, sachez qu'Allah est votre Seigneur. Excellent Maître et excellent Protecteur.

41 - Sachez que, sur tout butin que vous engrangez, le quint revient à Allah, au Prophète, aux proches de celui-ci, aux orphelins, aux pauvres, aux voyageurs, si vous croyez en Allah et à ce que Nous avons révélé à Notre serviteur au jour de la distinction[10], soit le jour où les deux factions se rencontrèrent[11]. Allah est puissant en tout.

42 - Vous étiez sur le versant le plus proche, tandis que vos adversaires étaient sur le versant le plus éloigné. Les cavaliers étaient en contrebas. À supposer que vous vous soyez donné rendez-vous, vous n'auriez pas pu choisir celui-ci. De sorte que le décret divin soit toujours assuré et que celui qui périsse tombe selon des preuves et que celui qui survive puisse survivre selon ces preuves. Allah est Celui qui entend et qui sait.

43 - Lorsque, dans un de tes rêves, Allah te montrait le camp ennemi bien moins imposant que dans la réalité. Car,

s'Il t'avait montré des ennemis plus nombreux, tu aurais été découragé et vous auriez trop discuté l'ordre. Mais Allah a apaisé les cœurs, étant Celui qui connaît ce qu'ils cachent.

44 - Et lorsqu'Il vous les montrait peu nombreux à vos yeux au moment de la rencontre et qu'Il réduisait votre nombre à leurs yeux, de sorte que l'ordre conçu par Allah soit exécuté. À Allah, tout [ordre] Lui revient.

45 - Ô vous qui croyez, si vous rencontrez une troupe, soyez fermes sur vos positions et invoquez beaucoup Allah, peut-être serez-vous les bienheureux.

46 - Obéissez à Allah et à Son prophète. Ne vous disputez pas afin de ne pas fléchir et que le vent de la victoire tourne en votre faveur. Soyez patients, Allah est du côté de ceux qui patientent.

47 - N'imitez pas ceux qui, sortant de leurs demeures, se montraient exubérants et démonstratifs, et qui, ce faisant, s'éloignaient du chemin d'Allah. Allah a bien cerné ce qu'ils faisaient.

48 - Et quand bien même Satan embellissait leurs actes en leur disant : Il n'y a personne aujourd'hui pour vous vaincre. Je suis à vos côtés. Or, lorsque les deux camps se présentèrent l'un à l'autre, il rebroussa chemin en disant : Je ne me porte plus garant de vous, car je vois ce que vous ne voyez pas. J'ai peur d'Allah, Allah est terrible en Son châtiment.

49 - Quand les hypocrites et leurs émules au cœur endurci disaient : Ceux-là, c'est leur religion qui les a trompés. Au contraire, celui qui s'en remet à Allah sait qu'Allah est puissant et sage.

50 - Si tu voyais ceux qui, une fois morts, sont rappelés par les anges qui les frappent au visage et sur le dos en leur disant : Goûtez le tourment violent du feu !

51 - Tout cela en raison de vos mauvaises actions. Allah n'est en rien injuste à l'égard de Ses sujets.

52 - Tel a été le sort de la famille de Pharaon et de ceux qui les ont précédés. Ils se sont montrés incrédules quant aux signes de Dieu, Dieu les a saisis pour leurs péchés, Dieu étant fort, et très puissant quant à Son châtiment.

53 - En effet, Allah ne change en rien la bonne fortune qu'Il a accordée à un peuple sans que celui-ci change l'état de son cœur. Allah est Celui qui entend et Celui qui sait.

54 - Tel a été le sort de la famille de Pharaon et de ceux qui l'ont précédé. Ils ont traité Nos signes de mensonges. Aussi, Nous les avons anéantis en raison même de leurs péchés. Nous avons noyé les gens de Pharaon, car ils furent tous injustes.

55 - La pire engeance aux yeux d'Allah est composée des incroyants qui s'obstinent à ne pas croire.

56 - Ceux avec lesquels tu as passé alliance, mais qui régulièrement ne cessent de rompre cette alliance, ils ne craignent pas Dieu.

57 - À moins de les acculer à la guerre et de disperser ceux qui les entourent. Peut-être reviendront-ils à de meilleures dispositions ?

58 - Sauf si tu crains une trahison de la part d'un groupe, cesse toute action avec eux et rétablis la vérité, car Allah n'aime pas les traîtres.

59 - Que les incroyants ne pensent pas avoir gagné, ils ne Nous réduisent pas à l'inaction.

60 - Armez-vous contre eux de toutes les forces que vous pourrez et de chevaux afin de jeter l'effroi dans le cœur de l'ennemi d'Allah et le vôtre. Il est d'autres ennemis que vous ne connaissez pas, mais qu'Allah connaît. Tout ce que

vous dépensez dans la voie d'Allah vous sera intégralement rendu, et vous ne serez point lésés.

61 - Si, au contraire, ils en appellent à la paix, fais-en de même. Remets-toi à Allah, Il est Celui qui entend, Celui qui sait.

62 - Mais s'ils veulent t'abuser... Allah te suffira. Il t'a confirmé dans Sa victoire, ainsi que par l'assistance des croyants.

63 - Il a scellé leurs cœurs grâce à une amitié affectueuse. Tu aurais dépensé tout ce qui se trouve sur terre, tu n'aurais pas réussi autant à sceller leurs cœurs, mais Allah a réussi à les unir grâce à cette amitié. Il est puissant et sage.

64 - Ô Prophète, Allah te suffit, ainsi que ceux qui, parmi les croyants, t'ont suivi.

65 - Ô Prophète, galvanise les croyants dans le combat. Vingt d'entre vous plus endurants prendront le dessus sur deux cents, cent d'entre vous gagneront mille incroyants, car ceux-ci constituent un peuple qui ne comprend pas.

66 - Voilà qu'Allah allège encore votre peine, car Il a su qu'une certaine faiblesse se faisait jour en vous. Aussi, pour cent d'entre vous qui sont endurants, ils vaincront deux cents ; et si vous étiez mille, vous vaincriez deux mille. Tout cela avec la volonté d'Allah. Allah est aux côtés des persévérants.

67 - Il n'est pas donné à un prophète de disposer des captifs avant qu'il ait sévi [12] sur terre, en soumettant les infidèles. Vous recherchez les profits de cette terre, alors qu'Allah recherche la fin dernière. Allah est puissant et sage.

68 - N'eût été un écrit venu d'Allah préalablement, vous auriez essuyé un grand tourment pour prix de ce que vous avez pris.

69 - Mangez de ce qui vous échoit en matière de butin

légalement acquis et qui soit bon. Craignez Allah, car Allah est Celui qui pardonne, Il est le Miséricordieux.

70 - Ô Prophète, dis aux prisonniers qui sont tombés entre vos mains : Si Dieu sait que leurs cœurs renferment quelque bien, Il leur insufflera un bien plus grand que celui dont ils étaient privés, et leur pardonnera. Car Dieu est Celui qui pardonne. Il est le Miséricordieux.

71 - Mais s'ils veulent te trahir, ils ont déjà trahi Allah auparavant, mais Allah vous a donné l'avantage. Allah est Celui qui sait, Il est sage.

72 - Ceux qui ont cru, qui ont émigré avec toi et mené combat à l'avantage d'Allah, tant avec leurs biens propres qu'avec leurs personnes, ceux qui les ont accueillis et qui les ont aidés dans leur victoire, tous ceux-là sont les alliés les uns des autres. Les croyants qui n'ont pas émigré, tu ne leur dois rien tant qu'ils n'ont pas émigré. S'ils te demandent quelque assistance au nom de la religion, il t'incombe de leur prêter assistance, sauf si cela devait se faire au détriment d'un éventuel pacte que tu aurais passé avec un autre groupe. Allah est clairvoyant quant à vos actes.

73 - Ceux qui n'ont pas cru sont des alliés les uns pour les autres. Si vous n'agissez pas en conséquence, il se produira une grande dissension sur terre [13] et un grand désordre s'ensuivra.

74 - Quant aux croyants qui ont émigré, qui ont mené combat dans la voie d'Allah, de même que ceux qui leur ont accordé l'hospitalité et qui, de ce fait, les ont aidés à vaincre, ceux-là sont les vrais croyants. Ils recevront un pardon et une immense récompense.

75 - Ceux qui ont cru et après ont émigré, et qui, ce faisant, ont mené combat auprès de vous, ceux-là sont des vôtres. Cependant, ceux qui sont affiliés les uns aux autres par les

liens du sang ont une priorité sur eux, en vertu même du Livre d'Allah, car Allah est au courant de toute chose.

NOTES

1. *Al-anfal* : les prises de guerre ou le butin, l'un et l'autre sont donnés en titre de la sourate. **2.** *Wajilat qûlûbûhûm* : remplis d'effroi ou de crainte (Kasimirski). **3.** *Mûrdifin* : « mille anges ayant compagnon en croupe » (Blachère). **4.** *Bûchra.* **5.** *Chaqqa, yûchaqiqû.* **6.** *Dabba,* pl. *dawabi.* **7.** *Fûrqan* : distinction du bien et du mal, distinction ou salvation (Blachère). **8.** *Al-khabit* : le pernicieux. Cf. verset 58 de cette même sourate. **9.** *Tayyib* : du bon. **10.** *Fûrqan.* Cf. *supra*, note 7. **11.** Peut-être durant la bataille de Badr, en 624, soit l'an 2 de l'hégire. Cf. Coran, III, 123. **12.** *Yûthkhina.* **13.** *Fitna fîl-ard.*

Sourate IX

LA REPENTANCE (AT-TAWBA)

Révélée à Médine, 129 versets[1]

1 - [Tel est le] désaveu de Dieu et de Son prophète pour le pacte que vous avez conclu avec les polythéistes.

2 - Allez partout sur terre durant quatre mois[2] et sachez que vous n'échapperez pas à Allah, car Allah humilie les incroyants.

3 - Et proclamation d'Allah et de Son prophète en direction des pèlerins au moment du grand pèlerinage[3]. Que ceux-ci sachent qu'Allah et Son prophète désavouent les polythéistes ! Si vous vous repentez, c'est mieux pour vous, mais si vous vous détournez [de la bonne voie], sachez que vous ne réduirez pas la volonté d'Allah. Annonce à ceux qui n'ont pas cru quel tourment pénible les attend.

4 - À l'exception des polythéistes avec lesquels vous avez conclu un pacte et qui, de surcroît, n'ont pas manqué à leur parole, ni encouragé qui que ce soit à votre encontre. Vous respecterez ce pacte durant la période pour laquelle il a été établi, car Allah aime les gens qui Le craignent.

5 - Lorsque les mois sacrés se seront écoulés, combattez les idolâtres là où vous les trouverez. Prenez-les, assiégez-les et attendez-les en embuscade. S'ils se repentent, se mettent à prier et s'acquittent de leur aumône, vous les laisserez en paix. Allah est Celui qui pardonne, Il est miséricordieux.

6 - Si l'un des infidèles te demande l'hospitalité, accorde-la-lui de façon à lui faire entendre la parole d'Allah. Puis

conduis-le en un lieu sûr, car il fait partie d'un peuple qui ne sait pas.

7 - Comment les polythéistes peuvent-ils se prévaloir d'un pacte avec Allah et auprès du Prophète, en dehors de ceux avec lesquels vous avez conclu un pacte dans la Mosquée sacrée ? Tout le temps qu'ils agiront avec droiture avec toi, tu agiras avec droiture avec eux, car Allah aime ceux qui Le craignent.

8 - Comment est-ce possible ? S'ils prennent le dessus sur vous, ils ne respectent aucun pacte ni engagement. S'ils te donnent satisfaction par les mots, leurs cœurs se refusent à le faire. La plupart ne sont que des pervers.

9 - Ils ont troqué les signes d'Allah pour un vil prix et se sont écartés de Sa voie. Peu honorable était ce qu'ils faisaient.

10 - Ils ne respectent à l'égard des croyants ni pacte ni engagement. Ceux-là sont les transgresseurs.

11 - S'ils reviennent à Dieu, s'acquittent convenablement de leurs prières et de leur aumône, ils seront alors vos frères en religion. Nous expliquons Nos versets pour un peuple qui comprend.

12 - S'ils violent leur serment après le pacte qu'ils ont contracté et s'ils dénigrent votre religion, combattez leurs mentors en impiété[4], qui ne tiennent aucun engagement. Peut-être cesseront-ils !

13 - Ne combattrez-vous pas un peuple qui a rompu ses alliances, qui a voulu expulser le Prophète et qui vous a attaqués en premier ? Les craignez-vous ? Allah est Celui qu'il faut craindre en vérité, si vous êtes croyants.

14 - Combattez-les. Allah les punira par vos mains. Il leur fera honte et fera de vous les vainqueurs. Il guérira le cœur du peuple des croyants.

15 - Il éloignera la colère de leurs cœurs. Allah revient de Sa colère au bénéfice de qui Il veut. Allah est le plus savant, le plus sage.

16 - Croyez-vous que vous serez abandonnés à votre sort et qu'Allah ne connaît pas ceux qui parmi vous ont combattu, sans qu'ils prennent d'autres dieux en dehors d'Allah, du Prophète et des croyants ? Allah est au courant de ce que vous faites.

17 - Il n'est pas donné aux polythéistes de fréquenter les mosquées d'Allah, dès lors qu'ils témoignent contre eux-mêmes de leur incroyance. Ceux-là verront leurs œuvres s'annuler et demeureront dans le feu immuablement.

18 - Ne fréquentera les mosquées d'Allah que celui qui croit en Allah et au Jour dernier, qui observe ses prières, qui s'acquitte de son aumône et qui ne craint qu'Allah. Peut-être ceux-là seront-ils parmi les bien guidés.

19 - Considérez-vous que celui qui sert les pèlerins en eau ou qui entretient la Mosquée sacrée est semblable aux yeux d'Allah à celui qui croit en Allah, au Jour dernier et qui mène un combat dans le sentier d'Allah ? Non, ils ne sont pas égaux aux yeux d'Allah. Allah n'oriente pas dans le bon chemin le peuple coupable d'iniquité.

20 - Ceux qui ont cru, qui ont émigré [avec le Prophète], qui ont combattu dans le sentier d'Allah, en ayant sacrifié leurs biens et leurs personnes, sont placés auprès d'Allah au rang le plus élevé. Ceux-là sont les gagnants.

21 - Leur Seigneur leur annonce une miséricorde émanant de Lui, une satisfaction et des jardins où ils trouveront des délices pérennes.

22 - Où ils demeureront éternellement et de manière immuable. Auprès d'Allah, une immense récompense.

23 - Ô vous les croyants, ne prenez pas vos alliés parmi vos

pères ou vos frères s'ils préfèrent l'incroyance à la foi. Ceux qui les prennent comme tuteurs, ceux-là sont en réalité les injustes.

24 - Dis : Si vos pères, vos enfants, vos frères, vos épouses et votre tribu[5], vos biens déjà acquis ou votre commerce qui vous semble battre de l'aile, ainsi que les demeures qui vous donnent pleine satisfaction, sont plus agréables à vos yeux qu'Allah, Son prophète ou le combat pour l'affirmation de Son chemin, alors attendez[6] jusqu'à ce qu'Allah vienne avec Son décret. Allah n'oriente pas dans le bon chemin le peuple des pervers.

25 - Allah vous a porté secours en de nombreux lieux et situations, comme en ce jour de Hounayn[7] où, grisés par le nombre de votre armée, cela ne vous a servi en rien. Si bien que la terre, pourtant bien vaste, vous a paru étroite au point que vous fîtes demi-tour.

26 - Puis Allah fit descendre Sa quiétude[8] sur Son prophète et sur les croyants, et fit descendre toute une armée qui vous était invisible. Il mit au supplice les incroyants, car telle est la rétribution des incroyants.

27 - Après quoi, Allah pardonne à qui Il veut, Il est Celui qui pardonne, le Miséricordieux.

28 - Ô vous qui croyez, les polythéistes ne sont qu'impureté. Qu'ils ne s'approchent pas de la Mosquée sacrée après cette année-ci. Si vous redoutez une pénurie[9], Allah vous dotera s'Il le veut de Ses faveurs. Allah est Celui qui sait, Celui qui est sage.

29 - Combattez[10] ceux qui ne croient pas en Dieu et au Jour dernier, et qui ne déclarent point illicite ce qu'Allah et Son envoyé ont déclaré tel, ceux qui n'observent pas la religion du Vrai[11], alors qu'ils sont dépositaires d'un Livre sacré, tous ceux-là il faut les combattre jusqu'à ce qu'ils

aient payé la capitation [12] d'une main et qu'ils manifestent une grande humilité [13].

30 - Les juifs ont dit : Ozaïr est fils de Dieu [14]. Les chrétiens disent : Le Messie est fils de Dieu. C'est bien ce que prononcent leurs bouches. Mais, ce faisant, ils imitent ceux qui n'ont pas cru par le passé. Qu'Allah les combatte ! Ils se sont fourvoyés.

31 - Ils se sont donné des moines, des rabbins et le Messie, fils de Marie, comme divinités rivales d'Allah, quand bien même ils reçurent l'ordre de n'adorer que le Dieu Un. Il n'y a pas d'autres dieux que Lui, qu'Il soit glorifié comme étant supérieur à ceux qu'ils Lui associent.

32 - Ils veulent ainsi éteindre de leurs bouches la lumière d'Allah, alors qu'Allah ne veut rien d'autre que parachever Sa lumière, nonobstant l'aversion des incroyants.

33 - C'est Lui qui a envoyé Son prophète muni de la bonne guidance et de la religion de la vérité de façon à la faire prévaloir sur les autres, même si cela devait révulser les idolâtres.

34 - Ô vous qui croyez, sachez que beaucoup de docteurs de la Loi et de moines dévorent les biens des gens en se réclamant de vaines paroles et les éloignent du chemin de Dieu. Quant à ceux qui thésaurisent l'or et l'argent sans les dépenser dans le chemin de Dieu, tu leur annonceras un tourment cruel.

35 - Le jour où [or et argent] seront fondus dans le feu de la géhenne et que seront marqués au fer leurs fronts, leurs flancs et leurs dos : Voici donc vos trésors, goûtez maintenant à l'autre trésor que vous thésaurisiez.

36 - Le nombre des mois auprès d'Allah est de douze, ainsi qu'il est révélé dans le Livre le jour même où Allah a créé les cieux et la terre. Parmi ces mois, quatre sont sacrés,

car tel est le culte immuable. Durant ces mois, il vous est recommandé de ne pas être injustes envers vous-mêmes, mais combattez sans merci les polythéistes, autant qu'ils vous combattent. Sachez qu'Allah est auprès de ceux qui Le craignent.

37 - Le mois intercalaire [15] est un surcroît d'impiété qui éloigne davantage les incroyants. Ils le déclarent licite une année et le déclarent illicite une autre année, de façon à le faire correspondre avec le nombre sacré de mois prescrit par Allah. Ainsi, ils déclarent non sacré ce qu'Allah a déclaré sacré. Il a embelli leurs mauvaises actions, mais Allah n'oriente pas le peuple des incroyants.

38 - Ô vous qui croyez, qu'avez-vous à ne rien faire et à vous trouver si lourds lorsqu'il vous est crié : Venez combattre dans le sentier d'Allah ? Vous préférez la vie immédiate à la vie future, mais que valent les agréments de cette vie terrestre dans l'au-delà, sinon peu de chose ?

39 - Si vous ne partez pas en campagne dans la voie d'Allah, vous subirez un tourment cruel. Il substituera à votre place un autre peuple, et vous ne pourrez aucunement Lui nuire. Allah est puissant en toute chose.

40 - Si vous ne le sauvez pas [le Prophète], Allah le sauvera : lorsqu'il était banni par ceux qui n'ont pas cru, il s'est trouvé dans la grotte [16] avec son autre compagnon [17] à qui il disait : Ne sois pas triste, Allah est de notre côté. Allah a alors fait descendre Sa quiétude [18] sur lui et l'a soutenu grâce à des soldats que vous ne voyiez pas. La parole de ceux qui n'ont pas cru s'est vue ainsi amoindrie, tandis que celle d'Allah s'imposait. Allah est puissant, tout de sagesse.

41 - Lancez-vous, légers ou lourds [19]. Combattez dans la voie tracée par Allah en usant de vos biens et de vos personnes, car cela est mieux pour vous, si au moins vous le saviez.

42 - Si la distance était courte, et le voyage accessible, ils t'auraient suivi. Mais voilà, la difficulté leur a paru insurmontable. Ils jureront par Allah que, s'ils avaient pu, ils auraient sûrement combattu à tes côtés. Ils se détruisent eux-mêmes, car Allah sait qu'ils mentent.

43 - Qu'Allah te pardonne ! Pourquoi les as-tu autorisés avant que les gens sincères parmi eux ne se manifestent à toi, et que tu ne connaisses les menteurs ?

44 - Ceux qui croient en Allah et au Jour dernier ne te demandent pas de les dispenser de combattre dans le sentier de Dieu par leurs moyens et leurs personnes. Allah est au courant des hommes pieux.

45 - Il n'y a que ceux qui ne croient pas en Allah et au Jour dernier qui te demandent la permission, car leurs cœurs sont pétris de doute, ils ne font qu'hésiter dans leur incertitude.

46 - S'ils avaient voulu aller au combat, ils se seraient préparés correctement. Mais Allah déteste leur fausse impulsion, Il les a immobilisés. Il leur fut dit : Restez avec ceux qui restent !

47 - S'ils avaient pris part à votre expédition, ils n'auraient ajouté que du désordre, et contribué à jeter le doute et la division dans vos rangs. D'autant que, parmi vous, il est des oreilles prêtes à les écouter. Allah est au courant des injustes.

48 - La division, ils l'ont déjà suscitée auparavant, en chamboulant l'ordre des choses jusqu'au moment où, la Vérité s'étant produite, l'ordre d'Allah s'est érigé bien malgré eux.

49 - Parmi eux, certains disent : Permets-moi de rester et n'augmente pas ma tentation. Mais, dans la tentation, ils y sont déjà. Certes, la géhenne encercle les incroyants.

50 - Si tu es gagné par une grande satisfaction, cela leur

déplaît et les attriste ; si, en revanche, tu subis un revers, ils s'empressent de dire : Nous avons pris nos précautions, ils tournent les talons et s'en vont, joyeux !

51 - Dis : Rien ne nous atteint que ce qui est écrit par Allah en notre faveur, Il est notre Maître et c'est à Allah que les croyants se remettent.

52 - Dis : Qu'attendez-vous pour nous, sinon l'une des deux récompenses [la victoire ou le martyre], alors que nous, nous attendons qu'Allah vous atteigne d'un tourment venu de Lui ou par le truchement de nos mains. Attendez donc, nous sommes en train d'attendre avec vous.

53 - Dis : Consacrez votre part d'aumône de bon gré ou à contrecœur, elle ne sera pas acceptée, car vous êtes un peuple de corrompus.

54 - Ce qui a empêché que cette aumône soit acceptée est le fait qu'ils aient douté d'Allah et de Son prophète, ne s'acquittent de leurs prières qu'en le faisant de mauvaise grâce [20] et ne consentent à donner leur obole qu'avec aversion.

55 - Ni leurs biens, ni leurs enfants ne peuvent t'impressionner. Allah veut les mettre aux fers par ce biais durant la vie immédiate, leur âme les quitte, alors qu'ils sont incroyants.

56 - Ils font le serment au nom d'Allah qu'ils font partie de vous, mais ils n'en sont pas. Ils ont seulement peur !

57 - S'ils trouvaient un lieu sûr, des grottes ou un antre quelconque, ils s'y réfugieraient sans attendre.

58 - Il en est même parmi eux qui te dénigrent au sujet des aumônes : pour peu qu'ils en reçoivent une part, les voilà tout satisfaits ; mais s'ils n'ont rien, voilà qu'ils se fâchent pour de bon.

59 - Si au moins ils avaient accepté ce qu'Allah et Son

prophète leur ont apporté et s'ils avaient déclaré : Allah nous suffit. Allah nous pourvoira de Sa grâce, de même que le Prophète, car notre inclination est vers Allah.

60 - Quant à l'aumône[21], elle est destinée aux pauvres, aux miséreux, aux agents qui la perçoivent[22], à ceux dont les cœurs se sont ralliés à la foi, aux esclaves en vue de leur affranchissement, aux endettés dans la voie du Seigneur et aux voyageurs. C'est une obligation divine[23], Dieu est le mieux informé et le plus sage.

61 - Il y a ceux qui s'en prennent au Prophète en disant qu'il est « tout oreille ». Dis-leur : Oreille du bien en votre faveur. Il croit en Allah et donne crédit aux croyants ! En cela, il est une miséricorde pour ceux d'entre vous qui croient. Mais ceux qui portent préjudice au Prophète subiront un châtiment cruel[24].

62 - Ils prêteront serment sur Allah en vue de vous plaire, mais Allah et Son prophète sont en droit, eux, d'être plus que satisfaits, s'ils sont des croyants.

63 - Ne savent-ils donc pas que celui qui s'oppose à Allah et à Son prophète recevra en rétribution le feu de la géhenne où il demeurera éternellement ? Telle est la honte suprême.

64 - Les hypocrites craignent qu'une sourate du Coran ne soit révélée à leur intention et ne dévoile ce que contiennent leurs cœurs. Réponds-leur : Continuez vos railleries, Allah fera sortir ce que vous cachez !

65 - Si tu les interroges, ils répondent : Nous ne faisions que jouer, c'est de la plaisanterie. Dis : Vous plaisantiez au sujet d'Allah, de Ses signes et de Son prophète ?

66 - Ne vous cherchez pas d'excuses : vous êtes tombés dans l'incroyance après que vous eûtes embrassé la foi. Si

Nous pardonnons à un groupe parmi vous, Nous châtierons les autres, car ils auraient été coupables.

67 - Les hypocrites, qu'ils soient hommes ou femmes, s'ordonnent mutuellement le mal et s'opposent au bien. Ils serrent leurs mains, oubliant Allah qui les oublie aussi. Les hypocrites sont des pervers !

68 - Allah a promis aux hypocrites, qu'ils soient hommes ou femmes, et aux infidèles le feu de la géhenne. Ils y demeureront éternellement en guise de prix et de malédiction d'Allah. Ils auront encore un châtiment durable.

69 - À l'instar de ceux qui vous ont précédés, qui étaient plus forts, plus fortunés, et avaient beaucoup d'enfants : ils avaient apprécié leur condition. Appréciez la vôtre comme ceux qui vous ont précédés ont apprécié la leur. Vous avez spéculé autant qu'eux. Leurs actions ont été taxées de nullité dans la vie immédiate comme dans la vie future. De fait, ils sont les perdants.

70 - L'histoire ne leur est-elle pas parvenue ? Celle de leurs devanciers ? Les peuples de Noé, de 'Ad, de Thamoud et le peuple d'Abraham, les gens de Madian et les cités renversées : leurs prophètes sont venus avec des signes clairs. Allah n'a pas été injuste à leur égard, ils furent injustes envers eux-mêmes.

71 - Les croyants et les croyantes s'accordent des protections mutuelles. Ils ordonnent le bien et interdisent le mal. Ils s'appliquent à la prière, font l'aumône et obéissent à Allah et à Son prophète. À ceux-là, Allah fera miséricorde, Allah étant le Puissant, le Sage.

72 - Allah a promis aux croyants et aux croyantes des jardins où couleront des rivières. Ils y demeureront éternellement, auront de belles demeures dans le jardin d'Éden, sans compter la satisfaction d'Allah qui est la plus grande. C'est cela, le plus grand succès.

73 - Ô Prophète, combats les infidèles et les hypocrites. Sois extrêmement ferme envers eux. Leur dernière demeure est la géhenne. Quel funeste destin !

74 - Ils jurent par Allah ne pas avoir dit ce qu'on leur prête, et pourtant ils ont bien prononcé la parole d'incroyance. Infidèles, ils le furent après avoir été musulmans. Ils complotèrent, mais ne réalisèrent pas leur dessein. Pour autant, le peu qu'ils aient retiré, c'est à la faveur d'Allah et de Son prophète qu'ils le doivent. S'ils reviennent de leur erreur, cela sera porté à leur bénéfice ; s'ils se détournent, Allah les mettra au supplice, un supplice cruel, tant ici-bas que dans la vie future. Ils n'auront sur terre ni tuteur, ni sauveur.

75 - Il en est qui promettent à Allah : S'Il nous donne un peu de Sa faveur, nous rétribuerons une part de ces dons et nous gagnerons le statut des justes.

76 - Et lorsqu'une part de Sa faveur leur fut octroyée, ils se montrèrent fort avares, se détournèrent et s'éloignèrent.

77 - Il fit naître l'hypocrisie dans leur cœur jusqu'au jour où ils comparaîtront devant Lui et devront répondre de leurs promesses non tenues à Allah et de leur mensonge.

78 - Ne savent-ils pas qu'Allah connaît leurs secrets et leurs conciliabules ? Allah est le [meilleur] connaisseur des mystères.

79 - Ceux-là dénigrent les croyants volontaires qui donnent quelques aumônes, et tournent en dérision ceux qui n'ont que leur effort à offrir, ceux-là, Allah les tournera en dérision le moment venu et leur préparera un châtiment cruel.

80 - Que tu implores pour eux le pardon ou non, et quand bien même tu l'invoquerais soixante-dix fois, Allah ne leur pardonnera pas en raison de leur incroyance en Lui et en

Son prophète. Allah ne conduit pas dans le bon chemin le peuple des dévoyés[25].

81 - Ceux qui sont restés loin derrière le prophète d'Allah étaient fort aises de leur inaction. En effet, ils répugnaient à combattre dans le sentier d'Allah en utilisant leurs biens ou en s'investissant eux-mêmes. Ils disent : Ne vous engagez pas dans les grandes chaleurs. Réponds : Le feu de la géhenne sera plus fort encore ! Si au moins ils comprenaient.

82 - Qu'ils rient donc un peu ici-bas, ils pleureront beaucoup [dans l'au-delà] pour prix de ce qu'ils auront acquis.

83 - Si Allah te ramène à ce groupe de gens et s'ils te demandent l'autorisation de sortir en vue de combattre, dis-leur : Vous ne sortirez plus jamais avec moi et vous ne combattrez aucun ennemi à mes côtés. Vous vous êtes satisfaits de ne rien faire une première fois, restez donc avec ceux qui sont à l'arrière.

84 - Jamais tu ne conduiras de prière sur la tombe de l'un de ces gens-là, ni ne te tiendras au-dessus de sa tombe. Ils n'ont pas cru en Allah, ni en Son prophète, et ils sont morts dans leur perversité.

85 - Pas plus leurs biens que leurs enfants ne peuvent t'attirer, car Allah veut grâce à cela leur faire subir un cruel tourment en cette vie. Il veut que leur âme les quitte alors qu'ils sont infidèles.

86 - Quand une sourate t'est parvenue dans laquelle il t'est ordonné de croire en Allah et de combattre avec Son Prophète, certains d'entre eux, des privilégiés[26], te demandent de les exempter : Laisse-nous rester avec les gens tranquilles, [ceux qui se sont planqués] à l'arrière.

87 - Ils ont voulu rester à l'arrière avec d'autres. Un sceau a été apposé sur leurs cœurs, mais ils ne comprennent rien.

88 - Mais le Prophète et les croyants qui l'accompagnaient ont combattu corps et biens : à ceux-là, les bienfaits terrestres ; ils seront les bienheureux.

89 - Allah leur a préparé des jardins où couleront des rivières, ils y demeureront éternellement. C'est cela, le plus grand triomphe.

90 - Il est quelques Bédouins qui vinrent requérir ta dispense pour ne pas combattre, alors que ceux qui ont traité de mensonge Allah et Son prophète sont restés à l'arrière. Tous ceux qui ont été infidèles seront atteints d'un tourment cruel.

91 - Aucun grief n'est à retenir contre ceux qui ne peuvent pas combattre[27], les malades et les démunis, à condition qu'ils soient sincères à l'égard d'Allah et de Son prophète, car il n'est point de contrainte à l'encontre des bienfaisants. Allah est Celui qui pardonne, le Miséricordieux.

92 - Il ne sera pas tenu rigueur non plus à ceux qui viennent te voir pour disposer d'une monture. Et lorsque tu leur dis ne pas en disposer, ils repartent, les yeux déversant leurs larmes, et bien tristes de ne pouvoir rien dépenser.

93 - Le reproche n'est valable que pour ceux qui demandent à être exemptés, alors que, étant riches, ils ont souhaité rester à l'arrière, avec les inactifs. Mais Allah a posé un sceau sur leurs cœurs, sans qu'ils le sachent.

94 - Ils s'excuseront de ne pas y avoir participé à votre retour vers eux. Dis : Inutile de vous excuser, nous ne vous croyons pas. Allah nous a mis au courant de ce que vous avez fait. Allah et Son envoyé verront vos actes, puis vous serez ramenés à Celui qui connaît l'invisible et le visible : Il vous dira là ce que vous faisiez.

95 - Quand vous reviendrez vers eux, ils jureront sur Allah pour que vous les abandonniez. Laissez-les, ce ne sont que

souillure et impureté. Leur demeure finale n'est autre que la géhenne, en rétribution de ce qu'ils auront acquis.

96 - Ils vous supplient de les accepter de nouveau, mais si vous, vous les acceptez, Allah n'accepte pas le peuple des pervers.

97 - Les Bédouins[28] sont plus atteints que d'autres par l'incroyance[29], l'hypocrisie, et les plus aptes à transgresser les règles qu'Allah a prescrites à Son envoyé. Allah est le plus informé, il est sage.

98 - Il est de ces Bédouins qui tiennent les dépenses légales faites au profit de la communauté pour une taxe[30] et qui guettent le moment où le vent tournera en leur faveur. Que ce mauvais vent tourne contre eux, Allah est Celui qui entend et qui sait.

99 - D'autres Bédouins au contraire croient en Allah et au Jour dernier et considèrent ces menues dépenses comme un acquis auprès d'Allah, lorsque les prières du Prophète sont également un acquis pour eux. Allah les fera pénétrer en Sa miséricorde. Allah est Celui qui pardonne, Celui qui est miséricordieux.

100 - Ceux qui se sont présentés avant les autres, les premiers parmi les Mûhadjirin et les Ançar[31], et ceux qui les ont suivis dans de bonnes intentions, reçoivent l'agrément d'Allah comme Il a leur agrément. Il leur a préparé des jardins où coulent des rivières, ils y demeureront éternellement. C'est cela, le plus grand succès.

101 - Parmi les Bédouins qui vous entourent, certains sont des mécréants. Même certains hypocrites Médinois s'obstinent dans leur hypocrisie. Tu ne les connais pas, mais nous les connaissons. Nous les tourmenterons deux fois, après quoi ils seront renvoyés vers un châtiment terrible.

102 - D'autres ont reconnu leurs péchés : ils ont mélangé

les bonnes et les mauvaises actions. Peut-être qu'Allah saura leur pardonner, car Allah est Celui qui pardonne et qui fait miséricorde.

103 - Prends de leurs biens une aumône avec laquelle tu purifieras leurs actions et les rendras purs de toute souillure. Fais une prière à leur intention, ta prière est un refuge de quiétude pour eux. Allah est Celui qui entend, Celui qui sait.

104 - Ne savent-ils pas qu'Allah accepte la repentance venue de Ses serviteurs ? Qu'il agrée les aumônes et qu'Il est Celui auquel, repentants, on se confie, étant le Miséricordieux ?

105 - Dis-leur : Faites de bonnes actions, Allah verra vos œuvres, ainsi que Son prophète et les croyants. Vous serez ramenés au monde de l'invisible et du témoignage : il vous informera de ce que vous faisiez.

106 - D'autres sont en attente de la volonté d'Allah : soit Il les tourmentera, soit Il leur pardonnera. Allah est Celui qui sait, le Sage.

107 - Et ceux qui ont entrepris [d'édifier] une mosquée pour nuire et manifester l'impiété et la division au sein des croyants [32], et pour servir de base arrière à ceux qui ont combattu Allah et Son prophète. Ils jurent n'avoir cherché que le bien ! Mais Allah témoigne de fait qu'ils sont des menteurs.

108 - N'y fais aucune prière, jamais ! Une mosquée bâtie sur la piété depuis le premier jour mérite plus que tu y fasses une prière. Il y a là des hommes qui désirent se purifier. Allah aime ceux qui se purifient.

109 - Est-ce que celui qui a bâti sa demeure sur la piété d'Allah et sur Son agrément ne vaut pas mieux que celui qui a bâti sa demeure sur le bord d'un précipice vermoulu

et qui s'est finalement écroulé en l'emportant dans le feu de la géhenne ? Allah n'oriente pas dans le bon chemin le peuple des injustes.

110 - La construction qu'ils ont édifiée demeurera ainsi comme un doute en leur cœur jusqu'à ce que leur cœur se brise. Allah est Celui qui sait, Celui qui est sage.

111 - Allah a acheté aux croyants leur âme et leurs biens au prix du jardin qui les attend. Ils combattent dans le sentier d'Allah : ils tuent et sont tués, en promesse véridique faite dans la Torah, l'Évangile et le Coran. Qui plus qu'Allah est à même de tenir Ses promesses ? Réjouissez-vous donc de l'échange que vous avez conclu. Tel est l'immense succès...

112 - ... les repentants, les orants, ceux qui Le louent, ceux qui Le glorifient, ceux qui s'inclinent devant Lui, ceux qui se prosternent, ceux qui ordonnent le bien et déconseillent le blâmable, et ceux qui respectent les limites prescrites par Allah[33] : fais-en l'annonce aux croyants !

113 - Il n'est pas donné au Prophète et aux croyants de demander pardon à Allah pour les polythéistes, fussent-ils des proches, après qu'il leur fut annoncé qu'ils seront les hôtes de la fournaise.

114 - Le pardon qu'Abraham demanda à Dieu au profit de son père correspondait à une promesse antérieure qui lui avait été faite, mais lorsqu'il vit que son père était l'ennemi de Dieu, il s'affranchit de sa promesse. En effet, Abraham était d'une tournure modeste[34] et longanime.

115 - Allah n'a pas vocation à détourner un peuple après l'avoir bien guidé, pour autant qu'Il leur ait montré ce à quoi ils croient. Allah est au courant de toute chose.

116 - À Allah appartient la royauté des cieux et de la terre.

Il fait vivre et mourir. Vous n'avez en dehors d'Allah ni maître ni protecteur.

117 - Oui, en effet, Allah a pris en compassion le Prophète, les émigrants et les auxiliaires[35] qui l'ont suivi dans les heures difficiles. Il a éprouvé de la compassion pour eux, même si le cœur de certains d'entre eux était sur le point de faillir. Mais Il a eu pitié d'eux. Il était compatissant et miséricordieux.

118 - Quant aux trois qui restèrent à l'arrière, lorsqu'ils sentirent la terre se refermer sur eux, en dépit même de son étendue, leur âme était oppressée. Ils pensèrent qu'il n'est aucun secours contre la rigueur d'Allah en dehors d'Allah Lui-même. Il revient à eux de façon qu'ils reviennent à Lui. Allah est Celui qui agrée le repentir, le Miséricordieux.

119 - Ô vous qui croyez, soyez pieux et soyez parmi les justes.

120 - Il n'est pas accepté de la part des habitants de Médine et des tribus nomades des alentours de rester derrière l'envoyé d'Allah, ni de se chercher plus de confort qu'il n'en a. Aucune soif, fatigue ou faim ne les touchera dans le chemin d'Allah, pas plus qu'ils ne fouleront le sol sans que cela soit source de colère pour les infidèles et sans qu'ils engrangent de bénéfice qui leur soit déjà inscrit. Allah ne dilapide pas la rétribution de ceux qui font le bien.

121 - Ils ne feront aucune dépense, qu'elle soit petite ou grande, et ne franchiront aucune rivière sans que cela soit inscrit en leur faveur, de sorte qu'ils puissent être rétribués par Allah de ce qu'ils auront fait de bien.

122 - Les croyants ne doivent pas tous s'élancer pour la bataille. Pourquoi ne pas déléguer un petit groupe de chaque section de façon à leur permettre de bien intérioriser les règles de leur religion, et d'avertir les leurs en retour ? Peut-être seront-ils sur leurs gardes !

123 - Ô vous qui croyez, combattez ceux des infidèles qui sont dans les contrées voisines et qu'ils trouvent chez vous quelque dureté. Sachez qu'Allah est avec ceux qui Le craignent.

124 - Or, à l'instant où une nouvelle sourate est révélée, certains disent : En quoi celle-ci accroîtra-t-elle la foi de quelqu'un ? De fait, elle accroît la foi de ceux qui croient, joyeux qu'ils sont de cela.

125 - Quant à ceux qui ont le cœur malade, la sourate amplifie leur propre impureté[36]. Ils mourront en étant incroyants.

126 - Mais ne voient-ils pas que, chaque année, ils sont sur le point de se rebeller une ou deux fois ? Pourquoi, ensuite, ne se repentent-ils pas et ne se souviennent-ils pas ?

127 - Dès l'instant où une nouvelle sourate est révélée, ils se regardent les uns les autres en disant : Quelqu'un nous voit-il ? Puis ils s'en détournent, Allah est Celui qui a détourné leurs cœurs, car c'est un peuple qui ne comprend pas.

128 - Un messager issu de vous-mêmes vous a été envoyé, sensible à vos peines et attentif à vous. Il est clément et compatissant à l'endroit des croyants.

129 - Mais s'ils refusent, dis : Allah suffit à me consoler, il n'y a d'autre Dieu que Lui. Je m'en remets à Lui, Il est le Souverain du Trône immense.

NOTES

1. Il est intéressant de noter que la sourate IX n'a pas de formule introductive, comme c'est le cas pour toutes les autres sourates, y compris la fatiha, la « liminaire ». Idéalement, cette formule devait « ouvrir » cette sourate comme toutes les autres, mais son oubli (copiste négligent ?) a été entériné par le calife 'Uthman, troisième calife « bien guidé », au moment de l'établissement de la Vulgate. Depuis, son absence a acquis une sorte d'autorité inversée, une excellence normative. **2.** Les quatre mois sacrés durant lesquels on ne fait pas la guerre sont *Mûharram*, le 1ᵉʳ mois (littéralement : « Interdit »), *Radjab*, le 7ᵉ mois, *Dhûl-Qaada*, le 11ᵉ mois, et *Dhûl-Hijja*, le 12ᵉ mois ou mois du pèlerinage. **3.** *Al-hajj al-akbar.* **4.** Voir « Onze degrés de l'incroyance », in *Dictionnaire encyclopédique du Coran*. **5.** *'Achiratikûm* : votre entourage familial, votre clan. **6.** *Tarabbasû* : soyez aux aguets, soyez patients. **7.** Une vallée située au sud de La Mecque, derrière 'Arafa, à quelques kilomètres seulement de la foire de Dhu al-Madjaz. **8.** *Sakina.* **9.** *'Aylat* : un marasme. **10.** *Qatilû.* **11.** *Din al-haqq.* **12.** *Jiziya* : capitation. **13.** *Saghir.* **14.** Berque traduit Ouzaïr par Esdras. **15.** *Nasi'i.* Le calendrier de l'Arabie ancienne comportait un mois intercalaire, ce qui permettait au rythme des saisons d'être équilibré. Mais Dieu a décrété que ce mois intercalaire était une anomalie, les Bédouins le déclarant licite une année et illicite une autre année, « de façon à le faire correspondre avec le nombre sacré de mois prescrit par Allah » (IX, 37). **16.** *Kahf.* **17.** *Thani al-athnaïn.* **18.** *Sakina.* Cf. note 8. **19.** Sans doute une évocation de la tactique militaire. **20.** *Kûssalä* : paresse. **21.** *Çadaqa.* **22.** *Al-'amilin.* **23.** *Farida.* **24.** Les termes utilisés dans ce verset sont en résonance phonétique les uns avec les autres. En particulier les mots *yûdûna* (porter préjudice à quelqu'un) et *ûdûnun* (oreille, les oreilles). **25.** *Fasiqin* : pervers, dévoyés. **26.** *Ûlû at-tawli.* **27.** *Dhû'afa.* **28.** Il s'agit des Arabes qui habitaient les contrées isolées, les nomades. **29.** *Achaddû kûfran.* **30.** *Maghrama* : une charge injuste, un impôt. **31.** Les *Mûhadjirûn* sont ceux qui ont accompagné le Prophète dans son exil de La Mecque à Médine ; les *Ançar* sont les Médinois qui firent bon accueil au Prophète et à ses compagnons au moment de l'hégire. Une partie de l'histoire de l'islam sera organisée autour de ces deux groupes sociaux fondateurs. **32.** Une certaine mosquée de la Nuisance, *Masdjid ad-dirar*, aurait abrité une révolte contre les armées du Prophète. **33.** *Hûdûd Allah.* **34.** *La awahû* : les traducteurs peinent à donner une seule et même interprétation. Ibn Kathir incline à penser que le mot serait d'origine abyssinienne et aurait pour signification « croyant », « croyant sincère », « affable », etc. Hamza Boubakeur donne « la contribution et la longanimité mêmes ». **35.** De Médine. **36.** *Rijz* : souillure, impureté, une charge supplémentaire.

JONAS (YOUNÈS)

Révélée à La Mecque, 109 versets

Au nom d'Allah, le Clément, le Miséricordieux

1 - Alif. Lam. Ra. Tels sont les signes du Livre de sagesse.

2 - Est-ce donc si incroyable pour les hommes que Nous ayons révélé ceci à un homme d'entre eux : Avertis les hommes et annonce à ceux qui ont cru que, grâce à cette sincérité même, ils seront les plus méritants auprès de leur Seigneur. Les mécréants diront : Ce n'est qu'une magie notoire !

3 - Votre Seigneur Allah est Celui qui a créé les cieux et la terre en six jours. Après quoi, Il s'installa sur le Trône afin d'élaborer l'ordre. Il n'y aura auprès de Lui aucune média-tion, hormis celle qu'Il aura permise. Tel est Allah, votre Seigneur, adorez-Le ! Ne réfléchissez-vous donc pas ?

4 - C'est à Lui que vous reviendrez tous, promesse véridique d'Allah qui instaure la vie et la retire afin de rétribuer ceux qui ont cru et qui ont accompli de belles actions en toute équité. Quant à ceux qui n'auront pas cru et qui auront été infidèles, ils auront, en guise de traitement, une boisson bouillante et un terrible châtiment.

5 - C'est Lui qui a fait du soleil une lumière et de la lune une clarté. Il les a fait se succéder dans le temps de façon à vous permettre le décompte des années et leur comput. Et

si Allah a réalisé tout cela, c'est bien en vertu d'une Vérité selon laquelle Il articule les signes [1] pour un peuple qui sait.

6 - Il y a dans la distinction entre la nuit et le jour, ainsi que dans tout ce qu'Allah a créé dans les cieux et sur terre, des signes pour un peuple qui craint [Dieu].

7 - Ceux qui n'espèrent pas Notre rencontre, se satisfont de la vie immédiate et s'y complaisent en toute quiétude, ceux qui négligent Nos signes,

8 - ceux-là auront le feu en guise de retraite finale, et cela en raison de ce qu'ils ont accumulé.

9 - Ceux qui ont cru, qui se sont acquittés d'œuvres pies, leur Seigneur les conduira convenablement pour leur foi. Ils seront dans un jardin d'Éden où couleront des rivières,

10 - Et où leur invocation sera : Gloire à Toi, ô grandeur d'Allah ! Leur salut : Salam ! Et leur appel final : Louange à Allah, le Maître des mondes !

11 - Si Allah apportait le malheur aux gens à la vitesse à laquelle ceux-ci recherchent le bonheur, leur terme final serait déjà échu. Nous laissons se débattre ceux qui n'espèrent pas Notre rencontre dans leur aveuglement.

12 - Et si le mal atteint l'homme, le voilà qui Nous appelle à ses côtés, qu'il soit assis ou debout. Mais, dès l'instant où Nous le prémunissons du mal pour lequel il Nous a appelé, le voilà qui passe outre son chemin. C'est ainsi qu'Il a embelli aux mécréants [2] ce qu'ils faisaient.

13 - Nous anéantîmes en effet des générations entières avant vous, lorsqu'elles se montrèrent iniques et dès lors qu'elles reçurent sans les croire leurs envoyés avec des signes explicites. C'est de la sorte que nous rétribuons le peuple des mécréants.

14 - Ensuite, nous fîmes de vous leurs héritiers sur terre, de façon à voir comment vous vous conduisiez.

15 - Et lorsque Nos versets explicites leur sont récités, les mécréants qui ne souhaitent pas Notre rencontre disent : Apporte un Coran qui soit différent de celui-ci, ou change celui-là. Dis-leur : Il n'est pas en mon pouvoir de le changer de mon propre chef. Je suis à la lettre ce qui m'a été révélé. Si je devais enfreindre la parole de mon Seigneur, je crains que le tourment d'un jour immense ne s'abatte sur moi.

16 - Dis : Si Allah l'avait voulu, je ne vous l'aurais pas récité et vous n'auriez pas à le percevoir. Je suis resté à vos côtés toute une vie avant cet avènement. Ne le comprenez-vous pas ?

17 - Qui est plus injuste que celui qui profère des mensonges sur Allah, ou sur Ses versets ? Mais les criminels ne seront pas heureux.

18 - Ils adorent en dehors d'Allah des entités qui ne peuvent ni leur nuire, ni leur venir en aide. Ils disent : Ce sont nos intermédiaires auprès Allah. Tu dis : Allez-vous informer Allah de ce qu'Il ne connaît pas dans les cieux et sur terre ? Gloire à Lui. Il est au-dessus de ce que vous Lui associez.

19 - Les hommes formaient une seule communauté, mais ils se divisèrent. N'eût été une parole divine ayant précédé, leur différends auraient été résolus.

20 - Ils disent : Si au moins il lui a été révélé un signe de son Dieu ! Tu dis : L'inconnaissable appartient à Allah. Patientez, je fais partie comme vous des gens qui patientent.

21 - Lorsque Nous fîmes goûter aux gens un peu de Notre miséricorde après qu'un mal les eut atteints, les voilà prêts à ruser contre Nos signes. Dis : Allah est plus prompt à la ruse que vous, et Nos envoyés inscrivent ce que vous tramez.

22 - Il est Celui qui vous guide sur terre et sur mer, y

compris lorsque vous êtes sur un bateau. Ils voguaient à la faveur d'un bon vent, ils étaient joyeux, mais lorsque le gros vent les atteignit, une véritable tornade, et que les vagues les assaillirent de tous côtés et qu'ils se crurent totalement encerclés, ils se mirent à invoquer Allah en L'assurant de leur sincérité : Si Tu nous sauves de ce malheur, disaient-ils, nous Te manifesterons beaucoup de gratitude.

23 - Et lorsqu'Il [Dieu] les eut sauvés, ils se comportèrent sur terre de façon malsaine et inique. Ô vous les gens, vos désirs malsains se retourneront contre vous, même sous la forme d'une jouissance immédiate. Quant à votre fin, elle se fera vers Nous. Nous vous informerons alors de ce que vous faisiez.

24 - La vie immédiate est à l'image de cette eau que Nous faisons descendre du ciel. Au sol, les plantes s'en imbibent, elles sont celles que les humains consomment, ainsi que les bêtes. Lorsque la terre se revêtit de sa parure, devenant si belle, et que ses occupants crurent la dominer, Notre ordre lui parvint de nuit, ou de jour, de sorte qu'elle se dépouilla de tout pour devenir un sol nu, une éteule, à croire qu'elle n'était pas gorgée de vie la veille. C'est ainsi que Nous exposons Nos signes pour un peuple qui réfléchit.

25 - Allah invite à la demeure de la paix et dirige qui Il veut sur le droit chemin.

26 - Ceux qui se sont acquittés ici-bas de bonnes actions recevront une récompense, et bien meilleure. Leur visage ne sera point assombri par la poussière, et moins encore par l'humiliation. Ils seront les hôtes du paradis où ils demeureront pour l'éternité.

27 - Ceux qui auront commis de mauvaises actions ici-bas, leur rétribution sera une sanction équivalente. Ils seront abaissés et humiliés. Personne ne pourra les protéger d'Allah, tandis que leurs visages seront zébrés de bandes noires de

la nuit. Ceux-là seront les hôtes de l'enfer où ils demeureront pour l'éternité.

28 - Et le jour où Nous les rassemblerons tous et où Nous dirons à ceux qui ont donné des associés à Dieu : Demeurez à votre place, vous et vos associés. Nous les séparerons les uns des autres, tandis que leurs associés diront : Vous ne nous adoriez pas !

29 - Allah suffit comme témoin entre vous et nous, car nous étions peu attentifs à votre adoration.

30 - Là, toute âme sera éprouvée de ce qu'elle aura précédemment accompli[3]. Ils seront remis à Allah, leur Maître-Vérité, et ceux qu'ils avaient inventés les quitteront.

31 - Dis : Qui vous accorde Ses bienfaits du ciel et de la terre, qui possède l'ouïe et la vue, et qui fait sortir le vivant du mort et le mort du vivant ? Qui détient l'Ordre ? Ils diront : Allah. Dis : Pourquoi ne Le craignez-vous pas ?

32 - Tel est Allah, votre Seigneur, la Vérité. Qu'y a-t-il hors la Vérité, sinon la perdition ? Comment vous en détourner ?

33 - C'est ainsi que la parole de ton Seigneur s'est imposée aux déviants[4], parce qu'ils ne croient pas.

34 - Dis : Y a-t-il, parmi vos dieux, une entité capable d'initier la vie, puis la redonner ? Dis : Allah est Celui qui donne la vie, puis la redonne. Comment pouvez-vous vous en écarter ?

35 - Dis : Parmi vos associés, y en a-t-il un qui oriente vers le vrai ? Dis : Allah, au contraire, est Celui qui oriente vers le vrai. Que vaut-il mieux ? Celui qui guide et oriente vers la vérité, ou celui qui ne guide pas plus qu'il n'est guidé ? Qu'avez-vous donc ? Comment allez-vous juger de cela ?

36 - La plupart [des incroyants] ne suivent en fait que des

spéculations. La spéculation n'est rien face à la vérité et ne peut la mettre en défaut. Allah est informé de ce qu'ils font.

37 - Ce Coran ne saurait être dicté sans la volonté d'Allah. Il est une confirmation de ce qui a été révélé par le passé et pour exposer clairement le Livre du Seigneur des mondes, sur lequel il n'est aucun doute.

38 - S'ils disent quand même : Il l'a inventé !, dis : Apportez donc une sourate qui lui soit semblable ! Et invoquez qui vous pouvez en dehors d'Allah, si vous êtes véridiques !

39 - De fait, ils ont traité de mensonge ce qu'ils ignorent essentiellement, alors même que son interprétation[5] ne leur est pas parvenue. Regarde leurs devanciers : ils l'ont également traité de mensonge, et vois quel est le sort des injustes.

40 - Il en est parmi eux qui croient, d'autres n'y croient pas. Mais ton Seigneur est au courant des corrupteurs.

41 - S'ils te traitent de menteur, dis-leur : Mes actes m'incombent et vos actes vous incombent. Vous êtes innocents de ce que je fais et je suis innocent de ce que vous faites.

42 - Il en est qui t'écoutent, mais feras-tu entendre les sourds qui ne comprennent rien ?

43 - Il en est qui te regardent. Mais orientes-tu les aveugles, même s'ils ne voient pas !

44 - Allah n'est pas injuste à l'égard des hommes, ce sont les hommes qui se montrent injustes envers eux-mêmes.

45 - Le jour où Il les rassemblera, ils éprouveront le sentiment de n'être restés qu'une heure de la journée. Ils se reconnaîtront mutuellement. Perdants seront ceux qui auront démenti la rencontre avec Allah, ils n'auront pas été bien guidés.

46 - Que l'on te montre une partie de ce que Nous leur avons préparé ou que Nous te faisions revenir à Nous[6], leur

retour final sera auprès de Nous, en sachant qu'Allah sera témoin de ce qu'ils ont fait.

47 - À chaque communauté, un prophète ! Et lorsque leur prophète sera là, il jugera de manière équitable entre eux, et personne ne sera lésé.

48 - Ils disent : À quand cette échéance, si vous êtes véridiques ?

49 - Dis : Je ne suis pas en mesure par moi-même de nuire ou de ne pas nuire, en dehors de la volonté d'Allah. À chaque communauté, un terme prescrit. Si son terme est arrivé, ils ne le retarderont pas d'une heure, et ne l'avanceront pas non plus.

50 - Avez-vous vu cela ? Si le tourment de Dieu vous arrivait de nuit ou de jour, comment les criminels peuvent-ils le hâter ?

51 - Est-ce donc une fois survenu que vous y croirez, alors même que vous en accélériez l'échéance ?

52 - Il sera dit à ceux qui auront été injustes : Goûtez donc le châtiment de l'éternité. Êtes-vous punis d'autre chose que ce que vous avez fait ?

53 - Ils chercheront à en savoir un peu plus sur le tourment : Est-ce donc vrai ? Dis : Oui, par mon Seigneur, c'est la vérité. Et vous ne pourrez réduire [Dieu] à l'impuissance.

54 - Si tout être inique possédait tout ce qu'il y avait sur terre, il le céderait pour cela. Ils tairont leurs regrets lorsqu'ils verront le tourment, mais leur jugement sera équitable et ils ne seront pas lésés.

55 - N'est-ce pas que tout ce qui est dans les cieux et sur terre appartient à Allah ? N'est-ce pas que la promesse d'Allah est vérité ? Mais la plupart d'entre eux ne le savent pas.

56 - Il est Celui qui fait vivre et qui fait mourir, et c'est à Lui que vous reviendrez.

57 - Ô vous les hommes, une belle exhortation [7] vous est venue de votre Seigneur, une guérison du mal qui se trouve dans les poitrines, une direction [8], une miséricorde [9] pour les croyants.

58 - Dis : De la faveur d'Allah, et de Sa grâce. Ils se réjouiront de cela mieux encore que de ce qu'ils amassent.

59 - Dis : Avez-vous vu ce qu'Allah vous a fait descendre en termes de bienfaits, d'où vous avez établi le licite et l'illicite ? Dis : Allah vous a-t-Il autorisé cela, ou inventez-vous à l'égard d'Allah des mensonges ?

60 - Du reste, que penseront ceux qui inventent des mensonges au sujet d'Allah le jour de la résurrection ? Car Allah dispose réellement d'une grâce à l'endroit des hommes, mais la plupart d'entre eux ne sont pas reconnaissants.

61 - Il n'est point de circonstance, ni de lecture du saint Coran, ni d'action quelconque que vous ferez, dont Nous ne soyons témoin, dès lors que vous les entreprenez. Rien n'échappe à la clairvoyance de ton Dieu, fût-ce le poids d'un atome, pas plus sur terre qu'au ciel, et quand bien même ce serait encore plus petit ou plus grand, tout est dans le Livre clair.

62 - Non ! Les rapprochés d'Allah n'ont pas à avoir peur, et n'ont pas à s'attrister.

63 - Ceux qui ont cru [en Lui] et qui Le craignent.

64 - Ils bénéficient d'une bonne nouvelle ici-bas et dans l'au-delà. La parole d'Allah ne saurait changer, car tel est le succès immense.

65 - Que leurs dires ne t'attristent pas inutilement, car toute la puissance est à Allah. Il est Celui qui écoute et qui sait.

66 - Ceux qui sont aux cieux et ceux qui sont sur terre n'appartiennent-ils pas à Allah ? Et que suivent ceux qui invoquent [d'autres divinités] en dehors d'Allah, sinon le doute, et ne font que conjecturer[10] à tout va ?

67 - Il est Celui qui a disposé pour vous la nuit pour que vous y habitiez et le jour pour une activité de veille. En cela, il est des signes pour un peuple qui entend.

68 - Ils prétendent qu'Allah, gloire à Lui, S'est donné un fils. Mais Il Se suffit amplement à Lui-même. À Lui appartient ce qu'il y a dans les cieux et sur terre. Si vous aviez quelques preuves suffisantes[11] à cet égard, diriez-vous sur Allah ce que vous ne savez point ?

69 - Dis : Ceux qui inventent des mensonges à l'encontre d'Allah ne seront pas les bienheureux.

70 - Certes, ils se pavanent sur terre, mais leur retour se fait vers Nous où Nous leur ferons goûter un terrible châtiment pour leur impiété.

71 - Raconte-leur l'histoire de Noé, lorsqu'il dit à son peuple : Si ma présence vous semble lourde à porter, ainsi que le rappel des signes de Dieu, je remets mon sort à Dieu. Décidez-vous avec vos associés et faites que votre décision ne vous soit pas pénible. Après quoi, vous arrêterez mon sort sans attendre !

72 - Si vous repartez, je n'exigerai de vous aucun salaire. Mon salaire est sur le compte de Dieu. J'ai reçu l'ordre de Lui être soumis.

73 - Ils le traitèrent d'imposteur. Nous le sauvâmes sur l'arche, lui et sa suite. Nous en avons fait les seuls survivants, tandis que ceux qui avaient traité Nos signes de mensonges furent noyés. Vois comment est scellé le sort de ceux qui ont été avertis.

74 - Nous dépêchâmes par la suite des messagers à leurs

peuples. Ils leur apportèrent des signes explicites, mais ils ne purent croire à ce qu'ils avaient précédemment traité de mensonge. C'est là aussi une façon pour Nous de sceller le cœur des transgresseurs.

75 - Nous envoyâmes ensuite avec Nos signes Moïse et Aaron auprès de Pharaon et de son conseil. Mais ils s'enflèrent au point de devenir un peuple de criminels.

76 - Et lorsque la Vérité se présenta de Notre part, ils dirent : Voilà bien une magie évidente !

77 - Moïse rétorqua : Lorsque la Vérité se produit, vous dites que c'est là une magie. Mais les magiciens ne réussissent pas.

78 - Ils lui dirent : Es-tu venu vers nous pour nous éloigner du culte de nos ancêtres ? Pour que vous dominiez la terre à vous deux, alors que nous ne vous croyons pas ?

79 - Et Pharaon dit : Amenez-moi tout magicien savant !

80 - Et lorsque arrivent les magiciens, Moïse leur dit : Jetez ce que vous avez à jeter.

81 - Quand ils présentèrent leurs tours, Moïse dit : Toute cette magie, Dieu saura la réduire. Dieu n'arrange pas l'œuvre des destructeurs.

82 - La Vérité de Dieu s'imposera par le truchement de Sa parole, nonobstant le refus des criminels.

83 - Mais seule une poignée de jeunes gens de son propre peuple croient en Moïse, au risque que Pharaon et son conseil ne décident quelque épreuve à leur égard. Pharaon était hautain sur terre et il faisait partie des impies[12].

84 - Ô mon peuple, dit Moïse, si vous croyez en Dieu, c'est à Lui que vous vous remettez. Si toutefois vous êtes soumis.

85 - Nous nous remettons à Dieu, dirent-ils. Seigneur, ne fais pas de nous une cible pour le peuple des injustes.

86 - Et sauve-nous, par la grâce de Ta miséricorde, du peuple des mécréants.

87 - Nous suggérâmes à Moïse et à son frère de s'établir en Égypte, eux et leur peuple, et d'orienter leurs maisons vers la qibla. Acquittez-vous alors de la prière et transmettez la bonne parole aux croyants.

88 - Moïse dit : Ô Seigneur, Tu as doté Pharaon et son conseil de parures et de biens en cette vie immédiate. Ô notre Seigneur, cela les pousse à s'égarer loin de Ton chemin. Ô Seigneur, anéantis leurs biens, endurcis leurs cœurs, car ils ne croiront pas tant qu'ils n'auront pas vu le plus vil des tourments.

89 - Votre prière a été exaucée, dit Dieu. Mettez-vous droit et ne suivez pas le chemin de ceux qui ne savent pas.

90 - Grâce à quoi, les fils d'Israël traversèrent la mer, tandis que Pharaon et sa soldatesque les suivaient, avec l'envie d'en découdre rapidement. Lorsqu'il s'aperçut de la noyade imminente, Pharaon dit : J'ai cru ! Il n'y a d'autres dieux que Celui auquel les fils d'Israël croient. Je suis d'entre les soumis [13].

91 - [Dieu dit :] Te voilà croyant alors que tu t'es rebellé auparavant. Tu faisais partie des destructeurs.

92 - Cependant, Nous sauverons aujourd'hui ton corps pour qu'il serve de signe pour tes successeurs, en sachant que beaucoup de gens négligent Nos signes.

93 - Nous établîmes les fils d'Israël en un bel endroit et Nous pourvûmes à leurs besoins. Mais ils se divisèrent lorsque la connaissance leur parvint. Au jour de la résurrection, ton Seigneur jugera entre eux pour tout ce qui les divisait.

94 - Si tu as quelque doute quant à Notre révélation, inter-

roge ceux qui ont lu le Livre avant toi, car la Vérité de ton Seigneur t'est venue. Ne sois pas parmi les sceptiques.

95 - Ne sois pas de ceux qui ont traité de mensonges les signes d'Allah, car tu feras partie des perdants.

96 - Ceux sur qui la Parole de ton Seigneur sera prononcée ne croiront pas...

97 - ... même si tous les signes évidents leur parvenaient, jusqu'à ce qu'ils voient le châtiment douloureux.

98 - Aucune cité n'a cru au point que sa foi lui servît. Exception faite du peuple de Jonas. Lorsqu'ils ont cru, nous écartâmes d'eux le vil tourment dans la vie immédiate, en leur accordant de Nos bienfaits pour un certain temps.

99 - Et si ton Seigneur le voulait, toute l'espèce humaine croirait jusqu'au dernier. À propos, peux-tu vraiment contraindre les gens jusqu'à ce qu'ils croient ?

100 - Il n'est donné à aucune âme de croire sans la permission d'Allah. Il manifeste Son courroux sur ceux qui ne raisonnent pas.

101 - Dis : Observez ce qu'il y a dans les cieux et sur terre. Mais les signes ne suffisent pas, pas plus que les avertissements, à un peuple qui ne croit pas.

102 - Qu'attendent-ils, au fond, sinon des jours semblables à ceux qui se sont écoulés ? Dis : Attendez, je suis avec vous, avec ceux qui attendent.

103 - Ensuite, nous sauverons Nos envoyés, et ceux qui ont cru, tel est Notre devoir, à savoir sauver les croyants.

104 - Dis : Ô vous les hommes ! Si vous doutiez quant à ma croyance, sachez que je n'adore pas les dieux que vous adorez en dehors d'Allah. Je vénère Allah, Celui qui vous rappellera, et il m'a été ordonné de faire partie des croyants.

105 - Et : Oriente ton visage en vrai monothéiste à la

religion et ne sois pas de ceux qui associent d'autres dieux à Dieu.

106 - Ne loue pas en dehors d'Allah ce qui en l'espèce ne te sera ni utile ni nuisible, car si tu faisais cela, tu ferais partie des injustes.

107 - Et si Allah t'atteint d'un mal, rien ne peut t'en délivrer hormis Lui. S'Il te veut du bien, nul ne pourra L'écarter de toi. Il atteint celui qu'Il veut parmi Ses serviteurs. Il est Celui qui pardonne, le Miséricordieux.

108 - Dis : Ô vous les hommes, la Vérité est venue de la part de votre Seigneur. Celui qui prend le bon chemin le fait pour lui-même ; celui qui s'égare du bon chemin le fait à ses dépens. Je ne suis pas pour vous un garant.

109 - Suis à la lettre ce qui t'est révélé. Et sois patient jusqu'au moment où Allah jugera. Il est le meilleur des juges.

NOTES

1. *Ayat* : des versets, des manifestations mais, surtout, des « signes ». 2. *Mûsrif*, pl. *mûsrifin* : impies, mécréants. 3. *Aslafat*. 4. *Fasiqûn*. 5. *Ta'wilihi* : son explication. 6. *Natawafaynaka*. 7. *Maw'idhatûn*. 8. *Houdä*. 9. *Rahma*. 10. *Yakhrûsun*. 11. *Sûltan* : probation, justification. 12. *Mûsrifin* : cf. *supra*, note 2. 13. *Mûslim*.

SOURATE XI

HOUD

Révélée à La Mecque, 123 versets

Au nom d'Allah, le Clément, le Miséricordieux

1 - Alif. Lam. Ra[1]. Tel est le Livre dont les versets ont été disposés fermement, avant d'être développés de la part d'un Sage bien informé.

2 - N'adorez d'autre dieu qu'Allah ! Je suis envoyé de Sa part pour vous informer et pour vous instruire.

3 - Demandez le pardon de votre Seigneur et revenez à Lui avec crainte. Il vous dotera de tous les avantages, et cela jusqu'au terme prévu, octroyant à chaque croyant méritant le privilège de ses mérites. Quant à ceux qui se rebellent, je crains pour vous le châtiment cruel du grand jour.

4 - À Allah votre retour, car Il est omnipotent.

5 - Bien qu'ils dérobent leur poitrine en vue de Lui cacher leurs intentions, Allah est au courant de ce qu'ils masquent et de ce qu'ils annoncent à l'instant même où ils se couvrent. Il est Celui qui connaît ce que cachent les cœurs.

6 - Et il n'est aucune créature sur terre qui ne trouve auprès d'Allah sa subsistance. Il connaît par avance son lieu de vie et le lieu où elle achève son dépôt[2], car tout dans le Livre est explicite.

7 - Il est Celui qui a créé les cieux et la terre en six jours[3], alors que Son trône était sur l'eau, de façon à distinguer

parmi vous le meilleur par ses œuvres. Et si tu leur dis qu'ils ressusciteront [4] après la mort, ceux qui n'auront pas cru te diront : Voilà une magie bien évidente.

8 - Et si Nous différons leur châtiment à une date ultérieure, ils diront : Pourquoi n'agit-Il pas sur-le-champ ? Qu'ils ne perdent rien pour attendre, car le jour où ce qui est prévu se produira, nul ne pourra l'arrêter. Ce dont ils se moquaient naguère se montrera à eux et les entourera.

9 - De fait, lorsque Nous faisons goûter à l'homme une part heureuse venue de Nous, une miséricorde, et que Nous la lui retirons, il est dans une tourmente sinistre, un grand désespoir.

10 - À l'inverse, si Nous lui faisons goûter de Notre bénédiction après une mauvaise passe, il s'empresse de dire : Les peines s'éloignent de moi ! Mais ce n'est là qu'une joie passagère, une vantardise.

11 - Ceux qui se sont montrés patients et qui ont accompli de belles choses ici-bas recevront une bénédiction immense et une grande récompense.

12 - Peut-être négliges-tu une partie du message qui t'a été révélé, et cela te chagrine et t'angoisse, surtout s'ils disent [5] : À moins qu'un trésor ne lui soit révélé ou qu'un ange ne l'accompagne ! Mais tu es un transmetteur et Allah est le Protecteur de tout.

13 - Ils diront : Il l'a inventé [6] ! Dis-leur : Apportez seulement une dizaine de sourates semblables et demandez l'aide de qui vous voudrez en dehors d'Allah, si vous êtes véridiques !

14 - S'ils ne vous répondent pas, sachez que ce Coran a été révélé par la faveur de la science d'Allah, car il n'y a pas d'autres dieux que Lui. Lui êtes-vous soumis [7] ?

15 - Celui qui recherche la vie terrestre ici-bas, et ses

ornements, Nous le comblerons et faciliterons ce choix, sans le léser.

16 - Ceux-là n'auront pour seule rétribution dans la vie future que le Feu. Nulle sera la valeur de ce qu'ils auront commis ici-bas et vaines toutes leurs actions.

17 - Qu'y a-t-il de plus explicite venant de Dieu et qu'un témoin récite ? Avant cela, il y a eu le Livre de Moïse, lequel est placé en tête en vertu de sa miséricorde, ceux-là y croiront. Quant aux factions qui le renient, l'enfer sera bel et bien leur point d'arrivée. Ne sois pas dans le doute à cet égard : le Livre est la vérité révélée de ton Seigneur, mais la plupart des gens ne croient pas.

18 - Qui donc est plus injuste que celui qui charge Allah de ses spéculations mensongères ? Ils seront présentés devant leur Seigneur, tandis que les témoins déclareront : Ceux-là sont ceux qui ont menti au sujet de leur Seigneur ! Qu'Allah maudisse les injustes...

19 - ... qui se détournent du sentier qui mène à Allah et qui souhaitent qu'il soit le plus tortueux possible, et qui de surcroît nient l'existence de la vie dernière.

20 - Ils ne mettront pas en échec Dieu sur terre et n'auront pas plus, demain, d'autres alliés qu'Allah. Leur tourment sera amplifié, dès lors qu'ils n'étaient pas en mesure d'entendre ni de voir.

21 - Ils ont perdu leurs propres âmes, lorsque les dieux dont ils se réclament les auront abandonnés.

22 - Pas de doute ! Dans la vie dernière, ils seront les plus grands perdants.

23 - En revanche, ceux qui ont cru, qui ont fait le bien et qui sont humbles devant leur Seigneur seront reçus dans le Paradis où ils demeureront éternellement.

24 - Ils sont semblables à deux clans : celui des aveugles et

des sourds, d'un côté ; celui de ceux qui voient et qui entendent, de l'autre. Sont-ils identiques ? N'avez-vous pas réfléchi à cela ?

25 - Nous avons envoyé Noé à son peuple pour lui dire :
Je suis envoyé pour vous avertir en toute clarté.

26 - N'adorez que Dieu, car j'ai peur pour vous en raison
des tourments d'un jour qui se révélera fort pénible.

27 - Les notables qui, parmi son peuple, se sont conduits
comme des infidèles rétorquèrent : Nous ne voyons en toi
qu'un être humain comme nous tous. Et ceux qui te suivent
ne sont que les plus vils d'entre nous, et ils l'ont fait sans
réfléchir. Et parmi vous tous, nous ne trouvons aucun
mérite qui soit supérieur au nôtre. En réalité, nous vous
tenons pour des menteurs.

28 - Noé dit : Ô mon peuple ! Imaginez un peu que je sois
crédité d'une volonté claire de mon Seigneur, une miséricorde venue de Lui et qui vous échappe totalement ! Vais-
je vous l'imposer alors que vous êtes dans un si grand refus ?

29 - Ô mon peuple, je ne vous demande pas d'argent ou
de rétribution matérielle. Mon salaire est sur le compte de
Dieu. Je n'éloignerai pas ceux qui fondent leur croyance
sur l'espoir de rencontrer leur Seigneur, mais je vois que
vous êtes un peuple qui ignore tout.

30 - Ô mon peuple, qui me sauvera auprès de Dieu, si je
dois les exclure ? Vous arrive-t-il d'y penser ?

31 - Je ne vous dis pas que je dispose des trésors de Dieu,
ni que je suis informé de l'inconnaissable ou que je suis un
ange. Je ne dis pas à ceux que vous méprisez que Dieu ne
les comblera d'aucun bien, car Dieu est plus informé de
ce que recèlent leurs âmes. Car alors je serais parmi les
injustes.

32 - Ô Noé, répondirent-ils, tu as tenu des discours, et cela

à de nombreuses reprises. Peux-tu nous faire voir ce dont tu nous menaces, à supposer que tu sois sincère ?

33 - Il dit : Dieu seul vous le montrera, s'Il le veut, et vous ne pourrez L'en empêcher.

34 - Mon conseil ne vous sera d'aucune utilité, même si je le souhaitais clairement, dès lors que Dieu a décidé de vous perdre. Il est votre Seigneur et c'est vers Lui que vous reviendrez.

35 - S'ils disent : Il l'a inventé !, réponds : Si j'ai tout inventé, le crime m'incombera. Mais je suis innocent du mal que vous me faites porter.

36 - Il fut révélé à Noé que seuls ceux qui ont déjà la foi parmi son peuple seront en mesure de croire. Ne sois pas attristé de ce qu'ils font !

37 - Construis le vaisseau [8] devant Nos yeux et selon Notre révélation, et ne M'interpelle pas au sujet des injustes, car ils sont voués à être engloutis.

38 - Il construisit le vaisseau et, chaque fois que les notables de son peuple passaient devant lui, ils se moquaient de lui. Si vous vous gaussez de moi, leur dit-il, je me gausserai bientôt de vous ainsi que vous le faites.

39 - Vous saurez alors qui subira un châtiment des plus humiliants et sur qui s'abattra un châtiment durable.

40 - Jusqu'à ce que Notre décret soit arrêté et que le four céleste ait déversé son eau bouillante. Nous dîmes : Prends sur ton navire un couple de chaque espèce, et les membres de ta famille [9], à l'exception de celui dont on vient de parler, et bien sûr ceux qui ont cru. Mais ceux qui avaient cru avec lui étaient peu nombreux.

41 - Il leur dit : Montez dans le vaisseau au nom du Seigneur, Celui qui le conduit et qui le mène à bon port. Mon Seigneur est enclin au pardon, Il est le Miséricordieux.

42 - Le vaisseau se mit à voguer à vive allure sur des vagues aussi grandes que des montagnes. Noé appela son fils qui était à l'écart : Ô mon fils, monte avec nous et ne sois pas parmi les impies.

43 - Il répondit : J'irai me réfugier sur une montagne qui me protégera des flots. Son père lui dit : Il n'y a personne pour te sauver de l'eau en dehors de l'ordre de Dieu, Lui seul étant en mesure de manifester Sa miséricorde. C'est alors que les vagues s'interposèrent entre eux, et le fils de Noé fut parmi ceux que la mer a engloutis.

44 - Il fut dit : Ô terre, absorbe ton eau ; ô ciel, cesse de l'inonder de ton eau. L'eau disparut aussitôt et l'ordre fut exécuté. Le vaisseau s'arrêta sur le mont Jûdi[10]. Au loin, dit-on, au peuple des injustes.

45 - Noé appela son Dieu et lui dit : Mon Dieu, mon fils fait partie de ma famille, Ta promesse est la Vérité et Tu es le plus équitable des juges !

46 - Dieu répondit : Ô Noé, il n'est plus de ta famille, dès lors qu'il a commis son acte d'impiété[11]. Ne parle pas de ce que tu ne peux connaître. Je te conjure de ne pas être parmi les ignorants.

47 - Noé dit : Ô mon Dieu, je me réclame de Toi contre le fait de Te demander malgré tout ce sur quoi je n'ai aucune science. Si Tu ne me pardonnes pas et si Tu ne m'accordes pas Ta miséricorde, me voilà parmi les perdants.

48 - Il dit : Ô Noé, débarque à terre en toute sécurité et en bénédiction de Nous, venue tant sur toi que sur la multitude qui t'accompagne. Une communauté goûtera à Nos privilèges, puis elle appréciera les cruels tourments qui viendront de Nous.

49 - Tels sont les récits de l'inconnaissable que Nous te révélons, alors qu'auparavant ni toi ni ton peuple ne le

savait. Patiente ! La fin [heureuse] revient à ceux qui craignent [Dieu].

50 - Aux membres de la tribu des 'Ad, Nous avons envoyé leur frère Houd qui leur dit : Ô mon peuple, adorez Dieu, vous n'avez pas d'autre dieu que Lui. Mais vous n'êtes que des sans-esprit[12].

51 - Ô mon peuple, je ne vous demande aucune contribution pour cela, car ma contribution incombe à Celui qui m'a créé. N'allez-vous pas raisonner ?

52 - Ô mon peuple, demandez pardon à votre Dieu et revenez à Lui. Il vous enverra du ciel une pluie abondante. Il ajoutera une force à votre force, ne revenez pas à Lui en criminels.

53 - Ils répondirent : Ô Houd, tu ne nous as pas apporté de preuves suffisantes et nous ne sommes pas enclins à abandonner nos divinités sur de simples paroles, car nous ne croyons pas en toi.

54 - Nous attestons, dirent-ils, que l'une de nos divinités semble t'avoir perturbé. Houd dit : Je prends Dieu à témoin et je vous prends à témoin quant à mon innocence pour tout ce que vous associez.

55 - En dehors de Lui, point de divinité ! Fomentez ce que vous voulez contre moi, mais ne me faites pas attendre.

56 - Je me remets à la volonté de Dieu, mon Dieu et le vôtre. Il n'est aucune créature animale[13] qui ne soit sous Sa coupe. Mon Dieu est forcément dans le bon chemin.

57 - Si d'aventure vous me tournez le dos, sachez au moins que je vous ai transmis le message que je devais vous transmettre. Quant à mon Dieu, Il est en mesure de changer votre peuple par un autre. Vous ne Lui causez aucun tort ni préjudice. Mon Seigneur est en mesure de tout préserver.

58 - Et lorsque survint Notre ordre, Nous sauvâmes Houd

et tous ceux qui avec lui ont cru. Tout cela en vertu d'une miséricorde venue de Nous. Nous les avons sauvés d'un châtiment terrible [14].

59 - Telle est l'histoire des 'Ad qui ont contesté les signes de leur Dieu et se sont rebellés face à Ses messagers [15] en suivant les directives de tout tyran malveillant.

60 - Ils seront poursuivis en cette terre et ils seront maudits au jour de la résurrection. Les 'Ad ne se sont-ils pas rebellés contre leur Dieu ? Que soient mis à l'écart les 'Ad, peuple de Houd.

61 - Aux Thamoud, nous envoyâmes leur frère Salih qui leur dit : Ô mon peuple, adorez Dieu, vous n'avez pas d'autres dieux que Lui. Il vous a créés de terre et vous y a répandus dessus. Demandez-Lui pardon et revenez à Lui, en repentants, mon Dieu est proche de l'homme ; Il est enclin à exaucer ses demandes.

62 - Ils disent : Ô Salih, tu étais auparavant l'un de nos espoirs. Veux-tu vraiment nous interdire d'adorer les dieux de nos pères ? Nous avons des doutes sérieux vis-à-vis du culte auquel tu nous invites.

63 - Il dit : Ô mon peuple, vous ne voyez pas que je suis pourvu de preuves éclatantes de mon Dieu, et que de Lui me parvient une miséricorde particulière ? Qui me délivrera d'Allah si je viens à Lui désobéir ? Vous ne ferez que rajouter à ma perte.

64 - Ô mon peuple, voici venue une chamelle de Dieu, en guise de signe évident. Laissez-la paître librement sur la terre de Dieu et ne la maltraitez pas. Auquel cas, un châtiment terrible vous affligera aussitôt.

65 - Mais ils la sacrifièrent. Salih leur dit : Profitez-en en vos demeures pendant trois jours. Il est là une promesse qui ne sera pas démentie.

66 - Et lorsque Notre ordre se produisit, par une miséricorde qui Nous est propre, Nous sauvâmes Salih et ceux qui, autour de lui, avaient cru. Ils furent préservés d'une humiliation, dès lors que ton Dieu est le plus fort, le plus puissant.

67 - Un cri immense[16] emporta ceux qui furent injustes, tandis que leurs dépouilles gisaient au petit matin dans leurs demeures.

68 - Comme si jamais ils n'avaient peuplé ces lieux, mais les Thamoud ont été infidèles à l'égard de leur Dieu. Arrière, ô peuple des Thamoud !

69 - Nos envoyés se présentèrent devant Abraham avec la bonne nouvelle[17]. Ils dirent : Salut. – Salut[18], répondit-il. Et puis, sans plus tarder, il amena le veau rôti.

70 - Mais lorsqu'il vit que leurs mains ne s'en approchaient pas, il eut un mauvais pressentiment et nourrit une certaine peur. Ils lui dirent : N'aie pas peur, nous sommes envoyés au peuple de Loth.

71 - Sa femme, qui était debout, se mit à rire. Nous lui annonçâmes la venue d'Isaac et de Jacob aussitôt après.

72 - Elle leur dit : Ah, quelle tristesse[19] ! Comment puis-je donner naissance à un enfant alors que je suis très vieille et que celui-ci est mon mari, un vieillard ? Cela serait une chose extraordinaire !

73 - Ils dirent : Vas-tu t'étonner de l'ordre d'Allah ? La miséricorde de Dieu et Sa bénédiction vous sont acquises, ô gens de la noble maison ! Il est digne de louanges, Il est glorieux.

74 - Et quand la panique eut quitté Abraham et que la bonne nouvelle l'eut atteint, il engagea avec Nous une controverse au sujet du peuple de Loth.

75 - Abraham était en effet bon[20], humble et propre au repentir.

76 - Ô Abraham, laisse cela. L'ordre de ton Seigneur est déjà parvenu. Quant à eux, un tourment inexorable les affectera.

77 - Et quand nos émissaires arrivèrent chez Loth, il ne put les recevoir correctement et fut incapable de les protéger : Quel funeste jour ! se disait-il.

78 - Son peuple accourut vers lui, alors que ce même peuple se vautrait l'instant d'avant dans une grande débauche. Loth leur dit : Ô gens de mon peuple, celles-ci sont mes filles. Elles sont plus pures pour vous que mes hôtes. Craignez Dieu et ne m'humiliez pas à travers mes hôtes. N'y a-t-il pas parmi vous un homme raisonnable[21] ?

79 - Nous n'avons que faire de tes filles, lui dirent-ils, et nous n'avons aucun droit sur elles. Tu sais ce que nous désirons.

80 - Loth dit : Que n'ai-je assez de puissance pour m'opposer à vous ou un appui solide sur lequel je m'appuierais !

81 - Ô Loth, dirent ses hôtes, nous sommes les envoyés de ton Dieu et ils ne sauront t'atteindre. Pars avec ta famille, nuitamment, et que personne ne regarde derrière lui, à l'exception de ta femme. Elle sera la proie de la calamité qui atteint les mécréants, et cela lorsque le lever du jour sera là. Le lever du jour n'est-il pas imminent ?

82 - Quand Notre ordre vint à son terme, Nous renversâmes la cité de fond en comble, et Nous fîmes tomber sur elle une pluie de pierres brûlantes...

83 - ... marquées qu'elles sont par ton Seigneur, tout en sachant qu'elles ne tombent pas si loin que cela des injustes.

84 - Aux gens de Madian, nous envoyâmes Chou'aïb, leur propre frère, qui leur dit : Ô mon peuple, adorez Dieu,

vous n'avez pas d'autres dieux que Lui. Ne trichez pas sur les balances et les mesures. Je vous vois plutôt prospères et je crains pour vous le châtiment terrible du jour déterminé.

85 - Mon peuple, respectez scrupuleusement le poids et la balance. Ne volez pas les biens des gens[22]. Ne vous rendez pas coupables des méfaits sur terre.

86 - Ce qui subsiste des bienfaits de Dieu est bien meilleur pour vous, si toutefois vous êtes croyants, car je ne puis être votre gardien.

87 - Ils dirent : Ô Chou'aïb, est-ce que tes oraisons t'imposent que nous abandonnions ce que nos ancêtres adoraient et que nous utilisions nos biens de manière contraire à nos choix ? Malgré tout, tu es le plus longanime et le plus droit[23].

88 - Il dit : Ô mon peuple, ne voyez-vous pas que je me réclame d'une preuve venue de mon Dieu et qui représente un don réel de Sa part ? Je ne veux donc pas vous contrarier quant aux préventions qu'Il vous a données. Je ne cherche qu'à pacifier ce que je peux. M'étant reposé sur Dieu, c'est vers Lui que je reviens, confiant et repentant.

89 - Ô mon peuple, que votre désaveu à mon égard ne vous entraîne pas dans l'impasse qu'a connue le peuple de Noé, ou le peuple de Houd, ou le peuple de Salih, tandis que vous n'êtes pas loin du peuple de Loth.

90 - Craignez votre Dieu et demandez-Lui pardon ! Car mon Seigneur est enclin à la miséricorde, Il est aimant.

91 - Ils lui dirent : Ô Chou'aïb, ce que tu dis ne nous est pas intelligible[24]. Nous te voyons si faible parmi nous ! Or, si ce n'était ton clan[25], nous t'aurions lapidé, car tu n'es pas si puissant.

92 - Chou'aïb répondit : Ô mon peuple, mon clan familial est-il à vos yeux plus puissant que Dieu au point de Lui

tourner le dos ? Mais mon Seigneur est au courant de tout ce que vous faites.

93 - Ô mon peuple, faites pour le mieux selon vos positions, je ferai de même et vous verrez celui qui subira le tourment le plus humiliant, celui qui sera menteur. Restez en éveil, je suis aussi attentif que vous.

94 - Et lorsque Notre décret fut lancé, Nous sauvâmes Chou'aïb et tous ceux qui, à ses côtés, ont cru en vertu de Notre miséricorde, tandis que ceux qui ont été injustes furent anéantis par le grand cataclysme[26]. Au matin, ils étaient prostrés dans leurs demeures.

95 - C'est comme s'ils ne les avaient jamais occupées. Au loin les Médianites ! Au loin les Thamoud !

96 - Nous envoyâmes Moïse avec Nos signes et une souveraineté évidente...

97 - ... à Pharaon et à son conseil. Les membres du conseil suivirent l'avis de Pharaon, bien que l'avis de Pharaon manquât de bon sens.

98 - Pharaon sera en tête de son peuple le jour de la résurrection. Il se présentera devant une source de feu. Quel funeste destin de se trouver devant une telle source !

99 - Ils seront poursuivis par une malédiction, ici-bas comme au jour de la résurrection. Funeste est le présent qu'ils recevront.

100 - Telle est l'histoire des cités que Nous te racontons : il en est qui survivent, d'autres ont déjà été fauchées.

101 - Nous n'avons pas été injuste à leur égard, mais ils ont été injustes envers eux-mêmes. Car les dieux auxquels ils recouraient en dehors de Dieu ne leur ont servi à rien, dès lors que l'ordre de ton Seigneur est venu. Cela n'a fait qu'aggraver leur situation.

102 - C'est ainsi qu'agit ton Seigneur : lorsqu'Il s'empare d'une cité impie, Son châtiment est des plus terribles.

103 - En cela, il est un signe pour celui qui redoute le châtiment de la vie future. Ce jour-là, les hommes seront réunis. Ce jour solennel...

104 - ... Nous ne le retardons que pour le faire correspondre à la durée déterminée.

105 - Le jour où il se produira, aucune âme ne pourra souffler mot sans Son autorisation. Il y aura parmi eux des malheureux et des bienheureux.

106 - Pour les malheureux, c'est en enfer qu'ils trouveront matière à geindre et à sangloter[27].

107 - Ils y demeureront éternellement, tout le temps que les cieux et la terre existeront. À moins que ton Seigneur n'en décide autrement, car ton Seigneur accomplit ce qu'Il désire.

108 - Quant aux bienheureux, ils demeureront éternellement dans le paradis, tout le temps que les cieux et la terre existeront. À moins que ton Seigneur n'en décide autrement, comme l'octroi d'un bien renouvelé.

109 - Ne sois pas affligé par le doute et le scepticisme à l'endroit de ce que ces gens-là adorent. Ils n'adorent au fond que ce que leurs pères ont vénéré avant eux. Nous leur préparons leur part exacte et sans rien retrancher.

110 - Nous avons révélé le Livre à Moïse, mais il suscita beaucoup de controverses. Et s'il n'y avait eu précédemment une parole venue de ton Seigneur, ils auraient décidé entre eux. Ils sont à cet égard dans un doute terrifiant[28].

111 - Mais, à tous, Ton Seigneur tiendra promesse, et Il donnera à chacun la mesure exacte de ce qu'il aura fait. Il est au courant de tout ce qu'ils font.

112 - Tiens-toi à ce qui t'a été ordonné[29], et ceux qui ont cru avec toi. Ne vous rebellez pas, car Il est au courant de ce que vous faites.

113 - Ne vous reposez pas sur ceux qui ont été injustes[30], car le feu qui les attend vous atteindra. Vous n'avez aucun soutien ou maître en dehors d'Allah, sans compter que vous ne serez pas secourus.

114 - Acquitte-toi de la prière aux extrémités du jour, et une partie de la nuit[31]. Les bonnes œuvres ont vocation à chasser les mauvaises. Cela est un rappel pour ceux qui se souviennent[32].

115 - Patiente ! Allah ne dilapide pas les mérites de ceux qui ont bien agi.

116 - Comment expliquer sinon que, durant les siècles qui vous ont précédés, seule une minorité de ceux que Nous avons sauvés a dissuadé ses concitoyens sur le mal commis ici-bas ? Quant aux injustes, ils se sont complus dans le luxe et se sont comportés en criminels.

117 - En aucun cas ton Seigneur n'a détruit quelque cité à tort, surtout si ses habitants sont vertueux.

118 - Et si ton Seigneur l'avait voulu, il aurait réuni l'humanité tout entière en une seule communauté, alors qu'ils ne cessent d'être en désaccord les uns par rapport aux autres.

119 - Exception faite pour ceux que ton Seigneur a entourés de Sa miséricorde. Aussi les a-t-Il créés différents, de façon que s'accomplisse la parole de ton Seigneur : Je remplirai la géhenne autant de djinns que d'êtres humains.

120 - Toutes ces histoires de prophètes que Nous te racontons sont de nature à raffermir ta foi[33]. Tu y trouveras aussi une vérité et une recommandation[34] et un rappel[35] pour les croyants.

121 - Dis à ceux qui ne croient pas : Agissez pour assurer votre statut ! Nous faisons de même.

122 - Attendez ! Nous sommes en train d'attendre.

123 - À Allah appartient l'invisible des cieux et de la terre. À Lui revient l'ordre dans sa plénitude. Adorez-Le et établissez votre confiance en Lui. Ton Seigneur n'est pas indifférent à ce que vous faites.

NOTES

1. Lettres liminaires, assez énigmatiques (cf. XV, 1). 2. *Mustawda'aha*.
3. Hexaméron. Cf. *Dictionnaire encyclopédique du Coran*. 4. *Mab'ûtûn*.
5. Les infidèles. 6. Le Coran. 7. *Mûslimin*. 8. *Al-fùlk* : l'arche, le navire.
9. *Ahlûka*. 10. Cf. « Mont Joudi (ou Jûdi) », in *Dictionnaire encyclopédique du Coran*. 11. Impur : *ghayr salih*. 12. *Illa mûftarûn* : « des forgeurs de mensonges » (Blachère) ; « des insensés » (Pesle/Tidjani) « des imposteurs » (Boubakeur). 13. *Dabbatin*. 14. *'Adab ghalit*. 15. *'Assù'* : désobéi.
16. *Sayhata* : un cri immense, un cataclysme, une éruption. 17. *Bûchra*.
18. *Salam*. 19. Malheur à moi. 20. *Halim* : longanime. 21. *Rachid*, de *rûchd* : sensé, droit, sincère. 22. *La tabkhasû* : ne causez aucun préjudice aux gens, aucun dol. 23. Cf. *supra*, verset 78. 24. *Ma nafqahû* : nous ne comprenons pas beaucoup. 25. *Rahtûka* : les gens de ton « espèce ».
26. *Sayhata* : le grand cri. Cf. note 16. 27. *Zafirûn wa chahiqûn* : gémissements et sanglots ; douleurs et sanglots. 28. *Chakkin mûribin*. 29. Reste sur le chemin. 30. *Wa la tarkanû* : ne vous solidarisez pas, ne vous associez pas, ne pactisez pas. 31. *Zûlaf min al-layl*. 32. *Ad-Dhakirin* : ceux qui se le rappellent et qui méditent la chose. La notion de *dhikr*, remémoration, est riche de plusieurs acceptions. 33. *Fù'adaka* : ton cœur, tes entrailles. 34. *Maw'idatûn*. 35. *Dhikr(a)*. Cf. *supra*, note 32.

Sourate XII

JOSEPH (YOUSSEF)

Révélée à La Mecque, 111 versets

Au nom d'Allah, le Clément, le Miséricordieux

1 - Alif. Lam. Râ[1]. Tels sont les versets du Livre évident.

2 - Nous l'avons révélé Coran arabe, à supposer que vous raisonniez.

3 - Nous te racontons la plus belle des histoires parmi celles que Nous t'avons révélées en ce Coran, bien que tu aies été auparavant indifférent à tout cela.

4 - Quand Joseph dit à son père : Ô père, j'ai vu onze étoiles[2], ainsi que le soleil et la lune, je les ai vus prosternés devant moi.

5 - Son père le conseilla : Ô fils ! ne raconte pas ce songe à tes frères, car ils ourdiront contre toi un grand piège, Satan étant pour l'homme un ennemi déclaré.

6 - C'est ainsi que Dieu t'élira. Il t'enseignera la manière d'interpréter les récits. Il te comblera de Ses bienfaits, toi et toute la famille de Jacob[3], ainsi qu'Il le fit par le passé pour tes aïeux Abraham et Isaac. Ton Seigneur est omniscient et sage.

7 - Dans ce récit de Joseph et de ses frères, ceux qui s'interrogent peuvent trouver des signes probants.

8 - Les frères [de Joseph] se concertèrent : Bien que nous soyons plus nombreux, Joseph et son frère[4] sont les préférés

de notre père. C'est clair, notre père est dans un égarement manifeste.

9 - Tuez Joseph, ou alors éloignez-le dans une terre lointaine. Le visage de votre père sera pour vous seuls, et vous deviendrez des gens de bonne compagnie.

10 - L'un d'entre eux dit : Il ne faut pas tuer Joseph, mais jetez-le dans tel trou profond. Un voyageur de passage le trouvera bien et le récupérera. Si vous y tenez vraiment !

11 - Ils dirent à leur père : Ô père, pourquoi as-tu peur de nous confier Joseph, alors que nous sommes bien intentionnés à son égard !

12 - Envoie-le avec nous demain, il s'amusera et jouera tandis que nous veillerons sur lui.

13 - Je serais si triste qu'il parte avec vous, et j'aurais peur que le loup ne le dévore tandis que vous le négligeriez.

14 - Et nous serions bien défaillants si le loup le dévorait, alors que nous sommes nombreux.

15 - C'est alors qu'ils l'emmenèrent avec eux. Arrivés à un endroit donné, ils décidèrent de le jeter au fond d'un immense puits. Dieu dit à Joseph : Tu leur feras rappeler cet acte dont ils ne sont pas conscients.

16 - Ils revinrent le soir vers leur père en pleurant.

17 - Ils dirent à leur père : Nous avons fait une compétition de course après avoir laissé Joseph à côté de nos affaires. C'est alors que le loup l'a dévoré. Tu ne nous croiras pas même si nous disons la vérité.

18 - Ils présentèrent sa chemise tachée d'un sang factice. Jacob dit : Votre âme vous a insufflé de mauvaises pensées, mais la patience est meilleure que tout. Dieu dévoilera ce que vous avez manigancé.

19 - Arriva une caravane. Ils dépêchèrent quelqu'un pour

puiser de l'eau ; il lança aussitôt son récipient. J'ai une bonne nouvelle ! Un enfant. Ils le cachèrent dans l'espoir de le vendre comme une marchandise, mais Dieu est au courant de ce qu'ils trament.

20 - Il fut acquis à un prix dérisoire [5], quelques drachmes tout au plus. En fait, ils étaient des dépréciateurs.

21 - En Égypte, celui qui l'acheta dit à sa femme : Accorde-lui une généreuse hospitalité, il peut être utile, à moins que nous ne l'adoptions comme un fils. Nous dotons ainsi Joseph d'un lieu ferme en cette terre, en vue de lui apprendre à dénouer les énigmes. Allah maîtrise parfaitement ce qu'Il fait, mais la plupart des gens l'ignorent.

22 - Lorsqu'il eut atteint sa maturité, il fut doté par Nous de sagesse et de science, car c'est ainsi que Nous rétribuons les personnes qui se conduisent bien.

23 - Cependant, celle qui le recevait en sa demeure s'éprit de lui. Elle voulut le séduire. Elle ferma toutes les portes de la maison et lui dit : Je suis à toi [6] ! Joseph dit : Que Dieu me protège ! C'est mon maître, il m'a permis un bon asile : les injustes ne réussiront pas.

24 - Elle le désira et lui aussi était tenté, sauf qu'il vit avec évidence la preuve de son Seigneur. C'est ainsi que Nous l'éloignâmes du mal et de la turpitude. Il fait partie de Nos serviteurs les plus sincères.

25 - Ils coururent tous les deux vers la porte. Elle lui déchira la tunique dans le dos. Devant la porte, ils trouvèrent le maître. Elle dit : Que mérite celui qui a voulu porter atteinte à ta famille, sinon la prison ou alors un châtiment terrible ?

26 - Joseph dit, pour se justifier : C'est elle qui s'est offerte à moi [7]. Un grand témoin de la parenté de la femme dit :

Si la tunique est déchirée à l'avant, c'est elle qui a raison et il est menteur.

27 - Si sa tunique est déchirée à l'arrière, c'est elle qui ment et lui qui a raison.

28 - Lorsque le mari constata que la chemise était déchirée à l'arrière, il s'adressa à sa femme : Fi donc, femme, ceci est votre ruse, car votre ruse est incommensurable !

29 - Joseph, oublie tout cela. Quant à toi, femme, demande pardon au Ciel, car tu as fauté.

30 - Les femmes de la cité dirent : La femme du puissant Al-Aziz s'est éprise de son valet[8]. Il l'a rendue follement amoureuse de lui au point d'en être malade[9]. Nous la voyons dans un égarement évident.

31 - Lorsqu'elle entendit ces rumeurs malveillantes, elle organisa pour elles un banquet, les munit chacune d'un couteau. Après quoi, elle demanda à Joseph de paraître devant elles. Lorsque ces dames le virent, elles demeurèrent éblouies, tandis que de leurs couteaux elles se tailladaient les mains. Elles dirent alors toutes ensemble : Grand Dieu, ce n'est pas là un être ordinaire, il ne peut être qu'un ange tout de noblesse nimbé.

32 - Ainsi donc, rétorqua-t-elle, c'est à son sujet que vous m'avez raillée et mal jugée. J'ai certes voulu le séduire, mais il a refusé. Quel sera son sort s'il continue à s'obstiner dans ce refus, sinon la prison, de façon à être humilié comme l'esclave qu'il est[10] ?

33 - Joseph dit : Mon Seigneur ! La prison me semble préférable à ce que ces femmes me demandent de commettre. Or, si Tu n'éloignes pas de moi leur ruse, je risque d'y tomber et je serai alors parmi les ignorants[11].

34 - Dieu l'a entendu. Il a éloigné de lui leur ruse, car Il est Celui qui entend, l'Omniscient.

35 - Ayant vu cela, il leur sembla nécessaire et bien qu'ayant vu les signes de l'emprisonner pendant un certain temps.

36 - Deux adolescents furent mis avec lui dans le cachot. L'un d'eux dit : Je me vois en train de presser le raisin. L'autre dit : Je me vois portant sur la tête du pain que les oiseaux viennent picorer. Dis-nous, Joseph, ce que tu en penses, car nous voyons bien que tu es un homme bien.

37 - Joseph dit : Aucune nourriture ne viendra combler vos désirs tant que je ne vous aurai pas interprété préalablement [cette énigme], en vertu de ce que le Dieu m'a appris. Il faut dire que j'ai abandonné le culte de tout un peuple, car il ne croit pas en Dieu et, de plus, récuse la vie future.

38 - J'ai préféré la religion de mes ancêtres Abraham, Isaac et Jacob. Il ne nous échoit guère d'associer à Dieu quoi que ce soit. Telle est la bénédiction qui nous est donnée, ainsi qu'à tout le monde, même si la plupart des gens ne sont pas reconnaissants.

39 - Ô vous, compagnons de prison, dites-moi si la multiplicité des dieux est préférable à un seul Dieu, l'Unique, le Tout-Puissant.

40 - Ce que vous adorez en dehors de Lui ne sont que de simples noms, qui n'ont aucun pouvoir et que vous et vos ancêtres avez inventés. Le vrai jugement appartient à Dieu, qui a ordonné de n'adorer que Lui. Telle est la vraie religion, mais la plupart des gens n'en savent rien.

41 - Ô vous, compagnons de prison ! L'un d'entre vous servira le vin à son maître, tandis que l'autre sera crucifié. Les oiseaux viendront lui manger la tête. L'affaire de votre demande d'interprétation est déjà décidée.

42 - Joseph dit à celui qu'il supposait être sorti d'affaire : Souviens-toi de moi lorsque tu seras près de ton maître.

Mais le démon lui fit oublier sa promesse et Joseph croupit en prison pendant quelques années.

43 - Le roi dit : J'ai vu en songe sept vaches grasses se faire dévorer par sept autres vaches d'une grande maigreur[12]. Je voyais sept épis tendres et sept autres complètement desséchés. Ô vous les notables[13], dites-moi ce que cela signifie, pour autant que vous sachiez interpréter les songes.

44 - Ce ne sont là que rêves incohérents, répondirent-ils. Et nous ne sommes pas versés dans le domaine de l'interprétation des rêves[14].

45 - Celui des deux prisonniers qui fut libéré se rappela soudain ce qu'il avait eu comme conversation avec un certain Joseph. Il s'exclama : Je vous apporterai le sens de cette vision. Envoyez-moi [comme messager].

46 - Ô Joseph, toi le juste, le véridique ! Donne-nous l'interprétation de ce rêve des sept vaches maigres qui avalent sept vaches grasses, sept épis verts et sept épis desséchés, car je dois revenir avec une réponse vers mes commanditaires, de façon qu'ils sachent.

47 - Vous sèmerez, dit-il, sept ans d'affilée, selon l'usage en vigueur, tout ce que vous moissonnerez. Laissez le blé dans l'épi, hormis une petite partie que vous consommerez.

48 - Viendront après sept années de terrible disette[15]. Elles mangeront ce que vous avez laissé auparavant à cette fin, en dehors du peu que vous aurez mis de côté.

49 - Après cela, une année de répit durant laquelle les gens trouveront leur subsistance et se rendront au pressoir.

50 - Le roi dit : Amenez-le-moi, ce devin. Lorsque l'émissaire se présenta devant Joseph, celui-ci lui dit : Retourne vers ton maître et demande-lui quelle était l'intention des femmes qui se tailladèrent les mains, car mon Dieu à moi connaît parfaitement leur ruse.

51 - Que s'est-il donc passé ? Avez-vous cherché à séduire Joseph ? – Jamais ! dirent les femmes. Nous n'avons rien su de lui qui soit à réprouver. La femme du Grand Intendant dit : Je dois me rendre à l'évidence. C'est moi qui ai cherché à le séduire. Joseph est à compter parmi les véridiques.

52 - Je dis cela afin que ma conscience soit tranquille et que je n'aie pas à trahir, car Dieu n'aide pas les traîtres à trouver leur chemin [16].

53 - Je ne cherche d'ailleurs pas à me disculper complètement, car l'âme charnelle est propice aux tentations ; elle ordonne le mal. Seule m'importe la miséricorde de mon Dieu, car Dieu, le Clément, est Celui qui est miséricordieux.

54 - Le roi dit : Amenez-le-moi. Je vais pouvoir le mettre à ma disposition. Lorsque Joseph arriva, le roi lui dit : Tu es placé dès à présent auprès de nous en un poste d'autorité et de confiance.

55 - Joseph dit : Faites de moi le gardien des magasins de ce pays, je serai à la hauteur de ma tâche.

56 - C'est ainsi que Nous avons établi Joseph en cette terre, libre de ses mouvements, dès lors que Nous touchons de Notre miséricorde qui Nous voulons et que Nous préservons la récompense de ceux qui font le bien.

57 - Mais la rétribution de la vie future est la seule que les croyants et les pieux doivent rechercher.

58 - C'est alors qu'arrivèrent les frères de Joseph, qui entrèrent chez lui. Il les reconnut aussitôt, mais eux l'ignoraient.

59 - Lorsqu'il les dota de toutes les provisions nécessaires, il leur dit : Amenez-moi l'un de vos frères de sang. Ne voyez-vous pas que je suis le plus équitable et le meilleur des hôtes ?

60 - Si vous ne revenez pas avec votre frère, il ne faudra pas compter sur les provisions de blé, ni même m'approcher.

61 - Nous essaierons de convaincre son père de nous le confier, nous l'avons déjà fait par le passé.

62 - Joseph dit à ses serviteurs : Remettez-leur leurs marchandises dans leurs sacs, en espérant qu'ils les reconnaîtront et que, après leur retour dans leur famille, ils sauront revenir de nouveau ici.

63 - Ô père, il ne nous est plus permis d'obtenir du blé du pays de Pharaon si tu ne laisses pas venir avec nous notre jeune frère [Benjamin]. Avec lui, nous pourrons de nouveau faire provision. Nous le protégerons.

64 - Aurais-je confiance en vous en le laissant partir, comme je l'ai fait naguère pour son frère Joseph ? Dieu est le seul protecteur, le Clément qui accorde Sa miséricorde.

65 - Lorsqu'ils ouvrirent leurs sacs, ils trouvèrent que toutes leurs marchandises leur avaient été rendues. Ils dirent en chœur : Ô père, que désirer de plus, toutes nos marchandises sont là ! Nous satisferons notre famille, nous protégerons notre frère et nous augmenterons d'une charge de chameau [17]. Une telle charge est si facile !

66 - Jacob dit : Je ne vous confierai [Benjamin] que si vous jurez devant Dieu que vous le ramènerez sain et sauf, au risque d'être envahis par le malheur. Cet engagement pris, Jacob dit : Dieu est le garant de cet engagement.

67 - Ô mes fils, dit encore Jacob, n'entrez pas par une seule porte, mais par plusieurs portes. Je ne vous serai d'aucune utilité contre les desseins de Dieu, car c'est Dieu qui est le Tout-Puissant. C'est en Lui que j'ai placé ma confiance, et c'est encore Lui qui sera le garant de ceux qui se remettront à Lui.

68 - Et lorsqu'ils entrèrent par l'endroit que leur avait

ordonné leur père, ils ne furent pas plus prémunis, et d'aucune façon, de Dieu. Seulement, Jacob sentait en lui-même le besoin d'une telle précaution. Il est cependant informé de ce que Nous lui avons appris, même si la plupart des gens n'en savent rien.

69 - Lorsqu'ils se trouvèrent en face de Joseph, celui-ci dit en aparté à son frère [Benjamin] : Je suis Joseph, ton frère, ne sois pas trop triste de ce qu'ils ont commis auparavant.

70 - Une fois qu'il les eut pourvus des provisions qu'ils devaient emmener, il glissa la coupe [18] dans les bagages de son frère. Après quoi, il appela un héraut qui cria : Ô vous les chameliers, vous êtes des voleurs !

71 - Les enfants de Jacob ripostèrent en disant : Qu'avez-vous perdu ?

72 - Ils dirent : Nous cherchons une coupe du roi [19]. Celui qui la trouvera aura une charge de chameau en récompense. Je m'en porte garant.

73 - Par Dieu, vous savez bien que nous ne sommes pas venus pour commettre des crimes en cette terre, répondirent les enfants de Jacob, et nous ne sommes pas des voleurs.

74 - Les [autres] dirent : Quel est le prix de ce forfait, si toutefois vous êtes des menteurs ?

75 - Celui qui a volé la coupe et qui l'a mise dans son sac sera remis en gage pour ses méfaits, car tel est le prix que nous réservons aux injustes.

76 - Joseph entreprit de fouiller les besaces des autres frères avant de finir par celle de Benjamin. Il sortit la coupe des bagages du jeune frère. Tel est le stratagème que Nous avons employé en faveur de Joseph, car il ne pouvait garder son frère comme otage royal sans le concours et la volonté de Dieu. Ainsi, Nous élevons à des degrés supérieurs ce que

Nous voulons élever, car au-dessus de tout savant il y a un savant encore plus grand.

77 - S'il a volé, son autre frère a volé avant lui, dirent les enfants de Jacob, mais Joseph garda cette attaque au fond de lui sans rien laisser paraître. Vous êtes dans une mauvaise posture, dit-il. Dieu est au courant de ce que vous dites.

78 - Voici ce qu'ils dirent : Ô vous le « Puissant », Benjamin a un père très âgé qui risque d'être affecté par son absence. Prenez l'un d'entre nous à sa place. Nous te voyons comme quelqu'un qui fait du bien.

79 - Joseph dit : Que Dieu nous préserve d'une telle injustice, celle qui consiste à prendre en otage toute autre personne que celle qui avait la coupe [royale].

80 - Ayant désespéré du succès de leur entreprise, ils tinrent conseil. L'aîné dit : Ne savez-vous pas que votre père nous a fait prendre un engagement devant Dieu ? D'autant que nous avons abandonné Joseph auparavant. Je resterai dans ce pays tant que mon père ne m'aura pas autorisé à le quitter, ou qu'Allah n'aura pas décidé pour moi, Il est le meilleur des juges.

81 - Revenez donc vers votre père et dites-lui que son fils a volé. Nous ne témoignons que de ce que nous savons, mais de l'inconnaissable, nous n'en sommes point garants.

82 - D'ailleurs, interroge la cité où nous étions, ainsi que la caravane avec laquelle nous sommes revenus. Nous sommes vraiment sincères.

83 - Bien au contraire ! [dit Jacob] Votre âme vous a soufflé de mauvaises actions. Mais patience et longueur de temps, peut-être Dieu me les ramènera-t-Il tous les deux. Il est l'Omniscient, le Juste.

84 - Il se détourna d'eux et dit : Ô tristesse ! Ô Joseph !,

tandis que ses yeux blanchissaient de tristesse et de contrition.

85 - Par Dieu ! dirent-ils. Tu ne cesseras donc point de te rappeler Joseph, au risque de souffrir de contrition et de peine.

86 - Je me plains seulement à Dieu de ma tristesse et de ma peine. Je saurai de Dieu ce que vous ne savez point.

87 - Ô mes fils, allez à la recherche de Joseph et de son frère, renseignez-vous et ne désespérez pas de Dieu, car seuls les mécréants désespèrent de la bonté de Dieu [20].

88 - Lorsqu'ils pénétrèrent dans le lieu où se trouvait Joseph, les frères dirent : Ô Puissant ! Le malheur nous a atteints, comme il a atteint notre famille. Nous voilà avec une marchandise de peu de valeur, essayez d'avoir la main généreuse et faites-nous une aumône, Dieu récompense ceux qui s'en acquittent.

89 - Il leur dit : Ô vous les ignorants, n'avez-vous pas conscience du mal que vous avez fait à Joseph et à son frère ?

90 - Ils dirent alors : N'es-tu pas Joseph ? – Si, je suis Joseph, répondit-il, et celui-ci est mon frère. Dieu nous a accordé Sa bénédiction, car Il est bienveillant avec celui qui Le craint et qui patiente. Dieu ne dilapide jamais le bien des hommes bons.

91 - Par Dieu, Dieu te préfère à nous. Mais nous, nous étions dans l'erreur.

92 - Aucun reproche à vous faire aujourd'hui ! dit Joseph. Dieu vous pardonne, car Il est le plus miséricordieux des miséricordieux.

93 - Repartez avec cette tunique qui m'appartient. Mettez-la sur le visage de mon père, il recouvrera la vue. Après quoi, amenez-moi toute votre famille.

94 - Dès que la caravane eut quitté le pays, leur père dit : Je sens l'odeur de Joseph, à moins que vous ne me preniez pour quelqu'un qui délire.

95 - Ils lui dirent : Par Dieu ! Te voilà encore avec tes vieilles lubies.

96 - Quand le porteur de bonne nouvelle arriva, il lui mit la tunique sur le visage, ce qui lui rendit la vue aussitôt. Jacob dit alors : Ne vous avais-je pas dit que je sais de Dieu ce que vous ne savez pas ?

97 - Ô père ! Demande pour nous pardon à Dieu pour avoir péché, nous étions décidément dans l'erreur.

98 - Je demanderai Son pardon à Dieu, Il est Celui qui pardonne, Il est le Miséricordieux.

99 - Lorsqu'ils entrèrent chez Joseph, celui-ci leur fit bon accueil en recevant père et mère : Entrez et installez-vous en toute sécurité en Égypte, leur dit-il, si Dieu le veut.

100 - Il mit ses parents sur le trône[21]. Ils se prosternèrent immédiatement devant lui[22]. Joseph dit : Ô père ! Voici l'explicitation de ma vision de jadis. Dieu l'a réalisée lorsqu'Il m'a bien traité et sorti de prison. Il vous a ensuite emmenés du désert, après que le démon nous eut séparés, mes frères et moi. Mais Dieu est magnanime quand Il veut. Il est l'Omniscient, le Sage.

101 - Ô Seigneur ! Tu m'as doté de pouvoirs. Tu m'as enseigné l'art d'interpréter les récits[23]. Ô Créateur des cieux et de la terre, Tu es notre maître en cette vie comme dans la vie future. Fais en sorte que je décède parfaitement soumis à Ta volonté[24], que je rejoigne les justes.

102 - Tels sont les récits relevant de l'inconnaissable et que Nous te révélons, même si tu n'étais pas des leurs au moment où ils ourdissaient leurs méchancetés.

103 - Mais la plupart des gens, quel que soit ton souhait, n'y croiront pas.

104 - Tu ne leur demandes aucune rétribution [25] pour cela, ce n'est qu'un rappel à l'intention de tout l'univers [26].

105 - Combien de signes manifestes, tant au ciel que sur terre, auprès desquels les gens passent en se détournant.

106 - La plupart d'entre eux ne croient en Dieu qu'en Lui associant d'autres dieux.

107 - Sont-ils sûrs qu'un éventuel châtiment divin ne les enveloppera pas [27] ou que l'Heure dernière ne les saisira subitement au moment où ils s'y attendront le moins ?

108 - Dis : Telle est ma voie. En toute connaissance, j'appelle dans le chemin de Dieu, moi-même et ceux qui me suivent. Gloire à Dieu, je ne fais pas partie de ceux qui associent d'autres dieux à Dieu.

109 - Et Nous n'avons envoyé avant toi que des hommes, venus des cités, auxquels Nous avions révélé Nos Livres. Ceux d'aujourd'hui n'ont-ils pas couru la terre pour constater comment ont terminé ceux d'avant ? La demeure de la vie future est meilleure pour ceux qui ont cru. Ne comprenez-vous pas ?

110 - Jusqu'au jour où les envoyés désespérèrent de faire fléchir les hommes et crurent qu'on allait les tenir pour menteurs. C'est alors que Nous leur octroyâmes Notre victoire. Et ceux que Nous voulûmes sauver furent sauvés. Notre colère ne sera pas repoussée par le peuple coupable.

111 - L'histoire des prophètes est riche d'enseignements pour ceux qui sont sensés. De telles histoires ne sont pas inventées, mais elles sont une confirmation de Son pouvoir, une vraie démonstration de toute chose. Grâce et miséricorde pour un peuple qui croit.

NOTES

1. Noms de trois lettres de l'alphabet arabe. 2. *Kawkab* : sphères, globes, astres. 3. Ya'coub. 4. Benjamin. 5. *Bitamani bakhsin*. 6. Zoulaykha dit : « *Hayta lak* », « Je suis à toi », mais dans la Genèse (XXXIX, 4 et suiv.), le mot est encore plus fort : « Couche avec moi ! » 7. *Hiya rawadatni 'an nafsi*. 8. *Fata*, c'est-à-dire de son esclave. 9. *Chaghafaha hûbban*. 10. *Assaghirin* : humbles, misérables, démunis, petits. 11. *Jahilin* : les ignorants. 12. *'Ijaf*. 13. *Mala'* : seigneurs (Kasimirski), conseil (Blachère), conseillers (Masson), vous qui m'entourez (Pesle et Tidjani). Cf. « Conseil/Grand Conseil », in *Dictionnaire encyclopédique du Coran*. 14. L'art d'interpréter les rêves est aussi vieux que la civilisation. Déjà, au temps de la Grèce ancienne (la Pythie) et, en Égypte, les prêtres avaient la fonction prestigieuse d'interpréter et de tirer des oracles en se fondant sur le récit des rêves et sur les symboles. Depuis lors, de nombreuses compilations fleurirent sur le bord du Nil. L'un des auteurs arabes les plus connus dans le domaine est Ibn Sirin (IXᵉ siècle) : il a rédigé une *Tafsir al-ahlam* (Interprétation des rêves) (Beyrouth, 1995) qui a anticipé de plusieurs siècles la *Traumdeutung* de Sigmund Freud. 15. *Chidadûn*. 16. Une ambiguïté demeure en ce qui concerne le sujet de cette phrase : est-ce la femme du grand intendant qui parle ainsi devant le roi, ou Joseph qui demande au roi de l'innocenter de tout ? 17. *Ba'ir*. 18. *Siqaya*. 19. *Sûwa' al-malik*. 20. *Rawhi Allah*. 21. *Al-'arch* : un piédestal. 22. *Wa kharrû lahû*. 23. *Ahadith* : énigmes, visions. 24. *Mûsliman*. 25. *Ajr* : salaire, récompense. 26. *Al-'alamin* : littéralement, « les mondes ». 27. *Ghachiya*.

LE TONNERRE (AR-RA'D)

Révélée à Médine, 43 versets

Au nom d'Allah, le Clément, le Miséricordieux

1 - Alif. Lam. Mim. Ra. Tels sont les versets du Livre, descendu vers toi de la part de ton Seigneur en guise de vérité, mais la plupart des hommes ne le croient pas.

2 - Allah est Celui qui a élevé les cieux sans les doter de colonnes apparentes. Ensuite, Il S'est établi sur le Trône, Il a fait mouvoir le soleil et la lune, les deux dans leur révolution prédéterminée en vertu de Son ordre, de même qu'Il confectionne les versets[1] dans l'espoir que vous rencontriez le Seigneur avec conscience.

3 - Il est Celui qui a étendu la terre et disposé les montagnes et les torrents, tandis que des fruits Il a fait des couples. Il fait couvrir le jour par la nuit. En cela, il est chaque fois des versets explicites pour ceux qui veulent réfléchir.

4 - Sur terre, il y a des lopins contigus, des jardins où il y a des vignes, des céréales, des palmiers aux fûts emmêlés ou non[2]. Toute cette végétation est arrosée d'une même eau. Et dans la dégustation, Nous distinguons les plantes les unes des autres. En cela, il est chaque fois des signes explicites pour ceux qui raisonnent.

5 - Et si tu t'étonnes, le plus étonnant ce sont les propos qu'ils tiennent : Si nous devenons poussière, serons-nous recréés sous une autre forme ? Voilà ceux qui ont été infi-

dèles à l'égard de leur Seigneur. Ils seront enchaînés par des fers au cou. Ils seront l'appât du feu, où ils demeureront éternellement.

6 - Ils te pressent pour faire la mauvaise action avant la bonne, bien qu'ils aient vu des châtiments exemplaires se produire. Mais ton Seigneur est disposé à pardonner aux gens pour leur injustice, mais Il est aussi très sévère lorsqu'Il vient à châtier.

7 - Et ceux qui n'ont pas cru de dire : Pour peu qu'il reçoive un signe fort de son Seigneur ! Mais tu n'es qu'un messager. À chaque peuple, celui qui les guide.

8 - Allah sait ce que porte chaque femelle et aussi combien sera brève ou longue sa gestation, car chez Lui tout est bien pesé.

9 - Il est Celui qui connaît l'inconnaissable et le connaissable[3] ; Il est le plus grand, le plus élevé.

10 - Que ce soit celui qui tient au secret sa parole ou qui l'exhibe, celui qui se cache dans la nuit ou celui qui se manifeste en plein jour.

11 - L'homme aura des anges qui se tiendront devant et derrière lui. Ils le protègent sur ordre d'Allah, car Allah ne change rien chez un peuple, tant que ce peuple n'a pas procédé à son propre changement. Lorsque Allah veut du mal à un peuple, rien ne L'en empêche. Et ce même peuple n'a aucun maître en dehors de Lui.

12 - Il est Celui qui vous fait voir l'éclair et qui en fait pour vous un motif de crainte ou d'envie, et qui crée les lourds nuages.

13 - Le tonnerre manifeste Sa louange, ainsi que les anges, de peur de Lui. Il lance la foudre et la tornade, et atteint qui Il veut. Alors que les incroyants spéculent[4] sur Son existence, Lui dispose d'une terrible puissance.

14 - À Lui l'appel de la vérité. Quant à ceux qui se réfèrent à d'autres dieux que Lui, ils n'obtiennent absolument rien, à l'instar de ceux qui joignent leurs mains pour récupérer une eau filante et l'amener à leur bouche. Mais elle ne l'atteint pas. Toute invocation des incroyants n'est que pure illusion.

15 - Tous ceux qui se trouvent au ciel et sur terre se prosternent devant Dieu, qu'ils le veuillent ou non. Il en est de même pour l'ombre qui les couvre le matin et le soir.

16 - Dis-leur : Qui est le maître des cieux et de la terre ? C'est Allah ! Dis-leur encore : Ne prenez-vous pas en lieu et place d'autres divinités qui n'apportent aucun bien, à elles-mêmes, ni même de mal ? Dis : L'aveugle est-il semblable à celui qui voit, ou encore l'obscurité est-elle identique à la lumière ? Ou bien [les infidèles] ont-ils donné des associés à Allah qui ont créé aussi bien que Sa création à Lui, de façon à introduire le doute chez les gens à leur sujet ? Dis : Allah, Créateur de toute chose, Il est l'Unique, le Tout-Puissant.

17 - Il a fait descendre des cieux une eau qui a rempli le cours des rivières en fonction de ce qu'elles portent. Le flot des eaux s'est chargé d'une écume blanche qui flotte à la manière d'une fusion de métal sur le feu lorsqu'on cherche à fabriquer un bijou ou tout autre objet similaire. C'est ainsi qu'Allah donne en exemple le vrai et le faux : l'écume s'est dissipée comme le font les scories, tandis que la part utile pour les hommes demeure sur le sol. Ainsi sont les paraboles qu'Allah propose.

18 - La meilleure part revient à ceux qui ont répondu à leur Seigneur. Ceux au contraire qui ne lui ont pas répondu auront un jugement néfaste, même si, ici-bas, ils ont acquis tout ce dont ils ont besoin et plus encore, et s'ils proposent

tout cela en compensation de leurs méfaits. Leur refuge sera la géhenne : détestable lit de repos.

19 - Quoi de comparable entre celui qui a l'intuition que ce qui t'est révélé de la part de ton Seigneur est la Vérité elle-même et celui qui est aveugle à tout cela ? En effet, seuls ceux qui sont doués d'un cœur sensible s'en souviennent.

20 - Ceux qui tiennent leurs engagements envers Allah et qui, de plus, ne renient pas leur pacte⁵.

21 - Ceux qui entretiennent les liens préconisés par Allah et qui redoutent leur Seigneur autant que la crainte qu'ils ont du jugement final.

22 - Ceux qui ont recherché patiemment la Face de leur Seigneur, qui ont respecté les prières, qui ont consacré secrètement ou explicitement une part des biens que Nous leur avons donnés et qui convertissent le mal par le bien, ceux-là seront récompensés par un séjour dans l'ultime demeure.

23 - Ils entreront dans le jardin d'Éden, ainsi que ceux qui ont fait le bien parmi leurs pères, leurs épouses et leurs enfants. Les anges les rejoindront par toutes les portes.

24 - Ils leur diront : Paix sur vous pour la patience dont vous avez fait preuve. Vous voilà désormais dans les délices de la noble demeure.

25 - Ceux en revanche qui reviennent sur l'engagement pris avec Allah, après qu'ils ont scellé un pacte avec Lui, et qui rompent les liens préconisés par Allah et qui sèment le mal sur terre, ceux-là seront maudits et finiront par croupir dans la plus sinistre des demeures.

26 - Allah dispense de Son bien à qui Il veut, ou le retient. Ils se sont réjouis de la vie d'ici-bas, mais qu'est-ce que la

vie ici-bas, sinon une réjouissance éphémère, comparée à la vie future.

27 - Et ceux qui ont été incroyants diront : À moins que son Dieu ne lui révèle un miracle ! Dis-leur : Allah égare qui Il veut et attire vers Lui qui se repent[6].

28 - Ceux qui ont cru et dont les cœurs se sont apaisés à l'évocation du nom d'Allah, car seule l'évocation du nom d'Allah donne aux cœurs leur sérénité.

29 - Ceux qui ont cru et qui ont accompli de bonnes œuvres, à ceux-là une excellente retraite et une grande béatitude.

30 - De la même manière, Nous t'avons envoyé vers une communauté qui a été elle-même précédée par d'autres communautés. À celle-ci, tu transmettras ce que Nous t'avons révélé alors même qu'ils demeurent insensibles au Maître de la Miséricorde. Dis : Il est mon Seigneur. Il n'y a d'autres dieux que Lui. En Lui, j'ai mis ma confiance et c'est vers Lui que je me repens.

31 - S'il est un Coran par lequel on a mis les montagnes en mouvement[7], ou traversé la terre, ou adressé la parole aux défunts[8] : non, c'est bien grâce à Allah que cet ordre a lieu en totalité. N'ont-ils pas perdu espoir, ceux qui ont cru ? Car, si Allah veut, Il orientera [vers le bien] les hommes dans leur ensemble. Ceux au contraire qui n'ont pas cru ne cessent de subir les conséquences de ce qu'ils ont commis. Bientôt, une catastrophe s'abattra sur eux ou sur leur maison jusqu'à ce que la promesse d'Allah arrive. Allah ne manque à aucune de Ses promesses.

32 - Ils ont en effet tourné en dérision des prophètes venus avant toi. Un répit leur a été accordé de Notre part, puis Je me suis saisi d'eux. Quel châtiment ce fut là !

33 - N'est-Il pas Celui qui vérifie ce que chaque être a

gagné ou enregistré, s'il s'agit des âmes ? Ils ont donné à Allah des associés. Dis-leur : Donnez-leur des noms ! À moins de les mettre d'abord au courant de ce qui se passe ici-bas et qu'ils ne connaissent pas. À moins de l'exprimer clairement. Mais, aux incroyants, Allah a rendu belles les ruses. Ils les a détournés de la bonne voie. Celui à qui Allah fait perdre le chemin ne peut, hélas, avoir de guide.

34 - Ils ont un tourment dans la vie d'ici-bas, mais le vrai tourment est celui de la vie future. Ils n'auront aucun protecteur contre Allah [9].

35 - À l'instar du jardin qui a été promis à ceux qui craignent [Dieu]. Un jardin où coulent des rivières, prodigue en fruits et ombragé. Voilà la destination de ceux qui ont cru, quand la destination des incroyants est le Feu.

36 - Ceux à qui Nous avons révélé le Livre sont heureux de ce qui t'a été révélé. Certains de leurs clans refusent cela. Dis : Il m'a été édicté de n'adorer qu'Allah et de ne rien Lui associer. C'est Lui que j'appelle et c'est vers Lui que je reviens finalement.

37 - Mais Nous l'avons envoyé sous forme de loi en arabe [10]. Mais si vous suivez leur direction après que tu as reçu la science [coranique], tu n'auras auprès d'Allah ni maître ni protecteur [11].

38 - Car Nous avons envoyé avant toi des prophètes. Nous leur avons donné des épouses et une progéniture. Et il n'est aucun envoyé porteur de Nos signes qui ne l'ait fait sans Notre permission. À chaque échéance, un terme écrit.

39 - Allah supprime ce qu'Il veut et affermit ce qu'Il veut. Le Livre primordial se trouve auprès de Lui.

40 - Soit que Nous te montrions ce que Nous leur préparons, soit que Nous te rappelions à Nous : il t'incombe

seulement de communiquer le message. C'est à nous qu'il revient de demander des comptes.

41 - Ne voient-ils pas comment Nous venons sur terre et la maîtrisons en toutes ses parties ? Allah juge souverainement. Il est prompt dans Sa façon de demander des comptes.

42 - Ceux qui étaient avant eux ont imaginé des stratagèmes et des ruses. Mais c'est à Allah qu'appartiennent toutes les ruses, car Il sait ce qui appartient à chaque âme, tandis que les infidèles sauront à qui reviendra la demeure inéluctable.

43 - Ceux qui n'ont pas cru disent : Tu n'as pas été envoyé ! Dis-leur : Il me suffit d'avoir Allah pour témoin entre vous et moi. C'est de Lui que je tiens la science du Livre !

NOTES

1. *Yûfassilû.* **2.** *Sinwanûn wa ghayr sinwanin.* **3.** *Chahada* : le témoignage, l'explicite. **4.** *Yûjadilûna.* **5.** *Mithaq* : alliance. **6.** *Anaaba* : venir à résipiscence. **7.** *Sûyyirat* : littéralement, « convoyées ». **8.** À moins que la meilleure traduction ne soit celle d'Octave Pesle et d'Ahmed Tidjani : « Le Coran aurait beau soulever les montagnes, disloquer les continents et faire parler les morts qu'ils ne croiraient pas ! » (p. 154). **9.** *Waqi* : protecteur. **10.** *Hûkm* : illumination. **11.** *Waqi.* Cf. *supra*, note 9.

Sourate XIV

ABRAHAM (IBRAHIM)

Révélée à La Mecque, 52 versets

Au nom d'Allah, le Clément, le Miséricordieux

1 - Alif. Lam. Râ[1]. Tel est le Livre que Nous t'avons révélé afin que tu tires les gens de l'obscurité vers la lumière. Grâce à l'aide de leur Seigneur, ils prendront le chemin de la rectitude, celle du Tout-Puissant, du Bien-Loué.

2 - Allah à qui appartient tout ce qui se trouve dans les cieux et sur terre. Gare aux incrédules, ils subiront un châtiment terrible.

3 - En particulier, ceux qui préfèrent la vie ici-bas à la vie dernière et qui sortent du chemin tracé par Allah, espérant d'ailleurs qu'il soit tortueux. Ceux-là sont dans le plus grand errement.

4 - Nous n'avons envoyé aucun prophète qui n'ait parlé dans la langue de son peuple[2], cela afin qu'il l'instruise. Allah est seul à dérouter qui Il veut et à orienter dans le bon sens qui Il veut. Il est le Puissant, le Sage.

5 - Nous avons envoyé Moïse avec Nos signes [en lui disant] : Fais sortir ton peuple de l'obscurité vers la lumière. Rappelle-leur les jours de Dieu, car, en cela, il est des signes pour toute personne qui fait preuve de patience et de reconnaissance.

6 - C'est alors que Moïse dit à son peuple : Souvenez-vous

des bienfaits que Dieu a déversés sur vous en vous sauvant des gens de Pharaon qui vous faisaient subir les pires tourments, qui égorgeaient vos enfants, mais en épargnant vos femmes[3]. En cela, une grande épreuve vous a été imposée par votre Seigneur.

7 - Et lorsque votre Seigneur proclama : Si vous êtes reconnaissants, vous serez gratifiés et vous aurez un surplus de bienfaits, mais si vous continuez à être infidèles, Mon châtiment sera terrible.

8 - Moïse dit : Si vous tous, et ceux qui sont sur la terre, venaient à ne pas croire, Dieu est autosuffisant ; Il est digne de louanges.

9 - Ne vous a-t-on pas rapporté les événements qui ont touché les prophètes du temps passé, le peuple de Noé, celui de 'Ad, celui de Thamoud, ainsi que ceux qui leur ont succédé et que seul Dieu connaît vraiment ? Leurs prophètes leur ont amené des preuves évidentes. Ils portèrent leurs mains à leurs bouches en disant : Nous ne croyons pas au message que vous avez envoyé et nous éprouvons à cet égard un grand doute.

10 - Leurs Messagers dirent : Doutez-vous de Dieu, alors qu'Il est Celui qui a créé les cieux et la terre ? Il vous appelle à Lui afin de vous pardonner vos péchés et vous accorde un délai suffisant jusqu'au moment déterminé. [Les impies] dirent aux prophètes : Vous n'êtes au fond que des êtres humains comme nous tous. Vous cherchez à nous détourner des divinités de nos pères. Apportez-nous des preuves souveraines que nous ne pourrons contester.

11 - Leurs Messagers leur dirent alors : Oui, nous ne sommes que des mortels comme vous, mais Dieu comble qui Il veut parmi Ses serviteurs. Et nous ne pouvons vous fournir cette preuve souveraine qu'avec le plein accord de Dieu, car c'est à Lui que se remettent les croyants.

12 - Et pourquoi ne nous en remettrions-nous pas à Dieu, alors qu'Il nous a orientés dans le bon chemin ? Nous serons constants face aux injustices que vous nous avez fait subir. De fait, c'est bien sur Dieu que ceux qui cherchent un appui doivent s'appuyer.

13 - Ceux qui n'ont pas cru dirent à leurs Prophètes : Nous vous chasserons de notre terre, à moins que vous ne réintégriez notre culte[4]. C'est alors que leur Seigneur révéla ceci : Nous anéantirons les injustes.

14 - Et Nous vous installerons sur cette terre après eux. Cela pour ceux qui craignent Ma présence et Ma menace.

15 - Ils implorèrent la victoire, mais l'issue pour chaque tyran obtus est l'échec.

16 - Cerné à l'arrière par la géhenne, il ne boit qu'une eau fétide...

17 - ... qu'il avalera avec peine, à petites gorgées, tandis qu'il sera assailli de toute part par la mort sans qu'il soit mort. Derrière lui, un tourment énorme le guette.

18 - À l'instar de ceux qui ont nié leur Seigneur, leurs actions ne sont que cendre éparpillée par le vent un jour de grande tempête. Ils ne retiendront rien de ce qu'ils avaient accumulé. Tel est l'égarement total !

19 - Ne vois-tu pas qu'Allah a créé les cieux et la terre en toute vérité ? S'Il le désire, Il peut vous faire disparaître et créer une espèce nouvelle.

20 - Et cela ne serait pas difficile pour Allah.

21 - Ils comparaîtront tous devant Allah. Les humbles diront à ceux qui se sont conduits en orgueilleux sur terre : Nous dépendions de vous sur terre, pouvez-vous maintenant nous prémunir de quelque manière du châtiment d'Allah ? Ceux-là diront : Si Allah nous avait conduits dans le droit chemin, nous l'aurions fait pour vous. Pour l'heure,

que nous chaut tout cela ? Que nous nous agitions ou que nous patientions, il n'existe pour nous aucun refuge.

22 - Satan dit, une fois le décret accompli : Allah vous a fait une promesse fondée sur la vérité ; je vous ai fait une promesse que je n'ai pas tenue. Mais je n'avais sur vous aucune autorité, sinon de vous appeler [au mal], et vous y avez répondu favorablement. Ne me tenez pas rigueur, mais tenez-vous rigueur à vous-mêmes. Désormais, je ne vous suis d'aucun secours et vous ne m'êtes d'aucun secours non plus. J'ai nié les dieux que vous m'associiez naguère. Les injustes auront, certes, un cruel châtiment.

23 - Et ceux qui ont cru et qui ont accompli de bonnes choses sont entrés dans des jardins où coulent en dessous des rivières. Ils y resteront éternellement avec la permission de leur Seigneur. « Paix » sera leur salutation.

24 - Ne vois-tu pas comment Allah donne Ses paraboles : une parole excellente donnée en image comme un arbre épanoui, dont la racine est solidement ancrée, et ses branchages au ciel ?

25 - Un arbre qui donne tout le temps des fruits abondants, en vertu de la permission d'Allah. Allah donne des exemples aux hommes dans l'espoir qu'ils réfléchissent.

26 - Une parole hypocrite est comme un arbre stérile que l'on a coupé à même la racine et qui n'a plus d'assise.

27 - Allah affermit ceux qui ont cru à la Parole fondée sur la vie immédiate et sur la vie dernière, et Il égare les coupables. Allah fait ce qu'Il veut.

28 - Ne vois-tu pas ceux qui ont transformé en incroyance la bénédiction d'Allah et qui ont établi leur demeure dans la perdition ?

29 - C'est la géhenne qu'ils fréquenteront, quel triste séjour !

30 - Ils ont donné à Allah des égaux afin d'égarer les croyants de Son chemin. Dis-leur : Jouissez pleinement de cette vie, car votre séjour est le Feu !

31 - Dis à Mes serviteurs qui ont cru de prier et de dépenser des biens que Nous leur avons accordés, tant discrètement que publiquement, avant que ne survienne le jour où il n'y aura ni commerce ni connivence [5].

32 - Allah a créé les cieux et la terre. Du ciel, Il a fait descendre de l'eau. Grâce à quoi, Il fait mûrir les fruits qui vous nourrissent. Il a mis à votre service les vaisseaux qui voguent sur la mer. Il vous a assujetti les rivières.

33 - Et, pour vous, Il a assujetti le soleil et la lune à une perpétuelle révolution. Il vous a assujetti la nuit et le jour.

34 - Il vous a donné tout ce que vous Lui avez demandé. Et même si vous comptiez tous les bienfaits de Dieu, vous n'y parviendriez pas. L'homme est injuste et mécréant.

35 - C'est alors qu'Abraham dit : Ô Seigneur, fais en sorte que ce pays soit sûr ! Éloigne-moi, ainsi que mes fils, de l'adoration des idoles.

36 - Ô Seigneur, elles ont détourné un grand nombre de gens. Or, celui qui suit ma voie fait partie de nous, tandis que celui qui me désobéit, Tu es celui qui pardonne et qui est miséricordieux.

37 - Notre Seigneur ! J'ai installé une partie de ma descendance dans une vallée stérile, non loin de ta Maison sacrée. Ô notre Seigneur, cela en vue de la prière. Fais en sorte qu'une partie des gens aient le cœur qui s'incline ; octroie-leur quelques bienfaits afin qu'ils se sustentent, peut-être seront-ils reconnaissants.

38 - Notre Seigneur ! Tu sais ce que nous cachons et ce que nous déclarons, car rien ne peut être caché à Dieu, ni sur terre ni au ciel.

39 - Louange à Dieu qui m'a donné sur le tard Ismaël et Isaac, mon Seigneur étant Celui qui exauce les vœux.

40 - Ô mon Seigneur, fais en sorte que je tienne mes prières, ainsi qu'une partie de ma progéniture. Ô notre Seigneur, entends ma prière.

41 - Ô notre Seigneur, pardonne-moi, pardonne à mes parents, pardonne aux croyants au jour de la tenue des comptes.

42 - Et ne crois pas que Dieu ignore ce que font les injustes, Il ne fait que retarder leur compte jusqu'au jour où les regards seront de nouveau ouverts et figés d'effroi.

43 - Ils courront alors, les têtes levées, les yeux hagards et leurs cœurs vides.

44 - Avertis les hommes des tourments qui les attendent. Ceux qui ont été injustes diront : Ô notre Seigneur, accorde-nous un court délai. Nous répondrons à Ton appel, nous suivrons les prophètes... N'avez-vous pas juré auparavant que vous ne disparaîtriez pas ?

45 - Vous avez habité les maisons de ceux qui se sont mépris sur eux-mêmes. Vous avez alors constaté comment Nous les avions traités. Ce sont là des exemples qui vous ont été présentés.

46 - Ils ont comploté, mais tout complot est inscrit auprès d'Allah, même si ce complot est de nature à déplacer les montagnes.

47 - Ne crois pas qu'Allah est de ceux qui oublient de tenir les promesses qu'Il a faites à Ses prophètes. Allah est le Tout-Puissant, le Maître-Vengeur.

48 - Le jour où à la terre sera substituée une autre terre et où les cieux seront remplacés par d'autres cieux, les hommes seront présentés à Allah l'Unique, le Vainqueur.

49 - Et tu verras, ce jour-là, les criminels enchaînés par de lourdes entraves.

50 - Leurs haillons en goudron[6] et les flammes couvriront leurs visages.

51 - De façon que chaque âme reçoive ce qu'elle a engrangé. Allah est Celui qui est prompt dans Ses comptes.

52 - Voilà une proclamation solennelle pour les gens, afin qu'ils soient informés du fait qu'il est un seul Dieu, l'Unique, et que ceux qui disposent d'un cœur sensible réfléchissent.

NOTES

1. Pour comprendre le sens de ces lettres, voir « Lettres liminaires », in *Dictionnaire encyclopédique du Coran*. 2. Et de la langue qu'il parle : *lissan qawmihi*. 3. *Wa yastahyûna* : il y a controverse sur ce mot. Certains traduisent par « ils profanent vos femmes », « ils les font rougir » ou, comme le fait Régis Blachère, « couvraient vos femmes de honte ». D'autres préfèrent traduire : « égorgeant vos fils et épargnant vos filles » – c'est le cas d'Octave Pesle et d'Ahmed Tidjani, qui tiennent compte du récit biblique. 4. *Millatina* : notre religion, culte ancien. 5. *Khilal* : fraternité, amitié. 6. *Sarabilûhum min qatiran* : leurs vêtements recouverts de goudron. J'ai préféré « haillons », pour donner une couleur plus dégradante.

SOURATE XV

AL-HIJR

Révélée à La Mecque, 99 versets

Au nom d'Allah, le Clément, le Miséricordieux

1 - Alif. Lam. Ra. Voici les versets du Livre et d'un Coran explicite.

2 - Peut-être ceux qui ne croient guère aimeraient-ils devenir musulmans.

3 - Laisse-les manger, se délecter et se bercer de faux espoirs, bientôt ils sauront.

4 - Et Nous n'avons détruit aucune cité sans qu'elle ait eu auparavant un Livre bien instruit.

5 - Aucune communauté ne peut accélérer ni retarder son destin.

6 - Ils disent : Ô toi qui as reçu la révélation, assurément tu es fou !

7 - Si tu étais véridique, pourquoi ne viendrais-tu pas en compagnie d'anges ?

8 - Nous ne faisons descendre les anges que lorsqu'ils sont porteurs de Vérité. Les infidèles n'auront plus à attendre.

9 - Nous avons fait descendre le Rappel[1] et c'est Nous qui le préservons.

10 - Nous avons envoyé avant toi des messagers parmi les premiers peuples.

11 - Et il n'est aucun prophète qui leur était envoyé sans qu'ils l'aient tourné en dérision.

12 - Telle est l'attitude que Nous avons décrétée et mise dans le cœur des infidèles.

13 - Ils ne croiront pas en Lui, en dépit même de la tradition des anciens.

14 - Et cela quand bien même Nous aurions ouvert pour eux une porte dans le ciel pour y accéder.

15 - Ils diraient : Nos yeux se sont éteints, à moins que nous ne soyons ensorcelés.

16 - Alors que Nous avons établi dans le ciel des constellations et que Nous l'avons embelli aux yeux de ceux qui regardent.

17 - Et Nous l'avons protégé de tout démon banni[2].

18 - Et si quelqu'un se glisse pour écouter, une comète enflammée le poursuivra aussitôt.

19 - Quant à la terre, Nous l'avons étendue, non sans y avoir planté des cimes et fait pousser harmonieusement toute chose.

20 - Nous vous y avons mis une subsistance, à vous et à tous ceux que vous ne pourvoyez pas.

21 - De chaque chose qui existe, Nous possédons des réserves importantes[3], et ce que Nous en révélons se fait de manière très mesurée.

22 - Nous avons envoyé des vents fécondants et, du ciel, Nous avons fait descendre une eau dont on vous a arrosés, alors que vous ne la conserviez pas.

23 - Nous faisons vivre et mourir. Nous sommes les héritiers.

24 - Ainsi, Nous connaissons ceux qui se pressent en avant et ceux qui s'attardent.

25 - Mais ton Seigneur saura les réunir tous, Il est le plus sage, le plus savant.

26 - Nous avons créé l'homme d'une glaise[4] limoneuse.

27 - Auparavant, Nous avons créé les djinns d'un feu ardent[5].

28 - C'est alors que ton Seigneur annonça aux anges : Je vais créer un être humain de glaise limoneuse.

29 - Et lorsque Je l'aurai formé et lui aurai insufflé de Mon esprit, prosternez-vous devant lui en signe d'adoration.

30 - Et tous les anges se prosternèrent d'un seul mouvement.

31 - À l'exception d'Iblis[6], qui refusa d'être parmi ceux qui se prosternaient.

32 - Pourquoi, lui dit-Il, ô Iblis, ne veux-tu pas te prosterner avec ceux qui se prosternent ?

33 - Je ne puis me prosterner devant un mortel que Tu as créé de glaise !

34 - Dieu lui dit : Sors donc d'ici, te voilà désormais un être banni !

35 - Tu seras maudit jusqu'au jour du jugement.

36 - Ô Seigneur, dit Iblis, accorde-moi un délai jusqu'au moment où ils seront ressuscités.

37 - Tu seras parmi ceux qui attendent, lui dit-Il.

38 - Jusqu'au Jour de l'instant connu.

39 - Iblis dit : Seigneur, en raison de l'état déplorable où Tu m'as mis, je chercherai à les induire en erreur en embellissant leur vie terrestre au point de les égarer tous.

40 - À l'exception notable de Tes serviteurs les plus sincères.

41 - Tel est, déclara Dieu, le chemin qui mène vers Moi.

42 - Tu n'auras aucun pouvoir sur Mes serviteurs, hormis l'égaré qui te suivra.

43 - Certes, la géhenne est le lieu de leur rendez-vous final !

44 - Elle est dotée de sept portes. Et chaque porte prélèvera un groupe désigné.

45 - Quant aux croyants pieux, ils seront à ce moment-là dans des jardins et des sources.

46 - Entrez-y en paix et dans la quiétude.

47 - Nous dégagerons leurs poitrines des mauvaises pensées[7] et, devenus frères, ils prendront place sur des lits disposés face à face.

48 - Ils n'y seront affectés d'aucune gêne[8] et y demeureront sans être expulsés.

49 - Informe donc Mes serviteurs : Je suis Celui qui pardonne, le Miséricordieux...

50 - ... et Mon châtiment est le châtiment le plus terrible.

51 - Informe-les au sujet des hôtes d'Abraham.

52 - Lorsqu'ils pénétrèrent chez lui en disant : Salutations à toi, il leur dit : Nous voilà effrayés à cause de vous !

53 - Ils rétorquèrent aussitôt : Non, il n'est pas nécessaire d'être effrayé, nous venons t'annoncer l'arrivée d'un fils prodige[9].

54 - Il dit : Vous m'annoncez cette nouvelle au moment où la vieillesse m'atteint. Que m'annoncez-vous donc ?

55 - Ils rétorquèrent : Nous t'annonçons cela en toute vérité. Ne sois pas de ceux qui désespèrent !

56 - Il dit : Il n'y a que les égarés pour désespérer de la grâce divine.

57 - Quelle demande avez-vous, ô envoyés ? leur dit-il.

58 - Nous sommes envoyés à un peuple criminel.

59 - À l'exception de la famille de Loth, que nous sauverons entièrement...

60 - ... sauf sa femme : Nous avons décrété qu'elle ferait partie des perdants.

61 - Lorsque les Messagers se présentèrent devant la famille de Loth,

62 - Celui-ci leur dit : Vous êtes un peuple d'inconnus.

63 - Du tout, dirent-ils, nous apportons ce sur quoi ils doutaient.

64 - Et nous sommes venus à toi munis d'une Vérité, car nous sommes sincères.

65 - Pars donc avec ta famille, nuitamment, et suis leurs pas sans que personne d'entre vous se retourne. Portez-vous là où il vous sera indiqué.

66 - Nous lui annonçâmes cet édit, car au matin ce peuple sera anéanti jusqu'au dernier.

67 - Mais les gens de la ville se présentèrent alors, réjouis.

68 - Loth dit : Tous ceux-là sont mes hôtes. Ne me déshonorez pas !

69 - Craignez Dieu et évitez de m'humilier.

70 - Ils lui dirent : Ne t'avons-nous pas interdit de t'occuper des mondes ?

71 - Voici mes filles, dit-il, si vous cherchez à commettre un acte [inavouable] [10].

72 - Par ta vie, voilà bien des gens que l'ivresse aveugle !

73 - Un cri terrible [11] les saisit très tôt [12].

74 - Nous avons détruit la cité maudite, avant de la bombarder d'une nuée de pierres d'argile.

75 - Voilà bien des signes explicites pour ceux qui obser-vent[13].

76 - Elle était en ruine sur un chemin pratiqué par tous.

77 - En cela, il est des versets explicites pour les croyants.

78 - Dès lors que les partisans d'Al-Ayka[14] étaient injustes,

79 - Nous nous sommes vengés à leurs dépens. Les deux cités formaient un bel exemple.

80 - Quant aux hommes de Hijr[15], ils ont traité Nos envoyés de menteurs !

81 - Nous leur avons envoyé Nos signes de manière répétée, mais ils s'en sont détournés.

82 - Tranquillement, ils creusèrent des grottes pour habiter dans les montagnes.

83 - Mais un cri terrible les a atteints de bon matin.

84 - Inutile, donc, ce qu'ils possédaient.

85 - Nous n'avons créé les cieux et la terre, et tout ce qui se trouve entre eux, qu'en vertu du principe du vrai. Quant à l'Heure, elle se produira. Accorde un beau pardon.

86 - Ton Seigneur est, à coup sûr, le Créateur, le plus savant.

87 - Nous t'avons donné les sept versets fondamentaux[16], ainsi que le Coran sublime.

88 - Ne jette aucun regard de convoitise sur les avantages dont Nous avons doté tel ou tel couple parmi eux. Ne t'attriste pas pour eux et réserve ta mansuétude pour les seuls croyants.

89 - Et dis : Je suis celui qui informe et qui explicite.

90 - De la même manière, Nous l'avons révélé à ceux qui se sont jurés mutuellement et qui se sont divisés.

91 - Ceux qui mirent le Coran en pièces.

92 - Par ton Seigneur, Nous aurons à les interroger tous...

93 - ... sur ce qu'ils faisaient.

94 - Proclame tout ce dont tu as été ordonné et éloigne-toi de ceux qui associent d'autres divinités à Dieu.

95 - Nous t'avons défendu contre les railleurs.

96 - Ceux qui mettent d'autres divinités à côté de Dieu. Mais, au final, ils sauront.

97 - Nous savons que ta poitrine est oppressée de ce qu'ils profèrent.

98 - Glorifie les louanges de ton Seigneur et sois parmi ceux qui se prosternent,

99 - et adore ton Seigneur jusqu'à ce que la certitude te parvienne.

NOTES

1. *Ad-Dhikra* : cela peut être le Coran, ou la Table gardée. 2. *Chaytan ar-rajim* : Satan le Lapidé. Mais « banni » est peut-être plus précis. Voir *infra*, verset 34. Ce rite étrange est encore observé aujourd'hui à La Mecque au moment du grand pèlerinage. 3. *Khaza'inûhû* : trésors, celliers, magasins. 4. *Salsal.* 5. *Samûm* : « fournaise ardente » (Blachère), « feu subtil » (Kasimirski). 6. Iblis : le nom arabe de Satan. 7. *Ghilla* : haine, rancune, fausseté. 8. *Nassib* : fatigue, malaise, désagrément. 9. *Ghûlamin 'alimin* : littéralement, « enfant doué de science ». J'ai préféré « enfant prodige », car l'opération est assez miraculeuse. 10. Peut-être un indice d'une éventuelle prostitution sacrée. 11. *Sayha.* 12. *Mûchriqin* : à l'aube. Voir *infra*, verset 83, où le mot est *mûsabbihin* : au petit matin. 13. *Al-mûtawassimin.* 14. Baydawi explique qu'il s'agit des « gens du Fourré », un endroit boisé près de Madyan. 15. *Hijr* : pays du prophète Salih. Cf. *Dictionnaire encyclopédique du Coran.* 16. Il s'agit de la « liminaire » (*al-fatiha*), première sourate du Coran, qui comprend sept versets, et qui, selon la tradition, résumerait à elle seule tout le Coran.

LES ABEILLES (AN-NAHL)

Révélée à La Mecque, 128 versets

Au nom d'Allah, le Clément, le Miséricordieux

1 - Le décret d'Allah est arrivé, ne le précipitez point. Gloire au Seigneur, et grandeur au-delà de ce que vous Lui associez.

2 - Il fait descendre les anges en les dotant de Son souffle, et cela sur celui qu'Il veut, en leur demandant d'avertir qu'il n'y a d'autres dieux qu'Allah. Craignez-Moi !

3 - Il a créé les cieux et la terre avec la vérité. Il s'élève au-dessus de ce qu'on Lui associe.

4 - Il a créé l'Homme d'une goutte de sperme, avant qu'il ne devienne un contestataire évident, un querelleur.

5 - Et les troupeaux, Il les a créés pour vous ; vous en retirez des vêtements chauds et bien d'autres bienfaits. Et de ces mêmes troupeaux, vous trouverez de quoi manger.

6 - Vous les trouverez beaux quand vous les ramènerez, le soir, et lorsque vous les relâcherez pour le pâturage.

7 - Et ils portent vos fardeaux vers un pays que vous n'atteindriez qu'à grand-peine. Votre Seigneur est pour vous magnanime et miséricordieux.

8 - Il a créé les chevaux, les mulets et les ânes pour que vous les montiez, et pour l'apparat. Il crée ce que vous ne savez pas.

9 - C'est Allah qui vous oriente sur le bon chemin. Certains s'en éloignent. S'Il l'avait voulu, Il vous aurait tous bien orientés.

10 - C'est Lui qui, du ciel, fait descendre de l'eau qui vous sert de boisson et grâce à laquelle poussent des arbustes et des plantes où vous faites paître vos troupeaux.

11 - D'elle, Il fait pousser pour vous les cultures, les oliviers, les palmiers, les vignes et aussi toutes sortes de fruits. Il y a en cela véritablement des signes pour un peuple qui réfléchit.

12 - Pour vous, Il a assujetti la nuit et le jour, le soleil et la lune. Et à Son ordre sont assujetties les étoiles. Il y a en cela des signes éloquents pour un peuple qui raisonne.

13 - Il a fait aussi pour vous tout ce qui est sur terre, aux multiples couleurs. En cela, il est des signes éloquents pour un peuple qui réfléchit.

14 - Il est Celui qui a assujetti pour vous la mer de façon que vous y préleviez une chair tendre et que vous en sortiez les ornements dont vous avez besoin pour vos parures. Vous verrez des vaisseaux qui vogueront sur l'eau en quête d'une part de Sa bonté. Peut-être serez-vous reconnaissants.

15 - Il a posé sur terre des montagnes à la stabilité requise, des fleuves et des voies de passage, dans l'espoir que vous preniez le bon chemin.

16 - Ainsi que des points de repère fondés sur les astres, pour bien vous orienter.

17 - Croyez-vous que celui qui crée est semblable à celui qui ne crée pas ? Pensez-vous à cela ?

18 - Si vous cherchez à dénombrer les bienfaits d'Allah, vous ne saurez le faire, tant ils sont nombreux. Allah est Celui qui pardonne, Il est le Miséricordieux.

19 - Mais Allah sait ce que vous cachez et ce que vous dévoilez.

20 - Et ceux qui vénèrent d'autres dieux en dehors d'Allah ne créent absolument rien, mais ils sont créés.

21 - Ils sont plutôt morts que vivants, ignorant jusqu'au moment où ils seront ressuscités.

22 - Votre Dieu est un seul Dieu. Ceux qui ne croient pas à la vie dernière, leur cœur répugne à tout. Ils sont pleins d'orgueil.

23 - Sans aucun doute, Allah sait ce qu'ils cachent et ce qu'ils révèlent, car Il n'aime pas ceux qui s'enflent d'orgueil.

24 - Et lorsqu'on leur dit : Qu'est-ce que votre Seigneur a révélé ?, ils disent : Des fables anciennes.

25 - Qu'ils assument donc tous leurs méfaits, le jour de la résurrection, ainsi que les méfaits de ceux qu'ils ont détournés sans qu'ils le sachent. Quelle mauvaise charge que celle-là !

26 - Ceux qui les ont précédés ont ourdi un mauvais stratagème. Allah a détruit leur construction à partir de ses fondations. Le toit s'est écroulé sur eux, tandis que les tourments leur sont venus de là où ils ne l'imaginaient pas.

27 - Ensuite, au jour de la résurrection, couverts d'opprobre, [ils s'entendront dire] : Où sont donc mes associés avec lesquels vous n'étiez pas d'accord ? Ceux qui ont été dotés de science diront : La honte et le mépris sont sur les incrédules !

28 - À ceux auxquels les anges ôtent la vie parce qu'ils étaient injustes envers eux-mêmes, ils disent alors : *Salam !* Nous ne commettions aucun mal. Mais Allah est au courant de ce que vous faisiez.

29 - Entrez par les portes de la géhenne et restez-y éternellement ! Quel détestable séjour que celui des orgueilleux.

30 - On demandera à ceux qui ont craint [Dieu] : Qu'a fait descendre votre Seigneur ? Ils répondront aussitôt : un bien. Ceux qui ont fait du bien en cette vie ici-bas recevront un plus grand bien dans la vie dernière. Mais la dernière demeure est meilleure encore. Agréable sera la maison des gens qui ont été pieux !

31 - Des jardins d'Éden dans lesquels ils entreront. En dessous, des rivières couleront et ils y trouveront tout ce qu'ils désirent. C'est ainsi qu'Allah récompense ceux qui Le craignent.

32 - Ceux dont les anges auront rappelé les âmes et qui étaient bons leur diront : *Salam 'alaïkum* puis : Entrez au paradis en raison du bien que vous avez fait.

33 - Qu'attendent-ils d'autre, sinon que les anges viennent à eux et que l'ordre divin leur parvienne ? C'est ainsi que ceux qui ont précédé ont agi, sans qu'ils soient lésés ou contraints par Allah, alors qu'ils étaient injustes envers eux-mêmes.

34 - Les conséquences néfastes de ce qu'ils ont fait les ont atteints, tout comme cela même qu'ils tournaient en dérision les cernera de toutes parts.

35 - Ceux qui ont associé quelqu'un d'autre à Dieu diront : Si le Seigneur l'avait voulu, nous n'aurions pas vénéré un autre dieu en dehors de Lui pas plus nous que nos pères. Nous n'aurions pas plus déclaré sacré quoi que ce soit en dehors de Lui. Telle est l'attitude de ceux qui ont été avant eux. Y a-t-il d'autre obligation pour les envoyés que de transmettre le message le plus explicite ?

36 - Nous avons envoyé à chaque communauté un prophète afin que chacune d'elles vénère Allah et s'éloigne des

Taghout[1]. Il y a celles qu'Allah a conduites sur le bon chemin et celles qui ont cherché à être égarées. Allez de par la terre et voyez comment on finit lorsqu'on traite de mensonges les révélations.

37 - Et si tu désires fortement qu'ils soient remis sur le bon chemin, Allah n'oriente pas dans le chemin celui qu'Il a fait perdre, pas plus qu'ils n'auront de protecteurs.

38 - Ils jurent par Allah, à la mesure de leur croyance, qu'Allah ne ressuscite pas ce qu'Il fait mourir. Bien au contraire, une promesse de vérité leur a été faite, mais la plupart des hommes ne le savent pas.

39 - Il leur montrera ce sur quoi ils se sont disputés, de façon que les mécréants sachent qu'ils étaient des menteurs.

40 - Car, lorsque Nous voulons quelque chose, Nous lui disons : Sois ! Et cette chose est !

41 - Quant à ceux qui ont émigré en raison de leur foi en Allah et qui ont connu l'oppression, Nous leur réserverons une demeure agréable. La récompense dans la vie future sera encore meilleure, pour autant qu'ils le sachent.

42 - Ceux-là mêmes qui font preuve de constance et qui s'en remettent à leur Seigneur.

43 - Ceux que Nous avons envoyés avant toi étaient des hommes à qui Nous avions révélé des Écritures. Interroge donc ceux qui s'en souviennent, si vous ne savez pas...

44 - ... ce qu'étaient les preuves et les Livres sacrés. Nous t'avons révélé ce Livre afin que tu montres aux hommes ce qui leur a été destiné. Peut-être réfléchiront-ils !

45 - Quant à ceux qui s'entourent de subterfuges, ne savent-ils pas qu'Allah peut ouvrir la terre devant eux et les y plonger, alors qu'ils ne s'y attendent pas ?

46 - Ou qu'Il les prend au moment de leurs agissements, sans qu'ils puissent réagir ?

47 - Ou qu'Il les surprend dans leur crainte, même si votre Seigneur est magnanime et miséricordieux ?

48 - N'ont-ils pas constaté que tout ce qu'Allah a créé oriente son ombre à droite et à gauche en guise d'humble prosternation devant Allah ?

49 - Devant Allah se prosterne tout ce qui se trouve aux cieux et sur terre, animaux ou anges. Ils ne peuvent se montrer orgueilleux.

50 - Ils craignent leur Seigneur qui est au-dessus et font ce qu'Il leur ordonne de faire.

51 - Allah a dit : Ne vous donnez pas deux divinités, car Dieu est Un. C'est Moi que vous devez craindre.

52 - À Lui appartient tout ce qui se trouve dans les cieux et sur terre. À Lui l'obéissance perpétuelle [2]. Allez-vous craindre un autre Dieu qu'Allah ?

53 - Tout bienfait qui vous arrive vient d'Allah, et lorsque vous êtes atteints par quelque mal, c'est encore Lui que vous implorez à haute voix.

54 - Dès lors qu'Il vous a soulagés de vos maux, voilà qu'un clan parmi vous donne des associés à leur Dieu.

55 - Et si vous dénigrez ce que Nous vous avons apporté, jouissez-en pleinement, car vous ne saurez que trop vite.

56 - Ils donnent à ceux qu'ils ne connaissent pas une part de ce que Nous leur avons donné. Par Allah, vous serez amenés à répondre de ce que vous maniganciez.

57 - Ils attribuent des filles à la Divinité [3], gloire à Lui ! Et ils s'attribuent à eux-mêmes ce qu'ils désirent.

58 - Et lorsque l'un d'entre eux apprend la naissance d'une fille, son visage s'obscurcit, affligé de son sort,

59 - Fuyant son entourage de peur de répondre à cette mauvaise nouvelle. Que fait-il ? Garde-t-il la fille malgré le déshonneur ou l'enterre-t-il dans la poussière ? Quel mauvais jugement que voilà !

60 - Ceux qui ne croient pas à la vie future relèvent de ce qui est le plus vil. Allah est l'exemple supérieur. Il est le plus puissant, le plus sage.

61 - Et si Allah réprimait tous ceux qui ont été injustes, Il n'en laisserait aucun. Mais Il retardera leur sort jusqu'à un jour prédéterminé. C'est alors qu'ils ne pourront le retarder d'une heure, ni l'avancer d'une heure.

62 - Ils prêtent à Allah ce qu'ils détestent, tandis que leur langue profère un mensonge lorsqu'elle annonce qu'une récompense les attend. En réalité, ils finiront en enfer, où ils seront précipités en premier.

63 - Par Allah ! Nous avons envoyé [des messagers] aux communautés qui t'ont précédé. Satan a embelli à leurs yeux leurs actions. Il est aujourd'hui leur maître. Mais ils auront un tourment cruel.

64 - Nous ne t'avons envoyé le Livre que pour que tu leur montres ce en quoi ils se sont opposés, en bonne direction et en miséricorde pour un peuple qui croit.

65 - Allah a fait descendre du ciel ce par quoi Il redonne vie à la terre après sa mort. En cela, des preuves pour un peuple qui entend.

66 - Vous avez dans vos animaux une preuve susceptible de vous convaincre. Nous vous faisons boire ce que leurs entrailles produisent. Entre leurs excréments et leur sang, un lait pur et suave pour ceux qui le boivent.

67 - Et des fruits, des palmiers et des vignes, vous tirez une

boisson enivrante et un grand bien. Il y a en cela des signes pour un peuple qui réfléchit.

68 - Ton Seigneur révéla aux abeilles⁴ d'habiter les montagnes, les arbres et les ruches.

69 - Qu'elles se nourrissent de toute espèce de fleurs et de fruits, et qu'elles agissent en vertu des chemins tracés par le Seigneur en guise de témoignage. De leurs ventres sort une liqueur aux couleurs variées, qui contient une guérison pour les hommes. Il y a vraiment là des signes pour un peuple qui réfléchit.

70 - Car Allah vous donne et vous retire la vie. Certains d'entre vous seront maintenus jusqu'à l'âge de la décrépitude au point d'oublier ce qu'ils ont appris auparavant. Allah est le plus savant et le plus puissant.

71 - Dieu a favorisé les uns par rapport aux autres en matière de richesse et de biens. Ceux qui ont été favorisés vont-ils jusqu'à partager leurs biens avec leurs esclaves de sorte qu'ils deviennent leurs égaux ? Douteraient-ils des bienfaits de Dieu ?

72 - Allah a extrait de vous des épouses, et de ces épouses Il vous a donné des enfants et des petits-enfants. À tous, Il a prévu des nourritures. Vont-ils croire à des injustices et nier les bienfaits d'Allah ?

73 - Ils vénèrent en dehors des divinités qui ne leur apportent aucun bien ni des cieux ni de la terre et qui ne peuvent rien pour eux.

74 - Ne donnez pas des égaux à Allah, car Allah sait et vous, vous ne savez point.

75 - Ainsi, lorsque Allah donne comme parabole le cas de deux hommes : un esclave sans aucun pouvoir et un homme auquel Nous avons donné des biens immenses qu'il distribue sous forme d'aumône tant discrètement que

publiquement. Sont-ils égaux ? Louange à Allah, mais la plupart ne le savent pas.

76 - Allah donne une [autre] parabole, celle de deux hommes : l'un est muet, il ne peut rien faire et reste à la charge de son maître. Chaque fois qu'il l'envoie quelque part, il ne lui rapporte rien d'utile. Un tel homme peut-il être comparé à celui qui recommande le bien et qui prend le bon chemin ?

77 - Les mystères du ciel et de la terre appartiennent à Allah. Et même l'avènement de l'Heure est une affaire de quelques secondes [5], ou plus rapide encore. Allah est puissant sur toute chose.

78 - Allah vous a fait sortir du ventre de vos mères, alors que vous ignoriez tout. Il vous a dotés d'une ouïe, d'une vision et d'un cœur [6] dans l'espoir que vous manifestiez de la reconnaissance.

79 - Ne voient-ils pas les oiseaux évoluant dans les airs ? Qui les gouverne, sinon Allah ? Il y a en cela des signes pour un peuple qui croit.

80 - Allah a fait de vos demeures un lieu de vie. Il vous a fait dans les peaux de bêtes des tentes légères que vous pouvez transporter et monter. De leur laine, de leur poil et de leur crin, il a fait des ustensiles [7] et des objets qui vous servent un certain temps.

81 - Allah a doté tout ce qu'Il a créé d'une ombre pour vous protéger, et des montagnes Il a fait un refuge [8]. Des vêtements pour vous protéger des grandes chaleurs et d'autres vêtements, des armures en fait, pour vous défendre contre les coups. C'est ainsi qu'Il parachève Ses bienfaits à votre égard, peut-être accepterez-vous de vous soumettre à Lui [9].

82 - Qu'importe s'ils te tournent le dos ! Ton rôle est de les avertir clairement.

83 - Ils connaissent les bienfaits d'Allah et ils sont ingrats. La plupart d'entre eux sont des incroyants.

84 - Jusqu'au jour où Nous enverrons un témoin issu de chaque communauté. Après quoi, aucune excuse ne viendra de ceux qui ont été incroyants et aucune excuse ne leur sera concédée.

85 - Et lorsque les injustes verront les douleurs du châtiment [à venir], ils ne pourront les alléger pour eux-mêmes et aucun répit ne leur sera accordé.

86 - Et lorsque ceux qui ont associé à Allah d'autres divinités verront ces autres dieux, ils s'exclameront : Notre Seigneur, voilà les divinités que nous T'associions et que nous vénérions. – Vous n'êtes que des menteurs, leur diront alors les fausses divinités.

87 - Ce jour-là, les impies se soumettront à Allah, tandis que les divinités qu'ils vénéraient s'en iront au loin.

88 - Ceux qui n'auront pas cru et qui, de plus, auront détourné les bons croyants du chemin d'Allah recevront, pour ce qu'ils faisaient de mal, un châtiment terrible au-delà de leur châtiment propre.

89 - Et lorsque Nous enverrons à chaque communauté un témoin issu d'elle-même et que Nous t'enverrons, toi, ô Mohammed, comme le témoin sur ceux-là et que Nous t'aurons révélé le Livre en guise d'éclaircissement pour tout, bonne direction, bénédiction et excellente nouvelle pour les musulmans.

90 - Allah commande la justice, le bien, ainsi que le fait de pourvoir à ses proches. Il interdit la débauche, la méchanceté, l'envie malsaine et l'action immorale. Il vous prévient de façon à vous en souvenir.

91 - Respectez les serments que vous prêtez en usant du nom d'Allah. Ne vous déjugez pas dès lors que vous avez établi un pacte quelconque, surtout si vous avez pris Allah pour garant. Allah sait parfaitement ce que vous faites.

92 - Ne soyez pas comme celle qui dénoue son nœud après avoir eu beaucoup de difficulté à le faire. N'utilisez pas vos serments pour vous nuire mutuellement, car il est des groupes au sein de la communauté qui sont plus forts que d'autres. Allah vous imputera tout cela de vos actes, afin de vous montrer, le jour de la résurrection, ce sur quoi vous vous opposiez.

93 - Si Allah l'avait voulu, Il aurait fait de vous une seule communauté[10]. Mais Il désoriente qui Il veut et Il oriente dans le bon chemin qui Il veut. Vous serez interrogés sur ce que vous aurez commis.

94 - N'utilisez pas vos serments et pactes pour vous tromper mutuellement. Car vous croyez poser le pied sur un sol ferme, mais voilà que le pied glisse. Vous goûterez au mal pour vous être éloignés d'Allah. Un châtiment terrible vous attend.

95 - N'achetez pas à vil prix le serment que vous faites au nom d'Allah, car ce qui vous attend auprès d'Allah est bien meilleur, si vous saviez.

96 - Temporaire est ce qui relève de vous, pérenne ce qui relève d'Allah. Nous saurons remercier ceux qui ont montré de la persévérance, et cela meilleur encore que leurs actes.

97 - Tous ceux qui, étant croyants, ont accompli de bonnes œuvres, qu'ils soient hommes ou femmes, Nous leur réserverons une vie agréable et une excellente récompense, et supérieure aux meilleures œuvres qu'ils auront accomplies.

98 - Si tu lis le Coran, demande refuge à Allah contre le démon, le lapidé.

99 - Il n'a aucun pouvoir sur les croyants et sur ceux qui s'appuient sur Allah.

100 - Son pouvoir s'exerce sur ceux qui se détournent de Dieu et qui Lui associent d'autres divinités.

101 - Et si Nous avons substitué tel verset à tel autre verset, Allah étant le mieux placé pour savoir ce qu'Il fait, ils disent : Te voilà faussaire ! Mais le plus grand nombre d'entre eux n'en sait rien.

102 - Dis-leur : C'est l'Esprit saint [Gabriel] qui l'a révélé, directement d'Allah, avec la vérité afin que ceux qui ont cru puissent affirmer leur foi. C'est aussi une bonne direction pour les musulmans, et une excellente nouvelle.

103 - Nous avons appris en effet ce qu'ils disent, à savoir qu'un mortel l'instruit en cette matière. Mais la langue de celui auquel ils pensent est trop fruste[11], alors qu'il s'agit là d'une langue arabe claire et explicite.

104 - Ceux qui ne croient pas aux versets d'Allah, Allah ne les oriente pas dans la bonne direction et ils recevront un châtiment douloureux.

105 - Inventer des mensonges ? Ce sont ceux qui ne croient pas aux signes d'Allah. Tels sont les menteurs.

106 - Celui qui nie l'existence d'Allah après avoir cru – à moins qu'il n'ait été contraint en ayant pour lui-même la quiétude d'un cœur nourri de foi – et celui qui ouvre sa poitrine à l'incroyance, ceux-là subiront la colère d'Allah et recevront un lourd châtiment.

107 - Cela pour avoir préféré la vie ici-bas, avec ses artifices, à la vie future. Allah n'oriente pas dans la bonne direction les nations impies.

108 - Ceux-ci ont reçu une marque sur leurs cœurs, leurs oreilles et leurs yeux. Ils sont les plus grands étourdis[12].

109 - Aucun doute là-dessus. Ils seront les grands perdants dans la vie future.

110 - Ceux qui ont émigré, après qu'ils eurent été éprouvés[13], puis qui ont combattu avec pugnacité, recevront après tout cela de la part de ton Seigneur un grand pardon et une miséricorde.

111 - Le jour où chaque âme[14] viendra défendre sa cause, afin d'être rétribuée à la mesure de ses œuvres. Aucune ne sera lésée.

112 - Allah a donné comme parabole l'exemple d'une cité sûre et paisible, une cité opulente où abondaient de partout les biens de la subsistance, mais elle se révéla ingrate à l'égard des bienfaits d'Allah. C'est alors qu'Allah, pour la punir, fit connaître à ses habitants les affres de la faim[15] et une grande peur.

113 - Un Messager s'éleva en leur sein, mais ils le traitèrent d'imposteur. Un mal terrible les surprit, injustes qu'ils étaient.

114 - Mangez de ce qu'Allah vous a prodigué en termes de nourriture licite et agréable. Remerciez Allah pour Ses bienfaits si vous êtes parmi ceux qui Le vénèrent.

115 - Il vous a interdit la bête morte, le sang, la chair du porc[16] et tout ce qui a été immolé à un autre dieu qu'Allah. Cependant, celui qui est contraint d'en manger et qui ne le fait pas par envie de transgresser ou de sortir de la règle commune, Allah le lui pardonnera, étant Celui qui pardonne et qui est miséricordieux.

116 - Ne dites pas par complaisance de la langue : Ceci est pur, *halal*, ceci est impur !, *haram*, vous imputeriez à Allah des mensonges. Ceux qui imputent des mensonges à Allah ne seront pas les vainqueurs[17].

117 - Ils prendront peut-être un plaisir immédiat, mais ils auront un châtiment terrible.

118 - Aux juifs, Nous avons prescrit les mêmes interdits que Nous t'avons énoncés auparavant. Nous ne les avons point lésés ; ils se sont lésés eux-mêmes.

119 - Quant à ceux qui, sans le savoir, ont commis de mauvaises actions avant de craindre Dieu et qui ont ensuite accompli de bonnes actions, ton Seigneur saura être indulgent à leur égard. Il est le Miséricordieux.

120 - Abraham était à lui seul le guide parfait d'une communauté qui se soumettait à Dieu. Il était hanif[18] et n'a pas été de ceux qui associaient d'autres divinités à Dieu.

121 - Reconnaissant qu'il était de la gratification qui lui a été accordée par Dieu. Il l'a choisi et Il l'a conduit dans le bon chemin[19].

122 - Nous l'avons entouré ici-bas de tout le bien nécessaire et il sera parmi les justes dans la vie future.

123 - Après quoi, Nous t'avons révélé de suivre le rite d'Abraham[20]. Il a été un hanif et, à ce titre, n'a jamais associé d'autres divinités à Dieu.

124 - Il a été créé un sabbat pour ceux qui le récusaient. Au jour de la résurrection, ton Seigneur leur imputera ce sur quoi ils étaient en opposition.

125 - Appelle-les au bon chemin de ton Seigneur en usant de sagesse et d'exhortation généreuse. Ne les sollicite qu'en employant de bonnes paroles, car ton Seigneur est très au courant sur celui qui a perdu son chemin, comme Il est le plus informé sur ceux qui ont pris le droit chemin.

126 - Si vous veniez à châtier quelqu'un, faites-le à la hauteur du dommage que vous avez subi. En revanche, si vous êtes patients, la patience est le meilleur des régimes pour ceux qui le peuvent.

127 - Sois patient, car il n'est de patience que par la grâce d'Allah. Ne t'afflige surtout pas pour les incroyants et ne sois pas inquiet des ruses qu'ils ourdissent.

128 - Allah est aux côtés de ceux qui Le craignent et de ceux qui font le bien.

NOTES

1. *Taghout* : tyrans, rebelles, fausses divinités ? Cf. *Dictionnaire encyclopédique du Coran*. 2. *Wassib* : « perpétuel » (Kasimirski), « de manière immanente » (Blachère). 3. *Banat Allah* : filles à la divinité ou filles d'Allah (cf. *Dictionnaire encyclopédique du Coran*). 4. Et Dieu intima aux abeilles : *awha rabbuka...* 5. *Kalamhi al-bassar* : un clignement d'œil. 6. *Afà'ida* : intelligence (Kasimirski, Pesle/Tidjani). 7. *Atatan*. 8. *Akn* (pl. *Aknan*) : retraite, abri. 9. *Tûslimûn* : se soumettre à lui, du verbe *aslama*. 10. *Ummatan*. 11. *A'jami* : barbare. 12. *Ghafilûn* : ignorants, étourdis. 13. *Fûtin* : persécuté. 14. *Nafs* : être incorporel, âme. 15. *Libass al-jû'* : littéralement, « les habits de la faim ». 16. *Khanzir* : famille des sangliers, porcs, phacochères, etc. 17. *Al-Mûflihin* : les bienheureux. 18. Le fait de saisir l'intuition du monothéisme avant qu'il ne soit proclamé. 19. *Sirat al-mûstaquim*. 20. *Millat Ibrahim* : la doctrine d'Abraham, sa religion, son rite.

Sourate XVII

LE VOYAGE NOCTURNE (AL-ISRA)

Révélée à La Mecque, 111 versets

Au nom d'Allah, le Clément, le Miséricordieux

1 - Gloire à Celui qui fit voyager Son serviteur de nuit, de la Mosquée sacrée[1] à la mosquée Al-Aqça dont Nous avons béni les alentours, afin de lui montrer une partie de Notre puissance. Il est vraiment Celui qui entend, le Clairvoyant.

2 - Et Nous apportâmes le Livre à Moïse et Nous en fîmes une bonne guidance pour les fils d'Israël : Ne prenez pas un tuteur en dehors de Moi.

3 - Vous, la descendance des compagnons de Noé, qui fut un serviteur reconnaissant.

4 - Aux enfants d'Israël, Nous avons décrété dans ce Livre : Vous sèmerez par deux fois la corruption sur la terre et vous montrerez un orgueil suffisant.

5 - Et lorsque la première promesse devait se réaliser, Nous vous envoyâmes des serviteurs par Nous doués d'une force de destruction terrible. Ils envahirent les maisons et purent ainsi réaliser Notre promesse.

6 - Puis Nous vous rendîmes l'initiative de la guerre afin que vous preniez le dessus sur eux. Nous avons alors augmenté vos biens et vos enfants, afin que votre armée soit la plus nombreuse.

7 - Si vous faites le bien, vous le faites pour vous-mêmes.

Si vous faites le mal, vous le faites pour vous-mêmes. Et lorsque la seconde menace devait s'accomplir, vos ennemis sont envoyés pour vous humilier [2]. Ils entrèrent dans les mosquées comme ils l'avaient fait une première fois, en détruisant tout ce dont ils se sont emparés.

8 - À moins que votre Seigneur ne vous fasse miséricorde de cela, mais si vous récidivez, Nous récidiverons en faisant de la géhenne un lieu d'enfermement pour les infidèles.

9 - Ce Coran dirige le croyant dans le meilleur chemin. Il annonce une excellente récompense pour les croyants qui agissent pour le bien.

10 - Mais ceux qui ne croient guère à la vie future sauront trouver le châtiment terrible que Nous leur avons préparé.

11 - L'homme fait appel au mal comme au bien, indistinctement. L'homme est porté à l'impatience.

12 - Nous avons donné deux signes distincts en créant le jour et la nuit. Le signe de la nuit a été volontairement assombri, celui du jour plutôt brillant et éclairé. Tout cela afin que vous recherchiez un autre bienfait de votre Seigneur et que vous puissiez connaître le nombre des années, ainsi que le calcul du temps. Nous avons conçu toute chose de la meilleure conception possible.

13 - À chaque homme, attaché à son cou, est attribué un décompte [3] des bonnes et mauvaises actions. Au jour de la résurrection, un livre ouvert lui sera présenté.

14 - Lis ton livre ! lui dira-t-on, tu sauras par toi-même faire aujourd'hui le compte de tes actions !

15 - Celui qui prend le bon chemin le fait pour lui-même ; celui qui emprunte le mauvais chemin s'égare à son détriment. Aucune âme ne se chargera d'un autre fardeau que le sien. Nous n'appliquons Notre châtiment qu'après avoir envoyé un messager.

16 - Et lorsque Nous décidons d'anéantir une cité, Nous ordonnons à ses riches habitants de bien se conduire [mais ils agissent] en débauchés. Notre parole se révèle alors décisive, et Nous l'anéantissons totalement.

17 - Combien de générations Nous avons détruites après Noé. Ton Seigneur est suffisamment renseigné quant à Ses sujets. Il est informé et clairvoyant.

18 - Celui qui veut la vie immédiate, Nous lui en accélérons la part que Nous voulons et à qui Nous voulons. Puis Nous lui préparons la géhenne qui l'engloutira en tant que banni et honteux.

19 - Celui qui désire la vie future et y va résolument, avec force, tout en étant croyant… Ceux-là seront reconnus par cet effort.

20 - À tous, Nous octroyons une part de Nos dons. Les dons de ton Seigneur ne sont refusés à personne.

21 - Regarde comment Nous privilégions les uns par rapport aux autres. En la vie dernière, [il y aura] des degrés autrement plus importants et des privilèges tout aussi conséquents.

22 - Ne mets pas d'autres dieux avec Allah : tu seras abattu et plein de contrition.

23 - Ton Seigneur a établi de ne pas adorer d'autres dieux que Lui, d'être bon envers son père et sa mère. S'ils vieillissent auprès de toi, les deux ou séparément, ne leur dis pas : Fi[4] ! Ne les repousse pas brusquement et tiens-leur des propos respectueux.

24 - Incline vers eux l'aile de l'humilité et de la grâce, et dis : Seigneur, accorde-leur Ta miséricorde comme ils m'ont élevé alors que j'étais petit.

25 - Votre Seigneur est plus informé de ce qui est en vous,

si vous êtes vertueux. Il est enclin au pardon pour ceux qui veulent revenir à Lui[5].

26 - Donne au plus proche son droit, ainsi qu'aux pauvres, aux voyageurs. Mais ne gaspille pas.

27 - Ceux qui gaspillent sont les frères de Satan. Satan était ingrat à l'égard de son Dieu.

28 - Si tu t'éloignes d'eux, à la recherche d'une miséricorde de ton Seigneur, dis-leur des paroles aimables.

29 - N'aie pas la main posée trop serrée sur ton cou[6] pour ne pas donner, mais ne l'ouvre pas entièrement : tu finiras dans le besoin, terrassé et pitoyable.

30 - Ton Seigneur dispense Son bien à qui Il veut. Il le retient tout autant, car Il est bien informé de Ses serviteurs, Il les observe.

31 - Ne commettez pas d'infanticide par crainte de pauvreté. Nous subvenons à leurs besoins comme aux vôtres. Si vous les tuez, vous commettrez un très grand péché.

32 - N'approchez pas de la débauche, car c'est là une infamie, un mauvais chemin.

33 - Ne tuez aucun être qu'Allah a décrété comme étant sacré, à moins que cela ne se justifie en droit. Au cas où quelqu'un est tué injustement, Nous avons donné à son tuteur[7] le pouvoir de sévir, mais qu'il ne dépasse pas les limites prescrites. Il sera d'autant plus secouru.

34 - Ne touchez pas au bien de l'orphelin, sinon de manière convenable, jusqu'au moment où il sera majeur. Tenez vos engagements, il vous en sera demandé des comptes.

35 - Soyez scrupuleux dans vos pesées, si vous êtes amenés à le faire. Utilisez une balance fiable, car cela est préférable pour vous, et la meilleure disposition.

36 - Ne suis pas ce dont tu n'as aucune connaissance :

l'ouïe, la vue, le cœur, tout cela rendra des comptes plus tard.

37 - Ne te pavane pas sur terre, tu n'es pas en mesure de fendre la terre ni d'atteindre en hauteur les montagnes.

38 - Tout cela est une vilenie aux yeux de ton Seigneur, quelque chose de détestable.

39 - Voilà un échantillon de la sagesse que ton Seigneur t'a révélée. N'associe aucun autre dieu à Allah, tu seras jeté dans la géhenne, pitoyable [8] et banni [9].

40 - Votre Seigneur vous a-t-Il favorisés en vous donnant des fils et s'est-Il réservé des filles parmi les anges ? Voilà bien des propos extraordinaires !

41 - Nous avons disposé tout cela dans le Coran afin qu'ils reviennent à la raison [10], mais leur répulsion n'a fait qu'augmenter.

42 - Dis : S'il y avait d'autres dieux avec Lui, comme ils le prétendent, ils ne souhaiteraient rien de plus que le chemin qui mène au Maître du trône.

43 - Gloire à Lui ! Il est plus haut placé et plus sublime, eu égard à la place qu'ils Lui octroient.

44 - Les sept cieux et la terre chantent Ses louanges, ainsi que tout ce qu'ils contiennent. Il n'est rien qui, par la louange, ne célèbre Sa bénédiction. Mais vous ne comprenez pas une telle célébration. Il est clément, Il pardonne.

45 - Quand tu récites le Coran, Nous plaçons un voile épais entre toi et ceux qui ne croient pas à la vie future.

46 - Nous avons placé sur leurs cœurs des voiles de façon à les empêcher de comprendre. Il en est de même pour leurs oreilles. Et lorsque tu évoques ton Seigneur, l'Unique, dans le Coran, ils rebroussent chemin à la suite de la répulsion qu'ils éprouvent à entendre cela.

47 - Nous entendons mieux qu'eux ce qu'ils entendent quand ils t'écoutent, ou lorsque les injustes font des messes basses : Vous ne suivez qu'un homme ensorcelé !

48 - Vois à quoi ils te comparent ! Ils s'égarent et ne retrouvent plus leur chemin.

49 - Ils ont dit : Lorsque nous serons au stade d'ossements et amas de poussière, serons-nous de nouveau ressuscités ?

50 - Dis : Soyez des pierres ou du fer...

51 - ... ou encore toute autre chose qui pousserait dans vos cœurs ! Ils demanderont : Qui nous fera revenir ? Dis : Celui qui vous a fait naître une première fois. Ils secoueront la tête en ta direction et diront : Quand ? Réponds : Qui sait ? Peut-être prochainement.

52 - Et quand Il vous appellera à Lui, vous Lui répondrez en chantant Sa louange, car il vous semblera n'être restés sur terre que peu de temps.

53 - Dis à Mes serviteurs : Qu'ils prononcent de belles paroles, car Satan est prompt à s'immiscer entre eux. Satan est l'ennemi déclaré de l'homme.

54 - Votre Seigneur est Celui qui vous connaît le mieux. Il peut vous accorder Sa miséricorde, comme Il peut vous tourmenter. Nous ne t'avons pas envoyé à eux comme garant.

55 - Ton Seigneur est Celui qui connaît le mieux ceux qui sont dans les cieux et sur terre. De fait, Nous avons accordé Notre préférence à certains prophètes. À David, Nous avons donné les psaumes[11].

56 - Dis : Invoquez ceux que vous prétendez être des dieux en dehors de Lui. Ils ne peuvent ni écarter de vous le mal, ni le modifier.

57 - Ceux-là mêmes qui sont invoqués cherchent le moyen

de se rapprocher de leur Seigneur. Ils sollicitent Sa miséricorde et redoutent plus que tout Son tourment, car, en effet, le châtiment de ton Seigneur est le plus redouté.

58 - Il n'est aucune cité que Nous ne détruirions ou punissions d'un châtiment extrême avant le jour de la résurrection. Tout cela est inscrit immuablement dans le Livre.

59 - Rien ne Nous empêche d'envoyer Nos signes sinon que les Anciens les traitèrent de mensonges. Ainsi, pour l'évidence, Nous envoyâmes la chamelle aux Thamoud, mais ils la tuèrent. Nous n'envoyons Nos signes que pour faire peur.

60 - Et lorsque Nous te dîmes : Ton Seigneur cerne les hommes. Et Nous n'avons voulu de la vision que tu as eue de l'arbre maudit [12] dans le Coran que comme une épreuve. Mais cela ne fait qu'exciter et amplifier leur rébellion.

61 - Et lorsque Nous fîmes injonction aux anges : Prosternez-vous devant Adam !, ils se prosternèrent tous, excepté Iblis, qui dit : Vais-je me prosterner devant celui que Tu as créé d'argile ?

62 - Il ajouta : Cet être auquel Tu octroies plus de considération qu'à moi-même. Si Tu me donnes un répit jusqu'au jour de la résurrection, je briderai sa descendance, à l'exception d'un petit nombre.

63 - Va-t'en, dit Dieu, ceux qui te suivront, la géhenne sera votre rétribution, une rétribution conséquente.

64 - Suborne de ta voix qui tu veux parmi eux ! Fonds sur eux avec tes chevaux et tes soldats, participe à leurs biens et aux enfants et donne-leur de tes promesses. Mais les promesses que Satan fait ne sont qu'une illusion.

65 - Tu n'as aucune puissance sur Mes serviteurs, Ton Seigneur leur suffit amplement comme défenseur [13].

66 - Votre Seigneur est Celui qui pousse vos navires sur la

mer de façon à quémander un peu de Ses faveurs. Il est à votre égard tout miséricordieux.

67 - Si un malheur vous atteint alors que vous êtes en mer, ceux que vous priez vous abandonnent, sauf Lui. Mais lorsqu'Il vous sauve en vous ramenant à terre, voilà que vous vous détournez de Lui. Décidément, l'homme est très ingrat.

68 - Êtes-vous sûrs qu'Il ne fera pas céder sous vos pas un pan entier de la terre ou qu'Il ne déclenchera pas sur vous un ouragan, de sorte que vous ne trouviez aucun protecteur ?

69 - Êtes-vous sûrs qu'Il ne vous remettra pas de nouveau au cœur du danger et qu'Il ne vous enverra pas un vent violent, de sorte que vous soyez engloutis pour prix de votre incroyance et que vous ne trouviez plus personne pour vous prêter secours contre Nous ?

70 - De fait, Nous avons particulièrement honoré les fils d'Adam. Nous les avons transportés sur terre et sur mer. Nous les avons dotés de tous Nos bienfaits. Nous les avons privilégiés, ô combien ! par rapport à toutes Nos autres créatures.

71 - Le jour où Nous appellerons tous les hommes, *via* leurs guides : celui qui recevra son livre dans la main droite, celui-là, et tous ceux comme lui, liront leur livre et ne seront pas lésés, fût-ce d'une miette[14].

72 - Celui qui aura été aveugle en cette vie le sera d'autant plus dans la vie dernière, et plus égaré encore.

73 - Ils ont failli te détourner de ce que Nous t'avons révélé au point d'inventer une autre voie contre Nous. C'est alors qu'ils te prendraient pour confident.

74 - Si Nous n'avions fortifié tes bases, tu aurais peut-être penché vers eux insensiblement.

75 - Auquel cas, Nous t'aurions fait goûter une double ration de la vie ici-bas et le double de la mort. Tu n'aurais plus trouvé, ensuite, de secours contre Nous.

76 - Même s'ils te provoquaient en vue de t'éloigner de cette terre, ils n'y seraient demeurés que peu de temps après ton départ.

77 - En vertu même de la tradition que Nous avons envoyée avant toi par le biais de nos prophètes. Tu ne trouveras à cette tradition rien qui puisse être changé.

78 - Accomplis le rite de la prière entre le déclin du soleil et l'obscurité nocturne. Quant à la récitation du Coran, à l'aube, elle a lieu devant témoins [15].

79 - Quand arrive la nuit, ménage-toi une veille supplémentaire pour prier de manière renouvelée [16], peut-être ton Seigneur t'enverra-t-Il en un lieu digne de louange.

80 - Dis : Mon Seigneur, mets-moi en conformité avec la sincérité et fais-moi sortir en conformité avec la sincérité. Accorde-moi dans Ta faveur une puissante protection.

81 - Et dis : Le vrai est venu, tandis que le faux-semblant s'est dissous. Le faux-semblant ne peut que disparaître [17].

82 - Et Nous ne révélons du Coran que ce qui est guérison et miséricorde pour les croyants, tandis que les infidèles verront leurs pertes augmenter.

83 - Et lorsque Nous comblons l'homme de Nos bienfaits, il s'en éloigne et prend les chemins de traverse, mais lorsque Nous le couvrons de Notre mal, il est tout attristé.

84 - Dis : Chacun de vous fait selon ses dispositions propres, mais votre Seigneur est mieux informé de ce qu'il convient en matière de droit chemin.

85 - Ils t'interrogeront sur l'âme [18]. Réponds : L'âme relève

de la décision de mon Seigneur et vous n'êtes informés à cet égard que de très peu.

86 - Et si Nous le voulions, Nous ferions disparaître ce que Nous t'avons révélé et tu n'y trouverais à cet égard aucun protecteur[19].

87 - Hormis une miséricorde de ton Seigneur, dont la bénédiction est sur toi immense.

88 - Dis : Même si les humains et les djinns s'unissaient pour obtenir un Coran pareil, ils ne le pourraient, même s'ils se soutenaient les uns les autres.

89 - De fait, Nous avons mis dans ce Coran des métaphores de toutes sortes, mais la plupart des hommes s'obstinent à ne pas les accepter.

90 - Ils disent : Nous ne croirons en toi que lorsque tu nous auras fait jaillir une source de terre...

91 - ... ou que tu auras une palmeraie et un vignoble dans lesquels tu feras jaillir des ruisseaux en abondance...

92 - ... ou que tu feras descendre sur nous le ciel par morceaux, comme tu le prétends, et que tu viendras ensuite avec Dieu et les anges en cortège...

93 - ... ou que tu auras une maison très ornée ou que tu monteras au ciel. Du reste, nous ne croirons à ton ascension que lorsque tu feras descendre sur nous un Livre que tu liras... Dis : Grandeur divine ! Ne suis-je pas qu'un être humain, un Messager ?

94 - Rien n'empêche les gens de croire lorsque la bonne direction leur fut envoyée, sinon de dire : Allah a-t-il envoyé un être humain comme prophète ?

95 - Dis : S'il y avait des anges sur terre, qui évoluaient en toute quiétude, Nous leur aurions fait descendre du ciel un ange comme envoyé.

96 - Dis : Allah suffit pour être témoin entre vous et moi. Il est à l'égard de Ses serviteurs très informé et fort occupé à les observer.

97 - Celui qui est orienté par Allah vers le bien est le mieux orienté. Ceux qu'Allah a décidé de perdre, tu ne leur trouveras aucun refuge possible, en dehors de Lui. Nous les rassemblerons le jour de la résurrection sur leur face, aveugles, sourds et muets, et leur séjour sera la géhenne. Aussi, chaque fois que le feu commencera à faiblir, Nous le rallumerons pour eux.

98 - Telle est leur rétribution, du fait qu'ils ont nié Nos signes et dit : Si nous étions ossements en décomposition, serions-nous de nouveau ressuscités ?

99 - Ne voient-ils pas qu'Allah, qui a créé les cieux et la terre, est en mesure de créer leur semblable ? Il leur a prescrit un terme sur lequel il n'est pas de doute. Cependant, les injustes ne croient qu'à l'infidélité.

100 - Dis : Si vous aviez à votre disposition tous les trésors de la miséricorde de mon Seigneur, vous les garderiez pour vous de peur de les dépenser, car l'homme est fait d'avarice.

101 - Nous avons envoyé à Moïse neuf signes explicites. Demande aux fils d'Israël quand il se présenta et que Pharaon lui dit : Je pense, Moïse, que tu es ensorcelé.

102 - Moïse dit : Tu sais que ceux-ci n'ont été révélés par le Seigneur des cieux et de la terre que sous forme d'éléments de clairvoyance. Je pense au contraire que toi, Pharaon, tu vas être perdu.

103 - Et lorsqu'il voulut les chasser du pays, Nous les noyâmes tous, lui et ceux qui l'accompagnaient.

104 - Et nous dîmes ensuite aux fils d'Israël : Habitez cette terre. Quand la promesse de la fin dernière se produira, Nous vous emmènerons tous.

105 - Et, avec le vrai, Nous l'avons fait descendre et, par le vrai, il est descendu. Nous ne t'avons envoyé que pour annoncer le message et pour prévenir.

106 - Un Coran révélé par sections, afin que tu le lises aux gens avec pondération et par séquences successives [20], puisqu'il a été révélé graduellement.

107 - Dis : Croyez en ce Coran ou n'y croyez pas : ceux qui, par le passé, ont reçu la connaissance se jettent prosternés à terre, le menton en avant.

108 - En disant : Gloire à notre Seigneur ! Sa promesse est amenée à se réaliser.

109 - C'est alors qu'ils s'allongent de nouveau sur la face et pleurent, plus humbles encore !

110 - Dis : Invoquez Allah, invoquez le Miséricordieux : quel que soit celui que vous invoquez, Il a les plus beaux noms [21]. Ta prière ne doit pas être à très haute voix, ni un murmure honteux. Recherche entre les deux le juste milieu.

111 - Dis : Louange à Allah qui ne S'est pas donné de fils et qui n'a pas d'associé dans Sa souveraineté. Louange à Celui qui n'a pas besoin de patron pour Le protéger. Proclame Sa grandeur, Sa pleine grandeur !

NOTES

1. *Al-Haram*. Cf. « Voyage nocturne du Prophète », in *Dictionnaire ency-clopédique du Coran*. **2.** Selon l'expression arabe *yassu' wûjûhakum*, « as-sombrir vos visages ». **3.** *Ta'irahû*. **4.** Comment traduire « ouf » ou « ouffin ! », une expression vernaculaire qui exprime le dépit, quand on est excédé, l'insolence faite aux parents ? Un enfant malappris qui répond à ses parents de manière excessive. **5.** *Awwab*, pl. *awwabin* : qui se repen-tent, qui reviennent de leurs erreurs. **6.** Cf. « Images et expressions corani-ques », in *Dictionnaire encyclopédique du Coran*. **7.** *Waliyyahû* : son proche, son parent. **8.** *Malûman*. **9.** *Madhûran*. **10.** *Li yadakkarû*. Il s'agit sûrement des infidèles. **11.** *Zabûr*. **12.** *Chajarat mal'ûnat*. **13.** *Wakil* : parrain, tuteur, protecteur, garant. **14.** Comme tant de fois déjà, le verset commence au singulier et se termine au pluriel. Une caractéristique du Coran, avec ses reprises orales et ses brusques expansions sémantiques. **15.** *Machhûd*. **16.** *Nafila*, pl. *nawafil* : prières surérogatoires que le musul-man effectue à des moments importants du calendrier liturgique ou tout simplement lorsqu'il en éprouve le désir. **17.** *Zahaqa al-batal – Inna al-batal kâna zahûqan*. **18.** Ou le souffle, l'esprit. **19.** *Wakil* : cf. *supra*, note 13. **20.** *Muktin*. **21.** Cf. « Beaux noms d'Allah », in *Dictionnaire encyclopédique du Coran*.

SOURATE XVIII

LA CAVERNE (AL-KAHF)

Révélée à La Mecque, 110 versets

Au nom d'Allah, le Clément, le Miséricordieux

1 - Louange à Allah qui a révélé le Livre à Son serviteur et qui l'a donné sans défaut.

2 - Livre juste qui informe de la menace terrible qui sourd de Lui et qui annonce la bonne nouvelle aux croyants pieux, car ils recevront une belle récompense...

3 - ... où ils demeureront éternellement.

4 - Il mettra en garde ceux qui disent : Allah a un fils.

5 - Qu'en savent-ils ? Ni eux ni leurs pères qui profèrent des monstruosités, tant est mensonger ce qu'ils disent.

6 - Peut-être ton âme sera-t-elle affligée, hélas, de constater qu'ils ne croient guère à ce récit.

7 - Nous avons orné la terre de toutes ses parures afin de les éprouver et de déterminer qui, parmi eux, agit de la plus belle des manières.

8 - Mais Nous la viderons de ce qu'elle contient[1].

9 - À moins que tu n'aies trouvé que les compagnons de la Caverne, et du Rakim[2], soient en l'espèce une étrangeté pour Nous ?

10 - Lorsque ces jeunes gens se réfugièrent dans la caverne,

ils dirent : Ô Seigneur, accorde-nous une part de Ta miséricorde et donne-nous l'intuition de la bonne conduite.

11 - Dans cette caverne, Nous frappâmes leurs oreilles de surdité, et cela pendant plusieurs années.

12 - Puis Nous les réveillâmes de façon à comparer l'impression de chaque groupe quant au temps écoulé.

13 - Nous te rapportons leur récit avec précision : c'étaient des adolescents qui avaient en effet cru en leur Seigneur et que Nous avons orientés dans le bon chemin.

14 - Nous avons scellé fortement leurs cœurs de sorte qu'en se levant ils pussent dire : Notre Seigneur est le Dieu des cieux et de la terre, nous n'invoquons aucun autre dieu que Lui, auquel cas ce serait une absurdité [3].

15 - Ces gens-là sont de notre peuple, ils ont pris en dehors de Lui des divinités. Si, au moins, ils avaient des éléments sûrs d'appréciation [4]. Qui est plus injuste que celui qui forge des mensonges à l'encontre de Dieu ?

16 - Dès lors que vous les aurez quittés [5], eux et ce qu'ils adorent en dehors de Dieu, abritez-vous dans la caverne, votre Seigneur vous comblera de Sa miséricorde et veillera au mieux à votre sort.

17 - Tu verras alors comment le soleil, en se levant, s'éloignera par la droite de leur caverne et, en se couchant, les éclairera [6] par la gauche, alors qu'ils se tiennent au milieu. Tels sont les signes de Dieu ! Celui que Dieu oriente est alors le bien guidé, mais celui que Dieu perd, tu ne lui trouveras aucun guide.

18 - Tu les croirais éveillés, ils sont endormis. Nous les retournerons sur le côté droit et sur le côté gauche, tandis que leur chien, pattes allongées, est à l'entrée de la caverne [7]. Si tu les avais vus, tu aurais été pris d'épouvante et, paniqué, tu aurais fui.

19 - C'est ainsi que Nous les réveillâmes afin qu'ils s'interrogent mutuellement. Combien de temps sommes-nous restés ici ? dit l'un d'entre eux. – Un jour, ou un peu moins, lui répondit-on. D'autres dirent : Votre Seigneur est plus savant que vous sur cette question. Envoyons quelqu'un avec cette monnaie pour acheter quelque bonne nourriture à la ville. Qu'il achète la plus propice et qu'il revienne, mais à condition de se comparer avec délicatesse et que personne ne le remarque.

20 - Car, s'ils vous découvraient, ils vous lapideraient et vous forceraient à adopter leur culte. Vous serez plus heureux.

21 - C'est ainsi que Nous les exposâmes afin qu'ils sachent que la promesse de Dieu est véridique et qu'il n'y a aucun doute possible sur l'Heure. Ils discutèrent entre eux de leur situation, et suggestion fut faite d'élever un temple à l'endroit où ils étaient, car seul leur Seigneur connaissait la durée réelle qu'ils avaient passée là. Mais ceux qui eurent le dernier mot dans cette affaire demandèrent plutôt un oratoire[8].

22 - Ils diront : Ils étaient trois et le quatrième était leur chien. Ils diront : Non, cinq, et le sixième était leur chien, tout cela en faisant fi de ce qu'ils ne connaissent pas[9]. Ils diront : Sept, et leur chien était le huitième. Dis : Mon Seigneur connaît leur nombre, ce que peu de gens connaissent. Ne spécule là-dessus que moyennement et sans trop t'appesantir, et ne demande de conseil à personne à ce propos.

23 - Et ne t'avance à rien, comme par exemple : Je ferai telle chose demain...

24 - ... sans ajouter aussitôt : Si Allah le veut. *In cha'Allah !* Invoque ton Seigneur si tu as oublié de le dire et demande-

Lui grâce de t'orienter correctement pour être le plus proche de ton but.

25 - Quant aux gens de la Caverne, ils demeurèrent dans leur caverne pendant trois siècles et neuf années de plus.

26 - Dis : Dieu sait mieux que personne la durée de leur séjour dans la caverne. À Lui appartient l'inconnaissable des cieux et de la terre. Il est le plus clairvoyant, Celui qui perçoit le mieux et, à cet égard, ils n'ont aucun autre tuteur que Lui. Il n'associe personne à Sa gouvernance.

27 - Récite ce qui t'a été révélé du Livre de ton Seigneur, des paroles que personne ne peut substituer, de même que tu ne trouveras aucun refuge en dehors de Lui.

28 - Sois patient avec ceux qui prient leur Dieu matin et soir. Ils désirent Sa face. Que tes yeux ne les quittent pas au profit de la vie et de ses parures. N'obéis pas à celui dont Nous avons rendu inattentif le cœur au sujet de Notre remémoration, celui-là a poursuivi sa passion et est insolent.

29 - Dis : La Vérité vient de votre Seigneur : que celui qui veut croire croie ; que celui qui ne veut pas croire reste incroyant. Nous avons préparé aux coupables un feu qui les embrasera de ses flammèches. S'ils appellent au secours, leur secours sera une eau comme un métal fondu[10] qui brûlera les visages. Détestable breuvage pour un séjour non moins exécrable !

30 - En revanche, ceux qui ont cru et qui ont fait du bien ne seront pas lésés de la moindre récompense prévue à cet effet.

31 - À ceux-là, un jardin d'Éden, où couleront des ruisseaux juste en dessous d'eux. Ils seront parés de bracelets d'or, ils seront vêtus de vêtements verts rehaussés de soie et de bro-

cart. Ils seront enfin accoudés sur des sofas. Excellente récompense pour un séjour qui n'est pas moins fastueux !

32 - Donne-leur la parabole des deux hommes. Nous octroyâmes à l'un deux jardins semés de vignes et bordés par des palmiers, et entre les deux un champ de blé.

33 - Les deux jardins donnèrent leurs fruits en abondance, au point que leur propriétaire ne fut pas déçu, tandis que Nous faisions jaillir en leur milieu une grande source[11].

34 - Il récolta des fruits. Le propriétaire dit à son ami au cours d'une discussion : Je suis plus riche que toi et je jouis d'un plus puissant clan.

35 - Il entra dans son jardin et enchaîna, se portant préjudice à lui-même : Je ne pense pas que cela puisse disparaître un jour.

36 - Je ne pense pas non plus que l'Heure soit imminente et, quand bien même je serais ramené vers mon Seigneur, j'aurais bien mieux que ce jardin.

37 - Le compagnon avec lequel il conversait lui dit : Vas-tu douter[12] de Celui qui t'a créé d'abord de poussière, puis d'une goutte de sperme[13], avant de te donner la forme d'un homme ?

38 - Mais Il est Allah, mon Seigneur, auquel je ne puis rien associer.

39 - Si au moins tu étais entré dans ton jardin en disant : Par la volonté d'Allah, il n'y a de puissance que par Allah. Tu me verrais moins bien loti que toi par la fortune et les enfants !

40 - Qui sait ! Peut-être qu'Allah me donnera mieux que ton jardin et que, au même moment, Il sèmera sur celui-ci un fléau céleste qui le transformera en un sol nu et glissant...

41 - ... et que son eau disparaîtra dans le sol et que tu ne pourras la récupérer.

42 - Hélas, ses fruits furent détruits. Et le lendemain matin, il se tordait les mains en pensant aux nombreuses dépenses qu'il avait faites pour l'entretien de son jardin. Le voilà dépourvu maintenant de ses pieds de vigne. Il se lamenta : Plût au Ciel que je n'eusse associé qui que ce soit à mon Seigneur !

43 - Et personne n'était là pour le secourir en dehors d'Allah. Il ne fut pas vainqueur.

44 - En cette matière, la protection ne vient que d'Allah, le Vrai. Il est meilleur par Sa récompense, meilleur aussi par l'issue qu'Il offre.

45 - Donne-leur en exemple la parabole de la vie et de ses plaisirs immédiats : ce pourrait être une eau que Nous faisons couler du ciel et qui se mêlera aux plantes de la terre. Après quoi, celles-ci deviendront du chaume que les vents dispersent. Allah est tout-puissant sur toute chose.

46 - La fortune et les enfants ne sont qu'une parure de la vie ici-bas. Seules demeurent les bonnes œuvres engrangées, car elles seront récompensées de la meilleure manière auprès de ton Seigneur, et par une grande espérance.

47 - Le jour où Nous mettrons les montagnes en marche et où tu verras la terre mise à nu et où Nous les rassemblerons tous, sans exception.

48 - Ils seront présentés en rang à ton Seigneur : Vous voilà tels que Nous vous créâmes la première fois. Mais vous prétendiez que Nous ne vous fixerions pas de rencontre ultime.

49 - Le livre sera posé devant eux. Les coupables diront, effrayés : Quel malheur ! Pourquoi ce livre enregistre-t-il tout ce que nous avons fait, et n'en omet-il ni les petites

choses ni les grandes ? Ils trouveront ainsi le décompte de tout ce qu'ils ont fait, et ton Seigneur ne lèsera personne.

50 - Et lorsque Nous dîmes aux anges : Prosternez-vous devant Adam !, ils se prosternèrent, à l'exception d'Iblis, le mauvais ange qui s'est rebellé quant à l'ordre de son Dieu. Aussi le prendriez-vous pour tuteur en dehors de Moi, lui et toute sa progéniture, alors même qu'ils sont vos ennemis ? Triste alternative pour les injustes !

51 - Je ne les ai pas pris pour témoigner de la création des cieux et de la terre, pas plus que de leur propre création : Je ne prends pas à Mes côtés ceux qui ont pour vocation d'égarer les autres.

52 - Et le jour où Allah dira : Appelez Mes associés, ceux que vous avez prétendus tels !, on les appellera. Mais ils ne leur répondront pas. Nous aurons fait en sorte que tout un abîme les sépare.

53 - Les coupables verront le feu dans lequel, penseront-ils, ils seront jetés sans aucune échappatoire.

54 - Nous avons certes, au bénéfice des hommes, disposé dans ce Coran des exemples de chaque chose. Mais l'homme s'est montré essentiellement querelleur [14].

55 - Rien n'empêche les hommes de croire, dès lors qu'ils sont touchés par la bonne intuition [15] et qu'ils sollicitent le pardon de leur Seigneur, à moins que les traditions des anciens ne reprennent le dessus ou qu'ils ne doivent faire face au châtiment.

56 - Nous n'envoyons Nos messagers que pour informer ou pour mettre en garde. Mais ceux qui ont choisi l'infidélité contestent le vrai en le soumettant au faux. Ils tournent en dérision Nos signes et Nos avertissements.

57 - Qui est plus injuste que celui qui, ayant été informé de Nos signes, s'en est détourné et a oublié ce qu'il a

commis ? Nous avons mis des voiles sur leurs cœurs, pour qu'ils ne comprennent pas, et une dureté particulière dans leurs oreilles [16]. Tu les convierais dans le droit chemin, ils ne le prendraient point.

58 - Et si ton Seigneur, Celui qui pardonne, plein de miséricorde, les punissait de ce qu'ils ont commis, Il aurait accéléré leur tourment. Mais ils ont un rendez-vous auquel ils ne peuvent se soustraire.

59 - Ces cités, Nous les avons anéanties lorsqu'elles se sont comportées de manière injuste, et Nous leur avons fixé un terme précis pour cette destruction.

60 - Et quand Moïse dit à son serviteur [17] : Je ne cesserai [de marcher] que lorsque j'aurai atteint le confluent des deux mers [18], même s'il me fallait marcher indéfiniment.

61 - Et quand ils atteignirent le confluent des deux mers, ils oublièrent leur poisson, qui aussitôt leur échappa dans la mer comme une flèche.

62 - Et lorsqu'ils eurent dépassé le point nommé, Moïse dit à son valet : Apporte-nous notre repas, ce voyage a été très éprouvant pour nous.

63 - Le jeune homme dit : Que vas-tu en penser ? Lorsque nous nous sommes arrêtés sous le rocher, j'ai oublié le poisson. Seul Satan peut me le faire oublier ! Le poisson a repris le chemin de la mer, si étrange que cela puisse paraître !

64 - Moïse répondit : C'est cela que nous souhaitions. Et ils revinrent sur leurs pas !

65 - Ils trouvèrent l'un de Nos serviteurs, que Nous avions doté de Notre miséricorde et d'une partie de Notre science.

66 - Moïse lui dit : Je vais te suivre à condition que tu m'apprennes un peu de la science que tu as reçue en guise de droiture !

67 - L'autre dit : Tu n'auras pas avec moi la patience nécessaire.

68 - Comment d'ailleurs patienterais-tu si tu ne sais pas à quoi tu t'exposes ?

69 - Tu me trouveras, si Dieu le veut, aussi patient qu'obéissant !

70 - Si tu me suis, répondit alors le serviteur de Dieu, tu ne poseras aucune question tant que je ne t'aurai pas dit moi-même quel en est le propos.

71 - Ils partirent. Arrivé à un navire, le serviteur de Dieu fit une grande brèche dans la coque. Moïse s'exclama : Tu as fait cette brèche pour noyer ses occupants ? Tu as commis là un acte répréhensible !

72 - Ne t'avais-je pas dit que tu n'auras pas la patience nécessaire avec moi ?

73 - Moïse dit : Ne me tiens pas rigueur de cet oubli, mais ne me soumets pas à trop rude épreuve.

74 - Ils partirent de nouveau, jusqu'au moment où ils croisèrent un jeune adolescent que l'autre tua aussitôt. Moïse dit : Mais tu as tué quelqu'un de pur et sans qu'il y ait de talion. Tu as commis quelque chose de détestable !

75 - Ne t'avais-je pas dit que tu n'aurais pas la patience nécessaire avec moi ?

76 - Si je t'interroge sur quoi que ce soit d'autre, dit Moïse, sépare-toi de moi comme compagnon. J'ai fourni l'excuse !

77 - Ils repartirent donc, jusqu'au moment où ils trouvèrent les habitants d'une cité auxquels ils demandèrent à manger. Mais ceux-ci refusèrent de leur donner l'hospitalité. Ils trouvèrent un mur sur le point de s'écrouler, le serviteur le remit en état. Moïse dit : Si tu veux, tu peux demander à être payé pour cela !

78 - Voici venu le moment de notre séparation, lui dit le serviteur de Dieu. Cependant, voici les explications des symboles pour lesquels tu n'as pas montré une grande patience.

79 - Pour ce qui est du bateau, il appartenait à de pauvres travailleurs de la mer. J'ai voulu l'endommager afin d'empêcher que, derrière eux, un roi tyrannique ne s'en empare en s'arrogeant les pleins pouvoirs.

80 - Quant à l'adolescent, il avait un père et une mère très croyants. Il était à craindre qu'il ne les détourne vers l'impiété et l'infidélité.

81 - Et nous avons voulu que Dieu leur accorde en échange un enfant plus pur encore et plein de sollicitude.

82 - Quant au mur, il appartenait à deux garçons orphelins de la cité. Il était bâti sur un trésor dont ils étaient propriétaires. Leur père était bon et sincère. Aussi, ton Seigneur, en Sa grande miséricorde, a voulu attendre qu'à leur majorité ils puissent découvrir leur trésor. Je n'ai rien fait de mon propre chef. Tout cela est seulement l'explication [19], ce pourquoi tu n'étais pas capable d'attendre [20].

83 - Ils t'interrogeront au sujet de Dhû-al-Qarnaïn [21]. Dis : Je vais vous raconter son histoire.

84 - Nous l'avons établi sur terre et Nous lui avons fourni toute chose utile.

85 - Il suivit un chemin...

86 - ... jusqu'au moment où il atteignit le couchant du soleil. C'est là qu'il découvrit que le soleil disparaissait dans un chaudron d'eau brûlante. Un peuple était à côté de cette source. Nous dîmes : Ô Dhû-al-Qarnaïn : ou tu les châties, ou tu te comportes agréablement avec eux.

87 - Il dit : Nous châtierons tout coupable parmi eux, puis

nous le ramènerons à son Dieu qui le châtiera plus durement encore.

88 - Quant à celui qui a cru et qui s'est adonné au bien, il aura une belle récompense et nous lui dirons que, pour notre part, il n'y a plus que facilités.

89 - Puis il suivit de nouveau un chemin...

90 - ... jusqu'au moment où il atteignit le levant. Il découvrit là un peuple qui n'avait aucun autre voile que le soleil pour se protéger.

91 - Ce fut ainsi ! Et Nous englobons de Notre science tout ce qu'il avait.

92 - Puis il suivit encore un chemin...

93 - ... jusqu'au moment où il atteignit deux digues[22]. Il trouva là un peuple qui n'avait aucune conscience du langage.

94 - Ils lui dirent : Ô Dhû-al-Qarnaïn ! Gog et Magog sèment la terreur sur la contrée. Pourras-tu construire une digue entre eux et nous ? nous t'en paierons le prix.

95 - Ce que mon Seigneur m'a permis d'acquérir vaut encore mieux, leur dit-il. Aidez-moi avec vigueur, j'établirai un rempart[23] entre eux et vous.

96 - Apportez-moi des blocs de fer. Quand il eut comblé l'espace entre les deux versants, il dit : Soufflez ! Quand le feu devint très chaud, il dit : Apportez-moi de l'airain que je puisse le verser dessus.

97 - Ils [Gog et Magog] ne purent escalader le remblai ; ils ne purent y faire une brèche.

98 - Ceci est une miséricorde de la part de mon Seigneur, dit Dhû-al-Qarnaïn. Lorsque l'ordre divin se produira de nouveau, ce remblai sera rasé, tandis que la promesse de mon Seigneur est véridique.

99 - Ce jour-là, Nous les laisserons déferler par vagues entières les uns sur les autres. À ce moment-là, on soufflera dans la trompette et Nous les rassemblerons tous.

100 - Et Nous exposerons la géhenne aux infidèles, ouvertement.

101 - Ceux, précisément, qui avaient les yeux dans le noir à Mon sujet et qui n'écoutaient pas Nos rappels.

102 - Ceux qui ont été infidèles s'imaginent-ils s'allier Mes serviteurs en M'excluant ? Nous avons préparé la géhenne comme lieu commun à tous les infidèles.

103 - Dis : Voulez-vous que je vous informe de ceux qui seront les plus grands perdants eu égard à leurs actes ?

104 - Ceux qui se sont égarés en recherchant les plaisirs de la vie immédiate et qui croyaient bien faire.

105 - Ceux qui ont récusé les signes de leur Seigneur et qui ne croyaient pas non plus à Sa rencontre [dans l'au-delà]. Leurs actions auront été vaines et ne pèseront pas bien lourd le jour de la résurrection.

106 - Leur rétribution sera la géhenne, du fait de leur impiété et pour avoir tourné en dérision Mes signes et Mes envoyés.

107 - En revanche, ceux qui ont cru et qui se sont acquittés de bonnes œuvres partageront leur séjour dans les jardins du paradis [24]...

108 - ... où ils demeureront immuablement et ne souhaiteront aucun changement.

109 - Dis : Si la mer était une encre avec laquelle on traçait les paroles de mon Seigneur, l'eau de mer s'épuiserait avant que les paroles de mon Seigneur ne tarissent. Y ajouterions-nous même une autre mer que cela n'y changerait rien.

110 - Dis : Je ne suis qu'un être humain comme vous. Il

m'a été révélé que votre Dieu est un Dieu Un. Que celui qui espère rencontrer son Seigneur accomplisse de bonnes œuvres et qu'il n'associe aucun autre dieu à Dieu.

NOTES

1. *Sa'idan jûruzan* : nous la dénuderons en laissant un sol nu, aride. 2. *Rakim* : « épitaphe », « plaque commémorative », mais aussi le nom du chien des Sept Dormants. En réalité, le sens de ce terme nous échappe complètement. 3. *Chatatan* : « ce serait monstrueux », « une imposture » « une abomination ». 4. *Sûltan* : des éléments de preuve. 5. *A'zaltumû-hûm* : mis de côté. 6. *Taqridûhum* : les effleurera, les touchera. 7. *Wassid* : seuil. 8. *Masjid* : mosquée, lieu de prière, chapelle. 9. *Rajman bil-ghayb*. 10. *Mûhl*. Preuve de la complexité de cette notion, la diversité des traductions données en français : « airain fondu », « fonte », « cuivre fondu », « bronze en fusion ». 11. *Nahr* : un fleuve. 12. *Akfarta*. 13. *Nûtfatûn*. 14. *Jadala* : aimer les controverses inutiles, disputailler. 15. *Al-houda* : la guidance, la bonne orientation. 16. *Waqaran*. Cf. VI, 25. 17. *Fata* : page, disciple, valet, aide de camp, serviteur. 18. *Bahrayn* : deux mers, ou deux fleuves, comme l'on dit *Bahr an-Nil*, le Nil. 19. *Ta'wil*. 20. Le verbe *tastati'* est étrangement abrégé ici en *tasti'*. 21. Curieux personnage que Dhû-al-Qarnaïn (l'Homme aux deux cornes) : certains historiens l'associent à Alexandre le Grand ; d'autres l'identifient à Essa'b, roi légendaire du pays d'Himyar, et même au roi lakhmide, 'Amr, fils de Moundir. 22. *Saddayn* : deux barrages, deux retenues d'eau. 23. *Radaman* : remblai, rempart, escarpe. 24. *Jannatû al-firdaws* : paradis.

MARIE (MERYAM)

Révélée à La Mecque, 98 versets

Au nom d'Allah, le Clément, le Miséricordieux

1 - Kaf. Ha. Ya. 'Aïn. Çâd [1].

2 - Rappel de la miséricorde que ton Seigneur prodigua à Zacharie...

3 - ... alors qu'il appelait son Seigneur d'un appel secret.

4 - Il lui dit : Mon Dieu, mes os sont fatigués et ma tête a blanchi de vieillesse, bien que jamais je n'aie été malheureux en T'invoquant.

5 - Mais je redoute les miens après ma mort. Ma femme est stérile, donne-moi un héritier en vertu de Ta puissance.

6 - Il héritera de moi, et de la famille de Jacob. Fais en sorte, mon Dieu, qu'il Te soit consentant.

7 - Ô Zacharie, Nous t'annonçons la bonne nouvelle d'un fils nommé Jean. Un nom qui n'a jamais été porté auparavant.

8 - Ô mon Dieu ! Comment aurais-je un garçon, alors que ma femme est stérile, tandis que j'ai largement dépassé l'âge ?

9 - Il dit : Ainsi en a décidé ton Seigneur, pour qui tout est facile. Ne t'ai-Je pas créé auparavant alors que tu n'existais pas ?

10 - [Zacharie] dit : Ô mon Dieu, donne-moi une preuve de tout cela. Ta preuve : tu ne parleras à personne pendant trois nuits consécutives [même si tu le voulais].

11 - Il quitta le sanctuaire pour aller vers son peuple et lui enjoindre de psalmodier Dieu matin et soir.

12 - Ô toi, Jean, tiens ce Livre avec force. Nous lui donnâmes la sagesse alors qu'il était tout jeune[2].

13 - À cela, il eut de Notre part tendresse et pureté. Il était pieux...

14 - ... bon pour ses parents, et non pas orgueilleux[3] ou désobéissant.

15 - Paix sur lui à sa naissance, à sa mort et au jour où il sera ressuscité.

16 - Et parle dans le Livre saint de Marie, qui se retira loin de sa famille et alla du côté de l'est.

17 - Elle se couvrit d'un voile pour se préserver des regards. Nous envoyâmes vers elle Notre esprit, qui prit la forme harmonieuse d'un être humain.

18 - Elle lui dit : Que le Miséricordieux me protège de toi, si tu crains [Dieu].

19 - Je ne suis, dit-il, que le messager de ton Seigneur venu pour t'offrir un garçon très pur[4].

20 - Comment aurais-je un fils, répliqua-t-elle, alors qu'aucun être humain[5] ne m'a approchée et que je ne suis point une débauchée[6] ?

21 - Il dit alors : Ainsi l'a voulu ton Seigneur. Chose aisée pour lui que de créer un signe évident devant les hommes et une miséricorde de Notre part. Arrêt décidé et tenu !

22 - Grosse de l'enfant, elle s'en alla dans un endroit dérobé.

23 - Soudain, les douleurs la surprirent au pied du palmier. Elle se dit : Plût à Dieu que je fusse morte avant ce terme et que je fusse totalement oubliée !

24 - Du dessous, on l'appela : Ne sois pas triste ! Ton Dieu a fait couler un ruisseau à tes pieds[7].

25 - Secoue le tronc du palmier, il tombera sur toi des dattes tendres et mûres.

26 - Mange, bois et console-toi. Et si tu vois quelqu'un, tu diras : M'étant vouée au Miséricordieux par mon jeûne, je ne voudrais m'entretenir avec personne.

27 - Portant l'enfant, elle se présenta aux siens[8] : Ô Marie, dirent-ils, tu as commis quelque chose de monstrueux.

28 - Toi, sœur d'Aaron[9], ton père n'était pas mauvais homme, ni ta mère une prostituée[10].

29 - Elle fit alors un signe vers le bébé. Ils dirent : Comment parlerions-nous à un bébé au berceau ?

30 - Mais celui-ci dit : Je suis vraiment le serviteur de Dieu. Il m'a donné le Livre et m'a désigné comme prophète.

31 - Il m'a béni où que je sois. Il m'a recommandé la prière et l'aumône, et cela tant que je vivrai...

32 - ... ainsi que la bonté envers ma mère. Il ne m'a fait ni violent ni malheureux.

33 - Et que la paix soit sur moi le jour où je naquis, le jour où je mourrai, et le jour où je serai ressuscité vivant.

34 - Tel est Jésus, fils de Marie : parole de vérité, sur lequel ils doutent.

35 - Dieu ne peut avoir d'enfant, cela n'est pas conforme ! Gloire à Lui : quand Il décide quelque chose, Il dit : Sois, et il est[11] !

36 - Certes Dieu est mon Seigneur et le vôtre. Vénérez-Le, tel est le chemin le plus droit.

37 - Mais les sectes se sont opposées les unes aux autres. Gare à celles qui récusent la foi de Dieu, en raison de leur comparution lors d'un jour terrible.

38 - Écoute-les et regarde-les le jour où ils se présenteront devant Nous. Les injustes sont désormais dans une perdition évidente.

39 - Préviens-les toutefois des regrets à venir, notamment le jour où la sentence sera prononcée, alors qu'ils végètent dans l'incroyance.

40 - Car Nous disposons de la terre et de ses habitants, lesquels reviendront vers Nous.

41 - Dans le Livre, rappelle aussi Abraham, qui fut sincère et prophète.

42 - Lorsqu'il dit, notamment, à son père : Ô père, pourquoi adores-tu ce qui ne t'entend pas, ne te voit pas et, de plus, ne t'apporte rien d'utile ?

43 - Ô père ! Il m'est arrivé une part de connaissance[12] que tu n'as pas. Suis mon chemin, je te conduirai dans la bonne direction.

44 - Ô père ! N'adore pas Satan, car Satan a désobéi au Miséricordieux.

45 - Ô père ! Je crains seulement que tu n'endures un terrible châtiment du Miséricordieux et que tu ne deviennes un suppôt de Satan.

46 - Aurais-tu de l'aversion pour nos dieux ? lui dit son père. Ô Abraham, si tu ne cesses, je te lapiderai[13]. Va, exile-toi, pour longtemps.

47 - Abraham dit : Paix et salut sur toi. J'intercéderai pour

ton pardon auprès de mon Dieu, car Il est bienveillant à mon égard.

48 - Je m'éloigne aussi de vous et de ce que vous vénérez, en dehors de Dieu. Je continue à invoquer le Seigneur de sorte que je ne serai pas malheureux outre mesure.

49 - Et lorsqu'il se sépara d'eux et de ce qu'ils adoraient en dehors d'Allah, Nous lui donnâmes Isaac, puis Jacob, et Nous en fîmes des prophètes.

50 - Nous leur accordâmes Notre miséricorde, ainsi qu'une éloquence[14] douée d'une puissance supérieure.

51 - Dans le Livre, évoque Moïse, qui fut un fidèle sincère, un envoyé et un prophète.

52 - Nous l'appelâmes du côté droit du Sinaï et Nous le fîmes approcher en toute quiétude.

53 - De Notre miséricorde, Nous inspirâmes la prophétie à son frère Aaron.

54 - Dans le Livre, évoque Ismaël, car il était sincère dans son engagement et il était un prophète messager.

55 - Il ordonnait à sa famille d'accomplir les prières, de donner l'aumône. Auprès de Dieu, il avait tout Son agrément.

56 - Dans le Livre, mentionne Idris[15], qui était un prophète véridique.

57 - Nous l'élevâmes très haut.

58 - Tels sont les prophètes que Dieu a bénis et comblés parmi les descendants d'Adam : ceux que Nous avons transportés avec Noé, les descendants d'Abraham et d'Israël, ceux enfin que Nous avons choisis et dirigés dans le bon chemin. Or, lorsque les versets du Miséricordieux leur étaient récités, ils se jetaient en larmes face contre terre et se prosternaient.

59 - Après quoi, d'autres sont venus. Ils abandonnèrent la prière et suivirent leurs passions. Ils ne subiront que la calamité[16].

60 - À moins qu'ils ne reviennent dans le bon chemin, qu'ils ne croient et qu'ils ne fassent le bien : ceux-là entreront au paradis et ne seront lésés de rien.

61 - Ce jardin d'Éden[17] qui a été promis par le Miséricordieux à Ses adeptes et à ceux qui ont cru au mystère. Cette promesse sera tenue.

62 - Ils n'entendront aucune parole vaine, seulement « Paix » ; ils y trouveront leur subsistance du matin et du soir.

63 - Tel est le paradis dont Nous faisons hériter ceux parmi Nos serviteurs qui auront cru.

64 - Nous ne descendons [du ciel] qu'en vertu de l'ordre du Seigneur. À Lui appartient ce qui est devant nous et ce qui est derrière nous. De même ce qui se trouve entre les deux. Ton Seigneur n'est pas de ceux qui oublient.

65 - Seigneur des cieux et de la terre, ainsi que de ce qui se trouve entre les deux : adore-Le et demeure constant dans ton adoration ! Connais-tu quelqu'un d'autre qui ait le même nom que Lui[18] ?

66 - L'homme dit : Quand je serai mort, pourrai-je de nouveau sortir vivant [de ma tombe] ?

67 - L'homme se souvient-il que Nous l'avons créé auparavant, alors qu'il n'était rien ?

68 - Par ton Seigneur. Nous les rassemblerons, eux et le démon, et Nous les mettrons autour de la géhenne, agenouillés[19].

69 - Ensuite, Nous arracherons de chaque groupe les plus arrogants à l'égard du Miséricordieux.

70 - Nous sommes les mieux informés quant à ceux qui, les premiers, méritent d'être brûlés.

71 - Et il n'est personne des vôtres qui n'y sera envoyé, car c'est pour ton Seigneur une nécessité impérieuse.

72 - Ensuite, Nous sauverons ceux qui ont cru et Nous laisserons là, agenouillés, les injustes.

73 - Et quand Nos versets évidents leur seront lus, les incroyants diront aux croyants : Quel est celui des deux groupes qui jouit du meilleur séjour et qui est dans la plus belle assemblée ?

74 - Combien de peuples avons-Nous anéantis avant eux, alors même qu'ils les surpassaient en richesse et en prestance ?

75 - Dis : Ceux qui sont dans l'erreur, le Miséricordieux prolongera leur erreur jusqu'à ce qu'ils voient de leurs yeux soit le tourment, soit l'Heure qui les attend. Ils comprendront qui se trouve dans la pire situation et qui a la troupe la plus faible.

76 - Allah oriente encore mieux ceux qui ont pris le bon chemin. De même, les bonnes actions sont mieux accueillies par ton Seigneur, car elles déterminent un meilleur retour à Lui.

77 - As-tu vu celui qui réfuta Nos signes et qui dit vouloir des biens et des enfants ?

78 - Connaît-il l'insondable[20] ou a-t-il conclu un quelconque pacte avec le Miséricordieux ?

79 - Oh, que non[21] ! Nous enregistrons ce qu'il profère et Nous lui réservons une part considérable du châtiment.

80 - Et Nous hériterons de ce qu'il dit, lorsqu'il se présentera seul devant Nous.

81 - Ils ont pris d'autres dieux en dehors d'Allah afin d'être dans la puissance.

82 - Non point ! car de telles divinités les renieront et se retourneront contre eux.

83 - Ne vois-tu pas comment Nous avons envoyé le démon aux incroyants[22] de façon à les exciter furieusement[23] ?

84 - Ne te précipite pas sur eux, Nous leur avons préparé le nécessaire.

85 - Le jour où Nous rassemblerons en délégation les fidèles auprès du Miséricordieux.

86 - Et Nous pousserons sans distinction les criminels[24] vers la géhenne, comme à l'abreuvoir.

87 - Et aucun ne bénéficiera d'intercession, hormis ceux qui ont fait un pacte avec le Miséricordieux.

88 - Ils disent : Le Miséricordieux S'est donné un fils.

89 - Vous avancez là une énormité.

90 - Au risque de voir [en raison de cette énormité] les cieux se fendre, la terre se fissurer et les montagnes se désagréger.

91 - Attribuer un fils au Miséricordieux !

92 - Alors qu'il est hors de propos que le Miséricordieux prenne un fils.

93 - Tous ceux qui sont au ciel et sur la terre viendront vers le Miséricordieux en parfaits serviteurs.

94 - Il les a tous comptés et dénombrés.

95 - Ils viendront tous individuellement à Lui, le jour de la résurrection.

96 - Ceux qui ont cru et qui ont fait du bien, le Miséricordieux les comblera de Son affection.

97 - Nous l'avons rendu [le Coran] accessible par ta langue afin que tu annonces la bonne nouvelle à ceux qui craignent [Dieu] et que tu en informes les querelleurs.

98 - Combien de générations avons-Nous détruites avant eux ? Sens-tu le moindre murmure venant de ces gens-là ? Entends-tu quoi que ce soit ?

NOTES

1. Dans le Coran arabe, ces lettres de l'alphabet au sens mystérieux sont liées les unes aux autres : *khy'aç*. 2. *Kana sabiyan*. 3. *Jabbar* : violent, orgueilleux, puissant, tyrannique. 4. *Ghûlam zakiy*. 5. *Bachar*. 6. *Baghiya*, que les traducteurs rendent tour à tour par « femme », « prostituée », « une femme sans désir » ou « gaupe ». 7. *Sariy*. L'approche réaliste de ce verset intrigue : « appeler du dessous », cela veut-il dire d'en bas du talus ou de sous la terre ? À moins que ce ne soit l'enfant qui vient de naître et qui est « à ses pieds » qui interpelle sa maman, ainsi que le préconise Régis Blachère. 8. À son peuple : *li qawmiha*. 9. S'agit-il d'une interjection ou d'une réelle identification de la parenté de Marie, qui est dite par ailleurs (Coran, III, 31) « femme de 'Imran » ? 10. Notons que Kasimirski traduit *baghiya* par « suspecte ». 11. *Kûn fayakûn*. 12. *'Ilm* : science, au sens de science religieuse. 13. *La arjûmuka*. 14. *Lissan* : au sens métaphorique de langue, langage ou éloquence, et non de bouche, comme le traduit improprement Régis Blachère. 15. Énoch. Cf. « Prophètes », in *Dictionnaire encyclopédique du Coran*. 16. *Ghayy* : mal, égarement, mais surtout calamité. Notons que Hamza Boubakeur ne traduit pas le mot, que Jean Grosjean et Édouard Montet proposent « perdition », tandis que Régis Blachère le rend par « mal ». Il suit ainsi la lecture de Kasimirski (XIXe siècle). 17. *Jannat 'adn*. 18. « As-tu son homonyme, son équivalent » : *hall ta'lam lahû samiyan*. 19. *Jitiyan* : soumis. 20. *Al-ghayb*. 21. *Kalla*. Voir *infra*, verset 82. 22. *Kafirûn* : infidèles, dénégateurs. 23. *Ta-ûzzuhum azzan* : exciter très fort. 24. *Al-mûjrimin*.

SOURATE XX

TA-HA

Révélée à La Mecque, 135 versets

Au nom d'Allah, le Clément, le Miséricordieux

1 - Ta, Ha[1].

2 - Nous n'avons pas fait descendre le Coran sur toi pour que tu sois malheureux[2].

3 - Mais plutôt en rappel pour celui qui craint Dieu.

4 - Envoyé de la part de Celui qui a créé la terre et les cieux les plus élevés.

5 - Le Souverain miséricordieux s'est installé sur Son trône.

6 - Il a ce qui se trouve dans les cieux et à la surface de la terre, ainsi que ce qui se trouve entre les deux et sous terre.

7 - Et quand bien même tu annonces clairement ton propos, Lui le sait, qu'il soit évident ou masqué.

8 - Allah, il n'y a pas d'autre dieu que Lui. À Lui les plus beaux noms[3].

9 - As-tu appris le récit de Moïse ?

10 - Lorsqu'il vit un feu, il dit à sa famille : Restez là. J'ai vu un feu au loin. Peut-être vous apporterai-je un brandon. Ou bien trouverai-je mon chemin.

11 - Quand il s'en approcha, on l'appela : Ô Moïse !

12 - Je suis ton Seigneur. Enlève tes sandales, car tu es dans la vallée sacrée de Touwa.

13 - Je t'ai choisi, écoute ce qui te sera révélé.

14 - C'est Moi, Dieu. Il n'y a pas d'autre dieu que Moi. Adore-Moi et fais les prières en Mon nom.

15 - L'Heure ne va pas tarder à se produire ! Je la tiens secrète, car c'est en fonction d'elle que les âmes seront rétribuées de ce qu'elles auront commis.

16 - Que celui qui ne croit pas ne te détourne pas de l'Heure en suivant son caprice, car tu seras parmi les perdants.

17 - Qu'y a-t-il dans ta main droite, ô Moïse ?

18 - C'est là mon bâton, répondit Moïse, je m'appuie dessus, j'enlève les feuilles des branches pour mes moutons et je m'en sers aussi pour d'autres activités.

19 - Jette-le par terre, ô Moïse.

20 - Moïse le jeta par terre. Soudain, le voilà qui se transforme en un gros serpent qui rampe.

21 - Dieu dit : Prends-le. N'aie pas peur, Nous allons lui rendre son aspect initial.

22 - Porte maintenant ta main à ton flanc et ramène-la sans difficulté, elle sera blanche. Telle est la deuxième preuve !

23 - C'est ainsi que Nous te montrons quelques-uns de nos plus grands signes !

24 - Va voir Pharaon, il est tombé dans l'impiété.

25 - Mon Seigneur, dit Moïse, ouvre-moi la poitrine...

26 - ... et facilite-moi la tâche.

27 - Détache le nœud qui tient ma langue,

28 - Ils comprendront mes mots.

29 - Donne-moi un assistant des miens.

30 - Aaron mon frère !

31 - Renforce, grâce à lui, mon action.

32 - Adjoins-le à mon œuvre.

33 - De sorte que nous Te glorifiions davantage.

34 - Et que nous T'invoquions sans cesse.

35 - Toi qui nous connais parfaitement.

36 - Il dit : J'ai la réponse à ta question, ô Moïse.

37 - ... Puisque Nous Nous sommes déjà attendri à ton sujet...

38 - ... lorsque Nous avons révélé à ta mère ce qu'il fallait lui révéler.

39 - Place ton fils dans le coffre[4] et dépose le coffre sur le fleuve. Le fleuve se chargera de l'entraîner vers la rive où il sera recueilli par un ennemi à lui et à Moi. J'ai posé sur toi une affection venue de Moi, afin que tu sois protégé et sous Ma garde.

40 - C'est alors que ta sœur partit sur son chemin en disant : Puis-je vous indiquer quelqu'un pour être son tuteur ? Nous t'avons alors rendu à ta mère afin qu'elle retrouve la paix et qu'elle ne nourrisse aucune tristesse. Tu as commis un meurtre et Nous t'avons secouru de la confusion dans laquelle tu étais. Nous t'avons soumis à des épreuves réelles. Après cela, tu es resté des années durant auprès du peuple de Madian, avant de revenir par ici selon une volonté prescrite, ô Moïse.

41 - Je t'ai choisi pour Moi [-même].

42 - Partez maintenant, toi et ton frère, munis de Mes signes, et n'oubliez pas de vous rappeler de Moi.

43 - Allez voir Pharaon, car il s'est rempli d'orgueil, un tyran.

44 - Parlez-lui avec douceur, peut-être réfléchira-t-il et se décidera-t-il à Me craindre.

45 - Les deux frères dirent à Dieu : Ô Seigneur, nous avons peur qu'il ne s'emporte contre nous et qu'il ne soit outrancier !

46 - Dieu dit : N'ayez pas peur. Je serai avec vous. J'entendrai tout. Je verrai tout.

47 - Allez le voir et dites-lui : Nous sommes des envoyés de ton Dieu. Envoie avec nous les fils d'Israël et ne leur fais pas de mal. Nous sommes venus te voir avec des signes de Ton Seigneur et un salut pour celui qui a suivi le bon chemin.

48 - Car il nous a été révélé que le plus grand tourment s'abattra sur celui qui a traité de mensonges les signes de Dieu et qui s'en détourne.

49 - Pharaon dit : Et qui est donc votre Dieu, ô Moïse ?

50 - Notre Seigneur est Celui qui a tout créé ici-bas et qui l'a mis dans une bonne direction.

51 - Pharaon dit : Qu'en est-il alors des générations passées ?

52 - Leur sort est entre les mains de Dieu. Tout est consigné dans un livre. Mon Seigneur ne perd rien. Il n'oublie rien.

53 - Celui qui vous a disposé la terre comme un berceau et qui vous a tracé différentes issues. Il est Celui qui a fait descendre du ciel une eau grâce à laquelle une multitude de couples végétaux ont pu germer.

54 - Mangez et emmenez paître vos troupeaux. Il y a en tout cela des signes pour ceux qui sont doués d'intelligence.

55 - De cette terre, Nous vous avons fait sortir naguère, et

c'est vers elle que Nous vous ramènerons, avant de vous ressusciter une autre fois.

56 - Aussi, Nous lui montrâmes tous Nos signes, mais il les traita de mensonges et se rebiffa.

57 - Ô Moïse ! Es-tu venu nous sortir de nos terres grâce à ta magie ?

58 - Car nous te montrerons une magie semblable. Prenons rendez-vous, toi et moi, et tenons-le pareillement.

59 - Votre rendez-vous est pris le jour de la cérémonie collective ; que la foule soit réunie en plein jour.

60 - Pharaon se retira avec son conseil et ses ruses[5], puis revint.

61 - Moïse leur dit : Faites attention à ne pas propager des mensonges au sujet de Dieu. Il vous atteindra d'un grand tourment. Perdant est celui qui commettra de tels mensonges !

62 - Les magiciens discutèrent entre eux avec force[6] et gardèrent par-devers eux l'issue secrète.

63 - Ils déclarèrent : Voilà deux sorciers qui veulent vous sortir de votre pays au moyen de leur magie et qui veulent réduire à néant votre doctrine si exemplaire.

64 - Alors, réunissez vos meilleurs stratèges et ripostez en rang, car heureux celui qui aujourd'hui emportera la mise.

65 - Ils dirent : Ô Moïse ! Ou c'est toi qui jettes le bâton en premier, ou c'est nous !

66 - Moïse dit : Non, jetez-le les premiers. C'est alors que, grâce à leur magie, leurs cordes et leurs bâtons se mirent à ramper. Telle est l'image qui lui venait.

67 - Lorsqu'une crainte intérieure envahit Moïse.

68 - Nous lui dîmes : N'aie pas peur, tu es le plus fort[7] !

69 - Jette donc ce que tu tiens en ta main droite, cela avalera leurs sortilèges. Certes, ils ont inventé un artifice de magicien, mais le magicien ne réussit pas où qu'il aille.

70 - Les magiciens tombèrent à terre, prosternés, en disant : Nous avons foi dans le Dieu d'Aaron et de Moïse.

71 - Pharaon dit : Comment, vous croyez en lui avant que je ne vous y autorise ? Peut-être est-il votre grand maître et vous a-t-il enseigné la magie. Je couperai vos mains et vos pieds de manière croisée et je vous crucifierai sur des troncs de palmier afin que vous sachiez qui de nous est le plus fort et le plus endurant.

72 - Ils lui dirent : Nous ne pouvons te préférer aux preuves si éclatantes qui viennent de nous être données, pas plus d'ailleurs qu'au Dieu qui nous a créés. Fais donc ce que tu as décidé de faire. De toute façon, ce ne seront là que les aléas de la vie ici-bas.

73 - Quant à nous, nous croyons en notre Seigneur afin qu'Il nous pardonne nos fautes et les tours de magie que tu nous as imposés. Dieu est le meilleur et l'Éternel.

74 - Celui qui arrive devant son Seigneur en criminel, son sort est d'être jeté dans un enfer où il ne mourra point ni ne vivra.

75 - Tandis que les croyants qui se présenteront devant Lui en ayant accompli des œuvres pies, ceux-là seront reçus au plus haut rang du paradis.

76 - En des jardins d'Éden où coulent les rivières ; ils y demeureront éternellement, en récompense de leur purification.

77 - Nous révélâmes à Moïse de partir, la nuit, avec Mes serviteurs, de leur tracer un chemin à travers la mer, qui sera à sec, de ne pas avoir peur d'être repris et de ne pas s'inquiéter pour cela.

78 - Pharaon les poursuivit avec ses troupes, mais les flots le submergèrent.

79 - Pharaon perdit ainsi son peuple et ne put le mettre sur le bon chemin.

80 - Ô fils d'Israël, Nous vous avons sauvés de votre ennemi. Nous vous avons attendus sur le flanc droit du Sinaï et avons descendu pour vous la manne et les cailles.

81 - Mangez de tous les biens dont Je vous ai pourvus. Mais gardez la mesure en toute chose, ne soyez pas ingrats, car Ma colère s'abattra sur vous. Or, celui sur qui s'abat Ma colère sera perdu.

82 - En revanche, Je pardonne facilement à celui qui Me craint, qui fait le bien et qui va par le chemin droit.

83 - Qu'est-ce qui te pousse à t'éloigner de ton peuple, ô Moïse ?

84 - Moïse dit : Ils me suivent de près, mais j'ai accéléré afin que Tu sois satisfait de moi.

85 - En ton absence, Nous avons soumis ton peuple à la tentation, et le Samaritain l'a détourné du bon chemin.

86 - Moïse retourna vers son peuple, en colère et attristé. Il lui dit : Ô mon peuple, votre Dieu ne vous a-t-Il pas fait une belle promesse ? Cette promesse était trop longue à se réaliser, à moins que vous ne cherchiez la colère de votre Dieu en refusant l'engagement que vous avez pris à mon égard !

87 - Ils répondirent : Nous n'avons pas trahi notre engagement à ton égard, mais cela s'est fait sans notre volonté propre. En fait, nous avons dû jeter toutes les parures de ce peuple [les Égyptiens] que nous avions sur nous, tout comme le Samaritain.

88 - C'est alors qu'un veau sortit [aux fils d'Israël]. Il avait

un mugissement terrible. Il dirent : Voici vos divinités et celles de Moïse, ce qu'il a oublié !

89 - Ne voient-ils pas qu'il ne leur répond pas ? Et qu'en plus il ne peut rien pour eux, ni en mal ni en bien ?

90 - Aaron leur avait pourtant dit auparavant : Ô mon peuple, vous avez été induits en erreur par ce veau. Votre Dieu est le vrai Miséricordieux. Suivez-moi et respectez mon ordre.

91 - Ils dirent : Nous ne cesserons de le vénérer jusqu'au retour de Moïse parmi nous.

92 - Il dit : Ô Aaron, qu'est-ce qui t'a empêché de me rattraper à l'instant même où tu as vu qu'ils se trompaient...

93 - ... à moins que tu n'aies désobéi ?

94 - Il dit : Ô fils de ma mère ! Ne me prends ni par la barbe ni par la tête. Ma crainte était que tu me dises : Pourquoi as-tu divisé les fils d'Israël et n'as-tu pas observé mes instructions ?

95 - Il dit : Quelle est ta réponse, ô Samaritain ?

96 - Il dit : J'ai vu ce qu'ils ont oublié de voir. J'ai pris une poignée de poussière sur les pas du prophète et je l'ai lancée. Tel est le geste que m'a dicté mon âme !

97 - Moïse dit : Pars ! Tu as obligation maintenant, au cours de ta vie, de dire : Ne me touche pas. Tu as un rendez-vous que tu ne pourras éluder. Regarde le dieu devant lequel tu te recueilles continuellement. Nous le brûlerons et nous le disperserons totalement dans les flots.

98 - En vérité, seul votre Dieu est Dieu. Il n'y a aucune autre divinité que Lui. Il est en mesure de tout contenir en Sa science.

99 - Nous te raconterons aussi les récits qui ont précédé, dès lors qu'un rappel édifiant te sera parvenu de Notre part.

100 - Mais ceux qui se détournent de Notre révélation en assumeront les conséquences[8], un lourd fardeau qu'ils porteront au jour de la résurrection...

101 - ... et cela de manière pérenne. Quelle charge[9] pénible sera la leur au jour du jugement.

102 - Le jour où l'on soufflera dans la trompette et où les criminels seront réunis, livides et hagards.

103 - Ils se parleront craintivement, en baissant la voix : Vous n'êtes restés sur terre que dix jours tout au plus !

104 - Nous sommes plus informés de ce qu'ils disent, tandis que celui dont la conduite a été la plus exemplaire[10] dira : Pas du tout ! Nous ne sommes restés qu'un seul jour.

105 - Ils t'interrogeront à propos des montagnes ; tu diras : Mon Seigneur les anéantira et les rendra poussière[11].

106 - Et les aplatira à ras, les laissera dénudées[12].

107 - Et tu n'y verras ni sinuosité, ni crevasse[13].

108 - Ce jour-là, ils suivront le prédicateur qui ne présentera aucun défaut. Les voix s'étant atténuées devant le Miséricordieux, tu n'entendras plus que murmure.

109 - Ce jour-là, aucune intercession ne sera admise, à l'exception de celui qui a été agréé par le Miséricordieux et qui s'est vu confirmé dans ses dires.

110 - Il sait ce qui se trouve entre leurs mains, et par-devers eux. Mais ils ne peuvent L'appréhender par leur science.

111 - Les visages se sont humiliés devant le Vivant, l'Immuable, tandis que celui qui a commis une injustice sera déçu.

112 - Celui qui fait le bien tout en étant croyant ne craindra ni injustice divine, ni arbitraire.

113 - C'est ainsi que Nous l'avons fait descendre sous

forme de Coran arabe et que Nous y avons formulé des menaces dans l'espoir qu'ils reviennent à leur piété et que cette révélation provoque en eux un rappel de mémoire.

114 - Qu'Allah soit le plus élevé, le Seigneur, le Véridique ! Ne sois pas trop pressé de révéler le Coran avant que cette Parole révélée ne soit parachevée. Dis surtout : Ô mon Seigneur, accrois ma science.

115 - En fait, Nous avons établi auparavant un accord avec Adam, mais il l'a oublié. Nous ne lui avons trouvé aucune détermination.

116 - Et lorsque Nous demandâmes aux anges de se prosterner devant Adam, ils le firent, mais Iblis s'y refusa.

117 - Nous dîmes alors : Ô Adam, celui-ci est ton ennemi et l'ennemi de ton épouse. Prends garde à ce qu'il ne te sorte pas du paradis, vous seriez malheureux.

118 - De façon à ne pas avoir à souffrir de la faim, une fois sorti de là, et à te trouver nu.

119 - À ne pas, non plus, avoir soif ou brûler sous le soleil.

120 - Mais Satan l'a induit en erreur en lui murmurant : Ô Adam, veux-tu que je te montre l'arbre de l'immortalité[14] et un royaume absolu ?

121 - Ils mangèrent donc de cet arbre. Leur nudité leur apparut. Ils se mirent à se couvrir précipitamment au moyen de feuilles du paradis. Adam a désobéi à son Seigneur. Il s'est trouvé dans l'erreur.

122 - Mais son Seigneur le rappela à Lui, lui pardonna et le remit dans le droit chemin.

123 - Il leur dit : Descendez tous d'ici, dressés les uns contre les autres, jusqu'au moment où une bonne direction vous parviendra de Ma part. Celui qui suivra cette direction n'aura rien à craindre et ne sera pas malheureux.

124 - Tandis que celui qui s'éloignera de Mes avertissements aura une vie exécrable[15]. Il sera ramené aveugle au jour de la résurrection.

125 - Il dira : Ô Seigneur, pourquoi me ramènes-Tu aveugle alors que je voyais [clair par le passé] ?

126 - C'est ainsi que Nos signes te sont parvenus. Pourtant, tu les as oubliés. Aujourd'hui, c'est toi que l'on oublie.

127 - Telle est la rétribution que Nous réservons à l'impie qui n'aura pas cru aux versets de son Seigneur, sans compter que le châtiment de la vie future est encore plus sévère et dure plus longtemps.

128 - N'ont-ils pas appris des générations passées que Nous avons anéanties depuis des siècles ? Ils foulent l'emplacement de leurs demeures, alors même qu'il s'agit de signes éloquents pour ceux qui sont doués d'esprit.

129 - N'eût été une parole venue de ton Seigneur[16], ils auraient subi le châtiment le jour déterminé pour cela.

130 - Montre-toi patient en ce qui concerne leurs propos, célèbre les louanges de ton Seigneur avant le lever du soleil et avant son coucher. Rappelle aussi Ses louanges au cours de la nuit, et cela jusqu'aux extrémités de la journée, peut-être seras-tu reçu dans Son agrément.

131 - Ne jette aucun regard de convoitise sur les bienfaits dont Nous avons comblé tel ou tel groupe parmi eux : ce ne sont là que quelques artifices terrestres et quelques tentations pour les mettre à l'épreuve. En vérité, les bienfaits de ton Seigneur sont plus éloquents et plus durables.

132 - Demande à tes proches de s'acquitter des prières et ne cesse pas toi-même de les observer méticuleusement. Nous ne te demandons pas de pourvoir à quelque bien, car ton bien viendra de Nous. La fin heureuse revient à celui qui craint Dieu[17].

133 - Ils prétendent ceci : Pourquoi ne nous a-t-il pas montré un signe quelconque de son Seigneur ? Les preuves contenues dans les anciennes Écritures ne leur sont-elles pas arrivées ?

134 - Ah ! si Nous les avions mis aux fers en commençant par un tourment préalable, ils auraient dit : Si notre Seigneur nous avait envoyé un messager, nous aurions suivi Tes versets bien avant que nous ne soyons avilis ou humiliés.

135 - Dis-leur : Chacun est dans l'attente. Attendez aussi, vous saurez assez vite qui sera dans le bon chemin et qui sera bien orienté !

NOTES

1. Le mot signifierait « homme » en persan. 2. *Tachqa* : peiné, être malheureux, pâtir de quelque chose. 3. Cf. *Dictionnaire encyclopédique du Coran*. 4. *Thabût*. 5. *Kaydahû*. 6. *Fa tanaza'*. 7. *Al-A'la* : le plus élevé. 8. *Wizr* : une charge, un faix. 9. *Haml* : fardeau. 10. *Amthalûhûm* : le plus exemplaire, le modèle, le plus remarquable. 11. *Yansifûha nasfan*. 12. *Qâ'an safsafan*. 13. *Amtan* : vallonnement, dépression. 14. *Khûld* : immortalité, éternité. 15. *Dhanakan*. 16. Qui aurait fixé la prédestination. 17. *Taqwa* : la crainte de Dieu.

LES PROPHÈTES (AL-ANBIYA)

Révélée à La Mecque, 112 versets

Au nom d'Allah, le Clément, le Miséricordieux

1 - Le jour du compte pour les hommes approche, alors qu'ils sont dans une inconscience qui les éloigne.

2 - Aucun rappel de leur Seigneur ne leur parvient sans qu'ils l'écoutent de manière évasive, en s'amusant.

3 - Leurs cœurs sont fort distraits. Les injustes disent entre eux, secrètement : Qu'est-il, celui-là, sinon un mortel comme vous autres ? Allez-vous succomber à ses tours de magie, alors que vous voyez clair en lui ?

4 - Il a dit : Mon Seigneur sait ce qui se dit au ciel et sur terre. Il est Celui qui entend et Celui qui sait.

5 - Mais ils soutiennent : Ce n'est là qu'un fatras de rêveries qu'il a inventées. C'est là un poète. Qu'il vienne donc avec un miracle, comme ce fut le cas avec ses prédécesseurs !

6 - Toute cité qui s'est montrée impie auparavant a été éradiquée. Sont-ils en mesure de le croire ?

7 - Et Nous n'avons envoyé avant toi que des hommes qui ont reçu Notre révélation. Demandez à ceux qui tiennent les registres de mémoire si vous ne le savez pas.

8 - Nous n'avons jamais fait d'eux des corps qui ne se sustentaient pas, pas plus qu'ils n'étaient éternels.

9 - Nous avons tenu Nos engagements à leur égard. Nous

avons sauvé ceux que Nous voulions sauver et Nous avons détruit les impies[1].

10 - Nous vous avons révélé un Livre dans lequel vous trouverez votre rappel. Ne comprenez-vous donc pas ?

11 - Combien de cités criminelles Nous avons anéanties en leur substituant de nouveaux occupants.

12 - Quand ils ont senti Notre grande colère, les voilà qui détalèrent à toutes jambes.

13 - Ne fuyez pas. Revenez au luxe dont vous avez joui en vos demeures, peut-être aurez-vous à rendre des comptes.

14 - Ils diront : Malheur à nous, nous étions injustes.

15 - Ainsi seront leurs jérémiades jusqu'au moment où Nous en ferons une moisson[2], sans vie.

16 - Nous n'avons pas créé le ciel et la terre, et tout ce qui se trouve dans leur espace intermédiaire dans un esprit de jeu.

17 - Et si Nous avions voulu Nous divertir, Nous l'aurions décidé en Nous-même, pour autant que Nous l'aurions fait.

18 - Bien au contraire, Nous terrassons le faux en lui assenant le vrai, qui l'atteint à la tête et le met à terre. À vous le malheur pour tout ce que vous prétendez.

19 - Il dispose de tout ce qui se trouve au ciel et sur terre. Ceux qui sont auprès de Lui [les anges] ne se croient pas trop orgueilleux pour L'adorer continuellement.

20 - Ils Le célèbrent nuit et jour sans relâche.

21 - À moins de tirer de la terre des dieux qui les ressuscitent !

22 - Si d'autres dieux qu'Allah avaient existé au ciel et sur terre, le ciel et la terre auraient été corrompus. Gloire à Allah, Souverain du Trône, pour tout ce qu'ils décrivent.

23 - Il ne peut être questionné sur ce qu'Il fait, mais eux peuvent l'être.

24 - Se sont-ils donné d'autres dieux en dehors de Lui, dis-leur : Apportez votre preuve. Ceci est un rappel pour ceux qui sont avec moi et ceux qui m'ont précédé. Mais la plupart ne connaissent pas le Vrai et s'en écartent.

25 - Nous n'avons envoyé avant toi aucun Messager sans lui révéler : Aucune autre divinité, Moi excepté. Adorez-Moi.

26 - Ils ont dit : Le Miséricordieux s'est donné un enfant. Gloire à Lui, ce ne sont là que des serviteurs bénis [3].

27 - Ils ne devancent pas Ses paroles [4] et c'est sous Son ordre qu'ils agissent.

28 - Il sait ce qu'ils ont de manière claire, et ce qu'ils cachent. Ils n'intercèdent que pour ceux que Dieu agrée, inondés qu'ils sont de la crainte qu'ils éprouvent pour Lui.

29 - Quiconque parmi eux affirmerait : Je suis Dieu en dehors de Lui, celui-ci sera payé du feu de la géhenne, car c'est ainsi que Nous récompensons les injustes.

30 - Les incrédules ne voient-ils pas que les cieux et la terre fusionnaient et que Nous les avons séparés ? Et Nous avons fait vivre toute chose inerte de l'eau ainsi obtenue. Continuent-ils à ne pas croire ?

31 - Et Nous avons placé des montagnes de façon que la terre soit immobile, non sans avoir ménagé de grands passages pour les humains, peut-être reviendront-ils à un meilleur chemin.

32 - Et Nous avons fait du ciel une voûte préservée, mais eux se détournent de ses signes.

33 - Allah est Celui qui a créé la nuit, le jour, le soleil et

la lune. Chacun se déplace sur une orbite[5] avec un mouvement qui lui est propre.

34 - Nous n'avons accordé d'immortalité à aucun homme
avant toi. Si tu meurs, seront-ils immortels ?

35 - Chaque âme aura droit à la mort[6] et Nous vous mettrons à l'épreuve du bien et du mal en guise de diversion,
sachant que vous reviendrez à Nous.

36 - Et lorsque les incroyants te verront, ils se moqueront
de toi : Est-ce celui qui médit quant à vos dieux ? Mais ils
ne croient pas au Miséricordieux, lorsqu'Il est mentionné.

37 - L'homme est né d'impatience. Je vous montrerai Mes
signes, mais ne vous hâtez pas de les exiger.

38 - Ils diront : À quand donc cette échéance, si vous êtes
véridiques ?

39 - Si seulement ceux qui n'ont pas cru pouvaient savoir
lorsqu'ils ne pourront plus éviter de voir leur visage et leur
dos brûler et qu'ils ne trouveront personne pour les
secourir.

40 - Au contraire, la mort viendra soudainement et les para-
lysera par sa rapidité. Ils ne pourront ni la refouler, ni
attendre plus longtemps.

41 - On s'est certes moqué des envoyés venus avant toi,
mais ceux qui s'en moquaient ont été eux-mêmes l'objet de
ce qu'ils raillaient.

42 - Dis : Qui vous protégera, de nuit comme de jour, du
Miséricordieux ? Mais ils ont tourné le dos à l'invocation
de leur Seigneur.

43 - À moins qu'ils n'aient d'autres dieux en dehors de
Nous pour les protéger ? [Ces dieux] ne peuvent se secourir
par eux-mêmes ni se faire assister contre Nous.

44 - Bien au contraire, Nous les avons gratifiés de toute

chose, à l'instar de leurs pères, et cela jusqu'à un âge très avancé. Ne voient-ils pas que, sitôt venus sur une terre, Nous la réduisons de tous côtés ? Sont-ils les vainqueurs ?

45 - Dis : Je vous avertis seulement de la révélation, même si les sourds ne perçoivent pas l'appel qui leur est adressé.

46 - Mais si le moindre souffle du châtiment de ton Seigneur les effleurait, ils s'écrieraient alors : Malheur sur nous, nous étions parmi les injustes !

47 - Au jour de la résurrection, Nous poserons des balances exactes et aucune âme ne sera lésée, fût-ce du poids d'un grain de moutarde[7]. Nous l'apprécierons à sa juste valeur, car Nous Nous suffisons en termes de comptes.

48 - Nous avons doté Moïse et Aaron de la capacité de distinction[8], une lumière et un rappel pour ceux qui éprouvent de la crainte...

49 - Ceux qui redoutent leur Seigneur dans le grand mystère et qui sont pénétrés de l'imminence de l'Heure.

50 - Ceci est un rappel béni [le Coran]. Nous l'avons fait descendre, mais vous continuez à le récuser.

51 - Auparavant, Nous avions doté Abraham de sa droiture, dès lors que Nous le connaissions.

52 - Lorsqu'il dit à son père et à son peuple : Qu'est-ce donc que ces idoles auxquelles vous vouez ce culte ?

53 - Ils dirent : Nous avons trouvé nos pères qui leur vouaient un culte.

54 - Abraham dit : Vous êtes, vous et vos pères, dans une erreur monumentale.

55 - Ils lui dirent : Viens-tu avec la Vérité, ou comptes-tu seulement te jouer de nous ?

56 - Pas du tout. Votre Dieu est le Maître des cieux et de la terre. Il les a inventés et je suis là pour en témoigner.

57 - Ah, grand Dieu ! Si au moins je pouvais jouer un mauvais tour à vos idoles dès que vous aurez le dos tourné !

58 - Il les détruisit, à l'exception de la plus grande, dans l'espoir qu'ils s'en prendraient à elle.

59 - Ils dirent : Celui qui a fait cela de nos dieux, il est certes parmi les injustes !

60 - Certains dirent : Nous avons entendu un jeune homme les nommer. Il s'appelle Abraham.

61 - Amenez-le au vu et au su de tout le monde pour qu'ils en soient témoins !

62 - On lui dit : Est-ce toi qui as fait cela à nos dieux, Abraham ?

63 - Il dit : C'est plutôt la plus grande des idoles qui a fait cela. Interrogez-les, si elles sont en mesure de parler.

64 - Revenus à eux, ils s'interpellèrent mutuellement : c'est Vous qui êtes en fait les injustes !

65 - Puis ils se ravisèrent en disant à Abraham : Mais tu sais parfaitement qu'elles ne parlent pas !

66 - Il rétorqua : Adorez-vous, en dehors de Dieu, des divinités qui ne vous apportent rien de bien, pas plus d'ailleurs qu'elles ne vous font de mal ?

67 - Quel dommage ! À la fois pour vous-mêmes et pour ce que vous adorez en dehors de Dieu. Ne le comprenez-vous pas ?

68 - Les uns dirent aux autres : Brûlez-le et vengez vos dieux, si vous voulez agir.

69 - Nous dîmes : Ô feu, sois fraîcheur totale et sécurité pour Abraham !

70 - Grâce à cette ruse, ils voulurent sa fin, mais Nous fîmes d'eux les vrais perdants.

71 - Nous le sauvâmes, ainsi que Loth. Puis Nous les conduisîmes jusqu'à une terre que Nous avons bénie au profit des mondes[9].

72 - Nous lui donnâmes en plus Isaac et Jacob en en faisant une saine progéniture.

73 - Nous fîmes d'eux des personnalités éminentes qui guidaient selon Notre ordre. Nous leur insufflâmes le souci des bonnes actions, la tenue des prières et la nécessité de faire l'aumône. Ils Nous vouaient un culte sincère.

74 - Quant à Loth, Nous le dotâmes d'une sagesse et d'une connaissance. Nous le sauvâmes de la cité où les habitants se rendaient coupables d'actes de débauche, car ils étaient un peuple d'impies.

75 - Nous l'admîmes en Notre miséricorde, c'était un être bon.

76 - Quant à Noé, il Nous appela auparavant et Nous exauçâmes son vœu en le sauvant, lui et sa famille, des plus grands périls.

77 - Nous le sauvâmes au détriment de ceux qui traitaient Nos signes de mensonges. C'était un peuple mauvais. Nous les noyâmes tous.

78 - Et David et Salomon, lorsqu'ils jugèrent la question de l'emblavure visitée par un troupeau de moutons appartenant à des gens. Nous fûmes les témoins de leurs sentences.

79 - Nous expliquâmes l'affaire à Salomon, et aux deux Nous donnâmes une sagesse et une science. Nous soumîmes[10] à David les montagnes et les oiseaux, et tous entonnèrent Nos louanges. Oui, Nous l'avons fait.

80 - Nous lui apprîmes à fabriquer des cottes de mailles[11]

afin de vous protéger de vos combats. Êtes-vous reconnais-sants ?

81 - À Salomon, Nous soumîmes les vents qui, selon son ordre, tournoyèrent sur une terre bénie par Nous. Nous étions informés de tout.

82 - Et parmi la cohorte de diables, ceux qui plongeaient pour lui [dans la mer] ou qui s'acquittaient d'autres tra-vaux, tandis que Nous les surveillions.

83 - Et Job, quand il lança son appel vers son Seigneur en disant : Je suis affligé d'un mal et Tu es le plus miséricor-dieux des miséricordieux.

84 - Nous exauçâmes ses vœux en éloignant de lui le mal dont il était affligé. Nous lui rendîmes sa famille et autant de personnes en guise de miséricorde de Notre part et en guise de rappel pour tous ceux qui ont vocation à adorer.

85 - Et Ismaël, Idris et Dhoul-Kifl : ils étaient tous des persévérants [12].

86 - Nous les avons admis en Notre miséricorde, car ils étaient parmi les justes.

87 - Et Dhou Noûn [13], lorsqu'il s'en alla fort mécontent, en pensant peut-être que Nous ne pourrions rien décréter le concernant, jusqu'au moment où il cria du fond des ténèbres : Il n'y a de Dieu que Toi. Gloire à Toi, j'ai été parmi les injustes.

88 - Nous exauçâmes son vœu et Nous le sauvâmes de sa grande détresse. Et c'est ainsi que Nous sauvons les croyants.

89 - Et Zacharie, quand il appela son Seigneur : Seigneur, ne me laisse pas seul, Tu es le meilleur pourvoyeur en héri-tiers.

90 - Nous exauçâmes ses vœux. Nous lui donnâmes Jean

et rendîmes féconde son épouse. Ils s'empressèrent par la suite de faire du bien, de Nous adorer avec ferveur et crainte. Ils comptaient parmi les gens humbles et pieux.

91 - Et celle qui s'est montrée chaste, préservant sa virginité, Nous lui insufflâmes de Notre esprit. Nous fîmes d'elle et de son fils un signe éloquent pour les mondes.

92 - Telle est votre communauté, une seule communauté [14]. Je suis votre Seigneur. Adorez-Moi !

93 - Et bien qu'ils se soient divisés en sectes, c'est encore vers Nous qu'ils reviendront.

94 - Celui qui s'acquitte du bien tout en étant croyant, sa ferveur ne sera pas récusée. Nous la lui inscrivons.

95 - Est interdite toute cité détruite par Nous ; car ses habitants ne reviendront pas.

96 - Jusqu'au moment où Nous lâcherons Gog et Magog [15], et où ils descendront de chaque colline.

97 - La vraie promesse est en vue, tandis que les regards des incroyants se vident. Quel malheur ! diront-ils, nous avons été dans une indifférence totale. Bien plus, nous étions des injustes.

98 - Vous n'êtes, vous et les dieux que vous adorez en dehors de Dieu, qu'un aliment [16] de la géhenne, et c'est là que vous finirez.

99 - Si les autres entités étaient des dieux, ils n'auraient pas fini [dans la géhenne] de la sorte où ils seront tous éternellement.

100 - Ils y gémiront longuement, mais personne ne les entendra.

101 - Quant à ceux qui bénéficièrent préalablement de Nos bienfaits, ils en seront éloignés.

102 - Ils n'entendront pas ses bruissements et obtiendront durablement ce que désirent leurs âmes.

103 - Le grand effroi ne les touchera pas, tandis que des anges viendront à leur rencontre : Voici, leur diront-ils, le grand jour qui vous a été promis.

104 - Le jour où Nous enroulerons le ciel à la manière d'un sceau que l'on poserait sur un écrit. De même que Nous avons commencé la première création de l'homme, Nous la recommencerons. Telle est Notre promesse, si Nous voulons la réaliser.

105 - Oui, Nous avons écrit dans les Psaumes, après le rappel, que la terre sera donnée en héritage à Mes meilleurs serviteurs, les plus justes.

106 - Et cela, Nous l'avons transmis à un peuple de croyants.

107 - Et Nous ne t'avons envoyé [ô Mohammed] que comme une miséricorde pour les mondes.

108 - Dis : Il m'a été seulement révélé que votre Seigneur est un Dieu unique. Êtes-vous soumis [17] ?

109 - S'ils se détournent, tu diras : Je vous ai prévenus en toute équité et je ne sais si ce qui vous a été promis est proche ou plus lointain.

110 - Dieu sait ce que vous déclarez en paroles et Il sait ce que vous masquez.

111 - Je ne sais si cela est une tentation pour vous ou seulement une jouissance momentanée.

112 - Il dit : Seigneur, juge selon la Vérité. Notre Seigneur est le Miséricordieux. Celui que l'on appelle au secours contre ce que vous décrivez.

NOTES

1. *Mûsrifin* : impies (Blachère), rebelles (Pesle/Tidjani). 2. *Hassid* : éteule. 3. Les anges ? 4. Dans le sens peut-être de « ne lui coupent pas la parole ». 5. *Falak*. 6. *Dha'iqa* : goûtera. 7. *Habbat min khardal.* 8. *Al-furqan.* 9. *Al-'alamin*. 10. *Sakharna lahûm.* 11. *Labûs.* 12. Si Ismaël est très connu dans la tradition musulmane, pour être l'ancêtre éponyme des Arabes, si Idriss pourrait être l'Énoch ou Hénoch de l'Ancien Testament, Dhoul-Kifl (littéralement : « l'Homme à la fermeture », « l'Homme au double ») nous est à peu près totalement inconnu, y compris dans la vaste littérature musulmane. 13. L'Homme au poisson. 14. Je suis tenté de traduire *ummatukum* (communauté, nation) par « humanité » : « Telle est votre humanité, une seule humanité. » 15. Duo apocalyptique. Cf. *Dictionnaire encyclopédique du Coran.* 16. *Hassab* : un combustible, des fagots. 17. *Mûslimin.*

SOURATE XXII

LE PÈLERINAGE (AL-HAJJ)

Révélée à Médine, 78 versets

Au nom d'Allah, le Clément, le Miséricordieux

1 - Ô vous les hommes, craignez votre Seigneur, car le jour où le séisme de l'Heure se produira, ce sera quelque chose d'immense.

2 - Lorsque vous verrez ce séisme, vous verrez fuir la femme allaitant son enfant et toute femelle enceinte déposera son faix sans l'avoir voulu ; tu verras des gens ivres alors qu'ils n'auront pas bu. De fait, le châtiment d'Allah sera terrible !

3 - Et il est des hommes qui controversent au sujet d'Allah, alors même qu'ils manquent de connaissance et suivent chaque démon dans sa folie.

4 - Il est écrit que celui qui sert de tuteur au ratiocineur, [Dieu] lui fera perdre son chemin et l'égarera pour le jeter dans le brasier infernal.

5 - Ô vous les hommes, si vous êtes dans le doute en matière de résurrection, sachez que Nous vous avons créés de poussière, puis d'une goutte de sperme, puis d'une petite adhérence, puis d'un grumeau de chair à la fois précis et encore indéterminé, afin que Nous vous montrions [ce dont Nous sommes capable]. Nous déposons dans les matrices ce que Nous voulons, et cela jusqu'à une période précise, puis Nous vous faisons naître comme petits enfants, avant d'atteindre votre maturité[1]. Il y a ceux d'entre vous

qui meurent et d'autres qui sont laissés pour compte jusqu'à un âge où ils seront humiliés au point de ne plus rien savoir de ce qu'ils auront acquis. Tu verras la terre desséchée et stérile, mais dès lors qu'une eau descendue du ciel l'arrosera, elle s'éveillera soudain, s'ébrouera, enflera de ce qu'elle porte et donnera naissance à de luxuriants couples de végétaux.

6 - En tout cela, Allah est la Vérité. Il ressuscite les morts, car Il est Tout-Puissant.

7 - Car l'Heure se produira, il n'y a aucun doute là-dessus. Allah rappellera ceux qui sont dans leurs tombes.

8 - Il est parmi les hommes des gens qui entretiennent des controverses au sujet d'Allah sans disposer de la science nécessaire, ni de la bonne orientation[2], ni d'un livre de lumière[3].

9 - Il se rebiffe par ostentation, et cela afin de détourner les bons croyants de la voie d'Allah. Celui-là sera avili en cette terre et goûtera aux tourments du brasier[4] au jour de la résurrection.

10 - Tout cela en échange de ce que tes mains auront apporté et fourni par le passé, en sachant qu'Allah n'est pas injuste envers Ses serviteurs.

11 - Il est des gens qui vénèrent Allah sur le bord [d'un ravin]. S'il arrive un bien, il se sent rassuré ; s'il lui arrive un mal ou une sédition, le voilà qui bascule sur son visage[5]. Il perd ainsi la vie d'ici-bas et la vie future. Telle est la vraie perte !

12 - Ils prient en dehors d'Allah des divinités qui ne leur apportent aucune nuisance, et ne leur sont d'aucune utilité. Tel est l'égarement véritable.

13 - En somme, ils prient davantage ceux qui leur nuisent

que celui qui leur veut du bien. Quel mauvais maître, quelle mauvaise compagnie !

14 - Allah fera entrer ceux qui ont cru et qui se sont acquittés des œuvres pies dans des jardins où coulent des ruisseaux. Allah fait ce qu'Il veut.

15 - Celui qui a pensé qu'Allah ne le sauvera ni dans la vie immédiate ni dans l'au-delà peut toujours tendre une corde vers le ciel, puis la couper, il constatera par lui-même si sa ruse dissipe sa colère.

16 - C'est ainsi que Nous l'avons révélé [le Coran] sous forme de versets explicites. Allah conduit dans le bon chemin celui qu'Il veut.

17 - Allah établira au jour de la résurrection une distinction entre ceux qui ont cru, les juifs, les sabéens, les chrétiens, les mages[6], et ceux qui, n'ayant pas cru, Lui ont associé d'autres divinités. Allah est témoin de toute chose.

18 - Ne vois-tu pas que tout ce qui se trouve dans les cieux et sur terre se prosterne devant Allah ? Ainsi que le soleil, la lune, les étoiles, les montagnes, les arbres, les animaux et une grande partie des hommes. Mais beaucoup méritent les pires tourments, car celui qui néglige Allah ne trouvera personne pour l'honorer[7]. Allah fait ce qu'Il veut.

19 - Deux clans adverses se querellent au sujet de leur Seigneur. Ceux qui n'ont pas cru, leurs vêtements seront façonnés dans du feu et l'on fera couler une eau bouillante sur leur tête,

20 - de façon que leurs entrailles soient consumées, ainsi que leur peau.

21 - Et pour eux des fouets de fer.

22 - Et chaque fois qu'ils voudront sortir, au bord de l'évanouissement, ils y sont ramenés, où ils goûteront les tourments du feu.

23 - Allah fera entrer dans des jardins arrosés de ruisseaux ceux qui auront cru et accompli de bonnes œuvres. Ils porteront des bracelets d'or et de perles, tandis que leurs vêtements seront de soie.

24 - Ils ont été orientés pour n'entendre que les bonnes paroles et pour ne prendre que le chemin digne de louanges.

25 - Quant à ceux qui n'ont pas cru et qui dans leur infidélité ont poussé d'autres à s'écarter de la bonne voie qui mène à Allah, les éloignant de la Mosquée sacrée[8], celle-là même que Nous avons établie de manière équitable pour tous les hommes, celui qui habite à côté comme le bédouin, ceux-là donc goûteront un châtiment cruel en raison même de la profanation dont ils pourraient se rendre coupables.

26 - Nous avons assigné à Abraham un lieu précis de la Maison sacrée : Ne M'associe aucune autre divinité et fais en sorte de purifier Mon temple afin que les pèlerins y accomplissent leurs tours, de même ceux qui se tiennent debout, ceux qui s'inclinent et ceux qui se prosternent.

27 - Invite les hommes au pèlerinage. Ils y viendront de toute part. À pied ou sur des montures promptes à s'élancer[9]. Ils viendront de chaque profond défilé[10].

28 - De façon qu'ils puissent voir *de visu* les avantages liés à cela et qu'ils invoquent le nom d'Allah en des jours prescrits, remerciement pour les nourritures animales dont Il les a dotés. Ils mangeront la viande des bêtes et donneront aux pauvres mendiants et aux nécessiteux.

29 - Après quoi, ils mettent fin à leurs interdits, ils accomplissent les vœux qu'ils se sont donnés et ils effectuent les tours nécessaires autour du Temple antique[11].

30 - C'est ainsi, quant à celui qui vénère les prescriptions d'Allah, il trouvera sa récompense auprès de son Seigneur.

La chair des animaux vous a été permise, exception faite des interdictions qui vous ont été annoncées. Éloignez-vous de l'impureté des idoles autant que des paroles mensongères.

31 - Soyez sincèrement pieux envers Allah et ne lui associez aucune autre divinité, car celui qui associe d'autres dieux à Allah est comme celui qui, à la suite d'une furie céleste, est enlevé par des oiseaux ou emporté par des vents dans des endroits isolés.

32 - C'est ainsi ! Celui qui glorifie les signes d'Allah s'inspire de la piété des cœurs.

33 - Vous y trouverez des avantages jusqu'à un terme fixé, dès lors que le lieu de purification est le Temple antique.

34 - À chaque communauté, Nous avons prévu des pratiques et rituels afin que les hommes invoquent le nom d'Allah sur la bête des troupeaux que Nous leur avons donnée. Votre Dieu est un Dieu unique. À Lui, vous vous soumettez. Annonce la bonne nouvelle aux humbles [12]...

35 - ... dont les cœurs se réjouissent lorsque le nom d'Allah est prononcé devant eux. À ceux qui ont été patients, ainsi qu'aux dévots qui s'acquittent de leurs prières et à tous ceux qui ont été dotés de quelque bien et qui en dépensent une partie.

36 - Les animaux ventrus [13] que Nous vous avons destinés en vue d'être sacrifiés au nom d'Allah constituent un bien pour vous. Prononcez sur eux le nom d'Allah alors qu'ils sont encore en vie. Dès lors qu'ils sont abattus, mangez-en et nourrissez-en ceux qui se satisfont de peu et les nécessiteux [14]. C'est ainsi que Nous les avons rendus dociles pour vous servir, peut-être serez-vous reconnaissants.

37 - Pour autant, ni leur chair ni leur sang n'ont de valeur en soi auprès d'Allah, car, pour mériter l'intérêt de Dieu,

seule la crainte révérencieuse que vous exprimerez à Son égard vous sera d'un réel apport. Ainsi, Nous vous avons soumis ces animaux afin que vous proclamiez la gloire d'Allah pour la bonne guidance qu'Il vous a donnée. Transmets cette bonne nouvelle aux bienfaiteurs.

38 - Allah défend ceux qui ont cru, mais Allah n'aime pas les traîtres incrédules.

39 - Permission est donnée à ceux qui combattent à la suite d'une injustice et Allah veille à leur octroyer la victoire.

40 - À ceux qui ont été injustement chassés de leurs maisons uniquement parce qu'ils avaient dit : Notre Seigneur est Allah ! Car, si Allah n'avait pas protégé certaines personnes par rapport à d'autres, de nombreux clochers auraient été détruits, des églises, des synagogues et des mosquées où le nom d'Allah aura été tant de fois prononcé. Allah est Celui qui accorde du secours à celui qui Le défend ; Il est fort et puissant.

41 - Ainsi ceux que Nous aurons établis sur terre et qui, ce faisant, observent le rituel des prières, font l'aumône, incitent au bien et récusent le mal. À Allah, cependant, est la décision finale.

42 - Et si d'aventure on te traitait de menteur, sache que d'autres peuples auparavant, les peuples de Noé, de 'Ad et de Thamoud, ont également traité leurs envoyés de menteurs.

43 - De même le peuple d'Abraham et celui de Loth...

44 - ... ainsi que les gens de Madian. Moïse a été traité de menteur. Mais un répit a été accordé aux infidèles, après quoi Je les ai saisis. Et de quelle manière !

45 - Que de cités injustes furent ainsi détruites ! Elles gisent maintenant sombres, abandonnées et inhabitées par leurs occupants, puits comblés et magnifiques palais déserts.

46 - N'ont-ils pas erré de par le monde, pour avoir des cœurs qui comprennent, des oreilles qui leur permettent d'entendre ! Ce ne sont pas les yeux qui cessent de voir, mais les cœurs qui, au sein des poitrines, sont atteints de cécité.

47 - Ils te demandent de hâter le tourment ! Mais Allah n'oublie jamais Ses promesses. Un jour chez ton Seigneur équivaut à mille ans de votre comput.

48 - Combien de cités injustes ont connu un long répit avant qu'elles ne soient saisies. À Moi est le retour ultime.

49 - Dis : Ô vous les hommes, je suis pour vous un annonciateur explicite.

50 - Ceux qui ont cru et qui ont fait de bonnes actions seront pardonnés et recevront un bien immense.

51 - Quant à ceux qui s'évertuent à nier Nos signes, ils sont promis à la fournaise infernale.

52 - D'ailleurs, Nous n'avons envoyé avant toi ni prophète ni messager sans que Satan intervienne pour les décourager et ruiner leurs espoirs. Mais Allah abolit ce que le démon apporte et impose Ses propres versets. Allah est Celui qui sait, Celui qui est sage.

53 - Tout cela pour que Satan puisse détourner ceux qui souffrent d'un mal intérieur[15]. Les injustes sont dans un égarement terrible.

54 - Que ceux, en revanche, qui ont reçu la science[16] sachent qu'elle est la vérité venue de ton Seigneur à laquelle ils sont amenés à croire. Leurs cœurs seront attendris[17]. Mais Allah oriente ceux qui croient dans un chemin droit.

55 - Les infidèles seront dans le doute et le scepticisme jusqu'au jour où, subitement, l'Heure les saisira, ou bien, où le jour de l'extermination les atteindra.

56 - Ce jour-là, la puissance souveraine reviendra à Allah. Il établira une distinction entre eux. Ceux qui ont cru en Lui et qui ont accompli de bonnes œuvres seront placés dans les jardins d'Éden.

57 - Ceux, en revanche, qui ont été infidèles et qui n'ont pas cru en Nos signes subiront un vil tourment.

58 - Quant à ceux qui auront émigré dans le sentier d'Allah, puis auront été tués ou simplement seront morts, ceux-là seront récompensés d'un bien immense venu d'Allah, car Allah octroie le meilleur salaire.

59 - Il les fera entrer en un lieu qu'ils aimeront. Allah est en effet Celui qui sait, le Magnanime.

60 - Par ailleurs, celui qui riposte à la hauteur de l'outrage qu'il a subi, et si cet outrage se répète de nouveau, Allah lui portera secours et le fera vaincre. Allah est Celui qui pardonne, Celui qui efface les péchés.

61 - Du fait même qu'Allah fait fondre la nuit dans le jour et fait fondre le jour dans la nuit. Allah est Celui qui entend et qui voit.

62 - Du fait aussi qu'Allah est la Vérité, tandis que toute vénération qui ne Lui est pas destinée est vouée à l'échec, Allah étant le plus élevé, le plus grand.

63 - Ne vois-tu pas qu'Allah a fait descendre du ciel une eau qui arrose la terre et qui la fait verdir ? Allah est toute bonté, Il est le plus informé.

64 - À Lui appartient tout ce qui se trouve dans les cieux et sur terre. Allah est le plus fortuné, le plus digne de louanges.

65 - Ne vois-tu pas qu'Allah vous a rendu docile tout ce qui se trouve sur terre et dans le cosmos ? Grâce à Son ordre, les vaisseaux naviguent sur l'océan et, n'eût été Son

ordre, le ciel tomberait sur terre. Allah est indulgent pour les êtres humains. Il est le Miséricordieux.

66 - Il est Celui qui vous a donné la vie, qui vous la reprend et qui vous la redonne de nouveau, mais l'homme est un ingrat.

67 - À chaque communauté, Nous avons octroyé des rituels distincts et un dogme qu'elle suit. Qu'ils cessent donc de spéculer à ce sujet. Invoque ton Seigneur, tu es certes sur la voie droite.

68 - Et s'il y a contestation, tu diras qu'Allah est plus savant que vous ne l'êtes.

69 - Au jour de la résurrection, Allah jugera les différends qui vous opposaient.

70 - Ne sais-tu pas qu'Allah sait parfaitement ce qu'il y a au ciel et sur terre, étant entendu que cela est consigné dans un livre ? Que cela est très aisé pour Allah ?

71 - Ils vénèrent en dehors d'Allah ce qui n'a aucune souveraineté propre et ce que par ailleurs ils ne connaissent pas. Les injustes n'auront aucun appui.

72 - Et lorsque Nos versets explicites seront récités aux mécréants, tu verras se dessiner la réprobation sur leurs visages. Il s'en faut de peu qu'ils ne se jettent sur les récitants pour les molester de Nos versets. Dis-leur : Voici une nouvelle qui vous irritera encore plus : Allah a prévu l'enfer pour ceux qui ne croient pas. Quel triste sort !

73 - Ô vous les hommes, une parabole vous a été donnée, méditez-la ! Ceux que vous vénérez en dehors d'Allah sont incapables de créer la moindre mouche [18], même s'ils devaient se fédérer pour cela. Et si cette mouche arrivait à leur subtiliser quoi que ce soit, ils ne seraient pas en mesure de le récupérer. Faiblesse du quémandeur et du quémandé [19].

74 - Ils n'ont pas une vision d'Allah qui soit à la mesure de Sa grandeur, mais Allah est fort et puissant.

75 - Allah choisit Ses envoyés parmi les anges et parmi les hommes. Allah est Celui qui entend et Celui qui voit.

76 - Il sait ce que leurs mains montrent et ce qu'elles cachent, et c'est à Allah que finalement tout aboutit.

77 - Ô vous qui avez cru, inclinez-vous, prosternez-vous, adorez votre Seigneur et faites le bien, peut-être qu'avec tout cela vous serez les bienheureux gagnants.

78 - Combattez dans la voie d'Allah à la hauteur de ce qu'Il conçoit. Il vous a choisis et ne vous a point contrariés dans le choix du culte de votre père, Abraham. Il vous a nommés musulmans, soit ceux qui s'abandonnent à Dieu, et cela de manière anticipée, afin que vous soyez témoins des hommes de la même façon que le Prophète est votre témoin. Observez la prière, acquittez-vous de l'aumône et tenez fermement à Allah. Il est votre protecteur et maître. Béni soit le Protecteur et béni soit le Soutien !

NOTES

1. Toute la « science » embryologique est déclinée dans ce verset. En effet, plusieurs étapes cruciales de la fécondation et de la grossesse humaines y sont exposées, dans une succession étonnamment précise. **2.** *Hûdan.* **3.** *Kitab mûnir.* **4.** *Hariq* : cela peut être l'« incendie », la « grande brûlure » et bien sûr le « brasier ». **5.** Le précipice est l'un des éléments qui caractérisent l'enfer musulman, ou du moins le purgatoire. Ici, « basculer sur son visage », c'est tout simplement tomber en enfer. **6.** « Adorateurs de feu » (Kasimirski), « zoroastriens » (Blachère). **7.** *Mûkrimin.* **8.** *Al-Masdjid al-haram.* Le pèlerinage à La Mecque est décrit minutieusement dans les trois versets qui suivent, autant la circumambulation que les rites qui s'y pratiquent. **9.** *Dhamirin* : « des montures au flanc cave » (Blachère), « des méharis » (Chouraqui). **10.** *Fajjin* : nom de dune, une gorge profonde, un chemin creux. **11.** *Al-bayt al-'atiq* : littéralement, la Maison antique. **12.** *Al-Mukhbitina* : aux humbles (la plupart des traducteurs) ; aux modestes (Blachère). **13.** Bêtes sacrifiées, bêtes d'offrandes (Grosjean). Des chameaux ? **14.** *Al-mû'tar* : l'impécunieux, le nécessiteux, le démuni. **15.** Au sens moral du terme, c'est-à-dire ceux qui ne croient pas, ceux qui ont des cœurs endurcis. **16.** *Al-'ilm* : la connaissance, la science coranique. **17.** *Fa-tukhbita lahû qûlubuhum* : « leurs cœurs s'humilieront » (Blachère) ; « leurs cœurs seront émus » (Pesle/Tidjani). **18.** *Dhûbaba* : insecte, mouche. **19.** *At-tâlibu wal-matlûb* : le disputant et le disputé (Pesle/Tidjani) ; l'adorant et l'adoré (Blachère) ; le sollicité et le solliciteur (Grosjean).

LES CROYANTS (AL-MU'MINÛN)

Révélée à La Mecque, 118 versets

Au nom d'Allah, le Clément, le Miséricordieux

1 - Heureux sont les croyants

2 - qui se présentent humblement à leurs prières,

3 - qui s'écartent de la vaine controverse[1],

4 - qui s'acquittent de leur aumône,

5 - qui demeurent chastes et préservent leur chasteté,

6 - hormis avec leurs épouses et leurs esclaves, ce pourquoi ils ne peuvent être blâmés.

7 - Ceux, au contraire, qui convoitent d'autres femmes que ces dernières sont des transgresseurs.

8 - [Les croyants] qui tiennent en particulier à leurs promesses et à leur parole donnée

9 - Et qui observent scrupuleusement leurs prières :

10 - Tels sont les héritiers authentiques

11 - qui auront le paradis[2] où ils demeureront éternellement.

12 - Nous avons créé l'homme d'une substance de terre fine

13 - avant d'en faire une goutte de sperme[3] déposée en lieu sûr,

14 - puis, de cette goutte de sperme, Nous avons fait un grumeau, de ce grumeau une consistance plus grande, et de là un début d'ossature que Nous avons revêtu de chair. Enfin, Nous en avons créé un être nouveau, que le Seigneur soit loué, Lui le meilleur des créateurs.

15 - Après quoi, vous voilà morts.

16 - Mais vous ressusciterez au jour de la résurrection.

17 - Nous avons créé au-dessus de vous sept degrés [4]. Nous ne Nous sommes pas montré négligent quant à la création.

18 - C'est alors que Nous avons fait descendre une eau abondante que nous avons gardée sur la terre. Mais Nous pouvons aussi la retirer.

19 - Grâce à cette eau, Nous avons créé pour vous des jardins couverts de palmiers et de vigne. Vous y trouverez des fruits en abondance que vous mangerez.

20 - Et un arbre croîtra sur le mont Sinaï. Il fournira une huile et un assaisonnement [5] pour la nourriture.

21 - Vous avez dans les troupeaux d'animaux un symbole explicite : Nous vous abreuvons de ce que leurs entrailles contiennent et vous en tirez d'énormes avantages, dont votre nourriture.

22 - Et sur eux et sur les vaisseaux vous serez transportés.

23 - Et Nous envoyâmes Noé à son peuple. Il dit : Ô mon peuple, adore le Seigneur, vous n'en avez pas d'autre en dehors de Lui. N'êtes-vous pas de ceux qui le craignent ?

24 - Le conseil des patriarches [6], composé d'incrédules issus de son peuple, dit : Ce n'est là qu'un mortel tout comme vous. Il cherche seulement à s'élever au-dessus, mais si Dieu l'avait voulu, Il aurait dépêché des anges, car nous n'avons rien entendu de la sorte chez nos anciens.

25 - Ce n'est là qu'un humain dominé par les djinns. Observez-le durant un moment.

26 - Il dit : Dieu, protège-moi des mensonges qu'ils profèrent.

27 - Nous lui révélâmes l'idée d'une arche immense qu'il construirait sous Notre regard et Notre direction. Lorsque le four se mettra à bouillonner et que Notre ordre te parviendra, tu t'installeras à l'intérieur de l'arche en même temps que les tiens. Tu mettras de chaque espèce un couple représentatif, à l'exception de celui qui a déjà été condamné à périr. Tu ne Me demanderas rien concernant tous ceux qui ont été injustes, ils seront noyés.

28 - Et lorsque tu auras trouvé ton assiette sur le vaisseau, ainsi que ceux qui t'accompagnent, tu diras : Louange à Dieu, car Il nous a sauvés du peuple des injustes.

29 - Tu diras aussi : Ô Seigneur, dépose-moi en un lieu sûr et béni, Tu es le meilleur de ceux qui déposent.

30 - Il y a en cela des signes évidents, même si Nous sommes Celui qui met à l'épreuve.

31 - Après quoi, Nous créâmes d'autres générations.

32 - Nous leur dépêchâmes un messager issu de leur sein pour leur demander d'adorer Dieu, car ils n'avaient d'autre dieu que Lui. Ne Le craignez-vous pas ?

33 - Le conseil des patriarches, celui qui fut infidèle et qui traita de mensonge la rencontre de la vie future, celui-là en somme qui fut tant favorisé en cette terre, dit : Ce n'est là qu'un mortel comme vous. Il mange exactement ce que vous mangez et boit ce que vous buvez.

34 - Car alors, si vous adorez quelqu'un qui vous ressemble, vous serez, en effet, parmi les perdants.

35 - Vous promet-il d'être repêchés, le jour où vous mourrez et où vous serez poussière et ossements ?

36 - Malheur ! Malheur [7] !, voilà ce qui vous attend.

37 - Il n'y a d'autre vie que notre vie terrestre ; on vit, puis on meurt, et personne ne viendra nous ressusciter.

38 - Ce n'est là, vraiment, qu'un homme qui a tout inventé au sujet de Dieu et nous n'avons pas foi en lui.

39 - Il dit : Seigneur, protège-moi des mensonges qu'ils profèrent.

40 - On lui dit : Dans peu de temps, ils seront parmi les gens qui regrettent.

41 - Le cri les saisira pour de bon et les mettra en petits morceaux. Au loin, peuple d'injustes !

42 - Ensuite, après eux, Nous créâmes d'autres générations.

43 - Aucune communauté n'est en mesure d'accélérer sa fin, ni de la retarder [8].

44 - Puis Nous envoyâmes au fur et à mesure Nos prophètes à chaque communauté. Mais, chaque fois, ils furent traités de menteurs. Nous les avons mises en pièces les unes après les autres, de façon à en faire des récits anciens. Au loin, peuple d'injustes !

45 - Après quoi, Nous envoyâmes Moïse et son frère Aaron avec Nos signes, ainsi qu'une puissance explicite,

46 - à Pharaon et à son grand conseil, qui se montrèrent hautains et plutôt arrogants.

47 - Allons-nous croire dirent-ils à deux mortels comme nous, alors même que leurs peuples sont nos serviteurs !

48 - Ils les ont traités de menteurs. Ils étaient parmi les perdants.

49 - Nous donnâmes alors le Livre à Moïse, peut-être suivront-ils le droit chemin.

50 - Nous fîmes du fils de Marie et de sa mère des preuves éclatantes. Nous les établîmes sur une colline sûre et arrosée.

51 - Ô vous les prophètes, nourrissez-vous librement des bienfaits qui sont à votre disposition et faites le bien, car Je suis informé de ce que vous faites.

52 - De fait, cette communauté est la vôtre, elle est l'unique communauté, et je suis votre Dieu. Craignez-moi !

53 - Ils se sont entre-déchirés et divisés en sectes[9], chaque clan exaltant la croyance qu'il détenait.

54 - Laissez-les dans leur égarement pendant un certain temps.

55 - Croient-ils pouvoir être dotés longtemps de biens et d'enfants ?

56 - Que nous accorderions de manière anticipée, mais ils n'en sont pas conscients.

57 - Ceux qui sont pénétrés de la crainte de leur Seigneur,

58 - de même ceux qui croient aux signes de leur Seigneur,

59 - et qui n'opposent à leur Dieu aucun autre dieu,

60 - et qui donnent la part d'aumône qui leur incombe, en sachant que leurs cœurs restent sensibles au fait qu'ils reviendront vers Dieu,

61 - ceux-là accourent vers le bien et considèrent cela comme une urgence.

62 - Et Nous ne chargeons une âme que de ce qu'elle est en mesure de porter[10], car Nous avons à notre disposition un Livre qui ne se réclame que du Vrai. Ceux-là ne seront point lésés.

63 - Hélas, leurs cœurs sont submergés d'orgueil et leurs actes ne correspondent pas à leurs intentions. Pourtant, ils les commettent.

64 - Jusqu'au moment où Nous soumettons les plus aisés d'entre eux à Nos châtiments. C'est alors qu'ils se mettent à paniquer.

65 - Ce qui est inutile, car vous n'obtiendrez de Nous aucun secours.

66 - Mes versets vous étaient dictés, mais vous détaliez promptement en sens inverse[11].

67 - Vous regardiez de haut tout cela, et lorsqu'il vous les récitait au cours de vos veillées, vous le dénigriez[12].

68 - Ne prennent-ils rien en considération de ce qui leur est dit, à moins qu'ils n'aient reçu ce que leurs aïeux n'ont pas reçu ?

69 - Peut-être ne reconnaissent-ils pas leur messager et veulent-ils le renier ?

70 - Ou alors diront-ils qu'il est possédé par des djinns, quand même il annonçait la vérité ? Mais la plupart d'entre eux n'aiment pas la vérité.

71 - De fait, si la vérité avait été conduite selon leurs vœux, les cieux et la terre, et tout ce qui s'y trouve, auraient été pervertis[13]. Nous leur avons envoyé de nombreux signes de rappel, mais ils les ont refusés.

72 - Leur demanderas-tu une quelconque rétribution[14] ? Mais la rétribution de ton Seigneur est la meilleure, car Il est le meilleur des pourvoyeurs.

73 - Car, de fait, tu les appelles vers le bon chemin.

74 - Mais ceux qui ne croient pas à la vie future ne veulent pas l'emprunter,

75 - et cela même si Nous leur faisions miséricorde ou si Nous avions éloigné leur mal caché, ils auraient quand même persévéré dans leur iniquité aveugle.

76 - Nous les avons soumis à Notre châtiment. Mais ils ne se sont pas remis à leur Dieu et ils n'ont pas cherché à s'amender[15].

77 - Jusqu'au moment où Nous déchaînerons sur eux un flot de châtiments extrêmes. C'est alors qu'ils seront perdus, désespérés.

78 - C'est Lui qui vous a dotés de l'ouïe, de la vue et des entrailles, mais peu Lui sont reconnaissants.

79 - Il vous a placés sur terre, mais c'est auprès de Lui que vous serez rassemblés le moment venu.

80 - C'est Lui qui fait vivre et mourir ; Lui encore qui a voulu la succession[16] de la nuit et du jour. Pourquoi ne raisonnez-vous pas ?

81 - Mais ils disent, en suivant le raisonnement des anciens.

82 - Ils disent : Si nous sommes morts et que nous devenons poussière et ossements, comment pouvons-nous ressusciter ?

83 - Il nous a été promis, à nous-mêmes comme à nos anciens, que ce ne sont là que croyances anciennes.

84 - Mais dès lors, s'ils sont bien informés, demande-leur à qui appartient la terre, et tout ce qu'elle renferme.

85 - Ils répondront : À Allah. Dis alors : Pourquoi [donc] ne pas y réfléchir ?

86 - Dis : Qui est le maître des sept cieux et le maître de la grande création[17] ?

87 - Ils diront : Allah. Dis : Ne Le craignez-vous pas ?

88 - Dis : Qui dispose entre ses mains de tout l'univers, protecteur sans être protégé, si vous êtes informés ?

89 - Ils diront : Allah. – En êtes-vous à ce point ensorcelés ?

90 - Nous leur avons apporté la vérité, mais, obstinés, ils demeurent dans le mensonge.

91 - Allah n'a pas de fils et il n'y a pas d'autres dieux avec Lui. Autrement, on verrait chaque dieu faire surenchère avec ce qu'Il a créé en voulant paraître meilleur. Gloire à Allah, Il est au-dessus de ce qu'ils décrivent.

92 - Il est Celui qui connaît l'inconnaissable, Il est Celui qui témoigne et qui S'élève au-dessus de ce qu'ils Lui associent.

93 - Dis : Seigneur, peux-Tu me montrer ce que Tu leur as promis ?

94 - Ô mon Seigneur, ne me mets pas du côté des injustes.

95 - Nous sommes en mesure de te montrer ce que Nous leur préparons.

96 - Réponds à la mauvaise action par la bonne. Nous sommes le mieux informé quant à leurs descriptions.

97 - Dis : Ô mon Seigneur, je me réfugie en Toi des sollicitations du démon.

98 - Et je serai près de Toi. Cela les empêchera de m'approcher.

99 - Et lorsque l'un d'entre eux voit venir la mort, il dit : Seigneur, ramène-moi.

100 - Peut-être ferai-je quelque chose de bien meilleur parmi ce que j'ai laissé ! Mais ce n'est là qu'une vaine parole, car, à l'arrière, il y a un barzakh [18] qui les sépare de l'endroit où ils seront ressuscités.

101 - Et lorsqu'on sonnera dans la trompette, il n'y aura

plus d'allégeances familiales, et ils ne se poseront plus de questions.

102 - Ceux dont la balance des bonnes œuvres sera bien remplie seront les gagnants.

103 - Ceux dont la balance des bonnes œuvres sera moins remplie, ils seront pour l'éternité dans la géhenne.

104 - Les flammes consumeront leurs visages et leur laisseront les lèvres déformées.

105 - Ne vous a-t-on pas récité Mes versets ? Mais vous les traitiez de mensonges.

106 - Ils diront : Ô notre Seigneur, nous étions dans une mauvaise passe. Nous étions des égarés.

107 - Ô Seigneur, fais-nous sortir de cet enfer. Et si nous y retombons, cela voudra dire que nous étions vraiment des injustes !

108 - Il leur dit : Demeurez-y et ne Me parlez pas.

109 - Il y avait une partie de Mes sujets qui me demandaient : Ô Seigneur, nous avons cru en Toi, pardonne-nous et accorde-nous Ta miséricorde, car Tu es le meilleur des miséricordieux.

110 - Vous les avez tant et si bien raillés, au point de vous faire oublier Mes mises en garde. Vous vous moquiez bien d'eux !

111 - Aujourd'hui, Je les ai récompensés pour leur patience. De fait, ils sont les gagnants.

112 - Dieu leur dira : Combien d'années êtes-vous restés sur terre ?

113 - Ils répondront : Nous sommes restés un jour, ou moins d'un jour. Demande donc à ceux qui comptent.

114 - Dieu dira : Vous n'êtes restés que très peu. Si au moins vous saviez !

115 - Pensez-vous que Nous vous créâmes inutilement[19] et que vous ne serez jamais ramenés à Nous ?

116 - Qu'Allah, le Souverain, le Vrai, soit exalté. Il n'y a d'autres dieux que Lui, le Maître du noble Trône.

117 - Celui qui vénère d'autres dieux en dehors d'Allah sans qu'il ait la moindre preuve, celui-là devra rendre des comptes à son Seigneur, car Il ne peut permettre aux mécréants de prospérer.

118 - Dis : Seigneur, pardonne et accorde Ta miséricorde, Tu es le meilleur de ceux qui font miséricorde.

NOTES

1. *Laghwi* : vaines paroles, futilités. 2. *Firdaws* : l'un des noms du paradis. 3. *Nutfa*. 4. *Tara'iqa* : cieux ? 5. *Çabghin* : condiment. 6. *Mala* : Conseil ou Grand Conseil. Cf. *Dictionnaire encyclopédique du Coran*. 7. *Hayhat, hayhat*. 8. *Yasta'khirûn*. Cf. XV, 5. 9. *Zûbûr, Hizb*. 10. *Was'ûha*. 11. *'Ala a'qabikûm tankison*. 12. *Samiran tahjûrûn*. 13. *Fassad* : corrompus, gagnés par le désordre. 14. *Kharaj* : subsides, récompense. 15. *Yatadharra'ûn*. 16. Ou l'alternance, *ikhtilaf*. 17. *Al-'arch al-'adhim* : trône immense. 18. *Barzakh*. Cf. *Dictionnaire encyclopédique du Coran*. 19. *'Abat* : sans but, sans raison.

SOURATE XXIV

LA LUMIÈRE (AN-NÛR)

Révélée à Médine, 64 versets

Au nom d'Allah, le Clément, le Miséricordieux

1 - Cette sourate, Nous l'avons révélée et imposée ; nous y avons révélé des signes clairs, peut-être vous en souvenez-vous.

2 - Le débauché et la débauchée doivent être flagellés de cent coups de fouet chacun. Eu égard à la religion d'Allah, ne vous attendrissez pas quant à cette peine, pour autant que vous croyiez en Dieu et au Jour dernier. Qu'un groupe de croyants soit témoin de ce châtiment.

3 - Le débauché n'épousera[1] qu'une débauchée ou une incroyante. La débauchée n'épousera qu'un débauché ou un mécréant, car tout cela est interdit aux croyants.

4 - Ceux qui accusent de fornication[2] des femmes ver-tueuses sans présenter quatre témoins, flagellez-les de quatre-vingts coups de fouet et ne les acceptez plus comme témoins à charge, car ce sont eux les pervers.

5 - Exception sera faite de ceux qui font acte de repentance et qui, depuis lors, se comportent correctement. Allah est Celui qui pardonne, Il est le Miséricordieux.

6 - Ceux qui accusent leurs propres femmes de débauche et qui ne produisent aucun témoin en dehors d'eux-mêmes doivent faire témoigner l'un d'eux à quatre reprises, au nom d'Allah, que ce qu'il dit est vrai.

7 - Et un cinquième témoignage attirant sur lui la malédiction d'Allah s'il était menteur.

8 - Aucune charge ne sera requise contre la femme si elle jure au nom d'Allah, et cela à quatre reprises, que son mari a menti.

9 - Et une cinquième fois appelant la colère d'Allah sur elle-même si [son accusateur] dit la vérité.

10 - N'eût été sur vous la bonté incommensurable d'Allah, et Sa miséricorde... mais Allah est prompt à pardonner, Il est le Sage.

11 - Ceux qui ont colporté la calomnie sont en petit nombre parmi vous[3]. Ne croyez pas que ce soit un mal pour vous, c'est au contraire un bien. Celui qui colporte une telle calomnie aura sa part de tourment. Celui qui s'est rendu coupable de la plus grande part aura un châtiment encore plus grand.

12 - Au lieu de quoi, lorsque les croyants et les croyantes ont entendu de telles vilenies, il aurait dû cultiver plutôt un bien en disant notamment : C'est une calomnie évidente.

13 - À moins qu'ils ne produisent quatre témoins. Mais dès lors qu'ils ne peuvent produire des témoins, ce sont eux qui seront des menteurs auprès d'Allah.

14 - N'eût été la grâce d'Allah à votre égard, et Sa miséricorde, tant sur terre que dans la vie dernière, vous auriez été soumis à un terrible châtiment pour ce que vous avez propagé.

15 - À la fois par les mots que vous colportiez et que vous transmettiez par votre propre bouche, des choses que vous ignoriez et que vous considériez comme futiles et sans importance. Aux yeux d'Allah, elles étaient importantes.

16 - Pourquoi n'avez-vous pas dit au moment où vous

entendiez ces ragots : Seigneur, il ne nous appartient pas d'en parler, car c'est là une calomnie terrible !

17 - Allah vous exhorte à ne plus jamais recommencer, pour autant que vous soyez croyants.

18 - Allah vous montre Ses signes évidents ; Allah est savant et sage.

19 - Quant à ceux qui souhaitent que la turpitude se répande parmi les croyants, ils auront un tourment terrible ici-bas et dans la vie future. Allah sait et vous, vous ne savez pas.

20 - N'eût été la faveur d'Allah à votre égard, et Sa miséricorde, Lui, le Clément[4], le Miséricordieux.

21 - Ô vous qui croyez ! Ne suivez pas les traces de Satan, car celui qui suit les traces de Satan sera contraint de commettre des turpitudes et des actes immoraux. N'eût été la faveur d'Allah à votre égard, et Sa miséricorde, aucun d'entre vous n'aurait jamais été pur. Mais Allah rend pur qui Il veut, Il est Celui qui entend tout et qui sait.

22 - Que ceux parmi vous qui ont été nantis de la faveur divine ne jurent point sur le fait de ne jamais aider les proches, les pauvres et ceux qui émigrent dans la voie d'Allah. Qu'ils pardonnent, qu'ils oublient ! Ne voulez-vous pas qu'Allah vous pardonne, Lui qui absout et qui est miséricordieux ?

23 - Que ceux qui calomnient les femmes vertueuses[5], naïves[6] et croyantes soient maudits ici-bas et dans l'au-delà. Ils auront un châtiment terrible.

24 - Le jour où leurs langues, leurs mains et leurs pieds témoigneront contre eux de leurs méfaits.

25 - Ce jour-là, Allah tiendra Ses promesses et leur fera payer leurs dettes de la juste rétribution. Ils sauront alors qu'Allah est la vérité incarnée, [manifeste][7].

26 - Les mauvaises [femmes] aux mauvais [hommes] et les mauvais aux mauvaises. Les vertueuses aux vertueux et les vertueux aux vertueuses. Ces derniers sont innocentés des écarts de parole ; ils recevront un pardon et une généreuse récompense.

27 - Ô vous les croyants ! N'entrez pas dans des maisons qui ne sont pas les vôtres, à moins qu'on ne vous donne la permission de le faire et que vous n'en saluiez les occupants. Tels sont les meilleurs usages qui conviennent. Peut-être vous en souviendrez-vous.

28 - Si vous ne trouvez personne, il ne vous est pas permis d'entrer avant d'avoir reçu une autorisation. Si l'on vous demande de partir, partez ! C'est mieux pour vous, Allah est au courant de ce que vous faites.

29 - En revanche, il ne vous sera fait aucun reproche si vous pénétrez dans des demeures inhabitées où il y a un bien à vous, car Allah sait ce que vous faites et ce que vous celez à l'intérieur.

30 - Dis aux croyants de baisser leurs regards et d'être chastes, cela est mieux pour eux. Allah est informé de tout ce qu'ils font.

31 - Dis aux croyantes de baisser leurs regards [8], d'être chastes [9], de ne montrer de leurs atours que ce qui peut être vu, de rabattre leurs voiles [10] sur leurs poitrines, de ne montrer leurs atours qu'à leurs époux, ou à leurs pères, aux pères de leurs époux, à leurs fils, aux fils de leurs époux, à leurs frères et aux fils de ces derniers, aux fils de leurs sœurs, à leurs suivantes, aux eunuques ou aux garçons impubères [11]. Il n'est pas permis aux croyantes de frapper le sol de leurs pieds pour dévoiler leurs ornements cachés. Ô vous tous, croyants, revenez à Dieu, peut-être saurez-vous être des bienheureux.

32 - Mariez les célibataires de votre entourage, mariez aussi

vos esclaves les plus vertueux qu'ils soient masculins ou féminins. S'ils n'arrivent pas à pourvoir à leurs besoins, sachez qu'Allah les gratifiera de Ses bienfaits. Allah est vaste et savant.

33 - Ceux qui ne trouvent pas à se marier se préservent et restent chastes[12] jusqu'au jour où ils seront gratifiés par Allah. Quant à ceux de vos captifs qui désirent s'affranchir, rédigez en leur faveur un accord[13] qui stipule leur liberté, pour autant qu'ils l'aient méritée. Accordez-leur une part des biens que Dieu vous a donnés. N'obligez pas, pour quelques avantages terrestres, vos filles captives à se prostituer, elles qui voudraient rester honnêtes[14]. Si elles sont contraintes de le faire sous la pression d'un tiers, alors qu'elles le réprouvent, Dieu saura distinguer cela. Il est Celui qui pardonne, Il est le Miséricordieux.

34 - En effet, Nous vous avons révélé des versets d'une clarté évidente, à l'image de ceux qui ont vécu auparavant, et une invitation pour ceux qui craignent Dieu.

35 - Allah est la Lumière[15] des cieux et de la terre. Sa lumière est semblable à une niche[16] dans laquelle se trouve une lampe[17]. Cette lampe est placée dans un globe de verre[18]. Le globe ressemble à un astre de feu[19] qui brille depuis l'intérieur d'un arbre béni, un olivier qui n'est ni du Levant ni du Couchant. Son huile semble s'illuminer sans qu'aucune flamme la touche. Lumière sur lumière[20], Allah oriente qui Il veut vers Sa lumière. Ce faisant, Allah donne des paraboles aux hommes pour qu'ils puissent comprendre. De toute chose, Allah en est le Savant.

36 - Dans des demeures qu'Allah a accepté qu'on élève afin que Son nom y soit invoqué et glorifié matin et soir,

37 - par des hommes chez qui la remémoration du nom d'Allah n'est détournée ni par le commerce ni par une vente quelconque. Ils observent le rite de la prière et font l'au-

mône. Ils redoutent aussi le jour où les cœurs et les regards seront transformés de fond en comble.

38 - Ils y seront récompensés par Allah, plus encore que ce qu'ils ont fait de méritoire, et Il les comblera de Ses bienfaits. Allah enrichit qui Il veut, sans retenue aucune.

39 - En revanche, les incrédules verront que leurs œuvres ont fondu comme un mirage au-dessus d'une plaine et qui donne l'illusion d'être de l'eau. Lorsque l'assoiffé croit atteindre cette eau, voilà qu'elle disparaît chaque fois. Mais il trouvera devant lui Allah, qui lui donnera un aperçu de ses comptes, Allah étant prompt dans Ses comptes.

40 - Ou encore à l'instar de ces ténèbres dans une mer obscure[21] que recouvrent de grosses vagues, et sur ces vagues des nuages sombres, les uns sur les autres, ainsi que des ténèbres qui s'obscurcissent mutuellement. Si quelqu'un sort la main de cette mer obscure, il peut à peine l'entrevoir. Si Allah ne pourvoit pas une personne de Sa lumière, elle n'aura guère de lumière.

41 - Ne vois-tu pas qu'Allah est glorifié par tout ce qui se trouve au ciel et sur terre, et même les colonnes d'oiseaux aux ailes déployées ? Chacun a appris à Le glorifier et à Le vénérer, Allah est au courant de ce qu'ils font.

42 - À Allah appartient la royauté des cieux et de la terre, à Lui le retour final[22].

43 - Ne vois-tu pas comment Allah forme les nuages, les pousse, les agglutine et les amoncelle ? Et tu vois la pluie qui sourd des nuages et la grêle qui descend du ciel comme si elle dévalait les montagnes. Il en frappe qui Il veut et préserve qui Il veut. Peu s'en faut que l'éclat de son éclair n'emporte les vues.

44 - Allah transforme la nuit en jour[23]. En cela, celui qui sait observer peut voir un signe éloquent.

45 - Allah a créé tout animal à partir d'une eau. Certains animaux rampent, d'autres marchent sur deux pattes et d'autres sur quatre. Allah crée ce qu'Il veut, car Il a autorité sur toute chose.

46 - Nous avons fait descendre des versets de grande clarté. Allah oriente dans le bon chemin qui Il veut.

47 - Certains disent : Nous avons cru en Allah et en Son prophète, et nous leur obéissons. Parmi eux, une partie se détourne de la voie d'Allah, mais ce ne sont pas là d'authentiques croyants.

48 - Et lorsqu'ils sont conviés devant Allah et Son messager pour qu'Il les départage, voilà qu'une fraction d'entre eux se montre résolument opposée.

49 - En revanche, lorsqu'ils sont dans leur bon droit, ils viennent à Lui, soumis, obéissants.

50 - Y a-t-il quelque maladie dans leur cœur ? Doutent-ils ? Craignent-ils qu'Allah et Son Prophète ne se défient d'eux [24] ? Ce ne sont là que des injustes !

51 - Car les paroles des croyants quand ils en appellent à Allah et à Son prophète, c'est de dire : Nous avons entendu et nous obéissons. Tels sont les bienheureux !

52 - Ceux qui obéissent à Allah et à Son messager, ceux qui craignent Allah et qui sont très pieux, ceux-là sont les vrais gagnants.

53 - Ils ont juré en utilisant le nom d'Allah, sans façon. Leur foi, disent-ils, fait qu'ils obéiraient si tu leur donnais l'ordre d'aller au combat. Dis-leur : Ne jurez pas. Votre obéissance est bien connue ! Allah est au courant de ce que vous faites.

54 - Dis : Obéissez plutôt à Allah et à Son prophète. Et s'ils refusent, il leur incombe d'assumer ce qu'ils font et il t'incombe, à toi, d'assumer ce que tu fais. Si en revanche

vous obéissez, vous serez bien guidés, le Prophète ne pouvant être tenu responsable que pour la parole véridique qu'il transmet.

55 - Allah a promis à ceux qui, parmi vous, croient et font de bonnes actions de leur faire hériter cette terre comme Il l'a fait pour ceux qui étaient avant eux. Il affermira plus encore leur religion, celle qu'Il a agréée pour eux. Il rétablira la sécurité dans leurs cœurs après qu'ils auront éprouvé une peur. Qu'ils M'adorent et qu'ils ne M'associent aucun rival ! Ceux qui après cela demeurent infidèles sont les véritables pervers.

56 - Priez et faites l'aumône. Obéissez au Prophète, car alors – peut-être – bénéficierez-vous de la miséricorde divine.

57 - Ne crois pas que ceux qui sont infidèles sur terre pourront rendre impuissant [le Seigneur] ! Leur sort sera le feu, quel funeste destin !

58 - Ô vous les croyants, que vos captifs et les mineurs parmi vous vous demandent votre permission avant d'entrer à trois moments, à la mi-journée : avant la prière de l'aube [25], quand vous quittez vos vêtements, à la mi-journée, et après la dernière prière [26]. Ce sont là les trois moments où vous pouvez être nus. En dehors de ces trois moments, nul reproche n'est fait aux uns et aux autres, ni à vous-mêmes, si vous vous rendez visite mutuellement. Allah vous expose Ses signes, car Il est omniscient et sage.

59 - Et lorsque vos enfants atteignent l'âge de la puberté, qu'ils demandent l'autorisation d'entrer, comme elle a été demandée par ceux qui les ont précédés. C'est aussi de cette manière qu'Allah vous fait la démonstration de Ses signes. Allah est Celui qui sait, Celui qui est sage.

60 - Quant aux règles qui président aux femmes ayant atteint la ménopause et ne souhaitant pas se remarier, nul

grief ne leur est fait si elles déposent leur voile[27], mais sans exhiber leurs atours[28]. Cependant, il est préférable pour elles d'être chastes. Allah est Celui qui voit et qui sait.

61 - Il n'est fait aucun reproche à un aveugle, ni à un boiteux, ni à un malade, ni à vous-mêmes, si vous mangez dans vos maisons, dans les maisons de vos pères et de vos mères, dans celles de vos frères et sœurs, dans celles de vos oncles paternels ou maternels, et dans celles de vos tantes paternelles ou maternelles. Il ne vous sera pas tenu rigueur non plus si vous mangez dans les lieux dont vous possédez les clés ou chez un ami. Nul grief non plus, que vous le fassiez séparément ou en groupe. En revanche, lorsque vous franchissez le seuil d'une demeure, adressez-vous les uns les autres une salutation venant d'Allah, bénie et chaleureuse. Ainsi Allah vous montre-t-Il Ses signes, pour autant que vous raisonniez.

62 - Les croyants sont ceux qui croient en Allah et en Son messager. Lorsqu'ils se trouvent en sa compagnie, réunis dans un but commun, ils requièrent son autorisation avant de vaquer à quelque occupation particulière. Ceux qui te demandent la permission de s'isoler sont ceux-là mêmes qui croient en Allah et à Son messager. S'ils te demandent de se retirer pour une affaire particulière, donne ta permission à qui tu veux parmi eux, et demande l'indulgence d'Allah. Allah est Celui qui pardonne et qui est miséricordieux.

63 - N'appelez pas le Prophète comme vous le faites entre vous, de manière familière. Allah connaît ceux qui se cachent et qui se placent derrière les autres[29]. Il avertit ceux qui désobéissent à Son ordre, au risque de subir un grand désordre[30] ou un châtiment douloureux.

64 - À Allah n'appartient-il pas ce qui se trouve dans les cieux et sur terre ? Allah sait dans quel état vous êtes. De surcroît, lorsqu'ils reviennent devant Lui, il leur dira exactement ce qu'ils ont fait, car de toute chose Allah est savant.

NOTES

1. *La yûnkihû.* **2.** Ou de débauche. En fait, d'adultère, en raison de l'épisode du collier d'Aïcha, qui a entraîné cette révélation. Cf. *Dictionnaire encyclopédique du Coran.* **3.** ʿ*Ûsbatûn* : une bande, en assez grand nombre (Kasimirski). **4.** *Ra'ûf.* **5.** *Mûhsanat.* **6.** *Ghafilat* : insouciantes. **7.** *Al-haqq al-mûbin.* **8.** *Yaghdûdna.* **9.** *Yahfadna furûjahûnna* : littéralement, « de protéger leur intimité ». **10.** *Khumûrihinna.* **11.** Littéralement : qui ne sont pas déniaisés, *lam yadhharû 'ala 'awrati an-nissa.* **12.** *Yasta'fifu.* **13.** *Fa-katibûhûnna.* **14.** *Mûhçanat.* **15.** *Nûr.* **16.** *Michkawat.* **17.** *Misbah.* **18.** *Zûjâja.* **19.** *Kawkab dûriy.* **20.** *Nûr 'ala Nûr.* **21.** *Bahr lûji'.* **22.** *Maçir* : littéralement, « destin final ». **23.** *Yûqallibû.* **24.** *An yahifa* : « ne les trompent » (Kasimirski) ; « ne les briment » (Blachère). **25.** *Al-fijr.* **26.** *Al-'icha.* **27.** *Thiyabahûm* : leur vêtement. **28.** *Ghayr mûtabarrijat.* **29.** *Yatasallalûn* : qui se conduisent de manière discrète et fausse, qui espionnent. **30.** *Fitna* : désordre, anarchie, guerre fratricide.

LE DISCERNEMENT (AL-FÛRQAN [1])

Révélée à La Mecque, 77 versets

Au nom d'Allah, le Clément, le Miséricordieux

1 - Béni soit Celui qui a révélé à Son serviteur [2] la loi distinguant le bien et le mal, de façon à prévenir les mondes.

2 - Il s'agit de Celui qui possède la royauté des cieux et de la terre, de Celui qui ne S'est pas donné de fils, ni d'associé en Son domaine. Il est aussi Celui qui a tout créé et qui lui a donné sa juste proportion.

3 - Ils se sont donné d'autres dieux que Lui, vous verrez qu'ils ne créent rien. Bien au contraire, ils sont créés et ne possèdent ni le pouvoir de faire le mal ni celui de faire le bien, pas plus qu'ils ne tiennent la vie ou la mort, encore moins la résurrection.

4 - Ceux qui n'ont pas cru disent : Ce n'est là qu'une invention conçue pour tromper. D'autres l'ont encouragé à le faire. Telles sont leur perfidie et leur fausseté.

5 - Ils ont prétendu aussi : Ce ne sont que des fables anciennes retranscrites [3]. Elles lui sont dictées le matin et le soir.

6 - Dis-leur : Ce Livre a été révélé par Celui qui connaît le grand secret, autant dans les cieux que sur terre. Il est de Celui qui pardonne, du Miséricordieux.

7 - Ils disent : Qu'est-ce donc que cet envoyé qui mange

de la nourriture, qui va dans les marchés et s'y promène. Et si au moins un ange descendait vers lui pour le conseiller,

8 - ou encore un trésor, ou même un jardin où il puisse manger de ses fruits. Les injustes soutiennent : Vous n'écoutez qu'un homme ensorcelé !

9 - Vois à quels artifices ils te comparent. Ils sont perdus. Ils ne peuvent trouver leur chemin.

10 - Béni soit Celui qui, quand Il veut, peut t'offrir mieux encore que ce qu'ils proposent : des jardins au-dessous desquels coulent des ruisseaux, et des palais.

11 - Et encore ! Ils traitent de mensonge l'Heure finale, mais Nous avons préparé un brasier à ceux qui la tiennent pour mensonge,

12 - qui, de loin, fera entendre ses mugissements et sa furie[4].

13 - Et lorsqu'ils y seront jetés ensemble, liés les uns aux autres. De leur petit réduit, ils appelleront à leur anéantissement[5].

14 - N'appelez pas à une seule fin, mais à l'anéantissement total !

15 - Dis-leur : Cela est-il mieux, ou bien ne vaut-il pas mieux le jardin de l'éternité qui a été promis aux croyants sincères, à la fois comme récompense et comme ultime séjour ?

16 - Ils y trouveront tout ce qu'ils désirent, immuablement. Telle est la promesse faite par ton Seigneur, et à laquelle Il Se tient.

17 - Le jour où ils seront rassemblés devant Dieu, eux et leurs divinités : Est-ce vous qui avez égaré Mes serviteurs ou sont-ce eux, tout seuls, qui ont perdu le droit chemin ?

18 - Gloire à Toi ! répondront les fausses divinités. Nous

n'étions pas en mesure de prendre d'autres divinités protectrices en dehors de Toi. Mais voilà, tu les as comblés, eux et leurs pères, au point d'oublier de se remémorer Ton existence. Ils sont devenus un peuple d'égarés [6].

19 - Ils ont traité de mensonge ce que vous disiez. Dès lors, vous ne pouvez plus vous échapper, ni éloigner de vous un éventuel châtiment, car celui qui sera injuste, Nous lui ferons goûter un grand châtiment.

20 - Et Nous n'avons envoyé avant toi rien d'autre que des messagers qui mangeaient et qui se promenaient dans les marchés. Les uns pouvaient être une tentation pour les autres : serez-vous en mesure de persévérer ? Allah voit tout ce que vous faites !

21 - Ceux qui n'espèrent pas Nous rencontrer disent : Pourquoi n'avons-nous pas vu descendre quelque ange et pourquoi ne pouvons-nous pas voir notre Dieu ? Ils se sont enflés d'orgueil. Ils se rendent coupables d'une grande insolence [7].

22 - Le jour où les mécréants [8] verront effectivement les anges, ils s'écrieront : Au loin, au loin [9] ! Mauvaise nouvelle !

23 - Nous Nous sommes intéressé à leurs œuvres, et Nous les avons réduites en poussière éparpillée.

24 - Tandis que les hôtes du jardin auront, ce jour-là, un bien durable et un lieu paisible de repos.

25 - Et lorsque le ciel nuageux sera fendu et que les anges descendront du ciel précipitamment,

26 - la royauté, ce jour-là, aura la forme d'une vérité du Maître bienfaiteur. Ce jour-là sera terrible et difficile pour les infidèles.

27 - Ce jour-là, l'injuste se mordra les doigts [10] en disant : Pourquoi n'ai-je pas pris le Prophète comme recours ?

28 - Malheur, malheur ! Hélas, si seulement je n'avais pas pris un tel pour confident !

29 - Il m'a sûrement égaré de mon rappel constant, après que je m'en fus acquitté. Toujours le démon s'est montré traître[11] à l'homme.

30 - Le Messager dit : Ô mon Seigneur, mon peuple tient ce Coran pour chose à fuir !

31 - Ainsi, Nous avons donné à chaque prophète un ennemi venu du clan des criminels. Le soutien et l'assistance de ton Seigneur devraient te suffire.

32 - Ceux qui n'ont pas cru disent : Pourquoi ce Coran ne lui a-t-il pas été révélé d'un seul tenant ? Ainsi, Nous avons renforcé grâce à cela ton cœur et Nous l'avons murmuré dans une locution claire et harmonieuse[12].

33 - Ils ne peuvent te proposer de meilleure parabole sans que Nous apportions la vérité et une explication encore plus satisfaisante.

34 - Ceux qui seront rassemblés, la tête en avant, dans la géhenne, ceux-là auront la plus détestable des places et le chemin de perdition.

35 - Nous avons donné le Livre à Moïse et fait de son frère, Aaron, un vizir.

36 - Nous leur avons dit : Allez voir le peuple qui a traité de mensonges Nos signes. Nous les avons anéantis de manière totale.

37 - Et le peuple de Noé, lorsqu'il a traité de menteurs les prophètes, Nous l'avons noyé, en faisant ainsi un exemple à méditer. Quant aux injustes, Nous leur avons préparé un châtiment implacable.

38 - Ainsi 'Ad, Thamoud, ceux du Rass[13] et de bien d'autres générations entre-temps.

39 - De la sorte, Nous leur avons donné de Nos exemples ; de la sorte, Nous les avons exterminés.

40 - Pourtant, ils se sont approchés de la cité qui fut arrosée d'une pluie noire. Ne l'ont-ils pas vue ? Mais ils n'espéraient pas en une résurrection possible.

41 - Et dès qu'ils te voyaient, ils te tournaient en dérision : Est-ce là l'homme que Dieu a envoyé comme messager ?

42 - Il s'en est fallu de peu qu'il ne nous détourne de nos dieux si nous n'avions pas été constants. Mais ils verront bientôt quel châtiment terrible attend celui qui s'égare le plus.

43 - N'as-tu pas vu celui qui s'est donné une fausse divinité ? Seras-tu son tuteur ?

44 - Crois-tu que leur plus grand nombre entend ou est conscient ? Ce ne sont que des bêtes, et ils sont plus égarés encore que les bêtes quant au droit chemin.

45 - N'as-tu pas vu comment ton Seigneur a étendu l'ombre ? L'aurait-Il voulu, Il l'aurait fixée à jamais au même endroit. Et puis Nous avons fait du soleil un point de repère.

46 - Puis Nous la saisissons fortement et Nous la ramenons vers Nous avec aisance.

47 - C'est encore Lui qui a fait de votre nuit un habit et de votre sommeil un moment de grand repos. Lui aussi qui a fait le jour pour revenir [à l'activité sociale].

48 - C'est Lui qui a envoyé les vents en guise de témoignage de Sa miséricorde. Nous avons fait descendre du ciel une eau virginale,

49 - afin que Nous revivifions une terre stérile et que Nous abreuvions la multitude de bêtes et d'humains de Notre création.

50 - Nous l'avons partagée entre eux tous afin qu'ils s'en souviennent. Mais la plupart ont été des incrédules.

51 - Et si Nous l'avions voulu, Nous aurions envoyé en chaque cité un avertisseur.

52 - N'obéis surtout pas aux incroyants et, grâce au Coran, combats-les de manière ferme.

53 - C'est Dieu qui a fait confluer les deux mers : l'une est douce, agréable au goût, tandis que l'autre est salée, saumâtre [14]. Il a placé entre les deux un barzakh [15] et une enceinte fortifiée [16].

54 - C'est Lui qui a créé, à partir de l'eau, l'être humain qu'Il a apparenté à une filiation masculine et féminine [17]. De fait, Dieu est le Puissant.

55 - Ils vénèrent d'autres divinités qu'Allah, alors que cela ne leur donne aucun avantage et ne peut que leur nuire. L'incroyant se soulève contre son propre Dieu.

56 - Nous ne t'avons envoyé que comme Annonciateur et comme Avertisseur.

57 - Dis-leur : Je ne vous demande aucun salaire, hormis le fait que celui qui le désire emprunte la voie du Seigneur.

58 - Confie-toi au Vivant qui ne meurt pas et chante Ses louanges. Il lui suffit amplement de connaître les péchés de Ses serviteurs.

59 - Lui qui a créé en six jours [18] les cieux et la terre et tout ce qui se trouve dans l'espace intermédiaire. Après quoi, en Miséricordieux, le Souverain a proclamé Sa puissance sur Son trône. Interroge donc qui est bien informé sur Lui.

60 - Et lorsqu'on leur dit : Prosternez-vous devant le Miséricordieux, ils disent : Qui est ce Miséricordieux ? Nous n'allons pas nous prosterner devant n'importe quel dieu ! Et ils redoublent de dédain [19].

61 - Béni soit Celui qui a placé dans les cieux les tours du zodiaque [20] et qui y a fixé une lampe [21] et une lune qui illumine [22].

62 - C'est Lui qui a décidé de l'alternance de la nuit et du jour, pour autant que l'on s'en souvienne et que l'on soit reconnaissant.

63 - Les serviteurs du Miséricordieux évoluent humblement sur terre [23] et, lorsque des ignorants leur adressent la parole, ils répondent : Paix sur vous [24].

64 - Ceux qui, familiers du Seigneur, se prosternent toute la nuit et se redressent.

65 - Et ceux qui demandent à Dieu de leur éviter la géhenne, car Son châtiment est des plus durables.

66 - C'est un lieu de séjour détestable.

67 - Et ceux qui, lorsqu'ils font des dépenses, ne se montrent ni prodigues ni avares, mais se tiennent juste au milieu.

68 - Ceux-là mêmes qui n'invoquent aucun autre dieu avec le Seigneur et qui ne tuent pas d'êtres humains dès lors qu'Allah l'a interdit, à moins que ce ne soit pour une raison impérieuse, ceux qui ne commettent aucun péché d'ordre sexuel [25], car celui qui s'en rend coupable sera puni à la mesure du péché qu'il a commis.

69 - Il verra son tourment doublé le jour de la résurrection, une situation où il sera éternellement humilié.

70 - Hormis ceux qui se sont repentis et qui, par la suite, se sont comportés convenablement. Ceux-là, le Seigneur changera leurs péchés en bonnes actions, Allah étant Celui qui pardonne et qui est miséricordieux.

71 - Celui qui se repent et qui fait le bien, celui-là revient à Dieu, qui l'agrée.

72 - Ceux qui ne font aucun faux témoignage et qui, passant devant des médisants, se comportent dignement.

73 - Ceux qui, lorsqu'ils entendent le rappel des paroles de Dieu, ne font pas comme s'ils étaient sourds ou aveugles.

74 - Ceux qui disent à Dieu : Ô Seigneur, donne-nous la joie des yeux [26] dans nos épouses et dans nos enfants, et fais de nous des guides pour ceux qui craignent [Dieu].

75 - Ceux-là auront comme récompense une belle salle [27] en raison de leur belle constance. Ils y trouveront un bel hommage et une réelle quiétude. Le mot sera : Salutation et Paix !

76 - Ils y demeureront éternellement. Beau lieu pour se reposer, retraite magnifique.

77 - Dis-leur : Mon Seigneur ne Se penchera sur vous qu'à la condition que vous Lui consacriez vos prières. Mais vous avez crié au mensonge ! Vous serez à coup sûr châtiés bientôt.

NOTES

1. Édouard Montet, Hamza Boubakeur et René Khawam traduisent *fûrqan* par « distinction », Régis Blachère donne « salvation », tandis que Jacques Berque et André Chouraqui proposent « critère ». J'ai pris le parti de suivre Mohammed Hamidullah, qui lui-même reprend la thèse des savants musulmans. Cf. Ibn Kathir, p. 946, pour qui le mot *fûrqan* signifie, en effet, le discernement qui s'impose entre le vrai et le faux, le licite et l'illicite, la bonne guidance et la perdition. Cette option est également celle qui a été choisie par Hachemi Hafiane. **2.** Il s'agit du prophète Mohammed. **3.** L'idée revient dans la sourate VI, au verset 25. **4.** *Taghayûdhan wa zafiran* : « mugir de rage et ronfler » (Kasimirski), « un grondement de fureur et un mugissement » (Blachère). **5.** *Hûnalika thûbûran.* **6.** *Qawman bûran.* **7.** *Wa 'atû ûtwan kabir.* **8.** *Al-mûdjrimin.* **9.** *Hijran mahjûran* : « un asile inviolable » (Berque), « un asile assuré » (Blachère), « une barrière » (Grosjean). **10.** L'expression arabe pour « se mordre les doigts » est « se mordre la main » (*ya'addû 'ala yadayhi*). **11.** *Khûdûlan* : manquant à sa parole, tentateur. **12.** *Ratalna-hu tartila.* **13.** Peuplade non identifiée. Les commentateurs la situent à plusieurs endroits du Croissant fertile, à commencer par l'Arabie. Cf. L, 12. **14.** *Ûjajûn.* **15.** *Barzakh.* **16.** Cf. note 9, ci-dessus. **17.** *Nassaban wa sahran.* **18.** Hexaméron. Cf. *Dictionnaire encyclopédique du Coran.* **19.** *Nufûr* : éloignement (Kasimirski), répulsion (Blachère), rébellion (Pesle/Tidjani). **20.** *Bûrûj* : constellations. **21.** *Siraj.* **22.** *Qamar mûnir.* **23.** *Hawn.* **24.** *Salam.* **25.** *La yaznûna* : adultère, fornication. **26.** *Qûrrat a'yûn.* **27.** Du paradis, sans doute.

LES POÈTES (ACH-CHÛ'ARA)

Révélée à La Mecque, 227 versets

Au nom d'Allah, le Clément, le Miséricordieux

1 - Ta. Sin. Mim [1].

2 - Tels sont les versets du Livre clair.

3 - Il se pourrait que tu éprouves du chagrin à les voir si peu croyants.

4 - Si Nous le désirons, Nous leur révélerons un signe du ciel de sorte que leurs nuques se plieront devant lui.

5 - Et ils ne reçoivent aucun rappel du Miséricordieux sans qu'ils s'en détournent.

6 - Ils ont traité cela de mensonge ! Mais les nouvelles de ce qu'ils raillaient ne tarderont pas à leur être annoncées.

7 - Ou alors ne regardent-ils pas la terre et toutes les paires de plantes généreuses que Nous y avons fait pousser ?

8 - Il y a en cela des signes évidents, mais la plupart d'entre eux ne sont pas croyants.

9 - Car ton Seigneur est vraiment le Majestueux, le Miséricordieux.

10 - Et lorsque ton Seigneur appela Moïse : Va auprès du peuple des injustes !

11 - Le peuple de Pharaon va-t-il être pieux ?

12 - Il lui dit : Ô mon Dieu, j'ai peur qu'ils ne me traitent de menteur,

13 - que ma poitrine ne soit oppressée et que ma langue ne refuse de se déployer. Demande plutôt à Aaron.

14 - Ils me tiennent en inimitié à cause de mon crime ; je crains qu'ils ne me tuent.

15 - Pas du tout ! Partez tous deux avec Nos signes. Nous serons près de vous, à vous écouter.

16 - Allez voir Pharaon et dites-lui : Nous sommes les envoyés du Maître des mondes.

17 - Renvoie avec nous les fils d'Israël !

18 - Pharaon dit à Moïse : Nous ne t'avons pas élevé parmi nous comme un enfant adoptif, tandis que tu passais ici de nombreuses années de ta vie ?

19 - Et commis l'acte que tu as commis. Tu fais partie des ingrats !

20 - Moïse dit : Oui, en effet, j'ai commis cet acte alors que je faisais partie des sans-jugement.

21 - J'ai pris peur et je vous ai fuis. Seulement voilà : mon Seigneur m'a inspiré cette sagesse et me voilà parmi Ses envoyés.

22 - Quant aux bienfaits que tu dis m'avoir accordés, justifient-ils que tu mettes en servitude les fils d'Israël ?

23 - Pharaon dit : Mais qu'est-ce donc que le Maître des mondes ?

24 - Moïse dit : Il est le Maître des cieux et de la terre et de ce qui se trouve dans leur espace intermédiaire, pour autant que vous en soyez convaincu !

25 - Pharaon dit à son entourage : Entendez-vous cela ?

26 - Votre Dieu et celui de vos ancêtres ! dit encore Moïse !

27 - Pharaon dit : Ce messager, celui qui vous a été envoyé, est assurément un fou !

28 - Moïse dit : Il est le Maître de l'Orient et de l'Occident, ainsi que de tout ce qui se trouve entre eux, si toutefois vous réfléchissiez !

29 - Pharaon dit : Si tu te donnes un autre dieu que moi-même, je ferai de toi un prisonnier.

30 - Même si je te révélais quelque chose d'éclatant [2] ?

31 - Pharaon dit : Annonce, pour voir si tu es véridique !

32 - Moïse lança son bâton, qui se transforma aussitôt en un gros serpent.

33 - Il retira sa main, et la voilà toute blanche aux yeux des convives.

34 - Pharaon dit aux membres du conseil qui l'entouraient : Voilà un expert en magie !

35 - Il cherche à vous chasser de vos terres avec sa magie, qu'ordonnez-vous ?

36 - Ils répondirent : Fais-le attendre, lui et son frère, et envoie dans les cités des assistants...

37 - ... qui amèneront tout magicien de valeur.

38 - Tous les magiciens furent ainsi réunis en un jour déterminé.

39 - On demanda aux gens s'ils voulaient se réunir.

40 - Peut-être suivrons-nous le chemin des magiciens, s'ils sont vainqueurs !

41 - Et lorsque les magiciens se furent réunis, ils dirent à Pharaon : Aurons-nous un salaire si nous gagnons ?

42 - Oui, répondit-il. De plus, vous serez parmi mes proches.

43 - Moïse leur dit : Jetez donc ce que vous avez décidé de jeter.

44 - Ils lancèrent leurs cordes et leurs bâtons en disant à Pharaon : Par la puissance de Pharaon, nous serons certes les vainqueurs !

45 - Mais Moïse lança aussitôt son bâton, qui happa [3] leurs apparitions.

46 - Les magiciens tombèrent à terre, prosternés.

47 - Ils dirent : Nous croyons au Seigneur des mondes !

48 - Le Dieu de Moïse et d'Aaron.

49 - Pharaon les interpella : Vous avez cru en Lui avant que je ne vous en donne le droit. Il est donc votre maître en magie. Vous le saurez très vite : je vous couperai les mains et les pieds du côté inverse [4]. Je vous ferai tous crucifier.

50 - Ils dirent : Aucun dommage à cela. Nous retournons vers notre Dieu.

51 - Dans l'espoir qu'Il nous pardonne nos péchés, et nous serons les premiers à y croire.

52 - Et Nous révélâmes à Moïse : Pars cette nuit, avec Mes serviteurs, vous serez poursuivis.

53 - Pharaon dépêcha dans les cités des agents avec ce message :

54 - Ces fuyards forment une petite bande...

55 - ... ils veulent vraiment nous irriter.

56 - Mais nous sommes tous sur nos gardes.

57 - Nous les avons expulsés des jardins arrosés, de leurs sources,

58 - de leurs trésors et de leurs belles demeures,

59 - et que Nous donnâmes en héritage aux fils d'Israël

60 - et que les Égyptiens poursuivirent du côté de l'Orient.

61 - Et lorsque les deux parties furent en vue, les partisans de Moïse dirent : Nous sommes sur le point d'être rejoints !

62 - Moïse dit : Pas du tout. Mon Seigneur est à mes côtés. Il m'inspirera le bon chemin.

63 - Nous révélâmes à Moïse : Frappe la mer de ton bâton. Elle se fendit en deux immenses vagues [5], semblables à des montagnes.

64 - Nous les fîmes avancer, les autres suivirent.

65 - Nous sauvâmes Moïse et tous ceux qui l'accompagnaient.

66 - Puis Nous noyâmes tous les autres.

67 - Il y a en cela un signe explicite, mais peu d'entre eux sont croyants.

68 - Car ton Seigneur est le plus puissant, le Miséricordieux.

69 - Raconte-leur l'histoire d'Abraham.

70 - Lorsqu'il demanda à son père et à tout son peuple ce qu'ils adoraient.

71 - Nous adorons des idoles, dirent-ils. Nous leur rendons un culte exclusif.

72 - Il leur dit : Vous entendent-elles lorsque vous les invoquez ?

73 - Vous sont-elles utiles ? Vous sont-elles inutiles ?

74 - Non, répondirent-ils, mais nous avons trouvé nos pères qui faisaient ainsi.

75 - Abraham dit : Avez-vous vu ce que vous adorez...

76 - ... aussi bien vous que vos pères, les Anciens ?

77 - Ce ne sont au fond que mes ennemis, moi qui n'adore que le Seigneur des mondes.

78 - Celui qui m'a créé et qui me dirige [dans le bon chemin].

79 - Qui me donne à manger et à boire.

80 - Et si je tombe malade, Il est Celui qui me guérit.

81 - Celui qui me fera mourir et qui me ressuscitera.

82 - Celui dont j'attends la rémission de mes péchés, au jour de la résurrection.

83 - Mon Seigneur, accorde-moi quelque sagesse et aide-moi à rejoindre le camp des justes.

84 - Accorde-moi une langue de vérité qui parlera à mes successeurs.

85 - Mets-moi parmi ceux qui hériteront du jardin des délices.

86 - Et pardonne à mon père, car il était parmi les égarés.

87 - Et ne m'humilie pas le jour où ils seront ressuscités.

88 - En ce jour où ni la richesse ni les enfants n'ont d'utilité.

89 - Hormis ceux qui se sont adonnés à Allah avec un cœur pur.

90 - Lorsque le paradis sera rapproché des bons croyants,

91 - Et que le feu de l'enfer sera préparé et exposé à ceux qui étaient dans la perdition[6],

92 - On leur demandera : Où sont ceux que vous adoriez...

93 - ... en dehors d'Allah ? Vous aident-ils à vous en sortir tout en étant eux-mêmes vainqueurs ?

94 - Ils seront renversés par-dessus bord, ainsi que les égarés...

95 - ... et toute la légion d'Iblis, sans aucune distinction.

96 - Ils diront, alors qu'ils se débattront en enfer :

97 - Par Dieu, nous étions dans un égarement manifeste,

98 - Lorsque nous vous mettions sur le même plan que notre Seigneur, Maître des mondes.

99 - Seuls des criminels[7] peuvent nous égarer.

100 - Nous n'avons plus, hélas, d'intercesseurs pour nous soutenir.

101 - Et pas plus d'ami sincère et doux.

102 - Si nous pouvions rebrousser chemin, nous serions de vrais croyants.

103 - Il y a en cela un signe évident, mais peu d'entre eux sont de vrais croyants.

104 - Quant à ton Seigneur, il est le Puissant, le Miséricordieux.

105 - Le peuple de Noé a traité de menteurs les messagers.

106 - Lorsque Noé, leur frère, leur dit : Pourquoi ne craignez-vous pas [Dieu] ?

107 - Je suis pour vous un messager sûr.

108 - Craignez Dieu, et obéissez-moi !

109 - Je n'exigerai pas de salaire de vous, mon salaire incombe à mon Seigneur, le Maître des mondes.

110 - Craignez Dieu, et obéissez-moi !

111 - Ils lui dirent : Allons-nous croire en toi, alors que ceux qui te suivent sont des miséreux ?

112 - Il dit : Je n'avais aucune connaissance de ce qu'ils faisaient.

113 - [car] leur compte se trouve auprès de mon Seigneur, si au moins vous en étiez conscients !

114 - Je ne suis pas de ceux qui repoussent les croyants.

115 - Je ne suis qu'un annonciateur, celui qui expose !

116 - Ils dirent : Ô Noé ! si tu ne cesses pas, tu seras parmi ceux que nous lapiderons.

117 - Noé dit : Seigneur, mon peuple me traite de menteur !

118 - Peux-Tu trancher entre eux et moi radicalement, me sauver et sauver les croyants qui sont avec moi ?

119 - Nous le sauvâmes, lui et ceux qui l'accompagnaient, en les chargeant sur un bateau bondé.

120 - Après quoi Nous noyâmes ceux qui restaient.

121 - Il y a en cela des signes explicites, mais peu d'entre eux sont des croyants.

122 - Quant à ton Seigneur, il est le Puissant, le Miséricordieux.

123 - La tribu des 'Ad a traité de menteurs Nos messagers.

124 - Lorsque Houd, leur frère, leur dit : Pourquoi ne craignez-vous pas Dieu ?

125 - Je suis pour vous un envoyé sûr.

126 - Craignez Dieu, et obéissez-moi.

127 - Je n'exigerai pas de salaire de vous, mon salaire incombe à mon Seigneur, le Maître des mondes.

128 - Allez-vous bâtir sur chaque monticule un lieu de réjouissance ?

129 - Ou encore habiterez-vous des forteresses comme si vous alliez vivre éternellement ?

130 - Et lorsque vous vous saisissez de quelqu'un, vous vous révélez tels des tyrans d'une violence inouïe[8].

131 - Craignez Dieu, et obéissez-moi.

132 - Craignez Celui qui vous a tout donné.

133 - Il vous a donné des animaux, des enfants...

134 - ... des jardins, des sources jaillissantes.

135 - Je crains que vous n'ayez un châtiment terrible au jour prescrit.

136 - Ils dirent : Exhorte-nous comme tu peux, ou ne nous exhorte pas !

137 - Car ce sont là les habitudes des Anciens.

138 - Et nous ne serons pas châtiés.

139 - Ils l'ont traité de menteur. Nous les détruisîmes. En cela, il est des signes explicites, mais peu d'entre eux sont des croyants.

140 - Ton Seigneur est le plus puissant, le plus magnanime.

141 - Les Thamoud ont traité de menteurs Nos messagers.

142 - Tandis que leur frère Salih leur demandait pourquoi ils ne croyaient pas.

143 - Je suis pour vous un envoyé sûr !

144 - Craignez Dieu, et obéissez-moi.

145 - Je n'exigerai pas de salaire de vous, mon salaire incombe à mon Seigneur, le Maître des mondes.

146 - Allez-vous rester en sécurité tout le temps,

147 - Au milieu de jardins et de sources,

148 - De plantations et de palmiers aux fruits généreux ?

149 - Et vous creuserez de belles maisons dans les montagnes.

150 - Craignez Dieu, et obéissez-moi !

151 - Et n'obéissez pas aux ordres des mécréants.

152 - Ceux qui détruisent tout sur terre et qui n'améliorent rien.

153 - Ils dirent : Et toi, tu fais partie des envoûtés, en proie à quelque magie[9] !

154 - Tu n'es qu'un être humain comme nous tous. Montre-nous donc un signe éclatant, si tu es véridique.

155 - Il dit : Voici une chamelle. Elle ira un jour donné [à la source], et vous irez boire un autre jour.

156 - Ne lui faites aucun mal, sinon, redoutez qu'un mal terrible vous saisisse un jour.

157 - Ils la sacrifièrent pourtant et dès le lendemain regret-tèrent [leur acte],

158 - car le tourment les saisit. En cela, il y a bien des signes, mais beaucoup d'entre eux n'y croient pas.

159 - Ton Seigneur est pour eux le Puissant, le Miséricor-dieux.

160 - Le peuple de Loth avait traité de menteurs Nos mes-sagers.

161 - Quand leur frère Loth leur demanda pourquoi ils ne craignaient pas Dieu.

162 - Car je suis pour vous un envoyé sûr.

163 - Craignez Dieu, et obéissez-moi.

164 - Je n'exigerai pas de salaire de vous, mon salaire incombe à mon Seigneur, le Maître des mondes.

165 - Copulerez-vous avec les mâles de ce monde ?

166 - Et délaisserez-vous les épouses que Dieu a créées pour

vous ? Mais vous êtes un peuple d'impies et de transgresseurs.

167 - Ils dirent : Si tu ne cesses pas de nous parler ainsi, tu feras partie de ceux que nous expulserons.

168 - Il répondit : J'ai en horreur ce que vous faites.

169 - Ô Seigneur, préserve-moi, ainsi que ma famille, de toutes les turpitudes qu'ils commettent.

170 - Nous les sauvâmes tout ensemble, lui et sa famille.

171 - Excepté une vieille femme qui était restée à l'arrière.

172 - Nous détruisîmes alors tous les autres.

173 - Et Nous fîmes couler sur eux une pluie abondante. Détestable est la pluie qui tombe sur les gens que l'on a avertis.

174 - Il y a en cela des signes explicites, mais la plupart d'entre eux ne sont pas croyants.

175 - Car ton Seigneur est pour eux le Puissant, le Miséricordieux.

176 - Le peuple de Al-'Ayka [10] avait traité de menteurs Nos Messagers.

177 - Quand leur frère Chou'aïb leur demanda pourquoi ils ne craignaient pas [Dieu].

178 - Car je suis pour vous un envoyé authentique.

179 - Craignez Dieu, et obéissez-moi.

180 - Je n'exigerai pas de salaire de vous, mon salaire incombe à mon Seigneur, le Maître des mondes.

181 - Faites que vos mesures en poids soient les plus précises. Ne soyez pas parmi les tricheurs.

182 - Pesez avec une balance exacte [11].

183 - Ne trompez pas les gens sur leurs biens ; ne vous comportez pas sur terre comme des corrupteurs.

184 - Craignez Celui qui vous a créés, ainsi que les générations qui vous ont précédés.

185 - Ils dirent : Et toi, tu fais partie des envoûtés !

186 - Tu n'es qu'un être humain comme nous tous. Montre-nous donc un signe éclatant, car nous te prenons pour un menteur.

187 - Fais tomber sur nos têtes un petit pan du ciel, si tu es véridique.

188 - Il répondit : Mon Seigneur sait parfaitement ce que vous faites !

189 - Ils le traitèrent de menteur. Mais un tourment immense les saisit en un jour noir. C'était le tourment du Jour immense.

190 - Il y a en cela des signes explicites, mais la plupart d'entre eux ne sont pas croyants.

191 - Car ton Seigneur est pour eux le Puissant, le Miséricordieux.

192 - Il s'agit là d'une Révélation [12] du Seigneur des mondes.

193 - Par Son truchement, l'Esprit fidèle est descendu du ciel...

194 - ... sur ton cœur pour que tu sois parmi ceux qui préviennent [13]...

195 - ... en une langue arabe pure et explicite.

196 - Tout cela se trouvant déjà dans les Écritures des Anciens.

197 - N'est-il pas suffisant que les savants parmi les fils d'Israël le sachent ?

198 - Et si Nous l'avions révélé à un non-Arabe...

199 - ... et s'il l'avait récité à leur intention, ils n'auraient pas plus cru en lui.

200 - C'est ainsi que Nous procédâmes dans le cœur des criminels...

201 - ... ils n'en seront pas plus convaincus jusqu'au moment où ils apercevront le cruel tourment...

202 - ... qui les saisira subitement, alors même qu'ils ne s'y attendaient guère.

203 - Ils diront : Allons-nous avoir du répit ?

204 - Mais alors, souhaitent-ils que le tourment vienne plus vite ?

205 - Que penserais-tu si Nous les laissions profiter de leurs biens pendant quelques années...

206 - ... et que survienne alors ce qui leur a été promis !

207 - Car ce qui les amusait tant ne leur sera d'aucun secours.

208 - Et Nous n'avons anéanti aucune cité sans qu'elle ait reçu préalablement des avertisseurs...

209 - ... afin de leur rappeler Notre message, car Nous ne sommes pas injuste.

210 - Et ce ne sont pas les démons [14] qui en étaient chargés.

211 - Cela n'est pas de leur ressort et, en plus, ils ne pourront s'en acquitter.

212 - D'autant qu'ils ne peuvent entendre [15].

213 - N'invoque donc aucun dieu en dehors de Lui, car tu subiras le tourment de ceux qui seront châtiés.

214 - Avertis de cela ceux qui te sont les plus proches.

215 - Et mets sous ton aile les croyants qui te suivent.

216 - S'ils te désobéissent, dis-leur : Me voilà protégé de ce que vous faites !

217 - Et remets-toi au plus puissant, au Miséricordieux.

218 - Qui te voit au moment où tu te redresses...

219 - ... ainsi que tes changements de posture au moment des prosternations.

220 - Il est Celui qui entend, Celui qui sait.

221 - Dois-je te dire qui les démons visitent ?

222 - Ils visitent tous les imposteurs et tous les pécheurs.

223 - Ils transmettent ce qu'ils ont entendu mais la plupart sont des menteurs.

224 - Tandis que les poètes sont suivis par les égarés.

225 - Ne les vois-tu pas errer dans chaque vallée...

226 - ... et disent ce qu'ils ne font pas ?

227 - Hormis ceux qui ont cru et qui ont accompli de bonnes œuvres, ceux qui ont beaucoup invoqué Allah, ceux qui ont vaincu grâce à Nous après qu'ils eurent été injustement traités. Les injustes sauront dans quelle situation ils se débattront.

NOTES

1. Lettres énigmatiques du Coran que l'on retrouve également dans les sourates XXVIII, XXIX, XXX, XXXI et XXXII. Cf. « Lettres liminaires », in *Dictionnaire encyclopédique du Coran*. 2. *Mûbin* : explicite, indiscutable, probant. 3. *Talqafû*. 4. *Min khilafin* : du côté droit et du côté gauche. 5. *At-tawdi' al-'azim*. 6. *Al-ghawin*. 7. *Al-mûdjrimin*. Criminels ou coupables. Cf. « Onze degrés de l'incroyance », in *Dictionnaire encyclopédique du Coran*. 8. *Jabbar* : tyran, méchant, puissant. 9. *Musahhir* : ensorcelé. Cf. *infra*, verset 185. 10. *Al-'Ayka* : « gens du Fourré », mystérieux peuple. Cf. *Dictionnaire encyclopédique du Coran*. 11. *Al-qûstasi al-mûstaqim*. 12. Il s'agit du Coran. 13. Des risques encourus. 14. *Chayatin*. Beaucoup de traducteurs indiquent « les Satans ». J'ai trouvé cette traduction impropre. 15. Une telle connaissance.

LES FOURMIS (AN-NAML)

Révélée à La Mecque, 93 versets

Au nom d'Allah, le Clément, le Miséricordieux

1 - Ta. Sin[1]. Tels sont les versets du Coran et d'un Livre évident.

2 - Chemin droit et bonne nouvelle pour les croyants.

3 - Ceux qui observent l'office de la prière, qui s'acquittent de leur aumône et qui croient à la vie future.

4 - Nous avons embelli les actions de ceux qui ne croient pas aux fins dernières, ce qui les aveugle.

5 - Ce sont eux qui auront le châtiment le plus sévère, eux qui dans la vie future seront les plus grands perdants.

6 - En vérité, tu reçois le Coran [de la part d'un Maître] à la fois sage et savant.

7 - Lorsque Moïse dit à sa famille : J'ai aperçu un feu. J'aurai de bonnes nouvelles à vous donner. J'apporterai un tison de façon à vous réchauffer.

8 - Lorsqu'il y arriva, on l'appela. Béni soit Celui qui est dans le feu et Celui qui est tout autour. Gloire à Dieu, Seigneur des mondes.

9 - Ô Moïse, c'est Moi, Dieu le Tout-Puissant, le Sage.

10 - Jette ton bâton ! Quand Moïse le vit remuer comme un djinn, il tourna les talons, sans toutefois songer à fuir.

N'aie pas peur, Moïse, car auprès de Moi les messagers ne peuvent éprouver de peur.

11 - Sauf ceux qui ont été injustes et qui ont substitué le mal au bien, mais Je suis Celui qui pardonne, et qui fait miséricorde.

12 - Glisse ta main dans la poche de ta tunique, tu la ressortiras toute blanche, mais sans aucun mal : voilà l'un des neuf signes donnés à Pharaon et à son peuple... Mais il était un peuple pervers !

13 - Quand Nos signes explicites leur parvinrent, ils s'exclamèrent : Voilà une magie certaine !

14 - Ils les repoussèrent, pleins de leur orgueil, alors qu'ils étaient persuadés du contraire. Vois quelle a été la fin des corrupteurs !

15 - Nous donnâmes à David et à Salomon la science. Ils dirent : Louange à Dieu qui nous a préférés à nombre de Ses serviteurs croyants !

16 - Salomon reçut son héritage de David. Il dit : Ô vous les hommes ! Nous avons appris le langage des oiseaux, et de chaque chose une part nous échoit. C'est bien là une faveur insigne !

17 - Les armées de Salomon furent regroupées et placées en rangs. Elles étaient composées de djinns, d'humains et de volatiles.

18 - Quand ils arrivèrent à la vallée des fourmis, une fourmi dit : Fourmis, entrez dans vos demeures, de peur que Salomon et ses armées ne vous écrasent sans s'en rendre compte !

19 - Salomon esquissa un sourire et rit des mots de la fourmi. Il dit : Ô Seigneur, accepte que je **Te** remercie pour les bienfaits que Tu as consentis à mon **endroit** et à l'avantage de mes parents. Inspire-moi les bonnes actions à faire

qui Te combleront. Fais-moi rentrer en Ta miséricorde et place-moi parmi Tes meilleurs serviteurs.

20 - Salomon passa en revue les oiseaux et dit : Je ne vois pas la huppe, est-elle absente ?

21 - Je la punirai sévèrement, dit Salomon, ou alors je l'égorgerai, à moins qu'elle ne me fournisse une explication satisfaisante.

22 - Quand la huppe revint, elle se tint non loin de là et dit : J'ai enregistré ce que tu ne peux faire, toi. Je t'apporte du pays de Saba une information fiable.

23 - J'ai trouvé une femme[2] qui est leur reine et qui a été comblée de tout ce que l'on peut imaginer. Elle possède un magnifique trône[3].

24 - Je l'ai trouvée ainsi que son peuple s'agenouillant devant le soleil et faisant abstraction de Dieu. Satan leur a montré leurs actes sous le meilleur jour, ce qui les a détournés du bon chemin, et ils ne peuvent être orientés.

25 - Ainsi donc, ils ne se prosternent pas devant Dieu qui exalte ce qui est caché dans les cieux et sur terre, Celui qui connaît ce qu'ils cachent et ce qu'ils annoncent !

26 - Dieu, il n'y a d'autres dieux que Lui, Seigneur du Trône immense.

27 - Salomon reprit : Nous verrons si tu as dit vrai, ou si tu as menti.

28 - Je te charge de porter cette lettre[4]. Lance-la au-dessus d'eux, puis éloigne-toi et attends leur réponse !

29 - La reine dit : Ô conseil, j'ai reçu cette noble lettre...

30 - ... qui me vient de Salomon. Elle est rédigée au nom de Dieu, le Clément, le Miséricordieux.

31 - Il me dit : Ne vous comportez pas de manière hautaine envers moi et soumettez-vous.

32 - Elle dit à nouveau : Ô vous, mon conseil, donnez-moi votre avis sur cette question. Je vous fais toujours témoins de mes décisions.

33 - Nous sommes, dirent-ils, des gens d'honneur, doués de force et de courage. Cette décision vous incombe. Dites-nous seulement ce que vous ordonnez.

34 - La reine dit : Quand les rois pénètrent dans une cité, ils ne cherchent qu'à la détruire. Les nobles personnes qui l'habitent sont humiliées. C'est ainsi qu'ils procèdent.

35 - Quant à moi, je vais leur envoyer un grand présent et j'analyserai les renseignements que m'apporteront les messagers.

36 - Lorsque les messagers arrivèrent à la cour de Salomon, celui-ci leur dit : Vous m'apportez des richesses, alors que les bienfaits dont Dieu m'a comblés sont supérieurs ! Mais vous êtes si contents de vos présents.

37 - Retournez vers ceux qui vous ont envoyés. Nous viendrons avec des troupes auxquelles ils ne sauront résister. Nous les sortirons de leurs maisons, humiliés et rabaissés.

38 - Il dit : Ô vous, membres de mon conseil, qui parmi vous m'apportera son trône, avant qu'ils ne se soumettent à moi, elle et son peuple ?

39 - Un Ifrit[5] parmi les djinns dit : Moi, je te l'apporterai avant même que tu ne te lèves de ton siège. Je me porte garant de ce que je dis et tu peux compter sur moi.

40 - L'un des convives qui connaissait les Écritures dit : Moi, je te l'apporterai aussi vite qu'un clin d'œil[6]. Quand Salomon vit le trône posé à côté de lui, il s'exclama : C'est là une bénédiction de mon Seigneur qui veut me mettre à l'épreuve pour juger si je suis reconnaissant ou, au

contraire, ingrat. Celui qui est reconnaissant l'est d'abord pour lui. Quant à celui qui est ingrat, qu'il sache que Dieu se suffit à Lui-même et qu'Il est généreux.

41 - Salomon dit alors : Maquillez son trône, on verra si elle est bien avisée ou susceptible d'être mal orientée.

42 - Et lorsqu'elle arriva, on lui dit : Est-ce là votre trône ? Il lui ressemble beaucoup, dit-elle. La science nous est parvenue [dit Salomon] et nous Lui sommes soumis !

43 - Ce qu'elle adorait en dehors de Dieu l'avait détournée, puisqu'elle faisait partie d'un peuple de mécréants.

44 - Entre dans cette cour de palais, lui dit-on. Lorsqu'elle voulut y pénétrer, elle fut abusée par les reflets d'eau à sa surface. Spontanément, elle retroussa sa robe jusqu'aux mollets pour ne pas la mouiller. Salomon lui dit : Ce n'est là qu'un salon de verre et de cristal[7]. Elle dit, confuse : Je me suis leurrée moi-même. Me voilà soumise, avec Salomon, à Dieu, Maître des mondes.

45 - Nous envoyâmes, en effet, aux Thamoud leur frère, Salih, afin qu'ils vénèrent Dieu. Mais ils se scindèrent en deux camps et s'opposèrent.

46 - Ô mon peuple, leur dit-il, pourquoi vous empresser à commettre le mal plutôt que le bien ? Pourquoi ne demandez-vous pas à Dieu de vous pardonner, peut-être vous fera-t-Il miséricorde ?

47 - Ils dirent : Nous déduirons les mauvais augures émanant de toi et de ceux qui t'accompagnent. – Mais votre augure, dit-il, est auprès de Dieu. Mais vous êtes un peuple qui sera mis à l'épreuve.

48 - Il y avait à ce moment-là dans la ville neuf individus qui semaient la discorde sur terre et qui ne faisaient rien de bon.

49 - Ils dirent entre eux : Faisons le serment sur Dieu de

le tuer [8], lui et les siens, durant la nuit. Puis nous dirons à celui qui détient la clé de la vengeance que nous n'avons pas assisté à ce meurtre et que nous sommes véridiques.

50 - Ils tendirent leur piège et Nous tendîmes le Nôtre, sans même qu'ils s'en rendent compte.

51 - Constate quel a été le prix de leur ruse : Nous les anéantîmes, eux et tout leur peuple.

52 - Et voilà leurs demeures vides de tout et désertées en raison de leur méchanceté. Il y a en cela des signes pour un peuple qui sait.

53 - Mais Nous sauvâmes ceux qui avaient cru et qui craignaient [Dieu].

54 - Et lorsque Loth s'adressa à son peuple, disant : Allez-vous commettre la turpitude en ayant les yeux ouverts [9] ?

55 - Quoi ? Vous désirez les hommes plutôt que les femmes, mais vous êtes un peuple d'ignorants.

56 - En guise de réponse, ils dirent : Sortez Loth et sa famille de votre cité. Voilà des gens qui aspirent à être purs !

57 - Nous le sauvâmes, ainsi que sa famille, à l'exception de sa femme qui demeura à l'arrière [10] [et qui est perdue !].

58 - Et Nous fîmes tomber sur eux une pluie abondante. Sinistre pluie que celle qui atteint ceux qui ont été mis en garde !

59 - Dis : Louange à Dieu et salutation de paix sur les serviteurs élus par Lui. Dieu n'est-Il pas meilleur que ce qu'ils Lui associent ?

60 - Qui donc a créé les cieux et la terre, et qui a fait descendre sur vous une eau du ciel grâce à laquelle Nous avons fait naître des vergers riants, alors que vous n'étiez pas en mesure de planter leurs arbres ? Y a-t-il d'autres

dieux avec Dieu ? Non, mais c'est là un peuple qui veut lui trouver des égaux.

61 - Qui donc a créé une terre stable, traversée par des fleuves, parsemée de montagnes, et qui sépara les deux mers par une barrière[11] ? Y a-t-il un autre dieu avec Allah ? Non, mais la plupart ne le savent pas.

62 - Qui répond au malheureux qui l'invoque dans l'extrême nécessité, qui dénoue le mal et qui fait de vous les héritiers de la terre ? Y a-t-il un autre dieu avec Allah ? Peu sont ceux qui s'en souviennent.

63 - Et qui vous oriente dans les ténèbres de la terre et de la mer, et qui dépêche les vents en guise d'annonce anticipée de Sa miséricorde ? Y a-t-il un autre dieu avec Allah ? Allah qui est plus élevé que tout ce qu'on peut Lui associer.

64 - N'est-ce pas encore Lui qui instruit la création tout entière, puis la réinvestit de nouveau, Lui qui attribue Ses biens tant du ciel que de la terre ? Y a-t-il un autre dieu avec Allah ? Dis : Présentez votre preuve, si vous êtes véridiques !

65 - Dis : Ceux qui sont aux cieux et sur terre ne connaissent pas l'insondable divin, Allah seul le connaît. Ils ne sont même pas conscients du moment où ils ressusciteront.

66 - Tout au contraire, leur connaissance de la vie future est très insuffisante, car ils s'en tiennent à la suspicion, voire à l'aveuglement.

67 - Ceux qui n'ont pas cru disent : Lorsque nous serons poussière à l'instar de nos pères, serons-nous de nouveau exhumés ?

68 - En effet, on nous l'a promis, à l'instar de nos pères par le passé, mais ce ne sont là que vieilles légendes.

69 - Dis : Allez de par la terre et voyez quel a été le sort des criminels.

70 - Ne t'attriste pas à leur sujet et ne sois pas inquiet quant à leurs stratagèmes !

71 - Ils diront : Quand donc cette promesse se réalisera-t-elle, si vous êtes véridiques ?

72 - Dis : Peut-être une partie de ce à quoi vous pensez est déjà derrière vous [12] !

73 - Car ton Seigneur est pétri de bonté pour les gens, mais la plupart d'entre eux ne sont pas reconnaissants.

74 - Et ton Seigneur connaît ce que cèlent leurs cœurs [13], et ce qu'ils révèlent.

75 - Il n'est en effet aucun secret du ciel et de la terre qui ne soit transcrit dans un Livre explicite.

76 - Ce Coran-là raconte aux fils d'Israël la plupart des faits qui les opposent.

77 - Il est une bonne direction et une miséricorde pour les croyants.

78 - Ton Seigneur juge entre eux par l'entremise de Sa justice. Il est le Puissant et le plus savant.

79 - Remets-toi à Allah, tu es d'évidence dans la Vérité explicite.

80 - Tu n'es certes en mesure de faire entendre ce message ni aux morts ni aux sourds s'ils décident de lui tourner le dos.

81 - Tu n'as pas vocation à sortir les aveugles de leur aveuglement. Tu feras seulement entendre Nos versets à ceux qui croient et qui se soumettent [14].

82 - Quand le décret arrivera à son terme [15], Nous ferons surgir de terre une bête [16] qui leur dira : Les gens n'étaient pas entièrement convaincus par Nos signes.

83 - Mais le jour où Nous rassemblerons, de chaque

communauté, des groupes de ceux qui ne croyaient pas et où Nous les répartirons, en rangs.

84 - Ils s'avanceront alors jusqu'à Lui. Il dira : Avez-vous traité de mensonges Mes signes alors que vous ne disposiez d'aucune science ? Ou alors que faisiez-vous d'autre ?

85 - C'est alors que la Parole tombera sur eux, en raison de leur injustice. Ils ne prononceront pas un mot.

86 - N'ont-ils pas vu que Nous avons établi la nuit pour leur repos, tandis que le jour était réservé à la veille ? Il est en cela des signes pour un peuple qui croit.

87 - Le jour où l'on soufflera dans la trompe, les occupants des cieux et de la terre seront dans l'effroi, à l'exception de ceux qu'Allah désirera épargner. Tous se présenteront à Lui submergés par l'humilité.

88 - Tu verras les montagnes que tu croyais figées passer à la vitesse des nuages. Telle est l'œuvre d'Allah qui a conçu avec précision toute chose. Il est très informé de ce que vous faites.

89 - Ceux qui auront accompli une bonne œuvre recevront une part meilleure que celle-ci. Ils s'épargneront ce jour-là l'effroi.

90 - Mais ceux qui auront commis une mauvaise action, leurs visages seront précipités la face la première dans le feu : N'êtes-vous pas rétribués pour ce que vous avez commis ?

91 - J'ai seulement reçu l'ordre d'adorer le Dieu de cette cité, déclarée sainte, car tout Lui appartient. Il m'a été ordonné d'être parmi ceux qui se soumettent entièrement à Lui [17],

92 - Et qui récitent le Coran. Celui qui prend le bon chemin le fait pour Lui ; celui qui s'égare, dis à son intention : Je suis là seulement pour vous avertir.

93 - Dis : Louange à Allah qui vous montrera Ses signes par lesquels vous Le reconnaîtrez, car votre Seigneur n'ignore pas ce que faites.

NOTES

1. Lettres de l'alphabet arabe livrées sans explication particulière et constituant l'une des énigmes du Coran. Cf. « Lettres liminaires », in *Dictionnaire encyclopédique du Coran*. 2. La reine de Saba. 3. Autre version : « J'ai trouvé une femme, dit la huppe, qui les gouverne. Elle est nantie de toute chose et dispose d'un peuple imposant. » 4. *Kitab* : missive, pli. 5. *Ifrit, Chaytan, Iblis* : autant de noms pour qualifier le Démon en Islam. Par opposition, il y a les anges, *mala'ika*. 6. *Qabla an yartadda ilayka tarfûka*. 7. *Qawarir*. 8. Il s'agit de Salih. 9. *Wa antûm tubsirûn* : en voyant avec clarté. 10. Avec les débauchés. 11. *Hajiz*. Voir « Barzakh », in *Dictionnaire encyclopédique du Coran*. 12. *Radifa lakum* : sur votre croupe arrière, à vos trousses, sur vos talons. 13. *Sûdûr* : cœurs, poitrines. 14. *Mûslimin*. 15. *Wa ida waqa' al-qawl 'alayhim* : Et lorsque la Parole s'instaurera à leur égard... 16. La bête apocalyptique. 17. *Mûslimin*.

LE RÉCIT (AL-QAÇAS)

Révélée à La Mecque, 88 versets

Au nom d'Allah, le Clément, le Miséricordieux

1 - Ta. Sin. Mim [1].

2 - Tels sont les versets du Livre clair.

3 - En vérité, Nous te dictons les récits de Moïse et de Pharaon pour un peuple qui croit.

4 - Pharaon se prévalut de sa position supérieure sur terre pour former des clans au sein de son peuple. Il en rabaissa une partie, tua leurs enfants et garda en vie leurs femmes. Il faisait partie des êtres nuisibles.

5 - Nous voulûmes Nous montrer clément avec ceux qui avaient été rabaissés et humiliés sur terre. Nous voulûmes mettre en avant leurs guides, nous en ferons des héritiers.

6 - De façon à les établir sur terre, tout en montrant à Pharaon et à Haman [2] ainsi qu'à leurs armées ce qu'ils redoutaient le plus.

7 - Et Nous révélâmes à la mère de Moïse : Allaite-le, mais si tu as peur pour lui, pose-le sur le flot [3] et ne crains rien pour lui. Ne t'attriste pas davantage, car Nous te le ramènerons et Nous en ferons un des envoyés.

8 - La famille de Pharaon le recueillit pour en faire [plus tard] un ennemi et un sujet de contrition. En fait, Pharaon, Haman et leurs soldats étaient dans l'erreur.

9 - La femme de Pharaon dit : Pupille de mes yeux[4] et de tes yeux ! Vous ne tuerez pas cet enfant, peut-être nous servira-t-il, ou l'adopterons-nous comme fils. Ils ne se doutaient de rien !

10 - Le cœur de la mère de Moïse se vida de sa substance, au risque de montrer son affliction pour lui. Nous raffermîmes alors son cœur de façon à la maintenir parmi les croyantes.

11 - Et elle dit à la sœur de Moïse : Suis-le. Celle-ci garda l'œil sur lui, un peu à l'écart, sans que personne s'en doute.

12 - Auparavant, Nous lui avions interdit l'allaitement à tout autre sein que celui de sa mère. La sœur dit : Puis-je vous montrer les membres d'une famille qui s'en occuperont pour vous ? Ils lui seront dévoués.

13 - Nous le rendîmes ainsi à sa mère pour que ses yeux ne soient plus inondés de larmes et qu'elle ne soit plus triste, et aussi pour qu'elle comprenne que la promesse de Dieu est un impératif. Mais beaucoup d'entre eux ne le savent pas !

14 - Et lorsqu'il eut atteint sa maturité et son plein équilibre, Nous lui apportâmes sagesse et connaissance. C'est de la sorte que Nous récompensons ceux qui font du bien.

15 - Moïse rentra dans la ville sans que ses habitants s'en aperçoivent. Il trouva là deux personnes qui se battaient. L'un était de son obédience[5] et l'autre était du clan ennemi. Celui qui était de son obédience lui demanda secours contre son ennemi. Moïse le frappa d'un coup de poing qui le terrassa, avant de s'écrier : Telle est l'œuvre de Satan. C'est un ennemi qui égare de manière évidente.

16 - Seigneur, je me suis porté préjudice, dit-il, pardonne-moi ! Il lui pardonna, car Il est Celui qui pardonne, Il est le Détenteur de la miséricorde.

17 - Seigneur, dit-il encore, dans la mesure où Tu m'as comblé de Tes bienfaits, je ne puis prendre le parti des coupables.

18 - Au matin, Moïse se tenait sur ses gardes, plutôt craintif. C'est alors que celui qu'il avait sauvé la veille l'interpella de nouveau. Mais tu es un vaurien, un querelleur lui dit Moïse.

19 - Et lorsqu'il voulut porter la main sur celui qui était devenu l'ennemi des deux, celui-ci lui dit : Ô Moïse, veux-tu vraiment me tuer comme tu as tué quelqu'un hier ? Veux-tu devenir un tyran sur terre, plutôt qu'une personne qui cherche à faire du bien[6] ?

20 - Sur ces entrefaites arriva de l'autre bout de la ville un homme qui dit : Ô Moïse, le conseil délibère en ce moment pour savoir s'il faut ou non te tuer. Quitte la ville, je suis pour toi d'un bon conseil.

21 - Il sortit aussitôt de la ville, apeuré et sur ses gardes : Seigneur, dit-il, sauve-moi de ce peuple d'injustes.

22 - S'étant dirigé vers Madian, il dit : Espérons que mon Seigneur m'a mis sur le bon chemin.

23 - Et lorsqu'il arriva à la source de Madian, il vit un groupe de gens qui abreuvaient leurs bêtes, tandis que deux femmes restaient à l'écart et retenaient les leurs. Quel est votre souci ? leur dit-il. C'est que nous ne pouvons abreuver nos bêtes que lorsque les autres bergers seront partis, car notre père est un vieillard.

24 - Il les aida à abreuver leurs bêtes, puis revint vers un endroit ombragé et dit : Seigneur, je suis en attente du moindre bien de Ta part.

25 - L'une des femmes s'approcha de lui d'une démarche pudique : Mon père, lui dit-elle, te demande afin de te remercier d'avoir fait boire notre troupeau. Lorsque Moïse

se trouva devant lui et lui narra son histoire, le vieillard dit : N'aie pas peur, tu t'es sauvé d'un peuple d'injustes !

26 - L'une des femmes dit : Ô père, emploie-le à ton service, il est le meilleur que l'on puisse employer, tant il est fort et fiable.

27 - Je voudrais te marier à l'une de mes filles, lui dit-il, à la condition que tu me serves pendant huit ans[7], mais libre à toi de rester dix. Je ne veux point insister, et tu me trouveras, si Dieu le veut, parmi les gens intègres.

28 - Marché conclu, répondit Moïse, que ce soit l'une ou l'autre des durées, tu ne trouveras pas de motif pour m'en vouloir. Dieu est garant de ce que l'on dit !

29 - Et lorsque Moïse eut achevé la durée qu'il s'était assignée, il partit avec sa famille et s'installa du côté du Mont [Sinaï], où il vit un feu. Restez là, dit-il à sa famille, j'ai vu un feu, peut-être reviendrai-je avec quelque nouvelle ou un tison pour vous réchauffer.

30 - Lorsqu'il eut atteint le feu, une voix l'interpella. Elle provenait d'un arbre situé sur le versant droit de la cuvette, dans la vallée bénie : Ô Moïse, je suis Moi, je suis en fait Dieu, le Maître des mondes.

31 - Jette donc ton bâton à terre. Et lorsque Moïse vit le bâton se tortiller à terre comme si c'était un djinn, il rebroussa chemin pour partir, mais ne put faire le moindre pas. Moïse, approche-toi, n'aie pas peur, tu es ici en toute sécurité[8].

32 - Introduis ta main dans la manche de ta tunique, elle ressortira blanche et sans mal, puis applique ton bras tout au long de ton corps afin d'éviter la frayeur : ce sont là deux preuves de ton Seigneur adressées à Pharaon et à son conseil. Ils sont un peuple de débauchés[9].

33 - Il dit : Seigneur, j'ai tué une personne parmi eux, et j'ai peur qu'ils ne me tuent.

34 - Mon frère Aaron est plus éloquent que moi, envoie-le avec moi pour m'assister et pour me servir de caution, car je crains qu'ils ne me traitent de menteur.

35 - Il dit : Nous renforcerons ton bras par ton frère, et Nous vous donnerons l'autorité nécessaire afin qu'ils ne vous atteignent point. Grâce à Nos signes, vous les vaincrez, vous et ceux qui vous suivent.

36 - Et lorsque Moïse vint avec Nos signes explicites, ils dirent : Qu'est-ce donc que cela ? Ce n'est que magie inventée, car nous n'avons jamais rien entendu de pareil chez nos aïeux.

37 - Moïse rétorqua : Mon Seigneur est mieux informé de celui qui a eu la faveur du droit chemin et de celui qui aura la dernière des demeures. Il ne peut faire vaincre les injustes.

38 - Pharaon dit : Ô grand conseil, je ne vous connais d'autres dieux que moi-même. Fais donc cuire, ô Haman, des briques de terre et construis-moi une tour de façon à m'élever jusqu'au dieu de Moïse. Mais je tiens Moïse pour un imposteur.

39 - Lui-même et ses soldats se montrèrent suffisants sur terre, et sans raison. Ils croyaient que jamais ils ne seraient ramenés vers Nous.

40 - Nous les saisîmes, ses soldats et lui, et Nous les précipitâmes dans les flots marins. Regarde comment s'arrête le sort des injustes.

41 - Nous les mîmes devant, au fronton de ceux qui appellent au feu, et, le jour de la résurrection, ils ne seront pas secourus.

42 - Nous les poursuivîmes avec Notre malédiction en ce

bas monde et, lorsque le jour de la résurrection arrivera, ils seront plus méprisés encore.

43 - Nous avons doté Moïse du Livre, après que Nous eûmes anéanti les générations précédentes en signes éclatants pour les hommes, en bonne orientation et en miséricorde. Peut-être s'en souviendront-ils.

44 - Tu n'étais pas sur le versant occidental [du Sinaï] lorsque Nous énonçâmes à Moïse Notre décision, et tu n'étais pas parmi les témoins.

45 - Nous avons créé des générations sur lesquelles le temps s'est étiré. Tu n'étais pas chez les Madian où tu aurais récité Nos versets, puisque Nous leur avons envoyé un messager.

46 - Tu n'étais pas sur le flanc du Mont[10] lorsque Nous appelâmes, mais la grâce de ton Seigneur a voulu que tu avertisses un peuple qui n'a encore reçu aucun envoyé avant toi. Peut-être s'en souviendront-ils ?

47 - Et si un malheur les atteignait pour prix de leurs mauvaises actions, ils s'écrieraient : Ô Seigneur, si au moins Tu nous avais envoyé un messager, nous aurions suivi Tes prescriptions et nous aurions été parmi les croyants.

48 - Lorsque la Vérité leur a été révélée de Notre part, ils se sont écriés : Pourquoi n'a-t-il pas reçu ce qui a été envoyé sur Moïse ? Mais n'ont-ils pas été incrédules à l'égard de ce que Moïse a reçu auparavant ? Ils ont dit aussi : Deux sorciers qui se soutiennent ! Nous ne croyons à aucun d'entre eux !

49 - Dis-leur : Apportez donc un Livre émanant de Dieu qui soit un meilleur guide que ces deux-là, je le suivrai. Si toutefois vous êtes véridiques.

50 - S'ils ne te répondent pas, sache qu'ils ne font que suivre leurs mauvais penchants. Qui est plus égaré que celui

qui suit ses penchants sans être guidé par Dieu. Non, Dieu n'oriente pas dans la bonne direction le peuple des injustes.

51 - De fait, Nous leur avons transmis la Parole [11], espérant par là qu'ils réfléchissent.

52 - Car les prédécesseurs à qui Nous avons donné le Livre continuent à y croire.

53 - Et lorsqu'il leur est récité, ils disent aussitôt : Nous y croyons, car il est la Vérité de notre Seigneur, d'autant que nous Lui étions soumis avant cela.

54 - Ceux-là recevront un double salaire, pour la constance qu'ils manifestent, pour répondre au mal par le bien et parce qu'ils sacrifient une partie des biens dont ils ont été dotés.

55 - Et lorsqu'ils entendent de vaines paroles [12], ils s'en écartent en disant : Nous avons nos actes et vous avez les vôtres. Salut sur vous ! Nous ne frayons pas avec les ignorants.

56 - Tu n'as pas vocation à conduire seulement ceux que tu aimes, mais Allah guide ceux qu'Il aime. Il est très informé sur ceux qui prennent le bon chemin.

57 - Ils rétorquent : Si nous te suivons dans ce bon chemin, nous serons privés de notre terre. Ne leur avions-Nous pas permis d'accéder à un sanctuaire sûr où se déversent toutes sortes de fruits en vertu de Notre générosité ? Mais la plupart ne le savent pas.

58 - Combien de cités avons-Nous détruites en raison de leur faste ? Voici les demeures où personne n'habite plus ou presque, et c'est Nous qui en avons hérité.

59 - Cela étant, ton Seigneur n'a rien détruit en termes de cités sans avoir envoyé préalablement en son sein un messager pour leur réciter Nos versets. Et si Nous avons détruit des cités, c'est qu'elles étaient injustes.

60 - Du reste, tout ce qui vous est offert n'est que le reflet de la vie immédiate, avec ses vaines parures, car c'est auprès d'Allah que se trouve le bien le plus immuable. Pour autant que vous raisonniez.

61 - Celui à qui une belle promesse a été faite et qui la reçoit effectivement est-il semblable à celui que Nous gratifions de quelques jouissances terrestres, mais qui, au jour de la résurrection, sera parmi les gens qui comparaîtront [devant Nous] ?

62 - Ce jour-là, Il les interpellera de la sorte : Où sont ceux que vous prétendiez être Mes associés ?

63 - Ceux contre qui la Parole se concrétisera diront : Ô Seigneur, ceux qui nous ont dévoyés, nous les avions dévoyés comme nous nous sommes dévoyés nous-mêmes. Nous plaidons notre innocence devant Toi, car ce n'est pas nous qu'ils adoraient.

64 - Il leur sera dit : Appelez les dieux que vous avez associés à Allah ! Ils les appelleront, mais ceux-ci ne répondront pas. C'est alors qu'ils verront les tourments, si au moins ils avaient suivi le bon chemin.

65 - Le jour où Dieu les appellera : Qu'avez-vous répondu aux messagers ?

66 - Ce jour-là, tous les récits leur paraîtront hermétiques ; ils ne s'interrogeront plus à ce sujet.

67 - Tandis que celui qui se sera repenti, qui aura cru, qui aura accompli de bonnes actions, celui-là sera peut-être parmi les bienheureux.

68 - Ton Seigneur crée ce qu'Il veut. Il choisit pour eux, car ils sont dépourvus de choix. Gloire à Allah, Lui qui est plus élevé que les dieux qu'on Lui associe.

69 - Ton Seigneur sait ce que cèlent leurs cœurs [13] et ce qu'ils révèlent.

70 - Il est Allah, il n'y a pas d'autres dieux que Lui. À Lui toute la louange en cette première vie et dans la vie future. À Lui le jugement, et c'est à Lui que vous reviendrez.

71 - Dis : Que penseriez-vous si Allah établissait au-dessus de vous une nuit durable, et cela jusqu'au jour de la résurrection ? Y a-t-il d'autre dieu qu'Allah pour vous prodiguer Sa lueur ? Ne l'entendez-vous pas ?

72 - Dis : Que penseriez-vous si Allah établissait sur vous un jour sans fin, et cela jusqu'au jour de la résurrection ? Quel autre dieu, hormis Allah, pour vous assurer une nuit destinée au repos. Ne voyez-vous pas ?

73 - Par Sa miséricorde, l'alternance de la nuit et du jour vous a été offerte pour que vous y trouviez votre demeure et la recherche de Ses bienfaits, peut-être saurez-vous Lui montrer de la gratitude.

74 - Et le jour où Il les appellera, Il leur dira : Où sont les dieux que vous prétendiez être Mes associés ?

75 - Nous extrairons de chaque communauté un témoin et Nous dirons : Apportez donc votre preuve ! Ils sauront alors que le Vrai appartient à Allah et que ce dont ils se réclamaient les a abandonnés.

76 - En vérité, Coré était du peuple de Moïse, mais il se rebella contre lui. Nous l'avions en effet doté de tant de trésors que les clés des coffres qui les contenaient auraient été trop lourdes pour une cohorte d'hommes robustes. Son peuple lui dit : Ne te réjouis pas trop vite, car Dieu n'aime pas ceux qui se réjouissent [avec excès].

77 - Cherche plutôt dans ce que Dieu t'a donné, pour mériter ta dernière demeure, mais n'oublie pas la part de cette vie ici-bas. Fais le bien sur cette terre comme Dieu l'a fait pour toi. N'accepte pas le désordre sur terre, car Dieu n'aime pas les semeurs de désordre.

78 - Il dit : Ce que je possède en matière de science, je ne le dois qu'à moi-même. Coré ne savait-il pas que Dieu avait anéanti des générations entières avant lui, plus puissantes qu'il ne pouvait l'être de par la force et de par le nombre ? Mais les criminels ne seront pas interrogés sur leurs méfaits.

79 - Il sortit vers son peuple, habillé de ses plus beaux vêtements. Ceux qui préféraient la vie terrestre dirent : Si seulement nous étions dotés de la même richesse que Coré, car en effet il jouit d'une condition extraordinaire.

80 - Mais ceux qui détenaient la science dirent : Malheur à vous ! La récompense de Dieu est bien meilleure pour celui qui a cru et qui s'est acquitté de bonnes œuvres. Et seuls les persévérants la recevront.

81 - Nous engloutîmes sous terre Coré et sa maison, et aucun groupe de partisans ne vint le sauver, hormis Dieu. Mais il ne fut pas secouru.

82 - Au matin, ceux qui hier encore espéraient prendre sa place s'écrièrent : Il semble que Dieu facilite les biens à qui Il veut parmi Ses serviteurs. Si Dieu avait voulu nous priver de Ses bienfaits, Il nous aurait fait engloutir par la terre. Tout porte à croire que les incroyants ne seront pas les bienheureux.

83 - Telle est la dernière demeure, Nous la préparons à ceux qui évitent sur terre toute conduite hautaine et tout désordre. La fin appartient à ceux qui craignent Dieu.

84 - Celui qui accomplit une bonne action obtiendra bien mieux que celle-ci ; celui qui commet une mauvaise action, celui-là aura, comme tous ses semblables, la rétribution pour le mal qu'ils auront fait.

85 - Celui qui t'a rendu obligatoire le Coran te ramènera au lieu du retour. Dis : Mon Seigneur est mieux informé

de celui qui est venu avec la bonne direction et de celui qui s'est trouvé dans un égarement explicite.

86 - Tu n'espérais pas que le Livre te serait envoyé sans que cela procède d'une miséricorde de ton Seigneur. Ne sois donc pas un auxiliaire pour les incroyants.

87 - Qu'ils ne te détournent pas des versets d'Allah après qu'ils t'ont été annoncés. Prie ton Seigneur et ne sois pas de ceux qui Lui associent d'autres dieux.

88 - N'invoque aucune autre divinité à côté d'Allah. Il n'y a pas d'autres dieux que Lui et toute chose est amenée à périr, excepté Sa face. À Lui le jugement, à Lui le retour.

NOTES

1. Lettres introductives de certaines sourates et dont nous ne comprenons pas exactement le sens. Cf. « Lettres liminaires du Coran », in *Dictionnaire encyclopédique du Coran*. 2. Vizir de Pharaon. À ne pas confondre avec le Haman du livre d'Esther. Cf. *infra*, le verset XXIX, 39. 3. *Alqihi* : jette-le. 4. *Qûrrat al-'ayn* : « limpidité du regard », « fraîcheur de l'œil »... des images incompréhensibles en français. En fait, cela traduit le sentiment de protection que l'on ressent spontanément à l'égard d'une partie fragile, une consolation. 5. *Min chi'atihi*. J'ai préféré « obéissance » plutôt que « clan » ou « secte », ou même « religion ». À ne pas confondre avec *Chi'at Ali* (chiisme), qui est une acception politique et religieuse ultérieure à la Révélation. 6. *Mûslih* : de *sulh*, « bien ». Par excès d'exégèse, Jean Grosjean traduit le mot par « réformateur ». Jacques Berque est plus proche du sens avec « conciliateur », au sens où faire le bien, c'est aussi chercher la conciliation. 7. *Tamani hijaj*. 8. Ce verset est identique dans le contenu au verset 10 de la précédente sourate. 9. *Fassiq* (*qûn*) : tous traduisent par « pervers » ou « perversité »... Je trouve la notion trop technique, voire clinique. Attention, le mot est souvent employé, comme dans VII, 145. 10. Thaur ou Sinaï. 11. *Al-qawl*. 12. *Laghw* : « jactance » (Blachère), « futilité » (Grosjean), « verbiage » (Berque). 13. *Sûdurûhum* : littéralement, leurs poitrines.

L'ARAIGNÉE (AL-'ANKABÛT)

Révélée à La Mecque, 69 versets

Au nom d'Allah, le Clément, le Miséricordieux

1 - Alif. Lam. Mim [1].

2 - Les hommes croient-ils qu'on les laissera dire : Nous croyons, sans qu'ils soient pour autant mis à l'épreuve de leurs dires ?

3 - Car Nous avons mis à l'épreuve ceux qui les ont précédés. Allah reconnaîtra ceux qui sont sincères ; Il reconnaîtra ceux qui mentent.

4 - Ceux qui commettent des méfaits, espèrent-ils Nous devancer ou avoir raison ? Quelle erreur de jugement !

5 - Quant à celui qui désire la rencontre avec Allah, qu'il patiente, le décret d'Allah viendra, car Il est Celui qui entend, Celui qui sait.

6 - Celui qui lutte [dans la voie de Dieu], le fait en réalité pour lui-même. Allah est autosuffisant. Il peut Se passer de tout l'univers.

7 - Ceux qui croient et qui s'acquittent de bonnes actions, Nous abolirons leurs péchés et Nous les récompenserons de biens supérieurs à ce qu'ils auront fait.

8 - Nous avons recommandé à l'homme de s'occuper de ses parents, mais s'ils te forcent à M'associer d'autres dieux

dont tu n'as pas connaissance, ne leur obéis pas. À votre retour, Je vous informerai de ce que vous faisiez.

9 - Quant à ceux qui croient et qui s'acquittent de bonnes actions, Nous les ferons entrer parmi les justes[2].

10 - Il en est parmi les hommes qui disent : Nous croyons en Allah. Mais si quelque mal leur survient pour cette raison, ils tiennent une telle sédition des hommes comme étant identique au châtiment d'Allah. En revanche, si quelque victoire leur vient de la part de ton Seigneur, les voilà qui disent : Nous étions solidaires avec vous. Mais Allah n'est-Il pas au courant de ce que contiennent les cœurs des gens[3] ?

11 - Oui, en effet, Allah sait qui sont les croyants et Il sait qui sont les hypocrites.

12 - Ceux qui n'ont pas cru disent à ceux qui ont cru : Suivez notre voie et nous nous chargerons de vos fautes. Mais ils ne se chargeront d'aucune faute, ils sont seulement des menteurs.

13 - Ils porteront leurs fardeaux et d'autres fardeaux encore. Au jour de la résurrection, ils seront interrogés sur ce qu'ils inventaient.

14 - Nous avons envoyé Noé à son peuple. Il y est resté mille ans, moins cinquante années, avant que le Déluge ne les emportât parce qu'ils étaient injustes.

15 - Nous le sauvâmes, ainsi que les occupants du vaisseau, et Nous en fîmes un modèle pour les mondes.

16 - Et lorsque Abraham dit à son peuple : Adorez Allah et craignez-Le, cela est meilleur pour vous, si au moins vous saviez.

17 - Ceux que vous adorez en dehors d'Allah ne sont que des idoles. En cela, vous commettez un blasphème, car ceux que vous adorez en dehors d'Allah ne sont pas en mesure de

vous garantir la moindre rétribution. Demandez le secours d'Allah, adorez-Le, remerciez-Le, c'est à Lui que vous reviendrez.

18 - Et si vous traitez tout cela de mensonge, sachez que d'autres peuples avant vous ont également crié au mensonge, tandis que la charge du prophète, c'est la transmission explicite du message.

19 - Ne voient-ils pas comment Allah donne la vie à la création, puis la refait à nouveau ? Tout cela est bien facile pour Allah.

20 - Dis : Parcourez la terre et observez comment Allah a initié la création, puis l'a dotée de la vie ultime. Allah est puissant en toute chose.

21 - Il punit qui Il veut et fait miséricorde à qui Il veut. Et c'est encore à Lui que se fera votre retour.

22 - Vous n'êtes pas en mesure de L'en empêcher ici-bas, ni au ciel, et vous n'avez en dehors d'Allah ni tuteur ni aide[4].

23 - Ceux qui n'ont pas cru au message d'Allah et à l'imminence de Sa rencontre, ceux-là ont abandonné tout espoir de recevoir Ma miséricorde. Ils subiront un châtiment terrible.

24 - La seule réponse de son peuple était de dire : Tuez-le, brûlez-le. Mais Allah le sauva du feu. Il y a en cela des signes évidents pour ceux qui croient.

25 - Abraham leur dit : Si vous avez pris en affection des idoles en dehors de Dieu, c'est par complaisance envers la vie d'ici-bas. Mais, au jour de la résurrection, vous vous renierez mutuellement et vous vous maudirez. Votre refuge sera le feu et vous n'aurez personne pour vous secourir.

26 - Loth crut en Lui et dit : J'émigre vers mon Seigneur, Il est le Puissant, le Sage.

27 - À Abraham Nous avons donné Isaac et Jacob et Nous insufflâmes à sa progéniture le sens de la prophétie, le Livre. Nous lui avons accordé sa récompense terrestre, car, dans la vie future, il fera partie des bienheureux et des justes.

28 - Et Loth, quand il dit à son peuple : Vous voilà à perpétuer une vilenie[5], une abomination que nul avant vous n'avait commise parmi les vivants.

29 - N'est-ce pas que vous allez plutôt aux hommes[6], que vous coupez les routes, et que vous répandez le mal dans votre entourage ? Pour seule réponse de son peuple : Apporte-nous donc le châtiment de Dieu, si tu es véridique !

30 - Il dit : Ô mon Seigneur, aide-moi à vaincre ce peuple d'impies !

31 - Et lorsque Nos envoyés[7] vinrent à Abraham porteurs d'une bonne nouvelle, ils dirent : Nous allons anéantir cette cité, car ses habitants s'étaient rendus coupables d'injustice.

32 - Il dit : Mais il y a Loth ! – Nous savons parfaitement qui il y a, dirent les envoyés. Nous sauverons Loth et sa famille, à l'exception de son épouse qui sera maintenue à l'arrière et périra.

33 - Et lorsque Nos émissaires furent devant Loth, il les reçut avec contrition et inquiétude[8], car il était dans l'impossibilité de les protéger : N'aie crainte, lui dirent-ils, et ne sois pas triste, nous sommes là pour te sauver, ainsi que les tiens, hormis ton épouse qui restera à l'arrière et périra.

34 - Nous allons déclencher un cataclysme sur les habitants de cette cité en punition pour leurs perversions.

35 - Et Nous fîmes de cette cité un signe explicite pour un peuple qui raisonne.

36 - Au peuple de Madian, leur frère Chou'aïb dit : Ô mon

peuple, adorez Dieu et attendez avec espoir le Jour dernier et ne vous comportez pas sur terre en destructeurs !

37 - Ils le traitèrent de menteur, mais le cataclysme les saisit au point de les terrasser dans leurs propres demeures.

38 - Les habitants de 'Ad et de Thamoud[9] se manifestèrent à vous à partir de leurs demeures. Ils virent embellir leurs actions grâce aux artifices de Satan, qui les écarta du bon chemin bien qu'ils fussent capables de clairvoyance.

39 - Regarde aussi Coré[10], Pharaon, Haman[11], lorsque Moïse leur apporta des preuves éclatantes, ils se montrèrent hautains en cette terre mais ils ne purent nous échapper !

40 - Nous punîmes chacun d'eux selon son péché. Nous envoyâmes une bourrasque sur les uns, tandis qu'un cri cataclysmique saisissait les autres. D'autres encore furent aspirés par la terre et d'autres furent noyés. Dieu n'était point injuste à leur égard, mais ce sont eux qui se comportèrent de manière inique.

41 - Ceux qui ont pris des protecteurs en dehors d'Allah ressemblent à l'araignée qui s'est donné une maison. Or la maison la plus fragile est celle de l'araignée. Si seulement ils savaient.

42 - Allah sait parfaitement que les divinités qu'ils adorent en dehors de Lui ne valent rien. Il est le Puissant, le Sage.

43 - Et tous ces signes, Nous les exposons aux humains, mais seuls les savants parmi eux peuvent les comprendre.

44 - Allah a créé les cieux et la terre en toute vérité. Il y a en cela un signe pour les croyants.

45 - Récite ce qui t'a été révélé du Livre, observe les prières, car les prières préservent de la turpitude et de la perversion. En effet, l'invocation d'Allah est supérieure en tout, Allah étant informé de ce que vous faites.

46 - Vous ne discutez avec les gens du Livre que de la meilleure façon, à l'exception de ceux qui se sont révélés injustes. Dis-leur : Nous croyons en notre révélation et en votre révélation. Notre Seigneur et votre Seigneur sont le même Dieu. Nous Lui sommes, quant à nous, soumis.

47 - C'est ainsi que Nous te fîmes descendre le Livre. Et ceux auxquels Nous apportâmes l'Écriture croient en elle et, parmi ces autres, il en est encore qui croient en elle. Seuls les incroyants récusent Nos signes.

48 - Tu ne récitais aucun livre auparavant, ni n'en écrivais de ta main droite. Les mécreants parmi les vaniteux[12] auraient eu des doutes.

49 - Bien au contraire, ce sont là des signes clairs qui s'immiscent dans les cœurs de ceux qui ont reçu la connaissance, et seuls les injustes tiennent en suspicion Nos signes.

50 - Ils disent : Si au moins des versets lui étaient édictés de la part de son Seigneur ! Dis : Les versets sont auprès d'Allah, je ne suis que l'annonciateur, celui qui les actualise.

51 - Ne leur suffit-il donc pas que Nous ayons fait descendre sur toi le Livre, que l'on récite sur eux, source de miséricorde divine et rappel pressant pour un peuple qui croit ?

52 - Dis : Il suffit qu'Allah soit le témoin entre vous et moi. Il sait ce qu'il y a dans les cieux et sur terre. Ceux qui ont cru au faux[13] et qui sont infidèles à Allah, ceux-là sont les vrais perdants.

53 - Ils te demandent d'accélérer leur châtiment. Mais quoi, si le châtiment n'était pas fixé à un délai précis, ils l'auraient déjà reçu. Mais Il les saisira subitement, sans qu'ils s'en rendent compte.

54 - Ils te demandent d'accélérer leur châtiment, mais la géhenne est prête pour les incroyants.

55 - Le jour où le châtiment les envahira du dessus et de sous leurs pieds, et où il leur sera dit : Goûtez pour prix de ce que vous faisiez naguère.

56 - Ô vous Mes serviteurs qui avez cru en Moi, Ma terre est vaste pour vous tous. N'adorez donc que Moi.

57 - Chaque âme goûtera à la mort, après quoi vous serez ramenés à Nous.

58 - Ceux qui ont cru et qui se sont acquittés de bonnes actions, Nous les installerons immuablement au paradis. Des ruisseaux couleront en dessous d'eux, en magnifique rétribution pour ceux qui faisaient le bien,

59 - qui se montraient patients et qui se remettaient entièrement à leur Seigneur.

60 - Combien d'animaux ne peuvent cependant prendre en charge leur rétribution ! Allah les rétribue, à l'instar de vous autres, Il est Celui qui entend, Celui qui sait.

61 - Et si tu les interrogeais à propos de Celui qui a créé les cieux et la terre et qui a dépêché le soleil et la lune, ils diraient à coup sûr : Allah. Pourquoi [en dépit de cela] se détournent-ils [vers un autre Dieu] ?

62 - Allah attribue Ses bienfaits à qui Il veut parmi Ses serviteurs. Allah est de toute chose bien informé.

63 - Et si tu les interrogeais sur Celui qui a fait descendre du ciel une eau grâce à laquelle Il a fait revivre la terre après qu'elle fut devenue stérile, ils diraient : Allah. Réponds alors : Louange à Allah ! Mais la plupart ne raisonnent guère.

64 - Qu'est donc cette vie immédiate, sinon une réjouissance et un jeu ? Or, la demeure dernière est la vraie vie, si au moins ils le savaient.

65 - Car, quand ils montent sur un vaisseau, ils invoquent

Allah selon un rite sincère ; mais, sitôt sauvés des périls et ramenés à terre, les voilà qui retombent dans l'incroyance.

66 - Qu'ils contestent à loisir ce que Nous avons apporté et qu'ils s'en réjouissent, bientôt ils sauront.

67 - Ne voient-ils donc pas que Nous avons prescrit un territoire sacré très sûr et que, tout autour, des gens sont molestés ? Vont-ils croire aux vaines certitudes et méconnaître les bienfaits d'Allah ?

68 - Y a-t-il plus injuste que celui qui invente des mensonges à l'encontre d'Allah, ou celui qui traite de mensonge la Vérité quand elle se produit ? N'y a-t-il pas dans la géhenne un endroit propice pour mettre les infidèles ?

69 - Ceux qui luttent pour Notre cause, Nous les orienterons dans Nos chemins, car Allah est aux côtés de ceux qui font le bien.

NOTES

1. Lettres liminaires placées au début de certaines sourates. Cf. *Dictionnaire encyclopédique du Coran*. 2. *Salihin*. 3. *Sûdûr al-'alamin* : les deux mondes, les mondes, l'univers. Décidément, cette notion est bien difficile à rendre. Je traduis ici selon le contexte du verset : « le cœur des gens ». Parfois, la notion de sûdûr renvoie à la psyché et au sentiment ; d'autres fois, elle correspond à la raison. 4. *Naçir* : auxiliaire, assistant. 5. *Al-fahicha* : une infamie, une turpitude, un acte immoral. 6. *Rijal*. 7. Selon certains commentateurs, des anges envoyés contre les deux cités impies de Sodome et Gomorrhe. 8. *Dhiqa*. 9. Les deux tribus ou peuplades appelées 'Ad et Thamoud reviennent très régulièrement dans le Coran. Cf. *Dictionnaire encyclopédique du Coran*. 10. Le Coré de la Bible. 11. Haman, grand vizir de Pharaon. Cf. Coran, XXVIII, 6. 12. *Butl* : vanité. 13. *Al-batil*.

LES ROMAINS (AR-RÛM)

Révélée à La Mecque, 60 versets

Au nom d'Allah, le Clément, le Miséricordieux

1 - Alif. Lam. Mim [1].

2 - Les Romains sont vaincus !

3 - Non loin de là, dans une terre voisine. Après avoir été vaincus, ils vaincront...

4 - ... dans quelques années. À Dieu appartiennent l'ordre préalable et l'ordre ultime. Ce jour-là, les croyants se réjouiront...

5 - ... de la victoire d'Allah, car Il fait victorieux qui Il veut. Il est le Puissant, le Miséricordieux.

6 - La promesse d'Allah ! Allah ne peut manquer à Sa promesse, mais la plupart des gens ne le savent pas.

7 - Ils ne voient que la partie superficielle de la vie, et ses réjouissances, mais ils prêtent peu d'attention à la vie future.

8 - Ne réfléchissent-ils pas en eux-mêmes au fait que, si Allah a créé les cieux et la terre et tout ce qui se trouve dans leur espace mitoyen, c'est en vertu de la Vérité et pour un temps déterminé ? Mais la plupart des gens nient jusqu'à la possibilité de rencontrer leur Seigneur.

9 - Où qu'ils aillent de par la terre, ils constateront ce qu'a été le sort de ceux qui les ont précédés. Ils étaient plus forts

431

et plus influents. Ils avaient amplement travaillé cette terre et l'ont peuplée mieux que ces derniers, tandis que leurs prophètes venaient avec des preuves évidentes, Allah ne voulant pas Se montrer injuste à leur égard. Cependant, ils étaient injustes envers eux-mêmes.

10 - La fin de ceux qui se sont mal comportés a été désastreuse du fait qu'ils nièrent les signes d'Allah et qu'ils s'en moquèrent.

11 - Allah est Celui qui crée l'espèce, qui la recrée, et c'est encore à Lui que vous reviendrez.

12 - Et lorsque l'Heure se produira [2], les criminels seront désorientés [3].

13 - Ils n'auront alors parmi leurs associés aucun défenseur pour les prendre en pitié. Eux-mêmes ne reconnaîtront plus ces derniers.

14 - Et lorsque l'Heure se produira, ce jour-là, ils seront éparpillés.

15 - Ceux qui auront cru et qui auront fait du bien se réjouiront [4] dans un verger fleuri [5].

16 - Ceux qui ont nié, en traitant de mensonges Nos signes ainsi que la Dernière rencontre, ceux-là se débattront dans un tourment terrible.

17 - Gloire à Allah si vous atteignez le soir et le matin.

18 - Louange à Lui dans les cieux et sur terre, aussi bien tard le soir qu'en plein jour.

19 - Il fait surgir le vivant du mort et Il fait surgir le mort du vivant. Il réveille la terre morte, et c'est ainsi que vous ressusciterez.

20 - Un de Ses signes est de vous avoir créés de poussière et une fois que vous êtes devenus des hommes, de vous avoir répandus sur terre !

21 - Et parmi Ses signes, la naissance de vos épouses, nées de vous-mêmes, afin que vous puissiez cohabiter avec elles dans l'amour et la bonté. Il y a en cela des signes évidents pour un peuple qui réfléchit.

22 - Et parmi Ses signes, la création des cieux et de la terre, la diversité des langues et des couleurs, car il y a en cela des signes pour ceux qui savent.

23 - Et parmi Ses signes, votre sommeil nocturne et diurne, la recherche de votre part d'un peu de Sa grâce, car il y a en cela des signes pour un peuple qui écoute.

24 - Et parmi Ses signes, Il vous montre dans l'éclair peur et envie, il fait descendre une eau du ciel afin de redonner vie à la terre morte, car il y a en cela des signes pour un peuple qui réfléchit.

25 - Et parmi Ses signes, le fait que le ciel et la terre se redressent en vertu de Son ordre, et que s'Il vous appelait une seule fois alors que vous êtes en terre, vous en sortiriez aussitôt.

26 - Tout ce qui se trouve dans les cieux et sur terre Lui appartient : tout Lui est soumis[6].

27 - Il est Celui qui crée le genre humain, puis le recrée, avec une grande facilité. Il dispose de l'exemplarité totale dans les cieux et sur terre, car Il est le Puissant, le Sage.

28 - Il vous a montré un exemple de ce que vous connaissez : avez-vous des associés parmi vos captifs qui contestent les biens que Nous vous avons octroyés et qui, de ce fait, deviennent vos égaux ? Les redoutez-vous comme vous vous redoutez ? Ainsi sont exposés les signes pour un peuple[7] qui réfléchit.

29 - Mais les injustes ont poursuivi leurs folles croyances sans savoir. Qui donc guidera celui qu'Allah égare ? Ils ne seront pas secourus.

30 - Dresse ta face en direction de la religion authentique, et cela conformément aux prescriptions naturelles qu'Allah a données aux hommes, car la création d'Allah ne saurait être modifiée. Telle est la religion immuable. Mais la plupart des gens l'ignorent.

31 - Remettez-vous à Lui, en repentant, craignez-Le et acquittez-vous des prières, tout en vous dissociant des polythéistes,

32 - de ceux qui ont divisé leur culte et qui ont formé des sectes, [lesquelles étaient] trop fières de ce qu'elles possédaient.

33 - Et lorsqu'un mal atteint les hommes, les voilà qui invoquent leur Seigneur et reviennent à Lui, mais sitôt que la moindre miséricorde leur est accordée, voilà qu'une faction d'entre eux tombe à nouveau dans l'incrédulité[8].

34 - Qu'ils récusent ce que Nous leur avons donné et qu'ils jouissent de cela. Vous le saurez bientôt.

35 - Ne leur avons-Nous pas fait descendre un magistère qui leur parle de ce qu'ils associent à Dieu ?

36 - Et lorsque Nous faisons goûter de Notre miséricorde à certains hommes, ils éprouvent une grande joie, mais si un mal venant d'eux les atteint, les voilà au comble du désespoir.

37 - Ne voient-ils pas qu'Allah facilite à qui Il veut la jouissance des biens, et sa mesure ? Il y a en cela des signes pour un peuple qui croit.

38 - Donnez son dû au proche, au pauvre et au voyageur[9], c'est un bien pour ceux qui recherchent la Face d'Allah. Tels sont les bienheureux.

39 - Ce que vous obtenez en pratiquant l'usure[10] au détriment d'autrui ne fructifiera aucunement auprès d'Allah.

Mais ce que vous donnez sous forme d'aumônes en vue de mériter la Face d'Allah, ces biens-là seront démultipliés.

40 - Dieu qui vous a créés et vous a nantis de Ses biens. Il vous fera mourir et puis, de nouveau, vous fera vivre. Peut-il y avoir parmi vos proches associés quelqu'un qui soit capable d'en faire autant ? Gloire à Lui, Il est au-dessus de ce qu'on Lui associe.

41 - La corruption s'est manifestée sur terre et sur mer [11] selon ce que des mains d'hommes avaient fait, conséquence de cela, les hommes goûteront une part de leurs méfaits. Peut-être reviendront-ils à de meilleures dispositions.

42 - Parcourez la terre et regardez ce qu'a été le sort de vos devanciers, dont la plupart étaient des infidèles.

43 - Tiens-toi ferme quant à la religion immuable [12], de peur que ne vienne d'Allah un jour où il ne sera plus possible de revenir en arrière. Ce jour-là, il y aura division parmi les hommes.

44 - Ceux qui porteront le faix de leur incroyance ; ceux qui auront fait du bien sauront se ménager une bonne couche.

45 - Il récompensera de Ses bienfaits tous ceux qui auront cru et qui se seront acquittés de bonnes œuvres, car Il n'aime pas les mécréants.

46 - Et parmi Ses signes, le fait de libérer des vents porteurs de bonne nouvelle, de façon à vous faire apprécier Sa miséricorde ; que des vaisseaux glissent selon Son ordre, dans l'espoir que vous recherchiez Sa faveur et que vous soyez reconnaissants.

47 - Nous avons envoyé avant toi des prophètes à leur peuple, ils leur apportèrent des preuves éclatantes. Nous Nous sommes vengé des impies. C'était là un droit que Nous devions aux croyants pour qu'ils triomphent.

48 - Allah est Celui qui dépêche les vents, lesquels soulèvent

des nuages qu'Il aplanit dans le ciel comme Il veut. Il l'alourdit[13], en fait jaillir l'ondée[14] de ses flancs et atteint ce qu'Il veut parmi Ses créatures, qui s'en réjouissent.

49 - Et cela, alors même qu'elles étaient abattues avant que l'averse ne les atteigne.

50 - Observe donc les marques de la miséricorde d'Allah, qui fait naître la terre après sa mort. Il est en mesure de réveiller les morts, étant omnipotent en tout.

51 - Et si Nous envoyons un vent qu'ils verront jaunâtre, les voila, de nouveau, dans leur incroyance.

52 - De fait, tu ne pourras faire entendre raison aux morts et aux sourds lorsqu'ils tournent le dos à ton appel.

53 - Pas plus que tu ne détourneras les aveugles de leur aveuglement. Ton appel s'adresse à ceux qui veulent croire en Nos versets et qui sont soumis [à Dieu].

54 - Allah est Celui qui vous a créés d'une situation de faiblesse avant de substituer à cette faiblesse une force, avant de la transformer de nouveau en faiblesse, puis en vieillesse. Il crée ce qu'Il veut, Il est le plus savant, le plus puissant.

55 - Et lorsque s'érigera l'Heure, les criminels jureront n'être demeurés qu'une petite heure. C'est en cela qu'ils furent abusés.

56 - Tandis que ceux qui demeurèrent investis de la connaissance et de la foi diront : De fait, nous sommes restés attachés au Livre d'Allah jusqu'au jour de la résurrection. Voici venu le jour de la résurrection, mais vous ne vous en doutiez point.

57 - Ce jour-là, l'excuse des transgresseurs ne leur servira à rien. Ils ne seront pas entendus.

58 - Nous avons donné aux hommes dans ce Coran toutes

sortes de paraboles, mais si tu apportes aux incrédules un signe explicite, ils diront : Vous n'êtes que des imposteurs !

59 - C'est ainsi qu'Allah scelle le cœur des ignorants.

60 - Sois patient, car la promesse d'Allah est un dû, une vérité, et nul, parmi les incrédules, ne peut t'en faire douter[15].

NOTES

1. Lettres liminaires. Cf. *Dictionnaire encyclopédique du Coran*. 2. *Tûqimû as-sa'a* : l'Heure arrivera, au sens où les âmes seront rappelées devant Dieu. 3. *Yûblissu* : hébétés, frappés de mutisme, désespérés. 4. *Yahbarûn* : se réjouiront, « exulteront » (Berque). 5. *Rawd* : verger ou parterre fleuri. J'ai préféré « verger », car il est souvent dit dans le Coran que le jardin d'Éden est planté d'arbres fruitiers. 6. *Qanit(ûn)* : en oraison vers lui. 7. La multitude, *qawmin*. 8. Très exactement : « lui associent d'autres dieux... » 9. *Ibn as-sabil* : littéralement « fils de la route », une image bédouine ancienne. 10. *Riba*. 11. *Fi al-barri wal bahri*. 12. *Al-qayim*. 13. *Yaj 'alûhu kissafan*. 14. *Al-wadq* : l'averse. 15. *Yastakhifannaka* : t'ébranler, te mépriser.

SOURATE XXXI

LOQMAN

Révélée à La Mecque, 34 versets

Au nom d'Allah, le Clément, le Miséricordieux

1 - Alif. Lam. Mim [1].

2 - Tels sont les versets du Livre de sagesse.

3 - Bonne direction et miséricorde pour les faiseurs de bien.

4 - Ceux qui s'acquittent de leurs prières, qui font leur aumône et qui croient fermement à la vie future.

5 - Ceux-là sont sur la bonne direction, grâce à leur Seigneur. Ceux-là sont les bienheureux.

6 - Il en est parmi les hommes qui se paient de plaisants discours en matière de foi et qui, sans connaissance aucune, détournent leurs congénères de la voie d'Allah en ajoutant la dérision. Ceux-là auront un châtiment humiliant.

7 - Et lorsque Nos versets sont dictés à l'un d'eux, il se pavane dans sa supériorité, faisant mine de ne pas entendre, comme si son oreille était obstruée. Informe-le du châtiment terrible qui l'attend.

8 - Assurément ceux qui auront cru et qui auront accompli de bonnes œuvres auront à leur disposition des jardins de délices.

9 - Ils y demeureront éternellement, selon la promesse d'Allah, donnée en vérité. Il est le plus puissant, le Sage.

10 - Il a créé les cieux sans les tenir par des colonnes visibles. Il a posé des montagnes sur la terre afin qu'elle soit stable. Il a répandu sur elle toutes sortes de bêtes et d'animaux. Nous avons fait descendre du ciel une eau afin d'y faire croître une noble paire de chaque espèce.

11 - Telle est la création d'Allah. Montrez-Moi ce que les tierces entités ont créé. Mais les injustes sont dans une perdition manifeste.

12 - Car Nous avons doté Loqman de la sagesse, lui qui fut reconnaissant à Dieu. Celui qui est reconnaissant, au fond, n'est reconnaissant que pour lui-même. De même, celui qui est incrédule, [sait qu']Allah est autosuffisant ; qu'Il est digne de louanges.

13 - Et lorsque Loqman dit à son fils, en le sermonnant : Mon fils, ne sois pas incrédule et ne donne pas à Dieu des rivaux. Ceux qui associent à Allah d'autres divinités commettent une immense injustice.

14 - Nous avons recommandé à l'homme de s'occuper de ses deux parents. Sa mère l'a porté en subissant fatigue sur fatigue. Il a été sevré au bout de deux ans. Sois reconnaissant à Mon égard et à l'égard de tes parents. À moi, le retour !

15 - S'ils militent[2] pour que tu M'associes quelque autre entité dont tu n'as que faire, ne leur obéis pas et comporte-toi avec eux de manière amicale et conforme à ce qui se pratique ici-bas. Mais tu suivras le chemin qui t'amènera vers Moi. Car vous reviendrez à Moi et Je vous informerai alors de ce que vous faisiez.

16 - Ô mon fils ! À supposer que la chose que tu désires ait le poids d'un grain de moutarde[3] et qu'elle se trouve dans une grotte, dans les cieux ou sur terre, Dieu est en mesure de l'apporter. Dieu est subtil et très informé.

17 - Ô mon fils, fais tes prières, recommande le bien, interdis le mal et supporte [vaillamment] tout ce qui te touche, car telle est la meilleure des résolutions.

18 - Ne te détourne pas en présence d'autrui et ne te pavane pas de manière désinvolte⁴ sur terre, car Allah n'aime pas les vaniteux et les présomptueux.

19 - Retiens ta marche et baisse la voix lorsque tu parles, car la voix la plus grossière est celle des ânes.

20 - Ne voyez-vous pas qu'Allah vous a rendu docile tout ce qui se trouve dans les cieux et sur terre, qu'Il vous a comblés de Ses bienfaits visibles et cachés ? Il est des hommes qui tiennent des controverses sur Allah sans disposer de la science nécessaire, sans guidance propre et sans livre pouvant les éclairer.

21 - Et lorsqu'on leur dit : Suivez ce qu'Allah a révélé, ils répondent : Nous ne suivons que ce que nos pères avaient coutume de suivre. Auraient-ils répondu de la sorte si Satan⁵ les avait invités au feu du brasier ?

22 - Celui qui s'en remet à Allah⁶, et qui est bon, tient l'anse par le bon bout⁷. La fin de toute chose appartient à Allah.

23 - Celui qui est incrédule ne doit pas t'attrister avec son incrédulité, car son retour se fait nécessairement vers Nous. Nous leur dirons alors ce qu'ils ont commis, Allah connaît parfaitement ce qu'il y a dans les cœurs⁸.

24 - Nous leur accordons un peu de jouissance un moment, puis Nous les obligerons à un châtiment très lourd.

25 - Et lorsque tu les interrogeas sur Celui qui a créé les cieux et la terre, ils te répondent : Allah ! Dis : Louange à Allah ! Mais nombreux sont ceux qui ne savent pas !

26 - À Allah appartient tout ce qui se trouve dans les cieux et sur terre. Allah est le Fortuné, le Digne de louanges.

27 - Si tous les arbres se transformaient en calames de roseau [pour écrire] et si toute la mer grossissait de sept autres mers pour servir d'encre, cela ne suffirait pas pour épuiser la parole d'Allah. Allah est puissant et sage.

28 - Votre création et votre résurrection sont aussi faciles que s'il s'agissait d'une âme unique. Allah est Celui qui entend et qui voit tout.

29 - N'as-tu pas vu que Dieu fait pénétrer la nuit dans le jour et qu'Il fait pénétrer le jour dans la nuit, et qu'Il a assujetti le soleil et la lune à une course déterminée ? Mais Allah est très informé de tout ce que vous faites.

30 - Car Allah est la Vérité, tandis que ceux que vous adorez en dehors de Lui ne sont que fausse vanité. Allah est le plus haut, le plus grand.

31 - Ne vois-tu pas que le navire vogue sur la mer par la grâce d'Allah, afin qu'Il vous montre une partie de Ses signes ? En cela, il est des signes manifestes pour toute personne patiente et reconnaissante.

32 - Et lorsque les immenses vagues les recouvrent, telles des ombres épaisses, ils invoquent Allah et L'assurent de leur sincérité. Mais lorsqu'Il les sauve et les ramène à terre sains et saufs, il en est qui se tiennent dans une posture timorée et ambiguë. Qui nie le plus Nos signes, sinon le perfide, celui qui est ingrat[9] ?

33 - Ô vous les hommes, craignez votre Seigneur et redoutez le jour où aucun d'entre vous ne sera d'aucun secours pour son fils, et où le fils ne viendra pas au secours de son géniteur. Une chose est sûre : la promesse d'Allah est authentique et vraie. Que la douceur de la vie ne vous flatte pas et que le suborneur ne vous induise pas en erreur au sujet d'Allah.

34 - À Allah appartient la connaissance de l'Heure. Il est

Celui qui décrète l'arrivée de la pluie. Il connaît ce que contiennent les matrices. Les hommes ne savent pas ce qu'il adviendra demain, pas plus qu'ils ne savent sur quelle terre ils mourront. Mais Allah est Celui qui sait, Il est le plus informé.

NOTES

1. Lettres liminaires. Cf. *Dictionnaire encyclopédique du Coran*. 2. *Jahadaka* : dans ce contexte, il ne s'agit pas de mener une guerre sainte, mais de déployer beaucoup d'énergie pour convaincre quelqu'un. 3. *Khardal*, qui pourrait être aussi l'avoine. 4. *Marahan*. 5. *Chaytan* : Satan, le Démon. 6. Littéralement : « celui qui soumet son visage à Allah ». 7. *Al-'urwa al-wûtqa* : anse solide, puissante. Titre de la revue publiée à Paris par Mohammed Abdouh et Jamal ad-Din al-Afghani, deux réformistes musulmans de la fin du XIXᵉ siècle. Cf. *Dictionnaire encyclopédique du Coran*. 8. *Sûdûr* : littéralement, « les poitrines ». 9. *Khattar kafûr*.

LA PROSTERNATION (AS-SAJDA)

Révélée à La Mecque, 30 versets

Au nom d'Allah, le Clément, le Miséricordieux

1 - Alif. Lam. Mim [1].

2 - Révélation de ce Livre sur lequel il n'est aucun doute de la part du Créateur, Maître des mondes.

3 - Disent-ils que ce Livre a été fabriqué : non, il s'agit bien de la Vérité venue de ton Seigneur afin que tu avertisses un peuple auquel nul messager n'est venu auparavant. Peut-être consentiront-ils à prendre la bonne direction ?

4 - Allah est Celui qui a créé en six jours les cieux et la terre et ce qui se trouve dans leur espace mitoyen. Après quoi, Il S'est installé sur le Trône. Vous n'avez pas d'autre protecteur en dehors de Lui. Peut-être cela vous aidera-t-il à réfléchir ?

5 - Il décrète Ses arrêts du ciel vers la terre, puis Son ordre lui est réfléchi en un jour qui vaut mille ans dans la durée humaine.

6 - Il est Celui qui connaît l'inconnaissable et le témoignage. Il est le plus puissant, le Miséricordieux.

7 - C'est Lui qui a donné la meilleure forme à tout ce qu'Il a créé, après quoi Il a créé l'homme à partir d'une argile.

8 - Il lui a donné une progéniture venue d'une modeste goutte d'eau.

9 - C'est alors qu'Il l'a façonné et qu'Il a soufflé en lui Son esprit[2]. Il vous a dotés de l'ouïe, de la vue et des viscères. Oh, que vous êtes peu reconnaissants !

10 - [Les incroyants] disent : Comment faire, quand nous serons engloutis par cette terre, pour retrouver notre Seigneur ? Allons-nous être créés sous une autre forme ? Mais ils nient le fait de rencontrer un jour leur Seigneur.

11 - Dis-leur : L'ange de la mort qui est votre préposé recueillera votre souffle et vous conduira jusqu'à votre Seigneur.

12 - Et lorsque tu verras les criminels[3], la tête basse[4] devant leur Seigneur, disant : Nous avons vu et entendu. Ramène-nous sur terre, nous n'y ferons que du bien. Nous en sommes désormais convaincus.

13 - Car, si Nous l'avions voulu, Nous aurions orienté toutes les âmes dans la bonne direction. Mais la vérité émanant de Nous a voulu peupler l'enfer autant de djinns que d'êtres humains.

14 - Goûtez le prix de votre oubli en ce jour ! Nous voilà en passe de vous oublier. Goûtez les tourments éternels pour ce que vous faisiez.

15 - Seuls croient en Nos versets ceux qui, dès lors qu'ils les entendent, se prosternent à terre, louent leur Seigneur de Sa bénédiction et ne sont pas présomptueux.

16 - Leurs flancs se sépareront péniblement de leurs couches. Ils prieront leur Seigneur dans la crainte et dans l'attente de Lui. Ils consentent une part d'aumône de tous les biens dont Nous les avons dotés.

17 - Nul ne sait combien sera grande la joie[5] que Je prépare en récompense à ce que [les bons croyants] ont fait en termes de bien.

18 - Le bon croyant peut-il être mis sur le même pied que le pervers ? Cela ne se peut.

19 - Quant à ceux qui ont cru et qui ont fait du bien, ils auront en récompense le jardin du refuge. Pour leurs bonnes œuvres !

20 - Ceux qui se sont conduits en pervers, leur refuge sera le feu. Chaque fois qu'ils voudront s'en dégager, on les ramènera dedans en leur disant : Goûtez les tourments de l'enfer que vous traitiez naguère de mensonges !

21 - Car la peine que Nous leur faisons sentir ici est légère au lieu d'être très lourde, afin qu'ils reviennent de leurs erreurs.

22 - Est injuste celui qui a été informé des signes de son Seigneur et qui s'est retourné contre eux. Nous Nous acquitterons de cette vengeance auprès des criminels.

23 - Nous avons envoyé le Livre à Moïse. Ne sois pas tenté par le doute au sujet de cette rencontre[6]. Nous avons fait de son Livre une bonne direction pour les fils d'Israël.

24 - Nous avons envoyé parmi eux des guides pour les diriger dans le sens de Nos décrets. Ils étaient constants et se sont montrés convaincus par Nos signes.

25 - C'est ton Seigneur qui distinguera, au jour de la résurrection, ce sur quoi ils étaient en opposition.

26 - N'est-ce pas là un avertissement suffisant ? Le fait que Nous ayons détruit avant eux un si grand nombre de générations, dont ils foulent les maisons, en guise de signes qui ne trompent pas. Ne l'entendent-ils pas ?

27 - Ne voient-ils pas aussi que Nous conduisons l'eau à la terre qui en manque[7] et que Nous faisons germer en elle du blé qui nourrira les troupeaux ? Ne le voient-ils pas ?

28 - Ils disent : À quand la victoire, si vraiment vous êtes véridiques ?

29 - Réponds : Le jour de la victoire ne servira en rien ceux qui n'ont pas cru, d'autant qu'aucun répit ne leur sera accordé.

30 - Évite-les autant que possible et attends, ils attendront aussi.

NOTES

1. Lettres liminaires. Cf. *Dictionnaire encyclopédique du Coran.* 2. Son âme : *Nafakha fihi min rûhihi.* 3. *Al-mûdjrimûn* : les coupables (Blachère, Pesle/Tidjani). 4. *Nakissû rû'ssihim.* 5. *Qûrrat a'yûnin* : littéralement, « plaisir des yeux ». 6. Ne sois pas en doute avec lui (Blachère) ? 7. *Al-jûrzi* : stérile, aride.

SOURATE XXXIII

LES FACTIONS (AL-AHZAB[1])

Révélée à Médine, 73 versets

Au nom d'Allah, le Clément, le Miséricordieux

1 - Ô Prophète, crains Allah et n'obéis pas aux incrédules et aux hypocrites. Allah est omniscient et sage.

2 - Suis ce qui t'a été révélé par ton Seigneur, car Allah est informé de tout ce que vous faites.

3 - Remets-toi à Allah, car le fait de s'abandonner à Lui suffit en soi pour être protégé.

4 - Allah n'a pas mis deux cœurs dans la cage thoracique de l'homme, de même que les épouses que vous répudiez ne peuvent être vos mères au point de s'entendre dire [selon la vieille formule] : Tu es [désormais] illicite pour moi comme le serait le dos de ma mère !, ou que vos enfants adoptifs ne peuvent devenir vos propres enfants. Tels sont vos mots, sortis de votre bouche. Mais c'est Allah qui énonce la Vérité, c'est Lui qui oriente dans le bon chemin.

5 - Appelez-les [les orphelins] des noms de leurs pères, c'est ce qu'il y a de plus juste auprès d'Allah. Si vous ne connaissez pas les noms de leurs pères, prenez le nom de vos frères en religion[2] ou celui de vos affidés[3]. Mais il ne vous sera tenu aucune rigueur si vous vous trompez, dès lors que vos cœurs auront été de bonne foi. Allah est Celui qui pardonne, le Miséricordieux.

6 - Le Prophète a plus de droits sur les croyants qu'ils n'en

447

ont sur eux-mêmes. Ses épouses sont leurs mères, tandis que les parents consanguins, selon les termes du Livre d'Allah, sont eux aussi liés entre eux par des liens spécifiques. Ces liens s'imposent aux autres croyants et aux Mûhadji-rûn[4], pour autant que vous vous comportiez envers vos protégés de manière généreuse, dans l'esprit de ce qui a été indiqué dans le Livre.

7 - Et lorsque Nous avons contracté avec les prophètes une alliance, ainsi qu'elle est établie avec toi, avec Noé, avec Abraham, avec Moïse, avec Jésus, fils de Marie, cette alliance Nous l'avons voulue forte et puissante[5].

8 - De façon que les gens sincères puissent être interrogés sur le contenu de leur foi, car il a été préparé aux infidèles un châtiment douloureux.

9 - Ô vous les croyants, souvenez-vous constamment de la bénédiction qu'Allah vous a octroyée. Car, lorsque des armées ennemies vinrent vous combattre, Nous envoyâmes un vent puissant et une légion que vous ne voyiez pas, car Allah observait ce que vous faisiez.

10 - Ils vous assaillaient de toute part, d'en haut et d'en bas. Vos yeux étaient révulsés et vos gorges nouées[6], alors que vous étiez envahis par tant de spéculations au sujet d'Allah.

11 - Les croyants étaient en effet déroutés et leurs convictions complètement ébranlées,

12 - tandis que les infidèles et ceux dont les cœurs étaient malades ajoutaient à leur intention : Ce qu'Allah et Son prophète nous ont promis n'est que tromperie !

13 - À ce moment-là, une petite fraction parmi eux s'exprima ainsi : Ô vous les habitants de Yathrib[7], votre place n'est pas ici, repartez chez vous ! Un autre groupe s'approcha, demanda la permission du Prophète [pour s'en aller]

et dit : Nos maisons sont sans défense[8], mais leurs maisons n'étaient pas sans défense. Ils voulaient seulement fuir.

14 - Si l'oasis de Yathrib avait été défoncée à plusieurs endroits et que [l'armée ennemie] leur avait demandé, à propos de la foi, s'ils l'abjuraient, ils l'auraient sans doute fait. Mais [à Yathrib] leur séjour sera de courte durée.

15 - Pourtant, ils s'étaient engagés auparavant avec Dieu à ne pas abandonner le combat. Il en sera demandé des explications au sujet du pacte avec Allah.

16 - Dis : Fuir ne vous sera pas de grande utilité. Car, si vous fuyez la mort ou le combat, votre jouissance de la vie sera de courte durée.

17 - Dis : Qui peut vous mettre à l'abri d'Allah, qu'Il vous veuille du tort ou du bien ? Ils ne trouveront en dehors d'Allah ni tuteur ni assistant pour leur victoire.

18 - Allah est informé sur ceux qui, parmi vous, augmentent les obstacles et sur ceux qui disent à leurs frères : Venez vers nous, et qui pourtant n'y montrent aucun zèle.

19 - Ils se montrent très avares[9]. Quand ils ont peur, tu les vois te regarder avec des yeux exorbités comme s'ils allaient rendre l'âme ; mais, dès que la peur les quitte, ils vous atteignent de leurs langues acérées, chiches en matière de bien, car ils ne sont pas des croyants. Allah rabaissera leurs œuvres, car cela est très aisé pour Lui.

20 - Ils croient peut-être que les factions ne sont pas parties et que, si elles revenaient, ils se réfugieraient dans le désert, parmi les Bédouins. Là, ils demanderaient de vos nouvelles. Et même s'ils étaient des vôtres, ils n'auraient de toute façon combattu[10] que très peu.

21 - Il se trouve que le Prophète est le meilleur exemple qui puisse exister pour ceux qui espèrent en Allah et dans le Jour dernier, et qui, ce faisant, invoquent fréquemment Dieu.

22 - Et lorsque les croyants virent les factions, ils s'écrièrent : Voilà ce qu'Allah et Son prophète nous ont promis. Allah et Son messager étaient véridiques. Leur foi a crû, de même que leur soumission.

23 - Il y a eu parmi les croyants des gens qui sont demeurés fidèles au pacte qu'ils avaient contracté avec Allah. D'autres ont vu le cours de leur destin s'arrêter ; d'autres encore attendent, constants et fermes.

24 - Sur cette base, Allah récompense ceux qui auront été véridiques en leur foi, et châtie les infidèles s'Il le désire, ou leur pardonne. Allah est Celui qui pardonne, il est le Miséricordieux.

25 - Allah a repoussé les incroyants, toute rage bue ; ils n'obtiendront rien de bon, tandis qu'Il épargne aux croyants la guerre. Dieu est fort et puissant.

26 - Il a fait descendre de leurs forteresses[11] ceux des gens du Livre qui ont prêté main-forte aux coalisés : Il a jeté un effroi terrible dans leurs cœurs. Ainsi vous tuez une partie d'entre eux, et vous faites de l'autre des prisonniers.

27 - Il vous a cédé en héritage leur terre, leurs maisons, leurs biens et un pays que vos pieds n'ont pas foulé, car Allah est puissant sur toute chose.

28 - Ô Prophète, dis à tes épouses : Si vous désirez jouir de la vie ici-bas et de ses parures[12], venez à moi, je vous comblerai et vous libérerai [en me séparant de vous] de belle manière.

29 - En revanche, si vous souhaitez rejoindre Allah et Son prophète, ainsi que la dernière demeure, Allah a préparé aux femmes honorables et pieuses parmi vous une immense récompense.

30 - Ô vous les femmes du Prophète, celle d'entre vous qui se rendra coupable d'une action immorale avérée sera

soumise au doublement de son châtiment. Cela est certes facile pour Allah.

31 - Celle qui, parmi vous, sera soumise à Allah et à Son prophète et qui s'acquittera du bien, Nous la doterons d'un bien double. Nous avons préparé à son intention une rétribution très honorable.

32 - Ô vous les femmes du Prophète, vous n'êtes pas des femmes ordinaires. Si vous craignez votre Seigneur, ne vous abaissez pas en vos paroles, car cela donne de mauvaises pensées à celui dont le cœur est malade. Ne prononcez que des paroles convenables.

33 - Restez dans vos maisons et ne vous comportez pas comme les païennes de l'antéislam [13]. Acquittez-vous de vos prières, faites vos aumônes et obéissez à Allah et à Son prophète. Allah veut éloigner la souillure des gens de la Maison [14] et parachever totalement leur purification.

34 - Remémorez-vous les versets d'Allah et de la Vérité qui vous ont été déclamés dans vos demeures, car Allah, le Subtil, est très informé.

35 - Aux musulmans et aux musulmanes, aux croyants et aux croyantes, aux hommes pieux et aux femmes pieuses [15], aux hommes sincères et aux femmes sincères, aux persévérants et aux persévérantes, aux hommes dévoués et aux femmes dévouées, à ceux et celles qui tiennent pour véridiques [Nos messagers], à ceux et celles qui jeûnent, à ceux et celles qui sont chastes, à ceux et celles qui invoquent Allah énormément, un grand pardon et une récompense immense sont accordés.

36 - Et lorsque Dieu et Son Prophète décrètent quelque chose, aucune alternative n'est laissée au croyant ou à la croyante. Celui qui Lui désobéit ainsi qu'à Son prophète, celui-là sera égaré de manière explicite.

37 - Et quand tu dis à celui qu'Allah a comblé de Ses bienfaits et que tu as toi-même entouré de ta sollicitude : Garde auprès de toi ton épouse et crains Allah, tu préserves ainsi en toi-même ce que le Seigneur veut rendre public. Tu redoutes l'opinion des gens, alors que c'est Allah que tu devrais redouter. Quand Zaïd s'est séparé d'elle [16], Nous te l'avons donnée en mariage de façon que cela ne soit plus une contrainte [17] pour les croyants qui veulent épouser les femmes de leurs fils adoptifs lorsqu'elles sont abandonnées. Toute décision d'Allah doit être suivie d'effet.

38 - Le Prophète ne doit pas éprouver de malaise quant à l'obligation qui lui a été faite par Allah. Telle est la bonne conduite qui s'applique à ceux qui ont précédé, tandis que le décret d'Allah est établi de manière équilibrée.

39 - Ceux qui transmettent les messages d'Allah et qui Le craignent, et qui ne craignent aucun autre dieu qu'Allah, Allah suffit pour établir leur compte.

40 - Mohammed n'est le père d'aucun des hommes parmi vous, mais le prophète d'Allah et le dernier des messagers. Allah est informé de toute chose.

41 - Ô vous les croyants, invoquez Allah de manière intense.

42 - Récitez Ses louanges matin et soir.

43 - Avec Ses anges, Il prie sur vous afin de vous faire sortir des ténèbres au profit de la lumière, car Il éprouve de la miséricorde pour les croyants.

44 - Paix, *Salam !*, sera la salutation qu'ils recevront le jour où ils Le rencontreront. Il leur a préparé une très belle récompense.

45 - Ô toi le Prophète, Nous t'avons envoyé à la fois en tant que témoin, en tant qu'annonciateur d'une bonne nouvelle et en tant qu'Avertisseur.

46 - Nous t'avons également envoyé comme prédicateur

dans la voie d'Allah, avec Sa permission, et comme un luminaire qui éclaire.

47 - Annonce aux croyants qu'ils disposent auprès d'Allah d'une bénédiction immense.

48 - N'obéis pas aux infidèles et aux hypocrites. Laisse de côté leurs méfaits et remets-toi à Allah. Il te suffit comme garant.

49 - Ô vous les croyants ! Si vous avez épousé des croyantes et si vous les avez répudiées avant même que vous les ayez touchées, vous ne pouvez les soumettre à une quelconque période de viduité. Vous les doterez d'un bien suffisant et vous les libérerez d'une manière qui soit honorable.

50 - Ô Prophète, Nous avons déclaré licites pour toi les épouses légitimes que tu as dotées, les captives de guerre que Dieu t'a destinées, les filles de tes oncles paternels et maternels, les filles de tes tantes paternelles et maternelles qui ont émigré avec toi [18], de même la femme croyante qui se donne à toi pour peu que tu acceptes de l'épouser. Tout cela t'est réservé, à l'exclusion des autres croyants. Nous savons ce que Nous leur avons prescrit quant à leurs épouses et à leurs esclaves. Il n'y a pas lieu, Prophète, d'éprouver la moindre gêne à cet égard. Dieu est Celui qui pardonne. Il est le Miséricordieux.

51 - Il ne te sera fait aucun reproche si tu décides de faire patienter l'une d'entre elles ou si tu reçois une autre et même de celles que tu as un moment éloignées. Tout à leur joie, elles ne peuvent nourrir de peine ni refuser ce que tu leur accordes. Dieu sait ce qui anime les cœurs. Il est le Savant, le Magnanime.

52 - Il n'est plus licite pour toi de changer d'épouses ou de prendre d'autres femmes, hormis parmi tes esclaves, quand bien même tu es séduit par leur beauté. Allah sait et voit tout [19].

53 - Ô vous qui croyez, n'entrez pas dans les demeures du Prophète, à moins que vous n'y soyez autorisés pour un repas. Ne soyez pas fureteurs, mais entrez lorsque vous y êtes invités. Retirez-vous aussitôt sans amorcer de longues discussions, car cela perturbe le Prophète qui éprouvera une gêne à vous le dire, mais Allah n'éprouve aucune gêne à dire la vérité. Et si vous venez demander un ustensile aux femmes du Prophète, faites-le derrière une cloison[20], car cela est plus pur d'intention pour ce qui est de vos cœurs et des leurs. Car il est inutile de mettre dans l'embarras le Prophète, de l'offenser, de même que jamais vous n'épouserez ses femmes après lui, car cela aurait des conséquences extrêmement fâcheuses auprès d'Allah.

54 - Que vous déclariez quelque chose ou que vous le masquiez, Allah est au courant de tout.

55 - Il n'est fait aucun reproche aux femmes du Prophète si elles décident de baisser le voile en présence de leurs pères, de leurs fils, de leurs frères, des fils de leurs frères, des fils de leurs sœurs, des femmes de tous ceux-là et de leurs propres esclaves. Il suffit qu'elles craignent Dieu, car Allah est au courant de tout.

56 - Allah et les anges bénissent le Prophète. Ô vous les croyants, priez sur le Prophète et bénissez-le et adressez-lui vos meilleures salutations.

57 - Ceux qui portent préjudice à Allah et à Son prophète seront maudits par Allah ici-bas et dans l'au-delà. Il leur prépare un tourment avilissant.

58 - Ceux qui offensent injustement les croyants et les croyantes endossent une grande faute et un péché terrible.

59 - Ô Prophète, demande à tes épouses, à tes filles et aux femmes des croyants de rabattre sur elles leur voilette[21]. C'est le meilleur moyen qu'elles ont de se faire connaître

et de ne pas être importunées[22]. Allah est Celui qui pardonne et qui est miséricordieux.

60 - Si en effet les hypocrites, ceux qui ont un mal en eux-mêmes et les activistes[23] de Médine ne cessent pas d'importuner les croyants, nous te pousserons à les attaquer, ce qui fait que leur voisinage sera de courte durée.

61 - Ils seront alors maudits partout où ils seront appréhendés. Ils seront mis à mort de manière implacable.

62 - Telle est la loi voulue par Allah pour ceux qui ont précédé. Et la loi d'Allah ne peut souffrir de changement.

63 - Les gens t'interrogeront à propos de l'Heure. Tu diras : L'Heure, seul Allah la connaît. Qu'en sais-tu, toi-même ? Peut-être que l'Heure est très proche et qu'elle survienne incessamment.

64 - Quant à Allah, Il a maudit les incroyants auxquels Il a préparé un feu brûlant.

65 - Ils y seront éternellement, sans tuteur ni maître.

66 - Le jour où leurs visages seront la proie des flammes, ils s'exclameront, amers : Si seulement nous avions obéi à Allah et obéi au Prophète !

67 - Ils diront : Ô notre Seigneur, nous avons obéi à nos souverains et à nos dignitaires qui nous ont éloignés du bon chemin.

68 - Ô Seigneur ! Punis-les deux fois et maudis-les de la manière la plus ferme.

69 - Ô vous qui avez cru, ne prenez pas exemple sur ceux qui ont offensé Moïse, alors qu'Allah l'a innocenté de leurs calomnies. Moïse fait bonne figure auprès de Dieu.

70 - Ô vous les croyants, craignez Dieu et parlez d'une manière juste[24].

71 - Il améliorera vos actions et vous pardonnera vos péchés. Celui qui obéit à Allah et à Son envoyé obtiendra un immense succès.

72 - Nous avons proposé aux cieux et à la terre et aux montagnes de se charger du dépôt [de la croyance] [25], mais, effrayés par la responsabilité, ils refusèrent de s'en charger, tandis que l'homme s'en est chargé, mais il est devenu injuste et ignorant.

73 - [C'est de cette façon qu'] Allah tourmentera les mécréants et les mécréantes, les incrédules des deux sexes, mais Il sera indulgent quant aux croyants et aux croyantes. Allah est Celui qui pardonne, Il est le Miséricordieux.

NOTES

1. Mohamed Hamidullah, Hamza Boubakeur et Hachemi Hafiane traduisent *Al-Ahzab* par « Les coalisés », Édouard Montet donne « Les confédérés », Jean Grosjean préfère « Les ligues » et André Chouraqui « Les partisans ». **2.** Frères en religion : *Ikhwanûkum fid-din*. C'est sans doute la seule fois où cette expression est utilisée. **3.** *Mawali*. **4.** *Al-Mûhadjirûn* : ceux qui ont suivi le Prophète au moment de son exode à Médine. On les opposa aux *Ançars*, les partisans médinois du Prophète. **5.** *Mithaqan ghalidan*. **6.** Littéralement : « Vos cœurs étaient montés dans vos gosiers. » **7.** Ancien nom de Médine. Régis Blachère a raison de noter qu'en 627 – date de la révélation de ce verset – le nouveau nom de Yathrib, c'est-à-dire Médine, ne s'était pas encore imposé à l'imaginaire des premiers musulmans. **8.** Littéralement : « nues », *'awratûn*. **9.** *Achihhatan 'alaykun* : ils sont chiches, ladres, avares. **10.** Littéralement : « Ils auraient combattu mollement. » **11.** *Siyasihim*. **12.** Ses privilèges, son faste, son luxe. **13.** *Al-Jahiliya*. **14.** *Ahl al-bayt*. **15.** *Qanita*, plur. *qanitate*, de *qunût*. **16.** Sa femme, Zaynab. **17.** Ou une faute, *haraj*. **18.** *Hajarna*. **19.** *Raquib*. **20.** *Hijab* : voile. **21.** *Jilbab*. **22.** *Yûdhana* : offensées. **23.** *Murjifûn* : alarmistes, activistes. **24.** *Qawlan sadidan*. **25.** *Amana* : la foi ? Ou encore la confiance en Dieu (*tawakkûl*), la sincérité de la religion (*sidq al-iman*), l'obéissance à Allah (*ta'a*) ? Les exégètes musulmans sont divisés à cet égard. Cf. « Dépôt divin », in *Dictionnaire encyclopédique du Coran*.

SOURATE XXXIV

[LES] SABA

Révélée à La Mecque, 54 versets

Au nom d'Allah, le Clément, le Miséricordieux

1 - Louange à Allah, Lui qui possède tout ce qui se trouve dans les cieux et sur terre. À Lui la louange au moment de la vie future. Il est le Sage, le Très-Informé.

2 - Il sait ce qui pénètre en terre et ce qui sourd de ses entrailles, ce qui descend du ciel et ce qui monte vers le ciel. Il est le Miséricordieux, Celui qui pardonne.

3 - Ceux qui n'ont pas cru disent : L'Heure ne nous rattrapera pas ! Dis-leur : Par la volonté de mon Seigneur, si ! Il est Celui qui connaît l'invisible. Et rien ne Lui échappe, quelque infime que soit son poids [1], ni dans les cieux ni sur terre ni plus petit ni plus grand. Tout est retranscrit dans un Livre explicite.

4 - Cela afin que ceux qui ont fait du bien soient rétribués. À tous ceux-là, un grand pardon et des biens conséquents seront accordés.

5 - En revanche, ceux qui ont tenté de rendre vains Nos signes et qui ont montré leur impuissance subiront un châtiment des plus douloureux.

6 - Ceux à qui la science a été donnée par ton Seigneur verront que c'est bien là la Vérité qui pousse dans le droit chemin, un chemin honorable et digne de louanges.

7 - Les incroyants disent : Voulez-vous que l'on vous indique un homme qui vous dira que, une fois que vous serez désintégrés, vous renaîtrez sous une autre forme ?

8 - Cet homme-là ment à propos d'Allah, à moins qu'il ne soit possédé par des djinns, car ceux qui ne croient pas à la vie future seront dans un tourment et un grand égarement.

9 - Ne voient-ils pas ce qui les entoure de toutes parts et par-devers eux, autant le ciel que la terre ? Si Nous le voulions, la terre se déroberait devant eux[2], ou alors Nous ferions tomber une partie du ciel sur leurs têtes. Il y a en cela suffisamment de signes pour celui qui est capable de se repentir.

10 - Nous dotâmes David de Nos bienfaits. Nous fîmes des montagnes et des oiseaux ses complices, qui chantent [des cantiques] avec lui. Nous lui amollîmes le fer.

11 - Fais-en des cuirasses[3] et pose les mailles à la bonne taille. Faites-les de la meilleure façon, car Je suis attentif à tout ce que vous faites.

12 - À Salomon, Nous soumîmes le régime des vents : ils soufflèrent l'équivalent de tout un mois dans une direction donnée et l'équivalent de tout un mois dans la direction inverse. Nous lui fîmes couler une fontaine de cuivre. À son service, une cohorte de djinns qui œuvraient selon l'ordre de son Seigneur. Quant à ceux qui n'observent pas Nos directives, Nous leur ferons goûter la douleur des flammes infernales.

13 - Ils exécutaient à sa demande une série de travaux comme des oratoires[4], des statues[5], des plats immenses[6], aussi grands que des bassins d'eau, et des marmites[7] stables et ajustées. Ô vous, famille de David, œuvrez [dans le bien] et soyez reconnaissants, car peu de gens parmi Mes serviteurs le sont !

14 - Lorsque Nous décrétâmes sa mort [8], ils ne s'aperçurent de celle-ci que lorsque la bête de la terre [9] eut rongé le bâton sur lequel il reposait. Lorsque son corps s'écroula [10], il apparut aux djinns que, s'ils étaient initiés aux sciences de l'occulte, ils ne subiraient pas un tourment si humiliant.

15 - Il y avait un signe dans le lieu d'habitation du peuple des Saba : deux jardins placés à droite et à gauche. Il leur avait été demandé de manger des bienfaits que leur Dieu leur avait octroyés et de Le remercier de la terre bénie qu'Il leur avait accordée et de Son pardon magnanime.

16 - Mais ils s'en détournèrent. Après cela, Nous fîmes déborder Al-'Arim [11] et, en lieu et place de leurs jardins, Nous leur donnâmes deux autres jardins stériles, avec des fruits amers [12], des tamaris [13] et quelques genêts [14].

17 - Les voilà ainsi récompensés de leur incrédulité. Mais peut-on sévir contre une autre personne que la personne incroyante ?

18 - Nous plaçâmes entre ces cités et celles que Nous avions bénies des étapes plus ou moins éloignées, afin que les échanges soient faciles. Circulez-y en toute sécurité aussi bien de nuit que de jour.

19 - Les Saba dirent : Notre Dieu, éloigne nos voyages les uns des autres ! Ils se firent tort. Nous en fîmes des exemples à méditer pour les générations après les avoir mis en lambeaux, pièce par pièce. Il est en cela des signes pour toute personne qui persévère et qui est reconnaissante.

20 - Et Iblis, qui a tout manigancé, a bien réussi son coup. Ils l'ont tous suivi, à l'exception d'un petit groupe de croyants,

21 - même s'il n'avait aucune autorité sur eux. Mais cela Nous a servi pour connaître qui parmi eux croyait à la vie

future et qui en doutait encore. Ton Seigneur est, à cet égard, le Gardien de toute chose.

22 - Dis-leur : Invoquez les divinités que vous vous êtes données en dehors d'Allah. Ils ne possèdent pas le moindre grain des cieux et de la terre, ne sont en rien concernés par cela et ne peuvent l'être d'aucune manière.

23 - Et aucune intercession ne sera reçue, hormis celle qu'Il permettra. Dès lors que la frayeur aura été chassée de leur cœur, les impies diront : Qu'a dit votre Dieu ? Ils leur répondront : La Vérité. Il est le plus haut, le plus grand.

24 - Dis : Qui pourvoit à vos besoins des cieux et de la terre ? Réponds : Allah. Nous ou vous, qui est sur la bonne voie et qui est dans un égarement réel ?

25 - Dis : Vous ne serez pas interrogés sur les péchés que nous avons commis, et nous ne serons pas interrogés sur ce que vous avez, vous, commis.

26 - Dis : Notre Seigneur nous réunira ensemble et tranchera entre nous au moyen de la vérité. Il est le Grand Juge, l'Omniscient.

27 - Dis : Montrez-moi ce que vous Lui avez associé comme autres divinités. De grâce, Il est Allah, le plus puissant, le Sage.

28 - Nous t'avons envoyé, ô Prophète, pour être au service de tous les hommes. En annonciateur de la bonne nouvelle et en messager[15], mais beaucoup de gens ne le savent pas !

29 - Ils tiennent ce propos : À quand donc cette promesse, si vous êtes véridiques ?

30 - Réponds : Vous êtes conviés à un jour que vous ne pourrez retarder ni avancer, ne serait-ce que d'une heure.

31 - Et ceux qui ne croient pas disent : Nous ne croyons pas à ce Coran ni à ce qui l'a précédé en termes de révéla-

tion. Ah, si tu les voyais le jour où ils seront alignés devant leur Seigneur et où ils s'interpelleront mutuellement ! Ceux qui auront été humiliés diront à ceux qui auront été grandis : Si ce n'était vous, nous aurions été des croyants !

32 - Les orgueilleux diront à ceux qui auront été plus humbles : Est-ce nous qui vous avons détournés du bon chemin lorsqu'il vous a été indiqué ? Mais vous étiez des criminels [16].

33 – Mais ceux qui auront été amoindris diront à ceux qui auront été ennoblis : Au contraire, ce sont vos manigances de la nuit et du jour pour nous pousser [17] à ne pas croire en Dieu et à Lui donner des rivaux. Ils enfermeront leurs amers regrets lorsqu'ils verront les supplices [qui les attendent]. Nous mettrons des chaînes au cou des incrédules : ils seront rétribués à la hauteur de leurs œuvres !

34 - Nous n'avons envoyé d'annonciateur à aucune cité sans que ses élites, celles qui vivent dans le luxe, lui rétorquent : Vous ne croyez guère au message dont vous avez été chargés !

35 - Ils disent : Nous sommes comblés de richesses et d'enfants. Nous ne saurions être soumis au supplice.

36 - Dis : Mon Seigneur met la richesse à disposition de qui Il veut, et en dispose librement. Mais la plupart des gens l'ignorent.

37 - Ce ne seront ni vos richesses ni vos enfants qui vous rapprocheront de Nous. Seuls ceux qui croient et qui accomplissent de bonnes œuvres verront leurs récompenses décuplées. Paisibles, ils seront placés dans de magnifiques pavillons [18].

38 - En revanche, ceux qui auront tant médit sur Nos signes, en cherchant à les diminuer, ceux-là connaîtront de vils tourments.

39 - Dis : Mon Seigneur prodigue la richesse à qui Il veut

parmi Ses serviteurs. Il substituera amplement tout bien que vous aurez dépensé. Il est le meilleur des dispensateurs !

40 - Le jour où Il les rassemblera tous, Il dira aux anges : Sont-ce ces gens-là qui vous vouaient un culte ?

41 - Les anges diront : Gloire à Toi, Tu es notre tuteur et non pas eux. Ils adoraient les démons, car la plupart d'entre eux y croyaient.

42 - Mais, en ce Jour-là, nul ne peut se substituer à l'autre, ni en bien ni en mal. Et Nous disons à ceux qui ont été injustes : Goûtez donc les tourments de l'enfer, ces mêmes tourments que vous traitiez de mensonges.

43 - Et lorsque Nos versets explicites leur sont récités, ils disent : Celui-là n'est qu'un homme. Il veut vous détourner des croyances de vos pères. Qu'est-ce donc que cela [le Coran ?], si ce n'est un vil mensonge[19], une invention ? Ceux qui n'ont pas cru disent à la Vérité lorsqu'elle se présente à eux : De toute évidence, il ne s'agit là manifestement que de magie !

44 - Ils ne reçurent de Nous aucun livre à méditer et aucun avertisseur ne leur fut dépêché avant toi.

45 - Et ceux qui étaient avant eux ont aussi récusé Nos messages, sans qu'ils aient atteint le dixième de ce que Nous leur avons révélé. Ils ont traité Mes envoyés d'imposteurs. Ah, quel a été Mon désaveu !

46 - Dis : Voici la seule et unique exhortation que je vous adresse. Mettez-vous sérieusement à l'œuvre au sujet d'Allah, par groupes de deux ou séparément. Méditez ensuite à ce sujet. Dites-vous bien que votre compagnon n'est pas possédé par un djinn. Il est seulement celui qui vous avertit du terrible châtiment que Je tiens pour vous.

47 - Dis : Je ne requiers de vous aucun salaire. Gardez-le ! Mon salaire est sur le compte d'Allah, car Il est témoin de tout.

48 - Dis : Mon Seigneur vous lance [avec force] la vérité[20]. Il est le meilleur à connaître l'invisible.

49 - Dis : La vérité est venue. L'ère du faux a disparu et ne peut revenir.

50 - Dis : Si j'ai perdu le chemin, je ne l'ai perdu qu'à mes dépens ; si en revanche j'ai retrouvé la bonne voie, c'est grâce à ce que mon Seigneur m'a révélé. Il est Celui qui écoute, le plus proche !

51 - Si tu voyais lorsque, pleins d'effroi, les mécréants n'auront plus d'échappatoire et seront appréhendés en un lieu très proche.

52 - Ils diront alors : Mais nous y avons cru ! Comment pourraient-ils y croire en se tenant si éloignés de la foi ?

53 - Mais ils n'y ont pas cru antérieurement ! Et maintenant, les voilà qui déblatèrent[21] de très loin au sujet de l'inconnaissable.

54 - Un abîme les séparera de ce qu'ils désirent, à l'instar de ce qui a été fait pour leurs semblables, car ils étaient dans un doute immense !

NOTES

1. *Mithqal dharrat* : le poids d'un atome. 2. En vue de les engloutir. 3. *Sabighat*. 4. *Maharib*, pl. de *mihrab* : niche de l'imam dans une mosquée. 5. *Tamatil*, pl. de *timtal* : statue, idole. 6. *Jaffan*. 7. *Qûdûrin*. 8. De Salomon. 9. *Dabbati al-ard* : animal rongeur venu des abysses de la terre que les commentateurs assimilent parfois au termite. 10. *Kharra*. 11. *Al-'Arim* désignerait une digue sud-arabique et dont on chercherait en vain quelques vestiges dans l'actuel Yémen. 12. *Aklin khamtin*. 13. *Athlin*. 14. *Sidrin*. Peut-être des jujubiers. 15. *Nadir* : annonciateur. J'ai préféré « messager ». 16. *Mûdjrimin*, au sens de « coupables ». 17. *Ta'mûrûna* : ordonniez. 18. *Ghûrûfat* : chambres du paradis. 19. *Ifk*, *ifkûn*. 20. *Yaqdifû* : lance, fait irradier. 21. *Yûqdifûn* : encore une autre acception du verbe *qadâfa*, de la racine trilitère *q. d. f.* Voir *supra*, verset 48.

LE CRÉATEUR (AL-FATIR)

Révélée à La Mecque, 45 versets

Au nom d'Allah, le Clément, le Miséricordieux

1 - Louange à Allah, Créateur des cieux et de la terre, Celui qui a fait des anges Ses messagers ailés, envoyés par deux, trois ou quatre. Celui qui rajoute à la création ce qu'Il veut, Allah est puissant en toute chose.

2 - Il n'est aucune miséricorde dévolue par Allah sur qui que ce soit sans qu'elle lui parvienne. De même, lorsqu'Il retient [quelque chose] par-devers Lui, personne après Lui ne peut la décréter. Il est le Puissant, le Sage.

3 - Ô vous les hommes, souvenez-vous des bienfaits qu'Allah a répandus sur vous. Y a-t-il un autre Créateur en dehors d'Allah, Lui qui prodigue Ses bienfaits du ciel et de la terre ? Nulle divinité que Lui, comment pouvez-vous vous détourner de Lui ?

4 - Et s'ils te traitent d'imposteur, d'autres messagers l'ont été avant toi. C'est vers Allah que tout finit par aboutir.

5 - Ô vous les hommes, la promesse d'Allah est véridique. Que la vie immédiate ne vous induise pas en erreur et qu'aucun simulacre ne vous induise en erreur quant à Allah.

6 - Satan est pour vous un ennemi. Considérez-le comme tel. Il convie ses partisans en vue de nourrir les feux de l'enfer.

7 - Ceux qui n'ont pas cru recevront un châtiment terrible. Ceux, en revanche, qui ont cru et qui ont fait du bien recevront une récompense immense et un grand pardon.

8 - Qu'en est-il de celui dont les mauvaises actions ont été présentées sous un meilleur jour au point de les trouver excellentes ? Mais Allah induit en erreur qui Il veut et Il oriente dans le bon chemin qui Il veut. Que ton âme ne se perde pas en lamentations inutiles sur eux, car Allah sait parfaitement ce qu'ils font.

9 - Allah est Celui qui a dépêché les vents afin de soulever les nuages, après quoi ces nuages se sont déversés sur un pays stérile et l'ont arrosé. La terre a été ainsi réanimée, après qu'elle eut été inféconde. Ainsi se produira la résurrection.

10 - Que celui qui cherche la puissance sache que la puissance est, dans sa totalité, auprès d'Allah. C'est vers Lui que s'élèvent les paroles excellentes. Il rehausse les bonnes actions. Quant à ceux qui fomentent de mauvais stratagèmes, ils subiront un terrible châtiment. Leurs stratagèmes seront vains.

11 - Allah vous a créés de poussière, puis d'une goutte de sperme. Il a fait de vous des couples et a fait de telle sorte qu'aucune femme ne puisse concevoir ou n'accouche sans qu'Il le sache. Nul être habitant cette terre ne peut voir sa vie prolongée ou raccourcie sans que cela soit transcrit dans un livre. Tout cela est très aisé pour Allah.

12 - Les deux mers ne peuvent être identiques : l'une est douce, agréable et suave, propre à être bue ; l'autre est salée et saumâtre, désagréable. Des deux, vous extrayez une viande tendre [du poisson] et des ornements pour vos parures. Tu vois des vaisseaux bruyants prendre la mer pour y puiser quelques bienfaits du Seigneur. Peut-être serez-vous reconnaissants !

13 - Il fait pénétrer la nuit dans le jour et fait pénétrer le jour dans la nuit. Il a intimé l'ordre au soleil et à la lune de poursuivre tous deux dans leur orbite prédéterminée. Tel est Allah, votre Seigneur auquel est dévolue toute royauté. Ceux que vous invoquez en dehors de Lui ne possèdent en réalité aucun pouvoir, pas plus que la pellicule d'un noyau de datte[1].

14 - Si vous les priez, ils n'entendent guère vos prières, et quand même ils vous entendraient, ils ne vous répondraient pas. Au jour de la résurrection, ils nieront toute alliance avec vous. Nul ne peut vous informer mieux que Celui qui sait tout !

15 - Ô vous les hommes, vous êtes les pauvres en Allah et Allah est le Fortuné, Celui qui est digne de louanges.

16 - S'Il le voulait, Il vous ferait disparaître et créerait une humanité nouvelle.

17 - Et tout cela est aisé pour Allah.

18 - Toute âme aura son fardeau propre et ne portera aucun autre fardeau. Si l'une d'elles appelle une autre pour la soulager de son poids, aucune ne viendra à son secours, pas même une âme proche. Tu avertis seulement ceux qui craignent leur Seigneur, l'Invisible, ceux qui observent leurs prières, ainsi que ceux qui s'acquittent de leur aumône, car celui qui fait l'aumône et se purifie le fait pour son propre salut. Mais tout aboutit à Allah.

19 - L'aveugle dans la foi et celui qui voit ne sauraient être semblables.

20 - Pas plus que les ténèbres ne peuvent se comparer aux lumières,

21 - ni l'ombre à la chaleur accablante,

22 - ou les vivants aux morts. Allah Se fait entendre par

celui qu'Il désire et tu n'es pas en mesure, ô Prophète, de le faire pour ceux qui sont dans les tombes.

23 - Car tu n'es qu'un annonciateur[2].

24 - Nous t'avons envoyé muni d'une Vérité et Nous t'avons chargé, en tant qu'annonciateur, de la transmettre, car il n'est aucune communauté qui n'ait reçu un annonciateur.

25 - S'ils te traitent de menteur, sache que les prophètes qui t'ont précédé ont été traités de menteurs. Pourtant, ils étaient chargés de transmettre des preuves explicites, les Écritures et le Livre évident.

26 - Puis Nous Nous saisîmes de ceux qui avaient été incroyants. Quel fut alors mon désaveu !

27 - Ne vois-tu pas qu'Allah fait descendre du ciel une eau qui a donné de multiples fruits aux différentes couleurs ? Les montagnes elles-mêmes sont de différentes couleurs, des sillons blancs, des rouges de différentes tonalités et des noirs corbeau.

28 - Des hommes, des bêtes et des troupeaux, il en existe différentes sortes. Mais parmi Ses serviteurs, Allah est surtout craint par les savants. Allah est le plus puissant, Celui qui pardonne.

29 - Ceux qui récitent le Livre d'Allah, qui s'acquittent de la prière et qui dépensent une partie des biens dont ils ont été nantis, que cette dépense soit confidentielle ou publique, espèrent un bénéfice[3] impérissable.

30 - Il leur garantira de telles ressources et les amplifiera d'une part de Ses bienfaits. De fait Il est Celui qui pardonne, Il est plein de gratitude.

31 - Le Livre que Nous t'avons révélé est la vérité qui corrobore [les écritures] antérieures. Allah est au courant de Ses créatures, Il les observe.

32 - Après quoi, Nous avons fait hériter du Livre ceux que Nous avons choisis parmi Nos serviteurs. Certains se sont lésés eux-mêmes, d'autres sont économes de leurs actes et d'autres encore se précipitent vers les bonnes actions, avec la permission d'Allah. Telle est la bénédiction la mieux rétribuée.

33 - Dans les jardins d'Éden où ils entreront, ils seront recouverts de bijoux en or et en perles. Leurs vêtements seront rehaussés de soie.

34 - Ils diront : Louanges à Allah pour avoir chassé de nous toute tristesse ! Notre Seigneur est véritablement enclin au pardon et à la reconnaissance.

35 - Il est Celui qui nous a placés dans la Demeure de la permanence[4] où nulle fatigue ne nous atteindra, pas plus que les tracas ou l'ennui.

36 - Ceux qui n'auront pas cru seront destinés au feu de la géhenne où, morts, ils se consumeront longtemps. Leur peine ne sera pas allégée, car tel est le châtiment de chaque mécréant.

37 - Dans leurs tourments, ils s'écrieront : Ô notre Seigneur, sors-nous de là, nous ne ferons plus que du bien et nous agirons autrement que ce que nous avons fait auparavant. Nous leur dirons : N'avez-vous pas eu largement le temps pour vous rappeler et réfléchir à tout cela ? Un messager avertisseur est venu à vous en vain, goûtez maintenant ce qui attend les injustes. Ils n'auront pas d'aide.

38 - Allah connaît l'inconnaissable du ciel et de la terre. Il sait ce que cachent les cœurs[5].

39 - C'est Lui qui a fait de vous des représentants sur terre. Celui qui renie cela, que son incroyance lui revienne. L'incroyance des incroyants ne fait qu'augmenter l'aversion que

leur Seigneur nourrit pour eux. Leur incroyance ne fait que précipiter leur perte.

40 - Dis : Avez-vous vu les associés que vous adoriez en lieu et place d'Allah ? Montrez-moi ce qu'ils ont créé sur terre ! Ont-ils la moindre part dans les cieux ? À moins que Nous ne leur apportions un Livre duquel ils tirent des conjectures éclatantes ? Mais les injustes se font de fausses promesses mutuelles !

41 - Allah tient fermement les cieux et la terre de façon à leur éviter l'affaissement. S'ils s'écroulaient, aucune autre puissance ne serait en mesure de les retenir. Il est magnanime et clément.

42 - Ils ont juré par Allah de la manière la plus énergique que si un messager avertisseur venait à eux, ils se mettraient mieux que toute autre communauté dans le droit chemin. Mais lorsque ce messager arriva, ils se comportèrent encore plus mal en lui manifestant leur répulsion.

43 - Orgueilleux sur terre et malfaisants, mais leur mauvaise foi se retournera contre eux. Ne voient-ils pas la coutume des ancêtres ? Immuable, la loi d'Allah ne peut être ni changée ni transformée.

44 - N'ont-ils pas parcouru la terre ? Ils observent comment a été réglé le sort de ceux qui les ont précédés, alors même qu'ils étaient plus forts qu'eux. Allah ne saurait être réduit à l'impuissance par quoi que ce soit, ni dans les cieux ni sur terre. Il est le plus savant, le plus puissant.

45 - Et si Allah reprenait les hommes en fonction de leurs actions ici-bas, Il ne laisserait sur la surface de la terre aucun être vivant [6]. Mais Il les fait attendre jusqu'à un terme déterminé par Lui. Et lorsque sonnera le glas de leur sort... Allah est de toute façon Celui qui observe Ses serviteurs.

1. *Min qitmirin* : pas même une pellicule de datte. **2.** *Nadir* : plusieurs traducteurs du Coran ne prennent du *nadir* que l'acception de transmission, d'où le mot froid d'« avertisseur » qu'ils emploient. **3.** *Tijara* : négoce, commerce. Dans ce contexte, le sens pourrait être plutôt la finalité que l'exercice même de la fonction. **4.** *Dar al-muqamat.* **5.** *Sûdûr* : les poitrines. **6.** *Dabbat* : aucun être animé.

YA SIN

Révélée à La Mecque, 83 versets

Au nom d'Allah, le Clément, le Miséricordieux

1 - Ya. Sin[1].

2 - Par le Coran, [le Livre] de sagesse.

3 - Tu fais certes partie des envoyés !

4 - Sur le chemin droit[2].

5 - Révélation de la part du Puissant, du Miséricordieux.

6 - De façon à avertir un peuple dont les ancêtres n'ont pas été mis en garde et est de ce fait inattentif.

7 - Cela est vrai pour la plupart d'entre eux. Ils ne croiront pas !

8 - Nous avons placé à leur cou, et jusqu'au menton, des chaînes pour les entraver.

9 - Nous avons placé autour d'eux des barrières, à l'avant et à l'arrière, afin de les serrer et qu'ils ne puissent pas voir.

10 - Cela leur est égal : que tu les avertisses ou que tu ne les avertisses pas, ils ne croiront pas.

11 - Avertis seulement celui qui respecte le rappel et qui craint le Miséricordieux dans son mystère. À celui-là, tu annonceras le pardon et la belle récompense.

12 - C'est Nous qui ressuscitons les morts. Nous consi-

gnons ce qu'ils ont fait préalablement. Le décompte de toutes ces actions sera porté dans un Livre clair.

13 - Expose-leur, en exemple, la cité qui devait recevoir Nos envoyés.

14 - Lorsque Nous leur en envoyâmes deux, ils les traitèrent de menteurs. Nous renforçâmes la délégation d'un troisième : Nous avons été envoyés vers vous !

15 - Vous n'êtes que des humains comme nous, leur dirent-ils, car le Miséricordieux n'a rien révélé du tout. Vous n'êtes que des imposteurs.

16 - Les envoyés dirent : Dieu nous est témoin ! Nous vous avons été envoyés !

17 - Et notre vocation, c'est de vous transmettre la parole la plus évidente.

18 - Ils dirent : Nous pressentons un mauvais augure avec votre arrivée. Si vous ne cessez pas, nous vous lapiderons et vous subirez de notre part un châtiment cruel.

19 - Ils rétorquèrent aussitôt : Vos augures sont en vous. Au moins si vous vous en souvenez... Mais vous êtes un peuple de pervers.

20 - C'est alors que vint en courant un homme du plus loin de la ville qui leur dit : Ô mon peuple, suivez les envoyés !

21 - Suivez ceux qui ne vous demandent aucun salaire, car ils sont bien guidés.

22 - Pourquoi n'adorerais-je pas Celui qui m'a créé, dès lors que c'est vers Lui que vous retournerez ?

23 - Vais-je prendre d'autres divinités qui seraient Ses rivales et que si le Miséricordieux décidait de me mettre aux fers, n'éprouveraient pour moi aucune pitié ni ne me sauveraient ?

24 - Ce faisant, je serais en effet dans un égarement préjudiciable !

25 - J'ai cru en votre Seigneur, écoutez-moi.

26 - On lui dit : Entre au paradis. Il dit : Si au moins mon peuple savait...

27 - ... tout ce que mon Dieu m'a pardonné, ce qui fit de moi un élu honoré.

28 - Par la suite, Nous ne fîmes descendre du ciel aucune légion armée contre son peuple. Certes non, Nous ne le fîmes pas.

29 - Ce ne fut qu'un seul cri[3], et les voilà anéantis.

30 - Quelle tristesse pour les hommes ! Il suffit qu'un prophète leur soit envoyé pour qu'ils le tournent en dérision.

31 - N'ont-ils pas vu combien Nous avons anéanti de générations avant eux, et qui jamais ne sont revenues ?

32 - Mais tous comparaîtront devant Nous.

33 - Un signe probant pour eux est cette terre morte que Nous faisons revivre et dont Nous faisons sortir des matières vivantes, où ils trouveront leur subsistance.

34 - De cette terre, Nous avons fait des jardins de palmiers et des vignobles. Nous y avons fait jaillir des sources abondantes.

35 - Afin qu'ils mangent de leurs fruits et du fruit de leurs mains. Pourquoi ne sont-ils pas reconnaissants ?

36 - Gloire à Celui qui a créé toutes sortes de couples[4] de ce que produit la terre, tant d'eux-mêmes que de ce qu'ils ignorent.

37 - Une preuve éloquente pour eux : Nous extrayons le jour de la nuit. Et les voilà dans les ténèbres.

38 - Le soleil vogue vers un lieu fixe qui lui est propre. C'est la détermination du Puissant, de l'Omniscient.

39 - Et la lune, Nous lui avons assigné des phases, jusqu'à ce qu'elle devienne semblable à une palme vieillie.

40 - Le soleil ne peut rejoindre la lune, ni la nuit devancer le jour. Chacun d'eux navigue dans la sphère céleste.

41 - Encore un signe pour eux : Nous avons mis leur descendance dans une arche déjà bondée[5].

42 - Et Nous leur avons inventé un vaisseau similaire afin qu'ils puissent l'emprunter.

43 - Et si Nous le voulons, Nous les engloutirons. Personne n'aura le temps de crier et aucun d'entre eux ne sera sauvé.

44 - En dehors de Notre miséricorde et pour le surcroît de vie qui leur reste à vivre.

45 - Et si on leur enjoint de craindre ce qu'ils ont déjà, et ce qui les attend par-devers eux, peut-être leur sera-t-il fait miséricorde.

46 - Aucun signe parmi les signes de leur Seigneur ne leur parvient sans qu'ils s'en détournent.

47 - Et lorsqu'on leur dit : Faites aumône de ce qu'Allah vous a donné. Ceux qui ont été infidèles disent à ceux qui ont cru : Pourquoi donnerions-nous à manger à celui qu'Allah pourra nourrir s'Il le voulait ? N'êtes-vous pas dans un égarement manifeste ?

48 - Et ils enchaînent : À quand cette promesse si vous êtes véridiques ?

49 - Mais qu'attendent-ils ? Un simple cri les prendra, tandis qu'ils se disputeront.

50 - Ils ne pourront même pas laisser de recommandation [ou de testament], ni revenir vers les leurs.

51 - Lorsqu'on soufflera dans la trompette[6], ils sortiront de leurs tombeaux pour se diriger vers leur Seigneur.

52 - Ils diront alors : Quel malheur ! Qui nous a tiré de notre couche ? Telle était la promesse du Miséricordieux. Les envoyés avaient raison.

53 - Et il suffira d'un seul cri pour qu'ils comparaissent tous devant Nous.

54 - En ce jour, aucun être[7] ne sera lésé de quoi que ce soit[8] et votre rétribution sera à la mesure de ce que vous aurez fait auparavant.

55 - Tandis que les occupants du paradis se délecteront pleinement de leur séjour.

56 - Ils seront, ainsi que leurs épouses, accoudés sur des sofas[9] et étendus à l'ombre.

57 - Ils auront là, à leur disposition, des fruits et tout ce qu'ils souhaitent obtenir.

58 - *Salam !*, Paix. Tel est le mot qu'ils entendront de la part d'un Dieu miséricordieux.

59 - Ce jour-là, mettez-vous de côté, aujourd'hui, ô coupables[10].

60 - Ne vous ai-Je pas recommandé, ô fils d'Adam, de ne point adorer Satan, car il est pour vous un ennemi déclaré ?

61 - Et par conséquent de M'adorer, car tel est le chemin droit[11] ?

62 - Mais il a fait perdre ce chemin à beaucoup d'entre vous[12]. N'en êtes-vous pas conscients ?

63 - Voici la géhenne qui vous a été promise pour vos actes.

64 - Brûlez-y donc, en rétribution pour votre impiété.

65 - Ce jour-là, Nous scellerons leurs bouches ! Seules leurs

mains s'exprimeront devant Nous, et leurs pieds témoigneront de ce qu'ils ont commis.

66 - Si Nous le voulions, Nous supprimerions leurs yeux[13] et ils rivaliseraient en courant sur le chemin. Le verraient-ils ?

67 - Si Nous le voulions, Nous les métamorphoserions sur place[14]. C'est ainsi qu'ils n'iraient nulle part, pas plus qu'ils ne reviendraient.

68 - Et ceux que Nous laisserons vieillir verront leurs facultés physiques baisser. Pourquoi ne comprennent-ils pas ?

69 - Nous ne lui avons pas appris la poésie[15], cela ne pouvait lui convenir. C'est là uniquement un rappel et un Coran explicite.

70 - Cela afin qu'il prévienne tous ceux qui sont vivants, et cette prédication pèse également sur les incroyants.

71 - Ne voient-ils pas que Nous avons créé pour eux de Nos mains les animaux dont ils se servent en maîtres ?

72 - Nous les avons assujettis à leurs désirs, soit pour les monter, soit pour qu'ils se nourrissent de leur chair.

73 - Ils en tirent [aussi] bienfaits et boissons. Pourquoi ne sont-ils pas reconnaissants ?

74 - Ils ont pris comme tuteur en dehors d'Allah des divinités[16], dans l'espoir que celles-ci les secourraient.

75 - Mais leurs divinités ne pourront les secourir, car elles auront des armées [ennemies] dressées en face d'elles.

76 - Que leurs paroles ne t'attristent point. Nous savons ce qu'ils cachent et ce qu'ils manifestent.

77 - L'homme ne voit-il pas que Nous l'avons créé d'une goutte de sperme ? Mais il n'est qu'un contestataire déclaré.

78 - Il Nous expose une parabole, tout en oubliant sa propre provenance, disant : Qui fera revivre les os alors qu'ils seront poussière ?

79 - Dis : Il les fera vivre de nouveau, Celui qui les a créés une première fois, car Il détient la science de toute la création.

80 - C'est lui qui a permis que d'un arbre vert vous puissiez avoir un feu que vous utiliserez.

81 - Celui qui a inventé les cieux et la terre n'est-Il pas en mesure de créer des êtres semblables à eux ? Mieux, Il est le Créateur, le Savant.

82 - Quant à Son ordre ? S'Il désire une chose, il Lui suffit de dire : Sois !, et elle est.

83 - Gloire à Celui à qui appartient la souveraineté de toute chose et vers lequel vous serez ramenés.

NOTES

1. Lettres introductives de certaines sourates. Cf. « Lettres liminaires », in *Dictionnaire encyclopédique du Coran*. 2. *Sirat al-mûstaquim*. Cf. « Direction », in *Dictionnaire encyclopédique du Coran*. 3. Il s'agit d'un cri apocalyptique dont la vocation est d'être un signal radical et définitif. 4. Le mot *azwajan* veut dire « couples » ou « paires ». 5. *Mach'hûn*. 6. *Sûr* : trompe, trompette. 7. Aucune âme : *nafs*. 8. Cf. sourate XXI, verset 47. 9. *Ara'iki*. 10. *Mûdjrim* : littéralement, « criminel ». 11. *Sirat al-mûstaquim*. Cf. *supra*, note 2. 12. *Jibillan kathiran* : une foule immense. 13. *La tamasna 'ala a'yûnihim*. 14. *Massakhnahûm*. 15. Au prophète Mohammed, bien sûr, chose qui lui a été reprochée amèrement, autrement dit le fait de n'être qu'un poète en lieu et place du Prophète insufflant le monothéisme en Arabie. 16. Divinités rivales ou secondaires.

Sourate XXXVII

LES RANGÉES (AS-SAFFAT)

Révélée à La Mecque, 182 versets

Au nom d'Allah, le Clément, le Miséricordieux

1 - Par ceux qui sont disposés en rangs[1],

2 - qui repoussent toute incursion[2],

3 - et qui récitent et se remémorent [les versets du Coran] !

4 - Car votre Dieu est unique.

5 - Il est le Maître des cieux et de la terre, et de tout ce qui se trouve dans leur espace mitoyen. Il est le Maître des Orients.

6 - Nous avons orné le ciel immédiat en y plaçant des astres,

7 - en protection contre tout démon rebelle.

8 - Ces démons ne pourront écouter les sublimes entités, et seront chassés de toute part,

9 - aussi violemment que possible ! Ils subiront un châtiment durable.

10 - Hormis celui qui surprendra quelques mots ; ce démon sera suivi par un flambeau perçant.

11 - Consulte-les à ce sujet : Sont-ils plus forts de nature que ceux que Nous avons créés ? Mais Nous les avons créés de terre consolidée[3].

12 - Alors que tu t'émerveilles, ils se montrent plutôt railleurs !

13 - Et lorsqu'on leur rappelle tel élément, ils prétendent ne pas s'en souvenir.

14 - Et lorsqu'ils aperçoivent un signe, ils le tournent en dérision.

15 - Et disent : Voilà une magie évidente !

16 - Ainsi donc, une fois que nous serons morts et devenus simples os et poussière, nous ressusciterons !

17 - À l'instar de nos pères, les premiers...

18 - Dis-leur : Oui ! Et, de plus, vous serez sujets à l'opprobre.

19 - Car, en fait, il ne s'agira que d'un cri retentissant, et les voilà qui se redresseront pour voir.

20 - Oh, quel malheur ! s'exclameront-ils, voici venu le jour du jugement [4].

21 - Tel est le jour de la décision [5] que vous traitiez de mensonge.

22 - Que les injustes soient rassemblés, ainsi que leurs épouses et les divinités qu'ils adoraient...

23 - ... en dehors d'Allah. Appelez-les sur le chemin de la fournaise [6].

24 - Arrêtez-les ! Ils doivent être interrogés.

25 - Pourquoi ne vous secourez-vous pas mutuellement ?

26 - Bien au contraire, ce jour-là, ils se seront soumis.

27 - Et ils s'avanceront les uns vers les autres, en se posant des questions.

28 - Ils diront : Vous veniez du côté droit !

29 - Mais, diront les démons, vous n'étiez pas des croyants.

30 - Mais nous n'avions aucun pouvoir sur vous ; vous étiez un peuple transgresseur.

31 - Ainsi s'est révélée la parole de notre Seigneur. Nous goûterons [aux tourments...].

32 - Nous vous avons induits en erreur, car nous l'étions nous aussi.

33 - C'est pourquoi, en ce jour précis, ils partageront le même châtiment.

34 - Nous agirons de la sorte avec tous les coupables[7],

35 - du fait qu'ils adoptaient leur air hautain chaque fois qu'ils entendaient : Il n'y a pas d'autre dieu hormis Allah !

36 - Ajoutant : Allons-nous abandonner nos dieux pour un poète fou ?

37 - Mais il a apporté le vrai et a confirmé les messagers qui l'ont précédé.

38 - Mais vous goûterez les châtiments les plus pénibles.

39 - Vous ne serez rétribués que pour les actions que vous aurez commises.

40 - À l'exception des serviteurs sincères d'Allah.

41 - Ceux-là auront une récompense connue d'avance.

42 - Beaucoup de fruits, tandis qu'ils seront honorés...

43 - ... dans les jardins des délices.

44 - Ils seront sur des lits, placés les uns face aux autres.

45 - Et l'on tournera autour d'eux avec des coupes de boisson limpide,

46 - blanche et suave pour ceux qui en boivent.

47 - Elle ne sera pas enivrante, et ne produira aucun trouble physique.

48 - Des vierges au regard chaste seront à leur disposition...

49 - ... semblables au blanc caché de l'œuf[8].

50 - Ils se rencontreront alors et s'interrogeront mutuellement.

51 - L'un d'eux dira : J'avais un ami intime,

52 - qui me demandait si j'étais parmi ceux qui donnent crédit au jour du jugement.

53 - Comment, disait-il, alors que nous serons déjà morts et que nous serons os et poussière, allons-nous être jugés ?

54 - Êtes-vous en mesure de juger de plus haut ?

55 - Il regardera d'en haut et verra que son ami intime est dans la fournaise.

56 - Par Allah, lui criera-t-il, tu as failli causer ma perte.

57 - Et s'il n'y avait eu la bénédiction de mon Dieu, je me serais trouvé parmi les réprouvés.

58 - Ne sommes-nous pas morts

59 - de notre première mort, et ne subirons-nous aucun châtiment ?

60 - N'est-ce pas cela, la grande victoire ?

61 - Ce pour quoi s'activent ceux qui s'activent ?

62 - N'est-ce pas là meilleure place que celle de l'arbre Zaqqoûm[9] ?

63 - Nous l'avons conçu comme une épreuve pour les injustes,

64 - car c'est un arbre qui pousse au cœur même de la géhenne.

65 - Ses cimes ressemblent aux têtes des démons.

66 - Les réprouvés en mangeront et s'en rempliront le ventre.

67 - Là-dessus, ils ingurgiteront une grande quantité d'eau bouillante,

68 - et reviendront aussitôt au fond de la fournaise.

69 - Ils y trouveront alors leurs pères égarés,

70 - et se précipiteront sur leurs traces.

71 - Bien nombreux sont ceux qui, avant eux, ont perdu leur chemin.

72 - Auxquels Nous avons envoyé des messagers qui les mettaient en garde.

73 - Regarde comment s'est conclu le sort de ceux qui ont été mis en garde.

74 - À l'exception des serviteurs de Dieu qui se sont révélés sincères.

75 - Noé Nous a appelé au secours. Quelle bénédiction que ceux qui répondent aux vœux !

76 - Nous l'avons sauvé, lui et sa famille, du grand maël-strom [10].

77 - Et Nous avons protégé sa descendance,

78 - que Nous avons déployée dans le temps, parmi les successeurs.

79 - Salutations sur Noé, dans tout l'univers !

80 - Car c'est ainsi que Nous récompensons ceux qui font le bien.

81 - De fait, il faisait partie de Nos serviteurs les plus croyants.

82 - Nous noyâmes ensuite les autres.

83 - De fait, à ce même clan de Noé appartenait Abraham.

84 - Lorsqu'il se présenta à son Seigneur, le cœur pur.

85 - Lorsqu'il dit à son père et à son peuple : Mais qu'adorez-vous donc ?

86 - Voulez-vous vous compromettre avec d'autres dieux que Dieu ?

87 - Quelle est votre intention à l'égard du Maître des mondes ?

88 - Il jeta un regard vers les astres.

89 - Il dit : Je suis malade [11].

90 - Ils se détournèrent de lui et s'en allèrent.

91 - Il s'immisça auprès de leurs divinités et leur dit : Vous ne mangez pas ?

92 - Pourquoi ne parlez-vous pas ?

93 - Il se rua sur elles et les frappa de sa main droite.

94 - On accourut vers lui précipitamment [12].

95 - Il dit : Adorez-vous vos propres statues ?

96 - Alors que Dieu vous a créés, vous et ce que vous faites !

97 - Ils dirent : Bâtissez-lui une construction [13] et jetez-le dans la fournaise !

98 - Ils voulurent ainsi le tromper, mais Nous fîmes en sorte qu'ils soient rabaissés et vaincus.

99 - Je vais auprès de mon Seigneur, dit Abraham, Il me conduira dans le bon chemin.

100 - Seigneur, accorde-moi un fils vertueux !

101 - Nous lui annonçâmes la venue d'un enfant bon et doux de caractère [14].

102 - Et lorsque l'enfant eut atteint l'âge de l'autonomie, son père lui dit : Ô mon fils, j'ai eu en rêve une vision

selon laquelle je dois t'immoler, qu'en penses-tu ? Son fils dit : Ô père, fais comme il t'a été ordonné de faire, tu trouveras en moi, si Dieu le veut, un être des plus persévérants.

103 - Et quand ils eurent témoigné du nom de Dieu [15] et que, soumis, le père mit le front de son fils à terre,

104 - Nous l'appelâmes : Ô Abraham !

105 - Tu as cru à ta vision nocturne. C'est ainsi que Nous récompensons ceux qui agissent bien.

106 - Telle est d'évidence une épreuve explicite.

107 - Pour racheter l'enfant, Nous consentîmes une grande immolation,

108 - que nous perpétuâmes longtemps parmi leurs descendants.

109 - Paix, *Salamûn* à Abraham !

110 - C'est ainsi que Nous récompensons ceux qui font le bien.

111 - Il faisait partie de Nos serviteurs les plus croyants.

112 - Nous lui annonçâmes aussi la bonne nouvelle : l'avènement d'Isaac comme prophète parmi les saints.

113 - Nous fîmes descendre notre bénédiction sur Abraham et Isaac, mais parmi leur progéniture il y avait ceux qui faisaient le bien et ceux qui commettaient le mal. Ces derniers le faisaient sciemment, contre eux-mêmes.

114 - Nous comblâmes de nos bienfaits Moïse et Aaron,

115 - que Nous sauvâmes, eux et leur peuple, d'une grande détresse [16].

116 - Nous les renforçâmes ; ils triomphèrent.

117 - Nous leur apportâmes le Livre, au contenu si explicite.

118 - Nous les conduisîmes tous deux sur le bon chemin.

119 - Nous laissâmes leur souvenir chez leurs successeurs.

120 - « Paix », sur Moïse et Aaron,

121 - car c'est ainsi que Nous récompensons ceux qui font du bien.

122 - Ils faisaient partie de Nos serviteurs les plus croyants.

123 - Quant à Élie, il faisait en effet partie des envoyés.

124 - Lorsqu'il demanda à son peuple pourquoi il ne craignait pas (son Dieu).

125 - Adorerez-vous Baal en délaissant le meilleur des Créateurs ?

126 - Dieu, votre Seigneur, et le Seigneur de vos premiers ancêtres.

127 - Ils le traitèrent d'imposteur. Ils seront ramenés devant Nous.

128 - À l'exception des serviteurs de Dieu, qui seront sincères.

129 - Et Nous laissons des traces pour les générations suivantes.

130 - Paix, *Salamûn* sur Élie[17] !

131 - Car c'est ainsi que Nous récompensons ceux qui font le bien.

132 - Il faisait partie de Nos serviteurs les plus croyants.

133 - Ainsi que Loth, qui faisait partie en effet des envoyés.

134 - Lorsque Nous le sauvâmes du péril, lui et sa famille,

135 - à l'exception d'une vieille femme [18] qui était restée à la traîne.

136 - Après quoi, Nous anéantîmes tous les autres.

137 - De fait, vous passez sur eux, matin...

138 - ... et soir. Ne raisonnez-vous donc pas ?

139 - Quant à Jonas, il était certes parmi les envoyés.

140 - Tandis qu'il cherchait refuge dans le navire bondé,

141 - il tira le mauvais sort [19] et se trouva au nombre des perdants.

142 - Le poisson l'avala au moment où il se faisait des reproches.

143 - Et s'il n'avait été de ceux qui célébrait la gloire de Dieu,

144 - il serait resté dans le ventre du poisson jusqu'au jour de la résurrection.

145 - Nous le rejetâmes donc sur terre, affaibli et nu.

146 - Au-dessus de lui, Nous fîmes pousser un calebassier [20].

147 - Nous l'envoyâmes vers cent mille fidèles et plus.

148 - Ils crurent en ce message et Nous leur accordâmes momentanément de grandes satisfactions.

149 - Demande-leur conseil : Ton Seigneur a-t-Il des filles et eux des garçons ?

150 - À moins que Nous n'ayons créé, devant eux, des anges de sexe féminin !

151 - Poussent-ils l'imposture jusqu'à dire :

152 - Dieu a un fils ? Voilà bien un mensonge !

153 - A-t-Il préféré les filles aux fils ?

154 - Qu'avez-vous donc ? Et comment établissez-vous vos jugements ?

155 - Ne réfléchissez-vous pas ?

156 - À moins que vous n'ayez une preuve irréfutable.

157 - Apportez-donc votre Livre révélé, si vous êtes véridiques.

158 - Ils ont introduit une parenté entre Dieu et les djinns. Ces derniers apprirent leur comparution prochaine.

159 - Gloire à Dieu qui est bien au-dessus de ce qu'ils décrivent.

160 - Hormis les serviteurs de Dieu, qui sont sincères.

161 - Vous, et ceux que vous adorez...

162 - ... ne peuvent détourner de Lui...

163 - ... que celui qui est voué au feu du brasier.

164 - Il n'est personne des nôtres qui n'ait sa place exacte,

165 - En réalité nous sommes placés en rangs.

166 - Ceux qui célèbrent les louanges du Seigneur.

167 - En dépit de ce qu'en disent [les idolâtres].

168 – Si, au moins, nous avions eu un rappel semblable à celui des Anciens...

169 - ... nous aurions été des serviteurs sincères d'Allah.

170 - Mais ils nièrent Sa parole. Ils le sauront bientôt !

171 - Car Notre parole auprès de Nos serviteurs, les messagers, a déjà été donnée.

172 - Certes, grâce à Nous, ils seront secourus.

173 - Et Nos troupes assureront leur victoire.

174 - Éloigne-toi d'eux momentanément !

175 - Observe-les ; bientôt, ils verront.

176 - Voudront-ils hâter Notre châtiment ?

177 - Car, à l'instant où celui-ci sera annoncé, le réveil de ceux qui ont été avertis sera pénible.

178 - Éloigne-toi d'eux momentanément !

179 - Observe-les ; bientôt, ils verront.

180 - Gloire à ton Seigneur, la Puissance située au-delà de ce qu'ils décrivent.

181 - « Paix », sur les envoyés !

182 - Louange à Allah, Seigneur des mondes !

NOTES

1. *Wa saffat.* 2. *Az-zajirati.* 3. *Tinin lazibin* : argile amalgamée, solidifiée. 4. Littéralement : « le jour de la religion ». 5. *Yawm al-façl.* D'aucuns pensent à la « distinction » qui sera faite entre les bons et les mauvais croyants. 6. *Jahim* : l'un des noms de l'enfer. 7. *Mûjrimin* : littéralement, « criminels ». 8. *Baydh maknûn* : selon le commentaire des deux Cheikh Al-Jalalayn, fameux commentaire du Coran de la fin du XVe siècle, cela désigne un « blanc tirant vers le jaune ». 9. Arbre Zaqqoûm, cf. *Dictionnaire encyclopédique du Coran.* 10. *Al-Karb al-adhim* : le grand cataclysme. 11. *Saqim.* 12. *Yaziffûn* : de manière preste, vive. 13. Four, une construction. 14. *Halim* : longanime. Il s'agit d'Ismaël, fils aîné d'Abraham. 15. *Aslama.* 16. Cf. verset 76, « maëlstrom », détresse. 17. *Yacine.* 18. *'Ajûzan.* 19. *Fa-sahama.* 20. Aucun traducteur ne donne une définition identique et tranchante : « calebassier » (Blachère, Grosjean) ; « citrouille » (Khawam, Mazigh, Hafiane) ; « plante grimpante » (Pesle/ Tidjani). On peut juste penser que « calebassier », qui pousse plutôt en Afrique, convient mieux pour ce qui est de la phonétique, et que « citrouille » pourrait être plus conforme à la flore existant dans la région.

Sourate XXXVIII

ÇAD

Révélée à La Mecque, 88 versets

Au nom d'Allah, le Clément, le Miséricordieux

1 - Çad [1], par le Coran et sa remémoration.

2 - Les incroyants sont dans une posture orgueilleuse et dans un schisme.

3 - Que de générations avons-Nous anéanties avant eux ! Ils avaient beau appeler au secours, il n'était plus possible de les sauver.

4 - Ils s'étonnèrent de voir qu'un annonciateur était né de leurs rangs, en vue de les informer. Les incrédules dirent : Celui-ci est un sorcier et un menteur !

5 - Peut-il donc réunir tous les dieux en un seul ? Voilà un motif de grand étonnement [2].

6 - Leur élite [3] s'en alla en mettant en garde les autres : Partez maintenant ou soyez pugnaces à l'égard de vos dieux, car telle est la meilleure attitude.

7 - Nous n'avons rien entendu de ressemblant dans la dernière religion. Ce ne peut être que pure invention [4].

8 - Pourquoi recevrait-il une Révélation en dehors de nous tous ? En fait, ils doutent encore quant à Notre Rappel, jusqu'au moment où ils goûteront à Mon châtiment.

9 - À moins qu'ils n'aient des trésors entiers de bénédiction de ton Seigneur, le Puissant, le Généreux.

10 - À moins de posséder la royauté des cieux et de la terre, et de tout ce qui trouve dans l'espace intermédiaire ! Pourquoi ne s'élèveraient-ils pas jusqu'au ciel ?

11 - Un corps d'armée en déroute, là-bas, entre les factions.

12 - Avant eux, des peuples comme ceux de 'Ad, de Noé, de Pharaon, le maître des colonnes[5], avaient crié au mensonge,

13 - ainsi que ceux de Thamoud, le peuple de Loth et les partisans d'El-Laïka[6] et toutes les autres factions.

14 - Eh quoi, tous ont traité les prophètes de menteurs et ont, de ce fait, mérité leur châtiment.

15 - Tous n'entendront qu'un seul cri dévastateur, lequel sera sans réplique.

16 - Ils ont dit : Ô Dieu, précipite notre châtiment[7] avant le jour du jugement.

17 - Endure patiemment ce qu'ils profèrent et rappelle-leur notre serviteur David, qui fut constant et repentant[8].

18 - Nous avons rendu dociles les montagnes au point que, avec lui, elles entonnent Nos louanges, tant au coucher qu'au lever du soleil.

19 - Tournoyant autour de lui, l'ensemble des oiseaux se pressaient avec déférence[9].

20 - Nous renforçâmes son magistère, après lui avoir donné autant la sagesse que l'art de bien juger[10].

21 - As-tu entendu l'histoire de ces plaideurs qui escaladèrent le sanctuaire[11] ?

22 - Lorsqu'ils entrèrent chez David, ils l'effrayèrent. N'aie crainte, lui dirent-ils. Nous nous sommes disputés et nous souhaitions que tu juges entre nous de manière équitable. Ne sois pas partial et oriente-nous vers le droit chemin.

23 - Voici mon frère. Il possède quatre-vingt-dix-neuf bre-

bis, tandis que moi je ne possède qu'une seule brebis. Il m'a demandé de la lui confier et a réussi à m'en persuader.

24 - David dit : Il a été injuste à ton égard en te demandant de joindre ta brebis aux siennes. Il y a beaucoup de ces gens à problème qui font des confusions[12] et qui éprouvent le besoin de profiter d'autrui, à l'exception de ceux qui ont cru et qui ont fait du bien, mais ils ne sont pas nombreux. David pensa que Nous l'avions mis à l'épreuve, il demanda pardon à son Seigneur, se prosterna et demanda à se repentir.

25 - Nous lui pardonnâmes tout, car il jouit auprès de Nous d'une place privilégiée et d'un magnifique retour.

26 - Ô David, Nous avons fait de toi un lieutenant sur terre. Rends la justice auprès des hommes en toute équité. Ne suis pas ta passion, elle a vocation à te faire perdre le chemin de Dieu. Et ceux qui dévient du chemin de Dieu subiront un tourment pénible, pour avoir oublié le jour du jugement.

27 - Et Nous n'avons pas créé vainement les cieux et la terre et ce qui se trouve dans leur espace intermédiaire, comme le pensent les mécréants. Malheur à ceux qui n'ont pas cru, car leur sort sera le feu.

28 - Allons-nous considérer ceux qui ont accompli de bonnes actions comme les corrupteurs sur terre, ou encore les croyants pieux comme les débauchés ?

29 - Voici un Livre béni : Nous te l'avons révélé, de façon que les hommes puissent en méditer les versets et que les gens intelligents puissent s'en souvenir.

30 - À David, Nous suggérâmes un excellent serviteur, Salomon. Quel serviteur repentant !

31 - Lorsque, le soir venu, Nous lui montrâmes des chevaux d'excellente race[13].

32 - Il dit : J'ai préféré l'amour des biens à l'invocation du nom de mon Seigneur, et cela jusqu'au moment où le soleil s'est couché derrière le voile de la nuit.

33 - Ramenez-les-moi, dit-il en parlant des chevaux. Et il leur trancha les jarrets et le col.

34 - Nous essayâmes en effet de détourner Salomon en plaçant sur son trône un corps, mais il se repentit aussitôt.

35 - Ô mon Seigneur, dit-il, pardonne-moi et octroie-moi un royaume unique, de façon que personne d'autre n'en hérite [après moi], car Tu es le Donateur.

36 - Nous mîmes à sa disposition le vent, de façon à le faire mouvoir selon son bon vouloir. Il soufflait doucement là où il le désirait.

37 - Et les démons, bâtisseurs ou plongeurs.

38 - Et d'autres qui étaient entravés les uns aux autres.

39 - Tel est Notre don : partage-le ou garde-le pour toi sans rendre de comptes.

40 - Certes, Salomon a place auprès de Nous et, au retour, un excellent accueil.

41 - Et rappelle le souvenir de Notre serviteur Job, lorsqu'il interpella son Seigneur : Satan m'a atteint de douleurs et de tourments.

42 - Frappe du pied, voilà une eau fraîche qui jaillit pour te laver et pour boire.

43 - Et Nous lui rendîmes sa famille, démultipliée, en guise de miséricorde de Notre part et en signe de rappel pour ceux qui sont pourvus de raison[14].

44 - Prends dans tes mains une poignée de brindilles et frappes-en avec [ta femme], sans trahir ton serment. Nous l'avons trouvé persévérant, excellent serviteur et repentant.

45 - Souviens-toi de Nos serviteurs Abraham, Isaac, Jacob, dépositaires qu'ils sont d'une grande aptitude et d'une claire vision.

46 - Nous les avons rendus sincères dans leur culte et dans le souvenir de la demeure future.

47 - Ils sont pour Nous les meilleurs élus qui puissent exister.

48 - Rappelle aussi Ismaël, Élisée, Dhou-l-Kifl[15], qui étaient [aussi] les meilleurs.

49 - Ceci est un rappel, mais ceux qui craignent Dieu auront un excellent retour.

50 - Des jardins d'Éden, avec leurs portes grandes ouvertes pour eux.

51 - Ils y seront allongés. Ils y demanderont de nombreux fruits et autant de boissons.

52 - À leur disposition, des vierges au regard chaste et d'un âge identique.

53 - C'est tout cela qui vous est promis pour le jour du jugement.

54 - Tel sera le bien que Nous vous donnons, [un bien] pérenne.

55 - Quant aux rebelles[16], ils auront le plus pénible des séjours.

56 - Une géhenne où ils brûleront. Quel triste lit que celui-là !

57 - Ils y goûteront à une eau bouillante[17] et fétide[18],

58 - et bien d'autres supplices semblables, et par paires.

59 - Voici que viendra un autre groupe qui sera précipité dans le feu avec vous. Ils ne seront pas reçus avec des « Bienvenue ! », car ils vont alimenter l'enfer.

60 - Ils diront : Au contraire, c'est vous qui n'êtes pas les bienvenus, car vous avez causé notre perte. Ah, quel détestable séjour !

61 - Ils diront : Seigneur, celui qui nous a préparé cela, peux-tu doubler sa peine en enfer ?

62 - Pourquoi, diront-ils encore, ne voyons-nous pas les hommes que nous considérions comme mauvais,

63 - et que nous avions tournés en dérision. [À moins] que les regards ne s'étaient pas posés sur eux ?

64 - C'est là, en vérité, la façon qu'ont les occupants de l'enfer de se disputer.

65 - Dis-leur : Je ne suis qu'un avertisseur ! Et il n'est d'autre Dieu qu'Allah, l'Unique, l'Invincible !

66 - Maître des cieux et de la terre, et de tout ce qui se trouve dans leur espace mitoyen. Il est le Puissant, Celui qui pardonne.

67 - Dis : Ceci [le Coran] est une annonce d'importance capitale !

68 - Mais vous êtes en train de vous en détourner.

69 - Et je n'ai d'autre information sur les controverses du haut conseil.

70 - Il m'a été seulement révélé que je suis explicitement votre annonciateur.

71 - Et lorsque ton Seigneur dit aux anges : Je vais créer un être humain à partir d'un peu d'argile.

72 - Et lorsque Je l'aurai bien formé et soufflé en lui de Mon souffle, vous vous mettrez devant lui en vous prosternant.

73 - Les anges se prosternèrent tous.

74 - À l'exception d'Iblis, qui se crut supérieur et qui se révéla infidèle.

75 - Dieu dit : Ô Iblis ! Qu'est-ce qui t'a empêché de te prosterner devant celui que J'ai créé de Mes mains ? S'agit-il de ton orgueil ou te trouves-tu supérieur ?

76 - Il dit : Je suis mieux que lui. Tu m'as créé de feu, Tu l'as créé de terre.

77 - Dieu dit : Sors donc de Mon paradis, te voilà banni.

78 - Et Ma malédiction courra sur toi jusqu'au jour du jugement.

79 - Ô mon Seigneur, dit Iblis, donne-moi un délai suffisant jusqu'à la résurrection.

80 - Dieu dit : Tu auras ce délai...

81 - ... jusqu'au jour déterminé.

82 - Iblis dit : Par ta puissance ! Je les détournerai tous,

83 - exception faite de Tes serviteurs les plus dévoués.

84 - Dieu dit : Vérité ! Et la vérité, Je dis !

85 - J'emplirai la géhenne de toi et de tous ceux qui te suivront.

86 - Dis : Je ne vous demande aucun salaire [pour cet enseignement] et je ne me suis pas arrogé [abusivement] une telle mission.

87 - Ce n'est là qu'un rappel [le Coran] adressé aux mondes.

88 - Et vous aurez de ses nouvelles dans peu de temps.

NOTES

1. Il s'agit d'une lettre de l'alphabet arabe. **2.** *'Ujjabun* : de grand étonnement, mais aussi incroyable, extravagant, magnifique, improbable. Tel est en effet l'exploit que réussit le prophète Mohammed : faire naître un monothéisme strict en lieu et place du polythéisme. **3.** *Al-mala'* : conseil, leaders, chefs, notables, etc. De nombreuses références liées à Pharaon et à son conseil de scribes ou de sages. **4.** *Ikhtilaq* : « forgerie » (Blachère), invention, création. **5.** *Awtad* : mâts, pieux, épieux, pyramides. **6.** Est-ce un lieu-dit ? Ou plutôt les « hommes du fourré », « de la broussaille », « habitants de la forêt » (Montet), voire « du bocage » (Grosjean) ? **7.** *Qittana* : notre part, notre châtiment. **8.** *Awwab* : plein de déférence. **9.** Autre acception du mot *awwab* au verset 17, *supra*, qui traduit la même attitude d'humilité et de retour repentant. **10.** *Façl al-khitab* : expression de droit arabe que l'on traduit autant par « art d'arbitrer » (Blachère) que par « trancher les différends » (Pesle/Tidjani). **11.** *Mihrab* : aujourd'hui, le mot est utilisé pour décrire un angle de la mosquée, soit la niche où se place l'imam pour conduire la prière. **12.** *Khûlata* : ceux qui mélangent les genres, peut-être les mauvais dieux. **13.** *Al-Jiyad*. **14.** *Ûla al-albab*. **15.** On dispose de peu d'informations sur ce personnage. **16.** *Taghy*, pl. *Taghina* : les « superbes », les « tyrans ». **17.** *Hamim*. **18.** *Ghasaq*.

LES GROUPES (AZ-ZÛMAR)

Révélée à La Mecque, 75 versets

Au nom d'Allah, le Clément, le Miséricordieux

1 - La révélation du Livre[1] est une émanation d'Allah, le Puissant, le Sage.

2 - Nous t'avons révélé le Livre en toute vérité. Adore Allah en Lui vouant un culte exclusif[2].

3 - Le culte pur n'est-il pas celui que l'on doit à Allah ? Quant à ceux qui se sont donné d'autres maîtres en dehors de Lui, en prétendant : Nous ne les vénérons que parce qu'ils nous rapprochent d'Allah et nous mettent dans Son intime proximité, Allah saura décider entre eux sur ce qui les oppose. Allah n'oriente pas le menteur, le prêcheur d'infidélité.

4 - Si Allah avait voulu Se donner un enfant, Il l'aurait choisi parmi ceux qui existent. Il crée ce qu'Il veut. Gloire à lui, Il est Allah, l'Unique, l'Invincible[3].

5 - Il a créé les cieux et la terre en toute vérité. Il enroule la nuit sur le jour ; Il enroule le jour sur la nuit. Il a donné l'ordre au soleil et à la lune de se mouvoir pour une durée prescrite. N'est-ce pas Lui le plus puissant, Lui qui pardonne ?

6 - Il vous a créés d'un être unique et, de cet être, Il a créé son épouse. Il a fait descendre pour vous des animaux par groupes de huit paires. Il vous crée dans le ventre de vos

mères, création après création, et cela dans trois ténèbres successives. Tel est Allah, votre Seigneur. À Lui appartient la souveraineté. Il n'y a pas d'autres dieux que Lui. Comment pouvez-vous fuir Son culte ?

7 - Si vous êtes incrédules, Allah ne peut être atteint par cela, étant le Fortuné qui se suffit à Lui-même. Mais Il n'aime pas que Sa créature soit incrédule. Et si vous êtes reconnaissants, Il acceptera cela pour vous. Aucune âme ne sera chargée du poids d'une autre. Votre retour se fera nécessairement vers votre Seigneur. Il vous avisera de ce que vous faisiez auparavant, car Il connaît parfaitement ce qui se trouve dans les cœurs.

8 - Et lorsqu'un mal atteint l'homme, celui-ci implore son Seigneur et s'en remet à Lui. Mais dès l'instant où Il l'a doté de ses biens, l'homme oublie aussitôt les demandes pressantes qu'il faisait auparavant, allant jusqu'à donner à Allah des rivaux de façon à éloigner d'autres hommes de son chemin. Dis : Profite prestement[4] de ton impiété, tu fais partie des hôtes de l'enfer !

9 - Ou bien celui qui se consume en prières, prosterné de nuit comme de jour, qui se préoccupe de la vie future et qui désire la bénédiction de son Seigneur ! Dis : Est-ce que ceux qui savent sont égaux à ceux qui ne savent pas ? Seuls les gens de cœur[5] réfléchissent vraiment.

10 - Dis : Ô Mes serviteurs, vous qui avez cru, [continuez] à craindre votre Seigneur. Ceux qui auront fait du bien en ce bas monde – et la terre d'Allah est bien vaste ! – seront récompensés en persévérants qu'ils sont, et cela de manière illimitée.

11 - Dis : J'ai reçu l'ordre d'adorer Allah, et de Lui rendre un culte sincère.

12 - J'ai reçu l'ordre d'être le premier de ceux qui Lui sont soumis[6].

13 - Dis : J'ai peur que, en désobéissant à mon Seigneur, je ne subisse le tourment d'un jour terrible.

14 - Dis : J'adore Allah et je Lui rends un culte sincère.

15 - Adorez qui vous voulez en dehors de Lui. Dis-leur cependant que les perdants sont ceux qui, au jour de la résurrection, se perdront eux-mêmes et perdront leur famille. N'est-ce pas cela, la perte évidente ?

16 - Ils auront une masse de feu au-dessus d'eux et une autre masse équivalente au-dessous. C'est ainsi qu'Allah fait ressentir la crainte à Ses serviteurs. Ô Mes serviteurs, craignez-Moi.

17 - Tandis que ceux qui se sont écartés de la vénération du Taghout[7] et qui, refusant de l'adorer, sont revenus vers Allah, ceux-là auront une bonne nouvelle. Informe Mes serviteurs de cela !

18 - Ceux qui entendent la bonne Parole et qui privilégient la meilleure part sont ceux qu'Allah a bien dirigés. Ceux-là disposent de qualités de cœur et d'esprit[8].

19 - Celui qui a mérité d'être châtié, seras-tu disposé à le sauver de l'enfer ?

20 - À l'inverse, ceux qui ont craint leur Seigneur disposeront d'appartements sur lesquels se trouveront d'autres appartements[9]. Des rivières couleront en dessous selon la promesse d'Allah, car Allah ne manque pas d'honorer Ses promesses.

21 - Ne vois-tu pas qu'Allah fait descendre du ciel une eau qu'Il distribue çà et là sous forme de sources jaillissantes ? Grâce à cela, une végétation variée apparaît, puis se dessèche, puis se désagrège. Il y a en cela matière à réflexion pour ceux qui sont pourvus de raison[10].

22 - Celui dont le cœur a été ouvert par Allah pour y déposer l'islam jouit d'une lumière qui lui vient de son

Seigneur. Quelle tristesse pour ceux dont les cœurs se sont endurcis à l'égard du témoignage qu'ils doivent à Allah ! Ceux-là sont dans un égarement manifeste.

23 - Allah a fait descendre le plus beau des récits contenu dans un Livre où les parties sont harmonisées entre elles et solidaires. [À l'entendre] la peau de ceux qui craignent leur Seigneur se hérisse et frissonne[11], et cette même peau, et jusqu'à leurs cœurs, se radoucit à l'évocation du nom d'Allah. Tel est le bon chemin d'Allah. Il y conduit qui Il veut. Mais lorsque Allah veut égarer quelqu'un, il ne saurait trouver de guide.

24 - Quant à celui qui veut se préserver d'un déshonneur, triste sera son sort le jour de la résurrection. Il sera dit aux injustes : Goûtez au fruit de vos œuvres.

25 - Ceux qui les ont précédés ont eux aussi crié au mensonge, mais le tourment les a saisis sans même qu'ils s'en rendent compte.

26 - Allah leur a fait goûter l'avilissement en cette vie icibas, tandis que le châtiment de l'au-delà est majoré. Si au moins ils pouvaient le savoir.

27 - Nous avons donné aux hommes dans ce Coran des paraboles édifiantes. Peut-être réfléchiront-ils.

28 - Un Coran [en langue] arabe, sans aucune équivoque. Peut-être craindront-ils [Dieu] ?

29 - Allah a proposé une parabole : un homme qui dépend de plusieurs propriétaires en conflit[12] et un autre homme qui ne dépend que d'un seul. Sont-ils dans une posture identique ? Louange à Allah, la plupart d'entre eux n'en savent rien.

30 - Tu es un mortel et ce sont des mortels !

31 - Et, au jour de la résurrection, vous vous querellerez devant votre Maître.

32 - Quel est le plus injuste ? Celui qui profère des mensonges sur Allah et qui a traité de mensonge la Parole vraie lorsqu'elle s'est présentée à lui ? N'y a-t-il pas dans la géhenne un lieu approprié pour les incroyants ?

33 - Quant à celui qui vient avec la vérité et à celui qui y adhère, voilà ceux qui craignent [Dieu].

34 - Ils auront ce qu'ils désirent auprès de leur Seigneur, car telle est la récompense des gens de bien.

35 - Afin qu'Allah efface leurs fautes et les récompense pour leurs œuvres les plus belles.

36 - Allah ne suffit-Il pas à satisfaire Son serviteur ? Alors qu'ils cherchent à vous effrayer de ce qui n'est pas Lui [13]. Quant à celui qu'Allah décide d'égarer, il ne trouvera aucun guide.

37 - Quant à celui qui est dirigé par Allah, il ne peut être égaré. Allah n'est-Il pas le plus puissant, Celui qui dispose de la vengeance [14] ?

38 - Et si tu les interrogeais : Qui a créé le ciel et la terre ?, ils répondraient : Allah ! – Si tel était le cas et si Allah m'infligeait un mal quelconque, ces autres divinités arriveraient-elles à percer son mal ? Si Allah voulait me combler de Ses bienfaits, seraient-elles en mesure de L'en empêcher ? Dis : Allah me suffit amplement, et c'est à Lui que s'en remettent ceux qui cherchent un soutien [15].

39 - Dis : Ô mon peuple, agissez pour assurer votre place, comme je suis en train d'agir. Vous saurez bientôt...

40 - ... qui sera saisi par un tourment humiliant et qui subira un châtiment plus durable.

41 - Nous t'avons révélé le Livre au profit des hommes avec la Vérité. Celui qui choisit la bonne direction le fera à son avantage ; celui qui perd son chemin en subira l'effet. Tu ne peux être tenu pour responsable [16].

42 - Allah recueille les âmes à leur mort et celles qui ne sont pas rappelées à Lui au moment du sommeil. Il garde auprès de Lui celles qui sont arrivées à leur terme et renvoie les autres à une date ultérieure, mais précise. En tout cela, il est des signes qui sont explicites pour ceux qui réfléchissent.

43 - Prendront-ils en dehors d'Allah d'autres intercesseurs ? Dis-leur : Et s'ils n'avaient aucun pouvoir, ni même la conscience d'être ?

44 - Dis : C'est à Allah que revient l'intercession véritable, étant donné qu'Il possède les cieux et la terre et que finalement, c'est à Lui que vous reviendrez.

45 - Et lorsque Allah, l'Unique, est mentionné, ceux qui ne croient pas à la vie future sont saisis d'un haut-le-cœur. Et lorsque les autres divinités sont mentionnées, les voilà qui, de nouveau, jubilent de plaisir.

46 - Dis : Ô Dieu créateur du ciel et de la terre, Toi qui connais l'inconnaissable, Toi qui détiens le témoignage. Tu seras Celui qui jugera entre Tes sujets sur les différends qui les opposent.

47 - Si les injustes avaient possédé ici-bas le double des trésors de la terre, ils ne sauraient racheter les pires tourments qui les attendent au jour de la résurrection. C'est alors que leur viendra d'Allah ce à quoi ils ne s'attendaient point.

48 - Dès lors, leurs mauvaises actions leur apparaîtront, tandis que les menaces qu'ils tournaient en dérision se produiront.

49 - Quand l'homme est atteint d'un malheur, il invoque Notre pitié. Lorsque, au contraire, Nous lui prodiguons tel bienfait [17], il dit : Je me le dois à moi-même, et cela grâce à mon seul talent. Il n'en est rien, car ce n'est là qu'une

mise à l'épreuve[18], mais la plupart des gens ne le savent pas.

50 - Ceux qui les ont précédés ont tenu le même propos, mais cela ne leur a servi à rien.

51 - Le mal qu'ils ont commis les a atteints, et ceux d'entre eux qui auront été injustes expieront leurs fautes. Ils ne peuvent s'opposer à Dieu.

52 - Ne savent-ils pas qu'Allah met Ses bienfaits à la disposition de qui Il veut ? Et que tout cela comporte des signes pour un peuple de croyants.

53 - Dis : Ô mes serviteurs, vous avez agi à l'encontre de vous-mêmes[19], ne désespérez pas de la miséricorde d'Allah, car Allah est Celui qui pardonne les péchés. Il est Celui qui absout, le Miséricordieux.

54 - Remettez-vous en repentants à votre Seigneur, et soumettez-vous à Lui avant que ne survienne le châtiment et que vous ne puissiez plus être secourus.

55 - Suivez ce qui vous a été révélé de meilleur de la part de votre Seigneur, avant que le tourment ne vous saisisse subitement, sans que vous vous en rendiez compte.

56 - Avant même que l'âme de chacun ne s'écrie : Malheur à moi d'avoir accordé si peu d'égards à Allah et d'avoir été si présomptueuse !

57 - Ou alors dira-t-elle : Si au moins Allah m'avait mise sur le droit chemin, j'aurais été parmi ceux qui Le craignent !

58 - Ou encore dira-t-elle, lorsqu'elle verra le tourment : Si au moins j'étais ramenée sur terre, je serais parmi ceux qui font du bien !

59 - Et pourtant, Mes signes t'ont été envoyés et tu les as

traités de mensonges. Tu t'es conduit comme un orgueilleux et un infidèle.

60 - Au jour de la résurrection, tu verras le visage de ceux qui ont entouré Allah de mensonges complètement noirci[20]. N'y a-t-il pas dans la géhenne un endroit propice pour les orgueilleux ?

61 - Allah viendra au secours de ceux qui Le craignent et leur accordera le succès. Pas de malheur pour eux, ni de tristesse.

62 - Allah est Celui qui a créé toute chose, et sur toute chose Il est le Maître et le Garant.

63 - Il a les clés des cieux et de la terre, tandis que ceux qui ont douté des signes d'Allah seront les vrais perdants.

64 - Dis : Ô vous, ignorants, m'ordonnez-vous la vénération d'un autre dieu qu'Allah ?

65 - Ne vous a-t-Il pas révélé, à toi et à ceux qui t'ont précédé, que si vous Lui associiez une autre divinité, vos œuvres seraient rabaissées et que vous seriez parmi les perdants ?

66 - Bien au contraire, il faut adorer Allah et être au nombre des reconnaissants.

67 - Et ils n'ont pas donné à Allah Sa pleine mesure ! Au jour de la résurrection, la terre tout entière sera comme une poignée en Sa main[21], tandis que les cieux seront déployés dans l'autre main[22]. Gloire à Sa seigneurie, Lui qui est bien au-dessus de ce qu'ils Lui associent.

68 - On soufflera dans la trompette. Un râle immense jaillira de ceux qui seront dans les cieux et sur terre, hormis ceux qu'Allah aura voulu préserver. On y soufflera une seconde fois, et les voilà qui se redresseront et regarderont.

69 - La terre s'illuminera de la lumière de son Seigneur. Le

Livre sera posé. On fera venir les prophètes et les témoins, tandis qu'un jugement fondé sur la vérité interviendra à l'égard de tous, et sans que personne en soit lésé.

70 - Chaque âme recevra exactement les dividendes de ce qu'elle aura commis. Allah sait parfaitement ce que les hommes faisaient.

71 - Les incroyants seront poussés par groupes entiers vers la géhenne. Dès qu'ils y arriveront, les portes s'ouvriront et ils entendront : N'avez-vous pas reçu des messagers issus de vous-mêmes vous récitant les versets de votre Seigneur et vous mettant en garde contre le jour de votre rassemblement ici ? Oui, en effet, diront-ils. C'est ainsi que se réalise la promesse de tourment qui attend les incrédules.

72 - On leur dira : Entrez par les portes de la géhenne, vous y demeurerez éternellement. Triste sort que celui des orgueilleux.

73 - Quant à ceux qui ont cru en leur Seigneur, ils seront amenés en groupe vers le paradis. Les portes s'ouvriront devant eux lorsqu'ils y arriveront : Entrez en paix, leur dira-t-on. Vous avez été excellents, vous y demeurerez éternellement.

74 - Ils diront : Gloire à Allah qui a tenu la promesse qu'Il nous a faite et nous a fait don de cette terre. Nous occuperons le jardin comme nous le souhaitons. Belle récompense pour ceux qui s'acquittent du bien !

75 - Et tu verras les anges tournoyant autour du Trône, récitant les louanges de leur Seigneur, car, en ce qui les concerne, le jugement de vérité aura eu lieu. Il sera dit alors : Louange à Allah, le Maître des mondes !

NOTES

1. *Tanzil al-kitab.* **2.** *Ad-din* : religion. **3.** *Al-Qahhar* : le mot est souvent rendu par « Puissant », « Absoluteur » et même « Tyran ». **4.** *Qalilan* : rapidement. **5.** *Ûlâ' al-albab.* **6.** *Awal al-mûslimin* : le premier des musulmans. **7.** *Taghout.* Cf. *Dictionnaire encyclopédique du Coran.* **8.** *Albab* : cœur, esprit, intelligence, raison, comme dans les versets 9 et 21. **9.** *Ghûruf* : littéralement « pièces » ou « salles », mais j'ai préféré le mot « appartements » pour donner plus d'amplitude. **10.** *Albab*, cf. *supra*, note 8. **11.** *Taqcha'iru al-djald* : le fait que la peau soit traversée par un frisson de joie ou de stupeur. **12.** *Mûtachakissûn.* **13.** En brandissant des idoles, d'autres divinités. **14.** *Intiqam* : vengeance. **15.** *Yatawakkalû al-mûtawakkilûn.* **16.** *Wakil* : garant, avocat. **17.** *Ni'mat.* **18.** *Fitna* : une tentation. **19.** *Asrafû.* **20.** *Mûsawadat.* **21.** Sa main gauche, selon le contexte. **22.** *Yaminihi* : la main droite.

CELUI QUI PARDONNE (AL-GHAFIR[1])

Révélée à La Mecque, 85 versets

Au nom d'Allah, le Clément, le Miséricordieux

1 - Ha. Mim.

2 - [Il s'agit d'] Une révélation du Livre venue d'Allah, le Puissant, le Savant.

3 - Celui qui pardonne les écarts, qui accepte la repentance, mais qui est sévère dans Ses châtiments, le Prodigue. Il n'y a d'autres dieux que Lui. À Lui l'issue finale.

4 - Seuls ceux qui n'ont pas cru entretiennent des controverses quant aux signes d'Allah. Que leurs différentes gesticulations dans le pays ne te trompent pas.

5 - Bien avant, le peuple de Noé a crié au mensonge, ainsi que les factions qui lui ont succédé. Chaque communauté s'est ingéniée à mettre en défaut le messager qui lui a été envoyé. Ils se sont servis de fausses controverses afin de contrarier la Vérité. J'ai agi avec force contre eux, et de quelle manière Je les ai châtiés !

6 - C'est ainsi que la parole de ton Seigneur a prévalu sur celle des mécréants, ces hôtes de l'enfer.

7 - Ceux qui portent le Trône et qui, tout autour, voguent en glorifiant leur Seigneur, ceux qui croient en Lui et qui, par ailleurs, implorent Son pardon à l'avantage des

croyants : Notre Seigneur, en Ton immensité généreuse et savante, peux-Tu pardonner à ceux qui se sont repentis et qui ont suivi Ton chemin ? Préserve-les du châtiment de la géhenne.

8 - Notre Seigneur, fais-les entrer dans les jardins de l'Éden que Tu leur as promis, ainsi qu'à ceux parmi leurs pères, leurs épouses et leurs enfants qui ont été vertueux. Tu es le Puissant, le Sage.

9 - Préserve-les aussi des mauvaises actions. Car celui que Tu préserves des péchés, Tu l'auras admis en Ta miséricorde. En cela est la réelle victoire !

10 - Quant à ceux qui n'ont pas cru, une voix leur dira : La répulsion qu'Allah éprouve pour vous est plus forte que celle que vous éprouviez pour vous-mêmes, lorsque vous étiez conviés à la foi et que vous refusiez de croire.

11 - Ô Seigneur, diront-ils alors, Tu nous as fait mourir par deux fois et fait revivre à deux reprises. Nous voilà convaincus des péchés que nous avons commis : Y a-t-il une solution pour nous sortir de là ?

12 - Tel est votre sort, car lorsque vous avez été invités à adorer Allah tout seul, vous l'avez refusé. En revanche, lorsqu'il Lui a été associé quelques autres divinités, vous avez cru en elles. La décision appartient à Allah, le Sublime, le Grand.

13 - Il est Celui qui vous montre Ses signes, et qui du ciel vous gratifie de Ses biens. Seul celui qui se repent s'en souvient.

14 - Priez Allah en défendant avec sincérité le culte qui Lui est voué, et cela malgré le déplaisir que cela occasionne aux infidèles.

15 - Il est Celui qui se tient bien haut, possesseur du Trône.

Il insuffle l'âme selon Son ordre sur qui Il veut de Ses sujets de façon que celui-ci avertisse [les autres] du jour de la rencontre.

16 - Ce jour-là, ils comparaîtront sans rien pouvoir cacher à Allah. À qui revient la souveraineté de ce jour ? À Allah, l'Unique, l'Invincible !

17 - Ce jour-là, toute âme recevra le bénéfice de ce qu'elle aura engrangé par le passé. Aucune ne sera lésée, Allah est prompt en matière de comptes.

18 - Avertis-les du jour imminent, lorsque les cœurs seront oppressés et que, de ce fait, les gorges seront étreintes. Aux injustes, aucun ami ne sera disponible, ni aucun médiateur pour les prendre en pitié.

19 - Il connaît ce que les yeux conservent comme traîtrise et ce que cachent les poitrines.

20 - Allah décrète selon le vrai. Ceux que vous invoquez en dehors de Lui n'y peuvent rien. Allah est Celui qui écoute et qui voit.

21 - Ne se déplacent-ils pas sur terre pour voir ce qu'il est advenu de ceux qui les ont précédés ? Ils étaient plus forts qu'eux, à la fois par la puissance et par les vestiges ici-bas. Allah les a appréhendés en raison de leurs méfaits et ils n'ont pas trouvé de protecteur en dehors d'Allah.

22 - Tout cela parce qu'ils ont nié les preuves éclatantes apportées par les prophètes qui leur avaient été dépêchés. Allah les a saisis, Il est terrible en Son châtiment.

23 - Nous envoyâmes en effet Moïse, avec Nos signes et un pouvoir évident,

24 - à Pharaon, Haman et Coré[2], mais ils le traitèrent de menteur et de magicien.

25 - Lorsqu'il se présenta à eux, doté de Notre vérité, ils dirent : Tuez les enfants de ceux qui ont cru avec lui, en épargnant les femmes[3]. Mais la ruse des incroyants est vouée à l'échec.

26 - Et Pharaon dit : Laissez-moi tuer Moïse. Qu'il prie son Seigneur, car j'ai peur qu'il ne travestisse votre religion et qu'il n'en crée une autre sur terre.

27 - Moïse dit : Je me remets à mon Seigneur, qui est aussi le vôtre, contre toute attitude hautaine de ceux qui ne croient pas au jour du jugement.

28 - Un homme de l'entourage de Pharaon, de ceux qui étaient croyants, mais qui dissimulait sa foi, dit : Irez-vous jusqu'à tuer un homme uniquement parce qu'il dit : Mon Seigneur est Dieu ? Et pourtant, il a apporté les preuves éclatantes de votre Seigneur. Et s'il est menteur, son mensonge se retournera contre lui. S'il est véridique, vous serez atteints par une partie de ce qu'il vous annonce. Dieu n'oriente pas dans le bon chemin l'impie qui de surcroît est menteur.

29 - Ô mon peuple ! Vous avez aujourd'hui une royauté manifeste sur terre, mais qui nous sauverait demain de la colère de Dieu si elle devait s'abattre sur nous ? Pharaon dit : Je ne vous montre que ce que je vois et je ne vous oriente que dans la voie salutaire.

30 - Et l'homme croyant dit : Ô mon peuple, j'ai peur du jour où vous serez dans la même situation que les coalisés[4].

31 - Semblable en cela au sort du peuple de Noé, de 'Ad et de Thamoud, et de tous ceux qui leur ont succédé. Mais Dieu ne veut pas être injuste envers Sa créature.

32 - Ô mon peuple, j'ai peur pour vous du jour où vous vous appellerez mutuellement.

33 - Et lorsque, ayant tourné les talons, déroutés, vous ne

trouverez aucun soutien contre Dieu, car celui que Dieu fait perdre ne trouvera aucun guide [pour le conseiller].

34 - Joseph est pourtant venu auparavant, muni de preuves éclatantes, ce qui ne vous a pas empêchés de douter de ce qu'il apportait. Et lorsqu'il mourut, vous vous êtes dit : Dieu n'enverra plus aucun messager après lui. Et c'est ainsi que Dieu fait perdre le pervers et le sceptique[5].

35 - Ceux qui spéculent sur les versets de Dieu sans disposer de l'autorité nécessaire[6] seront haïs par le Seigneur et par les croyants. Telle est l'empreinte que Dieu met sur le cœur de chaque tyran orgueilleux.

36 - Pharaon dit à Haman : Construis-moi une tour spéciale grâce à laquelle je pourrai atteindre les voies [célestes].

37 - Les voies des cieux me permettront de monter jusqu'au Dieu de Moïse, que je tiens pour un imposteur. Ainsi a-t-on fait miroiter à Pharaon la beauté de ses mauvaises actions, ce qui l'a détourné du droit chemin. Mais la ruse de Pharaon ne servit à rien et il fut dans la perdition.

38 - Celui qui était croyant dit : Ô mon peuple, suis-moi, je te montrerai le vrai chemin de la rectitude.

39 - Ô mon peuple, cette vie ici-bas n'est que réjouissances éphémères, tandis que la vie future est la demeure de la stabilité.

40 - Celui qui commet un méfait sera rétribué à la hauteur de ses actes. Celui en revanche qui, étant croyant, fait du bien, qu'il soit homme ou femme, celui-là ira au paradis où sa gratification sera sans limite.

41 - Ô mon peuple, qu'ai-je donc à vous inciter au salut, tandis que vous m'entraînez dans la direction du feu ?

42 - Vous m'entraînez à nier Dieu et à Lui associer des

divinités rivales et que je ne connais pas, tandis que je vous invite à rencontrer le Puissant, Celui qui pardonne.

43 - Pour sûr, ce vers quoi vous m'appelez n'a aucune influence ni sur terre, ni dans la vie future. Notre retour est vers Dieu, tandis que les mécréants[7] seront les hôtes de l'enfer.

44 - Vous vous souviendrez de ce que je vous dis. Quant à moi, je me soumets à la volonté de Dieu, car Dieu voit et observe Ses serviteurs.

45 - Dieu saura prévenir ce croyant des méchancetés qui le guettent, mais la famille de Pharaon aura son lot de châtiments extrêmes. .

46 - Au feu de l'enfer, ils seront exposés matin et soir. Lorsque l'Heure fatidique sonnera, on dira : Faites entrer Pharaon et les siens dans le plus dur des supplices.

47 - Alors qu'ils discuteront entre eux en enfer, les plus humbles diront aux plus hautains : Nous vous avons suivis[8], pouvez-vous nous éviter une part des supplices de l'enfer ?

48 - Les hautains répondront aux plus humbles : Nous y sommes tous, et Allah a décrété Son jugement à l'endroit de Ses serviteurs.

49 - Les éprouvés diront aux gardiens de l'enfer[9] : Au moins, demandez à votre Dieu d'alléger d'un jour nos tourments.

50 - [Les gardiens] diront : N'avez-vous pas reçu des signes explicites de la part de vos messagers ? Si, répondront-ils. – Alors, priez vous-mêmes ! Mais vaines sont les invocations des mécréants !

51 - De fait, Nous ferons vaincre nos envoyés et ceux qui auront cru dans le monde d'ici-bas et dans celui où ils se dresseront en témoins.

52 - En un jour où les injustes ne pourront se réclamer d'aucune excuse, dès lors qu'ils seront maudits et placés dans la plus sinistre des demeures.

53 - Nous avons indiqué la bonne voie à Moïse et Nous avons fait des fils d'Israël les héritiers du Livre.

54 - Bonne orientation et rappel bénéfique pour ceux qui sont doués d'intelligence[10].

55 - Patiente donc, la promesse d'Allah est un dû ; demande pardon pour tes péchés et chante les louanges de ton Seigneur tant le soir que le matin.

56 - Ceux qui alimentent les controverses concernant les versets d'Allah sans disposer de la maîtrise nécessaire ont la poitrine qui gonfle d'orgueil. Ils n'aboutiront à rien. Cherche refuge en Allah, Il est Celui qui écoute et qui voit tout.

57 - La création des cieux et de la terre dépasse de loin la création de l'homme, mais la plupart des gens ne le savent pas.

58 - En l'occurrence, l'aveugle ne saurait être comparé à celui qui voit, ni ceux qui croient et qui se sont acquittés d'œuvres pies aux mécréants. Mais peu d'entre vous réfléchissent.

59 - En vérité l'Heure arrivera, il n'y a aucun doute là-dessus, mais la plupart des gens ne le croient pas.

60 - Votre Seigneur a dit : Invoquez-Moi, Je vous répondrai ! Mais ceux qui s'enflent d'orgueil et qui, ce faisant, ne M'invoquent pas, ceux-là entreront en enfer la tête basse.

61 - Allah est Celui qui a fait de la nuit un moment propice pour votre repos et qui a fait le jour pour y voir clair[11]. Allah est plein de mansuétude pour les hommes, mais la plupart des hommes ne sont pas reconnaissants.

62 - Tel est Allah, Créateur de toute chose. Il n'y a pas d'autres dieux que Lui. Vous en détournez-vous ?

63 - Ne se sont détournés que ceux qui ont nié les signes d'Allah.

64 - Allah est Celui qui a disposé pour vous la terre comme un lieu sûr de vie[12] et le ciel comme une voûte élevée. Il est Celui qui vous a formés, et de quelle manière[13] ! Il vous a ensuite prodigué des bienfaits. Tel est Allah votre Dieu, Allah, qu'Il en soit béni, Lui le Maître des mondes.

65 - Il est le Vivant. Il n'y a pas d'autres dieux en dehors de Lui. Invoquez-Le avec sincérité. Gloire à Allah, le Maître des mondes.

66 - Dis : J'ai été averti de ne point adorer ceux que vous adorez en dehors d'Allah. Et lorsque j'ai reçu ces signes manifestes de mon Seigneur, le mot d'ordre était que je me soumette au Maître des mondes.

67 - Il est Celui qui vous a créés de terre[14], puis d'une goutte de sperme[15], puis d'une adhérence[16], avant de faire de vous un enfant dans le sein maternel pour que vous puissiez grandir[17], gagner en maturité et vieillir. Certains d'entre vous décèdent de manière précoce, mais le terme final de tous est fixé au préalable. Peut-être réfléchirez-vous !

68 - Il est Celui qui fait vivre et qui fait mourir. Et lorsqu'Il donne un ordre, il Lui suffit de dire : Sois !, et la chose est !

69 - N'as-tu pas vu comment ont été dispersés ceux qui entretenaient de vaines controverses au sujet des signes d'Allah ?

70 - Ceux qui traitent de mensonges le Livre et tout ce que nos messagers leur ont apporté sauront bientôt [à quoi s'en tenir].

71 - Car, en effet, ils seront traînés avec des carcans et des chaînes au cou

72 - avant d'être plongés dans l'eau bouillante, puis finiront calcinés en enfer.

73 - On leur dira alors : Où sont passés les associés que vous donniez à Dieu ?

74 - Ils répondront, dépités : Ils nous ont quittés. Cela signifie bien que nous n'adorions pas grand-chose. C'est ainsi qu'Allah fait perdre les infidèles.

75 - Vous voilà comblés de ce qui était censé vous plaire et tant vous enivrer, sur terre, et cela en dépit de toute véracité !

76 - Entrez donc par les portes de la géhenne où vous demeurerez éternellement. Triste sort de ceux qui se croyaient supérieurs.

77 - Patiente ! La promesse d'Allah se produira avec certitude[18]. Soit Nous te montrerons une partie des châtiments que Nous leur préparons, soit Nous te ferons mourir avant. Dans tous les cas, c'est vers Nous qu'ils reviendront.

78 - Nous avons en effet envoyé des messagers avant toi. Nous t'avons raconté l'histoire de certains d'entre eux, mais non l'histoire des autres. Mais aucun prophète ne s'est présenté avec des signes sans avoir requis Notre permission. Car lorsque survient l'ordre d'Allah, il est prescrit de manière véridique, de sorte que les tenants de l'erreur seront les perdants.

79 - Allah est Celui qui vous crée les animaux[19] pour que vous en montiez certains et que vous en mangiez d'autres.

80 - Vous y trouverez aussi d'autres utilités. Grâce à eux, vous obtiendrez les buts que vous vous êtes assignés. Pour vous, ils seront vos montures autant que des bateaux.

81 - Il vous montre Ses signes. Quels sont ceux des signes d'Allah que vous récusez ?

82 - N'ont-ils pas parcouru la terre pour constater comment s'est terminée l'histoire des peuples qui les ont précédés ? Ils étaient pourtant plus grands, plus puissants qu'eux, et ils ont laissé leur empreinte sur terre. Mais de quelle utilité auront été pour eux les biens qu'ils possédaient ?

83 - Et lorsque leurs messagers vinrent à eux munis de preuves, ils se trouvèrent heureux de la science religieuse qu'ils avaient. Mais ce qu'ils tournaient en dérision eut le dessus sur eux.

84 - Et lorsqu'ils virent Notre rigueur, ils dirent : Nous avons cru en Allah, et en Lui seul, et nous renions totalement ceux des dieux que nous Lui avions associés auparavant.

85 - Leur foi ne leur servit à rien dès l'instant où ils virent Notre colère, en vertu de la règle d'Allah qui fut appliquée à Ses serviteurs. Les infidèles furent ainsi les perdants.

NOTES

1. Autre intitulé : « Le Croyant », *Al-Mu'min*. 2. Fir'awn, Haman et Qarûn. 3. *Astahyû nissa'ahûm*. 4. *Al-Ahzab* : les factions, les confédérés. Cf. sourate XXXIII. 5. *Mûrtab* : bien que le mot n'ait pas été totalement compris au temps de la Révélation, les traducteurs d'aujourd'hui sont unanimes pour le rendre par « sceptique ». 6. *Bi-ghayr sûltan*. 7. De *mûsrif* : pervers. 8. *Taba'an* : votre suite, vos serviteurs, vos disciples. 9. *Khazanati jahannama*. 10. Ou de cœur : *albab*. 11. *Mûbsir* : être clairvoyant. 12. *Qarar*. 13. *Wa-sawaraqûm fa ahsana sûwarakûm*. 14. *Tûrab* : poussière. 15. *Nûtfa*. 16. *'Alaq*. 17. *Tablûghû achûddakum*. 18. *Haqq* : en vérité. 19. *An'am* : animaux, troupeaux, bêtes, « chameaux », selon la version de Régis Blachère, ou encore « bestiaux » à en croire Muhammed Hamidullah. L'ambiguïté demeure, car ce collectif ancien désigne indistinctement tout attroupement de bêtes.

LES [VERSETS] DÉTAILLÉS (FUÇILAT)

Révélée à La Mecque, 54 versets

Au nom d'Allah, le Clément, le Miséricordieux

1 - Ha. Mim.

2 - Une Révélation du Clément, du Miséricordieux.

3 - Un Livre dont les versets ont été détaillés en Coran arabe pour un peuple qui sait.

4 - [Un Coran] qui annonce et avertit, mais nombre de ceux à qui il est destiné refusent de l'entendre.

5 - Nos cœurs se sont endurcis, disent-ils, et ne peuvent être sensibles à votre appel. Nos oreilles elles-mêmes sont bouchées. Entre nous, il y a un voile [1]. Agis donc, car nous sommes en train d'agir [à notre façon].

6 - Dis : Mais je ne suis qu'un mortel comme vous. Il m'a été révélé que votre Dieu est Allah, un seul Dieu. Mettez-vous debout et demandez-Lui pardon. Malheur aux infidèles !

7 - Ceux, notamment, qui ne s'acquittent pas de leur aumône et qui ne croient pas à la vie dernière.

8 - Quant à ceux qui ont cru et qui ont fait du bien, ils recevront une récompense immense et qui ne sera pas comptée.

9 - Dis : Allez-vous douter de Celui qui créa la terre en

deux jours ? Lui donnerez-vous des rivaux, à Lui, le Maître des mondes ?

10 - Il plaça des cimes au-dessus d'elle, après l'avoir bénie. Il lui assigna ses ressources alimentaires en quatre jours précisément pour ceux qui t'interrogent[2].

11 - Il s'adressa alors au ciel, encore sous la forme de fumée, et à la terre en disant : Venez-vous vers Moi en toute obéissance ou contraints ? Ils répondirent ensemble : Nous venons de notre plein gré.

12 - Il créa alors les sept cieux en deux jours. À chaque ciel, Il insuffla Son ordre. Il illumina le ciel le plus proche de la terre de luminaires qu'Il sécurisa. Tout cela revient à l'appréciation du Puissant, du Savant.

13 - S'ils se détournent, dis-leur : Vous voilà prévenus de la tornade qui emporta les tribus des 'Ad et des Thamoud.

14 - Lorsque des messagers issus de leurs rangs, ou d'ailleurs, leur furent envoyés pour leur dire de ne point adorer d'autres dieux en dehors de Dieu, ils rétorquèrent : Si notre Dieu l'avait voulu, Il aurait fait descendre sur nous des anges, car nous ne croyons pas au message dont vous avez été chargé.

15 - Quant aux gens de la tribu des 'Ad, ils s'enorgueillirent sur terre, et cela sans raison. Ils dirent : Qui est plus fort que nous, qui est plus puissant ? Ne voyaient-ils pas que Dieu qui les a créés est plus puissant et plus fort qu'eux ? Mais ils récusèrent Nos signes.

16 - Nous leur envoyâmes alors un vent d'une rare impétuosité[3], et cela pendant plusieurs jours funestes. Nous avons voulu leur faire goûter les tourments de l'humiliation en cette vie ici-bas, en sachant que l'humiliation à venir, celle de la vie dernière, est encore plus humiliante. Ils ne seront pas secourus !

17 - Quant aux Thamoud, Nous avons voulu les orienter dans la bonne voie, mais ils ont préféré l'aveuglement. C'est alors qu'une tornade fondit sur eux et leur fit goûter l'avilissement lié à leurs méfaits.

18 - Mais Nous sauvâmes de ce péril ceux qui étaient des croyants et qui se montrèrent pieux.

19 - Et lorsque Nous ramènerons, groupe par groupe, les ennemis d'Allah vers le feu de l'enfer...

20 - ... et qu'ils se présenteront, leur ouïe témoignera contre eux de ce qu'ils faisaient, leur vue aussi, ainsi que leur peau.

21 - Ils diront à leur peau : Pourquoi avez-vous témoigné contre nous ? Celle-ci répondra : Allah nous a dotée de la parole comme Il en a doté toute chose. Il vous a créés une première fois, et c'est vers Lui que vous reviendrez.

22 - Vous ne pouviez vous cacher au point que votre ouïe ne témoigne contre vous, ni votre vue, ni votre peau, mais vous avez cru qu'Allah ne saurait pas grand-chose de ce que vous faisiez.

23 - Telle est la conjecture que vous nourrissiez au sujet de votre Seigneur, mais elle vous a ruinés et vous voilà désormais parmi les perdants.

24 - S'ils patientent, le feu sera leur lot ; viennent-ils à implorer le pardon, ils ne seront pas plus pardonnés.

25 - Des compagnons pour embellir leur ordinaire[4] et ce qui les entoure leur ont été assignés. Mais ils méritent l'arrêt qui fut celui des nations qui les ont précédés, tant hommes que djinns, et ils seront, de ce fait, les perdants.

26 - Et ceux qui n'ont pas cru ont dit : N'écoutez pas ce Coran. Faites un grand chahut en vue de l'étouffer.

27 - Nous ferons goûter aux incrédules un terrible châti-

ment et Nous les rétribuerons d'un mal plus grand encore pour ce qu'ils auront fait.

28 - Car telle sera la rétribution des ennemis d'Allah : l'enfer. Ils y disposeront d'une maison éternelle où ils paieront le prix de la négation de Nos signes.

29 - Ceux qui n'ont pas cru diront alors : Seigneur, montrenous ceux qui nous ont fait perdre, tant hommes que djinns, afin que nous les mettions sous nos pieds et pour qu'ils soient parmi les plus bas.

30 - Mais ceux qui ont dit : Notre Dieu est Allah, et qui prient[5], verront les anges les rejoindre pour leur dire : N'ayez aucune crainte ni aucune tristesse. Nous vous informons que le paradis qui vous a été promis est pour vous.

31 - Nous sommes vos tuteurs ici-bas, en cette terre, et dans la vie dernière. Vous y trouverez ce que vous souhaitez le plus, tout ce que vous réclamez.

32 - Tout cela en offrande de la part de Celui qui pardonne, le Miséricordieux.

33 - Nul ne tient meilleur langage que celui qui invoque Allah, qui fait le bien, et qui déclare être parmi ceux des croyants qui sont soumis à Dieu.

34 - La bonne action ne peut être comparée à la mauvaise. Rends le bien pour le mal, jusqu'à ce que ton adversaire se transforme en meilleur partisan, en ami.

35 - Mais une telle perfection ne sera atteinte que par les plus persévérants. Nul ne l'atteint hormis ceux qui ont été dotés d'immenses qualités.

36 - Et si le démon suscite en toi quelques mauvaises pensées, cherche protection auprès d'Allah, car Il est Celui qui entend et qui sait.

37 - Parmi Ses miracles, il y a la nuit et le jour, le soleil et

la lune. Ne vous prosternez pas devant le soleil, ni devant la lune, mais prosternez-vous devant Allah, qui les a créés, si toutefois vous L'adorez.

38 - Au cas où ils manifesteraient de la suffisance, il faudrait leur rappeler que ceux qui entourent ton Seigneur chantent Ses louanges de nuit comme de jour sans jamais se lasser.

39 - Parmi Ses miracles, tu verras la terre prostrée devant Lui et qui, aussitôt, se réveille lorsqu'elle est nourrie d'eau, en produisant toutes sortes de plantes. Ainsi, Celui qui l'a fait naître de nouveau est en mesure de ressusciter les morts. Il est puissant en toute chose.

40 - Ceux qui nient Nos signes n'échappent pas à Notre sagacité : qui a meilleur sort, celui qui sera jeté en enfer ou celui qui, paisible, se présentera à Nous le jour de la résurrection ? Mais faites donc, Il est informé de toutes vos actions.

41 - Ceux qui n'ont pas cru au Rappel, lorsqu'il leur fut énoncé... En vérité, c'est là un Livre immense[6].

42 - Aucun risque de contrefaçon d'où qu'elle vienne, c'est une révélation qui procède de Celui qui est savant et digne de louanges.

43 - Toutes les objections que tu reçois ont été faites aux messagers qui t'ont précédé. Mais Dieu, ton Seigneur, dispose à la fois du pardon et de la sanction la plus douloureuse.

44 - Si Nous avions fait du Coran un livre écrit dans une autre langue que l'arabe, ils auraient objecté ceci : Si au moins ses versets avaient été explicités, non pas en langue étrangère, mais en [langue] arabe. Tu diras : Il est surtout, pour ceux qui croient, un moyen de trouver une voie et une guérison ; quant à ceux qui ne croient pas, ils ont un

schiste dans l'oreille. Ils sont frappés d'aveuglement. Ceux-là sont comme appelés de très loin.

45 - En effet, Nous avons envoyé le Livre à Moïse, mais ils se sont opposés à son sujet. Et s'il n'y avait eu une Parole antérieure venue de ton Seigneur, leur jugement aurait été consommé entre eux. Ils entretiennent à son égard un doute effrayant.

46 - Celui qui accomplit un acte de bien le fera pour lui-même, mais celui qui commet une mauvaise action, elle lui sera imputée. Car ton Seigneur n'est pas injuste à l'égard de Ses serviteurs.

47 - C'est à Lui que revient la connaissance de l'Heure ; aucun fruit ne pousse hors de sa gousse, aucune femelle ne porte ou ne met bas sans qu'Il en soit informé. Quand Il les appellera et leur dira : Où sont donc mes associés ?, ils diront : Nous T'informons que nous n'en sommes plus les témoins.

48 - Ceux qu'ils invoquaient naguère les ont quittés ; Ils ne sauraient, pensaient-ils, avoir de refuge.

49 - L'homme ne cesse de révérer le Bien, mais dès l'instant où quelque Mal l'atteint, le voilà tout triste et abattu.

50 - Et si Nous lui faisons goûter une miséricorde venue de Nous après qu'il a souffert d'un mal quelconque, il dira : Ceci est mon dû. Je ne crois pas à l'avènement de l'Heure. Du reste, si j'étais revenu vers mon Seigneur, j'aurais auprès de Lui la part la plus estimable. C'est ainsi que Nous informons ceux qui n'ont pas cru sur ce qui les attend. Nous leur ferons goûter un très grand châtiment.

51 - Lorsque Nous accordons Notre bénédiction à l'homme, il s'éloigne et s'écarte. Mais lorsque le mal l'atteint de plein fouet, voilà qu'il prie sans retenue.

52 - Dis : Si tout cela appartient à Allah, et que vous le

récusiez ? Peut-on être plus perdu que celui qui s'égare loin dans la division ?

53 - Nous leur montrerons Nos signes dans tout l'horizon et à l'intérieur d'eux-mêmes jusqu'à ce que la Vérité leur apparaisse dans sa plus grande évidence. Ne suffit-il pas que ton Seigneur soit au courant de tout ?

54 - Ne doutent-ils pas de la rencontre avec leur Seigneur ? N'embrasse-t-Il pas toute chose [de sa science] ?

NOTES

1. *Hijab* : protection, voile, mur de séparation. 2. *As-Sa'ilin* : les interrogateurs, les questionneurs ou « ceux qui demandent ». 3. *Sarsar*. 4. Littéralement : « ce qu'il y avait entre leurs mains... » 5. *Astaqamû* : se mettre debout pour prier. 6. *'Aziz* : de grande valeur, mais, dans ce sens, immense, puissant.

LA CONCERTATION (ACH-CHÛRA)

Révélée à La Mecque, 53 versets

Au nom d'Allah, le Clément, le Miséricordieux

1 - Ha. Mim[1].

2 - 'Ayn. Sin. Qaf[2].

3 - C'est ainsi qu'Allah, le Puissant, le Sage, t'a fait une révélation, de même qu'à ceux qui t'ont précédé.

4 - À Lui appartient tout ce qui trouve aux cieux et sur terre. Il est le plus haut, le Sublime.

5 - Peu s'en faut que les cieux ne s'éventrent au-dessus d'eux, que les anges à l'unisson récitent les louanges de leur Seigneur et demandent pardon à ceux qui sont sur terre, mais Allah est Celui qui pardonne et qui est miséricordieux.

6 - Quant à ceux qui ont pris pour protecteur une autre entité que Lui, Allah les observe. Tu ne peux leur servir de garant[3].

7 - Ainsi, Nous t'avons révélé un Coran arabe afin que tu avertisses la Mère des cités[4] et ses alentours. Tu les avertis du jour de la réunion sur lequel il n'y a aucun doute : une partie sera au paradis, l'autre partie croupira en enfer.

8 - Car, si Allah l'avait voulu, Il en aurait fait une seule et même communauté, mais Il fait admettre qui Il veut dans Sa miséricorde. Quant aux injustes, ils n'auront ni protecteur ni défenseur.

9 - Prennent-ils en dehors de Lui un maître protecteur ? Allah est le véritable maître protecteur. Il ressuscite les morts, étant donné qu'Il est le Tout-Puissant.

10 - Quel que soit le désaccord entre vous, c'est bien à Allah que revient la décision finale. Ainsi est Allah, mon Seigneur, c'est à Lui que je me remets et c'est vers Lui que je me retourne.

11 - Créateur des cieux et de la terre [5], Il vous a dotés de compagnes sorties de vous-mêmes, de même qu'Il a créé des compagnes aux animaux. Ce par quoi Il multiplie votre nombre de manière exemplaire, car rien ne Lui ressemble. Il est Celui qui entend et qui voit.

12 - Il détient les clés des cieux et de la terre. Il accorde les biens à qui Il veut, selon le besoin de chacun. Il est au courant de toute chose.

13 - Il a décrété pour vous une religion de celle qu'Il a décrétée à Noé, de celle qu'Il a décrétée à Abraham, à Moïse et à Jésus. Observez la religion et ne vous divisez pas à ce sujet. Ce à quoi tu appelles les hommes dépasse les forces de ceux qui associent d'autres dieux à Dieu. Allah choisit et oriente qui Il veut parmi les croyants qui viennent à Lui [6].

14 - Ils ne se sont divisés que depuis que la démonstration leur a été faite, en rivalité et en jalousie entre eux. Et s'il n'y avait eu cette parole de ton Seigneur qui a précédé la leur pour un temps défini, des décisions auraient été prises à leur égard. Mais ceux qui ont hérité du Livre après eux adoptent une affreuse attitude de doute troublant.

15 - Par conséquent, appelle-les à la religion et redresse-toi comme il t'a été prescrit. Ne suis surtout pas leurs folles dérives et dis-leur : Je crois ce qu'Allah a révélé en matière de Livre. Il m'a été ordonné d'être juste entre vous. Allah est notre Dieu comme Il est le vôtre. Nous avons certes nos

œuvres, mais vous avez les vôtres. Il n'y a aucune dispute entre vous et nous, car Allah nous réunira tous. À Lui appartient l'issue finale.

16 - Ceux qui continuent à discuter au sujet d'Allah, alors même que des réponses leur ont été données, soliloquent sans raison auprès de leur Dieu. Sa colère s'abattra sur eux, tandis qu'un châtiment cruel les attend.

17 - Allah est Celui qui a fait descendre le Livre empreint de vérité et d'équilibre parfait[7]. Que sais-tu de l'Heure ? Peut-être est-elle très proche !

18 - Ceux qui ne croient pas font preuve d'impatience, mais ceux qui croient la redoutent et tremblent, car ils savent qu'elle est inéluctable[8]. Ceux qui doutent de la venue de cette Heure sont, hélas, dans une perdition totale.

19 - Allah est bon envers Ses serviteurs. Il enrichit qui Il veut, car Il est le plus fort, le plus puissant.

20 - Celui qui veut labourer la « terre » de sa vie future se verra encouragé à le faire et son labour sera amplifié ; celui qui désire labourer seulement la terre de sa vie ici-bas, Nous l'amplifions pour lui, mais il ne peut espérer recevoir la moindre part du labour dans la vie future.

21 - À moins qu'ils n'aient des divinités associées qui décrètent pour eux une religion qu'Allah n'avait pas décidée. N'eût été cette parole de distinction[9], Il aurait pris les décisions qui s'imposent à leur égard. Les injustes auront un châtiment sévère.

22 - Tu verras les injustes trembler en raison de ce qu'ils ont commis et le châtiment s'abattra sur eux, tandis que ceux qui ont cru et qui ont accompli des œuvres pies évolueront dans des jardins du paradis. Ils auront à leur disposition ce qu'ils voudront, car telle est la grande faveur de leur Seigneur.

23 - Telle est la bonne nouvelle qu'Allah annonce à Ses sujets croyants qui ont accompli des œuvres pies. Dis-leur : Je ne cherche aucune rétribution en dehors de l'affection pour vos proches. Car celui qui accomplit une bonne action, Nous amplifions les bénéfices de son action. Allah est Celui qui pardonne, à Lui la reconnaissance.

24 - À moins qu'ils ne disent : Voilà quelqu'un qui forge un gros mensonge sur Allah. Or, si Allah le veut, Il obstrue ton cœur, Il abolit la fausseté, Il restaure le vrai grâce à Sa parole, étant Celui qui connaît ce que cèlent les poitrines.

25 - Il est Celui qui agrée le repentir venant de Ses serviteurs. Il pardonne les péchés, car Il sait ce que vous faites.

26 - Il répond favorablement à ceux qui ont cru et qui ont fait de bonnes choses, augmentant leur bien de Sa faveur, tandis que ceux qui n'ont pas cru subiront un châtiment terrible.

27 - Et quand bien même Allah prodiguerait pour Ses serviteurs tous les biens matériels, ils éprouveraient encore le besoin de commettre des excès sur terre. Mais Il fait descendre [ses biens] avec mesure. Il est le meilleur connaisseur de Ses serviteurs. Il voit tout [en eux].

28 - Il envoie la pluie par averses après qu'ils ont désespéré de la voir. Il étend Sa grâce, étant le Maître, le Très-Loué.

29 - Parmi Ses signes, il y a la création des cieux et de la terre, ainsi que toute chose vivante qu'Il peut réunir chaque fois qu'Il le désire.

30 - Tout malheur qui vous atteint est dû à ce que vos mains ont fait, mais Il pardonne à un très grand nombre.

31 - Vous ne saurez rien réduire sur terre en dehors de Lui, car vous n'avez aucun protecteur ou allié en dehors d'Allah.

32 - Parmi Ses signes, il y a aussi les vaisseaux qui sillonnent la mer, tels d'immenses repères.

33 - S'Il le voulait, Il apaiserait le vent de façon à immobiliser les vaisseaux à la surface de l'eau. Il y a en cela des signes pour tous ceux qui sont persévérants et qui sont reconnaissants.

34 - Ou alors Il les briserait et disperserait les passagers en raison de ce qu'ils ont commis auparavant. Pourtant, Il épargne le plus grand nombre.

35 - Il sait que ceux qui contestent Ses signes [10] n'auront pas d'échappatoire.

36 - Tout ce que vous avez reçu ici-bas n'est qu'illusion, des biens éphémères. Tout ce qui se trouve auprès d'Allah est meilleur, surtout pour ceux qui ont cru et qui s'en remettent à leur Dieu...

37 - ... ceux qui se tiennent loin des grands péchés et des turpitudes, et qui, lorsqu'ils se mettent en colère, sont capables de pardonner.

38 - Ceux qui ont répondu à l'appel de leur Seigneur, qui se sont acquittés des prières requises, qui se consultent entre eux et qui dépensent en aumône une part de ce que Nous leur avons attribué.

39 - Et qui, lorsqu'ils sont atteints par la convoitise des autres, ils ripostent et sortent victorieux.

40 - Et la sanction à une offense par une offense identique [11]. Mais celui qui établit la concorde et qui recherche la paix, sa récompense est auprès d'Allah. Allah n'aime pas les injustes.

41 - Quant à ceux qui répondent à une agression et qui sortent vainqueurs, ils ne commettent aucune faute.

42 - La punition concerne seulement ceux qui commettent des injustices à l'égard d'autrui et qui se conduisent ici-bas en dépit de toute justice, ceux-là recevront un châtiment cruel.

43 - Quant à celui qui s'est montré constant et qui est enclin au pardon, celui-là se conforme véritablement aux bons usages.

44 - Celui qu'Allah égare ne trouvera aucun protecteur en dehors de Lui. Tu verras les injustes s'écrier quand ils verront le châtiment : Y a-t-il un moyen de revenir en arrière ?

45 - Tu les verrais se présenter [au supplice], humiliés, la tête basse et regardant de biais [12]. Les croyants s'exclameront : Les perdants sont ceux qui, au jour de la résurrection, se sont perdus eux-mêmes ainsi que leur famille. Les injustes ne connaîtront-ils pas un tourment permanent ?

46 - Ils n'auront alors aucun allié qui les soutienne en dehors d'Allah. Celui qu'Allah décide de perdre ne trouvera guère son chemin.

47 - Répondez à votre Seigneur avant que le jour fatidique établi par Allah ne survienne. Ce jour-là, aucun refuge n'est possible ni rétractation.

48 - S'ils se détournent de toi,... sache que tu n'es pas envoyé pour être leur mentor : ton rôle est de transmettre le message. Lorsque Nous faisons goûter à l'être humain quelque chose d'agréable, il s'en réjouit, mais lorsqu'un malheur l'atteint à la suite de ses mauvaises actions, il se rebelle et se montre ingrat.

49 - À Allah le royaume des cieux et de la terre. Il crée ce qu'Il veut. Il accorde librement à qui Il veut soit des garçons, soit des filles.

50 - Ou alors Il donne simultanément des garçons et des filles, et Il laisse dans la stérilité ceux qu'Il veut. Il est le Savant, le Puissant.

51 - Il n'y a pas eu d'être humain auquel Allah aurait parlé, sinon à travers une révélation [13] ou à l'abri d'un voile.

Autrement, Il envoie un messager qu'Il charge d'une révélation. Il fait ce qu'Il veut. Il est le plus haut, le plus sage.

52 - C'est ainsi que Nous t'envoyâmes un Esprit venu de Nous, alors même que tu ne connaissais [à ce moment-là], ni le Livre, ni la foi. Mais voilà, Nous en avons fait une lumière par laquelle Nous orientons qui Nous voulons parmi Nos sujets, à l'instar de ce que tu fais [toi-même] en orientant dans le bon chemin.

53 - Le chemin d'Allah, Celui qui possède ce qui se trouve dans les cieux et sur la terre. N'est-ce pas vers Lui que tout s'achemine ?

NOTES

1 et 2. Lettres introductives de certaines sourates. Cf. *Dictionnaire encyclopédique du Coran*. **3.** *Wakil* : émissaire, protecteur représentant, avocat. **4.** La Mecque. **5.** *Fatir*, que Kasimirski traduit par « architecte ». **6.** *'Anaba' yûnib* : venir à résipiscence (Blachère). **7.** *Mizan*. **8.** *Annaha al-haqq* : elle est la vérité. **9.** *Kalimatû al-façl*. **10.** *Ayatihi* : ses versets ou ses signes. **11.** C'est la loi du talion, telle qu'on la trouve dans l'Ancien Testament. **12.** *Min tarf khafiy* : « d'un œil furtif » (Blachère), « à la dérobée » (Pesle/ Tidjani). **13.** *Wahyi*.

LES ORNEMENTS (AZ-ZUKHRÛF)

Révélée à La Mecque, 89 versets

Au nom d'Allah, le Clément, le Miséricordieux

1 - Ha. Mim.

2 - Par le Livre évident !

3 - Nous l'avons fait Coran en arabe, peut-être réfléchirez-vous !

4 - Il est certes dans la Mère du Livre [1], qui se trouve auprès de Nous, sublime, [et nourri] de sagesse.

5 - Allons-Nous renoncer à vous rappeler tout cela du simple fait que vous êtes un peuple outrancier ?

6 - Combien de prophètes avons-Nous déjà envoyés à ceux qui vous ont précédés ?

7 - Et aucun prophète ne s'est présenté à eux sans qu'ils le discréditent.

8 - Mais Nous avons détruit plus forts qu'eux. Les plus anciens ont été cités en exemple.

9 - Et si maintenant tu leur demandais : Qui a créé les cieux et la terre ?, ils te répondront : C'est le Puissant, le Sage, qui les a créés.

10 - Celui qui a disposé pour vous la terre en un lieu d'accueil et qui vous a donné le choix de votre direction dans l'espoir que vous preniez le bon chemin.

11 - Lui qui a fait descendre du ciel une pluie suffisante afin d'arroser une terre stérile. De la même manière, vous serez extraits de vos tombes.

12 - Celui qui a créé toutes les espèces, ayant disposé pour vous des vaisseaux et des animaux que vous montiez...

13 - ... et sur le dos desquels vous vous posiez, avant de vous remémorer les bienfaits de votre Seigneur, dès lors que vous aurez trouvé votre assise. Dites alors : Gloire à Celui qui nous a rendu docile tout cela, car nous n'étions pas en mesure de le faire par nous-mêmes.

14 - Nous retournerons bien volontiers vers notre Seigneur !

15 - Ils ont fait de Ses serviteurs une partie inséparable de Lui. L'homme est un ingrat déclaré.

16 - Ou bien aurait-Il pris des filles de Sa propre création, alors même qu'Il vous distingue, vous, par [vos] fils ?

17 - Pourtant, lorsque l'un d'entre eux est informé de la naissance d'une fille [2], selon le désir même du Miséricordieux, il a le visage qui s'assombrit et, suffoqué, son âme est tout oppressée.

18 - Ou alors celles qui naissent dans les dorures et qui ne sont pas en mesure de tenir des discussions, avec une argumentation claire,

19 - et qui tiennent ces anges serviteurs de Dieu pour des filles [3]. Mais ont-ils un témoignage de leur naissance ? Leur témoignage sera consigné et, le moment venu, ils seront interrogés à ce sujet.

20 - Ils ont dit : Si le Miséricordieux l'avait voulu, nous ne les aurions pas adorées [4]. Mais de quelle science se prévalent-ils pour dire cela ? Ils ne font que spéculer.

21 - Si Nous leur avions apporté un Livre qui aurait précédé celui-ci [le Coran], en auraient-ils tenu compte ?

22 - Non ! Mais ils prétendent que, ayant trouvé leurs ancêtres ainsi organisés, ils perpétuent leur tradition.

23 - C'est ainsi ! Nous n'avons jamais envoyé auparavant de messager vers une cité afin de l'en informer sans que ses habitants les plus aisés aient pretexté le rite de leurs ancêtres, et qu'ils maintiendraient vivant.

24 - Dis-leur : Et si je vous amenais une direction plus conforme que celle que vous avez héritée de vos ancêtres ? Ils rétorqueront : Nous ne croyons pas au message dont vous avez été chargés !

25 - Nous avons décrété une sérieuse vengeance à leur égard. Regarde comment s'achève la vie de ceux qui criaient au mensonge !

26 - Et lorsque Abraham dit à son père et à son peuple : Je suis innocent[5] de ce que vous adorez !

27 - Et ajouta : Je n'adore que Celui qui m'a créé, car Il me conduira dans le bon chemin.

28 - Il en fit une grande parole susceptible de lui succéder parmi ses descendants. Peut-être reviendraient-ils à de meilleurs sentiments !

29 - Plus encore : J'ai permis à ces derniers ainsi qu'à leurs pères d'accéder à toutes les jouissances terrestres, jusqu'à ce que la Vérité se présente à eux, portée par un messager véritable.

30 - Mais lorsque la Vérité se produisit, ils s'écrièrent : C'est là une magie ! Et nous ne pouvons y souscrire !

31 - Ils ont dit : Et si au moins ce Coran avait été révélé à un homme puissant des deux cités[6] !

32 - Sont-ils les détenteurs de la miséricorde du Seigneur ?

Alors que c'est Nous qui les avons dotés des biens de ce monde, avant d'en élever certains plus haut que d'autres de façon que les uns prennent les autres en obéissance[7]. La miséricorde de Dieu vaut bien plus que ce qu'ils amassent.

33 - Et si les hommes ne devaient pas former une seule communauté, Nous aurions permis à ceux qui ne croient pas au Miséricordieux d'acquérir pour leurs demeures des toits d'argent et des escaliers qui leur permettraient d'y monter.

34 - Ces demeures auraient de surcroît des portes et des baldaquins sur lesquels ils s'accouderaient.

35 - Des ornements en plus ! Mais tout cela n'est que jouissance éphémère, car les fins dernières auprès de ton Seigneur sont réservées aux croyants qui Le craignent.

36 - Celui qui se détourne du constant rappel du Miséricordieux se verra attaché à un démon[8] qui sera pour lui un tuteur fidèle et un compagnon.

37 - Ces démons les éloigneront du bon chemin[9], alors qu'ils se croiront bien guidés.

38 - Jusqu'au moment où l'impie se présentera devant Nous, il dira : Plût au ciel qu'entre toi et moi il y ait la distance de deux orients. Sinistre compagnon !

39 - Mais tout cela vous sera inutile en ce jour, pour avoir été injustes. Vous serez associés dans la rigueur du châtiment.

40 - Serais-tu en mesure[10] de faire entendre le sourd ou d'orienter l'aveugle, sans parler de celui qui est en pleine déroute ?

41 - Soit Nous t'emmènerons, soit Nous trouverons quelque vengeance à leur égard.

42 - Ou alors Nous te ferons voir ce que Nous leur avons promis, car Nous avons du pouvoir sur eux.

43 - Tiens-toi fermement à ce qui t'a été révélé, tu es sur le bon chemin [11].

44 - C'est là un Rappel pour toi et pour ton peuple, et vous serez un jour interrogés [à ce sujet].

45 - Interroge donc ceux que Nous avons envoyés avant toi parmi Nos prophètes et vois si Nous avons décrété une autre divinité à adorer aux dépens du Miséricordieux.

46 - En effet, Nous avons envoyé Moïse avec Nos versets à Pharaon et à sa cour. Il dit : Je suis l'envoyé du Maître des mondes !

47 - Et lorsqu'il leur montra Nos signes, les voilà qui se mirent à rire.

48 - Et tous les signes et versets nouveaux que Nous leur montrions étaient plus grands les uns que les autres. Nous les mîmes aux fers, dans l'espoir de les voir revenir à meilleure attitude.

49 - Ils dirent : Ô magicien, invoque pour nous Ton Dieu en vertu de ce qu'Il t'a promis. Nous sommes disposés à suivre le bon chemin !

50 - Mais dès l'instant où Nous éloignâmes d'eux les châtiments [prévus], les voilà qui se parjurèrent [12].

51 - Pharaon appela son peuple en ces termes : Ô mon peuple, l'Égypte ne m'appartient-elle pas, ainsi que les fleuves qui coulent sous mes pieds ? Ne le voyez-vous pas ?

52 - Ne suis-je pas meilleur que cet homme misérable, qui peine à s'exprimer clairement ?

53 - Ah ! si au moins on avait déversé sur lui des bracelets en or ou si des anges étaient là pour l'accompagner.

54 - Pharaon égara son peuple, mais celui-ci leur obéissait. Tous étaient des pervers.

55 - Lorsqu'ils finirent par Nous irriter, Nous Nous vengeâmes en les noyant tous.

56 - Nous en fîmes un précédent pour les générations suivantes, et un exemple pour les autres.

57 - Et lorsque le fils de Marie est proposé comme exemple à son peuple, le voilà qui se détourne de lui.

58 - Est-ce que nos dieux sont meilleurs, disent-ils, ou est-ce Lui le meilleur ? Mais ce n'est là que polémique et controverse, car ils forment un peuple de ratiocineurs.

59 - Il n'est en fait qu'un serviteur auquel Notre grâce fut accordée. Il est donné en exemple aux fils d'Israël.

60 - Et si Nous le désirions, Nous créerions de vous des anges qui vous succéderaient.

61 - C'est là un prodrome de l'Heure, ne la mettez pas en doute. Suivez-Moi, c'est le droit chemin.

62 - Que Satan [13] ne vous détourne pas de cette voie, car il est votre ennemi déclaré.

63 - Et lorsque Jésus se présenta avec des preuves évidentes [14] et leur dit : Me voici dépositaire d'une sagesse [15] qui me permet de régler une partie des questions sur lesquelles vous vous opposez. Craignez donc Dieu et obéissez-moi.

64 - Car le Seigneur est mon Dieu et le vôtre. Adorez-Le, c'est le droit chemin.

65 - Mais des clans divergèrent entre eux. Malheur à ceux qui auront été injustes, car cruel est le Jour du tourment.

66 - Observent-ils l'Heure ? Elle peut se produire à l'improviste, alors même qu'ils ne l'attendaient pas.

67 - Ce jour-là, les amis les plus intimes seront des ennemis

les uns pour les autres, exception faite pour ceux qui craignent [Dieu].

68 - Ô Mes serviteurs ! Vous n'avez aucune crainte à avoir en ce jour, et vous n'avez à éprouver aucune tristesse !

69 - Ceux qui ont cru en Nos signes et qui s'y sont soumis,

70 - entrez au paradis, vous et vos épouses, vous y serez honorés !

71 - On circulera autour d'eux avec des coupes en or et des vases remplis de toutes sortes de biens désirables et qui réjouissent les yeux. Vous y resterez éternellement.

72 - Tel est le paradis que vous hériterez et que vous aurez mérité grâce à vos œuvres.

73 - Il y aura aussi une grande quantité de fruits que vous dégusterez à loisir.

74 - Tandis que les criminels seront éternellement dans les tourments de la géhenne.

75 - Il ne sera guère adouci, ni raccourci, à leur grand désespoir.

76 - Nous n'avons pas été injuste à leur égard. Ils étaient seuls injustes envers eux-mêmes.

77 - Ils s'écrieront : Ô Malik[16], que ton Dieu en finisse avec nous ! Mais Malik leur dira : Vous voilà ici pour toujours !

78 - Nous vous avions proposé la Vérité, mais beaucoup d'entre vous répugnaient à la reconnaître.

79 - Ont-ils manigancé quelque entourloupe ? Nous sommes meilleur qu'eux dans la rétorsion.

80 - Croient-ils vraiment que Nous ne percevons[17] pas leurs secrets et leurs conciliabules ? Bien au contraire, et Nos messagers consignent tout ce qui les concerne.

81 - Dis : Si le Miséricordieux avait un fils, je serais le premier à le vénérer.

82 - Gloire au Maître des cieux et de la terre, Seigneur du Trône, pour ce qu'ils décrivent.

83 - Laisse-les s'amuser[18] et se divertir jusqu'au moment où ils se retrouveront devant l'échéance promise.

84 - Il est Celui qui est au ciel, Dieu, et Dieu [encore] sur terre. Il est le plus sage, l'Omniscient.

85 - Béni soit Celui qui possède les cieux et la terre et ce qui se trouve dans leur espace intermédiaire, Celui qui connaît l'imminence de l'Heure et vers qui vous reviendrez.

86 - Ceux qui sont vénérés en dehors de Lui n'ont aucun pouvoir d'intercéder [en faveur d'autrui]. Seuls ceux qui auront témoigné pour la Vérité pourront le faire, en pleine conscience.

87 - Et si tu les interrogeais : Qui vous a créés ?, ils diraient : Dieu. Pourquoi [donc] s'en éloignent-ils ?

88 - Et ces mots : Ô Seigneur ! Voilà un peuple qui ne croit pas !

89 - Quitte-les et dis-leur : Paix, *Salam*. Bientôt, ils sauront.

NOTES

1. *Umm al-kitab* : l'original, la matrice. **2.** La fille était mal vue dans les milieux bédouins, ce qui explique que sa naissance était considérée par les familles pauvres comme une malédiction. **3.** Il s'agit là, sans doute, des anges qui étaient considérés par les païens comme les filles de Dieu. **4.** Les filles de Dieu ? Ou d'autres idoles, celles de La Mecque. **5.** Je n'adore pas ; je suis loin. **6.** La Mecque et Médine. Certaines sources donnent La Mecque et Ta'if, une autre oasis du Hedjaz. **7.** *Sûkhriyan*. **8.** *Chaytan*. **9.** *As-Sabil* : le « sentier de Dieu ». **10.** Mohammed ? **11.** *Sirat al-mûstaquim*. **12.** *Yankûtûn*. **13.** *Chaytan* : le démon. **14.** *Bayinat*. **15.** *Hikma*. **16.** Malik : nom de l'ange qui garde l'enfer, mais aussi « souverain », « seigneur », « roi ». **17.** L'arabe *nasma'* (nous écoutons) évoque l'idée que Dieu perçoit tout ce qui se conçoit même au tréfonds de l'âme. **18.** *Yakhûdû wa yal'abû* : « tenir des discours frivoles » (Kasimirski) ; « ergoter » (Blachère).

LA FUMÉE (AD-DÛKHAN)

Révélée à La Mecque, 59 versets

Au nom d'Allah, le Clément, le Miséricordieux

1 - Ha. Mim.

2 - Le Livre explicite.

3 - Nous l'avons révélé en une nuit bénie[1]. Nous avions averti...

4 - ... une nuit durant laquelle est décidé tout ordre sage.

5 - Un ordre venu de Nous, car c'est Nous qui envoyons [les prophètes],

6 - en miséricorde de ton Seigneur, étant Celui qui entend, l'Omniscient.

7 - Il est le Souverain des cieux et de la terre et de tout ce qui se situe dans l'espace mitoyen, si seulement vous en étiez convaincus [de votre foi].

8 - Il n'y a d'autre Dieu que Lui. Il fait vivre, Il fait mourir. Il est votre Seigneur et celui de vos aïeux.

9 - Mais les incroyants sont dans une attitude de scepticisme et en jouent.

10 - Prépare-toi au jour où le ciel se couvrira d'une fumée visible.

11 - Elle enveloppera les hommes et ce sera un immense châtiment.

12 - Ô notre Seigneur, éloigne de nous ce châtiment, nous sommes croyants !

13 - Les voilà qui se rappellent leur passé, alors qu'un envoyé leur est venu explicitement.

14 - Ils s'en sont détournés en disant : Voilà quelqu'un à qui on a appris quelque chose, il est possédé par un djinn.

15 - Nous allons éloigner momentanément ce châtiment, mais vous reviendrez à votre impiété.

16 - Le jour où Nous [vous] saisirons avec force, Nous aurons pris Notre vengeance[2].

17 - Nous avons éprouvé avant eux le peuple de Pharaon, après qu'un noble messager leur fut venu.

18 - Celui-ci leur dit : Livrez-moi les serviteurs d'Allah, je suis pour vous un envoyé sûr !

19 - Ne soyez pas hautains envers Dieu, car je vous apporte une preuve édifiante.

20 - Je me suis mis sous la protection de mon Seigneur, qui est aussi le vôtre, de peur que vous ne me lapidiez.

21 - Et si vous ne me croyez pas, au moins, laissez-moi seul.

22 - Il invoqua son Seigneur en disant : Voilà un peuple de criminels !

23 - Pars de nuit avec Mes serviteurs, [lui dit Dieu], vous serez poursuivis !

24 - Laisse les flots marins entrouverts, l'armée de Pharaon y sera engloutie.

25 - Combien de jardins et de fontaines n'ont-ils pas abandonnés !

26 - Des plantations superbes et autant de magnifiques demeures.

27 - Une jouissance infinie dont ils tiraient le meilleur bénéfice.

28 - C'est ainsi ! Nous donnâmes le tout en héritage à un autre peuple.

29 - Et ni le ciel ni la terre ne versèrent de larmes sur eux. Et aucun répit ne leur fut octroyé.

30 - C'est alors que Nous sauvâmes les fils d'Israël d'un traitement humiliant,

31 - en les prémunissant de Pharaon, car il était arrogant et impie[3].

32 - Nous les choisîmes volontairement et à dessein parmi les autres peuples.

33 - Et Nous leur fîmes voir, en matière de signes, ceux qui les impliquaient de façon exigeante.

34 - Mais les autres disent :

35 - Il n'y a qu'une seule mort, la première, et nous ne serons pas ressuscités après cela.

36 - Et si vous êtes véridiques, rappelez donc nos pères à la vie !

37 - Sont-ils meilleurs que les gens de Tobba'[4], et ceux qui les ont précédés ? Nous les avons anéantis, car ils avaient été des criminels.

38 - Ce n'est pas par jeu que Nous avons créé les cieux et la terre et ce qui se trouve dans leur espace mitoyen.

39 - Nous ne les avons créés que dans une perspective de Vérité[5], mais la plupart d'entre eux ne le savent pas.

40 - Au jour de la décision[6], tous seront réunis.

41 - Ce jour-là, aucun tuteur ne sera d'aucune utilité pour son protégé. Ils ne seront pas secourus.

42 - Les seuls qui seront secourus sont ceux qu'Allah prendra en Sa miséricorde, car Il est le Puissant, le Miséricordieux.

43 - L'arbre Zaqqoûm[7]

44 - sera la nourriture du coupable.

45 - Elle bouillonnera dans les ventres comme un métal en fusion,

46 - à la manière d'un bouillonnement infernal :

47 - Saisissez-vous de lui et mettez-le au-dessus de la fournaise !

48 - Ensuite, versez sur sa tête de l'eau bouillante.

49 - Goûte donc à cela ! N'est-ce pas toi le Puissant, le Noble ?

50 - N'est-ce pas de cela que vous doutiez naguère ?

51 - Mais ceux qui craignent Dieu seront installés dans un lieu très sûr,

52 - où il y aura des jardins et des fontaines.

53 - Vêtus de soie[8] et de satin[9]. Ils seront face à face.

54 - Telle sera leur condition ! Nous les marierons à des houris aux yeux noirs.

55 - Ils goûteront là à toutes sortes de fruits, paisiblement.

56 - Ils ne goûteront plus les affres de la mort, hormis leur première mort. Ils seront prémunis contre les douleurs de la fournaise.

57 - C'est là une faveur immense de ton Seigneur, tel est le grand succès.

58 - Nous l'avons rendu facile grâce à ta langue[10], peut-être réfléchiront-ils.

59 - Attends donc de voir, car ils veillent, eux, de leur côté.

NOTES

1. Le Coran a été révélé au cours de la vingt-septième nuit du mois de ramadhan, appelée pour cela la « nuit du destin », *laylat al-qadr*. **2.** Littéralement : « nous nous vengerons ». **3.** *Mûsrif*. **4.** *Tobba'* : selon le Commentaire d'Ibn Kathir (p. 1201), ce nom désigne un ou plusieurs rois belliqueux du Yémen en des temps extrêmement reculés. **5.** Cf. Coran, VI, 73. **6.** *Yawm al-façl*. **7.** L'arbre Zakkoûm. **8.** *Sûndûs*. **9.** *Istibraq*. **10.** Il s'agit du Coran.

L'AGENOUILLÉE (AL-JATIYA)

Révélée à La Mecque, 37 versets

Au nom d'Allah, le Clément, le Miséricordieux

1 - Ha. Mim.

2 - Cette révélation du Livre émane d'Allah, le Tout-Puissant, le Sage.

3 - De fait, il y a dans les cieux et sur terre des signes explicites pour les croyants.

4 - Dans votre création même et dans la multiplicité des bêtes, il y a des signes explicites pour le peuple qui croit fermement [en Dieu].

5 - L'alternance de la nuit et du jour, ce qu'Allah a fait descendre du ciel pour arroser la terre et la réanimer après qu'elle se fut desséchée, le régime des vents et leur emploi, sont des preuves magistrales pour un peuple qui raisonne.

6 - Tels sont les versets d'Allah que Nous te récitons en toute vérité. À quels autres signes, et à quels arguments après ceux d'Allah, vont-ils croire ?

7 - Malheur à tout pervers qui se rend coupable de mensonge.

8 - Il entend les versets d'Allah, mais, orgueilleux, il feint de ne pas les entendre. Informe-le du tourment cruel qui l'attend.

9 - Et lorsqu'il apprend quelques-uns de Nos versets, il les tourne en dérision. Ceux-là auront un châtiment humiliant.

10 - Ils auront la géhenne derrière eux et rien de ce qu'ils ont possédé ne leur servira, ni les dieux qu'ils se sont donnés comme protecteurs en dehors d'Allah. Un châtiment terrible les attend.

11 - Tel est le droit chemin. Ceux qui nient les versets de leur Seigneur recevront un châtiment cruel.

12 - Allah est Celui qui vous a rendu docile la mer, afin que, par Son ordre, les navires puissent y naviguer, que vous cherchiez à Lui plaire et que vous Lui soyez reconnaissants !

13 - Il vous a rendu docile tout ce qui se trouve dans les cieux et sur terre. Car, tout procède de Lui. En cela, il y a des signes évidents pour un peuple qui réfléchit.

14 - Dis aux croyants de pardonner à ceux qui n'espèrent rien des jours d'Allah. Dieu y rétribuera les hommes selon leurs œuvres.

15 - Celui qui accomplit de bonnes œuvres les comptabilisera à son profit ; celui qui commet de mauvaises actions le fera à son détriment. Après quoi, votre retour se fera vers votre Seigneur.

16 - Nous avons donné aux fils d'Israël le Livre, la sagesse et la prophétie. Nous les avons dotés de tous les biens et Nous les avons privilégiés par rapport aux autres peuples.

17 - Nous leur avons donné des preuves manifestes de Notre ordre. Ils ne se divisèrent qu'après avoir reçu la science. Au jour de la résurrection, ton Seigneur tranchera leur différend.

18 - Nous t'avons ensuite placé sur une voie qui relève de Notre ordre. Suis-la et ne suis pas les vains désirs de ceux qui ne savent point.

19 - Ils ne seront pour toi d'aucun secours auprès d'Allah. En réalité, les injustes se soutiennent mutuellement, Allah étant, Lui, le recours de ceux qui Le craignent.

20 - Ce [Coran] est une source de lumière pour les hommes, une voie droite et une miséricorde pour un peuple qui est sincèrement croyant.

21 - À moins que ceux qui ont commis de mauvaises actions ne pensent que, à leur mort, Nous leur réserverons un traitement semblable à celui des bons croyants. C'est là une grosse erreur de jugement !

22 - Allah a créé les cieux et la terre selon un principe de vérité : chaque âme ne recevra que ce dont elle s'est acquittée et aucune ne sera lésée.

23 - Que penses-tu de celui qui a pris sa passion pour Dieu ? Allah l'a égaré sciemment. Il a scellé son ouïe et son cœur. Il a voilé sa vue. Qui va le guider en dehors d'Allah ? Pensez-vous à cela ?

24 - Ils ont dit : Ce n'est là que notre vie. Nous vivons et nous mourrons. Et seul le temps qui passe nous porte préjudice. Mais ils n'ont aucune connaissance en la matière. Ils ne font que spéculer.

25 - Et lorsque Nos versets explicites leur sont récités, ils avancent comme argutie : Ramenez-nous nos ancêtres si vous êtes véridiques !

26 - Réponds-leur : Allah vous fait naître et mourir. Il vous rassemblera le jour de la résurrection. Il n'y a aucun doute là-dessus, mais la plupart des gens l'ignorent.

27 - À Allah appartient la royauté des cieux et de la terre,

et lorsque l'Heure sera annoncée, ce jour-là, les imposteurs seront perdants.

28 - Tu verras alors chaque communauté agenouillée très humblement. Chaque communauté sera appelée vers son Livre et chacune d'elles sera rétribuée en fonction de ce qu'elle aura fait.

29 - Voilà notre Livre qui témoignera en votre faveur sans commettre d'erreur, dès lors que toutes vos actions y sont consignées.

30 - Ceux qui ont fait du bien et qui se sont acquittés de bonnes actions, Dieu les admettra dans Sa miséricorde et c'est là le succès le plus éclatant.

31 - Tandis que les incroyants s'entendront dire : N'avez-vous pas entendu Nos versets et n'avez-vous pas eu une attitude hautaine en les écoutant ? N'étiez-vous pas un peuple de criminels ?

32 - Et lorsqu'on vous disait : La promesse d'Allah sera tenue et l'Heure ne peut être récusée, vous répondiez : L'Heure, qu'est-ce donc ? N'est-ce pas une simple hypothèse ? De toute façon, nous n'en avons aucune certitude !

33 - Ressortiront alors leurs mauvaises actions et l'évidence de ce qu'ils faisaient auparavant et dont ils se moquaient. Tout cela leur apparaîtra.

34 - Nous vous oublions aujourd'hui tout comme vous avez oublié le Jour de cette rencontre. Votre refuge final est le feu et nul n'est en mesure de vous secourir.

35 - En raison de la moquerie avec laquelle vous avez accueilli les versets d'Allah et pour les séductions de la vie ici-bas auxquelles vous avez consenti. Vous ne sortirez plus de la géhenne et Nous ne vous demanderons pas de revenir sur vos actions.

36 - Louange à Allah, Seigneur des cieux, Seigneur de la terre, Seigneur des mondes.

37 - À Lui la Majesté dans les cieux et sur terre. Il est le Puissant, le Sage.

AL-AHQAF

Révélée à La Mecque, 35 versets

Au nom d'Allah, le Clément, le Miséricordieux

1 - Ha. Mim.

2 - Cette révélation du Livre émane d'Allah, le Tout-Puissant, le Sage.

3 - Nous n'avons créé les cieux et la terre et tout ce qui se trouve entre eux que par la Vérité et selon un ordre déterminé. Ceux qui se sont montrés sceptiques quant à Nos avertissements sont des réfractaires.

4 - Dis-leur : Voyez-vous ce que vous vénérez en dehors d'Allah ! Montrez-moi ce qu'ils ont créé sur terre. Peut-être ont-ils des associés au ciel, ou qu'ils me montrent un Livre qui aurait précédé celui-là ou la trace d'une science quelconque... si vous êtes véridiques.

5 - Qui est le plus égaré ? Ceux qui vénèrent un autre dieu qu'Allah et qui, qui plus est, ne leur répond pas au jour de la résurrection. Du reste ces [divinités] sont peu attentives à leurs supplications.

6 - Et lorsque les hommes seront rassemblés [pour le jugement final], elles se dresseront contre eux et renieront leur vénération.

7 - Et lorsque Nos versets explicites leur sont récités, ceux

qui ont nié la Vérité lorsqu'elle s'est présentée à eux disent :
Voilà bien une magie manifeste !

8 - Sont-ils amenés à dire : Il l'a créé ! Il faut leur répondre :
Si je l'avais inventé ? Vous ne pouvez m'associer au pouvoir
d'Allah, car Il sait ce que l'on propage à Son sujet. Il me
suffit amplement comme Témoin entre vous et moi. Il est
Celui qui pardonne et qui est miséricordieux.

9 - Dis aussi : Je ne suis point un innovateur parmi les
prophètes. Je ne sais rien de ce qui m'attend, ni de ce qui
vous attend. Je ne fais que suivre la Révélation, car je ne
suis qu'un transmetteur explicite.

10 - Dis aussi : Imaginez que ce Livre provienne vraiment
d'Allah et que vous le récusiez, en dépit de ce qu'un témoin
des fils d'Israël aurait pu témoigner en sa faveur en lui
accordant du crédit au moment où vous le rejetiez avec
suffisance ! Allah n'oriente pas dans le bon sens les peuples
injustes.

11 - Ceux qui n'ont pas cru dirent à ceux qui ont cru : Si
ce Livre était vraiment un bien, nul ne nous aurait devancés
pour l'adopter. Mais dans la mesure où ils ne le tiennent
pas pour une référence, un guide, ils le traitent de vieille
imposture.

12 - Avant celui-ci, le Livre de Moïse était une direction et
une miséricorde, tandis que celui-là, le Coran, est un Livre
qui confirme les précédents. Il est écrit en langue arabe
pour informer les mécréants et pour être une bonne nouvelle pour ceux qui font le bien.

13 - Ceux qui ont dit : Notre Dieu est Allah, et qui se sont
dressés (pour prier), ceux-là n'ont rien à craindre, ils ne
seront pas tristes après.

14 - Ceux-là seront les hôtes du paradis où ils demeureront

éternellement, en récompense de ce qu'ils ont fait auparavant.

15 - Nous avons fait promettre à l'homme de traiter convenablement ses parents. Sa mère l'a porté difficilement, elle
en a accouché dans la douleur et, de la gestation jusqu'au
sevrage, il y a trente mois. À sa maturité, vers quarante
ans, il peut dire : Ô Seigneur, permets-moi de clamer ma
reconnaissance pour Tes bienfaits, ceux dont Tu m'as
comblé, ainsi que mes parents. Suggère à mon âme les
bonnes œuvres que je dois faire et qui Te satisferont. Fais
en sorte que ma progéniture soit saine, pour autant que je
m'abandonne à Ta volonté et que je sois parmi les croyants
qui Te sont soumis.

16 - C'est ceux-là dont Nous accepterons le meilleur de ce
qu'ils ont réalisé et dont Nous effacerons les éventuels
péchés. Ils seront parmi les occupants du paradis afin que
promesse soit tenue.

17 - Quant à celui qui aura dit à ses parents : Laissez-moi !
(Ouffin !) Vous dites que je sortirai à nouveau de ma
tombe, alors que tant de générations passées n'ont cessé en
vain d'invoquer le secours d'Allah. Ô malheureux ! Aie foi
en Dieu, car la promesse d'Allah est véridique ! Il dira : Ce
ne sont là que fables anciennes.

18 - C'est à l'encontre de ces gens-là que la parole de vérité
s'appliquera, ainsi qu'elle le fit par le passé à l'encontre de
nombreux peuples de djinns et d'êtres humains. Ils étaient
parmi les perdants.

19 - Chacun sera placé à des degrés distincts, en fonction
de ce qu'ils auront fait. Ils ne seront pas lésés.

20 - Et lorsque les mécréants seront présentés devant le feu,
on leur dira : Vous avez dilapidé les biens qui étaient à
votre disposition sur terre et dont vous jouissiez pleinement. Vous voilà ici à souffrir l'humiliation et la dégrada-

tion en rétribution de ce qui faisait votre orgueil et votre vanité sur terre, et du fait de votre perversion.

21 - Rappelle le cas du frère de 'Ad, lorsqu'il transmit à son peuple du côté des Ahqaf[1], ce en quoi il réitérait tout ce qui a été dit par les prophètes tant avant qu'après lui : N'adorez que Dieu, car j'ai peur du châtiment terrible qui vous attend !

22 - Ils dirent : Es-tu venu pour nous détourner de nos divinités ? Apporte donc ce dont tu nous menaces, si tu es véridique !

23 - Le savoir est auprès de Dieu, rétorqua-t-il, je ne vous transmets que ce qu'il m'a été donné de vous transmettre. Mais je vois que vous êtes un peuple ignorant.

24 - Lorsqu'ils constatèrent qu'un gros nuage venait vers la vallée, ils dirent : Voici un nuage pluvieux. – Au contraire, ce ne sont là que vos désirs activés plus vite. Dans cette nuée, il y a un châtiment terrible...

25 - ... détruisant tout ce qui se trouvait sur son passage, selon l'ordre de Dieu. Au matin, on ne voyait plus que [les restes de] leurs maisons, car c'est ainsi que Nous rétribuons les peuples impies.

26 - Et Nous les avions placés dans une position plus avantageuse que la nôtre. Nous leur avions donné l'ouïe, la vision et les sens, mais ni leur audition, ni leur vision, ni leurs capacités sensibles ne leur ont servi, et cela d'aucune façon dès lors qu'ils nièrent les signes de Dieu. Leur châtiment sera à la mesure du persiflage qu'ils manifestèrent à l'égard de tout cela.

27 - Nous avons détruit toutes les cités qui vous entouraient, alors même que Nos signes étaient plus nombreux dans l'espoir qu'ils puissent revenir de leur erreur.

28 - Si au moins ceux des dieux qu'ils s'étaient donnés en

dehors du Seigneur pour les aider les avaient secourus ! Mais voilà, ils les ont abandonnés. Tel est l'aboutissement et de leurs mensonges et de leurs inventions.

29 - Et lorsque Nous t'envoyâmes un groupe de djinns pour écouter le Coran, ils arrivèrent et dirent : Faites silence, nous écoutons ! Lorsque la récitation fut terminée, ils revinrent vers leur peuple pour les informer et les avertir.

30 - Ils lui dirent : Ô notre peuple, nous avons entendu un Livre qui a été révélé après Moïse, confirmant ce qui l'a précédé et appelant à la vérité et au droit chemin.

31 - Ô notre peuple ! Répondez par l'affirmative au prédicateur d'Allah et croyez en Lui. Il vous pardonnera vos péchés et vous prémunira d'un supplice atroce.

32 - Quant à celui qui ne répond pas à l'appel d'Allah, il ne saurait Le contrarier ici-bas et ne trouvera aucun autre dieu à Lui substituer en dehors de Lui. Celui-là sera dans une erreur manifeste.

33 - Ne voient-ils pas qu'Allah est Celui qui créa les cieux et la terre, et que cela ne le fatigua point. Il les crée à la mesure de ce qu'Il fait avec les morts qu'Il ressuscite. C'est vrai qu'Il est puissant en tout !

34 - Et le jour où ceux qui n'ont pas cru seront présentés au feu de l'enfer, ils s'entendront dire : N'est-ce pas là une réalité ? Ils diront : Oui ! par notre Seigneur. Il dira : Goûtez au châtiment de ce dont vous doutiez.

35 - Ne te presse pas et patiente[2], ainsi que l'ont fait, par le passé, les autres envoyés doués de fermeté[3]. N'accélère pas l'échéance des impies, car le jour où ils seront face à ce qui leur a été promis, ils auront l'impression de n'y avoir passé qu'une heure à peine. Avis à tous : qui sera détruit, sinon le peuple impie ?

NOTES

1. Des dunes, des espaces désertiques. Selon les historiens, le territoire du nord du Hadramawt permet de situer les légendes anciennes entourant le peuple des 'Aadites, et de Houd, leur prophète. 2. Il s'agit sans doute du prophète Mohammed. 3. *Ûlû al-'azmi* : littéralement, « les maîtres résolus de la décision ».

MOHAMMED

Révélée à Médine, 38 versets

Au nom d'Allah, le Clément, le Miséricordieux

1 - Ceux qui ont été incroyants et qui se sont écartés de la voie d'Allah verront leurs œuvres taxées de nullité.

2 - Ceux qui ont cru, ont fait le bien et ont cru à ce qui a été révélé à Mohammed, au sens où c'est la Vérité venue de leur Seigneur, leurs péchés seront abolis et leur cœur sera pacifié.

3 - Telle est la situation : il y a ceux qui n'ont pas cru et qui ont suivi le faux, le mal, et ceux qui ont cru et qui ont suivi la Vérité de leur Seigneur. C'est ainsi qu'Allah donne leurs exemples aux hommes.

4 - Si vous rencontrez les infidèles, frappez-les au cou jusqu'à les terrasser. Ensuite, enchaînez-les pour les empêcher de fuir. Une fois la guerre terminée, vous les libérerez ou les rendrez contre rançon. Si Dieu l'avait voulu, Il S'en serait débarrassé tout seul, mais cela est fait pour vous mettre à l'épreuve. Ceux qui meurent dans la voie du Seigneur, leurs efforts ne seront pas vains.

5 - Il les orientera correctement et améliorera leur condition.

6 - Il les fera entrer au paradis qu'Il leur a fait connaître.

7 - Ô vous les croyants, si vous faites triompher Allah, Il vous fera triompher à Son tour et affermira vos pas.

8 - Mais ceux qui n'auront pas cru verront leur sort s'assombrir, tandis que leurs œuvres seront anéanties.

9 - Cela parce qu'ils ont détesté ce qu'Allah a révélé. Leurs œuvres seront largement amoindries.

10 - Ne vont-ils pas partout, sur terre, pour constater quelle fut la situation finale de ceux qui les ont précédés ? Exterminés par Allah, ceux qui ne croient pas comme eux subiront le même sort.

11 - Tout cela parce que Allah est le patron de ceux qui ont cru, tandis que les infidèles n'ont aucun patron.

12 - Allah fera entrer ceux qui ont cru et qui ont fait le bien dans des jardins où coulent des ruisseaux. Les infidèles jouissent et mangent comme le font les bêtes. L'enfer sera le lieu où ils finiront.

13 - Ont existé des cités plus fortes que la tienne qui t'a chassé ; Nous les avons détruites, sans qu'elles soient secourues.

14 - Compare-t-on celui qui suit les éléments de preuve proposés par son Seigneur à celui qui se contente des artifices flatteurs de ses mauvaises actions ou [ceux] qui se sont soumis à leurs mauvais penchants ?

15 - À l'image du paradis qui a été promis aux fidèles[1] et où couleront des fleuves d'une eau incorruptible, des fleuves de lait[2] au goût inaltérable, des fleuves de vin exquis pour ceux qui le boivent et des fleuves de miel pur. Ils auront en plus toutes sortes de fruits et de nourritures succulentes, ainsi que le pardon de leur Seigneur, contrairement à ceux qui séjourneront en enfer et qui auront une eau brûlante qui déchirera leurs entrailles.

16 - Il y a parmi eux des gens qui t'écoutent jusqu'au

557

moment où ils sortent de chez toi. C'est alors qu'ils demandent à ceux qui disposent de science : Qu'a-t-il dit tantôt ? Ce sont eux dont les cœurs ont été scellés par Allah. Ils suivent leurs mauvais penchants.

17 - Ceux qui ont suivi la bonne direction sauront trouver auprès de Lui une meilleure direction. Leur piété sera amplifiée.

18 - Ne voient-ils pas seulement l'Heure qui arrive à l'improviste ? Ses signes précurseurs sont déjà annoncés. De quelle façon se remémorent-ils sa venue ?

19 - Sache qu'il n'y a d'autre dieu qu'Allah. Implore le pardon pour tes péchés et pour ceux des croyants et des croyantes. Allah connaît vos revirements et votre destin final.

20 - Ceux qui croient disent : Si au moins une sourate appelant à la guerre était révélée ! Mais qu'une telle sourate soit effectivement révélée, tu verras ceux dont les cœurs sont malades te regarder avec un air abattu, comme celui d'un mourant. Mais leur priorité doit être...

21 - ... obéissance et paroles convenables. Car, si l'affaire était conclue et s'ils se montraient sincères envers Allah, cela leur serait bien meilleur.

22 - Si, en revanche, vous changiez d'avis et si vous désobéissiez, combien de méfaits auriez-vous commis sur terre, sans compter la rupture de vos liens du sang !

23 - Ceux qui ont été maudits par Allah sont devenus sourds et aveugles.

24 - Ne méditent-ils pas le sens du Coran ? Ou alors leurs cœurs sont-ils irrémédiablement clos ?

25 - Ceux qui se sont ravisés et reviennent à leurs erreurs après que le droit chemin leur a été révélé ont été trompés sous la dictée de Satan.

26 - C'est alors qu'ils disent à ceux qui détestent ce qu'Allah a révélé : Nous vous obéissons dans certaines circonstances. Mais Allah connaît parfaitement leurs secrets [3].

27 - Comment seront-ils alors, le jour où les anges les appelleront et où ils les frapperont sur le visage et sur le dos ?

28 - Tout cela, parce qu'ils ont suivi ce qu'Allah déteste le plus, et ils éprouvent de la répulsion pour ce qui Lui plaît. Leurs œuvres seront bien vaines.

29 - Ceux dont le cœur est malade croient-ils vraiment qu'Allah n'exposera pas leurs méchancetés ?

30 - Et si Nous l'avions voulu, Nous vous les aurions montrés. Tu les reconnaîtras à leur apparence [4] et au son de leur voix. Allah sait quelles sont vos actions.

31 - Nous nous mettrons à l'épreuve de façon à distinguer, parmi vous, ceux qui luttent [en Notre faveur] [5], les persévérants, et pour apprécier ce que l'on rapporte à votre sujet.

32 - Ceux qui ont été mécréants et qui ont poussé [d'autres] à quitter la voie droite menant à Allah, ceux qui se sont opposés au Prophète après que la bonne voie leur eut été montrée, ne porteront aucun préjudice à Allah, car Il détruira leurs œuvres.

33 - Ô vous les croyants, obéissez à Allah, obéissez au Prophète. Ne détruisez pas le capital de vos actions.

34 - Ceux qui ont été mécréants, qui se sont détournés de la voie tracée par Allah [6] et qui sont décédés alors qu'ils étaient infidèles, Allah ne leur pardonnera pas.

35 - Ne vous diminuez pas en appelant à la paix alors que vous êtes en position de force. Allah est avec vous et ne réduira pas le mérite de vos actions.

36 - La vie sur terre est jeu et divertissement. Mais si vous

croyez et si vous craignez [Dieu], vous recevrez amplement votre rétribution et cela n'écornera pas vos biens propres.

37 - Car, s'Il vous les demandait au point de vous mettre à nu[7], vous seriez avares, ce qui ferait ressortir votre haine, vos méchancetés.

38 - Voici comment vous êtes lorsqu'on vous demande un sacrifice dans la voie d'Allah. Certains parmi vous se montrent avares, mais celui qui est avare ne l'est qu'à ses dépens. Allah est le Fortuné, et vous les pauvres démunis. Car, si vous tournez le dos, Allah vous substituera un autre peuple qui ne sera pas identique à ce que vous êtes.

NOTES

1. *Al-muttaqûn*. 2. *Labanûn*. 3. *Asrarahûm*. 4. *Simahûm*. Autre traduction : « Si Nous le voulions, Nous te les ferions voir. Tu sauras les reconnaître sur les traits (de leur visage), tu les reconnaîtras aussi au son de leur voix. Allah connaît vos actions. » Cf. Physiognomonie. 5. *Mûjahidin*. 6. Autre traduction : « ... qui ont détourné d'autres personnes de la voie tracée par Allah », pour mieux rendre (peut-être) le verbe défectif : *Saddû 'an sabil Allah*. Même remarque qu'en XLVII, 32. 7. *Fayahfikûm* : « qu'il vous laisse pieds nus », « fait de vous des va-nu-pieds ».

LA VICTOIRE (AL-FATH)

Révélée à Médine, 29 versets

Au nom d'Allah, le Clément, le Miséricordieux

1 - Nous t'avons assuré un succès éclatant.

2 - Afin qu'Allah te pardonne les péchés que tu aurais pu connaître, avant et maintenant, et qu'Il parachève Sa bénédiction à ton égard et qu'Il t'oriente dans le bon chemin.

3 - Et qu'Allah t'aide de manière décisive.

4 - C'est Lui qui a fait descendre la sérénité dans les cœurs des croyants de façon à affermir leur foi première par une foi seconde. À Allah appartiennent les armées des différents cieux et celles de la terre. Allah est le Savant, le Sage[1].

5 - Cela afin que les croyants et les croyantes pénètrent dans les jardins où coulent les rivières, reçus en toute éternité, tandis que leurs péchés seront abolis. Tout cela est une victoire suprême auprès d'Allah.

6 - Les mécréants et les mécréantes seront punis, ainsi que ceux qui, hommes ou femmes, ont associé un autre dieu à Dieu et tous ceux qui ont spéculé négativement sur l'existence d'Allah. Autour d'eux, que du malheur, car Allah sera fâché contre eux. Il les maudira et leur préparera la géhenne comme triste fin.

7 - À Allah appartiennent les armées des cieux et de la terre. Allah est puissant et sage[2].

8 - Nous t'avons envoyé, [ô Prophète] comme témoin, comme annonciateur d'une bonne nouvelle, et pour mettre en garde, pour prévenir.

9 - Afin que vous croyiez en Allah et en Son messager. Pour que vous Lui prêtiez secours, que vous L'honoriez et que, matin et soir, vous déclamiez Ses louanges.

10 - Ceux qui te jurent fidélité le font, en fait, pour Allah. La main d'Allah est au-dessus de la leur[3]. Ceux qui violent leurs serments le font d'abord contre eux. En revanche, celui qui respecte le serment qu'il a donné, Allah le récompensera d'un bien immense.

11 - Les Bédouins retardataires viendront te voir et te diront : Nos biens et nos familles nous ont retenus. Demande pour nous pardon au ciel ! Ils disent là par leurs bouches ce que leurs cœurs ne contiennent pas. Réponds-leur : Qui, à cet égard, a le moindre pouvoir sur Allah s'Il vous veut du mal ou du bien ? Mais sachez qu'Allah est très informé de ce que vous faites.

12 - Vous avez pensé que ni le Prophète ni les croyants ne reviendraient plus jamais vers leurs familles, et cette perspective vous a tant réjouis. Mais vous avez mal supposé, car vous étiez un peuple de pervers.

13 - Que celui qui ne croit pas en Allah ou en Son prophète sache qu'un brasier ardent a été préparé aux incrédules.

14 - À Allah revient le royaume des cieux et de la terre. Il pardonne à qui Il veut et Il punit durement qui Il veut. Allah est celui qui pardonne, le Miséricordieux.

15 - Ceux qui sont restés à l'arrière diront : Lorsque vous irez vous saisir de vos butins déjà garantis, pourrons-nous vous suivre ? Mais ils veulent transformer les paroles d'Allah. Dis-leur : Non, vous ne pourrez pas nous suivre, ainsi que l'a dit Allah auparavant. Ils diront : Mais vous

êtes envieux ! Mais non ! Seulement, peu de gens sont en mesure de comprendre !

16 - Dis à ceux qui, parmi les Bédouins, sont restés en arrière : Vous serez invités à combattre un peuple d'une rare puissance. Vous les combattrez, à moins qu'ils ne se soumettent à l'islam. Si vous acceptez d'obéir, Allah vous pourvoira d'un bien immense. En revanche, si vous vous rebiffez comme vous l'avez déjà fait auparavant, vous subirez un terrible châtiment.

17 - Il n'y a pas de grief envers l'aveugle, le handicapé moteur ou le malade pour qu'ils soient dispensés de la guerre. Celui qui obéit à Allah et à Son prophète sera admis dans des jardins où coulent des fleuves ; celui en revanche qui Lui tourne le dos, un châtiment terrible lui est réservé.

18 - Allah a été satisfait des croyants qui t'ont exprimé allégeance sous l'arbre [4]. Ayant su ce que renfermaient leurs cœurs, Il infusa la quiétude sur eux [5] et leur assura une très proche victoire.

19 - Ils recevront aussi de nombreux butins qu'ils prendront avec eux. Allah est, à cet égard, puissant et sage.

20 - Allah vous a promis de nombreux butins, qu'Il a tôt fait de vous octroyer. Il a éloigné de vous la main des gens [6], en guise de manifestation claire pour les croyants. Il les oriente dans le droit chemin.

21 - Et d'autres encore, que vous n'étiez pas en mesure d'obtenir, mais qu'Il garde par-devers lui. Allah est puissant en toute chose.

22 - Et si les mécréants vous avaient combattus, ils n'auraient pas tardé à s'en aller, fuyant sans trouver de maître ni de protecteur.

23 - Telle est la loi antérieurement fixée par Allah et à laquelle tu ne trouveras aucune alternative [7].

24 - Il est Celui qui a éloigné de vous le bras de vos ennemis, comme Il a éloigné d'eux votre emprise dans la vallée
de La Mecque, après vous avoir permis de prendre l'avantage sur eux. Allah observe parfaitement ce que vous faites.

25 - Ce sont eux, après tout, qui ont été incroyants et qui,
ce faisant, vous ont barré l'accès à la Mosquée sacrée [8], ayant
ainsi dévié l'offrande que vous deviez y faire. N'eussent été
des hommes croyants et des femmes croyantes que vous ne
connaissiez point et auxquels vous auriez pu faire du tort
et qui auraient pu réagir, tout cela afin qu'Allah reçoive en
Sa miséricorde qui Il veut. S'ils avaient été isolés les uns
des autres, Nous aurions fait subir aux incroyants parmi
eux les pires châtiments.

26 - Lorsque les infidèles eurent mis en leur cœur la
fureur [9], une fureur d'ignorants, Allah de Son côté a mis Sa
quiétude dans le cœur de Son prophète et dans celui des
croyants. Il leur a prescrit une parole sincère et de piété, ce
dont ils se sont montrés les plus aptes et les plus dignes.
Allah est au courant de tout.

27 - Allah a confirmé la réalité de la vision de Son envoyé
en lui disant : Vous entrerez dans la Mosquée sacrée s'il
plaît à Allah et en toute sécurité. Vous aurez la tête rasée
ou tout au moins les cheveux courts. Vous n'aurez aucune
crainte, car Allah sait ce que vous ne savez point. Il en fait
une occasion pour un succès imminent !

28 - Il est Celui qui a envoyé Son messager en le munissant
des bonnes dispositions de la religion [10], la religion de la
Vérité, de façon à lui assurer la primauté sur toutes les
religions. Allah se suffit comme témoin.

29 - Mohammed est l'envoyé d'Allah. Ceux qui l'entourent
sont sévères avec les mécréants, mais fort compatissants
entre eux. Tu les verras inclinés, prosternés et désirant plus
que tout une faveur d'Allah et Sa satisfaction. Leur belle

marque se trouve sur leurs visages, à force de s'adonner à la prosternation. Il en est ainsi dans la Torah et dans l'Évangile. Une semence a germé et de cela une force nouvelle est née, saine et équilibrée sur sa tige, suscitant l'émerveillement des semeurs, mais qui a mis en colère les mécréants. Allah a promis à ceux qui ont cru et qui ont fait du bien un grand pardon et une grande récompense.

NOTES

1. *'Aliman hakiman.* 2. *Azizan hakiman* : « puissant et sage », autres attributs de Dieu. 3. Belle image symbolique pour montrer que le corps d'Allah ne relève pas d'une matérialité immédiate, mais d'une matérialité seconde, une métacorporalité. 4. Il s'agit du serment qui fut prêté à Hûdaybiyya, en 628 après J.-C. Les historiens estiment que ce serment d'allégeance a ouvert la voie à la conquête pacifique de La Mecque qui interviendra quelques années plus tard (630), après d'ailleurs un petit pèlerinage de trois jours qui eut lieu l'année précédente, soit en 629 après J.-C. 5. *Sakina* : quiétude. 6. *Kaffa aydi an-nass 'ankûm* : il a éloigné de vous l'emprise des gens, leur bras séculier. 7. *Sunnat Allah* : la « voie » de Dieu, Sa Volonté mise en acte, Son univers. 8. *Al-Masjid al-haram.* 9. *Hamiya* : zèle, fanatisme, « fanatisme barbare » (Pesle/Tidjani). 10. *Al-hûda*, une notion difficile à traduire : « chemin de droiture », « langage de la raison », « direction ».

LES APPARTEMENTS (AL-HUJÛRAT)

Révélée à Médine, 18 versets

Au nom d'Allah, le Clément, le Miséricordieux

1 - Ô vous les croyants, ne devancez pas les ordres d'Allah et de Son envoyé. Craignez plutôt Allah, Il est Celui qui entend et qui sait.

2 - Ô vous qui croyez, n'élevez pas la voix au-dessus de celle du Prophète. Ne parlez pas devant lui en haussant le ton comme si vous le faisiez entre vous, car, ce faisant, vos bonnes actions risquent de s'atténuer sans que vous le réalisiez.

3 - Ceux, en revanche, qui parlent avec modération devant le Prophète sont les mêmes qu'Allah a disposés de façon à cultiver la piété dans les cœurs. Ils seront largement pardonnés et auront une récompense immense.

4 - Ceux qui t'appellent bruyamment derrière les parois de tes appartements sont, pour la plupart, des ignorants[1].

5 - Si au moins ils avaient patienté jusqu'à ce que tu sortes de chez toi pour les rejoindre. Ce serait bien mieux pour eux, mais Allah est Celui qui pardonne et qui est miséricordieux.

6 - Ô vous qui croyez, si quelqu'un de mauvaise intention vient vous voir avec une nouvelle quelconque, étudiez-la d'abord et déterminez si cela ne lèse personne, car alors vous risquez de regretter votre geste.

7 - Sachez que vous avez parmi vous un envoyé d'Allah. Or, s'il avait obéi à beaucoup de vos injonctions, vous auriez été perdus. Mais Allah a préféré vous montrer la foi sous son meilleur jour, Il l'a embellie à vos yeux et, en même temps, Il a enlaidi l'incrédulité, la dépravation et la désobéissance. Ces gens-là se révéleront par leur rectitude,

8 - qui est une faveur divine et un bienfait. Allah est Celui qui sait, Il est le Sage.

9 - Si deux clans issus du rang des croyants se combattent, établissez la concorde entre eux. Si l'un des clans persévère dans sa provocation, combattez celui qui en est responsable jusqu'au moment où il s'en remet à l'ordre normal d'Allah. Si cette partie reconnaît ses torts et cherche à s'amender, la réconciliation entre eux doit être menée dans un esprit de justice et d'équité, car Allah aime les gens équitables.

10 - Les croyants sont des frères. Il faut réconcilier les frères entre eux et craignez Allah, peut-être ferez-vous l'objet de Sa miséricorde.

11 - Ô vous les croyants ! Qu'aucun groupe parmi vous ne tourne en dérision un autre groupe, car ils sont peut-être meilleurs. Que les femmes ne tournent pas en dérision d'autres femmes, au risque que les secondes soient meilleures que les premières. Ne vous calomniez d'aucune manière, pas plus d'injures que de sobriquets. Pas de déviation après la rectitude de la foi, car ceux qui ne se repentent pas, ceux-là seront véritablement les injustes.

12 - Ô vous les croyants, éloignez-vous promptement du soupçon, car il est des soupçons qui confinent au péché. Ne vous espionnez pas mutuellement ! Ne médisez pas les uns des autres ! Y a-t-il quelqu'un parmi vous qui aimerait manger la chair de son frère mort ? Vous le détesteriez ! Craignez Allah, car Allah est Celui qui revient [vers le repentant], Il est le Miséricordieux.

13 - Ô vous les hommes, Nous vous avons créés à partir d'un mâle et d'une femelle. De vous, Nous avons fait des peuples et des tribus afin que vous vous reconnaissiez. Votre dignité aux yeux de Dieu, c'est votre piété. Dieu est savant, le Très-Informé.

14 - Les Bédouins ont dit : Nous avons cru ! Dis-leur : Ne dites pas : nous avons cru, mais nous nous soumettons[2]. Le jour où la foi pénétrera vos cœurs et où vous obéirez à Allah et à Son envoyé, aucune de vos bonnes actions ne vous sera défalquée. Allah est Celui qui pardonne, Il est le Miséricordieux.

15 - Les vrais croyants sont ceux qui ont cru en Allah et en Son prophète, qui n'ont pas douté et qui sacrifient leurs biens et leur propre personne au service d'Allah. Tels sont [les croyants] véridiques.

16 - Dis : Allez-vous apprendre à Allah ce qu'est votre religion, alors qu'Allah sait ce qu'il y a au ciel et sur terre ? Allah est au courant de tout.

17 - Ils pensent t'avoir accordé une faveur particulière de s'être rendus à l'islam. Dis-leur : Vous ne faites aucune faveur à Allah d'être devenus musulmans, c'est au contraire Allah qui vous a inspirés pour aller dans cette direction, pour autant que vous soyez sincères.

18 - Car Allah connaît la part invisible des cieux et de la terre. Allah observe tout ce que vous faites.

NOTES

1. *La ya'quilûn* : ils manquent de sensibilité, ils sont inconscients.
2. *Aslamna* : devenir musulman. Une double acception de ce mot travaille en filigrane tout le Coran : « se soumettre » et « être musulman ».

QAF

Révélée à La Mecque. 45 versets

Au nom d'Allah, le Clément, le Miséricordieux

1 - Qaf[1]. Le Coran glorieux !

2 - Ils s'étonnent de voir apparaître parmi eux un avertisseur. Les incroyants disent : Voilà bien une chose extraordinaire !

3 - Et lorsque nous serons morts et que nous deviendrons poussière, y aura-t-il un retour de si loin ?

4 - Nous savons dans quelles réductions la terre les tient. Nous avons là un livre qui conserve tout cela.

5 - Mais ils ont traité de mensonge la Vérité qui s'est révélée à eux. Les voilà dans un désarroi immense.

6 - Ne regardent-ils pas le ciel au-dessus d'eux ? La manière dont il est bâti et orné, et sans aucune faille.

7 - La terre que Nous avons étendue avec ses montagnes ancrées, ses plantes par paires harmonieuses.

8 - Témoignage éloquent et signe pour tout serviteur repentant[2].

9 - Nous avons fait descendre du ciel une eau bénie. Nous avons arrosé des jardins et le grain que l'on moissonne.

10 - Ainsi que le palmier, avec ses régimes de dattes parfaitement agencés.

11 - En guise d'attribution pour les serviteurs. Avec cette même eau, Nous avons fait ressusciter une cité morte, à l'image de ce que sera la résurrection.

12 - Auparavant, le peuple de Noé, les gens de Rass[3], les Thamoud ont traité tout cela de mensonge.

13 - Le peuple de 'Ad, ainsi que Pharaon et les frères de Loth,

14 - les compagnons d'Al-Ayka[4] et le peuple de Tobba'[5] : tous ces peuples ont traité leurs envoyés de menteurs. Et Ma menace a pris forme.

15 - Étions-nous fatigués par la première création ? Au contraire, ils sont dans la confusion au sujet d'une nouvelle création.

16 - Nous avons créé l'homme et Nous savons parfaitement ce que son âme négative lui suggère. Nous sommes plus proche de lui que sa propre veine jugulaire,

17 - dès lors que se retrouvent, assis de part et d'autre, ceux des anges scribes qui recueillent ses confidences.

18 - Aucune parole ne sera prononcée sans qu'il y ait quelque observateur pour la relever.

19 - L'ivresse de la mort est venue ! Elle porte en elle la Vérité. Comment peux-tu lui échapper ?

20 - Ce jour-là, on soufflera dans la trompette. Jour promis pour la menace.

21 - Chaque âme comparaîtra devant Dieu, accompagnée d'un cornac et d'un témoin.

22 - Tu étais complètement étourdi à cet égard. C'est pourquoi Nous t'avons ouvert les yeux[6], afin que ton regard soit perçant.

23 - Son compagnon dira : Voilà ce que j'ai préparé, de manière fidèle.

24 - Jetez dans le feu de la géhenne tout mécréant endurci.

25 - Qui empêchait le bien, transgresseur et sceptique.

26 - Celui qui a donné au Seigneur un dieu concurrent, il faut le jeter dans les tourments les plus durs.

27 - Son compagnon dira : Ô Seigneur, je ne l'ai pas conduit dans l'erreur, mais il était dans une confusion extrême.

28 - Dieu dira : Ne vous disputez pas devant Moi, alors même que Je vous ai soumis la menace qui vous attend.

29 - La parole ne change pas à Mes yeux, car Je ne suis pas injuste envers Mes serviteurs.

30 - Le jour où Nous dirons à la géhenne : Êtes-vous pleine ? elle dira : En reste-t-il encore ?

31 - Le jour où le paradis sera mis à portée de ceux qui craignent Dieu, tout à côté.

32 - Telle est la promesse qui vous a été faite, et à ceux qui ont réintégré la foi, de nouveau humbles et pénitents.

33 - À tous ceux qui craignent le Miséricordieux dans l'anonymat et qui s'en réclament d'un cœur pur.

34 - Entrez-y [au paradis] dans la paix, leur dira-t-on. Ainsi est le jour de l'éternité.

35 - Ils y trouveront tout ce qu'ils désirent. Nous aurons à leur offrir davantage encore.

36 - Combien de peuples avons-Nous anéantis avant eux ? Et plus redoutables ! Allez partout et dites s'il y a un endroit quelconque [qui échappe à Notre colère].

37 - Il y a en cela un avertissement explicite pour celui qui a un cœur, celui qui a prêté l'oreille et qui est un témoin privilégié.

38 - Car Nous avons créé les cieux et la terre et ce qui se

trouve entre eux en six jours, et aucune fatigue ne Nous a atteint.

39 - Sois patient à l'endroit de ce qu'ils profèrent comme méchancetés, célèbre la louange de ton Seigneur avant le lever du jour et avant le coucher du soleil.

40 - Tu prieras une partie de la nuit, et tu réciteras Ses louanges à l'issue de chaque prosternation.

41 - Et prête l'oreille à celui qui, un jour, appellera d'un endroit situé à proximité.

42 - Le jour où ils entendront le cri[7] en toute vérité, tel sera le jour de la résurrection.

43 - C'est Nous qui faisons vivre ou mourir. À Nous appartient le retour.

44 - Le jour où la terre s'entrouvrira et les expulsera sur le chemin, ce sera pour Nous un moment aisé du rassemblement.

45 - Nous sommes très informé de ce qu'ils profèrent, dès lors que tu n'es pas un tyran à leur égard. Rappelle seulement grâce au Coran celui qui redoute Ma menace.

NOTES

1. Cf. « Lettres liminaires », in *Dictionnaire encyclopédique du Coran*. **2.** *Munib*. **3.** *Rass*. Les commentateurs sont indécis et ne semblent pas pouvoir localiser ce peuple du « Puits », ou cette tribu d'Arabie. Il est déjà cité plus haut : XXV, 38. **4.** Peut-être ceux du fourré, des broussailles ou de la forêt qui, selon, Kasimirski, se trouvait dans le pays madianite. **5.** Tobba' : cf. XLIV, 37. **6.** Littéralement : « Nous avons ôté le voile qui te recouvrait ! » **7.** Au sens eschatologique du terme.

LES VENTS QUI ÉPARPILLENT (AD-DHARIYAT)

Révélée à La Mecque, 60 versets

Au nom d'Allah, le Clément, le Miséricordieux

1 - Par celles qui tournent et qui se retournent,

2 - Par les nuées porteuses de leur charge,

3 - Par celles qui courent sans difficulté aucune.

4 - Par celles qui distribuent selon l'ordre.

5 - Ce qui vous a été promis est véridique.

6 - Le jugement final aura bien lieu.

7 - Et le ciel ponctué de voies parfaitement tracées.

8 - Vous voilà tenant des discours contradictoires.

9 - Que soit détourné celui qui s'en est éloigné !

10 - et tués ceux qui supputent[1],

11 - ceux qui se vautrent dans leurs passions.

12 - Ils interrogeront : Quand se produira le jour du jugement[2] ?

13 - Le jour où ils seront éprouvés par le feu.

14 - Goûtez donc à l'épreuve que vous étiez si impatients
de voir venir !

15 - Ceux qui craignent Dieu seront au milieu de jardins
arrosés de fontaines.

16 - Jouissant de ce que leur Seigneur a préparé à leur intention, dès lors qu'ils avaient fait du bien par le passé,

17 - dormant peu, la nuit,

18 - et occupant leurs longues veillées à demander pardon, et cela jusqu'à l'aube.

19 - Tandis qu'une part de leurs biens allait au mendiant et au démuni.

20 - Ici-bas[3], il y a des signes pour les croyants sincères[4],

21 - ainsi qu'en vous-mêmes, n'êtes-vous pas observateurs !

22 - Au ciel, votre rétribution et tout ce qui vous est promis !

23 - Par le Maître du ciel et de la terre ! Il est vérité, aussi vraie que les paroles que vous prononcez.

24 - As-tu entendu l'histoire des hôtes vénérables reçus par Abraham ?

25 - Lorsqu'ils entrèrent chez lui, ils dirent : Salutations ! *Salaman !* Il répondit : Salutations à vous, *Salamûn !*, ô inconnus !

26 - Il alla voir sa femme et revint avec un veau bien gras.

27 - Il le rapprocha de ses hôtes et leur dit : N'en mangez-vous pas ?

28 - Il eut un mauvais pressentiment, mais ils le tranquillisèrent : N'aie pas peur ! lui dirent-ils. Et ils l'informèrent de l'arrivée d'un enfant très précoce[5].

29 - Sur ces entrefaites, sa femme arriva en criant et en se frappant le visage et dit : Quoi, une vieille femme stérile !

30 - Ils dirent : Tels sont les mots de ton Seigneur, Il est le plus sage, le plus savant.

31 - Abraham dit : Dans quel but êtes-vous là, ô messagers ?

32 - Ils dirent : Nous avons été envoyés vers un peuple d'impies,

33 - sur lequel on lancera des blocs de terre,

34 - marqués auprès de ton Seigneur du signe de l'infamie.

35 - Nous avons fait sortir tous les croyants pieux qui s'y trouvaient.

36 - Nous n'avons trouvé qu'une seule maison où les occupants étaient fidèles à Dieu[6].

37 - Et Nous y avons laissé un signe pour ceux qui craignent le terrible châtiment.

38 - Tel Moïse, lorsque Nous l'envoyâmes à Pharaon avec une preuve évidente.

39 - Mais il fut rabroué par Pharaon et son entourage : Voilà un magicien ou un fou, dit-il.

40 - Nous Nous emparâmes de lui, ainsi que de son armée, et Nous les précipitâmes dans des flots sinistres. Il était coupable et [hélas] à blâmer !

41 - Il en fut ainsi de la tribu des 'Ad lorsque Nous lui envoyâmes un vent dévastateur,

42 - qui détruisit tout sur son passage et le transformait en poussière.

43 - Il en fut ainsi de la tribu des Thamoud lorsqu'On leur dit : Profitez-en encore un peu !

44 - Mais ils s'opposèrent à leur Seigneur, Lui désobéirent et subirent le cataclysme[7] qui les surprit alors qu'ils la regardaient.

45 - Ils ne purent ni se mettre debout, ni se sauver.

46 - Quant au peuple de Noé, par le passé, c'était un peuple de pervers.

47 - Le ciel, Nous l'avons bâti en toute puissance et Nous l'étendons dans l'immensité.

48 - La terre, Nous l'avons disposée à la manière d'un tapis. En parfait Artisan !

49 - Et de chaque chose Nous avons créé un couple [8], peut-être réfléchirez-vous !

50 - Allez vers Allah. Je suis pour vous un annonciateur évident.

51 - Ne donnez à Allah aucun dieu concurrent. Je suis venu de Sa part vous en informer explicitement.

52 - De même, aucun envoyé n'est venu à un peuple avant vous sans que ce peuple ait dit à son propos qu'il était magicien ou fou.

53 - Se sont-ils donné le mot ? Nullement, mais ce sont des impies !

54 - Éloigne-toi d'eux. Tu n'as rien à te reprocher.

55 - Et prêche ! Car le fait de se remémorer est utile aux croyants.

56 - Je n'ai créé les djinns et les hommes que pour M'adorer.

57 - Je ne cherche en eux aucune subsistance, pas plus qu'ils ne Me nourrissent.

58 - En vérité, Allah est le Dispensateur de tout. Le Fort, le Pugnace, l'Inébranlable.

59 - Ceux qui ont commis du mal seront jugés des peines que leurs compagnons ont eues avant eux. Qu'ils ne soient pas pressés !

60 - Malheur à ceux qui n'ont pas cru. Malheur à eux pour le jour qui les attend.

NOTES

1. *Al-kharrassûn* : sans doute des jeteurs de sort, magiciens, « pronosti-queurs » (Grosjean), « gens à conjectures » (Blachère), « supputateurs » (Hamidullah). **2.** *Din* : foi, jugement, examen, rétribution. **3.** *Wa fil-ardi* : littéralement, « sur terre ». **4.** *Mûqin* : convaincus. **5.** *'Alim* : littéralement « savant ». **6.** *Mûslimin* : dans ce contexte, l'expression ne signifie pas « musulmans » au sens ethnique et religieux, mais seulement « soumis à Dieu ». **7.** *Sa'iqa* : foudre, cataclysme, tempête. **8.** *Zawjaïn* : un duo, une paire.

LE MONT THAUR (AT-TÛR)

Révélée à La Mecque, 49 versets

Au nom d'Allah, le Clément, le Miséricordieux

1 - Par le (mont) Thaur.

2 - Par le Livre écrit

3 - sur un parchemin ouvert.

4 - Par la Maison habitée

5 - au toit élevé.

6 - Par la mer en ébullition [1].

7 - Le châtiment de ton Dieu aura bien lieu

8 - et rien ne l'arrêtera.

9 - Lorsque le ciel sera agité

10 - et que les montagnes se mettront en mouvement,

11 - Malheur à ceux qui crient au mensonge,

12 - qui jouent à des jeux impropres.

13 - Ils seront poussés fermement dans le feu de la géhenne,

14 - le feu que vous traitiez de mensonge [leur dira-t-on].

15 - Est-ce donc magie ? Ne voyez-vous pas clair ?

16 - Brûlez-y, endurez ou n'endurez pas, vous êtes rétribués à la mesure des faits que vous avez commis.

17 - Quant à ceux qui craignent Dieu, ils seront mis dans des jardins de félicité,

18 - jouissant[2] des bienfaits que leur Seigneur leur a prodigués, étant prémunis contre les supplices de la géhenne.

19 - Mangez et buvez en toute quiétude, en récompense de vos œuvres,

20 - accoudés sur des lits alignés. Nous les marierons à des houris aux yeux noirs.

21 - Ceux qui ont cru et dont la progéniture les a suivis dans la foi, Nous les réunirons. Nous ne priverons personne de ce qu'il a fait, car tout un chacun est redevable de ses propres actes[3].

22 - Nous leur prodiguerons les fruits et la viande qu'ils désirent manger.

23 - Ils se passeront à l'envi des coupes [de liqueur ?] qui n'engendreront ni indécence ni dissipation.

24 - Des jeunes gens[4] semblables à des perles dans leur écrin circuleront autour d'eux.

25 - Ils se demanderont alors, se tournant les uns vers les autres,

26 - en disant : Nous étions auparavant dans la contrition parmi les nôtres.

27 - Dans Sa mansuétude, Allah nous a regardés et nous a fait éviter les supplices d'un feu torride.

28 - Nous L'invoquions par le passé, car Il est le Bon, le Miséricordieux[5].

29 - Rappelle-leur cela, car tu n'es, grâce à ton Seigneur, ni un magicien ni un fou.

30 - Peut-être diront-ils : Poète ! Attendons qu'il soit pris dans la tourmente de la mort.

31 - Dis-leur : Attendez donc, je suis parmi vous et j'attendrai avec vous.

32 - Sont-ce leurs songes qui leur dictent cela ou sont-ils vraiment un peuple d'outranciers, des tyrans ?

33 - Disent-ils : Il en est l'inventeur [du Coran] ! En fait, ils ne sont pas croyants.

34 - Qu'ils produisent un récit semblable s'ils sont véridiques.

35 - Ont-ils été créés du néant, à moins qu'ils ne soient eux-mêmes des créateurs ?

36 - Ont-ils créé les cieux et la terre ? C'est plutôt qu'ils n'ont aucune certitude.

37 - Ont-ils eu des trésors de ton Seigneur ou en sont-ils les maîtres ?

38 - Ont-ils une échelle qui leur permet d'écouter [ce qui se dit au ciel] ? Que celui d'entre eux qui a entendu quelque chose le prouve de manière explicite.

39 - Allah aurait-il des filles alors que vous auriez des fils ?

40 - Leur demandes-tu un salaire au point d'être écrasés sous une lourde dette ?

41 - À moins qu'il n'aient accès à l'inconnaissable et qu'ils ne le transcrivent.

42 - À moins qu'ils ne cherchent à comploter, mais les mécréants sont les seules victimes de leurs complots.

43 - À moins qu'ils n'aient un autre dieu qu'Allah, mais la grandeur d'Allah dépasse largement ce à quoi ils L'associent.

44 - Verraient-ils un pan du ciel tomber, ils diraient : Ce n'est là qu'un amoncellement de nuages !

45 - Laisse-les jusqu'au jour où ils seront terrassés.

46 - Ce jour-là, leur ruse ne suffira pas pour les protéger et ils ne seront pas secourus.

47 - Ceux qui ont été des injustes subiront de toute façon un châtiment, mais la plupart n'en savent rien.

48 - Sois patient face à la justice de ton Seigneur. Tu es sous Nos yeux. Célèbre les louanges de ton Seigneur chaque fois que tu te lèves.

49 - Glorifie-Le de nuit jusqu'au moment où les étoiles se dissiperont[6].

NOTES

1. *Masjûr*. 2. *Fakihin* : tirant avantage, profitant de quelque chose. 3. *Rahinûn bi-a'malihi* : être gage de ses propres actes. 4. *Ghilman*. 5. *Al-Barrû ar-Rahim*. 6. *Id barra an-nûjûm* : lorsque les étoiles déclineront.

L'ÉTOILE (AN-NAJM)

Révélée à La Mecque, 62 versets

Au nom d'Allah, le Clément, le Miséricordieux

1 - Par l'étoile lorsqu'elle décline.

2 - Votre compagnon ne s'est pas égaré[1] et ne s'est pas trompé[2].

3 - Il ne tient pas de vains propos,

4 - car ce sont là des paroles révélées

5 - qui lui furent enseignées par Celui qui est Puissant, le Fort,

6 - Celui-ci lui apparut

7 - dans un éther supérieur.

8 - Après quoi, Il s'approcha, demeurant en suspens,

9 - à une distance de deux portées d'arc, ou plus près encore.

10 - Il révéla[3] à Son serviteur ce qu'Il lui révéla.

11 - Le cœur[4] n'a pas démenti, car il a bien vu.

12 - Quelles controverses allez-vous trouver à ce sujet ?

13 - Dès lors que cette vision avait déjà eu lieu, par le passé,

14 - auprès du jujubier de la frontière ultime[5],

15 - non loin du jardin du repos[6],

16 - là même où le jujubier était enveloppé par ce qui l'enveloppait.

17 - Son regard était bien dirigé et ne s'était pas détourné.

18 - Ainsi, il a pu apprécier les grandes manifestations de son Seigneur.

19 - Avez-vous vu Al-Lat et Al-'Uzza,

20 - et la troisième [idole], Manat[7] ?

21 - Avez-vous le mâle alors que Lui a la femelle ?

22 - N'est-ce pas là un partage injuste ?

23 - Ce ne sont que des noms que vous avez inventés, mais pour cela aucune preuve manifeste ne vous a été fournie par Dieu. [Les idolâtres] ne suivent que des spéculations[8] et ce que vos âmes désirent. Pourtant, ils ont reçu de leur Seigneur une bonne direction.

24 - L'homme a-t-il exactement ce qu'il désire ?

25 - À Allah appartient la vie future, tout comme la vie immédiate.

26 - Qu'importe le nombre des anges dans les cieux : leur intercession n'a de valeur qu'en fonction de ce qui sera décidé par Allah. Il est Celui qui permet, et Il le permet à qui Il veut.

27 - Aussi, ceux qui ne croient pas à la vie future donnent-ils aux anges des prénoms féminins[9].

28 - De toute façon, ils n'en savent rien. Ils ne suivent que des conjectures, mais les conjectures ne peuvent se substituer à la vérité.

29 - Éloigne-toi de celui qui réfute Notre appel, même s'il argue des richesses de la vie terrestre.

30 - Tel est le point limite de leur science ! Mais ton Seigneur connaît mieux que quiconque celui qui a quitté Sa voie et celui qui est bien orienté.

31 - À Allah appartient ce qu'il y a aux cieux et sur terre.

Il rétribue ceux qui ont commis le mal à la hauteur de ce qu'ils ont fait ; Il récompense ceux qui ont fait du bien de la manière la plus avantageuse.

32 - Ceux qui s'éloignent des grands péchés et [autres] turpitudes et qui cependant commettent quelques menus péchés, des fautes vénielles, ton Seigneur saura être indulgent. Il est Celui qui vous connaît depuis votre naissance à partir de la terre, alors que vous n'étiez que de minuscules embryons dans le ventre de vos mères. Ne cherchez pas à vous congratuler facilement, Il est au courant de ceux qui Le craignent.

33 - N'as-tu pas vu celui qui s'est détourné [de Notre voie],

34 - qui donne si peu et qui lésine[10] ?

35 - A-t-il une quelconque connaissance de l'invisible ? Ce qui lui permettra de voir !

36 - N'a-t-il pas été informé de ce que contiennent les feuilles de Moïse

37 - et d'Abraham, parangon de fidélité ?

38 - Aucune âme ne portera le fardeau d'une autre !

39 - Et nul homme ne recevra de biens en dehors de ses actes.

40 - Et ce qu'il aura fait se verra.

41 - Et sera récompensé de la manière la plus ample.

42 - Car tout aboutit auprès de ton Seigneur.

43 - N'est-Il pas Celui qui fait rire et qui fait pleurer ?

44 - N'est-Il pas Celui qui fait mourir et qui fait vivre de nouveau ?

45 - Il a créé les paires[11], le mâle et la femelle,

46 - d'une goutte de sperme lorsqu'elle est éjaculée.

47 - À Lui revient aussi la seconde création.

48 - Il est Celui qui enrichit et qui pourvoit, et le plus prodigue.

49 - Il est le Dieu de la constellation [12],

50 - qui a fait périr l'ancienne tribu des 'Ad,

51 - ainsi que celle des Thamoud. Rien n'est resté.

52 - Le peuple de Noé, auparavant, qui a été un peuple injuste et plus tyrannique.

53 - Ces villes mises sens dessus dessous

54 - ont subi ce qu'elles ont subi.

55 - Lequel des bienfaits de ton Seigneur vas-tu contester ?

56 - Ce messager est de la trempe des premiers.

57 - L'Heure qui s'approche ; elle est imminente.

58 - ce que personne ne peut dévoiler en dehors d'Allah.

59 - Est-ce donc ce discours qui vous étonne ?

60 - En riez-vous au lieu de pleurer !

61 - Indifférents [13] que vous êtes !

62 - Prosternez-vous plutôt devant Allah, adorez-Le !

NOTES

1. *Zalla.* **2.** *Ghawa.* **3.** *Awha.* **4.** *Al-fû'ad* : « le cœur », éventuellement « l'être intime », voire « la conscience ». **5.** *Sadratû al-mûntaha.* **6.** *Jannatû al-ma'wa.* **7.** *Manawat.* À propos des idoles, cf. *Dictionnaire encyclopédique du Coran.* **8.** *Ad-dhanna.* **9.** Sans doute en relation avec les idoles. **10.** *Akda* ou *akkada.* **11.** *Az-zawjaïni* : les couples. **12.** *As-chi'ra* : « de la canicule » (Kasimirski), « Sirius » (Pesle/Tidjani). Cette étoile était adorée par la tribu des Khûza'a. **13.** *Samidûn* : insensibles, faire preuve de bravoure.

LA LUNE (AL-QAMAR)

Révélée à La Mecque, 55 versets

Au nom d'Allah, le Clément, le Miséricordieux

1 - L'Heure approche et la lune s'est fendue[1].

2 - Mais lorsqu'ils voient un signe évident, ils s'en détournent et disent : Voilà bien une magie persistante.

3 - Ils ont traité cela de mensonge, ils se sont complu dans leur égarement, mais à toute chose une fin déterminée.

4 - Pourtant, ils ont reçu dans les histoires [prophétiques] ce qui est de nature à les avertir[2],

5 - et une sagesse suprême, mais qui ne semble pas les convaincre.

6 - Laisse-les donc ! Le jour où le crieur [les] appellera à une échéance terrible,

7 - ils auront les yeux baissés, humiliés, ils sortiront de leurs tombeaux, telles des sauterelles éparpillées [partout].

8 - Ils accourront vers l'annonciateur. Les infidèles diront : Ce jour est un jour funeste !

9 - Par le passé, le peuple de Noé traita de mensonge Notre message. Ils traitèrent de menteur Notre envoyé, en disant qu'il était fou. Il fut chassé.

10 - Noé implora son Seigneur : Je suis vaincu, sois victorieux !

11 - Nous ouvrîmes alors les portes du ciel à une eau torrentielle.

12 - De terre, des sources jaillirent soudainement. L'eau du ciel et l'eau de la terre se rencontrèrent selon un plan prédéterminé.

13 - Nous le transportâmes [Noé] sur une arche en bois et en raphia[3].

14 - L'arche vogua sous Notre surveillance, en récompense de celui qui fut renié [par son peuple].

15 - Nous en fîmes un signe fort pour celui qui veut bien y réfléchir !

16 - Quel fut Mon châtiment ? Et Mes avertissements ?

17 - Nous avons conçu la compréhension du Coran afin que l'on se rappelle. Y a-t-il quelqu'un pour y réfléchir ?

18 - La tribu des 'Ad cria certes au mensonge ! Mais quel fut Mon châtiment ? Et Mes avertissements ?

19 - Nous leur envoyâmes un vent destructeur et mauvais, en un jour aussi néfaste que long.

20 - Il emporta les hommes comme si c'étaient de vieux troncs de palmiers creux et desséchés.

21 - Quel fut Mon châtiment ? Et Mes avertissements ?

22 - Nous avons conçu la compréhension du Coran afin que l'on se souvienne. Y a-t-il quelqu'un pour y réfléchir ?

23 - Mais les Thamoud traitèrent de mensonges les avertissements.

24 - Ils dirent : Allons-nous suivre un seul mortel parmi nous ? Allons-nous pour cela tomber dans l'égarement ou la folie ?

25 - Le ciel lui a-t-il envoyé le message à l'exception de nous tous ? Non, cela ne peut être qu'un fieffé menteur.

26 - Ils apprendront demain qui d'entre eux est le menteur insolent !

27 - Nous leur enverrons la chamelle afin de les mettre à l'épreuve[4]. Observe-les et patiente.

28 - Informe-les à propos de l'eau. Elle doit être partagée entre eux tous, la chamelle comprise. Et chacun doit se désaltérer à son tour.

29 - Ils appelèrent un de leurs compagnons[5] qui, s'étant mis à leur disposition, exécuta la chamelle.

30 - Quel fut Mon châtiment ? Et Mes avertissements ?

31 - Nous envoyâmes sur eux un cri puissant qui les réduisit en une herbe desséchée dans une étable[6].

32 - Nous avons organisé le Coran de façon à faire un avertissement. Y a-t-il quelqu'un pour en être averti ?

33 - Le peuple de Loth traita de mensonges ces avertissements.

34 - Nous lançâmes contre eux une pluie de pierres dont seule la famille de Loth fut épargnée avant l'aube.

35 - En guise de bienfait de Notre part, car c'est ainsi que Nous récompensons ceux qui sont reconnaissants.

36 - [Loth] les avait pourtant avertis de Notre prise extrêmement violente, mais ils ne donnèrent aucun crédit à sa mise en garde.

37 - Ils voulurent l'abuser par rapport à ses hôtes. Nous leur crevâmes les yeux en leur disant : Goûtez Mon châtiment, [appréciez] Mes avertissements.

38 - Au petit matin encore, une douleur atroce les tenait durablement.

39 - Goûtez Mon châtiment, et Mes avertissements.

40 - Nous avons facilité la compréhension du Coran de

façon à en faire un motif de réflexion. Y a-t-il quelqu'un pour y réfléchir ?

41 - Les gens de Pharaon reçurent eux aussi les avertissements.

42 - Mais ils traitèrent tous Nos signes de mensonges. Nous les avons anéantis à la manière d'un [Dieu] Puissant, Omnipotent.

43 - Vos incrédules sont-ils meilleurs que ceux-là ? Avez-vous matière à frayer avec l'impunité conférée par vos Écritures[7] ?

44 - Peut-être diront-ils : Nous serons tous vainqueurs !

45 - Ils seront tous battus et mis en déroute.

46 - Car l'Heure [du Jugement dernier] sera au rendez-vous. L'Heure sera cruelle, amère.

47 - Les criminels sont dans le mauvais chemin. Ils sont fous.

48 - Le jour où ils auront le visage dans le feu de l'enfer, on leur dira : Goûtez le toucher du brasier !

49 - En vérité, Nous avons créé toute chose avec la mesure nécessaire !

50 - Et lorsque Nous donnons un ordre, il est unique et aussi rapide que l'éclair !

51 - Nous avons anéanti des peuples de votre bord [des mécréants]. Y a-t-il quelqu'un pour s'en souvenir ?

52 - Et toute chose commise par eux a été transcrite dans les Livres.

53 - Petites ou grandes, toutes sont transcrites.

54 - Les croyants sincères et pieux seront dans des jardins arrosés de rivières.

55 - En un lieu de vérité, auprès d'un Roi tout-puissant.

NOTES

1. S'agit-il d'une éclipse ? **2.** *Mûsdajaran* : « faire réfléchir » (Pesle/
Tidjani), « avertissement » (Blachère), « mettre en garde » (Grosjean).
3. *Dûssûr* : « raphia », ou « fer » (Pesle/Tidjani), « planches jointes »
(Chouraqui). **4.** *Fitna lahûm.* **5.** *Sahibahûm* : un de leurs compagnons,
qui égorgea la chamelle. **6.** L'expression arabe est *hachim al-mûhtadir* :
de la paille sèche ou paille d'étable. **7.** *Zûbûr.*

LE MISÉRICORDIEUX (AR-RAHMAN)

Révélée à La Mecque, 78 versets

Au nom d'Allah, le Clément, le Miséricordieux

1 - Le Miséricordieux[1]

2 - a enseigné le Coran,

3 - a créé l'homme,

4 - lui a appris l'éloquence.

5 - Le soleil et la lune se suivent selon un calcul rigoureux,

6 - les étoiles et les arbres se prosternent.

7 - Il a élevé le ciel, il a établi la balance

8 - de façon que vous ne fraudiez point dans la pesée.

9 - Tenez la balance de manière précise et ne trichez pas.

10 - Il a posé la terre pour l'être humain,

11 - avec ses fruits et ses palmiers ceints de leur enveloppe,

12 - ainsi que le blé dur dans ses épis et la plante aromatique.

13 - Lequel des bienfaits de votre Seigneur nierez-vous, tous deux[2] ?

14 - L'homme a été créé d'argile[3], telle la poterie,

15 - et créa les djinns d'un magma de feu.

16 - Lequel des bienfaits de votre Seigneur nierez-vous, tous deux ?

17 - Souverain des deux Orients et des deux Occidents.

18 - Lequel des bienfaits de votre Seigneur nierez-vous, tous deux ?

19 - Il a laissé les deux mers se rencontrer.

20 - Entre elles un barzakh[4], elles ne peuvent se rejoindre.

21 - Lequel des bienfaits de votre Seigneur nierez-vous, tous deux ?

22 - Il fait sortir des deux mers des perles et du corail[5].

23 - Lequel des bienfaits de votre Seigneur nierez-vous, tous deux ?

24 - À Lui appartiennent les vaisseaux sur la mer, édifiés comme des montagnes.

25 - Lequel des bienfaits de votre Seigneur nierez-vous, tous deux ?

26 - Mais tout ce que contient la terre est périssable.

27 - Hormis la face de ton Dieu, le Munificent, le Majestueux.

28 - Lequel des bienfaits de votre Seigneur nierez-vous, tous deux ?

29 - Ceux qui sont dans les cieux et ceux qui sont sur terre Lui adressent leurs doléances. Lui, chaque jour, est occupé à une œuvre nouvelle.

30 - Lequel des bienfaits de votre Seigneur nierez-vous, tous deux ?

31 - Un jour proche, Nous Nous occuperons entièrement de vous, ô vous les deux lourdauds[6].

32 - Lequel des bienfaits de votre Seigneur nierez-vous, tous deux ?

33 - Ô peuples des humains et des djinns, si vous arrivez à échapper aux limites des cieux et de la terre, faites-le. Mais vous n'irez nulle part sans avoir reçu de pouvoir [de Notre part].

34 - Lequel des bienfaits de votre Seigneur nierez-vous, tous deux ?

35 - Vous serez la proie des flammes de feu et du cuivre fondu[7], vous ne serez pas secourus.

36 - Lequel des bienfaits de votre Seigneur nierez-vous, tous deux ?

37 - Lorsque le ciel se fendra, rougeoyant comme la rose [un cuir écarlate][8].

38 - Lequel des bienfaits de votre Seigneur nierez-vous, tous deux ?

39 - Ce jour-là, ni les démons ni les humains ne seront questionnés sur leurs péchés.

40 - Lequel des bienfaits de votre Seigneur nierez-vous, tous deux ?

41 - Les criminels seront reconnus à leur marque extérieure[9], ils seront tirés par leur chevelure et par les pieds.

42 - Lequel des bienfaits de votre Seigneur nierez-vous, tous deux ?

43 - Voilà la géhenne que les criminels traitaient de mensonge.

44 - Ils tourneront dans les fumerolles de feu et d'eau bouillante.

45 - Lequel des bienfaits de votre Seigneur nierez-vous, tous deux ?

46 - Mais celui qui craint de comparaître devant son Seigneur disposera de deux jardins.

47 - Lequel des bienfaits de votre Seigneur nierez-vous, tous deux ?

48 - Où il y aura des branches touffues [10].

49 - Lequel des bienfaits de votre Seigneur nierez-vous, tous deux ?

50 - Il y aura deux sources ruisselantes.

51 - Lequel des bienfaits de votre Seigneur nierez-vous, tous deux ?

52 - Il y aura aussi deux variétés de chaque fruit.

53 - Lequel des bienfaits de votre Seigneur nierez-vous, tous deux ?

54 - Ils seront allongés sur des tapis faits de soie et de brocart. Les fruits des deux jardins seront à leur portée.

55 - Lequel des bienfaits de votre Seigneur nierez-vous, tous deux ?

56 - Il y aura également des [vierges] au regard chaste [11] que nul parmi les hommes et les djinns n'a encore touchées [12].

57 - Lequel des bienfaits de votre Seigneur nierez-vous, tous deux ?

58 - Semblables à de l'hyacinthe [13] et au corail.

59 - Lequel des bienfaits de votre Seigneur nierez-vous, tous deux ?

60 - La récompense du bien ne peut être rien d'autre que le bien.

61 - Lequel des bienfaits de votre Seigneur nierez-vous, tous deux ?

62 - En outre, il y aura encore deux autres jardins.

63 - Lequel des bienfaits de votre Seigneur nierez-vous, tous deux ?

64 - D'un vert sombre.

65 - Lequel des bienfaits de votre Seigneur nierez-vous, tous deux ?

66 - Deux sources d'eau les arroseront abondamment [14].

67 - Lequel des bienfaits de votre Seigneur nierez-vous, tous deux ?

68 - On y trouvera aussi des fruits, des palmiers et des grenadiers.

69 - Lequel des bienfaits de votre Seigneur nierez-vous, tous deux ?

70 - Et des créatures somptueuses, de bonne éducation.

71 - Lequel des bienfaits de votre Seigneur nierez-vous, tous deux ?

72 - [Des houris] aux larges yeux, cloîtrées dans des tentes.

73 - Lequel des bienfaits de votre Seigneur nierez-vous, tous deux ?

74 - Que nul avant eux n'a touchées, ni homme ni djinn.

75 - Lequel des bienfaits de votre Seigneur nierez-vous, tous deux ?

76 - Ils [les Élus] seront accoudés à des coussins verts [15] et sur de beaux tapis.

77 - Lequel des bienfaits de votre Seigneur nierez-vous, tous deux ?

78 - Béni soit le nom de ton Seigneur, le Munificent, le Majestueux !

NOTES

1. Il s'agit d'Allah, dont *Ar-Rahman* est l'un des noms les plus appréciés.
2. Les commentateurs arabes ne savent pas avec exactitude à quoi se réfère ce duel. 3. *Çalçal.* 4. *Barzakh* : ligne de démarcation entre deux mondes, entre deux mers, entre la vie et la mort. 5. *Lû'lu wa mordjan.*
6. *Thaqalan* : « charges » (Blachère), « ô hommes et génies » (Kasimirski, Pesle/Tidjani), « double arroi » (Berque). 7. *Nûhass.* Blachère traduit par « airain fondu » ; Kasimirski, par « fumée sans feu ». 8. *Wardatan kadihani.* 9. *Sima'hum* : leurs taches, ou marques. 10. Bosquets de fleurs, ramures. 11. *Qassirat at-tarf.* 12. *Thamat* : déflorer, ensanglanter.
13. *Yaqût* : hyacinthe, agate, rubis. 14. *Naddakhatan*, de *dakha* : pomper.
15. *Rafrafi khûdari* : coussin vert.

SOURATE LVI

L'ÉVÉNEMENT (AL-WAQI'A)

Révélée à La Mecque, 96 versets

Au nom d'Allah, le Clément, le Miséricordieux

1 - Lorsque l'événement se sera produit,

2 - et que nul ne saura le démentir,

3 - abaissant les uns ou élevant les autres.

4 - Et lorsque la terre tremblera, et quel tremblement,

5 - lorsque les montagnes seront pulvérisées

6 - et qu'elles dégageront une énorme poussière,

7 - et que vous formerez des paires séparées en trois groupes.

8 - Les compagnons de la droite. Que sont [donc] ces compagnons de la droite[1] ?

9 - Les compagnons de la gauche. Que sont [donc] ces compagnons de la gauche[2] ?

10 - Ceux qui accoureront devant arriveront avant.

11 - Ils seront les plus proches

12 - dans le jardin des délices.

13 - Un grand nombre parmi les premiers,

14 - et un petit nombre seulement parmi les derniers.

15 - Ils seront sur des lits bien alignés.

16 - Ils seront allongés les uns face aux autres.

17 - Autour d'eux évolueront des éphèbes d'une jeunesse éternelle.

18 - Ils seront munis de coupes, d'aiguières et de récipients contenant une boisson exquise,

19 - mais qui ne les étourdira point, pas plus qu'elle ne les enivrera.

20 - Ils auront aussi des fruits de leur choix.

21 - Et de la chair d'oiseaux qu'ils auront désirée.

22 - Et des houris[3]...

23 - ... semblables à des perles bien cachées.

24 - En récompense des belles œuvres qu'ils auront réalisées.

25 - Un lieu où ils n'entendront aucune frivolité, médisance ou surenchère.

26 - Ils entendront seulement : Paix ! Paix ! *Salaman !* *Salaman !*

27 - Les compagnons de la droite. Ah, les compagnons de la droite !

28 - Ils seront placés du côté du jujubier dépourvu de ses épines,

29 - et des acacias abondants,

30 - sous une ombre s'étendant au loin,

31 - et une eau ruisselante[4],

32 - et des fruits abondants,

33 - qui ne seront ni coupés ni interdits.

34 - Sur des lits surélevés.

35 - Nous les avons créées, une création parfaite.

36 - Nous les avons faites vierges,

37 - bien coquettes, et de même âge,

38 - au bénéfice des compagnons de la droite.

39 - Un grand nombre parmi les premiers.

40 - Un grand nombre parmi les derniers.

41 - Les compagnons de la gauche. Oh, les compagnons de la gauche !

42 - Exposés à un vent funeste et à une eau bouillante[5],

43 - dans l'ombre d'une fumée épaisse...

44 - ... qui ne sera ni fraîche ni accueillante.

45 - Ils étaient avant cela dans une aisance extrême...

46 - ils se vautraient dans le grand péché...

47 - en disant : Le jour où nous mourrons et où nous deviendrons poussière et ossements, serons-nous de nouveau ressuscités,

48 - à l'instar de nos premiers ancêtres ?

49 - Dis : Les premiers et les derniers...

50 - ... seront réunis le jour désigné à un rendez-vous déjà déterminé.

51 - Car, vous les Égarés, vous les menteurs,

52 - vous avalerez les fruits de l'arbre Zaqqoûm[6].

53 - Vous vous en remplirez le ventre.

54 - Vous boirez après cela de l'eau bouillante

55 - autant que des chameaux altérés par la soif.

56 - Tel sera leur sort le jour de la religion[7].

57 - Nous vous avons créés, pourquoi donc N'accordez-vous aucun crédit à cela ?

58 - Ne voyez-vous pas la semence que vous produisez ?

59 - Êtes-vous vraiment ceux qui la produisent ? Ou sommes-Nous le véritable Créateur ?

60 - Nous avons établi pour vous la mort. Nul ne Nous devancera.

61 - Cela afin de vous remplacer par vos semblables et de créer ailleurs, en un état ou un endroit que vous ne connaissez pas.

62 - Ayant connu une première naissance, pourquoi ne réfléchissez-vous pas ?

63 - Avez-vous vu la terre que vous labourez ?

64 - Est-ce donc vous qui semez ? Ou est-ce plutôt Nous le vrai Semeur ?

65 - Car, si Nous le voulions, Nous transformerions les blés en herbes desséchées et stériles. Vous seriez alors dans un grand étonnement.

66 - Vous diriez : Nous voilà couverts de dettes !

67 - Nous voilà dans une [grande] privation.

68 - Avez-vous vu l'eau que vous buvez ?

69 - Est-ce donc vous qui l'avez fait descendre des nuages ? Ou est-ce Nous qui la faisons descendre ?

70 - Et si Nous le voulions, Nous la transformerions en une eau saumâtre. Pourquoi n'êtes-vous pas reconnaissants ?

71 - Avez-vous vu le feu que vous obtenez par frottement [et qui vous éclaire] ?

72 - Est-ce vous qui avez créé l'arbre qui le produit ? Ou est-ce Nous...

73 - ... qui l'avons créé en rappel et pour le confort des voyageurs dans le désert[8] ?

74 - Glorifie donc le nom de ton Dieu, le Sublime.

75 - J'en jure par la position des étoiles.

76 - C'est là un grand serment, si au moins vous le saviez !

77 - C'est un Coran glorieux,

78 - contenu dans un Livre préservé

79 - que seuls les gens en état de pureté peuvent toucher.

80 - Révélé de la part du Seigneur, Maître des mondes[9].

81 - Quoi, êtes-vous complètement réfractaires à un tel discours ?

82 - Y marquez-vous de la reconnaissance, alors même que vous le traitez de mensonge ?

83 - Et lorsqu'une âme est remontée jusqu'à la gorge [du mourant],

84 - et qu'à ce moment-là vous vous mettez à regarder,

85 - Nous sommes pourtant plus proche de lui que vous-mêmes, mais vous ne pouvez le voir !

86 - Pourquoi alors, si vous n'étiez pas jugés,

87 - ne ramenez-vous pas cette âme, si vous êtes véridiques ?

88 - Si ce défunt est de ceux qui seront reçus auprès de Dieu,

89 - son âme, son parfum, dans un jardin de délices.

90 - S'il fait partie des compagnons de la droite,

91 - salutations à toi de la part des compagnons de la droite.

92 - Mais s'il est du clan de ceux qui ont traité de mensonge Notre message, le clan des égarés,

93 - il sera plongé dans une eau bouillante,

94 - ou brûlera dans la fournaise.

95 - Telle est l'exacte vérité !

96 - Célèbre donc le nom de ton Seigneur, le Sublime.

NOTES

1. *Ashab al-yamin.* 2. *Ashab al-chimal.* 3. *Hawr al-ayn* : nom donné à de jeunes personnes de sexe féminin caractérisées par des pupilles noires cerclées de blanc. C'est le contraste entre ces deux couleurs que l'on désigne par le mot de *hawr*, et donc de « houri ». 4. *Maskûbin.* 5. *Sûmû-min wa hamimin.* 6. *Zaqqoûm.* 7. *Yawm ad-din.* Il est rare que le jour du jugement soit appelé ainsi. 8. *Lil-mûqawin.* S'appuyant sur Tabari, Hamza Boubakeur traduit plutôt « pour les créatures », voire « pour ceux qui en ont faim » (Jalalaïn). 9. Sans doute « le monde d'ici-bas et le monde de l'au-delà ».

LE FER (AL-HADID)

Révélée à Médine, 29 versets

Au nom d'Allah, le Clément, le Miséricordieux

1 - Tout ce qui se trouve aux cieux et sur terre célèbre les louanges d'Allah, le plus puissant, le plus sage.

2 - À Lui revient de droit la souveraineté sur les cieux et sur la terre. Il fait vivre et Il fait mourir. Il est tout-puissant à l'endroit de toute chose.

3 - Il est le Premier, Il est le Dernier. Il est le Visible, Il est l'Invisible. Il sait tout sur toute chose.

4 - Il a créé les cieux et la terre en six jours, avant de s'établir sur le Trône. Il sait parfaitement ce qui pénètre la terre et ce qui en sort. Il sait ce qui descend du ciel et ce qui y monte. Il est proche de vous partout où vous êtes. Allah observe de très près ce que vous faites.

5 - À Lui appartient la royauté des cieux et de la terre. À Allah revient le dernier mot en toute chose.

6 - Il fait pénétrer la nuit dans le jour et fait pénétrer le jour dans la nuit. Il est informé de ce que renferment les cœurs [1].

7 - Croyez en Allah et en Son prophète. Faites une aumône de ce dont Il vous a fait hériter. Car ceux parmi vous qui croient en Dieu et qui font l'aumône recevront une immense récompense.

8 - Qu'avez-vous à ne pas croire en Allah et en Son Prophète, alors même que celui-ci vous invite à le faire et qu'il a conclu un pacte pour vous, dès lors que vous êtes croyants ?

9 - C'est Lui qui fait descendre sur Son serviteur des signes clairs et explicites afin de vous conduire des grandes obscurités jusqu'à la lumière. À votre égard Allah est très clément, très miséricordieux.

10 - Qu'avez-vous donc à ne pas consentir des aumônes dans la voie d'Allah, alors qu'Allah a en héritage les cieux et la terre ? Ne peuvent être égaux ceux qui ont fait des dépenses et qui ont combattu avant et après la victoire. Ceux qui ont combattu et fait des dépenses avant la victoire seront mis dans une position nettement supérieure à celle des autres. Mais tous recevront la belle promesse qui leur a été faite par Allah. Allah est au courant de tout ce que vous faites.

11 - Celui qui consent un crédit sincère au bénéfice d'Allah verra son crédit amplifié considérablement. Il aura une noble récompense.

12 - Le jour où tu verras les croyants et les croyantes courant vers la lumière qui sera devant eux ou sur leur droite, ils s'entendront dire : Aujourd'hui, vous voilà au jardin où coulent les rivières, immortels, car tel est le grand triomphe.

13 - Le jour où les mécréants et les mécréantes diront à ceux qui ont cru : Attendez que nous puissions prélever de votre lumière une part pour nous ! Il leur sera répondu : Revenez à l'arrière et captez une autre lumière. Mais un mur sera édifié entre eux, doté d'une porte en son milieu. À l'intérieur, il y aura la miséricorde ; de l'autre[2], à l'extérieur, il y aura le supplice.

14 - Les hypocrites appelleront les croyants : N'étions-nous pas ensemble ? Les bienheureux répondront : Si ! mais vous

vous êtes trompés vous-mêmes, vous avez tergiversé sans jamais choisir, vos doutes vous ont détournés, et cela jusqu'au moment où l'ordre d'Allah est arrivé. Vous étiez désorientés par le démon pour ce qui concerne Allah.

15 - Aujourd'hui, il n'est plus possible de prendre aucun gage de vous. Il en est de même de tous ceux qui n'ont pas cru. Votre sort est le feu. Il sera votre maître inséparable. Quel funeste destin !

16 - L'heure n'est-elle pas venue pour ceux qui ont cru et dont les cœurs s'inclinent en vue de la remémoration d'Allah et de tout ce qui a été révélé en termes de Vérité ? Et qu'ils ne soient pas comme ceux qui, auparavant, ont reçu le Livre et qui, cependant, ont trouvé que le temps était trop long. Leurs cœurs se sont endurcis, tandis que la plupart se sont pervertis.

17 - Sachez qu'Allah est en mesure de faire renaître la terre après qu'elle s'est desséchée. Nous vous avons exposé les signes évidents dans l'espoir que vous raisonniez.

18 - Ceux qui, hommes ou femmes, auront été généreux en consentant une aumône appréciable et qui auront accordé un crédit à Allah, ceux-là verront leur crédit s'amplifier considérablement et recevront une noble récompense.

19 - Ceux qui ont cru en Allah et en Ses prophètes, ceux-là seront les véridiques et les témoins auprès de leur Seigneur. Ils auront leur récompense et leur lumière. En revanche, ceux qui n'ont pas cru en Nos signes, qu'ils ont traités de mensonges, seront les hôtes de la fournaise.

20 - Sachez que la vie ici-bas n'est que jeu, divertissement et vaines parures. Elle est l'occasion d'emphase et d'ostentation en matière de biens et d'enfants, à l'image d'une ondée[3] qui séduit les incroyants grâce aux plantes qu'elle fait surgir de terre. Mais, peu de temps après, vous constate-

rez qu'elles jaunissent et se fanent à l'instar d'un chaume. Dans la vie future, il est un tourment terrible pour les uns et un pardon venu d'Allah, avec Son plein agrément, pour les autres. Qu'est-ce que la vie immédiate, sinon une jouissance éphémère et une illusion ?

21 - Accourez donc pour recevoir le pardon de votre Seigneur. Aussi vaste que le ciel et la terre, Son jardin est préparé pour ceux qui ont cru en Allah et en Ses prophètes. Telle est la grâce d'Allah. Il l'accorde à qui Il veut. À Allah appartient l'immense grâce.

22 - Aucun malheur ne se produit sur terre, pas plus qu'en vous-mêmes, sans que cela soit consigné préalablement dans un livre, et cela avant même sa création. Car cela est aisé pour Allah.

23 - Tout ceci, afin que vous ne vous désespériez pas pour ce qui vous échappe et que vous ne vous réjouissiez de manière excessive de ce qui vous est donné. Allah n'aime pas les présomptueux qui se vantent à l'excès.

24 - Que ceux qui sont avares, ceux qui poussent les gens vers l'avarice et ceux qui se rétractent lorsqu'il s'agit de donner sachent qu'Allah est le plus riche, étant donné qu'Il Se suffit à Lui-même, et qu'Il est digne de louanges.

25 - Nous avons envoyé Nos messagers avec des preuves explicites. Nous leur avons donné le Livre et la Balance de sorte que les gens puissent montrer de l'équité. Nous avons fait descendre le fer, qui porte en lui à la fois le malheur des hommes et beaucoup de bienfaits. De la sorte, Allah distingue celui qui, dans son for intérieur[4], Le soutient et soutient Ses prophètes. Car Allah est le Fort, le Puissant.

26 - Nous avons effectivement envoyé Noé et Abraham, et accordé à leur descendance la Prophétie et le Livre. Certains d'entre eux, des vertueux, sont revenus de leurs erreurs, mais beaucoup d'autres étaient pervers.

27 - Nous avons envoyé sur leurs pas d'autres successeurs comme messagers, Jésus, fils de Marie, auquel Nous avons donné l'Évangile. Nous avons mis dans le cœur de ceux qui l'ont suivi une compassion, une miséricorde et une propension à la vie monastique. Ils l'ont inventée même si elle ne leur était pas prescrite, car seul le désir de plaire à Dieu leur a été prescrit. Toutefois, ils ne se sont pas préoccupés de cette vie comme ils auraient dû le faire. C'est pourquoi, à ceux qui ont cru Nous avons donné leur récompense, mais beaucoup d'autres étaient des pervers.

28 - Ô vous les croyants, craignez Allah et croyez en Son prophète. Vous recevrez une double mesure de Sa miséricorde. Il vous donnera une lumière qui vous guidera. Il vous pardonnera, car Allah est Celui qui pardonne. Il est le Miséricordieux.

29 - De façon que les gens du Livre comprennent qu'ils ne peuvent rien sans la faveur d'Allah, la grâce étant entre les mains d'Allah. Il la donne à qui Il veut. Allah est Celui qui dispense la plus grande des grâces.

NOTES

1. *Sûdûr* : littéralement, « poitrines ». 2. Soit à l'extérieur. 3. *Ghayt*. 4. Je place ici l'idée de l'« inconnaissable divin », *al-ghayb*, qui vient dans la suite du verset en arabe.

Sourate LVIII

LA DISCUSSION (AL-MÛJADALA[1])

Révélée à Médine, 22 versets

Au nom d'Allah, le Clément, le Miséricordieux

1 - Allah a entendu les paroles de la femme qui se lamentait auprès de toi au sujet de son mari et qui se plaignait à Allah. Car Allah entend votre conversation, Allah est Celui qui entend tout et qui voit tout.

2 - Ceux des vôtres qui répudient leurs femmes en prononçant cette formule : Sois pour moi autant que ma mère[2], et qui signent leur relégation [sont dans l'erreur]. Leurs mères sont celles qui les ont enfantés et ne peuvent être leurs épouses. En cela, ils profèrent des absurdités et des méchancetés. Mais Allah est indulgent, Il est enclin à pardonner.

3 - Ceux qui parmi vous répudient leurs femmes en prononçant la même formule et qui reviennent à elles sont tenus d'affranchir un esclave[3] en guise de compensation, avant de reprendre leur vie intime. Telle est la remontrance qui vous est faite ! Dieu est informé de tout ce que vous faites.

4 - Celui qui ne trouve pas les moyens nécessaires devra jeûner deux mois de suite avant de reprendre la vie commune. Celui qui ne peut jeûner deux mois de suite fournira de la nourriture à soixante nécessiteux, cela afin que vous croyiez en Allah et en Son prophète. Telles sont

les prescriptions d'Allah, tandis que les mécréants recevront un châtiment terrible.

5 - Ceux qui s'obstinent dans une voie contraire à celle d'Allah et de Son prophète seront jetés face à terre comme ceux qui les ont précédés. Nous avons révélé des versets explicites. Un châtiment humiliant attend les mécréants.

6 - Le jour où Allah les ressuscitera en groupe, ils seront face aux œuvres [impies] qu'ils ont commises. Allah a tout comptabilisé, alors même qu'ils feignent de l'oublier. Mais Allah est témoin de tout.

7 - Ne vois-tu pas qu'Allah est au courant de ce qui se passe dans les cieux et sur terre ? Il n'y a pas une seule conversation à trois sans qu'Il en soit témoin, en quatrième ! Pas plus qu'entre cinq où Il n'est le sixième. Ou un plus petit groupe de personnes ou un plus grand groupe. Allah est toujours présent, où qu'ils se trouvent. Au jour de la résurrection, Il les mettra au courant de ce qu'ils ont fait. Allah est au courant de tout.

8 - Ne vois-tu pas ceux à qui l'on a interdit de tenir des messes basses et qui aussitôt reviennent aux conciliabules qui leur ont été interdits ? Leurs conciliabules portent sur les péchés, les méchancetés qu'ils veulent commettre contre le Prophète, auquel ils désobéissent clairement. Pourtant, lorsqu'ils viennent à ta rencontre, ils te saluent obséquieusement et d'une manière réprouvée par Allah. Ils se disent en eux-mêmes : Allah va-t-Il nous punir pour ce que nous disons ? Mais leur compte est prévu d'avance : la géhenne, où ils seront la proie des flammes. Triste fin !

9 - Ô vous les croyants, ne tranformez pas vos discussions privées en conciliabules de méchanceté, d'hostilité et d'opposition gratuite au Prophète. Bien au contraire, défendez par tous les moyens la piété et la crainte d'Allah, vers Lequel vous serez un jour ramenés.

10 - Les conciliabules sont inspirés par Satan et fomentés pour attrister ceux qui croient en Dieu. Mais il ne saurait leur nuire sans la permission d'Allah. C'est bien à Allah que s'en remettent les croyants.

11 - Ô vous les croyants, lorsqu'on vous demande de vous mettre à l'aise et de faire de la place dans les assemblées, faites de la place, Allah saura vous faire de la place. Et s'il vous est demandé de vous relever, relevez-vous. Allah placera plus haut ceux qui auront cru parmi vous, de même que ceux qui sont dépositaires de science [4] : ils bénéficieront d'une place favorable, car Dieu est très au fait de ce que vous faites.

12 - Ô vous les croyants, si vous êtes reçus en privé par le Prophète, acquittez-vous d'abord d'une aumône. Ce geste est très méritoire, car il purifie vos actions. Mais si vous êtes dans l'impossibilité de faire une telle aumône, sachez qu'Allah est enclin au pardon et à la miséricorde.

13 - Craindriez-vous de faire précéder votre entretien en présentant une telle aumône ? Si cette omission est pardonnée et qu'Allah vous approuve, acquittez-vous de la prière et concédez une part d'aumône [5], obéissez à Allah et à Son prophète, car Allah est au fait de toutes vos actions.

14 - As-tu vu ceux qui ont pactisé avec un peuple qui a déplu à Allah ? Ils ne sont pas des vôtres, et vous n'êtes pas des leurs. Ils jurent sur le faux, en connaissance de cause.

15 - Allah leur prépare un tourment des plus terribles, car bien haïssables étaient leurs actes.

16 - Leurs serments étaient leur couverture ! Ils en ont ainsi écarté beaucoup du chemin d'Allah. Un châtiment humiliant les attend.

17 - Ni leur richesse ni leurs enfants n'intercéderont en

leur faveur auprès d'Allah. Ils seront les hôtes de l'enfer ; ils y demeureront éternellement.

18 - Le jour où Dieu les ressuscitera tous, ils Lui en feront le serment comme ils l'ont fait pour vous, comme si cet autre serment leur était d'une quelconque utilité. Ne sont-ils pas des imposteurs ?

19 - Satan les a manipulés allégrement et leur a fait oublier le souvenir d'Allah. Les partisans de Satan seront indéniablement parmi les perdants.

20 - Ceux qui s'opposent à Allah et à Son messager, ceux-là seront les plus humiliés.

21 - Allah a écrit : Moi et Mes envoyés serons les vainqueurs. Allah est fort et puissant.

22 - Tu ne trouveras pas de peuple et de gens qui croient en Dieu et qui, au Jour dernier, se mettront du côté des infidèles, qui se rebellent contre Allah et contre Son prophète, qu'il s'agisse de leurs pères, de leurs fils, de leurs frères ou de leurs amis proches. La foi a été écrite dans le cœur de tous ceux-là, tandis que leurs mains ont été inspirées par un esprit venu de Lui. Il les fera entrer dans des jardins où couleront des rivières. Ils y séjourneront éternellement. Ils bénéficieront de la satisfaction d'Allah, comme Il a leur satisfaction. Tels sont les membres du parti d'Allah[6], car ils sont les bienheureux.

NOTES

1. *Al-Mûjadala*, soit la « controverse », la « plaideuse » (Kasimirski, Hamidullah, Chouraki), la « plaidoirie » (Grosjean), la « discussion » (Blachère), ou la « protestataire » (Berque). **2.** *Yûdahhirûna*, soit le fait de
rendre taboue une femme en lui disant : « Sois pour moi comme le dos
de ma mère », ce qui lui interdit tout commerce sexuel avec son époux.
3. *Raqbatin*. Voir notre essai sur le sujet : *L'Esclavage en terre d'islam*,
Fayard, 2007. **4.** *Al-ladina ûtû al-'ilma*. **5.** *Zakat*. **6.** *Hizb Allah* : littéralement le parti d'Allah.

LE RASSEMBLEMENT (AL-HACHR)

Révélée à Médine, 24 versets

Au nom d'Allah, le Clément, le Miséricordieux

1 - Allah est glorifié par tout ce qui se trouve dans les cieux et sur terre. Il est le Puissant, le Sage.

2 - Il est Celui qui a sorti de leurs maisons, parmi les gens du Livre, tous ceux qui n'ont pas cru au premier rassemblement. Vous n'imaginiez pas qu'ils puissent sortir, car ils croyaient être protégés d'Allah par leurs forteresses. Mais Allah est venu là où ils ne L'attendaient pas. Il a semé l'effroi dans leurs cœurs au point de détruire leurs demeures de leurs propres mains et avec l'aide de ceux qui ont cru. Prenez donc la mesure de tout cela, ô vous qui êtes clairvoyants.

3 - Et si Allah n'avait pas prescrit pour eux l'exil [1], Il les aurait tourmentés ici-bas, tandis que le tourment du feu les attend dans la vie future.

4 - Tout cela parce qu'ils se sont séparés d'Allah et de Son prophète. Et pour tous ceux qui se séparent d'Allah, Allah est Celui qui a le plus terrible des châtiments.

5 - Les palmiers que vous avez coupés et ceux que vous avez laissés sur pied, cela n'a été possible que par la volonté d'Allah. C'est ainsi qu'Il punit les pervers.

6 - Ce qu'Allah a accordé comme butin à Son prophète ne

vous a coûté ni cheval ni monture. Allah fait triompher Ses prophètes sur ce qu'Il veut, car Allah est puissant en tout.

7 - Ce qu'Allah a octroyé à Son prophète aux dépens des autres cités [lorsqu'elles sont vaincues] revient à Allah, au Prophète, aux proches, aux orphelins, aux pauvres, aux gens de la route, afin que cela n'échoie pas aux seuls riches parmi vous. Ce que le Messager vous a donné, prenez-le. Ce qu'il vous interdit, cessez de le faire. Craignez Allah, car Allah est sévère dans Son châtiment.

8 - Ce butin va aussi aux nécessiteux émigrants, ceux qui se sont exilés de chez eux à la recherche d'une rétribution d'Allah ou de Son amour et de la victoire d'Allah et de Son prophète. Ceux-là sont les plus véridiques parmi les croyants.

9 - Ceux qui [à Médine] n'ont pas quitté leurs maisons et qui se sont convertis à la foi aimeront ceux qui émigrent vers eux. Ils ne seront point envieux de ce « don ». Ils les feront profiter de ce qu'ils ont, même s'ils sont eux-mêmes dans le besoin. Heureux ceux qui évitent la pingrerie et l'avarice !

10 - [Il appartient enfin] à ceux qui sont venus après eux [à Médine] et qui disent : Ô Seigneur, pardonne-nous et à nos frères qui nous ont précédés dans la foi et ne mets en nos cœurs aucune haine ou rancune à l'égard de ceux qui ont cru. Tu es le plus bienveillant, le plus miséricordieux.

11 - Ne vois-tu pas les hypocrites ? Ils disent à leurs frères au sein des gens du Livre qui, comme eux, n'ont pas cru : Si vous êtes chassés d'ici, nous partirons avec vous. Nous n'obéirons à personne contre vous. Et si vous êtes combattus, sachez que nous serons auprès de vous pour assurer votre victoire. Allah est témoin de leurs mensonges.

12 - Car, s'ils sont expulsés, ils ne les suivront pas ; s'ils sont attaqués, ils ne leur viendront pas en aide et, même

s'ils les soutiennent, c'est pour leur fausser compagnie aussitôt. Ils ne seront point secourus.

13 - De fait, vous jetez en leur cœur une panique plus grande encore que celle d'Allah, car ce sont là des gens qui ne raisonnent pas.

14 - Ils n'acceptent le combat qu'en se calfeutrant derrière les murs de leurs cités ou derrière de grandes fortifications. Leur bravoure est grande entre eux. Tu les crois unis, mais leurs cœurs sont divisés, car c'est là un peuple qui ne réfléchit pas.

15 - À l'instar de ceux qui les ont précédés de peu, ils goûteront un destin funeste, assorti d'un cruel châtiment.

16 - Semblables ainsi au démon qui dit à l'homme : Ne crois pas en Dieu. Et lorsque l'homme a perdu la foi en Dieu, celui-ci lui dit : Je ne suis point responsable de tes actes ! Quant à moi, je crains le Maître des mondes.

17 - À la fin, ils se retrouveront en enfer. Ils y séjourneront éternellement, car telle est la rétribution des injustes.

18 - Ô vous les croyants, craignez Allah. Que chaque âme se préoccupe d'abord de ce qu'elle a acquis pour sa sauvegarde future. Craignez Allah, car Il est informé de ce que vous faites.

19 - Et ne soyez pas comme ceux qui ont oublié Allah ! Ce faisant, Il les a conduits à s'oublier eux-mêmes. Ceux-là sont des pervers !

20 - Les hôtes en enfer ne peuvent égaler ceux qui sont au paradis, car les hôtes du paradis sont les vainqueurs.

21 - Si Nous avions fait descendre ce Coran sur une montagne, tu aurais vu cette montagne tout émue, s'effondrer en guise d'humilité devant Allah. Nous exposons ce type de paraboles afin que les hommes réfléchissent.

22 - Il est Allah. Il n'est d'autre Dieu que Lui. Il est le Maître du mystère et du témoignage. Il est le Clément, Il est le Miséricordieux [2].

23 - Il est Allah. Il n'est d'autre Dieu que Lui. Il est le Roi [3], le Très-Saint [4], le Dispensateur de salut [5], l'Être de croyance [6], le Magnanime [7], le Puissant, l'Irrésistible. Que Sa transcendance soit exaltée aux dépens de ce qu'ils vénèrent en dehors de Lui !

24 - Il est Allah, le Créateur, le Novateur, le Formateur [8]. À Lui appartiennent les plus beaux noms [9]. Ses louanges sont célébrées par tous ceux qui habitent au ciel et sur terre. Il est le Tout-Puissant, le Sage.

NOTES

1. *Al-Jala'a* : l'exil, le bannissement. 2. Autre version : « Il est Allah, il n'est de dieu que Lui. Lui qui connaît l'invisible et l'apparent. Il est le Miséricordieux, car Il fait miséricorde. » 3. *Al-Malik.* 4. *Al-Quddûs.* 5. *As-Salam.* 6. *Al-Mû'min.* 7. *Al-Mûhayman.* 8. *Al-Mûçawir, çûra* étant l'image, peut-être le Concepteur. 9. Cf. « Les beaux noms d'Allah », *Al-Asma al-hûsna,* in *Dictionnaire encyclopédique du Coran.*

Sourate LX

L'EXAMINÉE (AL-MÛMTAHANA)

Révélée à Médine, 13 versets

Au nom d'Allah, le Clément, le Miséricordieux

1 - Ô vous les croyants, ne faites pas de Mes ennemis et de vos ennemis des alliés. Vous les entourez de votre affection, alors même qu'ils récusent la vérité qui vous a été transmise. Ils poussent le Prophète au-dehors[1], et vous expulsent à votre tour, parce que vous avez cru en Allah, votre Seigneur. Dès que vous les combattez, évitez pour Moi de leur manifester secrètement votre affection. Je suis au courant de ce que vous préservez en votre sein et ce que vous révélez. Celui qui commet cela parmi vous se sera [nettement] écarté du droit chemin.

2 - Si les mêmes pouvaient avoir une quelconque puissance sur vous, ils seraient vos ennemis et vous maltraiteraient de la main et de la langue[2]. Ils aimeraient que vous abjuriez votre foi.

3 - Ni vos proches, nés de votre sang, ni vos enfants ne seront pour vous de quelque utilité le jour de la résurrection, car [Allah] jugera entre vous. Allah est attentif à ce que vous faites.

4 - Vous avez eu en Abraham et ceux qui l'entouraient un bel exemple. Lorsqu'ils dirent à leur peuple : Nous sommes innocents de ce que vous êtes et de ce que vous adorez en dehors de Dieu. Nous vous renions. Que la haine et l'inimitié scellent à jamais nos rapports jusqu'au jour où vous

croirez en Dieu seul. Exception faite de la parole d'Abraham pour son père, auquel il dit : J'implorerai Dieu pour qu'Il te pardonne, mais je n'ai à cet égard aucune certitude préalable. Ô notre Seigneur, c'est à Toi que nous nous confions, c'est vers Toi que nous revenons, car c'est Toi qui es dépositaire de notre destinée[3].

5 - Ô Seigneur, ne nous mets pas à l'épreuve de ceux qui n'ont pas cru en Toi, pardonne-nous, ô notre Seigneur, Tu es le Puissant, le Sage.

6 - Car, en effet, il y avait parmi eux un parfait modèle pour vous, au moins pour ceux qui désirent Allah et le Jour dernier. Mais celui qui se rétracte, Allah demeure le plus fortuné, le plus digne de louanges.

7 - Il se pourrait qu'Allah établisse entre vous et vos ennemis une affection soudaine. Allah est le Tout-Puissant, enclin au pardon et plein de miséricorde.

8 - Dieu ne vous dissuade pas d'être bienveillants et équitables avec ceux qui n'ont pas combattu votre religion et qui ne vous ont pas délogés de vos maisons. Allah aime les gens équitables.

9 - Dieu vous déconseille en revanche d'être bons envers ceux qui ont combattu votre religion et qui vous ont expulsés de vos maisons, et envers ceux qui les ont aidés. Les injustes sont ceux qui considèrent ces hommes comme des amis.

10 - Ô vous les croyants, si les femmes croyantes, de celles qui ont émigré, se présentent à vous, testez-les en sachant qu'Allah sait ce qu'elles ont comme foi. Si vous établissez qu'elles sont vraiment des croyantes, ne les renvoyez pas vers les infidèles [leurs anciens époux], car elles ne leur sont plus licites et ceux-là ne le sont pas pour elles non plus. Donnez-leur [aux infidèles] une compensation égale à celle qu'ils ont consentie. Il ne vous sera pas tenu rigueur si vous

les épousez, à condition de leur donner leur dot. Il ne vous est pas permis de garder auprès de vous une incroyante. Demandez le retour des dépenses [que vous avez consacrées pour elles], de même que les incroyants, eux, demandent le remboursement des dépenses occasionnées. Tel est le jugement d'Allah lorsqu'Il est amené à établir la justice entre vous. Allah étant Celui qui sait ; Il est Celui qui est sage.

11 - Si l'une de vos femmes est passée chez les infidèles et que vous preniez votre revanche sur eux, donnez à ceux dont les femmes sont enfuies une part égale à celle qu'ils ont dépensée pour elles. Craignez Allah en qui vous croyez.

12 - Ô toi le Prophète ! Si des croyantes viennent te voir, te font allégeance, te promettent qu'elles n'associeront rien à Allah, qu'elles ne voleront point, qu'elles ne seront point adultères, qu'elles ne tueront point leurs propres enfants[4], qu'elles ne se rendront responsables d'aucune vilenie qui serait commise par leurs mains[5] ou par leurs pieds[6], qu'elles ne te désobéiront point pour ce qui est du credo collectif, accepte leur serment d'allégeance et demande à Allah de leur pardonner leurs péchés. Allah est Celui qui pardonne, Il est le Tout-Miséricordieux.

13 - Ô vous les croyants ! Ne vous associez pas avec un peuple sur lequel Allah éprouve un courroux. Ils désespèrent déjà de la vie future, comme les infidèles désespèrent des occupants des tombes.

NOTES

1. Sans doute de La Mecque, au moment de l'exil (*hijra*). **2.** Par des gestes et des mots désagréables. **3.** *Ilayka al-maçir* : c'est vers Toi que tout aboutit. **4.** Évocation très claire de l'infanticide préislamique, en particulier celui des fillettes, qui semblait avoir cours dans certaines tribus pauvres de la Péninsule. **5.** Il était mal vu que les femmes puissent se lamenter, s'arracher les vêtements ou se lacérer le visage. **6.** « Commettre une vilenie en marchant » relève de la même attitude. L'idée serait que certaines femmes marchaient en faisant du bruit de façon à attirer l'attention des hommes ou à commettre un adultère, ce qui était une provocation inacceptable dans les milieux du Hedjaz.

SOURATE LXI

LE RANG (AS-SAFF)

Révélée à Médine, 14 versets

Au nom d'Allah, le Clément, le Miséricordieux

1 - Tout ce qui se trouve dans les cieux et sur terre glorifie Allah. Il est le Puissant, le Sage.

2 - Ô vous les croyants, pourquoi donc dites-vous ce que vous ne faites pas ?

3 - Votre détestation aux yeux d'Allah grandit à mesure que vous dites ce que vous ne faites pas.

4 - Allah aime ceux qui, en rangs serrés comme une solide bâtisse, mènent le combat pour Sa cause.

5 - Et quand Moïse dit à son peuple : Mon peuple ! Pourquoi me maltraitez-vous alors que vous savez que je suis vraiment le messager que Dieu vous a envoyé ? Puis quand ils dévièrent, Dieu fit dévier leurs cœurs, car Dieu ne guide pas un peuple de pervers.

6 - Et quand Jésus, fils de Marie, dit : Ô fils d'Israël ! Je suis le messager de Dieu, envoyé vers vous pour rendre véridique ce qui, de la Torah, est antérieur à moi. Je suis envoyé pour vous annoncer l'avènement d'un prophète qui viendra après moi. Son nom est Ahmed [1]. Puis quand celui-ci vint à eux avec des preuves évidentes, ils dirent : Ce n'est que sorcellerie manifeste !

7 - Qui est plus injuste encore que celui qui répand des

mensonges sur Allah, bien qu'il ait été rappelé à l'islam ?
Mais Allah ne conduit pas le peuple des injustes.

8 - Ils veulent éteindre la lumière d'Allah avec leurs bouches[2], mais Allah parachèvera Sa propre lumière, en dépit
de l'aversion éprouvée par les mécréants.

9 - C'est Lui qui a envoyé Son messager avec la bonne
orientation, et la religion du vrai, de façon à la montrer à
tous. Même si cela déplaît aux « associateurs ».

10 - Ô vous les croyants, voulez-vous que Je vous oriente
vers un commerce qui vous sauvera d'un châtiment douloureux ?

11 - Vous croyez en Allah et en Son prophète ; Vous
combattez dans la voie d'Allah avec vos biens propres et
vos personnes, tel est le meilleur choix pour vous, si vous
saviez.

12 - Dieu pardonnera vos péchés et vous fera entrer dans
des jardins où coulent des ruisseaux[3]. Vous trouverez [éga-
lement] des demeures confortables dans le jardin d'Éden.
Tel est le plus grand triomphe.

13 - Et bien d'autres choses que vous aimerez par-dessus
tout, dont l'aide d'Allah et une prochaine victoire. Annonce
la bonne nouvelle pour les croyants.

14 - Ô vous les croyants, soyez les auxiliaires de Dieu, ainsi
que l'a demandé Jésus, fils de Marie, à ses apôtres « qui
sont mes alliés ». Les disciples ont rétorqué : Nous sommes
certes les auxiliaires de Dieu. Une partie des fils d'Israël a
cru et une autre partie n'a pas cru. Nous avons assisté ceux
qui ont cru et Nous les avons développés plus que leurs
ennemis, de façon qu'ils triomphent d'eux.

NOTES

1. Ahmed : Celui qui est susceptible de louer (Allah). Voir le *Dictionnaire encyclopédique du Coran*. **2.** *Bi afwahihim* : leur bouche. Mais cela signifie sans doute « leur souffle » (Kasimirski, Blachère), ou, peut renvoyer aux mauvaises paroles. **3.** *Anhar* : rivières. L'idée revient souvent, de même que le ou les jardin(s). Le jardin d'Éden est nommé dans la sourate IX, verset 72.

LE VENDREDI (AL-JÛMÛ'A)

Révélée à Médine, 11 versets

Au nom d'Allah, le Clément, le Miséricordieux

1 - Tout ce qui est dans le ciel et sur terre célèbre la louange d'Allah, le Roi, le Très-Sacré, le Très-Puissant, le Sage.

2 - Il est Celui qui a envoyé auprès des païens incultes[1] un prophète pris en leur sein. Il leur récite les versets [divins], il les purifie, il leur apprend le Livre et la Sagesse. Ils étaient auparavant dans une grande ignorance.

3 - Il enseigne aussi à d'autres, qui ne les ont pas encore rejoints. Il est le Puissant, le Sage.

4 - Telle est la grâce d'Allah. Il la donne à qui Il veut, Lui qui détient l'immense grâce.

5 - Ceux qui ont été chargés de la Torah et qui ont refusé de l'appliquer sont à l'image de l'âne chargé de livres. Très mauvais exemple que celui de ce peuple qui traite de mensonges les signes de Dieu, car Dieu n'oriente pas dans le bon chemin les peuples injustes.

6 - Dis : Ô vous les adeptes du judaïsme ! Si vous croyez être les seuls à être des alliés de Dieu à l'exclusion des autres hommes... commencez par espérer la mort si vous êtes véridiques.

7 - Mais ils ne la demanderont jamais, en raison de leurs œuvres. Dieu connaît bien les injustes.

8 - Dis-leur [aussi] : La mort que vous fuyez vous rattrapera. Après quoi, vous viendrez devant Celui qui connaît l'inconnaissable et dont le témoignage vous informera de ce que vous faisiez.

9 - Ô vous les croyants, à l'instant où vous entendez l'appel à la prière du vendredi[2], courez à l'invocation d'Allah en interrompant [toute] vente, car cela est préférable pour vous pour autant que vous en soyez conscients.

10 - Lorsque la prière est terminée, vous pouvez reprendre vos différentes activités terrestres et rémunératrices, non sans continuer à invoquer le nom d'Allah, peut-être serez-vous parmi les bienheureux.

11 - Quand ils voient un négoce ou un divertissement, ils s'y précipitent en te laissant debout. Dis-leur : Ce qu'il y a auprès d'Allah est bien meilleur que votre négoce ou vos divertissements, car Allah est le meilleur Dispensateur [de richesse] !

NOTES

1. *Ûmiyyin* : gentils (Blachère), hommes illettrés (Kasimirski), incultes.
2. *Yawm al-jûmu'a* : le jour du rassemblement, d'où le nom donné à la présente sourate.

LES HYPOCRITES (AL-MÛNAFIQÛN)

Révélée à Médine, 11 versets

Au nom d'Allah, le Clément, le Miséricordieux

1 - Quand les hypocrites viennent à toi, Prophète, et disent : Nous témoignons que tu es le prophète d'Allah ! Or Allah sait que tu es Son envoyé. Allah témoigne que les hypocrites sont des menteurs.

2 - Ils utilisent leurs serments comme rempart afin de détourner les autres du chemin d'Allah. Très mauvaise façon d'agir !

3 - Uniquement parce qu'ils ont cru d'abord, puis sont retournés au paganisme. Un sceau s'est apposé sur leurs cœurs au point de les empêcher de comprendre !

4 - Quand tu les vois, tu es séduit par leurs personnes[1] et, s'ils parlent, tu écoutes ce qu'ils disent. Pourtant, ils ressemblent à des poutres inclinées [contre un mur] qui croient que tout cri leur est destiné. Ce sont les vrais ennemis que tu dois fuir. Puisse Dieu les combattre jusqu'au dernier ! Comme ils s'écartent [de la voie droite] !

5 - Et lorsqu'on leur dit : Venez, le Prophète intercédera pour vous auprès d'Allah, ils se détournent et s'éloignent dédaigneusement.

6 - Du reste, que tu cherches à leur faire pardonner leurs fautes ou que tu ne le fasses point, Allah ne leur pardonne

pas, car Allah ne conduit pas dans le bon chemin les pervers.

7 - Ils disent[2] : Ne donnez rien aux compagnons du Prophète de façon qu'ils l'abandonnent. Mais les trésors[3] des cieux et de la terre appartiennent à Allah. Les hypocrites ne peuvent le comprendre.

8 - Ils disent : Si nous repartons vers Médine, le plus fort chassera le plus faible ! Mais c'est à Allah, au Prophète et aux croyants qu'appartient la puissance, mais les hypocrites ne peuvent le savoir.

9 - Ô vous les croyants ! Que vos biens et vos enfants ne vous distraient pas de la remémoration d'Allah, car celui qui agit ainsi sera le plus grand perdant.

10 - Et dépensez une partie des biens dont Nous vous avons dotés avant que la mort ne vous surprenne et que vous ne disiez : Mon Dieu, pourquoi ne pas prolonger un peu ma vie ? Je ferai alors une aumône et je serai parmi ceux qui font le bien !

11 - Mais Allah n'accorde aucun délai supplémentaire à celui dont le terme est arrivé. Allah est au courant de ce que vous faites.

NOTES

1. *Ajsamahûm* : « leur corps », leur apparence. 2. Aux Médinois, car il s'agit des Ançars, la sourate ayant été révélée à Médine. 3. *Khaza'inû* : les trésors, les magasins.

Sourate LXIV

LE DÉPIT RÉCIPROQUE (AT-TAGHABÛN)

Révélée à Médine, 18 versets

Au nom d'Allah, le Clément, le Miséricordieux

1 - Tout ce qui est dans les cieux et sur terre célèbre les louanges[1] d'Allah. À Lui appartient la Royauté, à Lui la louange et la bénédiction, car Il est tout-puissant en toute chose.

2 - Il est Celui qui vous a créés. Parmi vous, il y a des mécréants, d'autres sont pieux et fidèles. Allah regarde tout ce que vous faites.

3 - Il a créé les cieux et la terre sur un principe de vérité. Il vous a façonnés de la meilleure manière et c'est encore à Lui que tous reviennent.

4 - Il sait ce qu'il y a dans les cieux et sur terre. Il connaît les secrets que vous cachez et ceux que vous divulguez. Allah connaît parfaitement ce qui est caché dans les cœurs[2].

5 - N'as-tu pas su ce qui arriva à ceux qui furent autrefois incrédules ? Ils goûtèrent au sort amer qui était le leur et subirent un châtiment pénible.

6 - Car, en effet, ils recevaient des messagers avec des preuves éclatantes auxquels ils répondaient : Un humain va-t-il nous conduire ? Ils furent des impies et se rebellèrent. Allah a décidé de se passer d'eux, Allah est autosuffisant. Il est le Fortuné, digne de louanges.

628

7 - Ceux qui sont impies prétendent qu'ils ne seront jamais ressuscités[3]. Dis-leur : Bien au contraire, par Dieu vous serez rappelés et il vous sera révélé tout ce que vous avez commis auparavant. Chose aisée pour Allah.

8 - Croyez en Allah et en Son prophète, ainsi qu'à la lumière que Nous avons révélée. Allah est informé de tout ce que vous faites.

9 - Le jour où Il vous réunira pour la réunion du grand rassemblement, ce jour-là sera bien le jour du dépit réciproque[4]. En revanche, celui qui croit en Allah et qui fait du bien, obtiendra la rémission de ses fautes... Ils entreront dans le jardin où coulent les rivières. Ils y resteront éternellement. Tel sera le triomphe suprême.

10 - Ceux qui ont traité de mensonges Nos versets et qui se sont comportés en infidèles, seront jetés en enfer où ils resteront éternellement. Quelle triste fin !

11 - Personne ne subit de malheur en dehors de la volonté d'Allah. Celui qui croit en Allah, son cœur sera bien dirigé, car Allah est au courant de tout.

12 - Obéissez à Allah, obéissez au Prophète, car si vous vous détournez d'eux... C'est à Notre prophète de vous informer en toute clarté.

13 - Allah, il n'y a pas d'autres dieux que Lui et c'est encore à Allah que s'en remettent les croyants.

14 - Ô vous les croyants, vous trouverez [parfois] en vos épouses et en vos enfants des ennemis. Prenez-en garde ! Mais si vous pardonnez, si vous êtes indulgents et si vous manifestez de la compassion, sachez qu'Allah est Celui qui pardonne et qui est miséricordieux.

15 - Vos biens et vos enfants sont certes une tentation, mais la plus grande récompense est auprès d'Allah.

16 - Craignez donc Allah autant que vous le pouvez. Écou-

tez, obéissez et donnez une part de vos biens pour votre propre sauvegarde. Bienheureux ceux qui échappent à leur propre avarice.

17 - Si vous accordez à Allah ce prêt, un bon prêt, Allah vous le multipliera et vous pardonnera, car Allah est reconnaissant et magnanime.

18 - Il est Celui qui connaît l'invisible et le visible. Il est le Puissant, le Sage.

NOTES

1. De l'expression arabe *yûssabbihû lillahi.* 2. Ce que cachent les poitrines, *bi-dati as-sûdûr.* 3. *Yûb'atû* : ils ne seront pas rappelés pour leur jugement. 4. C'est le titre de la sourate.

SOURATE LXV

LA RÉPUDIATION (AT-TALAQ)

Révélée à Médine, 12 versets

Au nom d'Allah, le Clément, le Miséricordieux

1 - Ô Prophète ! Si vous répudiez les femmes, répudiez-les après avoir respecté leur délai de viduité. Comptez les jours avec précision et craignez Allah, votre Seigneur. Durant cette période, vous ne pourrez les sortir de leurs demeures et elles n'en sortiront que si elles ont commis quelque turpitude avérée. Telles sont les limites prescrites par Allah. Celui qui transgresse les limites prescrites par Allah se porte grand tort. Tu ne sais pas si, après cela, Allah ne décidera pas d'introduire un élément nouveau !

2 - Lorsqu'elles ont atteint le délai fixé, vous pouvez soit les reprendre auprès de vous de manière conforme aux usages en cours, soit vous séparer d'elles de manière conforme aux usages. Pour ce faire, il est recommandé de vous entourer du témoignage de deux hommes autour de vous qui soient justes, vous vous acquitterez alors du témoignage au nom d'Allah [1]. Telle est la meilleure prescription pour toute personne qui croit en Allah, et au Jour dernier. À telle personne qui craint Allah, Allah donnera une belle issue [2].

3 - Il la dotera de moyens qu'elle ne peut imaginer. Celui qui se repose sur Allah aura son compte, car Allah assume Ses arrêts. Il a assigné à chaque chose sa mesure !

4 - Celles parmi vos femmes qui désespèrent d'avoir leurs

631

règles, et sur lesquelles il y a doute, la période de viduité est de trois mois. À celles qui n'ont pas encore eu leurs règles, le même délai. Quant à celles qui sont déjà enceintes, la période de délai coïncide avec leur accouchement. Celui qui craint Allah verra son sort s'alléger.

5 - Tel est l'ordre d'Allah qui vous a été révélé. Celui qui craint Allah et qui est pieux verra ses péchés effacés et sa gratification augmentée considérablement.

6 - Laissez celles qui sont répudiées habiter là où vous demeurez vous-mêmes et selon vos moyens. Ne les contraignez pas à vivre dans des réduits. Si certaines sont enceintes pour la première fois, continuez à dépenser pour elles normalement jusqu'au terme de leur grossesse. Si elles allaitent votre progéniture, vous devez leur accorder un défraiement[3]. Conduisez-vous entre vous de manière conforme aux usages, mais si vous ne vous êtes pas mis d'accord, faites allaiter vos enfants par une autre femme[4].

7 - Que l'homme aisé donne selon sa fortune[5]. Que celui qui n'a pas de moyens abondants donne une part de ce dont Allah l'a pourvu. Allah ne charge une âme que de ce qu'elle peut assumer. Allah fait en sorte qu'après l'adversité survienne l'aisance.

8 - Combien de cités se sont rebellées aux ordres de leur Seigneur et de leurs prophètes ! Nous leur avons demandé des comptes et Nous leur avons infligé un cruel tourment.

9 - Elles ont ainsi goûté l'amertume liée à leur conduite, tandis que leur fin n'était que ruine.

10 - Allah leur a préparé un cruel châtiment. Craignez Allah, vous qui êtes doués d'intelligence et qui êtes croyants. Allah vous a révélé un rappel puissant [le Coran].

11 - Il s'agit d'un prophète qui vous récite les versets d'Allah, les plus éclairants, de façon à conduire des ténèbres

vers la lumière ceux qui ont cru et qui ont commis de belles choses. Celui qui croit en Allah, qui accomplit des œuvres pies, celui-là entrera dans les jardins où coulent les rivières. [Ceux qui s'y trouvent] y demeureront éternellement, en guise de juste attribution d'Allah.

12 - C'est Allah qui a créé sept cieux et autant de terres. Il y a entre eux une relation continue de façon que vous sachiez qu'Allah est puissant sur toute chose. Allah dispose d'une science infinie qui englobe tout.

NOTES

1. *Chahada* : l'une des rares fois où elle est si parfaitement isolée.
2. *Makhrajan*. 3. *Ûjûr* : salaires. 4. Une nourrice, selon les pratiques bédouines anciennes. 5. *Dhû sa'atin min sa'atihi* : celui qui a des biens en fonction des biens qu'il possède.

SOURATE LXVI

L'INTERDICTION (AT-TAHRIM)

Révélée à Médine, 12 versets

Au nom d'Allah, le Clément, le Miséricordieux

1 - Ô Prophète, pourquoi veux-tu rendre illicite ce qu'Allah t'a rendu licite dans le but de complaire à certaines de tes épouses ? Allah est Celui qui pardonne, le Miséricordieux.

2 - Allah a préconisé de vous affranchir de vos serments préalables. Allah est votre Maître. Il est Celui qui sait, le Sage.

3 - Et lorsque le Prophète se confia à l'une de ses épouses et qu'elle transmit le contenu de la conversation [à une autre épouse], Dieu le lui révéla. Le Prophète avisa l'une des deux de l'indiscrétion, sans tout dire, gardant pour lui l'autre partie de la confidence. La femme lui dit : Qui t'a mis au courant ? Le Prophète dit : M'a informé Celui qui sait, le Très-Informé.

4 - Si toutes deux vous vous repentez à Allah, ce serait mieux pour vous, car vos cœurs commencent à fléchir, mais Il vous pardonnera. En revanche, si vous vous unissez contre le Prophète, Allah est son Maître. Après cela, Gabriel, le Juste parmi les croyants, et les autres anges sont ses soutiens.

5 - Si le Prophète venait à vous répudier, qui vous dit que son Seigneur ne lui apporterait pas d'autres épouses, meilleures encore ? Elles seraient musulmanes, croyantes,

pieuses[1], soumises, adorant Dieu et Le glorifiant, pratiquant le jeûne, [et cela] qu'elles aient été mariées ou qu'elles soient encore vierges.

6 - Ô vous les croyants, protégez vos personnes et votre famille d'un feu qui sera alimenté par les impies et par les pierres. Ce feu sera gardé par une cohorte d'anges corpulents[2] et puissants qui ne désobéissent pas à Allah pour ce qu'Il leur a demandé et qui, de toute façon, obéissent à l'ordre qui leur a été donné.

7 - Ô vous les incroyants, ne demandez pas d'excuses le jour venu, vous serez rétribués exactement pour ce que vous aurez commis.

8 - Ô vous les croyants, revenez vers Allah de manière sincère. Peut-être Allah abolira-t-Il pour vous vos péchés et vous introduira-t-Il dans les jardins sous lesquels coulent des ruisseaux[3]. Ce jour-là, ni le Prophète ni ceux qui ont cru avec lui ne seront avilis[4]. Leur lumière se projettera devant eux et du côté droit. Ils diront au Seigneur : Complète notre lumière et pardonne nos péchés. Seigneur, Ta puissance s'étend sur tout !

9 - Ô Prophète, mène le combat contre les incroyants et les hypocrites. Sois dur avec eux ! Leur port d'arrivée sera la géhenne. Quel séjour détestable !

10 - À ceux qui n'ont pas cru, Allah a donné la parabole des femmes de Noé et de Loth. Elles étaient sous l'autorité de deux de Nos serviteurs, justes et pieux. Elles les trahirent, mais cela ne leur servit en rien auprès de Dieu. On leur dit : Entrez en enfer, avec ceux qui y entrent.

11 - À ceux qui ont cru, Allah donne la parabole de la femme de Pharaon, lorsqu'elle dit : Seigneur, construis-moi une demeure auprès de Toi, dans le paradis, et délivre-moi de Pharaon et de ses mauvaises œuvres. Délivre-moi des injustes.

12 - Quant à Marie, fille de 'Imran[5], qui est restée chaste et dans laquelle Nous insufflâmes une partie de Notre esprit, elle a cru aux paroles de son Seigneur et à Ses livres. Elle était du nombre de ceux qui craignent [Dieu].

NOTES

1. *Qânitat* : celles qui prient en permanence, qui consacrent leur temps aux oraisons. 2. *Ghiladûn* : menaçants (Kasimirski) ; gigantesques (Blachère). 3. *Anhar* : des fleuves, de grosses rivières. 4. *La yûkhzi* : il ne démentira pas, il ne fera pas honte, il ne le réprimera pas. 5. 'Imran est encore cité dans la sourate III, verset 35, et dans la sourate XIX, verset 28.

LA ROYAUTÉ (AL-MÛLK)

Révélée à La Mecque, 30 versets

Au nom d'Allah, le Clément, le Miséricordieux

1 - Béni soit Celui qui possède le Royaume et qui est puissant sur toute chose.

2 - Celui qui a créé la vie et la mort, afin de vous éprouver et [de distinguer] celui parmi vous qui réalise des œuvres pies. Il est le Tout-Puissant, Celui qui pardonne.

3 - Celui qui a créé sept cieux et qui les a disposés les uns sur les autres. Tu ne verras dans la création du Très-Miséricordieux aucune imperfection. Regarde encore si tu vois la moindre fissure.

4 - Puis regarde de nouveau, ton regard te sera renvoyé affaibli et vidé, sans succès.

5 - Nous avons orné le ciel le plus proche en y suspendant des luminaires, qui sont utilisés pour lapider les démons [1] qui s'en approchent, et auxquels [d'ailleurs] Nous avons préparé le brasier de l'enfer [2].

6 - Quant à ceux qui n'ont pas cru en leur Seigneur, ils auront les tourments de la géhenne et un triste destin.

7 - Dès lors qu'ils y seront jetés, ils entendront les gémissements pénibles au moment où les fumerolles s'activeront.

8 - Il est sur le point d'éclater, chaque fois qu'un groupe d'impies y est jeté, tandis que les préposés de l'enfer leur

diront : Aucun avertisseur n'est venu vous avertir de ce qui vous attend ?

9 - Ils diront : Si, si. Nous avons bien reçu un informateur, mais nous l'avons traité de menteur et nous avons dit : Dieu n'a rien révélé du tout. Vous perdez votre temps et votre chemin.

10 - Ils diront aussi : Si nous avions écouté et si nous avions été plus raisonnables, nous ne serions pas là, aujourd'hui, comme appât du brasier.

11 - Ils reconnaîtront leurs péchés. Que les adeptes du brasier soient exterminés !

12 - Quant à ceux qui craignent leur Seigneur sans L'avoir jamais vu, ils seront amplement pardonnés et auront une grande récompense.

13 - Que d'ailleurs vous conteniez vos paroles ou que vous les divulguiez, Dieu est au courant de ce que renferme votre âme [3].

14 - Ignore-t-Il ce qu'Il a créé ? Alors qu'Il est, Lui, le Subtil, le Confident, le Mieux Informé ?

15 - C'est Lui qui vous a étalé la terre, prête à être foulée [4] en tous sens. Mangez-y de ce qu'elle produit, en sachant que vous reviendrez à Lui au moment de la résurrection.

16 - Êtes-vous sûr que Celui qui est au ciel ne fait pas trembler la terre sous vos pas au point qu'elle semble s'effondrer ?

17 - Êtes-vous à l'abri si Celui qui est au ciel ne vous envoie pas une tornade de pierres pour vous faire réfléchir aux signes annonciateurs qu'Il propose ?

18 - Car ceux qui les ont précédés ont traité Nos signes de mensonges. Ah, quel fut mon désaveu !

19 - N'ont-ils pas vu comment l'oiseau, au-dessus d'eux,

ploie et déploie ses ailes ? Mais qui les tient dans les cieux, sinon le Miséricordieux, car Il observe tout ?

20 - Qui vous aide à constituer une armée et qui vous assure de la victoire ? Qui donc sinon le Miséricordieux ? Mais les mécréants sont dans l'erreur !

21 - N'est-ce pas Lui encore qui vous gratifie de votre subsistance, car s'Il la retirait... ? Mais ils n'ont pas daigné croire et se sont livrés à une sombre aversion[5].

22 - Et celui qui marche tête penchée, visage rentré, est-il mieux inspiré que celui qui marche la tête haute, en empruntant une voie droite ?

23 - Dis : Il est Celui qui vous a créés et qui vous a dotés de l'ouïe, de la vue et du cœur[6], mais vous êtes peu reconnaissants.

24 - Dis : Il est Celui qui vous a mis sur terre. Et c'est vers Lui que vous serez finalement ramenés.

25 - Ils [te] demanderont : Quand aura lieu cette promesse de rencontre, si vraiment vous êtes véridiques ?

26 - Dis[-leur] : C'est là une science qui appartient à Allah, et je ne suis qu'un avertisseur avisé.

27 - Et lorsqu'ils verront le feu, ce brasier puissant, le visage de ceux qui n'ont pas cru s'assombrira[7] : Ainsi donc, voilà ce que vous souhaitiez voir !

28 - Dis[-leur] : Pensez ! Si Allah me détruit ainsi que ceux qui m'entourent, ou s'Il m'épargne, qui sauvera les mécréants du châtiment douloureux ?

29 - Dis : Il est le Miséricordieux. Nous avons cru en Lui et nous nous remettons à Lui. Vous saurez qui est en grande perdition.

30 - Dis : Imaginez encore que votre eau soit subitement absorbée par le sol, qui peut vous apporter une eau pure en échange ?

NOTES

1. *Chayatin* : littéralement, « les Satans ». 2. *Sa'ir* : selon Blachère, cela semble être la partie réservée en enfer pour les démons. 3. *Sûdûr* : votre poitrine, au sens métaphorique. 4. *Daloûl*. 5. *Ûthûr* : aveuglement, indocilité. 6. *Afidhat* : viscères. 7. *Sayi'at wûjûhû al-ladina kafarû* : « visages couverts de tristesse » (Kasimirski) ; « visages horrifiés » (Blachère, Masson) ; « les visages pâliront » (Pesle/Tidjani) ; « seront bouleversés » (Boubakeur).

SOURATE LXVIII

NOUN, OU LE ROSEAU (AL-QALAM)

Révélée à La Mecque, 52 versets

Au nom d'Allah, le Clément, le Miséricordieux

1 - Noun ! Et le calame et ce qu'ils écrivent.

2 - Par la faveur de ton Seigneur, tu n'es pas un fou.

3 - Et tu auras une récompense sans limite.

4 - Tu es certes d'une moralité sans faille.

5 - Tu verras par toi-même, et ils verront eux aussi,

6 - qui d'entre vous est mis à l'épreuve[1], le plus tenté.

7 - Car ton Seigneur connaît ceux qui ont perdu le chemin et ceux qui, au contraire, sont dans la bonne voie.

8 - N'obéis donc pas aux négateurs.

9 - Ils aimeraient peut-être que tu sois plus avenant, afin qu'ils le soient eux aussi !

10 - N'obéis pas non plus à chaque être vil qui jure inutilement,

11 - ni à celui qui fomente des troubles et qui propage toutes sortes de médisances[2],

12 - celui qui fait barrage au bien et qui est injuste, transgresseur,

13 - violent et de mauvaise extraction[3],

14 - même s'il possède une fortune et beaucoup d'enfants[4].

15 - Et lorsque Nos versets lui sont récités, il n'a qu'un seul mot à la bouche : Fables anciennes !

16 - Nous le marquerons au museau⁵.

17 - Nous les avons mis à l'épreuve comme Nous avons mis à l'épreuve les propriétaires du jardin qui avaient juré de cueillir les fruits du matin

18 - sans même faire de réserve ou d'exception !

19 - Une calamité envoyée par ton Seigneur les prit de court alors qu'ils dormaient.

20 - Au petit matin, le jardin était comme un champ en ruine⁶.

21 - Au réveil, ils s'appelèrent les uns les autres.

22 - Et si vous partiez de manière précoce vers le champ que vous allez récolter ?

23 - Ils y allèrent, en se parlant à voix basse⁷.

24 - Aucun pauvre ne sera autorisé aujourd'hui à y entrer !

25 - Ils partirent donc, très tôt et fort résolus.

26 - Mais lorsqu'ils virent le jardin, ils s'écrièrent : Nous sommes perdus !

27 - Pis ! Nous sommes ruinés.

28 - Le plus mesuré d'entre eux dit : Ne vous avais-je pas dit de rendre gloire à Dieu ?

29 - Ils dirent en chœur : Gloire à notre Seigneur, nous étions vraiment injustes !

30 - Ils se retournèrent et chacun voulut blâmer l'autre de ce qu'il avait fait.

31 - Hélas, nous étions des mécréants, des prévaricateurs ! dirent-ils.

32 - Peut-être Dieu changera-t-Il pour nous cet endroit

pour un autre qui serait meilleur ? Nous sommes désireux d'aller vers Lui.

33 - Il en va ainsi des châtiments de la vie d'ici-bas. Mais s'ils savaient que les châtiments de la vie future sont plus grands encore.

34 - Ceux qui ont craint [Dieu] parmi les croyants auront auprès de leur Seigneur des jardins de félicité.

35 - Allons-Nous confondre les bons croyants et les criminels ?

36 - Ou alors comment jugez-vous tout cela ?

37 - À moins que vous n'ayez un Livre dans lequel vous étudiiez ces questions !

38 - Vous auriez des éléments pour établir votre choix.

39 - Ou alors vous avez pris à Notre égard un engagement très fort, une foi qui vous tiendra jusqu'au jour de la résurrection, ce qui vous autorise alors à juger.

40 - Demande-leur qui est en mesure de le garantir.

41 - Ont-ils au moins des partisans ? Qu'ils les montrent s'ils sont véridiques !

42 - Le jour où ils auront les jambes nues [8] et voudront se prosterner, ils ne le pourront pas.

43 - Humiliés, le regard baissé, ils seront couverts de honte. N'étaient-ils pas appelés à se prosterner alors qu'ils étaient en meilleure posture pour le faire ?

44 - Laisse-moi faire : Ceux qui traitent de mensonges ces paroles, Nous les dirigerons progressivement vers une issue qu'ils ignorent.

45 - Je leur accorderai un délai, avant de développer Ma ruse qui est solide.

46 - Ou bien tu leur demanderas rémunération, ce qui les amènera à être lourdement endettés.

47 - S'ils détiennent une part d'inconnaissable, qu'ils l'écrivent.

48 - Remets-toi au décret de ton Seigneur et ne sois pas impatient comme l'Homme au poisson[9], alors que, tout en suffoquant, il criait sa panique.

49 - Si une grâce divine ne l'avait touché opportunément, il aurait été rejeté sur la terre aride[10], en homme misérable[11].

50 - Mais son Seigneur l'a recueilli et l'a admis parmi les justes.

51 - En dépit même de ce que tentent les incrédules à ton égard. Lorsqu'ils te regardent de biais et que, ayant entendu le grand rappel, ils disent : Ce n'est là qu'un fou !

52 - Tandis que ce rappel [le Coran] n'est qu'une édification adressée aux mondes.

NOTES

1. *Maftoûn*, de *fitan*, qui donne aussi *fitna* « tentation », « réduction », « sédition ». 2. *Namim* : calomnies. 3. *Zanim* : fils du *zina*, bâtard. 4. Avoir beaucoup d'enfants était, naguère, considéré comme une richesse particulière. Surtout s'il s'agissait de garçons. 5. *Al-khûrtûmi* : littéralement, « le mufle ». Sans doute une pratique ancienne. 6. Comme un champ déjà moissonné. 7. *Yatakhafatûn* : ils se parlaient tout bas. 8. *Yakûn yakchafû 'ân saqin* : « qu'ils retroussent les pans de leurs pantalons » (expression équivalente au français : « se retrousser les manches »). 9. Jonas englouti par la baleine. Cf. XXXVII, 142. 10. *Bil-'ara-i* : terre stérile, nue (Blachère, Hamidullah) ; côte (Kasimirski). 11. *Madmûm* : blâmé, réprouvé (Blachère).

L'INÉVITABLE (AL-HAQQA)

Révélée à La Mecque, 52 versets

Au nom d'Allah, le Clément, le Miséricordieux

1 - Par celle qui doit venir, l'inévitable.

2 - Qu'est-ce donc que l'inévitable ?

3 - Comment sauras-tu ce qu'est l'inéluctable ?

4 - Thamoud et 'Ad ont traité de mensonge celle qui frappe violemment.

5 - De sorte que les Thamoud furent terrassés par le feu.

6 - Et les 'Ad, à leur tour, furent balayés par une tornade rugissante et destructrice.

7 - Elle fut déchaînée à leur encontre durant sept jours et sept nuits d'affilée. Tu verras ce peuple couché par terre comme des stipes de palmiers, vidés à l'intérieur.

8 - Tu ne trouveras aucun vestige.

9 - Vinrent alors Pharaon et ses prédécesseurs, ainsi que les villes subverties[1] coupables de grands crimes.

10 - Ils désobéirent au messager de leur Dieu, mais Celui-ci les frappa d'un coup terrible.

11 - Et lorsque le niveau des eaux[2] augmenta sensiblement, Nous vous transportâmes sur l'arche,

12 - de façon que cela serve de rappel et que l'oreille retienne ce qu'elle entend.

13 - Surtout lorsqu'il sera soufflé dans la trompette du jugement un appel immense et unique.

14 - Et que la terre et les montagnes seront entraînées et pulvérisées de manière spectaculaire.

15 - Ce jour-là se produira l'inéluctable.

16 - Le ciel se fendra et tombera en lambeaux,

17 - tandis que les anges se posteront à leurs abords et que le trône de ton Seigneur sera porté au-dessus par huit d'entre eux.

18 - Ce jour-là, vous serez exposés et vous ne pourrez rien cacher.

19 - Quant à celui à qui le registre sera présenté dans la main droite[3], il dira : Tel est mon registre, lisez-le !

20 - J'avais bien pensé qu'un jour je me retrouverais à rendre compte de mes actes.

21 - Il jouira d'une vie agréable,

22 - dans un jardin suspendu[4],

23 - avec des grappes de fruits à proximité.

24 - Mangez et buvez paisiblement en récompense du bien que vous avez accompli en des temps passés.

25 - Mais celui qui recevra son registre dans la main gauche, il s'écriera : Si au moins je n'avais pas reçu de livre du tout,

26 - de façon à ne pas connaître quel est mon compte !

27 - Hélas !... Si au moins la mort était définitive.

28 - Car ma fortune n'a servi à rien,

29 - et ma puissance s'est défaite.

30 - Saisissez-le et mettez-le aux fers.

31 - Au brasier offrez-le,

32 - garrotté dans une chaîne de soixante-dix coudées.

33 - Il ne croyait pas en Allah le Tout-Puissant.

34 - Il n'inclinait pas à nourrir le pauvre.

35 - Il n'aura donc, en ce jour, aucun partisan fidèle,

36 - ni de nourriture, que du pus[5],

37 - que seuls les pécheurs mangeront.

38 - Non, j'en jure par ce que vous voyez[6],

39 - ni de ce que vous ne voyez pas.

40 - Ce sont là, en fait, les paroles d'un prophète très estimable.

41 - Ce ne sont pas là des divagations de poète, peu de foi que vous êtes !

42 - ni celles d'un devin, comme les amnésiques ont l'air de le croire.

43 - Bien au contraire, c'est là une révélation émanant du Seigneur des mondes,

44 - Et si [quelqu'un] Nous avait prêté des paroles déformées,

45 - Nous l'aurions pris du bon côté[7],

46 - et Nous lui aurions tranché l'aorte[8].

47 - Et nul parmi vous n'aurait pu le protéger.

48 - Ce n'est là qu'un rappel pour ceux qui craignent [Dieu].

49 - Et quand bien même Nous savons qu'il est parmi vous des gens qui traitent cela de mensonge.

50 - Mais c'est là une occasion de grande peine pour les mécréants.

51 - Oui, telle est la Vérité assermentée.

52 - Glorifie donc le Nom de ton Seigneur, le plus grand.

NOTES

1. Sans doute Sodome et Gomorrhe. 2. Du déluge. 3. Le registre de leurs actes. 4. *Jannat 'aliya*. 5. *Ghislin* : les avis divergent sur ce mot qui n'existe plus dans les dictionnaires arabes. À la suite de Kalbi, beaucoup de traducteurs lui donnent le sens de « pus », de « liquide purulent » ou encore de « liquide suintant du corps des réprouvés » (Blachère). 6. *Tubsirûn*. 7. Du côté droit, *bil-yamin*, ou de la main droite. 8. *Al-watin* : la veine du cœur (Kasimirski), l'aorte (Blachère, Hamidullah, Boubakeur), la carotide (Pesle/Tidjani).

LES PALIERS (AL-MA'ARIJ)

Révélée à La Mecque, 44 versets

Au nom d'Allah, le Clément, le Miséricordieux

1 - Quelqu'un a demandé un châtiment imminent

2 - pour les incroyants, un tourment que nul ne pourrait repousser,

3 - venant d'Allah, Maître des paliers [1]

4 - qu'emprunteront les anges et l'Esprit quand ils iront Le rejoindre un jour dont la valeur est de cinquante mille années [2].

5 - Patiente donc, d'une belle patience !

6 - Ils croient que [le châtiment] est encore fort loin,

7 - et Nous, Nous le voyons fort proche !

8 - Le jour où le ciel sera comme du métal fondu [3],

9 - et où les montagnes seront comme des flocons de laine [4],

10 - et où l'ami intime ne demandera plus rien à son confident [5],

11 - malgré le fait qu'il le regardera de près. Le mécréant [6] voudra ce jour-là se racheter d'un tourment extrême en livrant ses [propres] enfants,

12 - sa compagne, son frère,

13 - et même le clan qui lui a assuré sa protection.

14 - Prêt à sacrifier tout ce qu'il possède sur terre pour peu que cela le sorte du danger.

15 - Hélas, [le feu de l'enfer] est une flamme qui consume.

16 - Elle est l'arracheuse des membres[7].

17 - Elle rappelle celui qui tourne le dos et qui veut fuir,

18 - celui qui a amassé et qui était pingre[8].

19 - L'homme est une création versatile et changeante.

20 - Timoré et recroquevillé lorsque le malheur l'atteint,

21 - irascible lorsque le bonheur se produit pour lui,

22 - à l'exception des orants[9],

23 - qui observent avec assiduité leurs prières,

24 - qui réservent une partie distincte de leurs biens,

25 - qu'ils consacrent au pauvre et au nécessiteux,

26 - qui croient au jour du jugement,

27 - qui craignent le châtiment de Dieu,

28 - alors même qu'il est inéluctable,

29 - qui préservent leur chasteté,

30 - hormis avec leurs épouses et leurs captives de guerre, ce en quoi ils ne peuvent être blâmés.

31 - Quant à ceux qui convoitent les femmes qui ne leur appartiennent pas au-delà du cercle prescrit, ceux-là sont les transgresseurs.

32 - Ceux qui préservent les dépôts qui leur ont été confiés et qui respectent la parole donnée,

33 - et ceux qui grâce à leur témoignage ont de la rectitude,

34 - et qui observent scrupuleusement leurs prières,

35 - ceux-là seront honorés dans les jardins [du paradis].

36 - Qu'ont-ils donc, ceux qui n'ont pas cru, à se presser autour de toi, et à frétiller de la sorte,

37 - par petits groupes, à droite, à gauche ?

38 - Pensent-ils avoir le droit d'accéder au jardin des délices ?

39 - Hélas pour eux, Nous les avons créés de ce qu'ils savent.

40 - J'en jure par le Souverain de l'Orient et de l'Occident, que Nous sommes en mesure de le faire !

41 - Que Nous leur substituions une espèce meilleure que la leur. En cela, il n'y a rien eu auparavant qui soit comparable.

42 - Laisse-les donc dans leurs divertissements et leurs vaines controverses jusqu'au moment où ils se trouveront face au jour qui leur a été promis.

43 - Ce jour-là, ils sortiront de leurs tombeaux aussi promptement que s'ils accouraient vers un bétyle [10],

44 - regards abaissés, couverts d'humiliation : tel est le jour qui leur a été promis.

NOTES

1. *Al-ma'arij* : les paliers, les marches, les degrés, mais aussi les échelles, les « échelons » (Boubakeur). Le mot est extrait du verset 3. Dans sa traduction, Mohammed Hamidullah n'hésite pas à mettre « escaliers », ce qui donne une tournure imprévue au verset 3, où Allah devient le « Maître des escaliers » ! 2. La langue du Coran. L'emphase, l'échelle démesurée. 3. *Al-mûhl* : cuivre fondu, airain fondu, etc. 4. *Al-'ihni.* 5. *Hamim.* 6. *Al-mûrdjimû* : le coupable, de *rajm.* 7. *Ach-chqwa* : membres ou crânes. 8. *Aw'a*, « thésauriser ». 9. *Mûçallin.* 10. *Nûçubin* : étendards, bétyles (Blachère, Boubakeur), bornes.

NOÉ (NOUH)

Révélée à La Mecque, 28 versets

Au nom d'Allah, le Clément, le Miséricordieux

1 - Ainsi Nous envoyâmes Noé à son peuple : Avertis ton peuple avant qu'il ne subisse un immense péril.

2 - Il leur dit : Ô mon peuple, je suis votre avertisseur sincère.

3 - Adorez Dieu, craignez-Le et obéissez-moi.

4 - Il vous pardonnera vos péchés et ajournera votre jugement à un terme fixé, car lorsque le terme de Dieu arrive, il ne saurait être différé, si vous saviez.

5 - Il dit : Seigneur, j'ai appelé mon peuple nuit et jour,

6 - mais cet appel n'a fait que précipiter sa fuite[1].

7 - Chaque fois que je les ai appelés afin que Tu leur pardonnes, ils se sont mis les doigts dans les oreilles et ont couvert [leurs têtes] de leurs vêtements. Ils se sont bardés de certitude et ont révélé une morgue extrême.

8 - C'est alors que je me suis adressé à eux ouvertement et sans ambages.

9 - Après quoi, je leur ai annoncé ce qu'il fallait faire tant publiquement que secrètement.

10 - Je leur ai dit : Implorez le pardon de votre Dieu, Il est Celui qui pardonne.

11 - Il vous enverra du ciel des pluies abondantes.

12 - Il vous accordera beaucoup de biens et des enfants, vous pourvoira de jardins et de rivières.

13 - Qu'avez-vous donc à désespérer de la magnanimité de Dieu[2],

14 - alors qu'Il vous a créés par étapes successives ?

15 - N'avez-vous pas vu comment Dieu a créé sept cieux superposés ?

16 - Et comment Il a fait de la lune une lumière et a doté le soleil de sa puissance incandescente ?

17 - Dieu a fait croître de la terre telles des plantes,

18 - avant de vous y renvoyer, et de vous en faire ressurgir du même élan.

19 - Dieu vous a posé la terre comme un tapis,

20 - afin que vous puissiez y déambuler en de larges voies.

21 - Noé dit à Dieu : Ô mon Seigneur, ils m'ont désobéi et ont suivi celui dont la perte ne sera guère réduite par des biens quelconques ou des enfants.

22 - Ils ont ourdi une perfidie redoutable.

23 - Ils ont appelé les leurs à ne pas abandonner leurs dieux, ni Wadd, ni Souwa, ni Yaghout, ni Ya'q, ni Nasr[3].

24 - Ils ont égaré beaucoup de gens, mais les injustes ne méritent que la perdition.

25 - Cette faute a entraîné leur chute et les a engloutis dans les eaux, puis en enfer. Nul ne leur a trouvé de protecteur en dehors de Dieu.

26 - Et Noé dit encore : Ô Seigneur, ne laisse aucun impie sur terre,

27 - Car, si Tu les laissais, ils détourneraient Tes fidèles et formeraient des pervers et des mécréants.

28 - Seigneur, puisses-Tu me pardonner, ainsi qu'à mes père et mère [4], aux croyants qui pénètrent dans ma maison, à tous les autres croyants et croyantes. Quant aux injustes, il faut accroître leur perdition [5].

NOTES

1. Littéralement : « leur fuite », selon le schéma coranique du passage du singulier au pluriel dans le même verset. **2.** Exemple typique de difficulté liée à la sémantique coranique, ce verset est, depuis un siècle, traduit différemment : « Qu'avez-vous pour ne pas croire à la bonté de Dieu ? » (Kasimirski, XIXᵉ siècle) ; « Qu'avez-vous à ne pas espérer quelque chose de sérieux (de la part) de Dieu » (Montet, 1925) ; « Pourquoi n'espérez-vous pas d'Allah une longanimité ? » (Blachère, 1956) ; « Qu'est-ce qui vous retient d'honorer Dieu ? » (Peste/Tidjani, s.d.) ; « Qu'avez-vous à ne pas espérer de Dieu un comportement digne ? » (Hamidullah), etc. **3.** *Wadd, Souwa, Yaghout, Ya'q, Nasr* : noms de quelques idoles préislamiques (cf. *Dictionnaire encyclopédique du Coran* : « Panthéon antéislamique »). **4.** *Walidaya* : un contresens chez Kasimirski et Grosjean qui traduisent « mes enfants », alors que le droit ancien prévoit que les enfants dépendent entièrement de leur géniteur en matière de pardon divin. En revanche, un croyant peut demander pardon pour ceux sur lesquels il n'a aucun pouvoir : parents, voisins, ennemis, etc. Blachère traduit « mon père ». **5.** *Tabaran* : « prévaricateurs » (Hamidullah), « fraudeurs » (Chouraki), « injustes » (Blachère).

SOURATE LXXII

LES DJINNS

Révélée à La Mecque, 28 versets

Au nom d'Allah, le Clément, le Miséricordieux

1 - Dis : Il m'a été révélé avoir entendu qu'un groupe de djinns disait : Nous avons entendu un Coran magique.

2 - Il appelle à la bonne guidance, et nous y avons cru. Ainsi, nous ne doutons pas de notre Seigneur l'Unique.

3 - C'est notre Seigneur Très-Haut, notre Dieu qui n'a ni compagne ni progéniture.

4 - Parmi nous, il y avait un insensé[1] qui disait n'importe quoi sur Allah.

5 - Et nous avons cru que ni les anges ni les humains ne diraient de mensonge au sujet d'Allah.

6 - Il y avait des hommes parmi les humains qui voulaient chercher protection auprès des mâles parmi les anges, mais ces derniers les entraînèrent dans leur déchéance[2].

7 - Et ils ont cru, comme vous l'avez cru vous-mêmes, qu'Allah n'enverrait personne.

8 - Et nous avions touché le ciel, mais il était plein de gardiens terribles et d'étoiles filantes[3].

9 - Nous étions assis pour les écouter sur des sièges adaptés[4]. Mais, maintenant, celui qui écoute aura face à lui une étoile filante qui fond sur lui.

10 - Nous ne savions pas exactement si nous voulions du mal à ceux qui sont sur terre ou si, au contraire, leur Dieu voulait les orienter sur le chemin de droiture.

11 - Il y en a parmi nous qui sont vertueux, et d'autres qui ne le sont pas. Nous sommes divisés en clans distincts [5].

12 - Nous étions conscients de ne pas pouvoir limiter la puissance d'Allah sur terre, ni limiter Son pouvoir [au Ciel] en Lui échappant.

13 - Et lorsque nous avons entendu l'incitation à la [bonne] direction [le Coran], nous y avons cru. Celui qui croit en son Seigneur ne peut craindre d'affront [6] ou d'injustice [7].

14 - Il y a parmi nous des êtres qui se sont soumis et d'autres qui se sont révoltés [8]. Quant à ceux qui se sont soumis à la volonté divine, ceux-là se sont assuré la voie droite [9].

15 - Quant à ceux qui se sont opposés [10], ils serviront de bois au feu de la géhenne [11].

16 - En revanche, s'ils se redressaient et prenaient le bon chemin, Nous les abreuverions d'une eau abondante,

17 - afin de les mettre au défi. Quant à celui qui se détourne des appels de son Seigneur, il subira un tourment croissant.

18 - Les mosquées sont consacrées à Allah, ne vénérez là aucun autre dieu qu'Allah.

19 - Et lorsque le serviteur d'Allah [12] se redressa pour sa prière, ils faillirent l'étouffer [13] en se ruant sur lui.

20 - Dis : J'invoque le Seigneur et je ne Lui associe aucune autre divinité.

21 - Dis : Je n'ai pour vous ni mal pour vous nuire, ni conseil de rectitude [pour vous orienter].

22 - Dis : Nul ne me protégera contre Allah, et il n'est aucun refuge en dehors de Lui.

23 - Hormis évidemment une parole venue d'Allah, un message. Celui qui ne croit pas en Allah et en Son prophète aura sa place dans le feu de la géhenne où il demeurera éternellement.

24 - Puis, quand ils verront ce qui leur a été promis, ils apprendront alors qui d'entre eux a failli et qui a le moins de monde [pour le secourir].

25 - Dis : Je ne sais si ce qui vous a été promis est proche ou si mon Seigneur lui donnera un plus long délai.

26 - Il connaît parfaitement l'invisible, qui ne peut être dévoilé à quiconque,

27 - à moins que Dieu ne décide d'en doter tel ou tel prophète, qu'Il fait garder autant devant que derrière,

28 - de façon qu'Il sache s'ils ont en effet délivré le message de leur Dieu. Il entoure tout ce qui les environne. Il tient un compte de tout.

NOTES

N.B. À l'instar de beaucoup d'autres sourates (Joseph, Marie...), celle-ci traite d'un seul sujet : les djinns, ces êtres étranges qui sont organisés à la manière des humains, avec des bons et des mauvais, et qui croient ou ne croient pas en Dieu, qui font leurs prières, etc.
1. *Safih.* 2. *Rahaqan* : folie, démence, sottise, perversité. 3. *Chihab, chûhûb* : flammèches du ciel. Les Anciens personnifiaient ces étoiles et les dotaient d'une volonté de nuire. 4. *Rassadan* : aux aguets, en embuscade. 5. *Qidadan.* 6. *Bakhsan* : « outrage », « abjection » (Hamidullah), « dommage » (Blachère). 7. *Rahqan.* 8. *Al-qassit* : le révolté, l'insoumis. 9. Littéralement, « choisir son camp », « faire un choix », de *hry*, sous sa cinquième forme *taharrà.* Cf. « Hapax coraniques », in *Dictionnaire encyclopédique du Coran.* 10. *Qassitûn* : se sont séparés, éloignés de Dieu. 11. « Matière ignée de la géhenne », traduit Régis Blachère. 12. Mohammed ? 13. À force de se presser autour de lui.

SOURATE LXXIII

L'ENVELOPPÉ (AL-MUZAMMIL)

Révélée à La Mecque, 20 versets

Au nom d'Allah, le Clément, le Miséricordieux

1 - Ô toi qui es emmitouflé dans ton manteau.

2 - Dresse-toi et prie, une partie de la nuit.

3 - La moitié ou un peu moins.

4 - À moins que tu ne fasses plus et que tu ne psalmodies le Coran avec application.

5 - Nous te chargerons d'une Parole sentencieuse et grave.

6 - Celle qui est dite la nuit prend une valeur particulière. Elle a plus de rectitude.

7 - Car tes journées sont pleines, tu as de quoi faire.

8 - Invoque le nom de ton Seigneur et confie-toi à Lui.

9 - Il est le Seigneur de l'Orient et de l'Occident. Il n'est d'autre que Lui. Prends-Le pour garant[1].

10 - Sois patient face à leurs calomnies[2]. Éloigne-toi d'eux de belle manière.

11 - Laisse-Moi avec ceux qui traitent tout de mensonge, les privilégiés. Accorde-leur un court répit.

12 - Nous leur préparons des carcans et du feu brûlant,

13 - une nourriture infecte qui ne passera pas leur gosier et un tourment terrible.

14 - Lorsque la terre tremblera sur ses bases et que les montagnes ressembleront à des dunes éparpillées[3].

15 - Nous vous avons envoyé un messager qui témoignera contre vous à l'instar de celui que Nous avons envoyé à Pharaon.

16 - Mais Pharaon a désobéi au prophète et Nous l'avons sévèrement puni[4].

17 - Comment dès lors vous rachèterez-vous le jour où les cheveux des enfants blanchiront[5] ?

18 - Le ciel se déchirera[6], mais Sa promesse sera tenue.

19 - Tel est le rappel. Que celui qui le veut se dirige vers son Seigneur.

20 - Ton Seigneur le sait bien. Tu veilles parfois pour ta prière, ainsi que la faction qui t'accompagne, moins des deux tiers de la nuit, ou la moitié, ou même un simple tiers. Allah délimite la nuit et le jour. Sachant cela, Il vous a malgré tout pardonné. Mais lisez ce qui vous est possible en matière de versets coraniques. Il sait qu'il y aura parfois des malades, et d'autres qui iront de par le monde pour chercher la faveur d'Allah, et d'autres encore qui combattront dans la voie de Dieu. Lisez ce qu'il vous est possible de lire et acquittez-vous de vos prières et de votre aumône. Faites par ailleurs un prêt à Dieu : le bien que vous consentirez, vous le retrouverez plus fort auprès d'Allah, et plus rémunérateur. Implorez le pardon d'Allah, car Allah est Celui qui pardonne et qui est miséricordieux.

NOTES

1. *Wakil* : protecteur, défenseur, maître. 2. *Ma yaqûlûn* : leurs dires, leur méchanceté, leur indiscrétion. 3. *Kathiban mahilan*. 4. *Akhdan wabilan*. 5. Expression coranique ancienne : *wildan chayban*, « les enfants qui verront leurs cheveux blanchir ». 6. *Yanfatirû* : se fendra.

CELUI QUI EST COUVERT
D'UN MANTEAU (AL-MUDHDATIR)

Révélée à La Mecque, 56 versets

Au nom d'Allah, le Clément, le Miséricordieux

1 - Ô toi qui es couvert de ton manteau.

2 - Lève-toi et annonce [1]

3 - ton Dieu, glorifie-Le.

4 - Tes vêtements, purifie-les.

5 - L'impureté, fuis-la.

6 - Ne donne pas pour recevoir plus.

7 - Envers ton Seigneur, sois patient !

8 - Lorsque la trompette sonnera,

9 - ce sera un jour pénible

10 - pour les incrédules qui ne seront pas épargnés.

11 - Laisse-Moi avec celui que J'ai créé seul [2].

12 - Je lui ai octroyé une fortune immense,

13 - et des enfants pour l'assister.

14 - Je lui ai tout facilité,

15 - mais il prétend vouloir encore.

16 - Du tout ! Il s'est au contraire entêté contre Nous.

17 - Je lui ferai gravir une forte pente [3].

18 - Il a réfléchi et a pesé le pour et le contre[4].

19 - Qu'il meure en fonction de son appréciation.

20 - Mort ainsi qu'il a voulu.

21 - C'est alors qu'il a regardé,

22 - d'un regard sombre, il a bien vu.

23 - Il s'en est allé[5], hautain.

24 - Il a dit : Ce n'est là qu'une exhibition de magie,

25 - une dissertation de mortel,

26 - Il sera exposé à la violence du feu, Saqar[6].

27 - Sais-tu ce qu'est ce feu ?

28 - Un feu qui détruit tout et qui consume,

29 - feu dévorant pour les êtres humains,

30 - sur lequel veillent dix-neuf [gardiens].

31 - Nous n'avons pris comme gardiens du feu que des anges. Leur nombre, Nous l'avons conçu pour qu'il soit une preuve flagrante aux yeux des mécréants, et aussi pour que les gens qui ont reçu le Livre soient convaincus de leur foi. Ainsi, ceux qui ont reçu le Livre ne douteront plus, et leur foi grandira. Ainsi, ceux dont le cœur est atteint de maladie[7] diront : Qu'a voulu dire Allah en nous donnant cette parabole ? C'est ainsi qu'Allah égare qui Il veut, et dirige sur le bon chemin qui Il veut. Nul ne connaît les armées de ton Seigneur que Lui-même. Et cela n'est qu'un rappel pour le genre humain.

32 - Non ! par la lune !

33 - Par la nuit quand elle se retire,

34 - Par le jour lorsqu'il se dévoile[8].

35 - Elle est l'une des plus importantes.

36 - Un avertissement pour les hommes.

37 - À celui qui, parmi vous, veut avancer ou ralentir.

38 - Mais chaque âme a en dépôt ce qu'elle a auparavant commis.

39 - Hormis les compagnons de la droite[9],

40 - qui seront dans les jardins. Ils s'interrogeront

41 - au sujet des criminels[10]

42 - en leur disant : Qui vous a conduits dans cet antre bouillonnant [le feu de l'enfer] ?

43 - Ils diront : Nous n'étions pas parmi ceux qui priaient Dieu.

44 - Et nous ne donnions pas à manger aux pauvres.

45 - Et nous ergotions avec les ergoteurs.

46 - Et nous traitions de mensonge le jour du jugement.

47 - Jusqu'au moment où l'évidence s'est imposée à nous.

48 - Et la mansuétude de ceux qui en ont la possibilité n'était plus d'aucun secours.

49 - Pourquoi fuient-ils maintenant le rappel,

50 - à l'instar de quelques onagres effrayés

51 - fuyant un lion ?

52 - Ou alors, voudraient-ils que les feuilles soient déployées pour chacun d'entre eux ?

53 - Non, non ! Ils ne craignent pas la vie future !

54 - Non, c'est là un rappel[11].

55 - Que celui qui veut s'en souvienne.

56 - Mais ils ne s'en souviendront que si Allah le veut pour eux. Il est Celui qui détient la piété et le pardon.

NOTES

1. *Fa-andir* : avertis, admoneste. 2. *Wahid* : le mot s'applique-t-il à Dieu ou à l'homme ? Qui est seul ? 3. Le thème de la pente à gravir est ancien comme le monde. Albert Camus en a tiré la thèse de son livre *Le Mythe de Sisyphe*. 4. *Fakkara wa qaddara*. 5. *Adbara* : a tourné les talons. 6. *Saqar* : l'un des noms de l'enfer. 7. *Fi qûlûbihim maradûn* : les incroyants. 8. *Ida asfara* : quand il jaunit. 9. *Ashab al-yamin*. Cf. *Dictionnaire encyclopédique du Coran*. 10. *Mûjrimin* : criminels (Boubakeur, Hamidullah), pécheurs, coupables (Kasimirski). 11. S'agit-il du Coran ?

LA RÉSURRECTION (AL-QIYAMA)

Révélée à La Mecque, 40 versets

Au nom d'Allah, le Clément, le Miséricordieux

1 - Je n'ai pas à jurer par le jour de la résurrection[1].

2 - Ni par l'âme qui se lamente[2].

3 - L'homme pense-t-il que Nous ne réunirons pas ses os ?

4 - Bien au contraire ! Nous sommes en mesure de rassembler même ses phalanges.

5 - Mais l'homme préfère poursuivre sa vie de débauche.

6 - Il demande : Quand aura-t-il lieu, ce jour de la résurrection ?

7 - Lorsque l'œil sera ébloui[3],

8 - et que la lune se sera éclipsée,

9 - et que le soleil se sera fondu dans la lune.

10 - C'est alors que l'homme dira : Par où peut-on fuir ?

11 - Hélas, non. Il n'y a pas d'issue !

12 - Car, ce jour-là, seul ton Seigneur sera la destination finale.

13 - À l'homme, ce jour-là, sera signifié tout ce qu'il a fait, en premier et en dernier.

14 - Du reste, il est au courant de ce qu'il a commis !

15 - Même s'il se trouve des excuses.

16 - N'active pas ta langue afin de tout formuler rapidement[4].

17 - Il nous incombe de le réunir et d'en fixer la récitation.

18 - Dès lors que Nous le réciterons, suis-en de près la récitation.

19 - Il nous incombe aussi de l'expliciter, de l'exposer clairement.

20 - Mais, hélas, vous aimez la [vie] éphémère,

21 - et vous détournez votre attention de la vie future.

22 - Ce jour-là, il y aura des visages qui brilleront de tout leur éclat,

23 - ils regarderont leur Seigneur.

24 - Mais d'autres visages seront bien maussades,

25 - car ils s'attendront à un dur supplice[5].

26 - Non ! Lorsque le dernier souffle arrivera à la gorge,

27 - quelqu'un dira : Y a-t-il un exorciseur[6] ?

28 - Il pensera alors que le moment de la séparation est arrivé,

29 - et que la jambe se raidira sur l'autre jambe.

30 - Ce jour-là, le chemin sera celui qui mène à ton Seigneur.

31 - Il n'a ni cru, ni prié

32 - mais il a [tout] traité de mensonge et s'est rétracté[7].

33 - Après quoi, il est allé rejoindre les siens en se gonflant d'orgueil[8].

34 - Malheur à toi, malheur !

35 - Malheur encore à toi, malheur !

36 - L'homme croit-il qu'il sera laissé libre ?

37 - [L'homme] n'a-t-il pas été une goutte de sperme proje-
tée[9] ?

38 - Puis il a été une adhérence façonnée harmonieusement

39 - dont On a conçu le mâle et la femelle.

40 - Ne Lui est-il pas possible de ressusciter les morts ?

NOTES

1. *La uqsimû* : il n'y a pas lieu de jurer, tant la certitude est manifeste.
2. *Lawama* : « qui blâme sans cesse » (Boubakeur), « qui censure » (Blachère), « qui s'accuse elle-même » (Montet). **3.** *Fa ida bariqa al-bassarû* :
le regard. **4.** Il ne faut pas lire le Coran avec précipitation, comme pour
s'en débarrasser au plus vite. **5.** *Faqiratûn* : châtiment, calamité, catastrophe. **6.** *Taraqui*, de *roquia* : remède magique, potion, et donc
exorcisme, magie. **7.** *Tawalla* : s'est retourné au sens de : s'est récusé.
8. *Yatamatta* : s'est gonflé d'orgueil, plein de morgue et de fierté.
9. *Manyi yûmna*.

SOURATE LXXVI

L'HOMME (AL-INSAN)

Révélée à Médine, 31 versets

Au nom d'Allah, le Clément, le Miséricordieux

1 - N'y a-t-il pas eu une longue période où l'homme n'était guère mentionné ?

2 - Nous avons créé l'homme d'une goutte de sperme composite, en vue de l'éprouver. Nous l'avons doté d'ouïe et de vue.

3 - Nous l'avons orienté dans le bon chemin, qu'il ait été reconnaissant ou renégat.

4 - Nous avons préparé pour les incroyants de lourdes chaînes, des carcans[1] et un brasier infernal.

5 - Quant aux fidèles sincères, ils boiront à des coupes dont la boisson est à base de camphre.

6 - Ils la puiseront à une fontaine où se désaltéreront les serviteurs d'Allah. Ils la feront jaillir abondamment.

7 - Ils ont honoré les vœux qu'ils s'étaient donnés, et ils ont craint l'imminence d'un jour funeste.

8 - Par amour pour Dieu, ils offraient de la nourriture au nécessiteux, à l'orphelin et au captif[2] :

9 - Nous vous fournissons cette nourriture au nom d'Allah, sans demander pour nous ni récompense, ni remerciements.

10 - Nous craignons seulement de notre Seigneur un jour extrêmement funeste[3].

11 - Allah les préservera de cette échéance et leur rendra leur beau visage et leur sourire.

12 - Pour leur patience, Il les placera dans un jardin et les recouvrira de soie.

13 - Accoudés sur des sofas[4] où ils ne subiront ni le soleil ni le froid cuisant[5].

14 - Des arbres tout proches les protégeront de leur ombrage. Et de leurs branches, ils pourront cueillir les fruits qui s'abaissent.

15 - Et l'on fera circuler parmi eux des récipients en argent et des coupes en cristal.

16 - De ces coupes en argent aux belles proportions, et bien pleines,

17 - on leur servira une boisson à base de gingembre[6],

18 - puisée à une source appelée Salsabil.

19 - Autour d'eux tourneront des échansons[7] immortels que tu croirais, si tu les voyais, des perles éparses[8].

20 - Dès lors, en les regardant, tu verras ce délicieux séjour et un domaine immense.

21 - Ils seront vêtus d'habits verts, rehaussés de satin et de brocart, et porteront des bracelets d'argent. Leur Seigneur leur fera boire une boisson d'une grande pureté.

22 - Telle est votre récompense, leur dira-t-Il, dès lors que votre zèle a été reconnu.

23 - Quant à Nous, Nous t'avons révélé le Coran de manière continue.

24 - Patiente devant les arrêts de ton Seigneur et n'obéis, parmi les idolâtres, ni au pécheur ni au mécréant.

25 - Invoque constamment le nom de ton Seigneur, matin et soir.

26 - Durant la nuit, prosterne-toi devant Lui, célèbre-Le longuement.

27 - Ceux-là aiment la vie éphémère et méconnaissent ce qui est derrière eux, un jour pesant.

28 - Nous les avons créés. Nous les avons charpentés. Et si Nous le voulons, Nous les remplacerons par d'autres personnes, semblables à eux.

29 - Tel est l'avertissement ! Que celui qui le désire emprunte le chemin qui le mène vers son Seigneur.

30 - Mais vous ne le voudrez que si cela agrée à Allah. Allah est Celui qui sait, le Sage.

31 - Il fera profiter de Sa miséricorde celui qu'Il veut. Quant aux injustes, Il leur a préparé un terrible châtiment.

NOTES

1. *Aghlalan* : colliers (Kasimirski), carcans (Blachère, Boubakeur), garrots (Khawam). **2.** *Yassir* : littéralement, « le Prisonnier ». **3.** *Qamtariran* : menaçant (Boubakeur), catastrophique (Blachère), calamiteux (Kasimirski). **4.** *Ara'iqi* : sofas, divans (Kasimirski), lits de repos (Khawam), trônes (Hamidullah). **5.** *Zamharir.* **6.** *Zanjabil.* **7.** *Wildan* : jeunes enfants. **8.** *Manthûran* : perles détachées ou échappées d'un collier.

LES ENVOYÉES (AL-MURSALAT)

Révélée à La Mecque, 50 versets

Au nom d'Allah, le Clément, le Miséricordieux

1 - Par celles qui ont été envoyées les unes après les autres [1],

2 - tel un vent impétueux [2].

3 - Celles qui se déploient au loin [3],

4 - et qui se séparent rapidement.

5 - Dans les rencontres, un rappel,

6 - sans excuses ni avertissement !

7 - Ce qui vous a été promis sera tenu,

8 - lorsque les étoiles s'éclipseront [4],

9 - et que le ciel se sera fendu [5],

10 - et que les montagnes se seront émiettées [6],

11 - et que les envoyés seront assignés [7]

12 - à des jours à venir [8].

13 - Le jour de la séparation [9],

14 - sais-tu ce qu'est le jour de la séparation ?

15 - Malheur, ce jour-là, à ceux qui crient au mensonge [10] !

16 - N'avons-Nous pas anéanti les premiers, ceux qui les ont précédés,

17 - et fait suivre ceux qui leur ont succédé ?

18 - Ainsi faisons-Nous des criminels[11].

19 - Malheur, ce jour-là, à ceux qui crient au mensonge !

20 - Ne vous avons-Nous pas créés d'une eau misérable[12]

21 - que Nous avons placée en un lieu sûr[13]

22 - pour un temps déterminé,

23 - avec une précision exacte, par Nous mesurée ?

24 - Malheur, ce jour-là, à ceux qui crient au mensonge !

25 - N'avons-Nous pas fait de la terre un lieu propice à la réunion[14],

26 - autant pour les vivants que pour les morts,

27 - et posé des cimes élevées, et ne vous avons-Nous pas aussi arrosés d'une eau suave[15] ?

28 - Malheur, ce jour-là, à ceux qui crient au mensonge !

29 - Retournez vers ce que vous traitiez de fausseté et de mensonge.

30 - Allez vers l'ombre des trois colonnes[16]

31 - où il n'y a aucune ombre, et où vous n'échapperez pas aux puissantes flammes,

32 - avec leurs étincelles hautes comme des tours,

33 - comme s'il s'agissait d'un gros cordage.

34 - Malheur, ce jour-là, à ceux qui crient au mensonge !

35 - En ce jour, ils ne pourront rien dire,

36 - et il ne leur sera pas permis de parler, et ils n'auront aucune excuse.

37 - Malheur, ce jour-là, à ceux qui crient au mensonge !

38 - Ce jour-là sera celui de la séparation. Nous vous réunirons avec ceux qui vous ont précédés.

39 - Et s'il vous reste une ruse, utilisez-la contre Nous.

40 - Malheur, ce jour-là, à ceux qui crient au mensonge !

41 - Les croyants pieux seront à l'ombre, face aux fontaines.

42 - Ils auront tous les fruits qu'ils désireront.

43 - On leur dira : Mangez et buvez sereinement. C'est là une récompense de ce que vous avez fait.

44 - Ainsi récompensons-Nous ceux qui ont fait du bien.

45 - Malheur, ce jour-là, à ceux qui crient au mensonge !

46 - Quant aux mécréants, on leur dira : Mangez et profitez petitement de la vie, vous êtes les criminels !

47 - Malheur, ce jour-là, à ceux qui crient au mensonge !

48 - Et lorsqu'on leur dit de se prosterner, ils ne se prosternent pas.

49 - Malheur, ce jour-là, à ceux qui crient au mensonge !

50 - Quel est, dès lors, le discours auquel ils croiront ?

NOTES

1. Le commentateur hésite entre les anges, les messagers, les paroles ou, tout simplement, le vent. **2.** *'Assifa* : tempête. **3.** *Nachran*. **4.** *Tûmissat* : seront effacées, auront disparu. **5.** *Fûjirat*. **6.** *Nûssifat*. **7.** *Uqitat*. **8.** *Ujilat* : retardés, renvoyés à plus tard. **9.** *Yawm al-façl*. **10.** Autre traduction : « Malheur, ce jour-là, à ceux qui nient [la véracité de nos signes] ! » Ce verset est requis à l'identique dix fois dans la sourate. **11.** *Mûjrimîn* : littéralement, « des criminels ». **12.** *Ma'in mahinin*. **13.** *Qararin makin*. **14.** *Kifatan*. **15.** *Fûratan* : nom de l'Euphrate, auquel cas cela donnerait : « une eau euphratienne ». **16.** *Chu'abin*.

SOURATE LXXVIII

LA NOUVELLE (AN-NABA')

Révélée à La Mecque, 40 versets

Au nom d'Allah, le Clément, le Miséricordieux

1 - À quel sujet s'interrogent-ils ?

2 - Au sujet de la grande nouvelle [1]

3 - sur laquelle ils divergent.

4 - Non, mais ils le sauront,

5 - et ils le sauront à coup sûr !

6 - N'avons-Nous pas disposé la terre comme une couche [2] ?

7 - Et fait des montagnes des colonnes [3] ?

8 - Et Nous vous avons créés par couples.

9 - Et fait de votre sommeil un profond repos [4].

10 - Et fait de la nuit un habit,

11 - et du jour un moment d'activité vitale.

12 - Et mis au-dessus de vous sept étages bien édifiés,

13 - Nous y avons placé un flambeau éclairé.

14 - Et Nous avons fait descendre du cumulo-nimbus [5] une eau abondante [6],

15 - avec laquelle Nous faisons germer graines et plantes,

16 - ainsi que de luxuriants jardins.

17 - Mais le jour de la décision sert de point de repère.

18 - Le jour où le cor aura sonné[7]. Vous viendrez alors par groupes entiers,

19 - tandis que les portes du ciel s'ouvriront grandement,

20 - et que les montagnes se mettront en mouvement et se condenseront comme un mirage[8].

21 - La géhenne sera aux aguets...

22 - ... pour les mécréants, car ce sera leur lieu de retour.

23 - Ils y demeureront pour l'éternité[9],

24 - sans y goûter ni fraîcheur ni boisson,

25 - sauf une eau bouillante et fétide,

26 - en guise de rétribution pour leurs méfaits.

27 - Ils ne s'attendaient pas à un jugement,

28 - et traitèrent Nos signes de mensonges,

29 - alors que Nous avons transcrit sur un Livre tout ce qu'il fallait.

30 - Goûtez alors à vos peines, Nous ne ferons que rajouter à vos tourments.

31 - En revanche, ceux qui auront craint [Dieu] goûteront au bonheur,

32 - des jardins et des vignes[10],

33 - des jouvencelles d'une jeunesse uniforme,

34 - des coupes pleines à ras bord,

35 - ils n'entendront là ni mensonges, ni mauvaises paroles.

36 - En don de votre Seigneur, donné en récompense.

37 - Dieu des cieux et de la terre, et de ce qui se trouve dans leur espace mitoyen. Du Clément, ils ne peuvent obtenir aucune parole[11].

38 - Le jour où l'Esprit se redressera et où les anges se présenteront en rangs, ils ne s'exprimeront devant le Miséricordieux qu'après avoir été autorisés et ne diront que des choses correctes.

39 - Tel sera le jour de la vérité. Quiconque le désire décide de trouver son refuge auprès de son Seigneur.

40 - Nous vous avons prévenus d'un châtiment proche, à l'instar de ce que l'homme aura accompli en termes de bonnes œuvres ou lorsque l'incroyant s'écriera : Pourquoi ne suis-je pas poussière ?

NOTES

1. Le jour de la résurrection. **2.** *Mihad.* **3.** *Awtad.* **4.** *Sûbat.* **5.** *Al-mu'sirat* : des nuées (Blachère, Hamidullah), des nuages (Kasimirski, Boubakeur, Montet). **6.** *Tûjaj.* **7.** Selon les commentateurs arabes, c'est Israfil qui soufflera dans la trompette. **8.** *Sarab.* **9.** *Ahqab* : des siècles et des siècles. La durée d'une génération (soit quatre-vingt-dix ans chez les Arabes), mais démultipliée. **10.** *A'nab.* **11.** *Khitab* : discours, interpellation.

CELLES QUI ARRACHENT VIOLEMMENT (AN-NAZI'AT)

Révélée à La Mecque, 46 versets

Au nom d'Allah, le Clément, le Miséricordieux

1 - Par celles qui arrachent violemment !

2 - Par celles qui sont actives, véloces !

3 - Par celles qui nagent énergiquement !

4 - Par celles qui courent en tête !

5 - Et toutes celles qui, sitôt la réflexion faite, décident !

6 - Lorsque le retentissement aura lieu

7 - et qu'un autre suivra,

8 - alors les cœurs trembleront

9 - et les regards seront empreints d'humilité.

10 - Les impies diront : Allons-nous être renvoyés sur terre,

11 - alors que nous ne serons plus que des os vermoulus ?

12 - Ils diront : Si tel était le cas, ce serait un gros gâchis.

13 - Il n'y aura en fait qu'un seul son [de trompette] [1],

14 - et les voilà de retour sur terre [2].

15 - As-tu entendu le récit de Moïse ?

16 - Lorsque son Seigneur l'appela dans la sainte vallée de Touwa :

17 - Va trouver Pharaon, il est tombé en rébellion.

18 - Dis-lui : Es-tu disposé à te purifier ?

19 - Je te guiderai vers ton Dieu, peut-être Le craindras-tu !

20 - Moïse lui fit voir le grand miracle [de Dieu].

21 - Mais Pharaon traita cela de mensonge, et son impiété perdura.

22 - Puis, tournant le dos, il s'en alla.

23 - Il fit venir ses proches et leur tint un discours.

24 - Il leur dit : Je suis votre Dieu très élevé.

25 - Allah lui fit voir les supplices du Jour dernier, et le jour ci-devant.

26 - Il y a en cela une preuve pour celui qui craint Dieu.

27 - Est-il plus difficile de vous créer que de bâtir le ciel ?

28 - Il a élevé sa voûte et l'a polie.

29 - Sa nuit s'est assombrie et sa clarté s'est révélée.

30 - La terre, par la suite, Il l'a étendue,

31 - faisant sortir d'elle eau et pâturage,

32 - avant d'ancrer dessus les montagnes,

33 - pour votre agrément et pour celui de vos troupeaux.

34 - Quand la terrible catastrophe se produira

35 - et que l'homme se souviendra de ce qu'il aura fait,

36 - et que la fournaise sera visible pour celui qui sait regarder,

37 - on distinguera l'oppresseur,

38 - qui a choisi les faveurs de la vie d'ici-bas,

39 - la fournaise sera son lieu de séjour.

40 - Quant à ceux qui ont nourri une crainte de leur Dieu, redoutant de se trouver face à Lui, et qui ont résisté aux tentations de l'âme,

41 - ils auront le paradis pour refuge.

42 - Ils t'interrogeront à propos de l'Heure. Quand se produira-t-elle ?

43 - Comment le saurais-tu ?

44 - À ton Seigneur revient ce privilège.

45 - Tu n'es là que pour informer ceux qui la craignent

46 - qui, dès lors, auront l'impression de n'avoir vécu qu'un soir ou un matin.

NOTES

1. *Zajratûn wahidatûn.* **2.** *Sahira* : « fond de l'enfer » (Kasimirski) ; « la vigilante (terre) » (Blachère).

Sourate LXXX

Il s'est renfrogné ('Abbassa)

Révélée à La Mecque, 42 versets

Au nom d'Allah, le Clément, le Miséricordieux

1 - Il s'est renfrogné et s'est détourné[1],

2 - alors qu'un aveugle l'abordait[2].

3 - Cet homme ne cherche-t-il pas à se purifier,

4 - ou n'espère-t-il pas que la remémoration lui soit profitable ?

5 - Mais l'homme suffisant[3],

6 - à son égard, tu es attentionné,

7 - bien qu'il ne se soit pas purifié.

8 - Ainsi, celui qui se présente à toi avec sa quête,

9 - et humble de surcroît,

10 - tu le négliges.

11 - Point : c'est là un rappel.

12 - Celui qui désire s'en souvenir

13 - pourra le faire sur des pages plutôt honorées,

14 - surélevées et purifiées[4],

15 - rédigées par des mains d'intercesseurs,

16 - honorables et justes.

17 - Que l'homme périsse de sa propre incroyance !

18 - De quoi a-t-il été créé ?

19 - Il l'a créé d'une goutte de sperme et a fixé [son destin]

20 - en lui montrant le cheminement[5].

21 - Ensuite, Il l'a fait mourir et l'a enseveli dans sa tombe.

22 - Et, s'Il le veut, Il le ressuscitera.

23 - Hélas, l'homme ne suit pas l'ordre qu'il a reçu.

24 - Que l'homme jette un regard sur sa nourriture :

25 - Nous avons versé l'eau par giclées,

26 - puis Nous avons largement fendu la terre,

27 - et Nous y avons fait pousser la graine[6],

28 - mais aussi de la vigne et des légumes[7],

29 - des oliviers et des palmiers,

30 - des jardins aux arbres touffus,

31 - ensuite des fruits et des herbes,

32 - pour votre subsistance et celle de vos bêtes.

33 - Mais lorsque retentira le cri assourdissant[8]

34 - et que l'homme fuira son frère,

35 - sa mère et son père,

36 - sa compagne et ses enfants,

37 - chacun aura sa part le jour venu.

38 - On y verra alors des visages rayonnants,

39 - joyeux et épanouis.

40 - D'autres visages seront couverts de poussière,

41 - voilés de ténèbres.

42 - Ceux-ci seront les vrais infidèles, les vrais débauchés.

NOTES

1. Cette sourate au contenu moral évident démontre que Mohammed, depuis qu'il est prophète d'Allah, ne doit plus manifester d'exaspération à l'égard des démunis. Ne pas négliger le pauvre en montrant un visage renfrogné ou un regard sévère au profit du riche et du puissant, qui, eux, jouiraient d'un accueil plus avenant, tel est le sens retenu par la tradition musulmane. La sourate s'achève sur une énumération de la puissance divine. **2.** La tradition prétend reconnaître en cet homme Abdallah ibn Maktoum. **3.** Un riche Qoraychite que le Prophète voulait convertir à l'islam. **4.** Le Coran fait référence à la Table gardée, *al-law al-mahfouz*, où se trouve l'original du Coran. **5.** Les savants musulmans croient trouver là un enchaînement constitutif de l'embryologie : ovulation, fécondation, nidation, formation de l'embryon, soit *nûtfa*, *'alqa*, *mûdgha*, etc. **6.** *Habb* : le blé dur. **7.** *Qassab*. **8.** Il s'agit selon Ibn Kathir du cri du jour du jugement.

L'OBSCURCISSEMENT (AT-KOUSSOUF)

Révélée à La Mecque, 29 versets

Au nom d'Allah, le Clément, le Miséricordieux

1 - Lorsque le soleil se sera éclipsé[1].

2 - Lorsque les étoiles seront tombées ternies[2].

3 - Lorsque les montagnes se seront mises en mouvement[3].

4 - Lorsque les chamelles déjà pleines[4] auront été retardées dans leur mise bas.

5 - Lorsque les bêtes sauvages se seront rassemblées.

6 - Lorsque les mers auront suffisamment bouillonné.

7 - Lorsque les âmes se seront regroupées.

8 - Et que l'on demandera à la fillette enterrée vivante[5]

9 - pour quel mal elle a subi ce sort.

10 - Et que les feuilles du registre auront été déroulées.

11 - Et que le ciel aura été zébré d'éclairs[6].

12 - Et que la fournaise aura été attisée[7].

13 - Et que le paradis aura été à proximité.

14 - Chaque âme saura alors ce qui l'attend.

15 - J'en jure par les planètes[8]

16 - qui évoluent et qui disparaissent[9].

17 - Et la nuit lorsqu'elle s'épaissit

18 - Et l'aurore lorsqu'elle éclôt.

19 - C'est là, véritablement, une Parole [le Coran] d'un noble envoyé [10]

20 - qui tient sa puissance du Maître du Trône,

21 - respecté, et digne de confiance.

22 - Car votre compagnon n'est pas fou.

23 - Il l'a bien vu dans le clair horizon.

24 - Il n'est pas discret sur ce qu'il ignore [11].

25 - Ce ne sont certes pas là les propos d'un démon lapidé.

26 - Où allez-vous donc [12] ?

27 - Il n'est question, là, que d'un rappel pour l'univers [13],

28 - pour ceux, notamment, qui cherchent la voie droite.

29 - En sachant que vous ne désirerez que ce que consent Allah, Seigneur des mondes.

NOTES

1. *Kûwirat* : littéralement, obscurci. 2. *Ankadarat*. 3. *Sûyirat*. 4. *'Icharû*. 5. Dans l'ancienne Arabie, on enterrait certaines fillettes vivantes, surtout dans les familles pauvres, parce qu'elles représentaient des bouches supplémentaires à nourrir. 6. *Kûchitat* : flammèches, mais le mot est obscur. 7. *Sû'irat*. 8. *Al-khûnnassi* : « astres gravitants » (Blachère), « planètes rétrogrades » (Kasimirski). 9. *Al-jawari al-kûnnassi*. 10. Selon la tradition de l'islam, l'archange Gabriel a dicté le Coran au Prophète. 11. *Ghayb*. 12. Dans quelle direction partez-vous ? 13. Celui des hommes et celui des djinns.

QUAND LE CIEL S'ENTROUVRIRA (AL-INFITAR)

Révélée à La Mecque, 19 versets

Au nom d'Allah, le Clément, le Miséricordieux

1 - Quand le ciel s'entrouvrira,

2 - que les astres se seront dispersés,

3 - que les mers gonfleront,

4 - que les tombes seront défaites,

5 - toute âme[1] saura ce qu'elle a fait par le passé, et ce qu'elle a omis de faire.

6 - Ô toi, l'homme ! Qui t'a donc ainsi trompé sur ton Seigneur généreux ?

7 - Qui t'a créé, qui t'a donné ton harmonie et qui t'a bien modelé...

8 - ... dans la forme qu'Il a voulue ?

9 - Et, malgré cela, vous traitez le jour du jugement de mensonge.

10 - Il est [des anges] qui vous surveillent,

11 - des nobles qui notent ce que vous faites

12 - et qui savent ce que vous faites.

13 - Les justes[2] séjourneront dans un lieu de délices.

14 - Quant aux débauchés, ils seront jetés dans la fournaise,

15 - où ils brûleront le jour du jugement,

16 - et d'où ils ne pourront échapper.

17 - Qui te fera connaître le jour du jugement ?

18 - Encore une fois : Qui te fera connaître le jour du jugement ?

19 - Ce jour où aucune âme ne possédera rien à l'avantage d'une autre, car la décision finale reviendra à Allah.

NOTES

1. Ce qui signifie « chaque être ». **2.** *Al-Abrar* : les justes, les purs, les valeureux.

SOURATE LXXXIII

LES FRAUDEURS (AL-MUTAFFIFÛN)

Révélée à La Mecque, 36 versets

Au nom d'Allah, le Clément, le Miséricordieux

1 - Malheur aux fraudeurs [1],

2 - lorsqu'ils acquièrent quelques denrées des autres, ils demandent une pesée favorable,

3 - mais lorsqu'ils pèsent ou mesurent à leur tour, ils la réduisent.

4 - Ne pensent-ils pas qu'un jour ils seront ressuscités [2] ?

5 - Un jour terrible.

6 - Lorsqu'en ce jour, les gens seront ressuscités devant le Seigneur des mondes.

7 - Non... Le livre des débauchés [3] est dans le Sijjin [4] !

8 - Qui te fera connaître ce qu'est le Sijjin ?

9 - Un livre portant des inscriptions.

10 - Ce jour-là, malheur à ceux qui ont traité Nos signes de mensonges !

11 - Et qui se sont gaussés du jour du jugement.

12 - Car seul le transgresseur impie peut le traiter de mensonge.

13 - Quand Nos versets lui sont récités, il rétorque aussitôt : Fables anciennes !

14 - Gare ! Leurs mauvaises actions ont obstrué leurs cœurs.

15 - Gare ! Ils seront isolés par un voile[5] le jour où ils rencontreront leur Seigneur.

16 - Après quoi, ils seront jetés dans la fournaise[6].

17 - On leur dira : Voici ce que vous traitiez de mensonge !

18 - Assurément, les actes des purs les mèneront dans l'Illioun[7].

19 - Qui te fera connaître ce qu'est l'Illioun ?

20 - Un Livre couvert d'inscriptions,

21 - que verront les rapprochés de Dieu[8].

22 - Car, en effet, les purs seront dans un lieu de délices.

23 - Ils seront sur des divans, à regarder.

24 - Tu verras sur leurs visages les effets merveilleux de ce lieu...

25 - où ils seront abreuvés d'un vin rare[9], scellé.

26 - Son sceau sera de musc, preuve en cela que ceux qui le convoitent feront surenchère [pour l'obtenir].

27 - Il sera coupé d'une eau de Tasnim[10],

28 - une source où seuls pourront boire les croyants qui seront admis dans la proximité de Dieu.

29 - En vrai, ceux qui étaient des mécréants se moquaient des bons croyants.

30 - Quand ils passaient devant eux, ils échangeaient des œillades entendues.

31 - Et quand ils retournaient vers leur famille, ils les ridiculisaient,

32 - disant à leur sujet lorsqu'ils les voyaient : Ceux-là sont les égarés !

33 - Mais ils n'ont pas été envoyés vers eux pour en être les gardiens.

34 - Aujourd'hui, ceux qui ont cru se moquent à leur tour des incroyants.

35 - Assis sur leurs sofas, ils regardent...

36 - ... si les mécréants ont été rétribués pour leurs méfaits.

NOTES

1. *Waylûn lil-mutaffifîn* : Jacques Berque traduit par « escamoteurs ». 2. *Mab'ûtûn*. 3. *Fûjjar* : libertins (Boubakeur), prévaricateurs (Kasimirski). 4. *Sijjin* : nom propre désignant un lieu-dit de l'autre monde, « un puits en enfer » (Jalalaïn, Tabari), peut-être la terre sur laquelle sont inscrites les actions humaines. Ce mot serait alors synonyme de *sijjil*, « registre ». 5. *Mahjûb* : caché. 6. *Jahim*. 7. *'Illioun* : les commentateurs divergent quant au sens. « Dieu suprême » (Elîyon) chez les Hébreux, disent certains, dont Régis Blachère, tandis que d'autres, dont Hamza Boubakeur, le rapportent à un lieu-dit situé au voisinage d'Allah, un « Haut-Paradis » (Hamidullah) ou un « Lieu sublime » (Chouraqui). L'équivalent du Lotus de la limite (cf. *Dictionnaire encyclopédique du Coran*). 8. *Al-mûqarrabûn*. 9. *Rahiq* : doux nectar, vin rare et surtout savoureux. 10. Nom d'une source située au paradis.

LA FÊLURE (AL-INCHIQAQ [1])

Révélée à La Mecque, 25 versets

Au nom d'Allah, le Clément, le Miséricordieux

1 - Lorsque le ciel s'entrouvrira,

2 - qu'il écoutera son Seigneur, et qu'il aura fait son devoir.

3 - Lorsque la terre se sera étendue

4 - et qu'elle aura donné ce qu'elle contient, et qu'elle se sera vidée,

5 - et qu'elle écoutera son Seigneur, et qu'elle aura fait son dû.

6 - Ô toi l'homme ! Tu t'es donné tant de peine pour rejoindre Dieu, tu Le rencontreras.

7 - Il y a celui qui reçoit son livre de comptes de la main droite.

8 - Il sera jugé de manière clémente

9 - et retournera joyeux vers les siens.

10 - Il y a celui qui recevra son livre de comptes derrière son dos.

11 - Il s'écriera : Voilà mon anéantissement !

12 - Il sera jeté dans le brasier.

13 - Joyeux qu'il était auparavant, parmi les siens,

14 - croyant ne jamais comparaître [devant Dieu].

15 - Bien au contraire ! Son Seigneur l'observait attentivement.

16 - Non ! J'en jure par le crépuscule,

17 - par la nuit enveloppante

18 - et par la pleine lune.

19 - Vous monterez étape par étape.

20 - Pourquoi n'arrivent-ils pas à croire...

21 - ... et ne se prosternent-ils pas lorsque le Coran leur est récité ?

22 - Mieux ! Les incrédules crient au mensonge.

23 - Mais Allah est au courant de ce qu'ils trament.

24 - Informe-les d'un châtiment terrible.

25 - Quant à ceux qui ont cru et qui ont fait du bien, ils auront une récompense[2] sur laquelle on ne revient pas.

NOTES

•

1. Autre intitulé : « Le ciel se fend », prélevé sur le premier verset. 2. *Ajr*. La notion de rétribution est, de fait, l'une des prérogatives de Dieu. On trouve aussi, assez fréquemment, la notion de « salaire ». Cf. « Salaire des prophètes », in *Dictionnaire encyclopédique du Coran*.

LES CONSTELLATIONS (AL-BURÛJ)

Révélée à La Mecque, 22 versets

Au nom d'Allah, le Clément, le Miséricordieux

1 - Par le ciel et ses constellations,

2 - Et le jour promis[1].

3 - Par le témoin et son témoignage.

4 - Les gens du Fossé ont été tués,

5 - dans le feu au brasier entretenu

6 - autour duquel ils étaient assis.

7 - Ils seront témoins des exactions que les croyants avaient subies de leur part.

8 - Ils se sont vengés sur eux uniquement parce qu'ils croyaient en Dieu, Allah puissant et digne de louanges !

9 - Celui qui possède les cieux et la terre, et qui est témoin de tout ce qui s'y produit.

10 - Ceux qui ont mis à rude épreuve les croyants et les croyantes et qui ne se sont pas repentis subiront les châtiments de la géhenne et le châtiment du brasier.

11 - Quant à ceux qui ont cru, et qui ont réalisé de bonnes actions, ils seront placés dans des jardins au-dessous desquels couleront des ruisseaux. Tel est le grand succès.

12 - L'étreinte de ton Seigneur est violente[2].

13 - Il est Celui qui crée et qui ressuscite.

14 - Il est Celui qui pardonne, le Bienveillant[3].

15 - Au-dessus de son illustre Trône[4],

16 - réalisant ce qu'il Lui plaît.

17 - As-tu entendu le récit des soldats

18 - de Pharaon et des Thamoud ?

19 - Mais ceux qui persistent dans leur dénégation,

20 - Allah est derrière eux ; Il les entoure de toutes parts.

21 - Tel est le glorieux Coran,

22 - [écrit] sur une table bien conservée.

NOTES

1. *Maw ' ûd* : promis, escompté, à venir. **2.** *Batch'*. **3.** *Wadd, widad, wadûd* : tous ces termes désignent l'amour de Dieu. *Widad* : prénom de fille. **4.** *Majid* : illustre, glorieux. Également, prénom de garçon.

L'ASTRE NOCTURNE (AT-TARIQ)

Révélée à La Mecque, 17 versets

Au nom d'Allah, le Clément, le Miséricordieux

1 - Par le ciel et son astre nocturne[1].

2 - Comment savoir ce qu'est l'astre nocturne ?

3 - L'étoile qui transperce [la nuit noire, le ciel].

4 - Chaque être a son ange gardien.

5 - Que l'homme regarde de quoi il a été conçu !

6 - Il a été créé d'une eau qui a jailli...

7 - ... qui vient d'un endroit situé entre les reins et les côtes[2].

8 - En effet, Dieu est apte à le faire renaître.

9 - Le jour où les pensées cachées seront dévoilées,

10 - il n'aura ni force, ni soutien.

11 - Par le ciel qui fait revenir régulièrement la pluie.

12 - Par la terre qui se fend.

13 - Voilà bien un discours décisif[3],

14 - qui est loin d'être une plaisanterie.

15 - Qu'ils mettent en œuvre leurs stratagèmes,

16 - J'ourdirai les Miens.

17 - Calme les incroyants en leur laissant un répit supplémentaire.

NOTES

1. *At-tariq.* **2.** « Entre les lombes et les iliaques » (Boubakeur/Hafiane) ; « lombes et côtes » (Hamidullah, Khawam, Blachère) ; « L'épine dorsale et les os de la poitrine » (Montet). **3.** *Qawlûn façlûn.*

LE TRÈS-HAUT (AL-A'ALA)

Révélée à La Mecque, 19 versets

Au nom d'Allah, le Clément, le Miséricordieux

1 - Glorifie le nom de ton Seigneur, le Très-Haut.

2 - Celui qui crée et qui met harmonieusement en forme.

3 - Celui qui fixe le destin et qui dirige dans le bon chemin.

4 - Celui qui fait pousser les pâturages

5 - et qui les transforme en fourrage [1].

6 - Nous te ferons lire le Coran, tu n'oublieras pas,

7 - hormis ce qu'Allah décide d'effacer. Allah connaît ce qui est proclamé et ce qui est caché.

8 - Nous te faciliterons la tâche.

9 - Fais rappeler, si cela te paraît utile.

10 - Ne s'en rappellera que celui qui craint Dieu,

11 - tandis que le réprouvé l'évitera,

12 - celui qui alimentera le grand brasier [2],

13 - où il ne pourra ni mourir, ni vivre.

14 - Heureux celui qui, au contraire, s'est purifié,

15 - et qui a invoqué le nom de son Seigneur, et qui a prié.

16 - Mais vous préférez les délices de ce monde,

17 - alors que la vie future est bien meilleure, et plus durable.

18 - Tel est l'enseignement des premiers manuscrits,

19 - ceux d'Abraham et de Moïse.

NOTES

1. *Ghûta' ahwa.* 2. *An-nar al-kûbra* : le « grand feu » ?

L'ENVELOPPANTE (AL-GHACHIYA)

Révélée à La Mecque, 26 versets

Au nom d'Allah, le Clément, le Miséricordieux

1 - As-tu entendu parler de celle qui enveloppera tout ?

2 - Ce jour-là, les êtres[1] auront la tête humblement baissée,

3 - œuvrant dans la peine,

4 - subissant un feu ardent

5 - et buvant une eau bouillante.

6 - Ils n'auront pour toute nourriture qu'un dari' épineux[2]

7 - qui n'apaisera pas leur faim, qui ne les fera pas grossir.

8 - Ce jour-là, il y aura des visages épanouis,

9 - heureux de ce qu'ils auront fait auparavant.

10 - Ils seront placés dans un très haut jardin

11 - où ils n'entendront aucune mauvaise parole[3].

12 - Il y aura là une fontaine jaillissante,

13 - des lits surélevés,

14 - des coupes posées,

15 - des coussins bien disposés

16 - et des tapis étendus.

17 - Ne se demandent-ils pas comment les chameaux ont été créés ?

18 - Ou la manière dont le ciel a été élevé,

19 - les montagnes dressées,

20 - la terre aplanie ?

21 - Fais-les se rappeler cela, ta vocation est de le rappeler,

22 - et non pas d'exercer une autorité exclusive sur eux,

23 - exception faite de celui qui s'est renié, le mécréant.

24 - Il sera châtié par Allah du plus grand châtiment.

25 - Car c'est vers Nous qu'ils feront leur retour

26 - et c'est à Nous qu'incombe leur décompte.

NOTES

1. Littéralement : « les visages » (*wûjûh*). **2.** *Dari'* : arbrisseau d'Arabie donnant un fruit très âcre ce que Blachère traduit par « euphorbe » et Hamidullah par « bugrane », une plante de la famille des papilionacées. **3.** *Laghiya* : parole futile, vaine ou frivole.

L'AUBE (AL-FAJR)

Révélée à La Mecque, 30 versets

Au nom d'Allah, le Clément, le Miséricordieux

1 - Par l'aube,

2 - et les dix nuits.

3 - Par le pair et l'impair[1],

4 - et la nuit quand elle s'installe.

5 - N'est-il pas là un serment pour celui qui est doué d'intelligence[2] ?

6 - N'as-tu pas vu ce que ton Seigneur a fait du peuple des 'Ad,

7 - vivant à Iram[3], la ville aux grandes colonnes,

8 - à nulle autre pareille en ce pays ?

9 - Et des Thamoud, qui ont taillé la grosse pierre dans la vallée

10 - et de Pharaon, l'homme aux pieux[4],

11 - Tous se sont comportés en tyrans dans le pays,

12 - ont multiplié les méfaits et la corruption.

13 - Ton Seigneur fondit sur eux et les flagella d'un fouet de correction.

14 - Ton Seigneur est à l'affût.

15 - Quant à l'homme, lorsqu'il est éprouvé et honoré par Dieu, il dit, reconnaissant : Dieu m'a honoré.

16 - Mais lorsqu'il ne le fait pas et que son Seigneur retient Ses dons, il dit aussitôt : Mon Dieu m'a dédaigné.

17 - Il n'en est rien ! Mais vous n'honorez pas l'orphelin.

18 - Et vous n'êtes pas très préoccupés par la nourriture du pauvre.

19 - Et vous dévorez sans mesure les héritages.

20 - Et vous aimez les richesses d'une façon aveugle.

21 - Prenez garde ! Lorsque la terre sera réduite en poussière et que les coups s'abattront sur elle.

22 - Et que ton Seigneur Se produira avec Ses anges alignés de part et d'autre.

23 - Et que l'avènement de la géhenne sera imminent. Ce jour-là, l'homme se souviendra de ce qu'il a fait, mais à quoi cela lui servira-t-il ?

24 - Il dira alors : Pourquoi n'ai-je pas fait que du bien durant ma vie ?

25 - Ce jour-là, nul n'appliquera le châtiment [aussi bien que Lui]

26 - et nul n'entravera avec ses chaînes [comme Lui].

27 - Ô toi, âme apaisée !

28 - Reviens vers ton Seigneur, satisfaite de Lui, avec Son agrément.

29 - Rejoins le rang de Mes serviteurs.

30 - Entre donc en Mon paradis !

NOTES

1. *Ach-chaf wal-watr*. 2. *Hijr* : doué d'intelligence, respectant l'interdit.
3. *Iram* : nom d'une mystérieuse cité. Cf. *Dictionnaire encyclopédique du Coran*. 4. *Dhû al-awtadi* : fondateur des pyramides (Pesle/Tidjani).

LA CITÉ (AL-BALAD)

Révélée à La Mecque, 20 versets

Au nom d'Allah, le Clément, le Miséricordieux

1 - Je témoigne par cette cité [La Mecque],

2 - alors que tu es l'un des habitants de cette cité.

3 - Par le géniteur et ce qu'il engendre.

4 - Nous avons créé l'homme contraint et démuni[1].

5 - Pense-t-il que personne ne peut rien contre lui ?

6 - Il dit : J'ai gaspillé un bien important.

7 - Pense-t-il que personne ne le voit ?

8 - Ne lui avons-Nous pas donné deux yeux,

9 - une langue, deux lèvres ?

10 - Et Nous l'avons orienté vers les deux voies.

11 - Mais il ne s'est pas engagé dans la voie ascendante.

12 - Qu'est-ce donc que cette voie ascendante ?

13 - C'est libérer un esclave[2],

14 - nourrir en temps de famine...

15 - ... un proche orphelin,

16 - ou un nécessiteux dans le plus grand dénuement.

17 - Être, en outre, de ceux qui croient et se soutiennent mutuellement dans la patience et la compassion.

18 - Tels sont les partisans de la droite.

19 - tandis que ceux qui n'ont pas cru en Nos signes, ceux-là sont les partisans de la gauche[3].

20 - Un feu brûlant les engloutira.

NOTES

1. *Kabadin*. 2. *Fakkû raqabatin*. 3. *Mach'amati* : les « gens ou partisans de la gauche », le côté néfaste, par opposition aux *Maymanati*, « ceux de la droite », le côté bénéfique, évoqués dans le verset précédent.

LE SOLEIL (ACH-CHAMS)

Révélée à La Mecque, 15 versets

Au nom d'Allah, le Clément, le Miséricordieux

1 - Par le soleil et sa clarté,

2 - et la lune qui lui succède.

3 - Par le jour qui la fait briller [la terre ?],

4 - et la nuit qui la recouvre.

5 - Par le ciel et Celui qui l'a édifié,

6 - et la terre et Celui qui l'a étendue.

7 - Par l'âme et Celui qui l'a bien insufflée,

8 - et qui lui a suggéré et sa débauche et sa piété,

9 - heureux celui qui pure la préservera.

10 - Mais, malheureux celui qui l'aura corrompue.

11 - Dans leur rebellion, les Thamoud crièrent à l'imposture,

12 - lorsque l'un d'eux, le plus pervers, fut délégué.

13 - C'est alors que le messager de Dieu[1] leur dit : Surtout pas la chamelle de Dieu et l'eau pour qu'elle se désaltère !

14 - Ils le traitèrent de menteur et sacrifièrent la chamelle. Maudits par le Seigneur, qui décida de les punir pour leur méchanceté en les anéantissant.

15 - Il ne craint aucune conséquence !

NOTE

1. *Salih.* Cf. *Dictionnaire encyclopédique du Coran.*

LA NUIT (AL-LAYL)

Révélée à La Mecque, 21 versets

Au nom d'Allah, le Clément, le Miséricordieux

1 - Par la nuit quand elle enveloppe [tout].

2 - Par le jour quand il s'illumine.

3 - Par Celui qui a créé le mâle et la femelle.

4 - Vos efforts sont dispersés.

5 - Mais celui qui a fait don et qui craint [Dieu],

6 - et qui a donné foi à la belle croyance,

7 - son chemin vers le bonheur sera facilité.

8 - Mais celui qui est avare et qui est plein de suffisance,

9 - et qui, de plus, traite de mensonge la belle croyance,

10 - son chemin vers la difficulté sera facilité.

11 - Sa fortune ne lui sera d'aucun secours lorsqu'il sera dans l'abîme.

12 - Il Nous incombe d'orienter dans le bon chemin.

13 - Il Nous revient de décréter les fins dernières, et la vie ici-bas.

14 - Vous voilà prévenus du feu qui brûle [1].

15 - Seul le réprouvé [2] l'alimentera,

16 - celui qui a traité de mensonge Notre révélation et qui s'en est détourné.

17 - Mais celui qui aura craint [Dieu] sera sauvé et mis hors de portée,

18 - celui qui dépense ses biens pour se purifier,

19 - et qui, en retour, ne cherche aucun bien particulier,

20 - hormis la satisfaction de son Seigneur[3], le Très-Haut,

21 - qui, certes, sera satisfait de lui.

NOTES

1. *Taladdhâ* : « qui bruit » (Kasimirski), « qui flamboie » (Blachère), « qui gronde » (Pesle/Tidjani), « attisé en enfer » (Khawam). 2. *Al-achqa*. 3. Littéralement : « la face de son Seigneur ».

LA CLARTÉ DU JOUR (AD-DÛHA)

Révélée à La Mecque, 11 versets

Au nom d'Allah, le Clément, le Miséricordieux

1 - Par la clarté diurne.

2 - Par la nuit lorsqu'elle s'installe.

3 - Ton Seigneur ne t'a point abandonné, ni détesté[1].

4 - La vie future est préférable pour toi à celle d'ici-bas.

5 - Ton Seigneur te fournira ce qui te satisfait.

6 - Ne t'a-t-Il pas trouvé orphelin, et ne t'a-t-Il pas donné un toit ?

7 - Il t'a trouvé perdu, et Il t'a guidé.

8 - Il t'a trouvé démuni, et Il t'a enrichi.

9 - Quant à l'orphelin, tu ne le maltraiteras point !

10 - Le quémandeur[2], tu ne le repousseras point !

11 - Clame plutôt la bénédiction de ton Seigneur.

NOTES

1. *Qall.* 2. *As-sa'il.*

SOURATE XCIV

L'OUVERTURE (ACH-CHARH)

Révélée à La Mecque, 8 versets

Au nom d'Allah, le Clément, le Miséricordieux

1 - N'avons-Nous pas ouvert ta poitrine [1] ?

2 - N'avons-Nous pas déposé ton faix,

3 - celui qui t'alourdissait ?

4 - N'avons-Nous pas élevé ton nom ?

5 - Car, à côté de la peine, il y a la facilité [2].

6 - Oui, la peine entraîne la facilité.

7 - Si tu manques de quoi faire, lève-toi [3].

8 - Et désire ton Seigneur par-dessus tout.

NOTES

1. *Sadraka* : sans doute ici le cœur. **2.** *Inna ma'a al-'ûsri yûsra* : le mot *yûsr* peut être traduit par « félicité », « bonheur », « aise », « détente » et tout ce qui peut libérer l'âme de ses contraintes psychiques. Il s'oppose de fait à *'ûsr*, « difficulté », « peine », « adversité ». **3.** *Fa ansab*. Certains traduisent par « lève-toi pour prier » ou « dresse-toi pour la prière ».

SOURATE XCV

LE FIGUIER (AT-TIN)

Révélée à La Mecque, 8 versets

Au nom d'Allah, le Clément, le Miséricordieux

1 - Par le figuier et l'olivier[1].

2 - Par le mont Thaur [le Sinaï][2],

3 - ce pays sûr[3].

4 - Nous avons créé l'homme de la meilleure façon possible,

5 - avant de le projeter à la plus inférieure des positions.

6 - Hormis ceux qui, étant croyants, ont pratiqué le bien et qui recevront une récompense qui ne sera pas limitée.

7 - Qui pourrait encore traiter de mensonge le jour du jugement ?

8 - Allah n'est-Il pas le meilleur parmi les juges ?

NOTES

1. Selon Régis Blachère, le mont des Figuiers et le mont des Oliviers.
2. *Thauri Sinina.* 3. *Al-balad al-amin* : « territoire sacré ».

L'ADHÉRENCE (AL-'ALAQ)

Révélée à La Mecque, 19 versets

Au nom d'Allah, le Clément, le Miséricordieux

1 - Lis au nom de ton Seigneur qui a créé.

2 - Il a créé l'homme d'un grumeau de sang[1].

3 - Lis, ton Seigneur est le plus généreux.

4 - Il t'a permis de tout savoir, grâce à la plume[2],

5 - ayant enseigné à l'homme ce qu'il ignorait.

6 - Mais l'homme est celui qui se révolte, l'arrogant,

7 - et qui, une fois affranchi, veut se passer [de Dieu],

8 - pourtant c'est bien vers Dieu qu'est le retour.

9 - N'as-tu pas vu celui qui empêche un croyant

10 - de faire sa prière ?

11 - As-tu vu s'il était dans le bon chemin,

12 - ou s'il ordonnait de craindre [Dieu] ?

13 - N'as-tu pas vu qu'il criait au mensonge et qu'il se ravisait ?

14 - Ne sait-il pas qu'Allah voit tout ?

15 - Et s'il ne change pas de conduite, il sera appréhendé par sa tignasse.

16 - Une tignasse qui masque ses mensonges et ses erreurs.

17 - Qu'il implore alors ses partisans !

18 - Nous ferons appel aux anges redresseurs.

19 - Non, pas de révérence pour celui-là, mais prosterne-toi devant Dieu et rapproche-toi de Lui.

NOTES

1. *'Alaq.* 2. *Qalam.* L'une des rares occurrences où il est question d'écriture, et non pas seulement de lecture.

SOURATE XCVII

LE DESTIN (AL-QADR)

Révélée à La Mecque, 5 versets

Au nom d'Allah, le Clément, le Miséricordieux

1 - Nous l'avons fait descendre[1] durant la nuit du Destin[2].

2 - Sais-tu ce qu'est la nuit du Destin ?

3 - La nuit du Destin a une valeur supérieure à mille mois.

4 - C'est là que les anges descendent, ainsi que l'Esprit[3], par permission de leur Seigneur, chargés de tous ordres.

5 - Elle est paix et salut jusqu'au lever du jour[4].

NOTES

1. Il s'agit du Coran. **2.** *Al-Qadr*. **3.** *Ar-rûh* : sans doute l'archange Gabriel. **4.** *Matla'i al-fajr*.

L'ÉVIDENCE (AL-BAYINA)

Révélée à Médine, 8 versets

Au nom d'Allah, le Clément, le Miséricordieux

1 - Les infidèles parmi les gens du Livre et ceux qui ont associé d'autres dieux à Dieu ne cesseront pas tant qu'ils n'auront pas reçu des signes évidents.

2 - Un messager d'Allah qui leur récitera des pages purifiées...

3 - ... où se trouve une Écriture de grande tenue[1].

4 - Aussi, ceux qui ont reçu le Livre ne seront dispersés[2] que lorsque la preuve évidente leur sera parvenue.

5 - Il ne leur a été ordonné que d'adorer sincèrement Allah, d'accomplir pieusement la prière, de faire l'aumône, car telle est la religion immuable.

6 - Quant à ceux qui ont renié les enseignements parmi les gens du Livre et les mécréants, ils demeureront éternellement dans le feu de la géhenne. Ils forment la pire espèce de l'humanité[3].

7 - Ceux, en revanche, qui ont cru et qui ont accompli de bonnes œuvres sont les meilleurs de l'espèce humaine.

8 - Leur récompense auprès d'Allah sera des jardins d'Éden[4] [au-dessous desquels] coulent des ruisseaux. Ils y demeureront éternellement. Ayant été satisfait d'eux, Allah leur a accordé Son assentiment et ils Lui ont accordé le leur. Voilà ce qui est donné à celui qui redoute son Seigneur.

NOTES

1. *Qayyima.* 2. *Tafarraqa.* Cela peut être aussi « divisés ». 3. Ou : « Ceux-là sont la pire espèce de l'humanité ». 4. *Jannatû 'adnin.*

LE TREMBLEMENT DE TERRE (AZ-ZALZALA)

Révélée à Médine, 8 versets

Au nom d'Allah, le Clément, le Miséricordieux

1 - Lorsque la terre sera secouée d'un séisme destructeur,

2 - et que la terre rejettera tout son surpoids,

3 - et que l'homme se demandera ce qui lui arrive :

4 - Ce jour-là, elle dira ce qu'elle sait...

5 - ... de ce que ton Seigneur lui a insufflé.

6 - Ce jour-là, les hommes viendront nombreux pour voir leurs œuvres.

7 - Celui qui a commis une once de bien le verra.

8 - Celui qui a commis une once de mal le verra.

Sourate C

LES COURSIERS GALOPANTS (AL-'ADIYAT)

Révélée à La Mecque, 11 versets

Au nom d'Allah, le Clément, le Miséricordieux

1 - Par [les coursiers] qui galopent, haletants,

2 - qui font jaillir du feu sous leurs sabots.

3 - Ceux qui au petit matin fondent sur l'ennemi,

4 - qui laissent un nuage de poussière[1],

5 - et qui fendent la cohorte amassée.

6 - Mais l'homme est ingrat envers son Seigneur.

7 - De cela, il est témoin,

8 - car il aime trop les biens matériels.

9 - Sait-il seulement ce qui sortira demain des tombes, complètement bouleversé

10 - et révélera ce que contiennent les poitrines[2] ?

11 - Ce jour-là, leur Seigneur saura tout à leur sujet.

NOTES

1. *Naq'an.* 2. Les cœurs.

LA FRACASSANTE (AL-QARI'AT[1])

Révélée à La Mecque, 11 versets

Au nom d'Allah, le Clément, le Miséricordieux

1 - Celle qui fracasse !

2 - Qu'est-ce donc que le fracas ?

3 - Et qui te fera apprécier ce fracas,

4 - lorsque les hommes seront semblables aux papillons tournoyants,

5 - et que les montagnes seront semblables à de la laine cardée !

6 - Celui dont les œuvres seront très lourdes dans la balance...

7 - ... jouira d'un bien-être confortable.

8 - Celui dont les œuvres seront légères à la pesée,

9 - sa destination est l'abîme.

10 - Qu'est-ce qui te fera apprécier sa nature[2] ?

11 - Un feu ardent.

NOTES

1. On aurait pu l'appeler le « fracas » ou le « coup », tant ce mot est utilisé dans cette sourate. En réalité, le sens précis est fort indécis. **2.** *Mahiyahû.*

LE CUMUL DES RICHESSES (AT-TAKATHÛR)

Révélée à La Mecque, 8 versets

Au nom d'Allah, le Clément, le Miséricordieux

1 - Des richesses abondantes vous ont distraits...

2 - ... jusqu'à ce que vous rendiez visite à vos tombes.

3 - Gare au réveil, car vous l'apprendrez bientôt !

4 - Oui, gare au réveil, vous l'apprendrez.

5 - Puis au moment où vous l'apprendrez de manière évidente.

6 - Ce jour-là, vous verrez le brasier,

7 - vous le verrez avec certitude.

8 - C'est alors qu'il vous sera demandé des comptes sur vos délices [d'ici-bas[1]].

NOTE

1. *Na'im* : au sens de jouissances immédiates et terrestres. Cf. « Paradis », in *Dictionnaire encyclopédique du Coran*.

LE TEMPS (AL-'ASR)

Révélée à La Mecque, 3 versets

Au nom d'Allah, le Clément, le Miséricordieux

1 - Par le Destin !

2 - L'homme court à sa perte,

3 - exception faite pour ceux qui croient et qui accomplissent de bonnes œuvres, ceux qui se recommandent du vrai et ceux qui se recommandent mutuellement de la patience.

LE CALOMNIATEUR (AL-HÛMAZA)

Révélée à La Mecque, 9 versets

Au nom d'Allah, le Clément, le Miséricordieux

1 - Malheur à tout calomniateur, à tout médisant

2 - qui a amassé une fortune et l'a sans cesse comptée.

3 - Il pense que sa fortune le rendra immortel.

4 - Il n'en est rien. Il sera précipité dans le pire des enfers (Al-Hûtama[1]).

5 - Sais-tu ce qu'est Al-Hûtama ?

6 - Le feu d'Allah brûlant

7 - qui flambe jusqu'aux entrailles ;

8 - il les entourera de partout

9 - en longues colonnes étendues.

NOTE

1. *Hûtama*. Cf. « Enfer », in *Dictionnaire encyclopédique du Coran*.

SOURATE CV

L'ÉLÉPHANT (AL-FIL)

Révélée à La Mecque, 5 versets

Au nom d'Allah, le Clément, le Miséricordieux

1 - N'as-tu pas vu la manière dont ton Seigneur a traité les compagnons de l'Éléphant ?

2 - N'a-t-Il pas complètement déjoué leurs stratagèmes ?

3 - Il leur a envoyé des oiseaux Ababils[1],

4 - qui leur jetèrent des pierres[2],

5 - au point de les tourner en confusion, telle une herbe mâchée.

NOTES

1. Oiseaux mythologiques. Cf. *Dictionnaire encyclopédique du Coran*. Voir aussi « Ababils ». **2.** *Sijjil.*

QÛRAYCH

Révélée à La Mecque, 4 versets

Au nom d'Allah, le Clément, le Miséricordieux

1 - À la solidarité de la tribu de Qûraych[1].

2 - Leur solidarité au moment de la caravane d'hiver et de celle d'été.

3 - Qu'ils adorent le Dieu de ce sanctuaire,

4 - qui les a nourris en leur évitant la faim, et qui les a préservés de toute peur.

NOTE

1. *Ilafi Qûraych.* Cf. *Dictionnaire encyclopédique du Coran.*

LE NÉCESSAIRE (AL-MA'ÛN)

Révélée à La Mecque, 7 versets

Au nom d'Allah, le Clément, le Miséricordieux

1 - As-tu vu celui qui tient le jugement de Dieu pour un mensonge ?

2 - Il est celui qui rejette l'orphelin,

3 - ne s'occupe pas de la nourriture du pauvre.

4 - Malheur à ceux qui prient

5 - et qui, de leur prière, sont négligents,

6 - qui jouent d'ostentation...

7 - et qui font obstacle à l'aide [des nécessiteux].

L'ABONDANCE (AL-KAWTHAR)

Révélée à La Mecque, 3 versets

Au nom d'Allah, le Clément, le Miséricordieux

1 - Nous t'avons accordé l'abondance[1].

2 - Prie pour ton Dieu et sacrifie.

3 - Celui qui te hait sera sans postérité.

NOTE

1. Soit : « des biens en abondance ».

LES INCROYANTS (AL-KAFIRÛN)

Révélée à La Mecque, 6 versets

Au nom d'Allah, le Clément, le Miséricordieux

1 - Dis : Ô vous les incroyants !

2 - Je n'adore pas ce que vous adorez.

3 - Vous n'adorez pas Celui que j'adore.

4 - Je n'adorerai pas ce que vous avez adoré.

5 - Et vous n'êtes pas en mesure d'adorer ce que j'adore.

6 - Vous avez votre religion, j'ai la mienne.

SOURATE CX

LA VICTOIRE (AN-NAÇR)

Révélée à Médine, 3 versets

Au nom d'Allah, le Clément, le Miséricordieux

1 - Quand l'aide d'Allah sera venue et que la victoire sera proche.

2 - Et lorsque tu verras les gens entrer dans la religion d'Allah par groupes entiers.

3 - Célèbre les louanges de ton Seigneur et implore Son pardon. Il aura été Celui qui accepte le repentir !

LA CORDE EN FIBRE (AL-MASSAD)

Révélée à La Mecque, 5 versets

Au nom d'Allah, le Clément, le Miséricordieux

1 - Que périssent les mains d'Abou Lahab, et que périsse...

2 - ... sa fortune, qui ne lui servit à rien, et tout ce qu'il a possédé.

3 - Il sera exposé à un feu ardent qui le consumera

4 - de même que sa femme, porteuse de bois,

5 - qui aura une corde de fibre[1] au cou.

NOTE

1. *Massad.*

LE CULTE SINCÈRE (AL-IKHLAS)

Révélée à La Mecque, 4 versets

Au nom d'Allah, le Clément, le Miséricordieux

1 - Dis : Lui est Allah, l'Un.

2 - Allah l'Absolu[1].

3 - Il n'engendre pas et n'a pas été engendré.

4 - Et nul ne saurait L'égaler.

NOTE

1. *As-samad*. Notion extrêmement difficile à traduire, dès lors qu'elle porte sur les qualités incorporelles de Dieu, son amplitude, sa permanence.

L'AUBE NAISSANTE (AL-FALAQ)

Révélée à La Mecque, 5 versets

Au nom d'Allah, le Clément, le Miséricordieux

1 - Dis : Je cherche protection auprès du Maître de l'aube

2 - contre le mal provenant de ce qu'Il a créé,

3 - contre le mal de la nuit lorsqu'elle s'obscurcit,

4 - contre le mal de celles qui soufflent sur les nœuds[1]

5 - et contre le mal de l'envieux lorsqu'il sévit.

NOTE

1. Allusion directe à la magie, l'ère préislamique étant réputée propice aux jeteurs de sorts et aux sorciers.

Sourate CXIV

LES HOMMES (AN-NASS)

Révélée à La Mecque, 6 versets

Au nom d'Allah, le Clément, le Miséricordieux

1 - Dis : Je cherche protection auprès du Seigneur des hommes,

2 - le Souverain des hommes,

3 - Dieu des hommes,

4 - contre le mal du mauvais conseiller,

5 - le sournois qui souffle le mal dans la poitrine des hommes,

6 - qu'il fasse partie des djinns ou des humains.

TABLE DES SOURATES

SOURATE I – LA LIMINAIRE (AL-FATIHA) 13
SOURATE II – LA VACHE (AL-BAQARA) 14
SOURATE III – LA FAMILLE D'IMRAN (AL-'IMRAN) 58
SOURATE IV – LES FEMMES (AN-NISSA) 85
SOURATE V – LA TABLE SERVIE (AL-MA'IDA) 113
SOURATE VI – LES TROUPEAUX (AL-AN'AM) 134
SOURATE VII – LES MURAILLES (AL-A'RAF) 157
SOURATE VIII – LES PRISES DE GUERRE (AL-ANFAL) 183
SOURATE IX – LA REPENTANCE (AT-TAWBA) 193
SOURATE X – JONAS (YOUNÈS) 212
SOURATE XI – HOUD 225
SOURATE XII – JOSEPH (YOUSSEF) 240
SOURATE XIII – LE TONNERRE (AR-RA'D) 254
SOURATE XIV – ABRAHAM (IBRAHIM) 261
SOURATE XV – AL-HIJR 268
SOURATE XVI – LES ABEILLES (AN-NAHL) 275
SOURATE XVII – LE VOYAGE NOCTURNE (AL-ISRA) 290
SOURATE XVIII – LA CAVERNE (AL-KAHF) 303
SOURATE XIX – MARIE (MERYAM) 316
SOURATE XX – TA-HA 325
SOURATE XXI – LES PROPHÈTES (AN-ANBIYA) 337
SOURATE XXII – LE PÈLERINAGE (AL-HAJJ) 348
SOURATE XXIII – LES CROYANTS (AL-MU'MINÛN) 359
SOURATE XXIV – LA LUMIÈRE (AN-NÛR) 369
SOURATE XXV – LE DISCERNEMENT (AL-FÛRQAN) 379
SOURATE XXVI – LES POÈTES (ACH-CHÛ'ARA) 388
SOURATE XXVII – LES FOURMIS (AN-NAML) 402
SOURATE XXVIII – LE RÉCIT (AL-QAÇAS) 412
SOURATE XXIX – L'ARAIGNÉE (AL-'ANKABÛT) 423
SOURATE XXX – LES ROMAINS (AR-RÛM) 431
SOURATE XXXI – LOQMAN 438

SOURATE XXXII – LA PROSTERNATION (AS-SAJDA) 443
SOURATE XXXIII – LES FACTIONS (AL-AHZAB) 447
SOURATE XXXIV – [LES] SABA 457
SOURATE XXXV – LE CRÉATEUR (AL-FATIR) 464
SOURATE XXXVI – YA SIN 471
SOURATE XXXVII – LES RANGÉES (AS-SAFFAT) 478
SOURATE XXXVIII – ÇAD 489
SOURATE XXXIX – LES GROUPES (AZ-ZÛMAR) 497
SOURATE XL – CELUI QUI PARDONNE (AL-GHAFIR) 507
SOURATE XLI – LES [VERSETS] DÉTAILLÉS (FUÇILAT) 517
SOURATE XLII – LA CONCERTATION (ACH-CHÛRA) 524
SOURATE XLIII – LES ORNEMENTS (AZ-ZUKHRÛF) 531
SOURATE XLIV – LA FUMÉE (AD-DÛKHAN) 540
SOURATE XLV – L'AGENOUILLÉE (AL-JATIYA) 545
SOURATE XLVI – AL-AHQAF 550
SOURATE XLVII – MOHAMMED 556
SOURATE XLVIII – LA VICTOIRE (AL-FATH) 561
SOURATE XLIX – LES APPARTEMENTS (AL-HUJÛRAT) 566
SOURATE L – QAF 569
SOURATE LI – LES VENTS QUI ÉPARPILLENT
    (AD-DHARIYAT) 573
SOURATE LII – LE MONT THAUR (AT-TÛR) 578
SOURATE LIII – L'ÉTOILE (AN-NAJM) 582
SOURATE LIV – LA LUNE (AL-QAMAR) 586
SOURATE LV – LE MISÉRICORDIEUX (AR-RAHMAN) 591
SOURATE LVI – L' ÉVÉNEMENT (AL-WAQI'A) 597
SOURATE LVII – LE FER (AL-HADID) 603
SOURATE LVIII – LA DISCUSSION (AL-MÛJADALA) 608
SOURATE LIX – LE RASSEMBLEMENT (AL-HACHR) 613
SOURATE LX – L'EXAMINÉE (AL-MÛMTAHANA) 617
SOURATE LXI – LE RANG (AS-SAFF) 621
SOURATE LXII – LE VENDREDI (AL-JÛMÛ'A) 624
SOURATE LXIIII – LES HYPOCRITES (AL-MÛNAFIQÛN) ... 626
SOURATE LXIV – LE DÉPIT RÉCIPROQUE
    (AT-TAGHABÛN) 628
SOURATE LXV – LA RÉPUDIATION (AT-TALAQ) 631
SOURATE LXVI – L'INTERDICTION (AT-TAHRIM) 634
SOURATE LXVII – LA ROYAUTÉ (Al-MÛLK) 637
SOURATE LXVIII – NOUN, OU LE ROSEAU (AL-QALAM) . 641
SOURATE LXIX – L'INÉVITABLE (AL-HAQQA) 645
SOURATE LXX – LES PALIERS (AL-MA'ARIJ) 649
SOURATE LXXI – NOE (NOUH) 652

SOURATE LXXII – LES DJINNS 655
SOURATE LXXIII – L'ENVELOPPÉ (AL-MUZAMMIL) 658
SOURATE LXXIV – CELUI QUI EST COUVERT
D'UN MANTEAU (AL-MUDHDATIR) 660
SOURATE LXXV – LA RÉSURRECTION (AL-QIYAMA) 664
SOURATE LXXVI – L'HOMME (AL-INSAN) 667
SOURATE LXXVII – LES ENVOYÉES (AL-MURSALAT) 670
SOURATE LXXVIII – LA NOUVELLE (AN-NABA') 673
SOURATE LXXIX – CELLES QUI ARRACHENT
VIOLEMMENT (AN-NAZI'AT) 676
SOURATE LXXX – IL S'EST RENFROGNÉ ('ABBASSA) 679
SOURATE LXXXI – L'OBSCURCISSEMENT
(AT-KOUSSOUF) 682
SOURATE LXXXII – QUAND LE CIEL S'ENTROUVRIRA
(AL-INFITAR) 684
SOURATE LXXXIII – LES FRAUDEURS (AL-MUTAFFIFÛN) 686
SOURATE LXXXIV – LA FÊLURE (AL-INCHIQAQ) 689
SOURATE LXXXV – LES CONSTELLATIONS (AL-BURÛJ) ... 691
SOURATE LXXXVI – L'ASTRE NOCTURNE (AT-TARIQ) 693
SOURATE LXXXVII – LE TRÈS-HAUT (AL-A'ALA) 695
SOURATE LXXXVIII – L'ENVELOPPANTE
(AL-GHACHIYA) 697
SOURATE LXXXIX – L'AUBE (AL-FAJR) 699
SOURATE – XC – LA CITÉ (AL-BALAD) 702
SOURATE XCI – LE SOLEIL (ACH-CHAMS) 704
SOURATE XCII – LA NUIT (AL-LAYL) 706
SOURATE XCIII – LA CLARTÉ DU JOUR (AD-DÛHA) 708
SOURATE XCIV – L'OUVERTURE (ACH-CHARH) 709
SOURATE XCV – LE FIGUIER (AT-TIN) 710
SOURATE XCVI – L'ADHÉRENCE (AL-'ALAQ) 711
SOURATE XCVII – LE DESTIN (AL-QADR) 713
SOURATE XCVIII – L'ÉVIDENCE (AL-BAYINA) 714
SOURATE XCIX – LE TREMBLEMENT DE TERRE
(AZ-ZALZALA) 716
SOURATE C – LES COURSIERS GALOPANTS
(AL-'ADIYAT) 717
SOURATE CI – LA FRACASSANTE (AL-QARI'AT) 718
SOURATE CII – LE CUMUL DES RICHESSES
(AT-TAKATHÛR) 719
SOURATE CIII – LE TEMPS (AL-'ASR) 720
SOURATE CIV – LE CALOMNIATEUR (Al-HÛMAZA) 721
SOURATE CV – L'ÉLÉPHANT (AL-FIL) 722